기운을 주라 더 기운을 주라

손모아

金浦暁

김수영, 시로 쓴 자서전

김수영, 시로 쓴 자서전

2021년 12월 31일 초판 1쇄 펴냄
2022년 10월 25일 초판 2쇄 펴냄

글쓴이 김응교
편집 김도언
펴낸이 신길순

펴낸곳 (주)도서출판 삼인
전화 02-322-1845
팩스 02-322-1846
이메일 saminbooks@naver.com
등록 1996년 9월 16일 제25100-2012-000046호
주소 (03716) 서울시 서대문구 성산로 312 북산빌딩 1층

디자인 끄레디자인
인쇄 수이북스

ISBN 978-89-6436-212-9 93810

값 29,800원

김수영, 시로 쓴 자서전

김응교

삼인

이 책을 읽으시려면

김수영은 우상도 신화도 아니고, 경전도 교과서도 아닙니다.

그는 누구도 자기 시의 노예가 되기를 원치 않을 겁니다. 그저 그는 독자 한 명 한 명이 깨닫는 물방울, 풀, 꽃이 되기를 원할 겁니다. 영웅 됨도 존경도 거부하는 그는 끊임없이 노력한 그 많은 탁월한 한국 시인 중 한 명입니다. 그가 쓴 시의 알짬은 끊임없는 내면 성찰입니다. 세상은 물론 내면의 적과도 맞섰던 그는 자신을 반성하고 반성하고, 부정하고 부정했지요. 우리 곁에 살았던 그는 지나치게 솔직하고, 지나치게 예민하고, 지나치게 성찰하는 지성 자체였어요.

스무 살의 제 영혼에 균열을 일으킨 시는 「폭포」 한 편뿐이었어요. 시간이 지나면서 한 편씩 한 편씩 제 영혼을 노크했어요. 난해하다는 시를 여러 번 읽고, 시간이 지나 다시 읽으면 잔잔한 울림으로 풀릴 때가 많습니다. 그가 살던 시대로 돌아가 읽으면 어렵다고 생각했던 시가 저절로 풀리곤 했어요.

이 두툼한 이야기를 아주 조금씩 천천히 읽어주시면 고맙겠습니다. 얇게 만들려고 애써봤지만 쉽지 않았어요. 늘씬한 운명을 가진 책이 있고, 두툼한 운명을 가진 책이 있나 봐요. 언젠가 다 읽겠지, 하고 시나브로 시나브로 읽어주셨으면 합니다.

발표된 시는 이미 독자의 것이죠. 당연히 김수영 시가 쉽고 좋은 분도 있고, 전혀 공감할 수 없는 분도 있겠죠. 김수영의 의도와 달리 읽으시는 분이 전혀 새로운 해석을 하실 수도 있고요. 제 해석만이 옳다는 고집을 내세울 생각은 없어요. 독자가 잘못 읽고 창조적 오독(creative misreading)을 할 수도 있고요.

다만 제 역할은 최대한 김수영 시인의 의도 곁으로 여러분을 안내하는 겁니

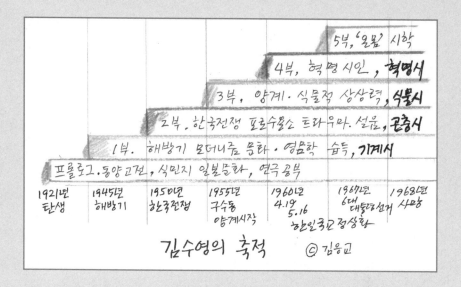

5부, '온몸' 시학

4부, 혁명 시인 , **혁명시**

3부, 양계·식물적 상상력, **식물시**

2부. 한국전쟁 포로수용소 트라우마. 설움, **곤충시**

1부. 해방기 모더니즘 문화·영문학 습득, **기계시**

프롤로그. 동양 고전, 식민지 일본문화, 연극 공부

| 1921년 탄생 | 1945년 해방기 | 1950년 한국전쟁 | 1955년 구수동 양계시작 | 1960년 4.19 5.16 한일국교정상화 | 1967년 6대통령선거 | 1968년 사망 |

김수영의 축적   ⓒ 김응교

다. 한 시인의 시를 해석할 때 저는 그 시인의 시가 그 시인의 시를 소개하도록
애쓰는 편이에요. 예를 들면 백석의 시를 백석의 시가 풀고, 윤동주의 시를 윤
동주의 시가 풀어야 한다고 저는 생각합니다. 김수영의 시를 김수영의 시와 산
문으로 풀어야 한다고 저는 생각해요. 그다음에 김수영의 삶, 그다음에 김수영
이 살았던 역사적 상황과 비교해야 하겠지요. 외국 이론을 이용하여 시를 푸는
방식은 우선 그 시인의 시로 푼 다음 한참 뒤에 해야 할 일이지요.

이 책은 5부로 나뉘어 있습니다. 1부부터 5부로 가면서 각기 뚝뚝 끊어진 것
이 아닙니다. 1부부터 5부까지 축적되며 연결됩니다. 그가 경험했던 공부나 비
극이나 양계와 번역 일은 하나하나 깨달음을 주는 에피파니epiphany(어떤 소중
한 진실이 우리 앞에 문득 모습을 드러내는 짧은 순간을 이렇게 부르지요)의 터
전이 됩니다. 마치 튼튼한 대나무에 마디가 한 개씩 생기고, 그 마디 위로 새로
운 대나무가 죽 자라듯 그는 자신의 체험을 하나씩 마디로 만들면서 자신을 키
워냅니다.

'시詩'라는 단어 앞에 어떤 수식어를 붙이는 것을 저는 별로 좋아하지 않습니다. 노동시, 농민시, 연애시 이런 표현들은 시의 무궁한 상상력을 제한시키지 않을까 해서요. 별로 좋아하지 않으면서도 설명할 때는 편한 면이 있기 때문에 어쩔 수 없을 때만 쓰곤 합니다. 김수영이 기계를 보고 상상하면서 쓴 시를 때로 '기계시'라고 쓰려 합니다. 김수영이 곤충을 보고 상상하면서 쓴 시를 '곤충시', 꽃이나 채소나 씨앗이나 풀을 보고 쓴 시를 '식물시'라고 쓰려 합니다. 작은 갈래로 이해해주시고 읽어주시면 좋겠습니다.

1부 해방기 때 공부했던 모더니즘은 그의 온 생애에 하나의 기법으로 작동합니다. 그의 모더니즘적 상상력은 기계의 즉물성則物性을 그대로 표현하는 「네이팜 탄」, 「헬리콥터」, 「수난로」 같은 시에서 이른바 기계적 상상력을 보여줍니다. 그것은 그때로 끝나지 않고 4부, 5부에서 「금성라디오」 등 기계에 대한 성찰이 계속 나옵니다. 2부에서는 포로수용소를 경험한 그가 스스로를 거미 같은 서러운 벌레로 표현하는 곤충시를 소개합니다. 곤충시는 1950년대에만 나온 것이 아니고, 이후 그의 시 여기저기에 벌레의 상상력이 나오지요. 특히 마포구 구수동으로 이사 가서 양계를 하고 채소밭을 일구며 그가 썼던 식물시가 나오는 제3부를 주목해주셨으면 합니다. 5부 1960년대 후반기 때 참여시를 설명하면서 모더니즘이나 초현실주의 작품도 4·19 같은 현실과 생활을 제대로 담고 있으면 좋은 참여시라고 설명합니다.

김수영이란 인물은 자신이 경험하고 공부한 것을 버리지 않고 축적하며 발전시켰습니다. 마르크스 변증법에 축적시키면 언젠가는 폭발한다는 이론이 있습니다. 자본을 축적시켜도 언젠가는 폭발하고, 잠재된 모순이 축적되어도 언젠가는 폭발하여 다음 시대로 넘어간다고 예견했지요. 에너지를 축적시켜도 언젠가는 폭발합니다. 모든 시가 좋지만 김수영의 모든 경험은 4부에 다룬 혁명시에서 폭발하지 않았나 생각해봅니다.

그렇다고 이 책을 반드시 처음부터 읽을 필요는 없어요. 시 제목을 보고 사전처럼 보셔도 됩니다. 이영준 교수가 작성한 작품연보에 따라 작품을 완성시킨 '탈고일' 순서대로 시를 소개합니다. 시를 읽다 보면 자연스럽게 김수영의 삶을 따라갈 수밖에 없는 구성입니다.

텍스트는 『김수영 전집 1』(민음사, 2018)로 했지만, 이 전집은 일본어식 영어 발음이나 김수영식의 영어 표기를 완전히 현대식 표기로 바꾸는 등 김수영의 아우라를 없앤 부분이 있습니다. 되도록 현재 전집에 따르되 중요한 옛 표기는 『김수영 육필시고 전집』(민음사, 2009)을 확인하여 원형대로 인용했습니다. 김수영은 시론詩論을 가졌던 시인입니다. "시 따로 시론 따로, 거기다 생활은 또 생활대로 따로 도는 그런 시론이 아니고, 그 자신의 삶과 시 전부를 한 지성인으로서 끊임없이 반성하고 정리해나간"(백낙청, 「김수영의 시세계」, 1968) 시인이었습니다. 당연히 그의 시론과 생활글은 대단히 중요합니다. 김수영의 산문도 『김수영 전집 2』(민음사, 2018)에서 인용했습니다.

김수영 작품 해설, 관계된 공간 방문이나 대담 등, 관련 영상을 유튜브 〈김응교TV〉에 올려놓았습니다. 이 책 3부의 제목인 "기운을 주라"는 구절이 나오는 시 「채소밭 가에서」(1957)로 만든 노래는 '김수영 – 채소밭 가에서 1957 – 작곡 노래 김응교'로 유튜브에서 검색하면 들으실 수 있습니다. 몇 가지 글 끝부분에 쓰여 있는 유투브 영상 제목을 검색하여 참조하셨으면 합니다. 고맙습니다.

김응교 손 모아

차례

1부   1945. 8. 15. ~ 1950 _ 해방과 등단
이제 나는 바로 보마

2부

1950. 6. 25. _ 한국전쟁과 설움

스스로 도는 힘을 위하여

4부　1960. 4. 19. ~ 1961. 5. 16. ＿ 혁명의 좌절
우리의 적은 보이지 않는다

프롤로그

메멘토 모리, 1968년 6월 15일

누군가 사납게 문을 두드렸다. 밤 11시 10분경이었다. 이 늦은 시간에 누구일까. 무슨 일일까, 문을 열었더니 길가 아랫집에 사는 농사꾼 아저씨다. 집 앞 길가에 세 집이 있었는데 떡집 위로 다음다음 집 아저씨였다.

"큰일 났어요. 아무래도, 집주인이신 거 같아요."

"무슨 말씀이신지요?"

"김 선생 들어오셨는지요?"

"아뇨, 아직……."

"사고가 났어요. 타이어가 펑, 터지는 소리가 났는데, 암만해도."

아내 김현경金顯敬의 머리칼이 쭈뼛 선다.

"큰 소리가 나서 도로가 보이는 창문을 열어보니 버스가 서 있었어요. 잠시후 널브러져 있는 사람을……."

아랫집 아저씨는 말을 잇지 못한다.

"방금 버스가 쓰러진 사람을 싣고 갔는데, 필시 김 선생 같아요. 빨리 그 버스가 어디로 갔나 찾아보셔야지."

잔뜩 미간을 찌푸린 아저씨는 울상이다. 부들부들 떠는 아내는 제대로 옷을 챙겨 입지도 못한다. 오한 걸린 몸처럼 떨릴 뿐이다. 침착하자, 먼저 파출소에 가서 신고하자. 집 앞 언덕 위에 있는 파출소로 가려는데, 마침 순찰하는 지프차가 길가에 서 있다. 아내는 남편을 찾기 위해 지프차를 탄다. 마포 공덕동에 불

켜진 병원이 있어 순경과 들어갔더니 의사가 말한다.

"아, 왔었어요, 우리 병원에서는 손 못 댈 상태라서 얼른 큰 적십자병원으로 가라고 해서 방금 갔어요."

아내는 다시 지프차를 타고 적십자병원으로 향한다. 사랑하는 남편과 지냈던 아름답고 신기했던 혹은 부부 싸움을 하던 영상들이 고장난 영사기처럼 엉켜서 덜컹이는 차보다 빠르게 지나간다.

적십자병원 중환자실에 남편은 산소호흡기를 하고 누워 있다. 사고 날 때 타박상인지 불어터지듯 부은 손에는 이미 시꺼멓게 멍이 퍼졌다. 거렁거렁 목에서 끓는 소리를 내는 그의 큰 눈은 천장을 향해 있었다.

"귀에서 피가 흐르는 건 환자 머리가 깨져서 그래요."

입을 다물고 있던 의사는 짧게 말하며 플래시로 남편의 뜬 눈을 비춰 본다.

"동공이 안 움직여요."

휑하니 뜬 큰 눈은 빛을 잃으며 꺼져가고 있었다. 아내는 남편의 눈을 감겨드린다. 다만 그때 남편의 목에서 컬컬, 커얼 가래 끓는 소리가 났다. 그 소리에 아내는 잠시 희망을 가진다. 제발, 이 상황이 거짓말이기를, 그냥 악몽이기를, 시간이 멈춰 서기를, 아니 하루 이전으로 돌아가기를, 까만 머리, 짙은 눈썹, 긴 코, 잘생긴 남편의 얼굴을 아내는 몇 번이고 쓰다듬는다. 갑자기 해일처럼 형용 못할 감정이 밀려온다. 여보, 미안해, 나 땜에 맘 고생 많았지, 내가 속 많이 썩였지, 현경은 밤을 뜬눈으로 지샌다.

김수영은 김현경이 사준 슈트를 입고 귀가 중이었다.

키 크고 잘생긴 수영을 위해 현경은 평소 옷을 마련할 때마다 신경을 썼다. 여름에는 시원한 '포오라' 신사복을, 겨울에는 곤색 플란넬 모직 셔츠나 신사복을 준비했다. 수영은 키가 커서 사이즈가 큰 옷을 입어야 했다. 48사이즈로 양복을 사면, 소매나 바지 기장을 고치지 않고 딱 맞았다. 현경은 외국인 옷을 파는 도깨비시장 구제품 가게에 새벽에 가서 수영에게 세비로せびろ(背広)를 사서 입혔다. 양복 안에는 현경이 재단해서 만든 올리브색 노타이셔츠를 입고 있었

다. 그 세비로 안주머니와 바지 주머니에, 수영이 마지막으로 번역한 뮤리엘 스파크의 『메멘토 모리』의 번역료가 있었다. 이 책을 번역할 때 현경은 마음에 들지 않았다. 하필이면 번역 원고 제목이 '너는 반드시 죽는다는 것을 기억하라'는 메멘토 모리memento mori여서 마뜩잖았는데, 아니나 다를까, 일이 터졌다. 믿기지 않았다. 어떻게 행복하게 살던 집터, 바로 그 앞에서 이런 일이 일어날 수 있는지.

좁은 길에서 엇갈리던 버스 두 대 중 한 대가 인도로 뛰어들어 생긴 사고였다. 집에서 동쪽으로 다리 건너 서강에 1번 버스 종점이 있었다. 서강에서 마포, 서대문, 종로를 지나, 종로 5가에서 정릉까지 가는 편리한 노선이었다. 집 앞 정류장은 종점에서 출발해 첫 번째 정류장이어서, 승차를 했을 때 늘 좌석이 비어 있어 이용하기가 편했다. 밤 11시 차가 막차였다. 막차로 들어오는 버스와 정릉으로 나가는 다른 막차 버스가 겹치는 순간이었다. 당시 집 앞 길은 2, 30도 정도의 경사가 질 정도로 언덕이 꽤 높았다. 막차여서 타는 손님도 별로 없고, 그저 목적지에 빨리 가기 위해 두 대의 버스는 빠르게 달렸다. 변두리 도로는 한가운데만 적당히 아스팔트 흉내를 내고, 나머지 길가는 인도랄 것도 없는 비포장이었다. 수영은 떡집 앞 정류장에서 내려 천천히 길가를 걷고 있었다. 좁은 2차선 도로를 헤드라이트를 켜며 엇갈리던 버스 중 한 대가 길가를 걸어가는 사내를 치어버린 것이다. 버스가 사내의 머리 뒤통수를 치면서 사내의 가냘픈 몸은 높이 떠올랐다가 떨어졌다. 픽, 하는 큰 소리는 골이 깨지는 소리였다.

사고가 나기 전날, 수영은 신구문화사 신동문 주간에게서 번역료 10만 원을 받았다. 3만 원은 상의 안주머니에 챙기고, 나머지 7만 원은 봉투째 바지 주머니에 넣었다. 현경은 안주머니에 든 3만 원을 보며 습관대로 술값으로 '뼁땅'을 떼면서도 아내에게 줄 7만 원을 잊지 않았던 남편 수영을 내려다보았다. 남편의 부서진 머리를 보고 있자니 현경도 머리가 깨질 듯 아팠다.

정신을 가다듬은 현경은 열여덟 살 큰아들에게 전화를 했다.

"준이야, 엄마야. 4시에 통금 해제되자마자 도봉동 할머니 댁에 가서 큰삼촌, 큰고모, 막내삼촌 모셔와. 빨리 택시 타고……."

시댁에는 전화가 없었기 때문에 양계하던 도봉동 할머니 집에 어서 사고 소식을 알려야 했다. 김수영은 평소 현경을 여보가 아니라 '여편네'라고 불렀다. 그런 남편이 지금 생사의 갈림길에 있다. 현경은 너무 서럽고 억울했다. 내 남편은 눈꼽만치도 잘못한 게 없어요. 술에 취해서 비틀거리거나 교통 위반을 해서 도로로 들어간 것두 아니라구요. 마음 같아서는 마구 소리치고 싶었다. 번역료를 품고 멀쩡하게 걸어서 귀가하던 수영을 초를 다투는 속력을 내면서 잔혹하게 치어버린 시내버스가 원망스러웠다. 누워 있는 이 사내가, 내 남편, 김수영이 맞는가. 그 순간, 여편네, 부르는 소리에 언뜻 고개를 드니 병원 창밖으로, 희뿌옇게 밝아오는 동녘과 함께 가족이 하나둘 모여들고 있었다. 여동생 김수명은 그때의 상황을 지금도 생생히 기억하고 있다.

김수명은 누워 있는 오빠 옆에 섰다. 오빠의 왼팔은 찰과상을 입어 하얀 붕대로 두껍게 감싸여 있었다. 유정 외에 작가 몇몇이 벌써 와 있었다. 아직 숨을 쉬는 듯했지만 오빠와 대화는 전혀 할 수 없었다.

"만약 오빠의 의식이 살아 있어서 주변에 가족을 바라보고, 친구를 바라보며 대화를 나눴다고 생각해보세요. 고통을 참는 모습을 가족들이 봤다고 생각해보세요. 오빠는 마치 배웅하려는 이들에게 편한 마음을 주려는 것처럼 조용히 떠났어요. 오빠의 마지막 순간이 어쩌면 가족에 대한 배려라는 생각이 들어요. 나는 그걸 너무 고맙게 생각해."

50여 년이 지난 지금도 김수명은 오빠와 대화를 나누지 못한 것이 오빠의 배려였다며, 고맙다면서 눈물을 흘렸다.

아침 8시 의사는 산소호흡기를 벗겼다. 가느다란 싸움도 포기한 김수영의 얼굴은 풀리고 고요해졌다. 김현경이 흐느끼면서 두 눈을 감겨주었다. 그의 삶이 끝난 것이다. 1968년 6월 16일, 48년의 길지 않은 생애를 끝내고 김수영은 조각처럼 희고 단정한 얼굴로 무(無) 속으로 들어갔다.

(최하림, 『김수영 평전』, 실천문학사, 380면)

김현경은 수영의 마지막 순간을 8시 50분이 아니라, 새벽 5시 30분쯤으로 기억한다. 크르르륵 밭은 숨소리를 내던 그에게서 산소호흡기는 더 이상 구원의 동아줄이 아니었다. 48년간 그를 담았던 몸을 떠난 김수영은 시혼詩魂을 남기고 무한無限으로 떠났다.

유족은 적십자병원에서 시신을 옮겨 구수동 집으로 모시기로 했다. 생전 그가 즐겨 머물던 작은 서재에 모시고 싶었다. 그가 책을 읽고, 번역하고, 시를 쓰던, 지금은 김수영문학관에 있는 8인용 다이닝 테이블을 마당에 내놓고, 좋아하던 그 자리에 수영을 뉘었다.

가까운 합정동에 살면서 가끔 계란 사러 걸어서 오곤 했던 소설가 최정희 여사가 제일 먼저 서둘러 왔다. 김수영 부부와 이런저런 얘기 나누기를 좋아하던 소설가였다. 이틀을 모시기로 하고, 시신을 수의로 갈아입히고 최대한 정성껏 모셨다.

당시 월간 《현대문학》 편집장이었기에 문단 상황을 잘 알던 동생 김수명 여사는 그때를 이렇게 회고했다.

"당시 김수영 시인은 아웃사이더였어요. 지금처럼 알려진 상태도 아니고, 문단 활동을 하던 시인도 아니었죠. 김수영 시인이 바른 말을 직설적으로 해서 피하는 사람도 있고 그랬어요. 그랬는데, 김수영 시인 장례식만치 문상객이 많이 온 경우는 드물다는 말을 들었어요. 김수영 시인은 인간관계가 원활했던 사람이 아니기 때문에 모두 놀랐지."

큰아들이 불의의 사고로 사망했지만 어머니는 의연했다. 예민해서 자주 신경질을 내는 큰아들이었지만, 어머니는 늘 수영을 신뢰했다. "아드님은 백 년에 한 번 나올까 말까 하는 시인입니다"라고 기자들이 귀띔을 하면, 어머니는 "시인, 그 알량한 시인?"이라며 마뜩잖아했다. 그것은 하나의 강력한 반어법이었을 것이다. 온갖 어려움을 겪어온 노모와 가족의 아픔을 범인들은 상상하기조차 어려울 것이다. 만주로 이주하고, 조국에 돌아와 가난을 극복하면서도 납북되어 생이별을 한 가족 생각에 눈물샘이 마를 정도로 이미 숱한 울음을 삼켜왔던 가족이었다.

수영이 시에 그대로 이름을 넣었던 떡집 사람, 농사꾼 아저씨, 동네 할아버지 등 풀처럼 어진 사람들이 먼 여행을 떠나는 그를 배웅한다. 조병화, 조연현, 고은, 유정, 김중희, 황순원, 백낙청 등 문인들이 황급히 달려왔다. 문단 사람들은 물론이거니와 국회의장 이효상도 조문했다.

조병화는 서재에 있던 식탁을 보고 큰 시인은 책상도 거대하다는 에세이를 썼다. 특히 불교 승려였던 고은은 두어 시간 이상 목탁을 치면서 낭랑하게 염불 독경을 하며 마지막 길을 함께했다. 1년 전 봄날 평론가 김현 등과 함께 소주를 마시고 술값이 떨어져 구수동 자택을 찾아갔다가 댓돌 위에서 수영으로부터 야단맞은 고은이었지만, 그는 김수영이 기대했던 후배 시인 중 한 명이었다. 고은이 보기에 김수영은 누구의 아류가 아니라 김수영 그 자체였다. 고은의 맑고 구슬픈 독경 소리와 함께 가족의 마음에 조금 피가 돌았다. 아내 현경은 수영이 탐독했던 하이데거 전집 중 『존재와 시간』 그리고 의치를 관 속에 넣어드렸다. 김수영이 작고하기 전 2년여 동안 가깝게 지내면서 적잖은 추억거리를 만들었던 후배 염무웅도 서강으로 왔다.

어느 여름날 새벽 교통사고로 돌아가셨다는 급보를 받고 얼마나 놀라고 통분했던지! 구수동 옛집으로 달려가 목격했던 그의 깨진 머리통! 시민회관 광장에서 열린 문인장文人葬에서 나는 떨리는 소리로 그의 유작 「사랑의 변주곡」을 낭송했다.

(염무웅, 「문학의 계단을 오르며」, 『문학과의 동행』, 한티재, 2018, 449면)

집에서 이틀을 모신 뒤 6월 18일, 지금 세종문화회관 근처에 있던 예총회관

광장에서 문인장을 할 때 시인 박두진은 명문의 조사를 낭송했다. 수영의 시신은 조객들의 배웅 속에 도봉구 선영에 안장됐다. 묘역은 이후 1994년, 지금의 도봉구 북한산국립공원 안쪽으로 옮겨진다.

죽기 전에 그는 죽음에 대해 자주 썼다. "빨리 죽는 게 좋은데, 이렇게 살고 있다. 나이를 먹으면 주접이 붙는다"(김수영, 「반시론」)라고 재미있게 쓴 그의 글이 있다.

마포구 구수동에 '신수중학교'라고 쓰여 있는 팻말이 있는데, 이 버스 정류장 근처에 오면 나는 늘 잃어버린 것을 찾는 마음이 된다. 귀중한 것, 평생 간직하고 싶었던 편지랄까, 안경을 잃어버린 기분이랄까. 아니 어린아이가 귀중한 장난감을 잃어버린 마음이랄까. 이 팻말 아래 서면 무얼 찾듯 늘 서성인다.

여기는 그가 양계를 하면서 찾아오는 식당 주인들에게 달걀을 건넨 곳이겠다. 밤새 번역을 마치고, 혹은 시 원고를 들고 도심으로 향하던 길목이겠다. 문우들과 한잔 걸치고 달빛 아래 기분 좋게 돌아오던 집 입구였다.

마포구 구수동 영풍아파트 단지 앞 버스 정류장, 60여 년 전 그가 교통사고로 사망한 자리에서 이 글을 시작한다. 떡집 가게가 사라진 자리에 황금열쇠,

마포장, 편의점 등이 이어져 있다. 누군가 편의점에 들어가 우유를 사들고 나온다. 동네 아줌마 두 분이 짜장면 집에서 나와 입을 가리고 이쑤시개를 놀리며 웃고, 방금 자전거가 지나가는 길이다.

끊임없이 부조리에 저항하는 그의 시를 보면 가끔 알베르 카뮈가 생각난다. 알제리에서 프랑스 식민지와 1, 2차 세계대전을 겪은 카뮈, 일제 식민지와 태평양전쟁과 한국전쟁을 겪은 김수영, 그들의 삶은 온통 전쟁이었다. 카뮈처럼 그도 차 사고로 먼 세상으로 떠났다. 잘못된 세상에 격렬하게 맞짱 뜨며 살던 선명한 눈동자, 두 작가는 모두 물살을 거침없이 거슬러 튀어 오르는 연어였다.

이 길에 와서 한동안 시무룩하게 있을 때 그가 죽지 않았다는 웅혼한 에피파니를 온몸으로 느낀다. 그가 아끼고 기대하던 후배 시인 신동엽이 그를 추도하던 글은 미래를 점지하는 굵직한 선언이다.

한반도 위에 그 긴 두 다리를 버티고 우뚝 서서 외로이 주문을 외고 있던 천재 시인 김수영. 그의 육성이 왕성하게 울려 퍼지던 1950년대부터 1968년 6월까지의 근 20년간, 아시아의 한반도는 오직 그의 목소리에 의해 쓸쓸함을 면할 수 있었다. (중략) 그러나 김수영은 죽지 않았다. 위대한 민족시인의 영광이 그의 무덤 위에 빛날 날이 멀지 않았음을 민족의 알맹이들은 다 알고 있다.

(신동엽, 「지맥 속의 분수」, 《한국일보》 1968. 6. 20.)

신동엽은 김수영을 "지맥地脈" 속의 분수라고 썼다. 그저 겉모양만 화려한 분수가 아니란 말이다. 척박한 황야, 혹은 물 한 방울 없는 갑급한 이 나라에 김수영은 보이지 않는 거대한 물줄기를 뿜어 올린 분수라는 뜻이다.

김수영 시 한 편만 제대로 곰삭혀 읽어도 뿜어 나오는 힘을 느낄 수 있다. 그의 시와 산문 전체를 읽고 또 읽는다. 한 편만 읽을 때와 전작을 읽을 때가 전혀 다르다. 전작을 한 번만 읽는 것이 아니라, 셀 수 없이 읽고 또 읽으면 새로운 의미가 오래 끓인 곰탕 국물마냥 한참 있다 구수하게 다가온다. 이제는 한 편만

김수영이 태어난 1920년대 종로 2가 거리. 오른쪽에 영국식 3층 양옥으로 지은 황성기독교청년회관
이 보인다. 현재 서울YMCA로 건물 골격이 그대로 남아 있다

읽어도 전작이 다가온다. 신동엽의 평가는 과대평가가 아니다. 신동엽은 자신의
내공으로 평가했겠지만, 김수영은 아직 연구 안 된 부분이 많고, 제대로 알려지
지 않았으며, 아직 제대로 평가되지 않았다.

끊임없이 솟아나는 생명의 힘, 생성의 힘으로 그는 죽음과 설움을 넘어 꽃을
피우는 사랑과 혁명의 세계를 보여준다. 지금도 하나의 에피파니로 다가온다. 우
리가 그의 시를 읽고 성찰하고 실천하는 한, 그는 독자의 마음과 실천 속에, 살
아 있다. 우리가 그의 삶과 시를 기억하는 한, 신동엽 시인의 말처럼, 김수영은,
죽지 않았다.

1921년 11월 27일

종로통 서양식 건물 앞으로 건초를 잔뜩 얹은 소가 느릿느릿 주인을 따라 걷
고 있었다. 상투를 틀고 지게에 대나무 바구니를 진 노인이 지나간다. 종로통은
조선 초기부터 도로 폭이 18미터로, 지금으로 치면 4차선에 해당하는 너비였
다. 근대식 도로 모양을 갖춘 종로 한복판에는 전차가 달리고, 마차나 인력거가

다니는 사이를 포드 T형 자동차가 천천히 나아갔다. 차가 옆으로 지나자, 땔감을 가득 실은 소가 놀라 뱉은 입김이 설핏 보였다. 1913년에 미국에서 대량생산된 포드 자동차는 조선 땅에도 680여 대 다니고 있었다. 포드와 시보레 자동차를 파는 자동차 상회가 태평로에 있었다. 몇 년 뒤 요코하마에 포드 자동차 조립공장, 오사카에 제너럴모터스 조립공장이 세워지면서 더 많은 자동차들이 종로통을 다녔다.

아직 많은 남자들이 한복에 검은 갓을 쓰고 다니는 조선의 수도는 식민지 근대 도시로 바쁘게 변화되고 있었다. 종로에는 일본식 2층 목조 가옥과 식민지 도시의 형태가 자리 잡고 있었다. 1910년 한일병합조약으로 통제권을 쥔 일제는 '한양'이라는 말을 금지시키고 게이조(京城)라는 말을 쓰게 했다. 이미 1911년경에 창덕궁 인근의 창경궁을 동물원, 식물원을 갖춘 공간으로 바꾸어버렸다. 대한제국 황실의 공간이 우에노공원 모델에 따라 시민 공간으로 바뀐 것이다. 이 무렵 불규칙하고 구불구불한 게이조의 길을 직선 도로로 만들면서, 구역을 정리하는 시구개수市區改修 계획(1913~1917)이 시행되었다. 종로통, 청계천의 빈민촌, 지금은 을지로로 변한 황금정, 지금의 명동부터 충무로 지역으로 이어지는 남산 아래 남촌 지역인 혼마치(본정本町), 이렇게 네 구역을 총독부는 격자형 도로로 정비해나갔다. 일본식 근대 도시로 변형되어가는 혼마치에서 남산을 조금 오르면 하늘로 치달아 오르는 듯한 380여 돌계단이 조선신사로 이어졌다. 1920년부터 공사를 시작한 조선신사는 1925년 조선신궁이라는 격상된 이름으로 완공되었다. 1920년대에 종로통에는 영국식으로 지은 3층 양옥으로 당시 가장 큰 건물이던 황성기독교청년회관, 지금도 그 형태가 남아 있는 종로YMCA 건물이 번듯하게 지어졌고, 반면 청계천을 따라 겨울에는 꽁꽁 언 손으로 빨래를 하던 초가집이 늘어서 있었다.

1921년 11월 27일, 신유辛酉년 닭띠 해, 음력 10월 28일이니 아침에는 제법 추운 초동初冬이었다. 늦가을에서 겨울로 넘어가는 시기에 눈이 또렷한 아이가

제적등본

제적	
본 적	서울특별시 종로구 묘동 171번지
호주성명	김수영
전산입력	[입력일]2010년 11월 15일 [입력사유]종전「호적법시행규칙」부칙(2004. 10. 18.) 제2조제1항
사건명	정정 또는 기재사항
정정 또는 기재사항 없음	

김수영 제적등본(김현경 여사 제공, 사진 김응교)

태어났다. 제적등본에는 본적이 서울시 종로구 묘동 171번지로 쓰여 있지만, 실제로는 할아버지 집이 있는 서울시 종로 2가 58-1, 옛 주소로 관철동 158번지에서 태어났다. 아버지 김태욱金泰旭과 어머니 안형순安亨順은 5남 3녀를 낳아 길렀다. 부부는 1919년 6월 10일에 결혼했는데, 두 명의 아이가 이름을 갖기 전에 죽고, 세 번째로 태어난 김수영이 8남매 중 장남이 되었다. 가까스로 살려낸 세 번째 아이는 얼마나 귀했을까. 김수영의 생가는 탑골공원 바로 맞은편에 있다. 가로수 아래 작은 생가 표지석만 있다.

그가 태어나기 몇 년 전 1916년 제임스 조이스는 『더블린 사람들』을 써서 영국의 식민지 아일랜드 사람들의 마비된 내면을 그려냈다. 신문과 함께하는 김수영의 탄생을 예고하듯 그가 태어나기 1년 전인 1920년에는 《동아일보》, 《조선일보》, 《시대일보》가 창간되었다.

1921년 그해에는 한국 최초의 현대 시집이며 번역 시집인 김억 시인의 『오뇌의 무도』가 출판되었고, 염상섭 소설 「표본실의 청개구리」, 현진건 소설 「술 권하는 사회」가 발표된다. 3월 19일에는 화가 나혜석이 서울에서 첫 근대적 개인전을 연다. 7월 1일 중국에는 공산당이 창당된다. 7월 29일 아돌프 히틀러가 나치당의 지도자로 선정되고 몇 달 뒤 나치 돌격대가 창설된다. 12월 28일 미국 워싱턴에서 이승만과 서재필이 군비축소회의에 참석한다. 그야말로 제국주의와 전체주의의 모순이 거대하게 그 위용을 드러내는 변혁기였다.

1921년에는 배우 황해 그리고 장동휘, 민주화운동가 문동환 목사와 계훈제 선생, 인도네시아 정치인 수하르토, 프랑스 배우 이브 몽탕이 태어났다. 무엇보다도 나중에 작가로서 만날 시인 조병화, 김종삼, 박태진, 소설가 이병주, 장용학이 모두 이해에 태어났다.

> 나는 이사벨라 버드 비숍 여사와 연애하고 있다 그녀는
> 1893년에 조선을 처음 방문한 영국 왕립지학협회 회원이다
> 그녀는 인경전의 종소리가 울리면 장안의
> 남자들이 모조리 사라지고 갑자기 부녀자의 세계로
> 화하는 극적인 서울을 보았다 이 아름다운 시간에는
> 남자로서 거리를 무단통행할 수 있는 것은 교군꾼,
> 내시, 외국인의 종놈, 관리들뿐이었다 그리고
> 심야에는 여자는 사라지고 남자가 다시 오입을 하러
> 활보하고 나선다고 이런 기이한 관습을 가진 나라를
> 세계 다른 곳에서는 본 일이 없다고
> 「거대한 뿌리」(1963. 2. 3.) 부분

「거대한 뿌리」에 나오는 인경전은 사실 관철동에 있는 2층 누각인 보신각을 말한다. 김수영이 태어난 관철동은 주목할 만한 공간이다. 북쪽으로는 탑골공원, 남쪽으로는 청계천이 동서로 흐르는 관철동은 중인 계급 이상이 사는 부촌이었기 때문이다. 동쪽에 보신각 2층 종루가 있는 관철동 종로통은 비단, 소금, 종이, 생선 등을 파는 육의전도 있는 그야말로 부자 동네였다. 이사벨라 비숍 Isabella Bird Bishop(1831~1904) 여사가 "심야에는 여자는 사라지고 남자가 다시 오입을 하러 활보하고 나선다"고 한 것은 관철동 부근의 밤 풍경일 터이다. 김수영은 종로통에 늘어선 "요강, 망건, 장죽, 종묘상, 장전, 구리개 약방, 신전,

피혁점"(「거대한 뿌리」)을 보고 자랐다.

어떤 가계이기에 근대 문명이 들어오는 종로통과 가깝고, 조선의 부를 쥐고 있는 중인 이상이 사는 부촌에서 태어났을까. 김수영 집안의 선조 두 분의 묘지석에 쓰여 있는 이력을 보면 알 수 있다.

김수영의 증조할아버지 김정흡金貞洽은 현재 3급 공무원이라 할 수 있는 종4품 무관으로 용양위龍驤衛 부사과副司果를 지냈다. 용양위는 조선 시대에 군사 조직을 이루는 오위五衛의 하나이고, 부사과는 현재 중령 정도의 계급이다.

할아버지 김희종金喜鍾은 현재 1급 공무원인 정3품 통정대부通政大夫, 중추의관中樞議官을 지냈다. 통정대부는 현재 차관보급 혹은 도의 부지사, 군인으로 말하면 중장 계급에 해당한다. 중추의관은 현재 대통령 자문위원 격으로 상당한 고위직이었다.

김수영의 어머니가 "할아버지가 장군이었다고 그래"라고 진술한 바 있는데 그 말은 두 할아버지의 묘비에 쓰여 있는 저 이력에 기인한 이야기다. 이 정도면 김수영은 상당한 고위직 가계의 금수저로 태어난 인물이다.

고위 관료였던 할아버지가 살아 있을 때만 해도 김수영의 집안은 풍족했다. 경기도 파주, 문산, 김포와 강원의 홍천 등지에 소유한 토지에서 연 5백 석 쌀을 얻는 부자였다. 가을만 되면 소작인들이 추수한 5백 석 이상의 쌀가마를 실은 마차가 관철동 집 앞으로 늘어섰다고 한다.

김수영이 태어났을 때, 일제가 조선 토지 조사와 도로 정비를 하면서 가세가 급격히 기울어지기 시작한다. 일본인들이 지금 명동의 혼마치와 을지로인 황금정뿐만 아니라 종로통 상권을 장악하면서 1923년에 김수영의 가족은 관철동 집을 팔아 종로 6가 116번지로 이사한다. 현재 동대문에서 종로 쪽으로 가면서 두 번째 골목으로 들어가면 김수영이 아이 적 살던 집 자리다. 종로 6가에는 관철동 부촌에서 밀려난 중인들의 상권이 형성돼 있었다. 김수영의 아버지는 그곳에서 지전상紙廛商을 경영한다. 종로 6가에 있으나 바로 눈앞에 동대문이 보이는 동네이니 동대문 집이라 해도 되겠다.

이름도 얻기 전에 세상을 떠난 형과 누이 다음으로 태어난 세 번째 아이 김수영만은 꼭 살리려고 온 가족이 노심초사했다. 김수영의 여동생 김수명 여사는 어머니 안형순이 자주 했던 말을 기억한다.

"오빠가 몸이 약했대요. 할아버지가 장손을 끔찍이 사랑하셔서 오빠가 울면 할아버지가 걱정하실까 봐, 할아버지 계신 사랑채에 울음소리가 들릴까 봐 오빠를 포대기에 싸서 달랬다고 해요. 어머니가 여러 번 말씀하셨죠."

이 이야기는 아기 김수영이 동대문 집에 살았을 때 이야기일 것이다. 동대문 쪽으로 이사 온 할아버지 김희종의 집은 관철동만치 크지는 않았지만 백여 평의 대지에 안채와 사랑채가 있었다(최하림, 52면) 하니 그 사랑채에서 할아버지가 지낸 모양이다.

흔히 김수영이 태어나던 시절 종로의 집들은 모두 초가집인 조선 시대 풍경을 생각하여 김수영은 중세의 전통을 익히며 자랐다고 단정하는데, 그건 오해이다. 사실 김수영이 자란 동네는 식민지 정책으로 일찍 개발된 지역이었다. 명절 때마다 동대문 집에서 걸어서 10여 분이면 당도할 가까운 동묘에 가서 절을 올렸던 그가 태어난 공간은 전통, 포드 자동차와 전차가 다니는 근대, 그리고 청량리의 빈민촌이 섞여 있는 공간이었다. 근대와 전통과 빈곤이 구별 없이 섞여 있는 공간, 그 공간이 그가 어린 시절에 만난 첫 교과서였을 것이다.

잔병치레가 잦았던 김수영은 네 살이던 1924년 조양朝陽 유치원에 들어가고 이듬해 공장 건물 같은 간이역이었던 경성역에 웅장한 빨간 벽돌의 역 건물(현 서울역 역사)이 세워진다. 여섯 살이던 1926년 이웃에 사는 고광호高光浩와 함께 계명서당啓明書堂을 다닌다. 계명서당은 고광호의 아버지가 집 사랑채에 연 서당이었다. 김수영 골목 집의 바로 맞은편 집에서 한학을 배운 것이다. 거기서 『천자문』, 『학어집』, 『동몽선습』을 읽었다(최하림, 36면) 하니, 한학의 기본을 잘 다진 격이다.

1930년대 동대문 문루에서 종로 쪽으로 찍은 사진이다. 붉은 원으로 그린 부분이 김수영 집터 부근
이다. 집 앞에 1920년대에도 전차가 지나갔고, 사진 왼쪽 아래쪽으로 전차 차고가 있던 동대문 발전
소 입구가 보인다

여덟 살이던 1928년 어의동於義洞공립보통학교(현 효제초등학교)에 입학하여
6년 내내 반장을 하고 우수한 성적을 받는다. 할아버지의 절대적 보호를 받으며
즐겁게 지내던 소년에게 큰 시련이 다가온다. 6학년이던 해의 9월에 가을 운동
회를 마치고서는 장티푸스에 걸리고, 폐렴과 뇌막염까지 겹친 소년 김수영은 이
후 학교에 가지도 못한다.

졸업식은 물론이고 중학교 진학 시험도 치르지 못한 열네 살의 김수영에게
1934년은 내내 병을 앓던 한 해였다. 이 무렵 가족은 변두리 용두동龍頭洞으로
이사한다. 경성의 중심 지역에서 밀려났다고 보아야 할 것이다. 가까스로 건강을
찾은 소년 김수영은 아버지가 권유하여 경기도립상고보京畿道立商高普에 시험
을 쳤으나 떨어진다. 소년은 크게 낙심했을 것이다. 김수영에게 1934년은 인생에
첫 굴욕의 쓴맛을 맛본 한 해였을 것이다.

1935년에 선린상업학교 전수부 야간에 입학하고, 1938년에 전수부를 졸업한 뒤 본과 주간 2학년으로 진학한다. 영어, 주산, 상업 미술에 뛰어난 성적을 거둔다. 가계는 자꾸 기울어져 용두동 집을 줄여 다시 현저동峴底洞으로 이사하고 수영은 1941년 12월에 선린상업학교를 졸업한다.

일본으로

김수영이 일본으로 향하던 때는 선린상업학교를 졸업한 1941년 12월 이후 1942년 2월경으로 추정된다. 그래야 학원이든 학교든 4월에 시작하는 새 학기에 입학할 수 있기 때문이다. 같은 해 1942년 3월에 윤동주도 일본 유학을 하여 4월에 도쿄 릿쿄대학에 입학한다.

"나는 그 소녀를 따라서 동경으로 갔었다"(「낙타과음」, 1953. 10.)고 쓰여 있듯이, 김수영은 앞집 친구인 고광호의 여동생 고인숙을 찾아 도쿄로 간다.

선배 이종구와 함께 도쿄 나카노(中野區 住吉町 山內氏)에서 하숙한 김수영은 대학 입시를 준비하려고 조후쿠(城北)고등예비학교에 들어간다. 후에 나카노의 하숙집에서 와세다대학 쪽으로 거처를 옮기는데 그 시점이 언제인지는 확실하지 않다.

일본 유학시절 하숙집. 와세다대학 근처

김수영이 다니던 조후쿠고등예비학교 자리. 이치가야 출판 단지 근처

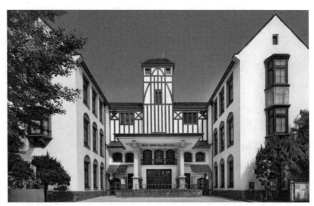

김수영 하숙집에서 가까운 '와세다대학 연극박물관'. 걸어서 3~4분 거리에 있다. 셰익스피어 일본어 전집을 최초로 출판한 곳이다. 김수영이 원했다면 여기서 고급 연극 자료를 많이 접했을 것이다

김수영의 두 번째 하숙집 위치는 '나카노쿠 다카다노바바(中野區 高田馬場 350 望月氏方)'로 나온다. 현재 와세다대학 아시아태평양연구소 바로 맞은편에 해당하는 자리다. 이 하숙집에서 이치가야(市ヶ谷)에 있는 조후쿠고등예비학교를 다닌 것으로 추측된다. 조후쿠고등예비학교가 있는 자리는 와세다대학 하숙집 터에서 자전거로 20분쯤이면 갈 수 있는 곳이다. 와세다대학에서 일할 때 필자는 출판사가 많은 이유로 이치가야에 자주 갔다.

중요한 사실은 당시나 지금이나 와세다대학은 일본 연극 운동의 중심지라는 사실이다. 일본에서 가장 많은 연극 도서와 자료를 보유하고 있는 와세다대학 연극박물관은 김수영이 하숙했던 와세다대학 하숙집에서 걸어서 3, 4분이면 충분히 갈 수 있다.

건물 정면에 "Totus Mundus Agit Histrionem(이 세상은 모두 무대)"라는 셰익스피어 연극의 대사가 라틴어로 새겨져 있는 이 박물관은 1928년 10월에 건립되었다. 일본 근대 연극의 시조 츠보우치 쇼요(坪內 逍遙) 박사가 칠순의 나이에 평생 번역한『셰익스피어 전집』전 40권의 출판을 기념하면서 건물을 지었다. 건물은 엘리자베스 시대, 16세기 영국 극장인 '포츈좌' 형태로 지은 아시아 유일의 연극 전문 박물관이다. 고대 연극부터 가부키를 거쳐, 신파극과 현대 뮤지컬까지 100만여 점에 이르는 컬렉션은 도서뿐만 아니라 의상, 무대 설치 자료

등으로 풍부하게 구성되어 있다. 연극을 좋아했고, 연극연구소에 다녔으며 만주에서 연극배우를 하기도 했던 김수영이 이곳을 모를 리는 없었을 것이다.

이후 김수영은 쓰키지(築地)소극장의 창립 멤버였던 '미즈시나 하루키(水品春樹) 연극연구소'에 들어가 연출 수업을 받는다. 거기서 연출 수업을 받았다지만, 그 실체는 명확하지 않다. 영문학자 이종구의 증언에 따르면, 그는 소련의 사실주의적 연극 이론가 스타니슬랍스키의 『예술과 나의 생애』에 심취했다. 미즈시나 연극연구소의 전신은 쓰키지소극장으로, 1920년대에 주로 사회주의 사상을 담은 연극을 무대에 올렸으며, 연극이 끝난 후에는 젊은 마르크스주의자들이 "천황제를 전복하자"고 열변을 토했다. 미즈시나 하루키는 디오니소스를 상징하는 포도가 그려져 있는 극단 마크처럼 자유를 지향하면서 진보적 반체제운동의 거점이기도 했던 쓰키지소극장의 멤버였다. 이 시기를 최하림은 이렇게 평가한다.

그렇다면 김수영의 동경 유학이 김수영에게 실패만을 안겨주었던가. 수확은 없었던가. 이에 대해 김수영은 이렇다 할 언급이 없다. 하지만 수확이 전혀 없다고 할 수는 없다. 김수영은 미즈시나 연극연구소에서 드라마를 배웠다. 드라마란 우리 문화의 속성에는 부재한 것으로, 그것은 갈등과 대립을 통해 화해와 정화라는 새로운 가치를 만들어낸다. 김수영은 그런 드라마를 그의 시에 도입하여 새로운 시를 창조해냈다. 그것은 커다란 수확이라 아니할 수 없는 것이었다.
(최하림, 『김수영 평전』, 실천문학사, 2001, 62~63면)

미즈시나 하루키 연극연구소에서 배우고, 와세다대학 근처에서 지냈던 김수영은 이후 시에 연극적 기법을 사용하기도 한다. 최하림은 김수영이 일본에서 드라마를 배웠고, 그가 드라마를 통해 새로운 시를 창조했다는 사실을 "커다란 수확"이라고 평가한다.

해방 후 1947년에 발표한 「가까이할 수 없는 책」에는 캘리포니아를 "가리포루니아"라고 쓴 구절이 나온다. 일본식 발음 'カリフォルニア'를 그대로 옮긴 것이

다. 김수영은 캐시밀론을 "카시미롱"이라 썼다. 이것들은 그의 의식 속에 그 당시까지도 일본어 표현이 고착되어 있다는 증표다. 그는 일본어 사용자가 겪은 상처를 그대로 남기려 했다. 아쉽게도 2018년도 『김수영 전집』에서 "가리포루니아"를 표준어 "캘리포니아"로 고쳐 냈는데, "그대로"라는 메모도 있으니 그대로 두었으면 한다. 김수영은 "나는 학교 교육에서 정확한 우리말을 익힐 기회가 별로 없었다"고 고백한 적도 있다.

그의 세대에게는 일본어가 익숙했고, 해방 후 우리말은 되레 낯설었다. 해방되자마자 한국에서 일본어는 금지어였다. 교사가 칠판에 일본어를 쓰면 당장 친일파로 몰리는 판이었다. 와사, 에리, 오야붕, 조로, 유부우동, 쓰메에리, 노리다케, 인치키, 나츠가레, 마후라, 와이로 등 놀랍게도 김수영은 일본어를 맘껏 부려 썼다. 실력 있는 일본 작가의 실명을 숨기지 않고 글에 등장시켰다.

김수영은 "한국말이 서투른 탓도 있고 신경질이 심해서 원고 한 장을 쓰려면 한글 사전을 최소한 두서너 번은 들추어"(「시작 노트 4」) 본다며, 능숙한 일본어와 서투른 한국말을 대비시킨다. "몇 차례의 언어의 이민을 한" 그는 "일기의 원문은 일본어로 씌어져 있다"(「중용에 대하여」)며 일본어로 쓴 일기를 숨기지 않았다. "사전을 보며 쓰는 나이와 시詩/사전이 시 같은 나이의 시/사전이 앞을 가는 변화의 시"(「시」)라는 구절처럼 그는 익숙한 일본어로 쓰고 사전을 찾아 낯선 한국어로 번역했다. 늘 사전을 뒤적이며 시를 써야 했던 그에게는 "사전이 시"였다.

그대는 기껏 내가 일본어로 쓰는 것을 비방할 것이다. 친일파라고, 저널리즘의 적이라고 (중략) 이리하여 배일排日은 완벽이다. 군소리는 집어치우자. 내가 일본어를 쓰는 것은 그러한 교훈적 명분도 있기는 하다. (중략) 나는 일본어를 사용하고 있는 것이 아니라 망령을 사용하고 있는 것이다.
(「시작 노트 6」)

일본어는 식민지 시절에 그에게 씌워진 억압이었고, 한국어는 해방 후 그에게 씌워진 덮개였다. 그에게 망령은 일본어로 쓰면 죄를 짓는 양 괴로워하는 식민지 지식인의 피해 의식이 아닐까. 그 망령을 극복하려고 그는 까짓것 일본어로 글을 쓴다.

일본어를 쓰면서도 김수영의 시와 산문에는 민족과 민중이란 단어가 등장한다. "나의 노래가 없어진들/누가 나라와 민족과 청춘과/그리고 그대들의 영령을 위하여 잊어버릴 것인가"(「조국으로 돌아오신 상병포로 동지들에게」)라고 민족을 말하거나, 군사정권이 강요하는 국민가요 운동에 맞서 민요의 중요성을 거론하고, 아일랜드 민족시인 예이츠를 소개하기도 한다. "전통은 아무리 더러운 전통이라도 좋다"며, "요강, 망건, 장죽, 종묘상, 장전, 구리개 약방, 신전,/피혁점, 곰보, 애꾸, 애 못 낳는 여자, 무식쟁이,/이 모든 무수한 반동이 좋다"(「거대한 뿌리」, 1964)고 "거대한 뿌리"의 실증을 호명한다.

"민중은 영원히 앞서 있소이다"(「눈」, 1961)라며 그는 시에 동네 청년, 할아버지, 머슴, 아들 등 실제 이름을 넣었다. 다중多衆을 떠올리게 하는 물방울, 파, 풀 같은 "무수한 반동"을 시에 등장시켰다. 함석헌 씨의 글이라도 한번 읽어보고 얼굴이 뜨거워지지 않고 가슴이 뭉클해지는 것이 없거든 "죽어버려라!"(「아직도 안심하긴 빠르다」)고 일갈했다.

일본어로 글을 썼다는 사실만으로 그에게 민족과 민중 의식이 없다는 해석은 왜곡이다. 다만 그가 위태롭게 본 것은 세계가 아니라 우물 속 개구리 같은 민족과 민중 개념이었다(「변한 것과 변하지 않은 것」).

임화의 「현해탄」과 다른 격랑에 마주친 김수영은 일본적인 것과 냉전적인 것을 함께 극복해야 했다. 지리멸렬한 시대에 유대인 카프카가 써야 했던 독일어처럼, 김수영에게 일본어는 소수자 언어가 아닐까. '친일 문학=일본어 사용/민족 문학=한국어 사용'이라는 낡은 이항대립은 그의 글쓰기 앞에서 박살 난다. 양극단 사이에서 아픈 몸으로 걸으며, 이국어를 통해 세계 지성과 대화하며, 결국 그는 모국어로, 아프지 않을 때까지, 온몸으로 썼다.

1943년 태평양전쟁으로 경성 시민의 생활이 극도로 어려워지자 김수영 가족은 만주 길림성吉林省으로 이주한다. 당시 길림성은 신경시와 더불어 만주국의 대도시 중 하나였다. 길림성에는 거대한 성냥공장이 있었으며 큰 농장들이 있었다. 한편 일본에 가 있던 김수영은 조선학병 징집을 피해 1944년 2월 초에 귀국한다. 종로 6가 동대문 바로 아래 있는, 어려서부터 김수영을 돌봐준 고모 집에 짐을 푼다. 이후 김수영은 쓰키지소극장 출신이며 미즈시나에게 사사받은 안영일安英一을 찾아간다. 안영일은 당시 조선연극협회가 주최하는 연극 경연대회에서 거듭 수상하는 연극계의 스타 연출가였다. 김수영은 한동안 그의 밑에서 조연출을 맡아 연극을 배웠다고 한다.

김현경은 날짜를 명확히 제시하며 자신의 진명고등여학교 졸업식을 나흘 앞두고 있던 1944년 3월 15일께의 일화를 술회한다.

"지팡이를 짚으며 거지꼴이 돼 저를 찾아왔어요. '가족들이 있는 만주로 가려는데 돈이 없다'고 하더군요. 일단 가까운 식당으로 들어가 무 덴푸라 한 그릇을 시켜줬지요. 그리고 비상금 5원짜리 한 장이 들어 있는 지갑을 통째 줬어요. 한참 뒤에 물어보니까 돈이 모자라 그 지갑까지 팔았다더라고요."

김현경 여사의 이 증언을 필자는 여러 번 들었다. 무엇보다도 김수영의 귀국 시점을 알 수 있는 증언이기에 인용한다.

만주에서

스물네 살의 김수영은 1944년 일본의 패전이 보이는 봄날, 서울에 온 어머니를 따라 만주 길림성으로 향한다. 그곳에서 길림극예술연구회 회원으로 있던 임헌태, 오해석 등과 만난다. 그들은 조선, 일본, 중국의 세 민족이 참가하는 길림성예능협회 주최의 춘계 예능대회에 올릴 연극 작품을 준비한다.

1945년
만주 길림성 공회당에서
연극 〈춘수와 함께〉의
권 신부 역을 맡은
김수영

2018년 8월 18일 필자는 중국 다롄민족대학 남춘애 교수, 인하대 김명인 교수, 충남대 박수연 교수와 함께, 김수영이 연극 활동을 했던 길림성으로 향했다. 장춘에서 새벽에 올라탄 고속열차는 길림을 향해 달렸다.

새벽에 도착한 길림은 아직도 도로가 세련되게 정리되지 않은 도시였다. 넓은 도로에 황량하게 먼지가 날렸다. 우리는 김수영이 살던 자취를 찾기 위해 90년 전을 상상하는 데 집중해야 했다.

길림산업 무역부에 취직한 김수영은 낮에는 일하고, 퇴근하면 조선 청년들로 구성된 길림극예술연구회를 찾아간다. 이 연구회의 회원으로 가입한 김수영은 안영일, 임헌태, 오해석, 심영 등과 만난다. 그들은 앞서 기술한 대로 길림성예능협회 주최의 춘계 예능대회에 올릴 연극을 준비하고 있었다. 길림극예술연구회에서 연극할 당시의 상황을 최하림은 이렇게 써놓았다.

'극연'(길림극예술연구회 - 인용자) 회원들을 예술가인 양 깍듯하게 대접했다. 영업이 끝난 밤에 떼 지어 가면 술과 안주를 내어주는가 하면 연극 연습을 하라고 자리를 만들어주고 나서, 그도 스태프인 양 옆에서 지켜보았다. 일본인은 흥이 나면 "좋아, 좋아"를 연발했다. 어떤 날은 "스톱" 하고 소리를 지르며 배우들 앞으로 나서기도 했다.
(최하림, 위의 책, 73면)

극연 회원들이 연극 연습을 할 수 있도록 일본인들이 자리를 만들어주는 광경이다. 연극 연습할 장소도 없었을 정도로 사정은 어려웠지만, 학예회 수준을 넘어선 연극 공연이었을 것이다. 필자 일행은 김수영이 공연했던 길림성 공회당을 답사하고, 그곳 예술인들과 인터뷰한 뒤, 길림극예술연구회의 연극을 가볍게 보지 않게 되었다.

1945년 6월, 25세의 김수영은 길림성 공회당에서 독일 희곡의 번안 작품인 연극 〈춘수春水와 함께〉라는 3막극을 상연한다.『자유인의 초상』에서 최하림은 김수영의 큰누이 김수명이 "오빠가 그때 길림 공회당에서 검은 옷을 입고 신파 스타일로 소리 지르는 기억이 생생하다"(최하림,『자유인의 초상』, 문학세계사, 1982, 37면) 말했다고 썼지만 무슨 일인지, 이후『김수영 평전』에 이르러 삭제하였다.

김수영연구회에서 시인의 동생 김수명 여사를 2015년에 인터뷰했는데, 이후에도 김수명 여사는 변함없이 이처럼 증언했다. 당시 어린 나이였지만 명확히 기억한 것으로 생각된다. 필자가 길림성에 갔을 때 학교나 성냥공장 등의 위치가 김수명 여사가 말한 그대로였을 정도로 그녀의 기억이 명료했기 때문이다. 김수영이 로만 칼라를 한 권 신부를 연기하는 사진을 보아도 김 여사의 증언과 같고, 현지 조사에서 예술에 관계된 인물들이 당시 길림성 공회당에서 연극을 공연하기 위해서는 프로 수준이 아니고서는 불가능했다는 증언 등을 참조할 때, 길림에서 김수영이 했던 연극은 학예회 수준이 아니었다고 보는 게 타당하다.

김수영이 공연했던 길림성 공회당을 현지에서 확인했을 당시 건물은 주변을 아파트 단지로 조성하는 계획에 따라 철거 직전에 있었고, 시민 단체는 의미 있는 장소인 공회당 건물을 보전해달라고 청원하고 있었다.

"만주에서 연극운동을 하다 돌아온 나는 이미 연극에는 진절머리가 나던 때"(김수영,「마리서사」)라고 회고할 정도로 김수영은 만주에서 했던 연극에 회의를 품고 있었다.

박수연 교수가 제시한 사진에 따르면, 연극 〈춘수와 함께〉는 내선일체 오족협화五族協和를 강조하는 연극이었을 가능성이 크다(박수연,「김수영의 연극시대 그리고 예이츠 이후」, 2018).

　해방 후 김수영은 연극에서 문학으로 전향했다고 썼다. 아쉽게도 남한에 와
서 본 연극도 '완전히 망했다'고 그는 생각했다.

　이남에서 공산주의의 투사들을 생각할 때에는 어디인지 멋진 데가 있다고
동경하고 무한한 동정을 그들에게 보냈으며, 순오가 알고 있는 배우들이나 연
출가들이 이곳을 향하여 월북할 때에도 이제는 이남 연극계도 완전히 망했다
고 생각하고 그 좋아하는 무대 생활도 자기도 모르는 사이에 열이 식어서 아
침부터 저녁까지 으슥한 술집을 찾아다니며 술만 마시고 해를 보냈던 것이다.
(김수영, 「의용군」)

앞줄 맨 오른쪽에 앉아 있는 김수영은 당시 사진에 일본군 복장의 모습이 보이듯 친일 연극에 참여했
을 가망성도 있다. 만주국 시대에 국책이 아닌 내용으로 공회당에서 공연하기는 어려웠을 것이다

김수영이 연극을 공연했던 길림 공회당. 지금은 철거 중이다. 위 사진은 당시의 모습, 아래 사진은 철거되기 전인 2018년의 것

1부

1945년
8월
15일
~
1950년

해방
과
등단

이제
나는
바로
보마

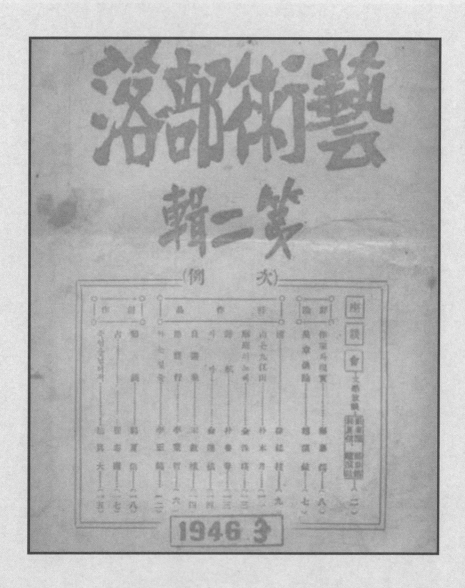

김수영의 등단작 「묘정의 노래」가 실린 《예술부락》 1946년 3월호.
김수영은 이 작품을 자신의 약력에서 지우고 싶어 했다. 532면 이하를 참조하실 것

박인환의 마리서사

8월 15일 해방이 되고 나서 9월, 김수영 가족은 길림역에서 무개차를 타고 압록강을 건너 평안북도 개천까지 가서 다시 트럭을 타고 평양으로 간다. 평양에서 열차를 타고 서울에 도착하여 동대문 아래 있는 종로 6가의 고모 집으로 간다. 충무로 4가에 있는 적산 가옥을 매입한 것은 그로부터 서너 달 뒤의 일이다. 넉넉한 형편은 아니었기에 시청에서 나눠주는 미군 구호물자와 밀가루를 받아서 먹었다. 아버지가 심하게 앓았기 때문에 어머니가 가난한 살림을 맡기 시작한다.

'일본'은 1921년에 태어난 김수영에게는 피할 수 없는 운명 같은 존재였다. 김수영, 김종삼, 이병주, 장용학 같은 1921년생은 해방이 되던 해 스물다섯 살까지 식민지 국어(일본어)를 써야 했다. 그를 포함한 1921년생은 제국주의와 전체주의 그리고 물밀듯 들어오는 자본주의 한복판에서 성장한다. 1921년생의 운명 앞에는 이념 갈등과 민족 전쟁과 피의 혁명과 쿠데타, 무엇보다도 궁핍한 조선어가 기다리고 있었다.

해방 공간에서 김수영은 박인환(1926~1956)이 경영하던 서점 마리서사茉莉書舍에서 당시 첨단을 걷던 김기림, 김광균, 오장환, 김병욱, 이시우, 박일영 같은 예술가들과 교유했다.

인환을 제일 처음 본 것이 박상진이가 하던 극단 '청포도' 사무실의 2층에서였다. (중략) 해방과 함께 만주에서 연극운동을 하다 돌아온 나는 이미 연극에는 진절머리가 나던 때라 그의 말은 귀 언저리로밖에는 안 들렸고, 인환의 첫인상도 그리 좋은 편은 아니었다.

(김수영, 「마리서사」, 1966)

마리서사의 크기는 20평(약 66m²) 남짓이었고 안쪽으로 길게 들어가 뒷골목

김수영과 박인환

까지 이어진 구조다. 카운터 뒤에는 작은 방이 있어 둘러앉아 짜장면 등을 시켜 먹으며 대화했다고 한다. 초기에 박인환은 문맹文盟(조선문학가동맹) 계열의 좌익 작가도 만났다.

김수영은 연극에서 시로 전향해 이미 상당한 습작을 하고 있었으며, 광복 후 1946년 3월 최초로 나온 동인지 《예술부락》에 「묘정廟庭의 노래」를 발표한다. 이 일로 '낡은 잡지에 신선하지 않은 작품을 발표했다'며 박인환에게 김수영은 무시당한다. 활자로 나온 그의 첫 작품이었지만 이 때문이었는지 김수영은 이 시를 자신의 약력에서 삭제하고 싶어 했다. 인도네시아의 해방과 조선의 해방을 비교해서 보고 있던 박인환에게 다분히 민족적 정서에 깊이 유혹된 수영의 「묘정의 노래」는 구닥다리 시처럼 우스웠을 법하다. 이에 관해서는 뒤에 「묘정의 노래」를 해설할 때 소개하려 한다. 박인환의 싸늘한 지적은 김수영에게 깊은 상처로 남는다.

당시 마리서사 가까이에 좌익 계열 출판사인 노농사勞農社가 있었고, 더욱이 1947년 7월경 노농사에서 낸 책들을 박인환이 총판까지 맡아 마리서사에서 판매했으니(정우택, 「해방기 박인환 시의 정치적 아우라와 전향의 반향」, 2012), **박인환**

이나 글벗들은 진보적 문예 사상을 자연스럽게 익혔을 것이다. 박인환은 「인도네시아 인민에게 주는 시」를 쓴다.

제국주의의 야만적 체제는
너희뿐만 아니라 우리의 모욕
힘 있는 대로 영웅 되어 싸워라
자유와 자기보존을 위해서만이 아니고
야욕과 폭압과 비민주적인 식민정책을 지구에서
부숴내기 위해
반항하는 인도네시아 인민이여
최후의 한 사람까지 싸워라
박인환, 「인도네시아 인민에게 주는 시」 부분

이즈음 1947년 상반기 좌익 총검거 때 진보적인 출판사나 서점은 일제 조사를 받는다. 이 시를 1948년 2월 『신천지』에 발표하고 박인환의 시는 급격히 낭만화된다. 스물두 살의 박인환을 처음 봤을 때 "하도 핸섬해서 그가 배우인 줄 알았다"는 김경린은 박인환에게 진지하게 충고한다.

"「인도네시아 인민에게 주는 시」라는 걸 가져와서 보라고 하더군요. 그게 『새로운 도시와 시민들의 합창』에 실린 그 시지요. 그런데 보니까 완전히 좌경 냄새가 나는 시더라구요. 박인환은 스펜더를 굉장히 좋아했어요. 그런데 이제 이런 시를 쓸 때는 지났다고 내가 진지하게 충고했지요. 나중에는 그가 내 충고를 수용하고 시 경향이 상당히 달라졌습니다."
(김경린 인터뷰, 「현대성의 경험과 모더니즘」, 『증언으로서의 문학사』, 신화인쇄공사, 2003)

1947년 8월 10일부터 9월 하순까지 휘몰아친 검거 선풍을 겪은 후 박인환은 김경린의 말대로 서서히 변해갔다. 마리서사에서 교유해온 좌익계 문인들은 검거를 피해 잠적하거나 흩어진다. 총검거가 끝나고 박인환은 「사랑의 Parabola」, 「나의 생애에 흐르는 시간들」, 「지하실」 등에서 조금씩 다른 모습을 보여준다. 김수영에게 이런 박인환은 쉽게 변절한 시인으로 보일 수 있다.

1947년 11월 중순부터 수도경찰청 지시로 종로 지역 서점을 대상으로 한 좌익 서적의 대대적 압수가 시작된다(이중연, 『책, 사슬에서 풀리다』, 혜안, 2005, 277면). 이후 좌익 서적을 내는 노농사의 총판 역할을 했던 마리서사도 결국 1948년 봄을 앞두고 경영난으로 문을 닫는다. 마리서사를 폐업시키면서 박인환은 진보 세력과 거리를 두며 '신시론 동인'을 결성한다.

《예술부락》에 「묘정의 노래」를 발표한 이후 지면을 찾지 못하고 전전긍긍하던 김수영에게 발표 기회를 제공한 것도 박인환이었다. 1948년부터 박인환이 《자유신문》 기자로 있을 때, 김수영은 이 신문에 「아침의 유혹」(1949. 4. 1.)을 발표한다. 박인환의 글이나 행적에서 김수영을 미워하거나 한 흔적은 찾아보기 힘들다.

1950년 6·25가 발발하고 김수영은 포로수용소에 갇힌다. 포로수용소로 면회 갔던 박인환은 김수영이 석방되자 김수영을 위해 여러 모로 애쓴다. 이후 노래로 작곡돼 널리 알려진 「세월이 가면」, 「목마와 숙녀」 등으로 거의 현대의 아이돌처럼 대중의 사랑을 독차지한 박인환은 다시는 현실을 똑바로 보는 시를 쓰지 못했다. 인기야 어떠하든 시대를 환멸했던 박인환은 독주를 마시며 몸을 망치다가, 1956년 3월 20일 31세에 심장마비로 요절했다. 박인환을 경멸한다며 김수영은 산문 「박인환」에서 그를 "소양이 없고", "값싼 유행의 숭배자"라고 폄하한다.

네가 죽기 얼마 전까지도 나는 너의 이런 종류의 수많은 식언의 피해에서 벗어나려고 너를 증오했다. 내가 6·25 후에 포로수용소에 다녀나와서 너를 만나고, 네가 쓴 무슨 글인가에서 말이 되지 않는 무슨 낱말인가를 지적했을 때, 너

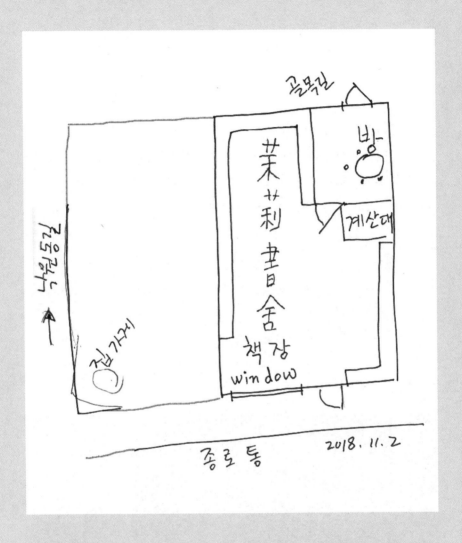

뒤쪽 작은 방이 박인환, 김수영 등 작가들이 짜장면을 시켜 먹고 대화하곤 했다는 공간이다. 김현경 여사가 직접 그려준 마리서사 내부 구조 그림이다

는 선뜻 나에게 이런 말로 반격을 가했다 — "이건 네가 포로수용소 안에 있을 동안에 새로 생긴 말이야." 그리고 너는 눈 하나 깜짝하지 않았고, 물론 내가 일러준 대로 고치지를 않고 그대로 신문사인가 어디엔가로 갖고 갔다.

(김수영, 「박인환」, 1966. 8.)

김수영은 박인환이 쓰는 '목마'니 '숙녀'니 하는 낡은 단어들이 마뜩잖았다. 게다가 인용문에서 큰따옴표 안을 보면, 김수영의 등단작을 냉소하던 박인환은 다섯 살 위인 김수영에게 반말을 한다. 이 글 마지막 부분에 "야아, 수영아, 훌륭한 시 많이 써서 부지런히 성공해라!"는 문장을 보면 박인환은 김수영에게 말을 트고 지낸 것이 분명하다. 이 글은 박인환이 죽은 후 김수영이 정조준 확인사살하는 글일까. "빙긋 웃으면서, 그 기다란 상아 파이프를 커크 더글러스처럼 피워 물 것이다"라는 마지막 문장을 보면, 한 시대의 아이콘을 향한 미묘한 그리움이 묻어 있지 않은가. 박인환을 애증했기 때문일까. 김수영은 이 글을 쓰고 2년 뒤 박인환 곁으로 갔다.

마리서사 전경(왼쪽)과 주소가 새겨진 인장(오른쪽)

2018년 10월 3일 김수영 시인의 부인 김현경 여사와 현장 확인해본바, 마리서사의 위치는 현재 알려진 자리보다 동쪽으로 옆 건물이다. 송해거리(수표로길) 모서리에 있는 대한보청기 가게 자리로 알려져 있지만, 사실은 대한보청기와 파고다 귀금속 도매상가 사이에 있는 '하나투어' 자리에 마리서사가 있었다고 김 여사는 증언했다. 지금까지는 대한보청기 자리 12-104가 마리서사로 알려졌으나, 지도로 보면 109 자리가 마리서사 자리다. 지도에 붉은 선으로 표시한 부분이다

1945년

이제 나는 바로 보마

공자의 생활난

꽃이 열매의 상부에 피었을 때
너는 줄넘기 작란作亂을 한다

나는 발산發散한 형상形象을 구하였으나
그것은 작전作戰 같은 것이기에 어렵다

국수—이태리어로는 마카로니라고
먹기 쉬운 것은 나의 반란성叛亂性일까

동무여 이제 나는 바로 보마
사물과 사물의 생리와
사물의 수량과 한도와
사물의 우매와 사물의 명석성을

그리고 나는 죽을 것이다
(1945년 작, 1949년 발표)

1946년부터 1948년까지 20대 중후반의 김수영은 마리서사 등지에서 문인들과 만나며, 외국 잡지를 번역하는 일을 한다. 이 무렵 연희전문 영문과에 편입했으나 곧 그만둔다. 이종구와 함께 성북영어학원에서 영어를 가르치는 강사를 하고, 박일영과 함께 극장 간판도 그리고, 1948년 4월 설립된 미국의 대외 원조기관 ECA(Economic Cooperation Administration, 경제협조처) 통역관으로 잠깐 일한다.

1948년 봄에 마리서사가 문을 닫고 얼마 뒤 전후 모더니즘의 효시로 '신시론'의 동인지 『새로운 도시와 시민들의 합창』이 1949년 4월에 나온다. 이 사화집詞華集은 김기림, 이상의 1930년대적 모더니즘을 1950년대 모더니즘으로 확산시키는 길목에서 징검다리가 되었다. 이 사화집에 김수영은 「공자孔子의 생활난生活難」을 발표했다.

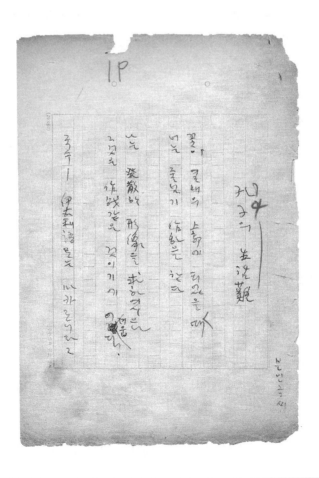

네 살 때 조양유치원을 다녔던 김수영은 앞에 쓴 대로 다음 해에 친구 고광호의 아버지가 연 계명서당에 다니면서 『천자문』, 『학어집』, 『동몽선습』을 읽었다. 김수영은 글씨를 잘 쓰고 암기력이 출중해서 서당에서는 물론 어의동보통학교에서도 선생들의 사랑을 한 몸에 받는다(최하림, 『김수영 평전』, 36면).

계명서당 다닐 때 김수영이 공부했던 『천자문』이 아직도 보관돼 있다. 김현경 여사의 용인 집에 소장돼 있다. 지금 초등학생이 쓰는 스케치북 크기로 상당히 큰 『천자문』 사이에 김현경 여사는 메모를 끼워놓았다.

『천자문』은 1943년 온 식구가 만주로 이주하는 바람에 다행히 살아남았다. 김수영 시인이 계명서당에서 배웠던 것이다. 고모님이 간직하고 계셨다가 6·25 후 1957년 겨울에 고모님 생신날 (처음) 만두를 해갔다. 그 당시 소고기 값이 비싸서 대신 깡통에 든 햄을 이용했다. 고모님은 무척 소중히 간직했던 『천자문』 책을 주셨다.

김수영은 아들에게 글자를 가르칠 때 한글과 함께 반드시 한자를 쓰도록 했다. 김현경 여사의 용인 집에는 아들에게 글자를 가르쳤던 노트가 있다. 노트에는 "精神정신을 한번 기울여서 集中집중하고 鍊磨연마할 때, 이 세상에서 안 되는 일이라고는 하나도 없다"라고 쓰여 있다. 중요 단어들은 한글이 아니라, 한자로 구별해 썼다. 김수영 나이 38세인 1958년 6월 12일에 태어난 차남 김우金瑀가 초등학교 3학년 때 김수영이 써준 글자이니, 1968년경, 김수영이 사망하기 얼마 전에 쓴 메모로 보인다.

한글만 고집하는 '한글주의자'가 아니었던 김수영은 한자나 영어나 일본어를 어떤 콤플렉스 없이 자유롭게 썼다. 어릴 때 기본 한학을 공부하고, 이후 평생 한자를 써온 김수영이 공자孔子를 시의 소재로 쓴 것은 새로운 일이 아니다.

"꽃이 열매의 상부에 피었을 때/너는 줄넘기 작란作亂을 한다"는 첫 행은 당

김수영 시인이 보았던 『천자문』. 김현경 여사 소장(사진 김웅교)

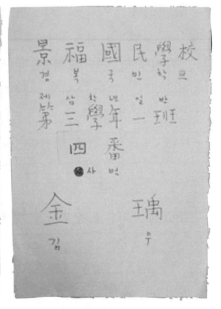

수영 시인이 아들에게 가르쳤던 글자가 씌어 있는 노트. 김현경 여사 소장(사진 김웅교)

혹스럽다. 김수영은 비정상적인 상황을 표현하고 싶었을 것이다. 상식이 전복되고 질서가 사라진 혼란 상태다. 김수영은 거꾸로 된 사회를 줄곧 보아왔다. 일제의 권력에 충성하는 자도 거꾸로 사는 자들이었다. '거꾸로'라는 단어는 김수영 시에서 자주 나온다.

오냐 그놈들을 물에다 거꾸로 박아놓아라 – 「나는 아리조나 카보이야」
쉬었다 가든 거꾸로 가든 모로 가든 – 「시」
미역국은 인생을 거꾸로 걸게 한다 – 「미역국」
이제는 선생이 무섭지 않다/모두가 거꾸로다 – 「우리들의 웃음」

차례나 방향 또는 상황 따위가 반대로 된 것이 거꾸로다. 꽃이 열매의 상부에 피었을 때는 정상적인 것이 거꾸로 된, 정상이 아닌 상태일 것이다.
"너"는 누구일까. 제목과 연관 지어 생각할 때 공자일까. 무질서한 세상에서 공자, "너는 줄넘기"를 하고 있다는 말은 어울릴까. 문제는 "줄넘기 작란(장난)"이라는 표현이다. '장난치다'의 어원인 작란作亂은 난리를 일으키는 짓이다. "작란作亂"이란 단어는 『논어』 학이편에 나온다.

有子曰, 其爲人也孝弟, 而好犯上者 鮮矣,
유 자 왈   기 위 인 야 효 제   이 호 범 상 자   선 의

不好犯上, 而好作亂者, 未之有也, 君子務本, 本立而道生,
불 효 범 상   이 호 작 란 자   미 지 유 야   군 자 무 본   본 립 이 도 생

孝弟也者는 其爲仁之本與.
효 제 야 자   기 위 인 지 본 여

유자가 말했다.

"부모와 형제에게 잘하는 사람치고, 윗사람을 막 대하는 사람은 드물지요. 윗사람을 함부로 대하는 짓을 좋아하지 않는 사람치고, 어지럽히는 사람은 아직 없지요. 군자는 기본에 힘써야 하며, 기본에 서면 도道가 생겨나거든요. 부모와 형제를 잘 모시는 것은 바로 인을 실천하는 근본이지요."

유자有子는 공자의 제자 유약有若을 말한다. 기위인其爲人은 그 사람 됨됨이를 가리키는데, 효와 우애(弟)가 있는 사람이라면 윗사람을 범하는 사람이 드물다고 말한다. 어조사 의矣는 '반드시 ~하다'는 뜻이다. 효도하고 우애로운 사람은 반드시(矣) 바람직한 인간이라는 것이다. 윗사람을 범하는 행동을 하지 않는 사람으로, 질서를 어지럽힌 사람은 아직(未) 없었다(未之有也)라고 한다. 군자는 기본에 힘써야 하며, 근본에 서면(本立), 비로소(而) 갈 길이 보인다. 효와 우애는 공자 사상의 최고 덕인 인仁에 이르는 기본 행동이라고 유자는 강조한다. 이 구절을 볼 때 공자가 장난치는 존재가 될 수는 없다. 그러면 이 시에 나오는 "너"는 누구일까.

2연에 화자인 "나"가 등장한다. 이 혼란스러운 상황에서 "나는 발산한 형상을 구하였"다. 꽃은 발산發散하며 핀다. 꽃잎도 발산하고 향기도 발산한다. "발산한 형상"이란 꽃이 피어 있는 자유롭고 해방된 형상이다. 무질서한 세상에서 자유로운 삶을 "구하였으나" 해방된 세상에서 살아보겠다는 시인의 의지는 "작전 같은 것이기에 어렵다"고 토로한다. 제목 그대로 "생활난生活難"이다. 여기서 "작전作戰"이라는 단어는 앞서 나온 "작란作亂"이라는 단어와 대비된다. 여기까지 하면 "너=작란/나=작전"으로 대비된다. 공자는 작란하며 살지 않았다. 공자는 작전하듯 살았다.

공자는 기원전 551년 중국 노나라에서 태어났다. 아버지 숙량흘은 제대 군인이고, 어머니 안징재는 젊은 무당이었다는 설이 있다. 아버지가 죽었을 때 장례식도 치르지 못할 만치 가난한 홀어머니 아래에서 자랐다. 공자는 15세 때 글자를 처음 보고, 열심히 문장을 닦아 20세 때 노나라에 알려진다. 22세 때부터 제자들이 찾아오기 시작했다. 전쟁과 기근이 끊임없는 시대에 공자는 때로는 굶주리면서도 현실을 개혁하려는 의지를 굽히지 않았다. 공자는 바로 보고 엉망진창인 세상을 극복하려 했다. 공자의 삶은 작전과도 같았다.

전쟁과 기근이 끊임없었던 춘추전국시대를 살아가는 공자의 삶이나, 식민지의 태평양전쟁과 좌우 갈등의 해방 정국을 통과해야 했던 김수영의 삶은 작전처럼 어려웠다. "한사코 방심조차 하여서는 아니 될"(「달나라의 장난」) 전쟁 같은 나날에, 온몸으로 시를 쓰려는 삶은 작전과 다름없었다.

"국수—이태리어로는 마카로니라고/먹기 쉬운 것은 나의 반란성일까"에서 국수와 마카로니 사이의 줄표는 학원에서 영어 강의를 하고, 번역도 했던 김수영에게 익숙한 기호였다. 당시 국수는 구호품으로 식사 대용이었다. 구호품으로 1945년부터 밀가루가 지급되었고, 해방기에 먹던 원조 밀가루는 1954년에까지 이르렀다. 밀가루를 가느다란 대롱같이 구멍 나게 만들어 말린 후 짧게 썰어 소스에 비벼 먹는 이탈리아 국수 마카로니macaroni는 당시 일반인들은 거의 모르는 단어였다. 국수를 '마카로니'라고 해야 뭔가 배운 듯한 느낌을 주는 것일까. 국수를 마카로니라고 해야 "먹기 쉬운" 것인지, 아는 척하는 것이 "나의 반란성"인지 묻는다. 이것은 자신의 태도에 대한 반성인 동시에, 당시 사이비 모더니스트들에 대한 비판이 아닐까.

당시 김수영 어머니는 충무로 4가에 빈대떡과 파전을 파는 선술집 '유명옥'을 열었는데, 신시론 동인들은 여기서 자주 모였다. 1947년 김경린 시인은 유명옥에서 김수영을 처음 만난다.

"김수영을 만나보자 해서 충무로 쪽에 있던 집을 그날로 곧바로 찾아가 만났어요. 김수영의 집은 무슨 음식점 비슷한 것이었는데, 김수영은 너희들이 하자고 하니 나도 같이하겠다고 무조건 동조했어요."

(김경린 인터뷰, 위의 글)

철원
박인환문학관에
재현된 유명옥.
사진: 박인환문학관

김수영이 참가했던 동인지 《신시론新詩論》 1집은 1948년 4월에 나왔다. 1949년 신시론이라는 이름으로 김경린, 임호권, 박인환, 김수영, 양병식은 두 번째 앤솔러지 『새로운 도시와 시민들의 합창』을 냈다. 김기림 등 모더니즘을 이해하는 이들은 신시론을 극찬했지만, 청록파 같은 이들이 봤을 때 신시론은 전통을 발로 찬 사생아 집단으로 보였다. 반대로 좌익 문학계에서는 인민의 일상과 사상을 담지 못한 신시론은 의미 없다고 비난했다.

싸늘한 비판에 대하여 김경린은 후기에 "〈신시론〉에 모인 여러 신인들의 작품을 어떠한 각도로 비판한다든지 또는 구주의 어떠한 유파의 시인들과 결부시켜 비난하든지 그것은 자유다. 다만 그것이 반발을 위한 반발에 그치거나 또는 근시안적인 고찰에서 오는 기총소사라면 우리는 여기에 응전할 필요를 느끼지 않는다"고 썼다.

이 앤솔러지에 실린 시 몇 편은 대체 무슨 말인지 이해하기 힘들었다. 당시 설익은 모더니스트들은 외래어를 장식처럼 마구 사용했다. 신시론 동인만이 아니라, '포오즈'만 취한 모더니즘은 염병처럼 번졌다. 외래어를 지나치게 많이 쓰고 무슨 말인지 모르는 시를 쓰는 사람을 향해, 김수영은 국수를 마카로니라고 단어만 바꾼다고 그것이 반란성이냐고 묻는다. 쓸데없는 단어 놀이에 몰두하는 허위의식을 냉소하는 표현이다. 고작 단어 놀이를 반란성이라 하는 것은 얼마나 쓸데없는 장난인가 자책한다. 반란하는 척하는 사이비에 불과하다는 자책이다.

모더니스트들의 집합처였던 '유명옥'의 현재 위치는 서울시 중구 충무로 4가 36-19 현대금박인쇄소 자리다. 충무로역 8번 출구에서 내려 20미터쯤 가서 왼쪽 진양상가 주상복합 건물 아래로 걸어가다가 첫 번째 오른쪽 길로 꺾여, 무릉약국을 지나 두 번째 골목 안으로 들어가면 현대금박인쇄소가 있다. 김수영이 치질에 걸렸을 때 주로 유명옥에서 지냈다

히야까시, 조롱하려고 쓴 작품

「공자의 생활난」은 『새로운 도시와 시민들의 합창』(1949)에 발표됐지만 『김수영 전집』에는 '1945년' 작품이라고 쓰여 있다. 1945년에 창작한 시를 1949년에 발표한 것이다. 김수영은 「공자의 생활난」을 희롱하기 위해 썼다고 회고했다.

『새로운 도시와 시민들의 합창』에 수록된 「아메리카·타임지」와 「공자의 생활난」은 이 사화집에 수록하기 위해서 급작스럽게 조제남조粗製濫造한 히야까시 같은 작품이고,
(김수영, 「연극하다가 시로 전향 – 나의 처녀작」, 1965. 9.)

"히야까시"(冷やかし)란 '놀리다', '희롱하다'는 뜻이다. 히야까시라는 일본말은 4·19 이후 그가 중요하게 생각했던 풍자성과도 통한다. 사이비 모더니스트들을 불신하여 희롱하는 시로 급히 써 보낸 시다. "그러지 않아도 (박)인환의 모더니즘을 벌써부터 불신하고 있던 나는 병욱이까지 빠지게 되었다는 말을 듣고, 나도 그만둘까 하다가 겨우 두 편을 내주었다"고 이어 쓴 문장을 보면 더욱 확실하다.

이제는 이 시에 나오는 너와 나라는 대상을 이해할 수 있다. 너는 혼돈된 시대에 명확한 입장을 취하지 않고 단어 놀이에 집착하며 작란하는 모더니스트들로 대표되는 허위의식에 사로잡힌 이들이다. 한편 나는 공자처럼 작전하듯 살아가며, 현실을 "바로 보마"라고 다짐한다.

	너=동무여	나=공자에 비유
표현	국수를 "마카로니"라 하면서 겉멋에 들었다	자유롭게 발산하며 살고 싶은 자세
태도	작란作亂하며 어지럽히는 사람 현실 유희	작전作戰하는 사람들 현실 개혁하려는 태도
대상	사이비 모더니스트들	김수영 자신

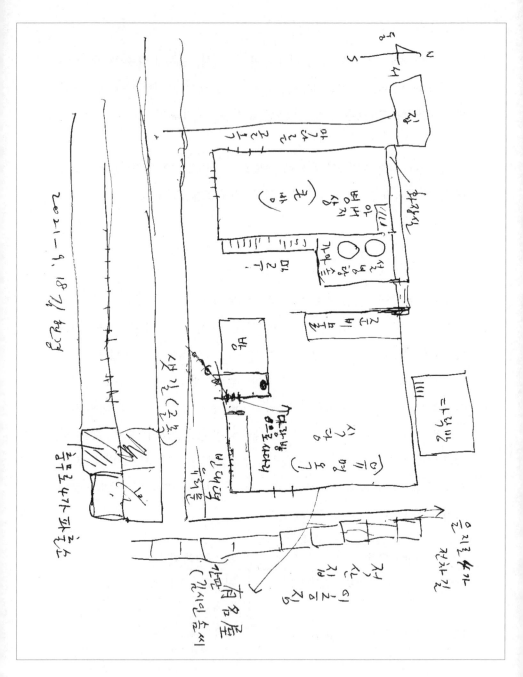

몇 개의 둥근 식탁에 둘러 앉으면 열댓 명은 앉을 수 있었다는 유명옥. 김현경 여사 그림

김수영 자신은 「공자의 생활난」, 「아메리카·타임지」 두 편을 "나의 마음의 작품 목록으로부터 깨끗이 지워버렸다"(425면)고 썼다. 지워버린다 해도 아래 4연은 그의 온 삶을 관통하고 있다. 아래 4행이야말로 그가 사이비 모더니스트들과 구별해 살겠다는 선언이다.

동무여 이제 나는 바로 보마/사물과 사물의 생리와/사물의 수량과 한도와/사물의 우매와 사물의 명석성을

거꾸로 된 세상에서 시인이 하고 싶은 행동을 명확하게 한 문장이다.

동무여 이제 나는 바로 보마

이 시의 알짬이다. "동무여"라는 친밀한 호명 속에서는 이미 반란성을 공유하자는 의미가 숨겨 있다. 반란성을 제대로 가진 사람은 '바로 보기'를 시도할 수 있다. 더욱 중요한 것은 "이제"라는 부사다. "이제"는 단절을 뜻한다. 과거와 현재의 완전한 단절을 의미한다. 화자는 옛 세계와 "이제" 단절한다. 「묘정의 노래」 같은 구시대의 모방과 단절하겠다는 다짐이다.

"나는 바로 보마"라는 여섯 글자. 바로 봐야지 헛것 혹은 틀린 것과 단절할 수 있다. "나는"이라는 주어는 스스로 주인 된 주체다. 원형으로 지어진 감옥, 판옵티콘panopticon에서 '보이는' 존재는 이미 주체가 아니라, 감시의 대상인 죄수나 노예일 뿐이다. 반면 스스로 '보는 주체'는 주인 된 존재다. "보마"라는 표현은 주체적인 판단에서 행하겠다는 선언이다.

4연에서 화자는 세 가지를 명확히 보겠다고 한다. "사물과 사물의 생리와/사물의 수량과 한도와/사물의 우매와 사물의 명석성"을 바로 보겠단다. 첫째 사물의 본질, 둘째 사물의 한계, 셋째 사물의 옳고 그름을 바로 보겠다는 말이다. 이부분은 『대학』 1장에 나오는 '격물치지格物致知' 내용과 유사하다.

物格而后 知至 知至而后 意誠
물격이후 지지 지지이후 의성

사물을 연구한 후에 지혜에 이르고, 지혜에 이른 후에 뜻이 정성스러워지며

意誠而后 心正 心正而后 身修
의성이후 심정 심정이후 수신

뜻이 정성스러워진 후에 마음이 바르게 되고, 마음이 바르면 몸이 깨끗해지며

身修而后 家齊 家齊而后 國治
신수이후 가제 가제이후 국치

몸을 바르게 한 후에 집이 안락해지고, 집이 안락해진 후에 나라가 다스려지며

國治而后 天下平.
국치이후 천하평

나라가 다스려진 후에 천하가 화평하다.

'격물', '치지', '성의', '정심'은 마음속에서 이루어지는 과정으로 '수신'의 내용이다. '제가', '치국', '평천하'는 몸 밖으로 퍼져나가는 '수신'의 결과다. 남을 다스리기 이전에 개인의 인격 수양을 강조하는 내용이 『대학』의 핵심인데, 김수영의 자기성찰 방법과 비교해볼 만한 구절이다. 김수영은 개인이 각성해야 세상을 변화시킬 수 있다고 생각했다. "혁명은 왜 고독한 것인가"(「푸른 하늘을」, 1960. 6.)라며 진정한 혁명은 고독한 개인의 각성에서 시작된다고 보았던 시각도 마찬가지다.

문학평론가 김현(1942~1990)이 "이제 나는 바로 보마"를 김수영의 모든 시를 관통하는 핵심이라고 한 것은 정확한 통찰이다. 사물을 바로 보는 진정한 반란성은 '삐딱하게 보기'(슬라보예 지젝)라고나 할까.

'바로 보기'란 '솔직하게 세상을 보겠다'는 단어인 '파레시아parrhesia'를 떠올리게 한다. "솔직하게 말하기"라는 뜻을 가진 단어 '파레시아'는 프랑스 철학자 푸코가 말년에 정리했던 개념이다(미셸 푸코, 『담론과 진실』, 동녘, 2020). 진실을 말하는 파레시아를 행하는 자인 '파레시아스트parrhesiastes'는 부조리한 세상에 이의를 제기하고, 위험하더라도 희생을 각오하고 자기 생각을 바로 말하는 솔직하고 비판적인 실존이다. "내가 보는 것을 사람들에게도 보여주고 싶어"라고 했던 빈센트 반 고흐의 태도처럼, 김수영이 파레시아스트로 살기로 한 다짐이 이 시에 명확히 보인다. 김수영은 지나치게 솔직했고, 무서워하면서도 비판했다.

"보마"에서 '~마'는 '상대에게 약속하는 뜻을 나타내는 종결어미'다. 상대 혹은 독자들에게 내가 살아가야 할 길을 약속으로 보이는, 다짐하는 표현이다.

5연에서 "그리고 나는 죽을 것이다"라고 진술한다. 진리를 안다면 죽어도 좋다는 갑작스런 비약이다. 특기할 만한 점은 김수영 시에서 '죽음'이 언급된 것은 이 시가 처음이라는 것이다. 김수영에게 '죽음'이란 하이데거 철학을 만나면서 인간에게 필요한 실존적인 요건으로 발전하는데, 여기서 그 단초가 보인다.

이 문장은 "아침에 도를 들으면 저녁에 죽어도 좋다(朝聞道 夕死可矣)"는 공자의 명언을 인유한 문장이다. 제목에 나와 있는 공자는 이렇게 5연에서 인용된다. 진정 목숨을 걸고 도道를 알고 싶어 하는 사람이 쓸 수 있는 말이다. 김수영은 이 말을 시 중간에 한 줄로 표현했다.

극심한 가난 속에서도 그는 비판적 지식인으로 살고자 했다. '반란성'이라는 단어는 1968년 이어령과 논쟁할 때 썼던 '불온성'과 통하는 표현이다.

그는 무엇이든 회의하며, 반란叛亂을 거쳐 본질을 파악하고 싶어 했다. 그의 시 한 편 한 편은 바로 보기 위해 죽음의 극단까지 온몸으로 밀고 나가 쓴 글이다. 그의 삶 전체는 반란이요, 반란을 통한 '바로 보기'였다. 그의 시 전체를 하나의 문장으로 요약하자면 "동무여 이제 나는 바로 보마"였다.

1947년

나는 이 책을 멀리 보고 있다

가까이할 수 없는 서적

가까이할 수 없는 서적이 있다
이것은 먼 바다를 건너온
용이하게 찾아갈 수 없는 나라에서 온 것이다
주변 없는 사람이 만져서는 아니 될 책
만지면은 죽어버릴 듯 말 듯 되는 책
가리포루니아라는 곳에서 온 것만은
확실하지만 누가 지은 것인 줄도 모르는
제2차 대전 이후의
긴긴 역사를 갖춘 것 같은
이 엄연한 책이
지금 바람 속에 휘날리고 있다
어린 동생들과의 잡담도 마치고
오늘도 어제와 같이 괴로운 잠을
이루울 준비를 해야 할 이 시간에
괴로움도 모르고
나는 이 책을 멀리 보고 있다
그저 멀리 보고 있는 듯한 것이 타당한 것이므로
나는 괴롭다
오오 그와 같이 이 서적은 있다

No. 1

가까이 할 수 없는 書籍

) 6

가까이 할 수 없는 書籍이 있다

이것은 먼 바다를 건너온

숨息하게 찾아갈 수 없는 나라에서

온 것이다

주변없는 사람이 만져서는 아니될 冊

만지며는 죽어버릴듯 말듯 되는 冊

가리포루나, 아,라는 곳에서 온 것만은

그댈로

20×10

新丘文化財部硏開社

그 책장은 번쩍이고

연해 나는 괴로움으로 어찌할 수 없이

이를 깨물고 있네!

가까이할 수 없는 서적이여

가까이할 수 없는 서적이여

(1947)

"가까이할 수 없는 서적"이 무엇일까. "먼 바다를 건너온", 마치 판타지로 들어가는 역할을 하는 책이다. 이 책이 무엇일지 추측할 수 있는 단서는 이 시 어디에도 적혀 있지 않다. 화자는 책 앞에서 "가까이할 수 없"어 머뭇거린다. 머뭇거림은 판타지를 대할 때 생기는 태도다. 책이란 우리에게 늘 설레임과 호기심을 자극한다. "무슨 보물처럼 소중하게 안쪽 호주머니에 넣고" 다니다, "책을 책상 위에 놓는 것도 불결한 일같이 생각되어 일부러 선반 위에 외떨어진 곳에 격리시켜놓고 시간이 오기를 기다리"(「일기초 1」, 1954. 12. 30.)는 김수영의 모습은 판타지 속으로 들어가려는 아이처럼 호기심에 가득하다.

"이 책에는 신神밖에는 아무도 손을 대어서는 아니 된다"(「서책」, 1955)고 숭고하게 책을 표현할 때도 있다. 책을 늘 숭고하게 대하는 것만은 아니다. "나의 프레이저의 책 속의 낱말이/송충이처럼 꾸불텅거리면서 어쩌나 지겨워 보이던지"(「파자마 바람으로」, 1962. 8.)라며 책을 경멸하기도 한다.

"주변 없는 사람이 만져서는 아니 될 책"에서 "주변"은 일을 주선하는 재주를 말한다. 그런 재주나 능력 또는 눈치가 없는 사람이 만져서는 안 될 책일까. 이후 어떤 책인지 단서가 조금씩 나온다 "가리포루니아라는 곳에서 온" 책이다.

'가리포루니아'는 캘리포니아California를 일본어 발음 표기로 쓴 것이다. 앞에서 썼듯이 '가리포루니아'라는 표기는 그의 의식 속에 아직도 일본어 표현이 고착되어 있다는 증표로 보인다. 지금 남아 있는 원고본은 김현경 여사 글씨인데, '가리포루니아'라는 단어 한 글자 한 글자 위에 방점이 찍혀 있다. 이것은 이 표기법을 그대로 살려달라는 김수영의 의도일 것이다. 그 옆에 빨간색 볼펜으로 '그대로'라는 글씨는 편집자의 글씨다. 필자의 의도대로 그대로 써달라는 표식일 것이다. '일본어+한자+영어' 사이에서 서성이며 혼돈을 겪는 김수영 자신 혹은 당대 지식인의 모습이 이 글자 표기에 그대로 있다.

"제2차 대전 이후의/긴긴 역사를 갖춘 것 같은/이 엄연한 책"에서 "긴긴 역사를 갖춘 것"은 책의 내용일 수도 있지만, 그 전에 전쟁 이후 그 짧은 물리적 시간이 그 시대를 살아가는 젊은이에게는 너무도 길고 지루한 역사였음을 환기하는 표현일 수도 있다. "엄연嚴然"이라는 한자는 의젓하고 근엄하다는 뜻이다. 동양에 대한 서구인의 오리엔탈리즘을 김수영은 역설적으로 느꼈던 것이 아닐까.

이 시에 "괴로운", "괴로움"처럼 괴롭다는 말이 세 번 나온다. 무엇이 그리 괴로웠을까. 동양 고전과 일본 서적을 읽다가 해방 후 영문 서적이 밀려오는 상황에 젊은 지식인들은 당혹스럽고 괴로웠을 법도 하다. 한자와 일본어로 독서하던 지식인들은 해방 이후 서양 책들을 읽어야 했다.

1941년 21세 때 선린상업학교를 졸업한 김수영의 성적표를 보면 영어 성적이 가장 좋았다. 해방 이후 1945년 11월 김수영은 연희전문 영문과에 들어가서 수학하다가 6개월 만에 나오기도 했다. 연희전문 학적부에 김수영의 아버지 직업은 '피혁상'으로 쓰여 있다. 1945년 11월 31일에 입학하여, 1946년 6월 3일 1학년 2학기에 퇴학했다고 쓰여 있다. 전학, 제명, 혹은 학교에서 사고를 일으켜 쫓겨난 방교放校가 아니라, 비고란에 "1946년 6월 3일 자원自願 퇴학"이라고 쓰여 있다. 연희전문 학생이었던 1946년 3월에 「묘정의 노래」(『예술부락』 2집)를 발표하여 '학생 시인'이 되었던 이 6개월은 영원한 시인을 향한 출발점이었다. 연희전문을 중퇴했지만 그는 1965년 6월 12일 동문 시인 초청 시문학 심포지움에 초청되었다. 박목월, 전규태 교수가 사회를 진행했던 이 심포지움에는 김수영, 마종기 시인 등이 참석했다. 1966년 즈음에는 연세대 영문과 특강을 맡았던 그에게 2018년에는 명예졸업증서가 수여된다.

동경 유학 동기인 이종구와 함께 김수영은 영어학원을 열고 약 7개월가량 수강생들에게 영어를 가르쳐 돈을 벌었다. 그때 사용한 교재가 괴테의 『젊은 베르테르의 슬픔』 영역본이었다고 한다.

1948년 김수영은 4월에 설립된 미국의 대외 원조기관 ECA(Economic Cooperation Administration, 경제협조처) 통역관으로 들어가서 근무하다가 곧 그만둔다. ECA 근무는 당시 좋은 직업을 얼마든지 얻을 수 있는 경력이었지만 그곳을 그만둔 수영은 의외의 선택을 하는데, 초현실주의 화가였던 박일영과 함께 극장 간판을 그리는 일을 한 것이 그것이다.

1949년 김현경(1927~)과 결혼하고, 1950년 서울대 의대 부속 간호학교에 영어 강사로 출강한다. 한국전쟁 발발 이후, 1950년 8월 3일 의용군에 동원된다. 한국전쟁이 끝나고 1955년 무렵, 평화신문사를 그만두고 구수동에 정착한 김수영은 비로소 글쓰기와 번역에 집중할 수 있었다. "《엔카운터》지가 도착한 지가 벌써 일주일도 넘었을 터인데 이놈의 잡지가 아직도 봉투 속에 담긴 채로 책상 위에서 뒹굴고 있다"(「밀물」, 1961)는 기록, "스탠드 앞에는 《신동아》, 《사상계》, 《파르티잔 리뷰》 등의 신간 잡지가 놓여 있고"(「금성라디오」, 1966)라는 기록은 김수영이 영미 잡지를 직접 구독해 읽었다는 것을 보여준다. 번역 일은 생계유지를 위한 돈벌이지만, 세계 문학과 사상의 흐름을 알 수 있는 통로이기도 했다.

"어린 동생들과의 잡담도 마치고/오늘도 어제와 같이 괴로운 잠을/이루울 준비를 해야 할 이 시간에" 김수영은 서양 책을 대한다. 오늘도 어제도 괴롭게 생활해야 하는 일상과 "괴로움도 모르고/나는 이 책을 멀리 보고 있"는 주체 사이에 간극이 발생한다. 현실은 고통과 괴로움의 낮이요, 서양 책의 세계는 선망의 밤 곧 판타지의 세계다. 생활과 괴리된 책을 읽어야 하는 시인, 그래서 김수영은 괴롭고 또 괴롭다.

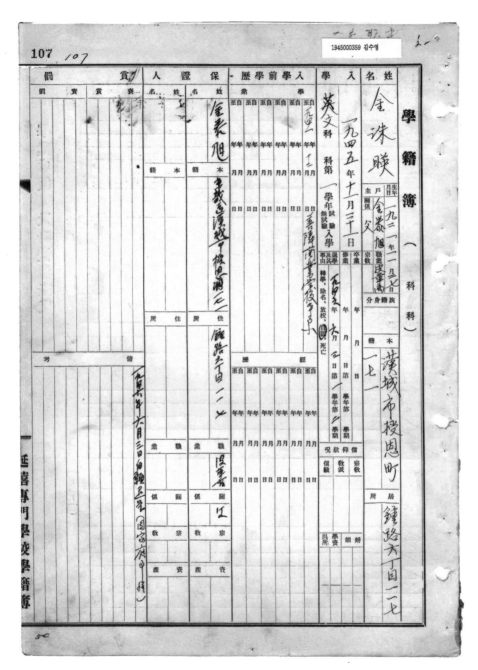

學籍簿 （　科　科）

| 姓名 | 金洙暎 |
| 入學 | 一九四五年十二月三十一日 |
| 英文科 科第一學年試驗無試驗入學 |
| 入學前學歷 |
| 保證人 | 姓名 金泰旭　本籍　所住 |
| 賞罰 | 賞與　賞　罰　間 |

生年月日　一九二一年十一月二七日
戸主關係　金泰旭　父
宗敎　職業　實業
卒業　退學
事由及其出　轉學、除名、放校、死亡
經歷
身分籍族　分身籍族
本籍　一七一　漢城市授恩町
所居　鐘路六丁目一七

1947년

나는 수없이 길을 걸어왔다

아메리카·타임지

흘러가는 물결처럼
지나인支那人의 의복
나는 또 하나의 해협을 찾았던 것이 어리석었다

기회와 유적油滴 그리고 능금
올바로 정신을 가다듬으면서
나는 수없이 길을 걸어왔다
그리하야 응결한 물이 떨어진다
바위를 문다

와사瓦斯의 정치가여
너는 활자처럼 고웁다
내가 옛날 아메리카에서 돌아오던 길
뱃전에 머리 대고 울던 것은 여인을 위해서가 아니다

오늘 또 활자를 본다
한없이 긴 활자의 연속을 보고
와사의 정치가들을 응시한다
(1947)

제목 「아메리카·타임지」를 눈여겨보자. 이 시가 실려 있던 『새로운 도시와 시민들의 합창』(1949. 4. 5.)을 보면 '아메리카'와 '타임지' 사이에 가운뎃점(·)이 찍혀 있다. 영국이나 홍콩이 아니라 아메리카에서 발행된 《TIME》이라는 뜻이다. 지금 이 시의 화자는 눈앞에 《TIME》지를 두고 있다.

"흘러가는 물결처럼/지나인의 의복/나는 또 하나의 해협을 찾았던 것이 어리석었다"는 구절은 김수영 자신의 고백으로 보인다. 일본에서 유학하던 김수영은 만주에 들어가 연극을 했다. 거기서 지나(중국)인의 옷을 입기도 했다. 그리고 "나는 또 하나의 해협을 찾았던 것이 어리석었다"고 적고 있다. 화자 "나"가 고백하는 "또 하나의 해협"은 "아메리카" 《TIME》지의 세계가 아닐까.

2연에서 추상명사 "기회"는 기름방울을 뜻하는 "유적油滴"이나 "능금"과 같은 구체 명사와 연결되어 있다. 기회-유적, 혹은 기회-능금으로 등가적으로 결합되어 있다. 일본과 만주와 경성을 오가며 그는 여러 "기회"를 얻을 수 있었다. 그렇지만 기름방울이 물에 섞이지 못하듯 어울릴 수 없었다. 그리고 "능금"은 어떤 유혹을 상징하는 것은 아닐까. 아담과 하와에게 하나의 시험이었던 능금일 수도 있겠다. 김수영은 기회와 기름방울과 능금이라는 시험을 횡단하며 일본, 중국, 한국, 미국이라는 문화를 오가고 있었던 것이다.

그런 혼돈 속에서 화자는 "올바로 정신을 가다듬으면서/나는 수없이 길을 걸어왔다"고 한다. "올바른 정신을 가다듬"는 일은 "이제 나는 바로 보마"(「공자의 생활난」)와 같은 표현일 것이다. "응결한 물"이란 응시凝視, 곧 바로 보겠다는 시적 표현이다. 해방 이후 젊은이들은 서구 문화를 추종하기에 정신없었다. 아직 관념적이었던 김수영이었지만 《TIME》지 앞에서 그는 올바른 정신으로 바로 보고 싶었고, 응결한 물처럼 떨어지고 싶었다. 응결한 물이 떨어져 "바위를 문다"는 표현은 '바위를 깬다'는 상투적 표현을 피하려는 시도가 아닐까.

이 시에서 언뜻 이해하기 어려운 표현은 "와사瓦斯의 정치가"다. 와사는 방적사의 표면에 난 솜털 같은 섬유를 빠른 속도로 가스의 불꽃 속을 통과시켜서 광택을 낸 실로 짠 피륙을 말한다. 흔히 '주란사'라고도 하는데 옛날 전통 혼인식을 올리며 흔히 '주란사 치마와 명주 저고리를 입었다'고 할 때의 그 주란사 비단이 와사다. 비단의 일종인 주란사를 가스직gas織, 와사단瓦斯緞, 와사사瓦斯紗, 와사직瓦斯織이라고 한다. 곧 빛이 나고 화사하면서도 고운 비단이다.

《TIME》 표지에는 정치가 얼굴이 많이 실린다. "와사의 정치가"란 주란사 비단처럼 화사한 정치가를 말한다. 정치가라는 존재들은 "활자처럼 고움"게 포장된다. 당시 대통령이었던 이승만을 생각해볼 수 있겠으나, 이승만이 《TIME》 표지에 실린 때는 1950년 10월 16일로 이 시가 발표되고 3년 뒤다. 1960년 4·19 이후 김수영 시에 적으로 표시되는 이승만을 예견하듯이, 김수영은 "와사의 정치가들을 응시한다". 와사의 정치가들을 바로 보는 것이다.

"내가 옛날 아메리카에서 돌아오던 길"이란 표현은 상징적인 표현이다. 김수영은 실제로 미국에 다녀온 적이 없다. 일테면 자신이 일본에서 아메리카 문화를 간접 체험하고 현해탄을 건너오며 "뱃전에 머리 대고 울던 것은 여인을 위해서가 아니"라는 말이다. 다시 화자는 "활자를 본다"지만, "한없이 긴 활자의 연속을 보고" 있다. 이것은 아직 내용을 읽지 못하고 활자만 보고 있다는 뜻일까.

이 시 「아메리카·타임지」에는 얽힌 이야기가 있다. 이 시는 본래 1947년에 씌었고, 이후 1948년 12월 25일 《자유신문》에 실린 뒤 1949년 『새로운 도시와 시민들의 합창』에 수록된다. 최하림의 『김수영 평전』을 보면 이 시의 배경을 알 수 있다.

당시 '신시론' 동인의 대표는 김경린, 총무는 박인환이었다. 그런데 "일본 대학에 다니면서 4년 동안을 제철회사에서/노동을 한 강자"(「거대한 뿌리」)인 김병욱은 신시론 동인들과 어울릴 수 없었다. 김병욱이 보기에 신시론 동인들은 포즈에 젖은 사이비 모더니스트들이었다. 그래서 김병욱은 모임에서 탈퇴한다. 김병욱과 친했던 김수영도 함께 탈퇴하려 했다. 그래서 두 번째 앤솔러지 『새로운 도시와 시민들의 합창』에 발표하려 했던 다섯 편의 작품을 되찾으려고 했다. 그런데 세 편은 돌려받고 두 작품이 실렸다. 그것이 「공자의 생활난」과 「아메리카·타임지」다.

이 작품에 대해 김수영은 "좌우간 나는 이 사화집에 실린 두 편의 작품도 그 후 곧 나의 마음의 작품 목록으로부터 깨끗이 지워버렸다"(김수영, 「연극하다가 시로 전향」, 1965. 9.)고 진술했다. 어떤 심리적 부채감이 있었기에 작품 목록에서 지워버리겠다고 했을까. 어떤 동기와 전환이 작용했던 것일까.

앞서 「공자의 생활난」에서 그랬듯이, 이 시도 사이비 모더니스트들을 희롱하기 위한 '히야까시' 계열의 작품이다. 김수영이 남긴 두 작품에는 묘한 공통점이 있다. "올바로 정신을 가다듬으면서", "와사의 정치가들을 응시"(「아메리카·타임지」)하겠다는 말은 "이제 나는 바로 보마"(「공자의 생활난」)와 같은 뜻이다. 현실을 바로 보겠다는 뜻이다.

결국 신시론 동인의 설익은 모더니즘 운동과의 결별을 모더니스트들의 대표적인 앤솔러지 지면을 빌어 선언한 격이다. 김수영이 갖고 있던 심리적 부채감은 경박한 모더니스트 그룹에 있었다는 흔적일 것이다. 그는 그 이력을 삭제하고 싶었다. 김경린은 이후의 김수영 시를 모더니즘 시라고 생각하지 않았다.

이후 김병욱이 김수영에게 병문안을 와서 「아메리카·타임지」를 극찬했다는 이야기는 두 사람의 지향이 어디에 있었는지 가늠케 한다. 이런 배경에서 보면 「아메리카·타임지」는 경박한 모더니즘과 완전한 결별을 선언하는 시로 읽힌다.

1947년

이(虱)가 걸어 나온다

이(虱)

도립倒立한 나의 아버지의
얼굴과 나여

나는 한 번도 이를
보지 못한 사람이다

어두운 옷 속에서만
이는 사람을 부르고
사람을 울린다

나는 한 번도 아버지의
수염을 바로는 보지
못하였다

신문을 펴라

이가 걸어 나온다
행렬처럼
어제의 물처럼

걸어 나온다

(1947)

1950년 한국전쟁이 일어나자 사람들은 누구나 '흰 바람 폭탄'에 뒤덮여야 했다. 마치 요즘 돼지나 닭장에 분사하듯, DDT 소독약을 온몸으로 맞아야 했다. 1940년대 한국이라는 후진사회에서 이(虱, lice), 벼룩, 진드기는 머리에서든, 책갈피에서든 기어 나오는 벌레였다. 김수영 초기시에 풍뎅이, 거미 등이 등장하는 '곤충시'가 여러 편 있는데, 이 시는 그가 처음 곤충을 제목으로 쓴 소품이다.

"도립倒立"은 물구나무 선 상태를 말한다. 정립正立의 반대말이다. "나의 아버지의 얼굴"은 거꾸로 서 있다. "도립한"이란 형용어는 "나"에게도 걸린다. "나"도 거꾸로 된 처지다. 아버지나 나나 모두 거꾸로 서 있다면 도저히 상황 판단을 할 수 없는 상황이다.

"도립倒立"은 바로 앞에 나오는 「공자의 생활난」에서 꽃과 열매가 거꾸로 된, 아래위가 거꾸로 된 상태와도 연결된다. 당시 김수영은 만주에서 지낸 시간을 "흘러간 물결처럼/지나인의 의복/나는 또 하나의 해협을 찾았던 것이 어리석었다"(「아메리카·타임지」)라고 썼다. 일본 유학이나, 친일 연극을 해야 했던 만주 체험이나 그가 보기엔 모두 거꾸로 산 시간이었다. 도립한 시간이었다. 뒤집어진 시간, 뒤집어진 삶을 살아야 했던 시간이었다.

문제는 "나는 한 번도 이를/보지 못한 사람이다"라는 사실이다. 장손자로 사랑받으며 깨끗하게 자랐기에 한 번도 이를 보지 못했을 수도 있다. '이를 보지 못했다'는 사실은 4연에서는 '아버지의 수염을 보지 못했다'로 변주 반복된다. 이와 아버지가 비교된다. 역사나 전통을 상징하는 아버지를 자신이 '바로 보아야' 하는데, 김수영은 바로 보지 못한다. 김수영은 이도 직시하지 못하고, 아버지의 역사도 직시하지 못한다.

"어두운 옷 속에서만/이는 사람을 부르고/사람을 울린다"고 한다. 이나 벼룩은 사람의 피를 빨아먹고 사는 흡혈충이다. 뒷다리가 있어 펄쩍 뛰며 이동하는 벼룩과 달리, 이는 하나의 숙주를 정하면 계속 한 대상의 피를 빤다. '어두운 옷'은 시대로 생각할 수 있겠다. 해방 이후 어두운 시대 속에서 피를 빨아먹는 이는 사람을 부르고, 사람을 울린다.

"나는 한 번도 아버지의/수염을 바로 보지/못하였다"고 한다. 이 연에서 행 구분이 자연스럽지 않다. 우리말로 읽는다면 '나는 한 번도/아버지의 수염을/바로 보지 못하였다'로 끊어야 할 텐데 왜 이렇게 구분했을까. 이유는 뒤에 나오는 단어 "수염을"이라는 단어와, 바로 보지 "못하였다"는 부정어를 강조하고 싶어서였을 것이다. 수염이란 권위의 상징이다. 권위가 너무 지나쳐도, 반대로 보는 사람이 완전히 망해버린 경우에도 윗사람의 수염을 볼 수 없을 것이다. 아니면 경외감이든 열패감이든 두 심리가 동시에 개입될 때도 대상을 바로 보지 못한다. 김수영은 자신의 아버지, 나아가 자신을 이 땅에 태어나게 한 선조의 수염을 볼 수 없는 우울한 상황에 있다.

느닷없이 "신문을 펴라"라고 명령한다. 신문이란 어제의 사건을 보도하는 매체다. 그 신문에서 이들이 우글거리며 걸어 나온다. 어제의 사건은 모두 기생충 같은 존재들의 기록이다. 남의 피를 빨아먹고 살 수밖에 없는 기생충 같은 존재들의 이야기가 버글거린다. 자기 전통이 아니라 수입상으로 살아가야 하는 한국 지식인의 숙명이 이의 운명이 아닌가. 지식인뿐만 아니라, 김수영이 보기에 당시 한국 사회는 타인의 피를 빨아먹고 사는 흡혈충 사회가 아니었을까. 신문을 펴면 자기 의식 없이 기생하는 사건과 정보들이 신문에서 쏟아져 나온다. 흡혈충들 이야기가 기어 나온다.

"어제의 물처럼"에서 물은 1947년에 썼던 "흘러간 물결처럼/지나인의 의복/나는 또 하나의 해협을 찾았던 것이 어리석었다"(「아메리카·타임지」)에 나오는 '물결'과 비교해야 하지 않을까. 주체적인 의지로 뜻을 세우는 것이 아니라, 다른 의지에 따라 쓸려가는 '흘러간 물결처럼' 이들이 쏟아져 나오는 현실이다.

이 시를 쓴 1947년, 27세의 김수영은 일본과 만주를 거쳐 귀국하여 복잡하고 혼돈에 휩싸인 서울에 적응하려고 애썼다. 김현경은 어느 날 명동 입구로 들어가다가 우연히 사닥다리에 올라가 간판을 그리는 한 사내를 본다. 바로 김수영이었다. 얼룩덜룩 페인트가 묻은 옷을 입은 김수영은 "오늘은 횡재를 했으니 저녁에는 대향연을 벌이자구"라며 크게 웃었다고 한다.

김수영의 아버지는 병상에 누워 있었고, 일이 없을 때 김수영도 심한 치질로 수발을 받아야 했다. 자기 처지도 그렇거니와 당시 해방을 맞은 한국도 완전히 도립된, 거꾸로 된 사회였다. 특히 지식인 사회는 이들이 우글거리는 상황이었다. 마리서사와 유명옥에 모이는 초현실주의자들이 김수영에게는 이처럼 보였을지도 모른다.

김수영은 비굴한 사람을 「이」, 「풍뎅이」, 「거미」, 「하루살이」의 등장동물과 비교했다. 이, 풍뎅이, 거미, 하루살이, 파리, 모두 비굴한 자아를 가진 아버지(역사 혹은 전통) 시대의 모습이 아닐까. 아버지의 수염도 직시할 수 없는, 주체 없는 비아非我들도 아버지 따라서 흡혈충으로 살아가야 하는 벌레 사회다.

이처럼 남의 피를 빨아먹어야 살 수 있는, 주체 의식 없는 한국 지식인의 독서 습관을 김수영은 산문 「히프레스 문학론」에서 비판한다. 한국 지식인의 독서는 '총독부 문학'(일본 문학)과 '국무성 문학'(미국 문학)에 갇혀 있다고 지적한다. 한국 지식인은 이처럼 남의 것을 빨아먹고 살아간다. 그 괴로움의 첨단에서 김수영은 자기보다 10년 더 젊은 신동엽을 본다. 신동엽에게는 고구려와 백제의 정신 그리고 웅혼한 '예이츠의 비잔티움'이 있다고까지 비유하면서, 김수영은 신동엽을 상찬한다. 쇼비니즘의 우려가 있기는 하지만 신동엽은 이의 상태를 벗어난 지식인이라고 본 것이다. 「이」를 쓰고 나서 김수영은 다시 아버지를 호명한다.

아버지의 사진을 보지 않아도
비참은 일찍이 있었던 것
「아버지의 사진」(1949) 1연

보지 않아도, 상상만 해도 아버지 세대의 삶은 "비참"으로 요약된다. 아버지의 '비참 시대'를 김수영은 "다시 보지 않을 편력遍歷의 역사"로 표현했다. 그러나 그 "비참"은 아버지가 1949년 사망한 이후에 자기에게 다가온다. 그는 예감했을까, 이듬해 한국전쟁이라는 비극의 지옥, 극한의 "비참"이 해일처럼 덮쳐온다.

1949년

아버지, 그 얼굴을 숨어 보며

아버지의 사진

아버지의 사진을 보지 않아도
비참은 일찍이 있었던 것

돌아가신 아버지의 사진에는
안경이 걸려 있고
내가 떳떳이 내다볼 수 없는 현실처럼
그의 눈은 깊이 파지어서
그래도 그것은
돌아가신 그날의 푸른 눈은 아니오
나의 기아처럼 그는 서서 나를 보고
나는 모-든 사람을 또한
나의 처를 피하여
그의 얼굴을 숨어 보는 것이오

영탄이 아닌 그의 키와
저주가 아닌 나의 얼굴에서
오— 나는 그의 얼굴을 따라
왜 이리 조바심하는 것이오

조바심도 습관이 되고
그의 얼굴도 습관이 되며
나의 무리無理하는 생에서
그의 사진도 무리가 아닐 수 없이

그의 사진은 이 맑고 넓은 아침에서
또 하나 나의 팔이 될 수 없는 비참이오
행길에 얼어붙은 유리창들같이
시계의 열두 시같이
재차再次는 다시 보지 않을 편력의 역사……

나는 모든 사람을 피하여
그의 얼굴을 숨어 보는 버릇이 있소

(1949)

1949년 해방기에, 스물아홉 살의 김수영은 아버지의 죽음을 목도한다. 그해 1월 27일 아버지 김태욱은 49세를 일기로 별세했다. 아직 서른이 안 된 김수영의 처지는 어떠했을까. 1949년은 김수영이 김경린, 임호권, 박인환, 양병식 등과 함께 묶은 신시론 시집 『새로운 도시와 시민들의 합창』에 「아메리카·타임지」, 「공자의 생활난」 두 편을 발표한 해다. 시 몇 편 발표했다고 즐거워만 할 수 있는 형편은 아니다. 이해에 「토끼」와 「아버지의 사진」 등을 발표하지만 그는 신출내기에 불과했으며, 이제는 정말 어디서든 쌀을 구해 와야 하는 가장이 된 것이다.

아버지 김태욱과 김수영 사이는 어떠했는지 그 흔적을 글에서 찾아보기는 쉽지 않다. 반면 김수영의 할아버지는 재산이 넉넉하여, 추수가 끝날 때면 경기도 파주와 문산, 강원도 홍천, 철원 등에서 소작인들이 찾아오고, 5백 석이 넘는 볏

섬들이 우마차에 실려 종로 2가 김수영네 관철동 집 대문에 길게 늘어섰다고 한다. '이병상'이라는 곰보 마름이 따로 있어 그 모든 일을 밤낮으로 처리할 정도였다니 얼마나 풍족한 가문이었는지 짐작할 수 있다.

김수영의 아버지 김태욱은 1930년 수영의 할아버지 김희종이 70세에 사망하자, 모든 가계의 일을 자신의 형(수영의 큰아버지인 김태홍)에게 맡겨버렸다고 한다. 재산을 분배할 때도 김태욱은 별로 욕심이 없어 철원과 임진강 부근에 작은 땅만 받았다고 한다. 굳이 말하면 김태욱은 욕심 없이 살다 간 사람이었다. 그러니 아이들을 먹이고 집안 살림을 꾸리는 것은 수영의 어머니가 해야 할 몫이었다.

게다가 김수영 자신도 변변치 않았다. 김수영은 버젓한 직장도 구하지 못하고, 영어학원 강사도 하고, 극장 간판도 그리고, 통역원도 하고, 거의 일용직 지식인으로 살아가는 형편이었다.

"아버지의 사진을 보지 않아도/비참은 일찌기 있었던 것"이라는 1연은 그가 해방기에 어렵게 살았던 상황을 보여준다. 3~4년 전부터 아버지는 아픈 몸이었지만 그래도 그에게는 위로였는데, 이제 아버지마저 다시 볼 수 없다.

사진 속의 아버지는 안경을 쓰고 있다. 안경 너머에 깊이 파인 눈은 화자가 "떳떳이 내다볼 수 없는 현실처럼" 깊다. 아버지는 "내가 떳떳이 내다볼 수 없는 현실처럼" 거리감이 있다. 내가 싸워왔던 현실 같은 존재가 아버지란 말일까. 그렇다면 이 표현에는 아버지를 향해 느끼는 못난 아들의 오이디푸스적 감정이 묻어 있다. "그의 눈은 깊이 파지어서"라는 표현은 자신의 죄를 깨닫고 스스로 눈을 찔러 장님이 된 오이디푸스의 눈을 연상케 한다. 반대로 오이디푸스적 갈등이 아버지가 돌아가시고 긍정적으로 해소되는 순간으로도 볼 수 있다. 아버지가 사망하면서, 자기 자신이 아버지를 이해하는 남성성을 획득한 것이다.

룸펜인 남편이기에 아내에게 미안하여 "나의 처를 피하여" 한 가족의 생계를 지켜온 아버지 사진을 본다. 이 구절은 아내 김현경 여사와 결혼한 때가 대개의

1933년경 김수영 시인. 부친과 동생들과 찍은 사진. 오른쪽 소년단 복장이 김수영 시인이다. 효제국민학교 다닐 때 사진으로 추정된다

김수영의
부친
김태욱

약력에 기록된 1950년이 아니라, 1949년이라는 사실을 확인하게 한다. 아버지를 그리워하는 아들들은 아내 사진보다 아버지 사진을 책상이나 벽에 걸어두지 않는가. 분명한 것은 "그의 얼굴을 숨어 보는 상황"이다. 많은 아들들은 아버지의 얼굴을 정면으로 바로 보지 못한다. "나는 한 번도 아버지의/수염을 바로는 보지/못하였다"(「이」)는 고백도 유사한 상황이다.

"영탄永嘆이 아닌 그의 키와/저주詛呪가 아닌 나의 얼굴에서/오오 나는 그의 얼굴을 따라/왜 이리 조바심하는 것이오"(3연)라는 표현을 해석하기는 쉽지 않다. "영탄이 아닌 그의 키"는 감탄하지 않을 그의 키, 놀랄 만치 크지 않은 키라는 뜻일까. "저주가 아닌 나의 얼굴"이란 표현도 절묘하다. 한때 아버지를 미워했을지도 모를 미묘한 흔적이 숨어 있다. 아버지를 한때 저주했을지도 모르나, 이제는 "저주가 아닌", 저주하지 않는 얼굴로 그의 얼굴을 보며 "조바심하는 것"이 시인 자신이다.

"조바심도 습관이 되고"라는 표현도 재미있다. 돌아가신 아버지는 초자아로 승격한다. 가부장적 권력이 이제는 몽상 속의 초자아적 권력으로 부풀어 오른다. 아버지와 다른 존재가 되고 싶기에 늘 아버지라는 초자아를 의식하며 사는 존재가 아들이라는 존재가 아닐까. 아버지를 벗어나고 싶어도, 내 나이 때 아버지는 어떠했는지 늘 비교해보는 것이 아들이라는 존재가 아닐까.

"나의 무리無理하는 생에서"는 일본어 문장을 번역해놓은 듯한 문장이다. 무리無理(むり)란 이유 없이 억지로, 강제로 하는 것을 말한다. 일본어로 '무리스루나無理するな'는 '억지로 하지 말라'는 뜻이다.

어린 시절 아이들은 아버지 팔베개에 누워 잠들곤 한다. 아버지가 사라지면 더 이상 머리를 누이고 쉴 아버지의 팔베개는 없다. 이 맑고 넓은 아침에 "또 하나의 나의 팔"이었던 아버지가 사라진 것은 더 이상 나에게 도움이 될 존재가 없다는 비참한 현실이다. 아버지를 막 땅에 묻었을 때 바로 느끼는 감정이 이 상황이 아닐까.

"시계의 열두 시같이/재차再次는 다시 보지 않을 편력의 역사"라는 구절은 무엇일까. 12시에는 시침과 분침이 겹친다. 12시가 지나면 시침과 분침은 다시 겹치지 않고 멀어지기 시작한다. 12시가 지나 이제 다시는 아버지를 볼 수 없는 것이다. 그것은 다만 개인의 삶을 넘어, 다시는 보지 못할 "편력의 역사"다. 몇 번의 전쟁을 거치고 돌아온 오디세우스 같은 모험의 역사다. 그 역사를 이제 "숨어 보"며 따라가는 것이 모든 아들의 운명이 아닐까.

「아버지의 사진」에 대한 해석은 많지 않은데 간혹 논문에 나오는 걸 보면 너나없이 '아버지=전통'으로 본다. 김수영의 시 가운데 아버지가 등장하는 시가 몇 편 있는데 연구자들은 대부분 '아버지'를 '전통'으로 해석한다. 일본 문화가 주류였던 세상에 다시 서구 문화가 쏟아져 들어오는 상황에 전통에 대해 회의하는 것으로 대부분 해석한다.

"나는 모든 사람을 피하여/그의 얼굴을 숨어 보는 버릇이 있소"라는 마지막 구절을 '이 진술에는 아버지로 상징되는 전통에의 애착과 그 전통으로부터 결별하려는 의지라는 애증 병존의 자의식이 담겨 있다. 꿈에도 그리던 광복을 이뤘는데, 그렇다면 이제 어디로 가야 하나의 질문을 던지지 않을 수 없었다'는 식으로 분석한다. 나는 이런 비평이 조금 성급하다고 본다.

이 시 말미의 "편력의 역사"라는 부분을 한 가족을 넘어서는 의미로 확대해서 읽을 수 있지만, 반대로 김수영 가족이 겪은 편력의 역사로만 생각할 수도 있다. "다시 보지 않을 편력의 역사"라는 표현이 이후에 '아버지=전통'이라는 구조로 확대해간다고 설명한다면 문제는 없다.

이 시 자체가 "전통적 가족주의에 대한 현재지향성 간의 대립과 충돌의 구조"(김윤식, 「김수영 변증법의 표정」, 『김수영 전집 별권』, 민음사, 1983)라고 읽는 것은 "다시 보지 않을 편력의 역사"라는 구절에 무게를 둔 해석이다.

「아버지의 사진」이 아버지에 대한 추모시라는 고백은 뒤에 흔적처럼 시 구절에 나온다. "그전에 돌아간 아버지의 진혼가가 우스꽝스러웠던 것"(「누이야 장하고나!」)이라고 쓰고 있는데 그 진혼가는 바로 이 시 「아버지의 사진」일 것이다.

마지막 연에서 "나는 모든 사람을 피하여/그의 얼굴을 숨어 보는 버릇이 있소"라는 구절은 아들로서 아버지를 그리는 정밀한 고백이다. 아버지를 인정하고 싶지 않으면서도 인정할 수밖에 없다. 늘 의식하며 몰래 숨어 보는 아버지라는 존재를 이 시는 재현했다.

2부

1950년
6월
25일

한국전쟁

과

설움

스스로
도는
힘을
위하여

詩人이 겪은 捕虜生活

金洙暎

비참한 사람이 되리라는 나의 욕망과 철학이 나에게 있었다면 그것은 만족시켜준것이 이 포로생활이었다고 생각한다. 이야기책에서 심히 크고 간혹 활동사진에서보는 정도인 포로생활을 아무 예비지식도 없이 어물어가게 한것도 6·25동란이 시킨일이 었지만 六·二五동란이 일어날수있는 조로의 신세가 되었다는것 이라는것 아니 그보다도 포로가되었건 망정이지 그렇지 않았든들 지금쯤은 이북땅 어느 논두렁이에서 적이 우리 민족사상에 드믄일이었다. 면 이 위대한 오십이개국의 소위 UN포로로서 인간의 권리와 의무를 버리고 제네바협정의 몽치구역 으로 응감무쌍하게 문을 던지게 되었다 이러한 정범한 인식들은 나로하여금 아슬아슬한 고비를 눈하나 깜 다는것은 나의 일생을 몽하여 걸코 이저버릴수없는 지나친 려번의 하나임에 틀림없는 일이었다

세계의 그 어느 사람보다도 / 그러면서도 나는 용작말썽할수없 순간순간을 별로 놀래는마음도 없이 꾸준히 지내왔다.

그러나 그런 음식이라도 밥이라만 으면 좋겠다. 오전 중에는 약간의 국제 노동을 해야한다. 장작을 빠개는 일 음기 는 일 또는 포로들이 먹고 입는 물건을 나르는 일을 한다. 어느 때는 흙과 돌을 가지고 담 장을 쌓는 일을 하였다. 그러나 이 약간의 노동을 「주점의 탱전」을 생각하면 아무것도 아니라는 생 각이 드는 것이다.

오후에는 께임이나 독서가 허락 된다 포로도서관에는 몇 영문으로 된 책들이 있었으나 대개 소면을 선전하기 위한 목적으로 출판된 서적들이었다 간혹「뉴욕타임스」나 「런던 메일리 워커―」같은 신문 이 들어와서 우리가 읽게 되는 것 은 참말 기쁜 일이었다 어떤 PW의 캠프에서는 「재생의 훌」이란 이름을 부친 흙을 자작세 운 후 남자끼리 면상을 하여 서

（４０）

1948년에 구성된 '신시론' 동인 사이에 의견이 엇갈리면서, '후반기' 동인을 새롭게 구성하려는 중에 6·25전쟁이 터졌다. 김수영은 전쟁에 휘말려 의용군으로 끌려갔다가 탈출하여 남하했고, 1950년 11월 11일부터 포로수용소에 수용되어 혹심한 시련을 겪는다.

김수영은 1952년 11월 28일에 석방되었지만 전쟁 통에 그의 가족에겐 하루하루를 기숙할 집조차 없었다. 시를 써서는 입에 풀칠도 못 하는 상황이었지만 더더구나 모든 게 혼란스러운 상황에서 시를 발표할 지면을 얻기도 어려웠다. 그무렵 김수영은 하는 수 없이 번역 일에 매달릴 수밖에 없었다. 미국 잡지나 단행본을 파는 노점에서 번역할 텍스트를 찾아 대중들이 좋아할 만한 글들을 추려내어 잡지사나 출판사 관계자들에게 보여주면서 오퍼를 구하고 승낙이 떨어지면 밤새워 번역했다.

1953년 12월부터 이듬해 12월 사이에 쓴 그의 시에는 "설움"이란 단어가 반복해서 나온다. 그의 대표작 중 하나인 「나의 가족」에서는 "한없이 순하고 아득한 바람과 물결" 같은 사랑, 낡아도 좋은 사랑을 안타깝게 갈망하는 모습이 보인다.

임화를 왜 좋아했을까

해방 후 만주 길림에서 돌아온 김수영은 유명옥에서 가까운 명동을 드나들다가 임화林和(1908~1953)를 만난다.

시인이며 문학평론가인 임화는 서울에서 태어나 보성중학을 중퇴하고, 잡지 학예사學藝社 주간을 거쳐 1926년 카프KAPF에 가입하고 1932년 카프의 제2차 방향 전환을 주도한 후 서기장이 된다. 「우리 오빠와 화로」, 「네거리의 순이」 등 뛰어난 작품을 발표한다. 1935년에는 카프 해소파의 주류를 형성해 카프 해산을 통과시킨 이후 세태소설론·내성소설론·통속소설론·본격소설론 등을 제기한다. 불과 20년간의 문학사를 깊이 있게 서술한, 첫 근대문학사 『개설 신문학사』(1939)도 발간한다.

광복 이후에 임화는 문단을 넘어 정치에도 영역을 넓혔다. 조선공산당 주도로 민주주의민족전선이 결성되었을 때 임화는 기획부 차장으로 일했다. 김수영이 쓴 유일한 소설 「의용군」에서 임화의 모습을 볼 수 있다. 「의용군」에서 주요 인물 '순오'(김수영)는 '윤'(안영일)의 소개로 '임동은'(임화)을 만난다.

순오가 동경에서 학병學兵을 피하여 학교에서 휴학계만 내놓고 서울의 집으로 돌아와 연극운동을 해보겠다고 극단을 따라다닐 때에 윤이라는 연출가를 알았다. 그 윤이라는 연출가를 통하여 부민관府民館 무대 위에서 순오는 임동은을 안 것인데 임동은이가 좌익 시인이라는 것을 안 것은 8·15 때이었다. 만주에서 소인극단을 조직하여 가지고 이러저리 지방을 순회하여 다니던 순오는 해방이 되자 서울로 돌아왔다.

(김수영, 「의용군」, 『김수영 전집 2』, 751~752면)

'조선문학건설본부'와 그 후신인 '조선문학가동맹' 결성에 주도적으로 참여하는 임화를 김수영은 연극 하는 박상진과 연극연출가 안영일(소설 속의 '윤')의 소개로 만난다. 당시 임화는 해방 조국을 위해 노동자, 농민, 학생이 함께 반미 항쟁을 해야 한다는 내용의 시를 줄곧 발표했다.

김수영 시인과 1949년에 결혼하는 김현경의 오촌 오빠로 월북 작곡가 김순남이 있었다. 김순남의 집에는 임화, 오장환, 김남천, 안회남, 함세덕을 비롯한 카프 문인들이 자주 모여 있었다. 임화 집에서 있었던 일화도 남아 있다.

어느 날엔가 임화와 그의 부인인 소설가 지하련이 나를 집으로 초대한 적이 있었다. 볼품없는 적산가옥에 일고여덟 살쯤 되어 보이는 임화를 꼭 빼닮은 남자아이와 함께 살고 있었다. 그때 지하련은 어떻게 저럴 수 있을까 싶을 정도로 임화의 사랑에 흠뻑 빠져 있었다. 애정 표현의 강도가 좀 과한 것이 아닌가 싶을 정도로 누가 보든 상관없이 볼을 부비는 모습이 내 눈엔 이채롭게 보였다.
(김현경, 『김수영의 연인』, 책읽는오두막, 2013, 21면)

증언을 참조하면 당시는 임화가 큰 행복을 누렸던 시기였던 것 같다. 임화의 영향을 받은 김병욱과 김경희와 함께, 김수영에게도 사회주의적 세상에 대한 동경이 생겼다. 「의용군」을 자전적 소설로 보면, 김수영은 이후 조선문학가동맹을 소개받고 "전평 선전부에서 외신 번역을 맡아보기도 하였고 동대문 밖 어느 세포에 적을 놓고 정치강의 같은 회합에는 빠짐없이 출석"(「의용군」, 752면)했다. 임화가 주도하던 문학가동맹에 가입하고 108인 서명에도 참여하는 김수영에게 의용군이라는 정치적 문제가 다가왔다.

「의용군」에서 보이는 임화는 '순오'에게 "우상"(753면)이었고, '순오'는 "임동은이같이 훌륭하게 될 기회는 이북땅 어딘가에서 필시 자기를 기다리고 있는 것이라고 굳게 믿"(754면)었으며, '나도 시인 임동은이같이 되어야 한다'(757면)고 다짐한다. 자전소설로 볼 때 김수영의 마음속에 임화는 거의 우상에 가깝고 그리운 존재다.

1950년 8월 김수영이 의용군에 징집된 것은 자의 반 타의 반이었다고 할 수 있겠다. 그가 참여하고자 했던 문화공작대는 "싸움지로 나가는, 그리하여 직접 전투에 참가하는 의용군이 아니"(757면)었다. 막상 의용군에 참여하여 훈련을 받아본 김수영은 관념과 현실 사이에 큰 괴리를 느낀다. 결국 김수영은 탈출을 결심한다.

영화배우 임화

김수영이 임화를 좋아했던 까닭은 임화의 진보적인 태도 때문만일까. 두 사람은 모두 연극에 관심을 갖고 있었다. 임화는 1년간의 영화배우 연수 후 영화 출연을 했고, 연극 연출을 하기도 했다. 김수영은 연극배우로 나섰고, 시에 연극적인 요소가 많다.

1919년 연쇄극 〈의리적 구토〉 이후 외국 영화들이 수입되고, 3~4년 이후 상업 영화가 나오기 시작한다. 1926년 북간도 명동마을 출신인 나운규의 〈아리랑〉이 한국 영화의 독자적 목소리를 보였다. 임화는 1928년과 29년에 영화배우로 활동했다. 보성고보를 중퇴한 임화는 1926년 12월 조선프롤레타리아예술가동맹, 카프에 가입한다. 19세였다.

1927년 설립된 조선영화예술협회에 20세의 임화는 친구 윤기정과 참가한다. 영화계에 진입하는 신인 영화배우 임화의 모습을 신문에서 찾아볼 수 있다. 조선영화예술협회는 최초의 영화로 최학송 소설을 원작으로 한 영화 〈홍염〉을 만들기로 한다. 그때 목표는 "상당한 인기가 있는 문인들의 우수작품을 골라서 영화화 하겠다 하며 더욱이 아무쪼록 내용을 충실하게 하야 현금 일본에서 제작되는 일본 영화보다 못하지 아니한 것을 만들어 일본에라도 수출을 할 수 있을 만하도록 제작하리라"는 것이었다. 나아가 조선영화예술협회는 인재를 키우는 기획까지 세운다.

당초의 계획대로 유능한 신인을 양성해보자는 뜻에서 연구부(研究部)를 신설하고 신인을 모집 100여 명의 지원자가 쇄도함에 그중 20명을 선발해서 연구생으로 삼았다. 이들에게 1년간에 걸쳐 영화 이론을 비롯하여 분장술(扮裝術)과 연기 실습을 습득케 한 결과, 처음이자 동시에 마지막인 졸업생을 내게 되었는데, 이때 영화계에 나온 사람이 김유영(金幽影), 임화(林和), 추영호(秋英鎬), 서광제(徐光濟), 조경희(趙敬姬) 등 20명이었다.

(「영화예협 창립과 초작 〈홍염〉」, 《동아일보》 1927. 3. 18.)

조선영화예술협회 연구부에 면접을 본 임화는 100여 명 중 선발된 20명의 신인 중 한 명이었다. 1년간 영화 이론, 분장술, 연기 실습을 배우고 졸업한 초창기 무성영화 영화학교 졸업생이었다.

이후 임화는 영화 〈유랑〉의 남자 주인공으로 출연했다. 〈유랑〉은 제작 과정 내

내 언론의 주목을 받았다. "출연자 전부가 상당히 모양을 받은 사람뿐이고, 그 위에 상급 문단에서 이름을 떨치고 있는 이도 있다"(《조선일보》 1928. 1. 22.)는 보도처럼 상당히 기대를 갖고 1928년 음력설을 겨냥하며 촬영에 들어갔다. 기사에 주연 이름으로 임화가 '林華'라는 한자 이름으로 명확히 쓰여 있다. 기사 위에 사진이 나와 있는데 여성은 여주인공인 조경희이고, 여성을 품고 있는 남성은 임화로 추측된다. 1928년 4월 1일 종로의 단성사에서 개봉된 〈유랑〉은 안타깝게도 기대와 달리 흥행에 실패했다.

흥행에 실패하자 카프 영화인들은 조선영화예술협회라는 명칭을 '서울키노·경성영화공장'으로 바꾸고 두 번째 작품인 〈혼가〉를 기획한다. 그 기사를 현대어로 읽기 쉽게 바꾸어 인용해본다.

〈혼가〉는 오월 중순부터 촬영을 개시하여 금명간 완료되리라는데 (중략) 출연 배우는 〈류랑〉에서 성공한 임화(林華) 군과 바보 역으로 성공한 추용호 군을 위시하여 신진녀우 리영희 양 외 특히 〈아리랑〉, 〈풍운아〉 등에 출연하였던 남궁운(南宮雲) 군이 특별출연한다더라.

(「서울키노 일회작품 혼가 전십권全十卷 금월하순봉절今月下旬封切」, 《동아일보》 1928. 6. 20.)

'조선의 발렌티노' 임화와
실제 루돌프 발렌티노

한국 근대 초창기 영화사에서 임화가 차지하는 위치가 가볍지 않다. 두 편의 영화에 출연하면서 임화는 조선의 발렌티노라는 별명까지 얻는다. 임화의 말쑥하고 이국적인 모습은 1920년대 할리우드 영화계에서 최초의 아이돌인 이탈리아 출신 배우 루돌프 발렌티노Rudolph Valentino(1895~1926)를 떠올리게 했다.

임화의 단편서사시와 연극

주목받는 영화 두 편에 출연했지만 임화의 배우 실험은 실패였다. 연기자로서는 실패했지만 임화는 이후에도 끊임없이 영화와 함께했다. 연기자로 실패한 임화가 작가로 변하는 시도는 다다이즘 시에서 보였다. 이후 1929년 단편서사시 「네거리의 순이」와 「우리 오빠와 화로」로 시인으로 새롭게 등장한다.

네가 지금 간다면, 어디를 간단 말이냐?
그러면, 내 사랑하는 젊은 동무,
너, 내 사랑하는 오직 하나뿐인 누이동생 순이,
너의 사랑하는 그 귀중한 사내,
근로하는 모든 여자의 연인……
그 청년인 용감한 사내가 어디서 온단 말이냐?

눈바람 찬 불쌍한 도시 종로 복판에 순이야!
너와 나는 지나간 꽃피는 봄에 사랑하는 한 어머니를
눈물 나는 가난 속에서 여의었지!
그리하여 이 믿지 못할 얼굴 하얀 오빠를 염려하고,
오빠는 가냘핀 너를 근심하는,
서글프고 가난한 그날 속에서도,
순이야, 너는 마음을 맡길 믿음성 있는 이곳 청년을 가졌었고,

내 사랑하는 동무는……

청년의 연인 근로하는 여자, 너를 가졌었다.

임화, 「네거리의 순이」(1929. 1.) 부분

임화의 단편서사시에는 하나의 사건이 나오고 주인공이 등장한다. 시인이 자신의 생각을 등장인물을 통해 서술하는 방식이다. 연극처럼 등장인물에 역할을 주어 쓴다 하여 배역시配役詩(Rollengedichte)라고 한다. 임화가 쓴 단편서사시는 사실 일본 나프NAPF(전일본무산자예술동맹)에서 많이 발표된 시의 한 조류였다. 임화는 러시아 문학과 일본 프롤레타리아 문학에서 많이 쓰인 양식을 익히면서도 자기만의 독특한 배역시의 개성을 보여주었다(김응교, 「임화와 일본 나프의 시」, 2010). 특히 주목되는 사실은 임화의 단편서사시에 나오는 연극성이다.

임화는 보성전문(현재 고려대학교) 연극부의 제1회 작품 〈삼등수병三等水兵 마틴〉을 연출했다. 1928년에 연극부가 조직되었다. 당시 법대 전임강사로 있던 소설가 유진오가 보성전문 연극부 감독으로 부임하면서, 제1회 정기공연을 1932년 12월 8일에 소공동 경성공회당(현 프라자호텔 후면)에서 올린다.

타프렐 돌링Taffrel Dorling의 〈삼등수병 마틴〉의 연출가로 임화를 초빙한다. 이 연극은 전쟁의 참혹함과 영국 해군 병사들의 내면을 적나라하게 그려낸 타프렐 돌링의 소설을 각색하여 일본 군국주의를 비판한 작품이었다. 유진오는 "나는 연극부 감독을 맡았는데 임화를 초청하여 〈삼등수병 마틴〉과 〈밤주막〉 등을 상연하였다"(유진오, 「편편야화 38편」, 《동아일보》 1974. 4. 15.)고 회고했다. 이 극은 당시 유행하던 계급주의 연극이었다. 1930년대 말에 접어들면서 임화는 영화, 연극, 미디어를 비롯한 문화 전반으로 관심의 영역을 넓혀 나간다.

제2회 정기공연은 1933년 11월 25일에 있었다. 배재학당 강당에서 막심 고리키의 〈밤주막〉이 역시 임화의 연출로 공연되었다. 1930년대가 되면 고리키의 '문단 활동 40주년 기념'을 계기로 조선 문단에서 고리키에 대한 평가는 최고조에 달했다. 일본과 조선에서 러시아 문학, 특히 고리키를 사숙하는 작가들이 많았는데 임화도 마찬가지였다. 임화가 연출하는 보전 연극부의 고리키 연극은 몇몇 중앙 신문에 예고될 정도로 주목받았다. 소설가 함대훈이 번역하여 대본을 제공한 프로극 〈밤주막〉에는 따스한 휴머니티가 넘쳤다(김응교, 「임화와 김수영의 연극 영화체험」, 2019).

「네거리의 순이」, 「우리 오빠와 화로」 같은 배역시를 임화가 썼듯이, 김수영은 시에 실제 인물을 등장시키곤 했다. "여편네"(「여편네의 방에 와서」, 「죄와 벌」)를 등장시키든지 실제 인물이 시에 등장한다. 혁명적 변화를 제시하는 시에는 실제 인물 이름을 나열한다. 혁명을 하려면 모든 국민 개개인이 깨인 다중多衆으로 나서야 한다고 김수영은 생각했다. 또한 임화의 시를 직접 연상하게 하는 김수영 시도 있다.

> 적이 나를 죽도록 미워했을 때,
> 나는 적에 대한 어찌할 수 없는 미움을 배웠다.
> 적이 내 벗을 죽음으로써 괴롭혔을 때,
> 나는 우정을 적에 대한 잔인으로 고치었다.
> 적이 드디어 내 벗의 한 사람을 죽였을 때,
> 나는 복수의 비싼 진리를 배웠다.
> 적이 우리들의 모두를 노리었을 때,
> 나는 곧 섬멸의 수학을 배웠다.
>
> 적이여! 너는 내 최대의 교사,
> 사랑스런 것! 너의 이름은 나의 적이다.
> 임화, 「적」 부분

우리들의 적은 늠름하지 않다
우리들의 적은 커크 더글러스나 리처드 위드마크 모양으로 사나웁지도 않다

그들은 조금도 사나운 악한이 아니다

그들은 선량하기까지도 하다

그들은 민주주의자를 가장하고

자기들이 양민이라고도 하고

자기들이 선량이라고도 하고

자기들이 회사원이라고도 하고

전차를 타고 자동차를 타고

요릿집엘 들어가고

술을 마시고 웃고 잡담하고

동정하고 진지한 얼굴을 하고

바쁘다고 서두르면서 일도 하고

원고도 쓰고 치부도 하고

시골에도 있고 해변가에도 있고

서울에도 있고 산보도 하고

영화관에도 가고

애교도 있다

김수영, 「하 …… 그림자가 없다」 부분

임화와 김수영의 '적敵'에 대한 상상력은 멀리 있지 않다. 적을 나열하여 서술하는 방식도 비슷하다. 임화 시와 직접 비교할 만한 시뿐만이 아니라, 김수영 시 자체에 연극적인 요소가 많다. 김수영의 후기시 「전화 이야기」, 「엔카운터지」, 「VOGUE야」 등에는 부조리 연극 〈대머리 여가수〉의 작가 이오네스코의 영향도 보인다. 연희 양식 측면이 아니더라도 임화와 김수영을 비교해야 할 쟁점은 적지 않다. 임화의 「기림의 시」와 김수영의 「기도」를 비교해볼 수 있겠다.

임화의 계보, 김수영

임화는 최초의 조선 영화사 『조선영화발달소사』(1941), 영화론 『조선영화론』(1941)을 내기도 했다. 이후에 임화는 온갖 미디어에 관심을 가졌다. 임화의 특징을 우리는 김수영의 문학 활동에서도 볼 수 있다. 역시 연출 공부와 배우 역할을 두루 해봤던 김수영 시에도 연극성이 두드러져 보인다. 김수영 시를 읽으면 임화의 단편서사시를 연상케 하는 특징을 볼 수 있다. 임화와 김수영이 체험한 연희적 양식을 시에 어떻게 수용했는가는 대단히 중요하다. 특히 포로수용소 체험 이후 급격히 산문적으로 변하는 김수영 시에서 임화 시의 특징을 찾아내는 것은 어려운 일이 아니다. 문학적으로 김수영을 임화의 계보로 보는 것은 타당하다.

적어도 토착적 전통과의 관계라는 면에서 본다면 김수영은 임화의 계보이고, 김남주는 신동엽의 후계자에 속한다고 할 수 있다.
(염무웅, 「역사에 바쳐진 시혼」, 『살아 있는 과거』, 창비, 2015, 89면)

김수영이 임화의 계보에 든다는 평가는 문학뿐만 아니라, 연희 예술과 대중문화에 대한 관심에서도 타당하다. 마지막으로 임화의 공산주의 사상을 김수영이 어디까지 공감했을지도 생각해볼 수 있겠다.

책에서 본 공산주의의 지식으로는 판단하기 어려웠다. 책에서 읽은 지식 이외의 이곳 실정에는 무슨 알지 못하는 신비한 점이 가득 차 있는 것같이 서먹서먹하고, 보는 것 듣는 것마다 무서운 감이 든다.
(김수영, 「의용군」)

김수영은 지리멸렬했던 일제 식민지 말기의 공산주의에서 제대로 공산주

지식을 배울 기회가 없었다. 김수영은 임화를 정말 좋아했지만 철저한 '과학적 마르크스주의자'가 될 수는 없었다. 김수영은 근본적으로 "자유주의가 끝까지 간 곳에 마음의 유토피아를 설정해둔 급진 리버럴"(김명인, 「"내 시는 모두 사기다" - 김수영과의 대화」, 『대산문화』 2007년 가을호)이었다고 봐야 할 것이다. 의용군으로 북한 사회를 체험해본 김수영은 질서로 꽉 짜여진 공산 체제를 보고 "질서가 너무 난잡한 것도 보기 싫지만 질서가 이처럼 너무 잡혀 있어도 거북하지 않은가?"(「의용군」, 763면)라고 의문을 갖는다. '급진 리버럴'인 김수영은 임화에 완전히 공감할 수 없었을 것이다.

임화가 체험했던 영화와 연극을 김수영은 외면하면서도 계속 연극적 태도를 무의식적으로 유지하고 있었다. 임화와 김수영은 시 속에 다양한 시사와 연희 양식을 끌어들여 역사와 자아를 성찰하게 한 실험적이고도 성실한 작가였다.

1953년 5월

나는 이것을 자유라고 부릅니다

조국으로 돌아오신 상병傷病포로 동지들에게

그것은 자유를 찾기 위해서의 여정이었다
가족과 애인과 그리고 또 하나 부실한 처를 버리고
포로수용소로 오려고 집을 버리고 나온 것이 아니라
포로수용소보다 더 어두운 곳이라 할지라도
자유가 살고 있는 영원한 길을 찾아
나와 나의 벗이 안심하고 살 수 있는
현대의 천당을 찾아 나온 것이다

나는 원래가 약게 살 줄 모르는 사람이다
진실을 찾기 위하여 진실을 잊어버려야 하는
내일의 역설 모양으로
나는 자유를 찾아서 포로수용소에 온 것이고
자유를 찾기 위하여 유자철망有刺鐵網을 탈출하려는 어리석은 동물이 되고
말았다
"여보세요 내 가슴을 헤치고 보세요. 여기 짱빨장이 숨기고 있던 격인格印보
다 더 크고 검은
호소가 있지요
길을 잊어버린 호소예요"

"자유가 항상 싸늘한 것이라면 나는 당신과 더 이야기하지 않겠어요

그러나 이것은 살아 있는 포로의 애원이 아니라

이미 대한민국의 하늘을 가슴으로 등으로 쓸고 나가는

저 조그만 비행기같이 연기도 여운도 없이 사라진 몇몇 포로들의 영령이

너무나 알기 쉬운 말로 아무도 듣지 못하게 당신의 뺨에다 대고 비로소 시작

하는 귓속 이야기지요"

"그것은 본 사람만이 아는 일이지요

누가 거제도 제61수용소에서 단기 4284년 3월 16일 오전 5시에 바로 철망

하나 둘 셋 네 겹을 격隔하고 불 일어나듯이 솟아나는 제62적색수용소로 돌을

던지고 돌을 받으며 뛰어들어 갔는가"

나는 그들이 어떻게 용감하게 싸웠느냔 것에 대한 대변인이 아니다

또한 나의 죄악을 가리기 위하여 독자의 눈을 가리고 입을 봉하기 위한 연명

을 위한 아유阿諛도 아니다

그리고 이러한 변명이 지루하다고 꾸짖는 독자에 대하여는

한마디 드려야 할 정당한 이유의 말이 있다

"포로의 반공전선을 위하여는

이것보다 더 장황한 전제가 필요하였습니다

나는 그들의 용감성과 또 그들의 어마어마한 전과에 대하여 말하는 것이 아

니라

그들의 싸워온 독특한 위치와 세계사적 가치를 말하는 것입니다"

"나는 이것을 자유라고 부릅니다

그리하여 나는 자유를 위하여 출발하고 포로수용소에서 끝을 맺은 나의 생

명과 진실에 대하여

아무 뉘우침도 남기려 하지 않습니다"

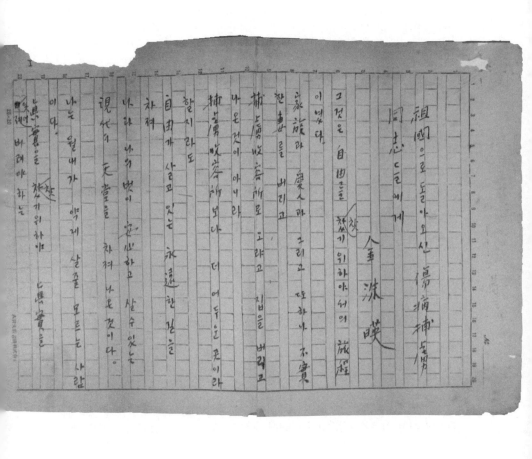

祖國으로 돌아와서 傷痍補充兵
同志들에게

金洙暎

그것은 自由를 찾기 위하여서의 歲程
이었다.

家族과 愛人과 그리고 또하나 不實한 妻를 버리고

나 혼자 몸이 아니라

捕虜收容所에로 다시 돌아가리라
할지라도

自由가 살고 있는 永遠한 길을

나라 바가 벗이 安心하고 살수 있는

現代의 天堂을 차려 나올 것이다.

나는 원래가 약게 살줄 모르는 사람
이다.

오히려 바레야 하는

나는 지금 자유를 연구하기 위하여 『나는 자유를 선택하였다』의 두꺼운 책
장을 들춰볼 필요가 없다
　꽃같이 사랑하는 무수한 동지들과 함께
　꽃 같은 밥을 먹었고
　꽃 같은 옷을 입었고
　꽃 같은 정성을 지니고
　대한민국의 꽃을 이마 우에 동여매고 싸우고 싸우고 싸워왔다

　그것이 너무나 순진한 일이었기에 잠을 깨어 일어나서
　나는 예수 크리스트가 되지 않았나 하는 신성한 착감錯感조차 느껴보는 것
이었다
　정말 내가 포로수용소를 탈출하여 나오려고
　무수한 동물적 기도企圖를 한 것은
　이것이 거짓말이라면 용서하여 주시오
　포로수용소가 너무나 자유의 천당이었기 때문이다
　노파심으로 만일을 염려하여 말해두는 건데
　이것은 촌호寸毫의 풍자미諷刺味도 역설도 불쌍한 발악도 청년다운 광기도
섞여 있는 말이 아닐 것이다

　"여러분! 내가 쓰고 있는 것은 시가 아니겠습니까
　일전에 어떤 친구를 만났더니 날더러 다시 포로수용소에 들어가고 싶은 생각
이 없느냐고
　정색을 하고 물어봅니다
　나는 대답하였습니다
　내가 포로수용소에서 나온 것은
　포로로서 나온 것이 아니라

민간 억류인으로서 나라에 충성을 다하기 위하여 나온 것이라고
그랬더니 그 친구가 빨리 삼팔선을 향하여 가서
이북에 억류되고 있는 대한민국과 UN군의 포로들을 구하여내기 위하여
새로운 싸움을 하라고 합니다
나는 정말 미안하다고 하였습니다
이북에서 고생하고 돌아오는
상병포로들에게 말할 수 없는 미안한 감이 듭니다"

내가 6·25 후에 개천价川 야영훈련소에서 받은 말할 수 없는 학대를 생각한다
북원 훈련소를 탈출하여 순천 읍내까지도 가지 못하고
악귀의 눈동자보다도 더 어둡고 무서운 밤에 중서면 내무성군대에게
체포된 일을 생각한다
그리하여 달아나오던 날 새벽에 파묻었던 총과 러시아 군복을 사흘을 걸려
서 찾아내고 겨우 총살을 면하던 꿈같은 일을 생각한다
그리고 나는 평양을 넘어서 남으로 오다가 포로가 되었지만
내가 만일 포로가 아니 되고 그대로 거기서 죽어버렸어도
아마 나의 영혼은 부지런히 일어나서 고생하고 돌아오는
대한민국 상병포로와 UN 상병포로들에게 한마디 말을 하였을 것이다
"수고하였습니다"

"돌아오신 여러분! 아프신 몸에 얼마나 수고하셨습니까!
우리는 UN군의 포로가 되어 너무 좋아서 가시철망을 뛰어나오려고
애를 쓰다가 못 뛰어나오고
여러 동지들은 기막힌 쓰라림에 못 이겨 못 뛰어나오고"

"그러나 천당이 있다면 모두 다 거기서 만나고 있을 것입니다

억울하게 넘어진 반공포로들이
다 같은 대한민국의 이북 반공포로와 거제도 반공포로들이
무궁화의 노래를 부를 것입니다"

나는 이것을 진정한 자유의 노래라고 부르고 싶어라!
반항의 자유
진정한 반항의 자유조차 없는 그들에게
마지막 부르고 갈
새 날을 향한 전승戰勝의 노래라고 부르고 싶어라!

그것은 자유를 위한 영원한 여정이었다
나직이 부를 수도 소리 높이 부를 수도 있는 그대들만의 노래를 위하여
마지막에는 울음으로밖에 변할 수 없는
숭고한 희생이여!

나의 노래가 거칠럽게 되는 것을 욕하지 마라!
지금 이 땅에는 온갖 형태의 희생이 있거니
나의 노래가 없어진들
누가 나라와 민족과 청춘과
그리고 그대들의 영혼을 위하여 잊어버릴 것인가!

자유의 길을 잊어버릴 것인가!
(1953. 5. 5. 이후 밑줄은 인용자의 것)

이 시에서 '자유'라는 단어가 15번 나온다. 자유는 이 시의 처음이자 마지막이다. 김수영은 석방되기까지 25개월을 자유가 없는 포로의 삶을 살았다.

6·25가 발발했을 때 그는 한청빌딩 조선문학가동맹 사무실에서 인민군 노래를 배우며 사상 교육을 받고, 가두 행진도 해야 했다. 김현경이나 다른 이들은 김수영이 인민군에 끌려간 것으로 증언하지만 1연을 보면 다른 해석도 엿보인다.

자유를 찾기 위한 여정을 설명하면서, 그 출발을 "가족과 애인과 그리고 또 하나 부실한 처를 버리고"라고 썼다. 이 구절은 인민군을 선택한 것은 자발적인 결정이 아닐까, 추정하게 한다. 바로 이 부분이 이 시를 발표하지 못한 이유로 작용했을 수도 있겠다. 김수영이 쓴 미완성 장편소설 「의용군」(1953년경)을 보면, 자신의 모습을 투영시킨 주인공 '순오'가 피할 수 없으니 자진해서 참가하는 과정이 드러난다.

순오가 ○○○(문학가 - 인용자)동맹에서 하고 싶었던 초지는 남으로 가는 문화공작대이다. 싸움지로 나가는, 그리하여 직접 전투에 참가하는 의용군은 아니었다. 순오는 자기가 억센 전투에 목숨을 걸고 싸울 만한 강한 체질을 가지고 있지 못하니까 자기는 문화공작대에 참가하여 후방 계몽사업 같은 것에 착수하는 것이 제일 타당하고, 자기의 역량을 발휘할 수도 있을 것이라고 믿었기 때문이다. '나도 시인 임동은이같이 되어야 한다.' 이것이 그때도 그의 머릿속에 굳게 뿌리박고 있었기 때문에.

그리고 ○○○동맹 사무국에서 동원관계를 취급하는 책임자로 있던 이정규가 하는 말이, 지원자는 어디든지 마음먹은 고장으로 문화공작사업을 하기 위하여 보내줄 것이라고 하였기 때문에 순오는 지원용지의 목적지라고 기입된 난에다 안성이라고 써넣었던 것이다.

그래서 문화사업을 하러 안성으로 가게 될 줄만 알았던 것이 이렇게 뜻하지 않게 북으로 오게 된 것이다. 순오는 할 수 없는 일이라 생각하면서 그래도 반드시 무슨 특별대우가 있을 것이라는 믿음을 가지고 있었다. 이왕 문화공작대가 아니고 의용군이 된 바에야 전선에 나가 싸움을 시킬 것인데 그러지 않고 전선과는 달리 북으로 데리고 오는 것이 의아한 마음도 들었지만 오히려 믿음직한 마음이 훨씬 많았던 것은 사실이다.

(김수영, 「의용군」, 『김수영 전집 2』, 757면)

　문화사업을 하면 된다, 후방 계몽사업에 참여하리라 생각했던 것이다. 원하는 목적지 기입란에 '안성'이라 쓴다. 주인공 순오는 안성이 아닌 북쪽으로 행군하다가 다리가 아프면 큰 소리로 〈빨치산의 노래〉를 신나게 부르기도 한다.

　실제로 연합군의 반격이 있자 김수영은 유정·김용호·박계주·박영준 등과 북으로 끌려가 인민군에 배치된다. 배치된 뒤 기대와 달리 평안남도 개천 북원리에 있는 야영훈련소에서 혹독한 훈련을 받는다. 그 과정은 그가 찾던 자유가 아니라, 강요에 의한 국가 폭력이었다. "내가 6·25 후에 개천 야영훈련소에서 받은 말할 수 없는 학대"(8연)를 그는 잊을 수 없었다.

　서른 살의 김수영은 너무도 어린, 열다섯 살밖에 먹지 않은 소년병들에게 훈련받아야 했다. 공산주의 이념으로 세뇌된 소년병들은 말할 수 없는 학대를 가했다. "열다섯 살밖에는 먹지 않은 괴뢰군 분대장들에게 욕설을 듣고 낮이고 밤이고 할 것 없이 산마루를 넘어서 통나무를 지어 나르"(김수영, 「시인이 겪은 포로생활」, 《해군》 1953년 5월호)는 노역을 한다.

　두 달간 어린 분대장에 의한 끔찍한 훈련을 마치고 평양 후방 전선에 이동할 때 김수영은 탈출을 결심한다. 인민군에서 탈출한 그에게 어떤 일이 있었을까.

　평양에 와서 비로소 이승만 대통령이 국군 장병에게 보내는 치하문을 길가에서 읽고 나는 눈물을 흘리었다. 음산한 공설시장에 들어가서 멸치 150원어치를 사 가지고 등에 걸머진 쌀 보따리 속에 꾸려 넣고 대동강 다리가 반 이상이나 복구되어가는 것을 보면서 60원씩 받는 나룻배를 타고 유유히 강을 건넜다. 강을 넘어서니 인제는 살았다는 감이 든다. 아픈 발을 채찍질하여 남으로 남으로 나는 내려왔다. 신을 벗고 보니 엄지발이 까맣게 죽어 있다. 신을 벗어 들고 걸었다. 5리도 못 가서 발바닥이 돌에 찔려 가지고 피가 난다. 다시 신을 신고 걷는다. 새끼로 신을 칭칭 동여매고 걸어본다.

(김수영, 「나는 이렇게 석방되었다」, 《희망》 1953. 8.)

개천 북원리 훈련소에서 10월 21일경 탈출한 김수영은 9월 30일에 발표된 이승만의 치하문을 읽는다. 이후 평양에서 걸어서 황주黃州를 넘어 신막愼幕까지 온다. 일주일간 200킬로미터 이상을 걸어온 것이다. 신막에서 미군 트럭을 타고 서대문에 내렸을 때는 1950년 10월 28일 저녁 6시경이었다. 서울 거리는 "살벌"했다. 사무원 같은 선남선녀들 모습도 보여 반가웠으나 이내 다른 사람들 눈에 자신이 적구赤狗 빨갱이로 보일 거라는 인식이 겹친다. 위의 같은 글에서 수영은 이렇게 진술한다.

"지나가는 사람들이 나를 쳐다본다. 남루한 한복, 길게 자란 수염, 짧게 깎은 머리, 1,500리 길을 오는 동안 온몸에 배인 먼지, 나는 의심을 받을 수 있는 모든 조건을 구비하고 서울로 돌아왔다."

너무도 순진하게 김수영은 서대문 파출소로 가서 의용군에서 탈출했다고 말한다. 통행금지 시간이니 내일 아침에 가라는 말을 듣지 않고, 김수영은 충무로 집으로 향한다. 조선호텔 앞을 지나 동화백화점을 지나 해군본부 앞을 지날 무렵, 지프 옆에서 땀에 흠뻑 젖은 그의 얼굴을 향해 플래시 광선이 날아왔다.

"어디서 오시오?"

"북에서 옵니다."

"무엇을 하는 사람이오?"

짧은 대화가 그에게 평생의 상처가 될 포로수용소 억류로 연결될 줄을 그는 몰랐던 것 같다. 수영이 자신은 의용군에서 탈출했는데, 집이 가깝다며 곧 집에 가서 가족 얼굴을 보고 자수하겠다는 말을 하자마자

"응 그러면 당신은 '빨치산'이로군."

대뜸 플래시 광선이 권총으로 바뀌었다. 김수영은 두 손을 들 수밖에 없었다.

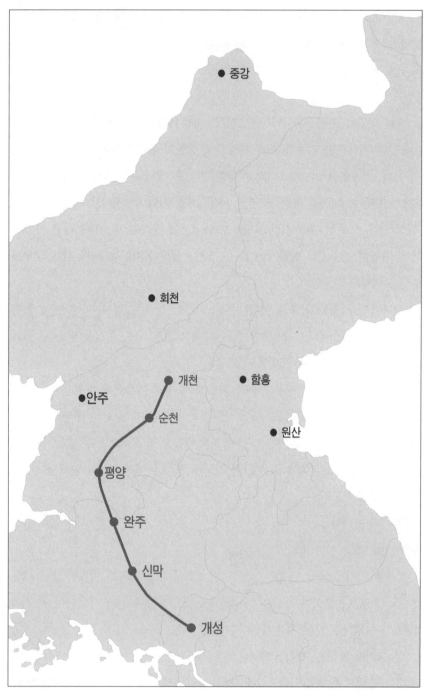

김수영의 탈출 경로

체포된 이 날 10월 28일 이후 2주간 이태원 육군형무소, 인천 포로수용소에 수감됐다가 같은 해 11월 11일 부산 거제리로 이송된다. 이날부터 그의 포로수용소 시기(1950년 11월 11일~1952년 11월 28일)는 시작된다.

11월 11일 수천 명의 포로가 부산 거제리 제14야전병원으로 이송되었다. 나는 포로수용소로 옮기게 된다. 나도 다리에 부상을 당하고 이들 수많은 인간 아닌 포로 틈에 끼여 이리로 이송되었다. 들것 위에 드러누워 사방을 바라보니 그것은 새로 설립 중인 포로 병원임에 틀림없었다. (중략) 이태원 육군형무소에서 인천 포로수용소로, 인천 포로수용소에서 부산 서전병원으로, 부산 서전병원에서 거제리 제14야전병원으로— 가족 친구 다 버리고 왜 나만 홀로 포로가 되었는가!
(김수영, 「시인이 겪은 포로 생활」, 『김수영 전집 2』, 34면)

1950년 7월 설치된 부산 거제리 포로수용소는 유엔군사령부 아래 미 제8군사령부가 운영했다. 지금의 부산 연제구 연산동 부산시청과 부산지방경찰청 일대에 있었다. 1952년 11월 28일 석방된 김수영은 1953년 4월호 『자유세계』에 「달나라의 장난」을 발표한다. 이후 「고국에 돌아온 상병傷病포로 동지들에게」를 1953년 5월 5일에 탈고한다. 휴전협정 중에 미리 교환된 부상병 포로들을 환영하는 이 시는 한국전쟁에서 자신이 체험한 비극을 구체적으로 묘사한 대단히 중요한 작품이다. 아울러 자신이 친공 포로나 빨갱이가 아니라는 선언이기도 하다. 3연에서 김수영은 구체적인 체험을 행 구분도 없이 격정적으로 언급한다.

누가 거제도 제61수용소에서 단기4284년 3월 16일 오전 5시에 바로 철망 하나 둘 셋 네 겹을 격隔하고 불 일어나듯이 솟아나는 제62적색수용소로 돌을 던지고 돌을 받으며 뛰어들어 갔는가

1950년 9월 15일 인천상륙작전이 성공하고 투항한 인민군을 수용할 수 없어, UN군은 그해 11월에 거제도 수용소를 만들기로 한다. 단기 4284년은 1951년이다. 1951년은 중공군이 개입한 1·4후퇴로 국군이 몰리다가 3월 15일에 서울을 다시 수복한 해다. 위 시에는 1951년 3월 16일 새벽 5시에 제61수용소에 있던 반공포로들이 친공포로들이 있는 제62수용소로 돌진해 투석전을 벌인 것으로 쓰여 있다. 이 사건은 거제도 포로수용소가 생기고 거의 초기에 벌어진 싸움일 것이다.

아마 이 과정에서 영어를 할 수 있는 김수영의 능력이 미군들 눈에 띠어 통역관으로 자리를 옮기지 않았을까. 거제도 포로수용소에서 서너 달을 보내고, 부산 거제리 수용소로 다시 옮겨온 날짜는 명확하지 않다. 어떻든 그의 25개월 수감 기간 중 무려 20개월 이상의 시간을 부산 거제리 포로수용소에서 보낸 것이다. 박태일 교수는 "김수영이 거제도 포로수용소에서 포로 생활을 대부분 보낸 것으로 알려져 있는데 사실 거제도 포로수용소에서 머문 기간은 서너 달에 불과하다"(「김수영과 부산 거제리 포로수용소」, 2010)고 했다. 김수영 역시 "거제리 수용소에서 나는 3년이라는 긴 세월을 지나게 되었다"(김수영, 「시인이 겪은 포로 생활」, 『김수영 전집 2』, 34면)고 썼다.

포로수용소 안에 평화가 있었던 것은 아니다. 포로수용소 안에서는 친공포로와 반공포로의 살벌한 싸움이 있었다. "나는 이것을 자유라고 부릅니다"로 시작하는 5연은 이 시에서 가장 중요한 부분이다.

"나는 이것을 자유라고 부릅니다

그리하여 나는 자유를 위하여 출발하고 포로수용소에서 끝을 맺은 나의 생명과 진실에 대하여

아무 뉘우침도 남기려 하지 않습니다"

나는 지금 자유를 연구하기 위하여 『나는 자유를 선택하였다』의 두꺼운 책장을 들춰볼 필요가 없다

이 시에서 큰따옴표(" ")가 있는 독백은 일본 유학 때 연극을 공부하고, 만주에서 배우를 하기도 했던 김수영의 연극적 기법이다. 읽을 때 큰따옴표가 있는 부분은 누군가 남성이 홀로 읽고 나머지는 모두 함께 읽으면 그 효과가 살아난다.

"나는 자유를 위하여 출발하고"라는 구절에서 그 출발은 1연에서 보듯, 의용군의 길을 자유의사로 선택했었다는 뜻으로 보인다. 잘못된 길이었다는 것을 후에 알았지만 자유를 위하여 선택했던 것에 대해서는 "뉘우침도 남기지 않"겠다고 진술한다.

빅토르 크라브첸코 수기 『나는 자유를 선택하였다』 원서와 허백년의 번역으로 신한출판사(1951년)에서 나온 한국어본

『나는 자유를 선택하였다(*I Chose Freedom*)』의 저자인 소련 외교관 빅토르 크라브첸코Victor Kravchenko(1905~1966)는 1944년 소련 군수물품 구매위원회 소속으로 워싱턴에 근무했다. 이해 미국에 망명 신청을 하고, 2년 후 스탈린의 폭정을 비판한 이 책을 냈다. 스탈린 통치기를 악마 시대로 그린 이 수기는 서방세계의 정책적 후원에 따라 세계적 베스트셀러가 된다. 우리말로는 이원식의 번역으로 중앙문화협회에서 1948년 상권, 1949년 하권이 번역 출판되었다. 한 사람이 번역한 것으로 나오지만 사실 "부피가 크고 두꺼운 큰 책이었는데 이 책은 20명이 힘을 합쳐 단시일 안에 번역 출판해냈다"고 원로 언론인 김을한은

증언했다. 한국전쟁이 일어나기 전 1948년 7월에 출판되어 초판 3천 부가 1주일 만에 팔리고 1948년에만 3판을 찍을 정도로 베스트셀러였다. 이후 1950년 크라브첸코는 미국식 자본주의와 조지프 매카시Joseph McCarthy(1908~1957)의 마녀사냥을 비판하며 미국 자본주의를 비판하는 저서 『나는 정의를 선택했다(I Chose Justice)』를 냈다. "그는 덜 착취적인 집단농장 형태를 찾기 위해 헌신했지만, 그것은 가난한 농부들을 조직하기 위해 그의 전 재산을 탕진했던 볼리비아에서 끝나고 말았다."(슬라보예 지젝, 「붕괴의 20년」) 집단농장의 실패와 철저한 무시와 비판을 겪은 그때야 자신이 이용됐다는 사실을 깨달았을까. 1966년 2월 26일, 자살 각서를 남긴 61세의 크라브첸코는 뉴욕 아파트에서 권총으로 생을 마감했다.

한편 「조국으로 돌아오신 상병포로 동지들에게」 5연 하단부에는 "꽃같은"이 반복해서 나온다.

꽃같이 사랑하는 무수한 동지들과 함께
꽃 같은 밥을 먹었고
꽃 같은 옷을 입었고
꽃 같은 정성을 지니고
대한민국의 꽃을 이마 우에 동여매고 싸우고 싸우고 싸워왔다

"꽃 같은 밥", "꽃 같은 옷"은 직유법치고는 대단히 상징적이다. "무궁화의 노래를 부를 것입니다"라며 직설적으로 긍정적인 꽃 이미지를 보여준다. 포로수용소에서 가장 절실하게 바라는 자유를 꽃으로 대치해도 좋지 않을까. 여기서 꽃은 최대의 긍정적인 의미를 갖고 있다. 이영준 교수는 김수영 시에 나오는 꽃의 빈도수를 112회라고 설명한다.

김수영이 지속적으로 꽃의 의미를 탐구하는 시를 썼다는 사실은 강조되어 마

땅하다. 김수영 시 전체에서 가장 빈도가 높은 일반명사는 '사람'으로 114회 사용되었으며 두 번째로 많이 사용된 명사가 '꽃'으로 112회 사용되었다. 2003년판 전집에서 세어보면 '꽃'이라는 한글 표기는 모두 92회 사용되었으며 '금잔화', '구라중화'처럼 한자 꽃 '화'를 포함하는 어휘는 모두 8회이며 전집 발간 이후 발견된 「연꽃」을 포함하면 모두 112회 사용되었다. '꽃'이라는 어휘를 직접 사용한 시는 「공자의 생활난」, 「조국에 돌아오신 상병포로 동지들에게」, 「너를 잃고」, 「九羅重花」, 「긍지의 날」, 「꽃2」, 「꽃」, 「반주곡」, 「기도」, 「반달」, 「거위소리」, 「장시 1」, 「깨꽃」, 「미역국」, 「H」, 「설사의 알리바이」, 「꽃잎 1, 2, 3」, 「연꽃」 등이며 한자로서 꽃 화花를 사용한 시는 「묘정의 노래」, 「연기」, 「폭포」, 「말복」 등이다. 이러한 열거를 통해 알 수 있는 것은 김수영의 시세계에서 초기시부터 후기에 이르기까지 꽃은 지속적 탐구의 대상이라는 사실이다.

(이영준, 「꽃의 시학 – 김수영 시에 나타난 꽃 이미지와 '언어의 주권'」, 2015)

꽃이란 어두운 땅 속에서 움트고 햇살을 받아 피어오르고, 시들어 죽는다 해도 다른 꽃을 위한 밑거름으로 썩기도 한다. 김수영 시에서 "꽃"은 그가 중요시한 설움, 자유, 사랑, 혁명, 시 등 자유롭게 해석될 수 있다. 그의 시를 관통하는 꽃 이미지가 이 시에서 중요한 비유로 쓰였다는 사실은 주목할 만하다.

김수영은 포로수용소에서 끔찍한 사건을 많이 목도했다. "나는 울었다. 그들도 울었다. 남겨놓고 간 동지들은 모조리 적색 포로들에게 학살을 당하였다는 소식을 듣고 나는 아주 병이 들어 자리를 눕게 되었다"(김수영, 「시인이 겪은 포로생활」, 위의 책, 37면)고 회고했다.

포로수용소에는 잔혹한 사건이 많았다. 친공포로들은 미군이 잔혹하게 대했다며 1952년 5월 수용소 소장 도드Dodd 장군을 납치하는 사건도 일어났다. 경비병과 포로 사이의 갈등이 발포 사건으로 이어져 죽기도 했다. 1951년 9월 17일에는 친공포로들이 주도한 반공포로 학살 사건이 있었다. 중공군이 대공세를 취하여 부산이 이미 북한 공산군 수중에 들어왔으며, 곧 거제도도 해방될 것이라는 소문이 돌았다. 해방되기 전에 반동분자를 처단하는 실적이 있어야 한다며, 인민재판을 한 후 즉석에서 타살했다. 각 수용소에서는 10명 내지 30명씩의 반공포로들이 학살당했다. 9·17 사건이라 불리는 이 사건은 9월 20일까지 계속되어 각 수용소에는 인공기가 나부끼고 거제도가 인민군 해방지로 보였다. 죽이면 시체를 변소나 수용소 안에 암매장하기도 했다. 친공포로와 반공포로의 싸움이 나날이 격해졌다. 반공포로들은 태극기를 걸고 구호를 외치며 시위를 하기도 했다. 1952년 4월 10일에도 경비병과 포로들 간의 욕설이 빌미가 되어 투석전과 총격전이 있었다. 국군이 4명 사망하고 5명이 중상을 입었으며, 미군 대위 1명이 부상을 입었다. 포로 30명이 피살되고 80명이 부상을 입었다. 소설가 장용학(1921~1999)은 포로수용소의 아비규환을 소설 「요한시집」(《현대문학》 1955년 7월호)에 담았다.

거기서는 시체에서 팔다리를 뜯어내고 눈을 뽑고, 귀와 코를 도려냈다. 아니면 바위를 쳐서 으깨어버렸다. 그리고 그것을 들어서 변소에 갖다 처넣었다. 사상의 이름으로, 계급의 이름으로, 인민이라는 이름으로! 그들은 생이 장난감인 줄 안다. 인간을 배추벌레인 줄 안다! 이것을 어떻게 하면 좋단 말인가?

도리가 없었다. '인간 밖'에서 일어나는 한 에피소드로 돌려버릴 수밖에 없었다. 이런 공기 가운데서 누혜는 여전히 하늘을 먹고 살고 있었다. 언제부터 나는 그의 옆에 오므리고 앉는 버릇을 길렀다. 나는 반편 취급이니까 그렇게 하고 있을 수도 있었지만, 점점 험악해가는 그들의 서슬이 그의 그런 생활태도를 언제까지 그대로 둬둘 리가 없었다. 하루는 감나무 아래로 불리어나갔다.

"동무! 우린 인민의 적이며 전쟁 도발자의 집단인 미제의 앞잡이로 몰고 싶지 않단 말이오. 어떻소, 동무?…… 동무! 왜 말이 없소?"

그들의 어세는 불러낼 때의 기세와는 달리 사정하는 투가 되었다. 그럴 수도 있는 것이 그는 이번 전쟁에서 나타낸 용감성으로 최고 훈장을 받은 '인민의 영웅'이기도 하였다.

"동무! 그래 민족 반역자로 봐두 좋단 말이오!"

"……"

그들의 얼굴에 살기가 떠올랐다.

"대답해라! 너는 반동 분자다!"

"……"

여전히 대답이 없다. 대답은 두 가지 중에 하나여야 한다. 그런데 그는 그 두 가지가 다 자기의 대답이 되지 않는 것으로 보고 있는 것 같았다.

'타락한!', '반역자!', '인민의 적!' 이런 고함소리가 쏟아지면서 몽둥이가 연달아 그의 어깨로 날아들었다. 나는 그가 그렇게 소 같은 줄 몰랐다. 말뚝처럼 서 있다. 몽둥이가 머리에 떨어졌다. 그제는 비틀거리면서 쓰러진다. 거기에 있는 발길이 모두 한두 번씩 걷어찬다.

(장용학, 「요한시집」)

포로수용소의 비극을 재현한 부분만 인용한다. 이 소설에서 무수한 고통을 당한 주인공 누혜는 자살을 택한다. 본래 시인이 되고 싶었던 누혜의 자살은 자유의 한 방법이었다. 반역자의 시체에는 즉시 복수가 가해졌다. 인민의 반역자라며 누혜의 눈알은 뽑히고 만다.

비극을 체험했지만 그래도 포로수용소에서 지낸 그 모진 세월은 "자유"를 위한, "대한민국의 꽃"을 위해 "싸우고 싸우고 싸워왔던" 여정이었다.

그것이 너무나 순진한 일이었기에 잠을 깨어 일어나서

나는 예수 크리스트가 되지 않았나 하는 신성한 착감錯感조차 느껴보는 것이었다

정말 내가 포로수용소를 탈출하여 나오려고

무수한 동물적 기도를 한 것은

이것이 거짓말이라면 용서하여 주시오

"예수 그리스도와 '신성'에 관한 언급은 김수영 연구사에서 완전히 결락한 김수영 시세계의 한 측면을 품고 있다"는 이영준의 평가(위의 글)는 대단히 중요하다. 포로수용소에서 김수영은 처음 성경을 "진심을 다하여" 읽는다.

거제도에 가서도 나는 심심하면 돌벽에 기대어서 성서를 읽었다. 포로 생활에 있어서 거제리 14야전병원은 나의 고향 같은 것이었다. 거제도에 와서 보니 도무지 살 것 같은 마음이 들지 않는다. 너무 서러워서 뼈를 어이는 설움이란 이러한 것일까! 아무것도 의지할 곳이 없다는 느낌이 심하여질수록 나는 진심을 다하여 성서를 읽었다.

성서의 말씀은 주 예수 그리스도의 말씀인 동시에 임 간호원의 말이었고 브라우닝 대위의 말이었고 거제리를 탈출하여 나올 때 구제하지 못한 채로 남겨두고 온 젊은 동지의 말들이었다.

(「시인이 겪은 포로 생활」, 『김수영 전집 2』, 37면)

그는 성경을 그저 지식으로 혹은 관념으로 읽지 않았다. 성경을 예수의 말씀인 동시에 "거제리를 탈출하여 나올 때 구제하지 못한 채로 남겨두고 온 젊은 동지의 말"로 읽었던 것이다. 이후 김수영 시에서 종교적 상상력 혹은 숨은 신(hidden god)의 문제는 그의 시 전체를 일관하는 중요한 특성으로 나타난다.

1952년 11월 28일에 수용소에서 석방된 수영은 이듬해 1953년에 대구에서 미 8군 수송관 통역으로 취직하고, 부산에서 선린상고 영어 교사로 일하기도 했다. 「조국으로 돌아오신 상병포로 동지들에게」는 이 무렵 씌었고, 김수영은 앞서 인용한 산문을 1953년 《해군》 6월호에, 그리고 아래의 「나는 이렇게 석방되었다」를 그해 8월 《희망》에 발표했다.

모두가 생각하면 꿈같은 일이다. 잔등이와 젖가슴과 무르팍과 엉덩이의 네 곳에 PW(PRISONER OF WAR, 포로라는 뜻 - 인용자)라는 여덟 개의 활자를 찍고 암흑의 비애를 먹으면서 살아온 것이 도무지 나라고는 실감이 들지 않는다.

석방된 김수영은 다시 찾은 자유에 쉽게 적응하기 어려웠다.

너무 기뻐서 나는 집으로 돌아갈 생각도 잘 할 수 없었다. 길거리—오래간만에 보는 길거리에는 도처에 아이젠하워 장군의 환영 포스터가 첨부貼付되어 있었다. 나는 그의 빙그레 웃고 있는 얼굴을 10분이고 20분이고 얼빠진 사람처럼 들여다보고 서 있었다.

1953년 7월 27일 휴전협정이 조인되고, 김수영은 그해 겨울 서울에 있는 주간《태평양》편집부에서 근무한다.

김수영 시의 큰 변화가 한국전쟁과 4·19라는 두 시기에 일어난다. 이 시는 김수영 시의 첫 변화를 보여주는 작품이다. 정치적 자유를 찾으면서 김수영은 시 형식의 자유도 얻었다. 「묘정의 노래」처럼 전통적 형식을 따르려는 노예 의지는 완전히 사라지고, 시의 자유로운 내용을 남기려고 그는 이야기시 형식을 취하고 있다. 어쩌면 그가 좋아했던 시인 임화의 단편서사시를 넘어서는 자유로운 형식을 이제야 취할 수 있었던 것은 아닐까.

1953년

너도 나도 스스로 도는 힘을 위하여

달나라의 장난

팽이가 돈다
어린아이이고 어른이고 살아가는 것이 신기로워
물끄러미 보고 있기를 좋아하는 나의 너무 큰 눈 앞에서
아이가 팽이를 돌린다
살림을 사는 아이들도 아름답듯이
노는 아이도 아름다워 보인다고 생각하면서
손님으로 온 나는 이 집 주인과의 이야기도 잊어버리고
또 한 번 팽이를 돌려주었으면 하고 원하는 것이다.
도회都會 안에서 쫓겨다니는 듯이 사는
나의 일이며
어느 소설보다도 신기로운 나의 생활이며
모두 다 내던지고
점잖이 앉은 나의 나이와 나이가 준 나의 무게를 생각하면서
정말 속임 없는 눈으로
지금 팽이가 도는 것을 본다
그러면 팽이가 까맣게 변하여 서서 있는 것이다
누구 집을 가 보아도 나 사는 곳보다는 여유가 있고
바쁘지도 않으니
마치 별세계같이 보인다

팽이가 돈다

팽이가 돈다

팽이 밑바닥에 끈을 돌려 매이니 이상하고

손가락 사이에 끈을 한끝 잡고 방바닥에 내어던지니

소리 없이 회색빛으로 도는 것이

오래 보지 못한 달나라의 장난 같다

팽이가 돈다

팽이가 돌면서 나를 울린다

제트기 벽화壁畫 밑의 나보다 더 뚱뚱한 주인 앞에서

나는 결코 울어야 할 사람은 아니며

영원히 나 자신을 고쳐가야 할 운명과 사명에 놓여 있는 이 밤에

나는 한사코 방심조차 하여서는 아니 될 터인데

팽이는 나를 비웃는 듯이 돌고 있다

비행기 프로펠러보다는 팽이가 기억이 멀고

강한 것보다는 약한 것이 더 많은 나의 착한 마음이기에

팽이는 지금 수천 년 전의 성인聖人과 같이

내 앞에서 돈다

생각하면 서러운 것인데

너도 나도 스스로 도는 힘을 위하여

공통된 그 무엇을 위하여 울어서는 아니 된다는 듯이

서서 돌고 있는 것인가

팽이가 돈다

팽이가 돈다

(1953년 창작, 시집 『달나라의 장난』, 1959)

1952년 11월 28일 김수영은 포로수용소에서 석방된다. 이후 쓴 첫 시가 「달나라의 장난」이다. 제목 "달나라의 장난"이란 많은 생각을 하게 한다. "장난"이란 질서를 무너뜨리는 난잡한 짓이다. 이 시에서 장난치는 주체는 무엇일까. 달나라일까. 그럼, 달나라는 무엇일까. 여러 생각이 가능하다. 화자인 "나"는 포로수용소에서 끔찍하게 지내다 돌아왔는데, 세계는 변함없이 팽이를 돌린다. 한 인간의 운명과 상관없이 돌아가는 세계는 그에게 달나라로 보였을까. 아니면 혹시 당시 "달나라의 장난"이란 특별한 놀이가 있지는 않았을까.

첫 행에 "팽이가 돈다"라는 문장은 이 시 전체가 하고자 하는 말을 응축한다. 돌고 있는 팽이의 모습은 이 시에서 11번 나온다. 팽이는 홀로 돌아간다. 쓰러지지 않고 돌고 있는 팽이를 보며 시인은 경이로운 신비를 느낀다. 저 팽이야말로 화자인 김수영이 자신 있게 회복해야 할 '단독자의 반복'인 것이다. 반복되는 구절은 설움으로 서글픈 '나'를 일으켜 살아보라는 격려가 아닐까.

이 시에서 "나"는 "어린아이이고 어른이고 살아가는 것이 신기로워/물끄러미 보고 있기를 좋아"한다. 좋아한다고 썼지만 얼마나 비극적인 풍경이었을까. 전쟁으로 많은 시체를 보고서도 살아간다는 것은 얼마나 신기한가. 그것을 물끄러미 보고 있는 "나"도 정상적인 상황이 아니다. 그러면서도 화자는 주체가 어떻게 이 비극적 상황을 견뎌야 할지 주목한다. 이 시에서 "나"는 15번 나온다. 그는 여러 물음으로 내가 이 세계와 어떻게 관계 맺으며 살아가야 할지 묻는다.

이 시를 쓰는 "나"는 "도회都會 안에서 쫓겨다니는 듯이" 주변인으로 살고 있다. "어느 소설보다도 신기로운 나의 생활"을 해나간다. 「달나라의 장난」은 1953년 《자유세계》 4월호에 발표했는데, 이 시를 쓸 때 김수영은 대구에서 미군 통역관으로 근무하고 있었고, 아내 김현경은 남편과 따로 살고 있었다. 김수영은 이 시를 아내 김현경에게 부치는 편지에 써 보냈다.

1942년 5월 진명고등여학교 2학년 학생이었던 16세의 김현경은 22세의 김수영을 이종구(1990년 사망)의 소개로 만난다. 김현경을 만난 뒤 김수영은 일본으로 유학을 떠난다. 광산을 경영하던 김 여사 부친 첩의 남동생인 이종구는 김수영의 선린상고 2년 선배이자 일본 유학 때 함께 거했던 막역지우였다. 1927년에 태어난 김현경은 여섯 살 많은 김수영을 '아저씨'라 불렀고, 김수영이 일본에 가 있는 동안 편지를 주고받았다. 일본이 패하기 직전 1944년 겨울에 귀국한 김수영은 "마이 솔 이즈 다크(My soul is dark)"라며 잊지 못할 고백을 한다.

세 사람의 관계가 꼬여, 평생 아픔이 되리라곤 당시는 상상도 못했으리라. 김수영과 김현경은 폴 발레리 시집이나 올더스 헉슬리의 『가자에서 눈이 멀어(Eyeless in Gazza)』를 두고 토론했다. 찌는 듯한 땡볕 여름 여의도 한복판에서 알몸으로 물속에 뛰어들기도 했다. 김현경 아버지가 두 사람의 교유를 반대했다. 김현경은 김수영이 집 밖에서 베토벤 교향곡 〈운명〉을 휘파람으로 불면, 몰래 구두며 외투를 창밖으로 던져놓고 외출하지 않는 척 집을 빠져나가 데이트를 했다고 한다.

마침내 김현경은 김수영과 1949년 겨울 어머니가 일수 돈으로 마련한 서울 돈암동 집에서 살림을 차렸다. 비록 면사포를 쓴 결혼은 아니었지만 29세의 김수영과 23세의 김현경은 사랑만으로 행복했다. 1950년 4월, 현경이 임신하자 수영은 친구들의 소개로 서울대 부설 간호학교에서 영어 시간강사를 잠시 했다. 행복했던 그들은 두 달이 지나 덮쳐온 3년간의 끔찍한 전쟁(1950년 6월 25일 ~1953년 7월 27일)을 어떻게 겪었을까.

6월 25일 인민군이 남침했는데 김수영은 왜 서울에 남아 있었을까. 인민군이 서울에 진주했지만 같은 말을 쓰는 동포이고 해서 처음에는 공포 분위기가 거의 없었다고 역사학자 김성칠 서울대 교수는 기록에 남겼다. 게다가 정부를 믿고 서울에 있으라는 이승만의 라디오 방송을 듣고 서울 시민 99퍼센트가 서울에 잔류(김성칠, 『역사 앞에서』, 창작과비평사, 1993, 251면)하는 상황이었다. 그런 이유도 이유였거니와 수영은 임신하여 걷기 힘든 아내를 데리고 피난 갈 수 없었다.

김수영은 그해 8월 조선문학가동맹 사무실이 있던 종로 2가의 한청빌딩에서 동료 문인 박계주, 박영준, 김용호 등과 함께 의용군으로 징집된다. 수영은 평안

도까지 끌려가다가 인민군이 기관총을 난사하여 죽이는 집단 처형을 경험한다. 죽을 고비를 넘긴 그는 평안남도 순천에서 탈출에 성공한다. 탈출했지만 남으로 오자마자 1950년 10월 28일 인민군 간첩으로 체포되고 만다. 체포되고 2주간 이태원 육군형무소 등지에서 김수영은 첩자 혐의를 받고 태어나서 처음 무지막지한 고문을 받는다. 이후 인천 포로수용소에 수감됐다가 같은 해 11월 11일 부산 거제리 포로수용소로 옮기게 된다.

한편 1950년 12월 9일 중공군이 참전한 뒤 김수영의 가족은 경기도 화성군 조암리朝巖里로 피난을 가고, 임신한 김현경도 함께 무거운 몸으로 살을 에일 듯한 추위를 뚫고 조암리로 향한다. 남쪽으로 피난 가려고 수원에서 발안을 거쳐 조암으로 향했을 것이다. 지금처럼 도로가 깔리지 않은 당시 조암은 그냥 오지에 불과했다. 피난길 까마득한 조암 벌판에 초가만 듬성듬성 있었을 때였다. 조암리에 도착해서 이틀 후 12월 25일 크리스마스 날 김현경은 첫째 아들 준儁을 낳았다. 20대 중반의 여인이 겪기엔 너무도 고달픈 시간이었다. 남편 없이 아들을 낳고 낯선 조암에서 지내던 김현경은 탈출한 김수영을 부산에서 보았다는 소문을 듣고 1951년 부산으로 향한다. 첫돌이 지난 준이를 시어머니께 맡기고 김현경은 부산에서 생사를 알 수 없는 남편을 백방으로 찾아다녔다.

1952년 11월 28일 충남 온양의 국립구호병원에서 200여 명의 민간인 억류자의 한 명으로 석방된 김수영은 25개월간 수감 기간 중 무려 20개월을 부산 거제리 포로수용소에서 보냈다. 석방된 김수영은 극적으로 김현경을 만났으나 살아갈 길이 막막했다.

「달나라의 장난」에서 김수영 자신인 "나"는 어느 집에 "손님으로" 갔다. 주인과 대화해야 하는데 아이들이 돌리는 팽이를 본다. "모두 다 내던지고" 더 이상 희망을 품을 수 없는 상황에 있던 나는 계속 돌고 있는 팽이를 보면서 자신의 삶도 되돌아 성찰한다. 화자는 팽이에 자신의 삶을 빗대어본다.

팽이를 돌리는 기술인데, "팽이 밑바닥에 끈을 돌려"서, "손가락 사이에 끈을 한끝 잡고"(23행) 과감하게 던지면 팽이는 "소리 없이 회색빛으로" 돌아간다. 팽이가 중심을 잡고 돌아갈 때 마치 어둠 속에서 돌지만 도는 모습이 안 보이고 정지해 있는 "달나라의 장난"처럼 보인다.

"제트기 벽화"나 "비행기 프로펠러"는 무엇일까. 실제로 그 집 벽에 제트기 그림이 그려져 있었을 수도 있겠다. 필시 부잣집일 것 같다. 중요한 것은 현대 기계 문명이 저리도 적극적인데 나는 도대체 어떻게 살고 있냐는 물음을 주는 기재다. "비행기 프로펠러보다는 팽이가 기억이 멀고"라는 표현은, 비행기 프로펠러는 전쟁 중에 자주 볼 수 있었으나 팽이를 돌리던 동심의 기억은 까마득하다는 뜻이다.

쓰러지지 않고 돌아가는 팽이가 "나를 울린다"고 할 정도로 고된 삶이다. 이런 비애는 김수영이 평생 벗어나지 못했던 운명적인 비애였다. "나는 결코 울어야 할 사람은 아니"라며 스스로 다독인다. 수용소 생활, 게다가 아내와의 결별은 더 이상 울 수 없도록, 울음을 잊게 한 사건들이었다. "영원히 나 자신을 고쳐가야 할 운명과 사명에 놓여" 있는 존재이지만, 그래도 설움과 절망에 빠져 있다. 내 태도를 보고 "팽이는 나를 비웃는 듯이 돌고" 있다. 이 구절은 김수영 시 전편에 나오는 자기비판, 조금은 자학적인 표현이라 하겠다. 가령 자신의 소시민적 삶을 나타懶惰(게으름)와 안정(「폭포」)으로 보거나 "모래야 나는 얼마큼 작으냐"(「어느 날 고궁을 나오면서」, 1965. 11. 4.)라고 비웃는 태도도 마찬가지다. 이런 자기반성을 통해서 다시 내면의 팽이를 돌리는 것이 김수영의 역동성이다.

"강한 것보다는 약한 것이 더 많은 나의 착한 마음"에서 나약하고 소심하지만 그래도 스스로를 "착한 마음"을 가진 자로 본다. 착한 마음으로 팽이를 볼 때, 돌고 있는 팽이는 "지금 수천 년 전의 성인聖人"처럼 내 눈앞에 보인다. 포로수용소에서 살아온 세월을 "생각하면 서러운 것인데" 더 이상 자포자기에 머물면 안 된다는 것을 화자는 알고 있다. "너도 나도 스스로 도는 힘을 위하여" 화자는 다시 힘을 낸다.

어린아이는 순진무구요, 망각이며, 새로운 시작, 놀이, 제 힘으로 돌아가는 바퀴이며 최초의 운동이자 거룩한 긍정이다.(Unschuld ist das Kind und Vergessen, ein Neubeginnen, ein Spiel, ein aus sich rollendes Rad, eine erste Bewegung, ein heiliges Ja-sagen.)

더 이상 답보踏步 상태로 절망해 있으면 안 된다. 나는 "서서 돌고 있는" 팽이처럼 다시 내 운명을 살아야 한다고 다짐한다. 하나의 존재가 놀이로서 즐겁게 홀로 돌아가는 모습은 니체(Friedrich Wilhelm Nietzsche, 1844~1900)의 『차라투스트라는 이렇게 말했다』에 나오는 아이 유형의 위버멘쉬Übermensch의 모습이기도 하다. "너도 나도 스스로 도는 힘을 위하여"라는 김수영의 표현은 "제 힘으로 돌아가는 바퀴(ein aus sich rollendes Rad)"라는 니체의 표현을 떠올리게 한다.

줄기차게 돌면서 '스스로 도는 힘'을 가질 것을 반복해 말하는 이 작품은 1949년 「아버지의 사진」을 쓰고 4년이 지나서 발표한 첫 번째 작품이다. 이 작품이 탄생한 배경을 김현경 여사는 이렇게 회고했다.

포화를 뚫고 수영은 포로수용소에서 살아 돌아왔다. 그러나 얼마 되지 않아 그는 가족의 생계를 책임지기 위해 곧바로 부산으로 내려가야 했다. 어느 날 나는 부산에서 직장을 얻으려고 애를 쓰고 있는 그에게 편지를 보냈다. 편지에 한 장의 만화를 그려 넣었다. 포로수용소에서 갓 나온 그가 거리에서 거리로 굶주리며 떨고 있을 것을 생각하니 마음이 저려왔다. 그런 수영을 따스한 유머로 위로하고 싶었다. 나는 편지에다 접시 위의 김이 모락모락 나는 앙꼬빵 세 개를 그렸다. 그 그림은 내가 지난 밤 꾸었던 꿈 속의 한 장면이었다.

편지를 받은 그가 답장을 보내왔다. 거기에는 그림을 보고 웃다가 울었다는 글과 함께 시 「달나라의 장난」이 적혀 있었다. 이 시를 읽으면서 나는 무던히 후회를 했다. 그의 어둡고 애절한 생활에 부채질을 한 것이 아닌가. 훗날 우리는 그 철없는 앙꼬빵 만화 편지를 회고하며 종종 이야기를 나누었다. 얘기를 꺼낼 때마다 우리는 웃고 또 웃고 했지만 그 당시의 우리들의 비애는 잊을 수 없는 소중한 것이기도 하다.

(김현경, 『김수영의 연인』, 64~65면)

앙꼬빵을 그려 보낸 아내의 편지에 잠시 웃었지만, 가장으로서 작가로서 제대로 서 있지 못하는 자신을 되돌아보면서 수영은 오히려 쓰러지지 않고 돌고 있는 팽이가 부러웠을 것이다. 전쟁 중에 포로수용소에서 시를 쓸 수 있었겠지만 발표한 시는 없다. 이후 이 시는 1959년 11월 30일에 발간한 개인 시집 『달나라의 장난』(춘조사)의 제목으로 쓰였다. 이 시집 후기後記에서 김수영은 "이 시집은 1948년부터 1958년에 이르기까지의 여러 잡지와 신문 등속에 발표되었던 것을 추려 모아놓은 것이다"라고 밝혔다.

1953년

내가 자라는 긍지의 날

긍지矜持의 날

너무나 잘 아는
순환循環의 원리原理를 위하여
나는 피로疲勞하였고
또 나는
영원히 피로할 것이기에
구태여 옛날을 돌아보지 않아도
설움과 아름다움을 대신하여 있는 나의 긍지
오늘은 필경 긍지의 날인가 보다

내가 살기 위하여
몇 개의 번개 같은 환상이 필요하다 하더라도
꿈은 교훈
청춘 물 구름
피로들이 몇 배의 아름다움을 가加하여 있을 때도
나의 원천과 더불어
나의 최종점은 긍지
파도처럼 요동하여
소리가 없고
비처럼 퍼부어

젖지 않는 것

그리하여
피로도 내가 만드는 것
긍지도 내가 만드는 것
그러할 때면은 나의 몸은 항상
한 치를 더 자라는 꽃이 아니더냐
오늘은 필경 여러 가지를 합한 긍지의 날인가 보다
암만 불러도 싫지 않은 긍지의 날인가 보다
모든 설움이 합쳐지고 모든 것이 설움으로 돌아가는
긍지의 날인가 보다
이것이 나의 날
내가 자라는 날인가 보다

(1953. 9.)

제목과 시에서 8번 반복해 나오는 긍지矜持라는 한자가 눈에 띈다. 긍矜 자는 창 모矛와 이제 금今으로 이루어진 한자다. '긍' 자는 '창 자루'를 '지금' 쥐고 (持) 있다는 뜻이다. 아무것도 없는 것 같지만 창 자루를 쥐고 있으니 겁 없다는 뜻일까. '자긍심'은 스스로 창 자루를 쥐고 있는 듯한 마음일까.

누구나 매일 밥 먹고, 일하고, 잠자며 '순환'하며 살아간다. 그 순환의 원리를 너무나 잘 알기에 일상은 지겹고 피로하다. '나'는 피로를 피하지 않고 당연하게 받아들인다. '나'의 삶은 서러울 때도 있고, 아름다울 때도 있다. 설움은 상처이고, 아름다움은 환상이다. 인간은 상처와 환상의 증환症幻을 품고 살아간다. 깨닫는 순간은 "설움과 아름다움을 대신하여" 긍지를 만나는 때다. 설움과 아름다움은 변증법적인 충돌을 거쳐 긍지에 이른다. '설움+아름다움=긍지'라는 등식을 깨닫는 에피파니의 날이 바로 긍지의 날이다. 도대체 나를 미워하고 나를 저주하며 어떻게 살아갈 수 있을까. 고통과 설움과 맞붙을 때 가장 필요한 것이 긍지가 아닐까. 긍지가 있는 사람은 노예가 아니며 그렇다고 나르시시스트도 아니다. 긍지가 있는 사람은 자신의 고통과 설움을 정면으로 응시하고 성찰한다. 긍지가 있는 사람은 부조리한 세상에 맞선다.

힘든 나날을 "몇 개의 번개 같은 환상"으로 견딘다. "나"의 꿈은 교훈이며, 청춘이며 물이며 구름이다. 꿈이 있기에 "피로들이 몇 배의 아름다움을 가하여 있을 때도" 절망하지 않는다. 꿈이 있기에 "나의 원천과 더불어/나의 최종점은 긍지"다. 내가 가진 긍지라는 것은 파도처럼 쉬지 않고 출렁이면서도 소리도 없고, 설움과 피로 따위가 비처럼 퍼부어도 "나"는 젖지 않는 평정심平靜心으로 살아간다.

그리하여
피로도 내가 만드는 것
긍지도 내가 만드는 것
그러할 때면은 나의 몸은 항상
한 치를 더 자라는 꽃이 아니더냐

당연히 모든 피로는 내가 만든다. 내일 멋진 모습을 보이기 위해, 자본주의 사회가 필요로 하는 도구가 되기 위해 우리는 퇴근 후에도 헬스클럽에 가고 산책로를 뛴다. 두통약 위장약 포도당 수액주사를 맞아가며 일하고 공부하는 도핑doping 사회다. 한병철이 『피로 사회』에 썼듯이, 성과 사회에서는 성과를 올리기 위해 자신이 자신을 착취한다. 남이 감시하기 전에 이미 자기 스스로 자기를 감시한다. 자신이 스스로 자기의 피로를 만드는 피로 사회다.

긍정적인 피로도 내가 만든다. 독일의 극작가 페터 한트케Peter Handke(1942~)는 사람들을 개별화하고 고립시키는 '고독한 피로'와 반대되는 '우리-피로'라는 개념을 내놓았다. 내 성공을 위해서만 미친 듯이 살아가는 삶을 넘어, 지친 사람들을 위해 내 삶을 나누는 피로를 그는 '우리-피로'라고 명명했다. 나만을 위한 '분열적인 피로'와 달리 '우리-피로'는 '화해시키는 피로'다. '우리-피로'를 나누는 순간 회춘回春한다고 페터 한트케는 썼다.

내 설움과 피로를 극복하는 순간, 그때 "그러할 때면은 나의 몸은 항상/한 치를 더 자라는 꽃"이 된다. 곧 긍지의 날은 꽃이 피는 날이며, 설움에서 싹튼 긍지는 꽃으로 피어난다.

모든 설움이 합쳐지고 모든 것이 설움으로 돌아가는

긍지의 날인가 보다

이것이 나의 날

내가 자라는 날인가 보다

그래서 가장 피로한 '오늘'이야말로 긍지의 날이다. "순환의 원리"를 깨달은 이제는 새로운 순환, 풍성한 반복으로 변한다. "모든 설움이 합쳐지고 모든 것이 설움으로 돌아"가는데, 후자의 설움은 전자의 설움을 품고 있는 포월葡越, 곧 기어서 넘어가는 설움이다. 그 설움은 다시 아름다움을 만나 새로운 긍지의 꽃을 피워내는 거름과도 같다. 따라서 오늘의 피로는 영원한 긍지로 순환한다. 영원한 긍지의 순환은 꽃의 순환이기도 하다.

설움에 대하여

김수영은 도쿄에 가서도, 연희전문에 가서도 공부를 마치지 못했다. 겨우 시인으로 등단했지만 의용군으로 북한에 갔다가 부산 거제리 수용소에 갇힌다. 이념이란 감옥, 그리고 실제 감옥이란 곳은 사람을 짐승으로 만든다. 김수영은 의용군으로 갔다가, 또 남쪽으로 와서 포로수용소에 있는 동안 설움을 체험했다.

『김수영 전집』을 편집한 이영준 교수는 김수영연구회(2016. 5. 28.)에서 발표시기의 오류를 지적했다. 「긍지의 날」은 1953년 9월호 《문예》에 처음 발표되었다. 2018년 이전 전집에서 '1955년 2월'로 기록한 것은 오류다. 그렇다면 김수영은 이 시를 전쟁 중 혹은 포로수용소에서 구상했던 것으로 추측할 수 있겠다.

포로수용소에서 나와 보니 같이 살던 여자가 친구와 함께 살고 있고, 이후 남동생 두 명(김수강, 김수경)은 북한으로 간다. 자진 월북이 아니라 납북으로 보이지만 이 동생들 때문에 언제든 반공법으로 잡혀갈 수 있는 처지였다. 연좌제 때문에 취직도 못하고 닭이나 키우며 번역해서 먹고살 생각을 했을 터였다. 그나마 민주주의를 그리려 하지만 독재 아래 살아야 하는 삶, 게다가 아내에게 포르노 소설까지 쓰게 해서 쌀을 사서 먹고살아야 하는 구차한 삶, 얼마나 서러웠을까. 김수영은 닭장 앞에서 홀로 눈시울을 적시지 않았을까. 나라도 자신도 부서져버린 설움 속에서 살아가던 김수영은 그래도 눈물을 곱씹으며 '긍지의 날'이라고 다짐한다. 무조건적인 긍정이 아니고, 설움을 곱씹는 긍지의 날이다.

1950년대 중반 이후 그가 쓴 시에는 '설움'이란 단어가 많이 나온다.

첫째, 자신의 고통스런 삶에서 느끼는 설움이 있다. "나는 너무나 자주 설움과 입을 맞추었기 때문에/가을바람에 늙어가는 거미처럼 몸이 까맣게 타버렸다"(「거미」, 1954. 10. 5.)는 표현처럼, 그의 일상은 늘 설움과 동행한다.

둘째, 노동에서 소외되었을 때 설움을 느낀다. "남의 일하는 곳에 와서 덧없이 앉았으면 비로소 설워진다"(「사무실」, 1954)며 일자리가 없을 때 실업자의 설움을 느끼기도 한다. "마음을 쉰다는 것이 남에게도 나에게도/속임을 받는 일이라는 것을/(쉰다는 것이 무엇이라는 것을 알면서)/쉬어야 하는 설움이여"(「휴식」, 1954)처럼 노동하고 싶어도 하지 못하고 쉬어야 할 때 설움을 느낀다. 그의 설움은 개인적인 설움에서 시작하지만 자기만의 설움에 갇혀 있지 않다.

셋째, 김수영이 겪은 설움은 비극적 시대를 살아가는 인간들이 겪는 서러움이기도 하다.

"헬리콥터여 너는 설운 동물이다"(「헬리콥터」, 1955)라는 인식은 헬리콥터를 존재의 한 모습으로 투사하는 발상이기도 하지만, 한국전쟁 중 이 민족이 헬리콥터를 보고 느꼈던 서러움이기도 하다.

시민을 상대로 김수영 시를 강연할 때면 가끔 당혹스러울 때가 있다. 김수영이 겪었던 설움을 절실하게 공감하는 시민들을 가끔 만난다. 언젠가 노숙인을 위한 민들레 문학교실에서 강연을 들은 노숙인 한 분은 내가 강연에서 다뤘던 시인들 중에 김수영 시인이 가장 감동적이라고 했다. 김수영 시인이야말로 '삶'을 시로 쓰는 것 같다고 했다. 또 예전에 성매매 체험 여성들 앞에서 강연했을 때 몇 분이 눈물을 흘렸다. 그날 "여자란 집중된 동물이다"라는 구절이 나오는 「여자」라는 시가 강의 텍스트였는데, 돌아가면서 설움에 대해 이야기하다가 몇 사람이 눈물을 흘렸다. 김수영 시의 공감대는 어디에 있을까. 그 핵심은 '설움'에 있다. 설움이야말로 긍지를 꽃피우는 씨앗이다.

김수영은 독자에게 묻는다. 지금 나에게 나를 지켜줄 창 자루 하나가 있는가. 나의 긍지는 나 자신이 만드는 것이 아닌가. 오늘은 어떤 날인가. 오늘은 내가 자라는 날인가. 긍지의 꽃을 피우는 날이 아닌가.

1953년

우둔한 얼굴을 하고 있어도 좋았다

풍뎅이

너의 앞에서는 우둔한 얼굴을 하고 있어도 좋았다
백 년이나 천 년이 결코 긴 세월이 아니라는 것은
내가 사랑의 테두리 속에 끼여 있기 때문이 아니리라
추한 나의 발밑에서 풍뎅이처럼 너는 하늘을 보고 운다
그 넓은 등판으로 땅을 쓸어가면서
네가 부르는 노래가 어디서 오는 것을
너보다는 내가 더 잘 알고 있는 것이다
내가 추악하고 우둔한 얼굴을 하고 있으면
너도 우둔한 얼굴을 만들 줄 안다
너의 이름과 너와 나와의 관계가 무엇인지 알아질 때까지

소금 같은 이 세계가 존속할 것이며
의심할 것인데
등 등판 광택 거대한 여울
미끄러져가는 나의 의지
나의 의지보다 더 빠른 너의 노래
너의 노래보다 더한층 신축성이 있는
너의 사랑

(1953)

"너의 앞에서는 우둔한 얼굴을 하고 있어도 좋았다"라는 구절은 이 시를 연애시로 읽도록 이끈다. 서울을 점령한 북한군에게 징집되어 인민군으로 전투에 참가, 북으로 후퇴하는 인민군에서 탈출하여 포로수용소에 수용되었던 김수영은 1952년에 석방되어 돌아왔다. 김수영에게는 포로수용소에서 좋아하던 간호사 '노 씨'도 있었고, 평생 함께할 반려 김현경도 있었다. 그런데 2행에 이르면 단순한 연애 감정이 아닌 근원적인 긴장감을 느낄 수 있다.

백 년이나 천 년이 결코 긴 세월이 아니라는 것은
내가 사랑의 테두리 속에 끼여 있기 때문이 아니리라

풍뎅이는 백 년 천 년 사는 영원한 존재가 아니다. 모든 존재는 "사랑의 테두리 속에 끼여 있"다. 백 년이나 천 년 동안 살 수 있지도 않은 유일한 존재인 것은 풍뎅이나 인간이나 마찬가지다. 너를 사랑하는 나는 너와 "사랑의 테두리 속에 끼여 있"지만, 때문에 우둔한 얼굴을 하고 있어도 좋다고 하는 것은 아니다. 무엇 때문에 풍뎅이 앞에서 우둔한 얼굴을 하고 있어도 좋았을까.

4행에 이르면 화자와 대상이 엉킨다. "추한 나"는 화자인데, "풍뎅이"는 무엇이고, "풍뎅이처럼 너는"은 누구일까. 문장만을 보면 풍뎅이가 풍뎅이처럼 하늘을 보고 운다. 그렇다면 풍뎅이란, 풍뎅이처럼 살아가는 풍뎅이란 과연 어떤 존재일까. 다음 구절에서 나온다.

그 넓은 등판으로 땅을 쓸어가면서
네가 부르는 노래가 어디서 오는 것을
너보다는 내가 더 잘 알고 있는 것이다
내가 추악하고 우둔한 얼굴을 하고 있으면
너도 우둔한 얼굴을 만들 줄 안다

"그 넓은 등판으로 땅을 쓸어가면서/네가 부르는 노래"에서 "너"는 풍뎅이다. 풍뎅이가 부르는 노래, 그 노래가 어디서 오는지 화자는 알고 있다. 몸 길이 2센티미터가량에 넓은 등판으로 땅을 기어가는 풍뎅이, 화자인 "내가 추악하고 우둔한 얼굴을 하고" 있으면, 풍뎅이도 시꺼멓고 추악하게 보인다. 나나 풍뎅이나 함께 우둔한 얼굴을 하고 있다.

전쟁 속에서 이데올로기의 충돌을 경험하고, 거제도와 부산 거제리에서 처참한 포로 생활을 겪은 김수영은 땅바닥을 기어가는 풍뎅이의 모습에 자신의 처지를 겹쳐서 생각한다. 1953년, 포로수용소에서 석방된 김수영이 찾아가보니 본래 살던 충무로 4가 집은 전쟁 중 불타 없어지고 말았다. 별 수 없이 서울 신당동에 있는 막내 이모네 인쇄소에 딸린 두 칸짜리 방에서 살았다. 전쟁은 끝난 것이 아니었다. 절망이라는 전쟁에서 김수영은 살아남아야 했다. 그는 거의 매일 술을 마셨다. 아내 김현경이 이종구와 살림을 차렸다는 사실을 알고는 대취하여 아무에게나 욕하며 살림을 박살 내기도 했다. 술에서 깼을 때 본 것이 바로 기어가는 풍뎅이가 아니었을까.

이 시기에 김수영은 아내 김현경이 이종구에게 떠난 이후 S라는 여자를 마음에 두고 있었다. 한번 김현경을 잊어보려는 시도였을까. 부산 모 여학교 간호원이었던 그녀를 해운대 넓은 바닷가에서 만난다. 일요일이고 토요일이고 서로 시간이 되면 튜브를 타고 멀리 나가 이성에게만 용납할 수 있는 대화를 나눈다.

나도 처자가 있기는 하였지만 그것보다는 S의 노골적인 정열을 눈앞에서 숨가쁘게 느끼고 있는 나에게 S가 남편과 아이를 가진 여자라고는 설마 믿어지지 않았다.

"어린아이 보고 싶지 않으세요?"

S는 나에게 도리어 이러한 아픈 질문을 하고 놀리었다.

"빨리 사모님 모시고 와서 같이 사세요. 젊은 부부가 아무리 피난 생활이라 하지만 서로 떨어져 있으면 좋지 않아요."

하는 S의 말에,

"나는 당신만 있으면 그만이오."

하고 천연스럽게 대답하였다.

(김수영, 「해운대에 핀 해바라기」,《신태양》 1954. 8.)

김수영은 금지된 사랑을 하고 있었다. 사랑을 잃어도 인간은 풍뎅이처럼 견디며 기어간다. 전쟁 후 황막하고 불모하지만 이 세계는 "소금 같은 이 세계"처럼 존속한다. 화자는 "너와 나와의 관계가 무엇인지 알아질 때까지" 자신의 존재를 성찰하고 의심하겠다 한다.

등 등판 광택 거대한 여울
미끄러져가는 나의 의지
나의 의지보다 더 빠른 너의 노래
너의 노래보다 더한층 신축성이 있는
너의 사랑

풍뎅이의 등판은 녹색빛으로 빛나며 금속 광택이 강하다. "등 등판 광택"이 빛나서 거대한 빛의 여울이 빛난다. "여울"은 물이 빠르게 흐르는 곳이다. 얼굴이나 민첩함에서 나타나는 것이 아니라 등판에 광택이 있다. 등판은 눈앞에서는 보이지 않는 설움이나 눈물이나 통곡을 암시하는 부위다. 이것에 오히려 "광택"이 있고, "거대한 여울"이 있다는 것이다. 설움과 슬픔이 숨어 있는 자리, 그 빛나는 등판에 "미끄러져가는 나의 의지"가 있으며 "나의 의지보다 더 빠른 너의 노래"가 있다. 그리고 그 "노래보다 더한층 신축성이 있는/너의 사랑"이 있다. 신축성이란 어떤 의미로 쓰인 것일까. 야만스러운 현실에 적용할 수 없었던 김수영이 가까스로 당시를 살아갈 수 있던 방식은 바로 신축성이 아니었을까.

　김수영은 풍뎅이뿐만 아니라, 이, 거미, 하루살이, 파리 등 벌레를 통해 설움을 강조했다. 벌레를 자신과 유비시키면서 역설적으로 살고자 하는 근원적인 힘을 표현했다. 벌레야말로 전쟁 이후 악착같이 땅바닥을 기며 살아야 했던 김수영 같은 지식인들의 설움과 비참을 담아낼 수 있는 객관적 상관물이었다. 역설적이게도 풍뎅이 등판으로 상징되는 빛나는 설움과 눈물에 인간이 살아가는 강한 힘이 있다는 것을 보여주는 자기성찰의 시편이다.

1953년

늬가 없어도 산단다

너를 잃고

늬가 없어도 나는 산단다
억만 번 늬가 없어 설워한 끝에
억만 걸음 떨어져 있는
너는 억만 개의 모욕侮辱이다

나쁘지도 않고 좋지도 않은 꽃들
그리고 별과도 등지고 앉아서
모래알 사이에 너의 얼굴을 찾고 있는 나는 인제
늬가 없어도 산단다

늬가 없이 사는 삶이 보람 있기 위하여 나는 돈을 벌지 않고
늬가 주는 모욕의 억만 배의 모욕을 사기를 좋아하고
억만 인의 여자를 보지 않고 산다

나의 생활의 원주圓周 우에 어느 날이고
늬가 서기를 바라고
나의 애정의 원주圓周가 진정으로 위대하여지기 바라고

그리하여 이 공허한 원주가 가장 찬란하여지는 무렵

나는 또 하나 다른 유성遊星을 향하여 달아날 것을 알고

이 영원한 숨바꼭질 속에서

나는 또한 영원히 늬가 없어도 살 수 있는 날을 기다려야 하겠다

나는 억만무려億萬無慮의 모욕인 까닭에

(1953)

1953년 서울로 돌아온
김현경은 취직할 곳에
제출할 학적부를 떼러
모교인 이화여대에 갔다가,
음대 건물 앞에 잠시 앉았다

전쟁터에 끌려가면 살아 돌아오리라는 보장이 없던 시기였다. 거제도 수용소에 끌려간 김수영은 친공포로가 반공포로를 죽이고 토막 살인도 하는 참혹한 폭력을 체험해야 했다. 그 지옥 같은 수용소에서 그는 "억만 번 늬가 없어 설워"하며 김현경을 그리워했다.

1952년 11월에 미국 대통령으로 당선된 아이젠하워는 1952년 12월 2일 여의도 비행장을 통해 한국을 방문한다. 이에 앞서 당국은 반공포로들을 부산이 아니라 온양 온천으로 이동시켰다. 아이젠하워가 전선을 보고 한국을 떠나는 날 온양에서 포로들이 석방될 것이라는 소문이 들렸다. 어머니가 면회 다녀간 반 년 후인 1952년 11월 김수영은 이런 와중에 석방된다. 석방될 때 받은 담요 석 장을 팔아 여관비도 내면서 온양에서 며칠을 살았다.

어머니가 사는 영등포로 가느냐, 아니면 아내가 사는 경기도 화성 조암리로

가느냐, 갈림길에서 김수영은 조암리로 먼저 향한다. 거의 2년 동안 조암리에서 지내던 김현경에게 드디어 자유의 몸이 된 김수영이 찾아온 것이다. 김수영은 그 집에서 1주일 정도 머물다 어딘가 취직한다면서 다시 떠났다. 그리고 대구에서 취직이 됐다고 연락이 왔다. 하지만 수영은 얼마 후 부산으로 간다. 그곳에서 박인환, 조병화, 김규동, 박연희, 김중희, 김종문, 김종삼, 박태진 등과 재회하고, 《자유세계》 편집장이었던 박연희의 청탁으로 「조국으로 돌아오신 상병傷病포로 동지들에게」를 썼으나 실제로 발표하지는 않는다. 박태진의 주선으로 미 8군 수송관의 통역관으로 취직하지만 곧 그만두고 모교인 선린상업학교 영어 교사로 잠시 지낸다. 김현경은 그렇게 부산에서 암중모색하고 있는 김수영을 찾아간다.

부산에 도착해보니 그는 대구 모처에 통역관으로 취직을 해서 바로 만날 수는 없었다. 다시 대구로 올라가 수영을 만났으나 무일푼의 처지는 여전했다. 아이와 더불어 더욱 어깨가 무거워지는 것 같았다. 거기다 그는 통역이란 직업이 더러운 직업이라고 오늘부로 그만둔다는 날벼락 같은 말을 하는 게 아닌가. 어둡고 침침한 그의 하숙방에서 하룻밤을 지내는데 어린 아들은 추워서 온밤을 울어댔다. 나는 지칠 대로 지친 몸을 끌고 이튿날 아침 다시 수원으로 돌아왔다. 대구역에서 수영의 친구가 쥐어준 한 봉지의 사과가 수원에 내릴 때는 단 한 개의 사과로 내 손에 덩그러니 남아 있었다. 차 속에서 보채며 우는 아이를 달래기 위해, 그리고 내 허기진 배를 채우다 보니 그렇게 된 것이었다. 붉은 사과 한 알이 마치 우리의 사랑을, 생활을 말해주는 듯 외롭고 쓸쓸하게만 보였다.
(김현경, 『김수영의 연인』, 65~66면)

무일푼의 김수영은 가족을 이끌 만한 능력이 없었다. 게다가 통역 일도 그만두겠다 하니 아이를 키워야 할 아내로서는 이런 남편을 믿기 어려웠다. 먹을 게 없어 김수영 친구가 사준 사과로 아이와 끼니를 때워야 하는 그야말로 처량한 신세였다. 결국은 사과 한 알 남았다. 아이는 아빠를 처음 보고는 놀라는 모습이었다. 이후 아이를 맡기고 김현경은 일자리를 얻으려고 다시 부산 대청동으로 간다.

김현경이 부산에 왔다니까 이종구가 찾아왔다. 남부민동 바로 위, 방이 두 개인 집에서 이종구는 살고 있었다. 너무 힘들었던 김수영과 김현경은 당시 부산에 기반을 마련한 이종구를 찾아간다. 이종구는 부산으로 이전한 서울고등학교 영어 선생이었다. 이종구는 '김현경의 이력서를 써서 부탁해보자' 해서 취직할 때까지 김현경이 이종구 집에서 잠시 머물기로 했다. 이화여대 졸업생이 아니라 중퇴생이기에 공민학교 정도에 취직할 자리를 알아보기로 했다.

세 사람은 서로 믿는 사이였기에 부산에 '하꼬방' 집이라도 있는 이종구에게 김현경이 잠시 머물기로 한다. 깨끗한 성격인 김현경은 지저분한 이종구 집도 치워주고 그랬다. 이종구는 김현경을 따스하게 위로해줬다.

전쟁 중에 남편이 가정을 돌보지 못하면, 살 길이 막막한 여인들은 살기 위해 다른 남자에게 기대는 경우가 적지 않았다. 권정생의 동화 『몽실언니』에서도 전쟁 통에 남편이 돌아오지 않은 여자가 다른 동네 남자에게 아이들을 데리고 가는 장면이 나온다. 모든 질서를 무너뜨리는 전쟁은 인간관계나 도리라고 해서 봐주지 않았다.

김현경은 며칠 유년 시절부터 알고 지내온 이종구와 광복동에서 지내다가, 그만 넘지 말아야 할 선을 넘고 말았다. 그렇게도 믿었던 선배 이종구가 아내 김현경과 같이 산다는 사실을 김수영이 알았을 때 기분이 어떠했을까. 가슴이 미어지는 모욕侮辱이었다. 살 붙이며 한 몸으로 지냈던 여인, 이 세상에서 가장 가까운 존재가 가장 멀리 사라질 때 모욕감은 상실로 바뀐다. 얼마나 치욕이었으면 시에 '모욕'이라고 네 번이나 썼을까. 찾아갈 수 있는 거리에 있었지만 다른 남자와 동거하고 있는 아내와의 거리는 "억만 걸음 떨어져" 까마득했다.

1953년 어느 날 몇 번을 망설인 김수영은 김현경과 이종구가 사는 부산 광복동 집으로 찾아간다.

6개월쯤 지난 어느 아침, 작은 소반을 사이에 두고 마주 앉아 막 밥을 한술 뜨려던 참이었다. 그때 불쑥 문이 열렸다. 수영이었다. 수영은 집 안을 한번 훑어보더니 이종구에게 말했다.

　"자네가 나에게 이러면 안 되지."

　낮으면서도 묵직한 음성이었다. 이윽고 수영은 돌아보더니 "가자." 하고 짧게 말했다. 나는 그런 수영에게 먼저 가 있으라고, 곧 따라가겠다고 돌려보냈다. 그 날 돌아가던 수영의 뒷모습을 나는 잊지 못한다. 그것은 슬프고 처량하기보다는 당당하고 결연한 모습이었다.

(김현경, 『김수영의 연인』, 37~38면)

　남편 없는 2년이라는 시간은 피난 가서 아이를 낳고 길러야 했던 김현경에게도 땅이 꺼질 듯한 절망의 기간이었다. 김현경은 김수영과 같이 가는 것을 거부했다. 이 인용문에는 그때 김수영이 당당하고 결연했다고 하지만, 그 속마음은 얼마나 죽을 마음이었을까.

　"늬가 없어도 나는 산단다"는 문장은 너무도 애절하다. 늬가 없다면 죽을 줄 알았는데, 살아 있다! 늬가 없어도 죽지 않고 풍뎅이처럼 나는 신기하게 살아 있다. 너와 헤어져 죽은 좀비 같은데, 나는 죽지 않고 신기하게도 껍데기만 살아 있다.

　휴전 이후 1953년 10월에 김수영은 서울로 돌아왔다. 집에 박혀 세상과 담을 쌓은 김수영을 바깥으로 끌어내리려고 애쓴 이는 선배 문인 이봉구였다. 이봉구는 김수영에게 원고 쓰기를 권하고 신문사에서 일하자는 제안을 한다. 서울로 돌아온 김현경은 여전히 이종구와 함께 살았다. 김수영이 느낀 모욕과 배신감은 이루 말하기 어려웠을 것이다. 김현경이 준 모욕을 김수영은 "너는 억만 개의 모욕", "늬가 주는 모욕의 억만 배의 모욕", "나는 억만무려億萬無慮의 모욕"으로 반복해 강조한다. 거의 "가시는 걸음걸음 놓인 그 꽃을 사뿐히 즈려밟고 가시옵소서"(김소월, 「진달래꽃」) 같은 밟힌 꽃의 처지였다. 자기비하의 모욕감은 포로수용소에서 나와 현실에 적응할 수 없었던 '루저'의 절망으로 인해 더욱 증폭되었다. 포로수용소에서 나온 이후 1년간, 그러니까 1953~54년 사이는 설움, 모욕, 절망 등의 단어가 가장 많이 쓰였던 시기였다.

김현경은 김현경대로 이종구에게서 탈출하려고 애썼다. 반대로 이종구의 아버지는 결혼을 진행하자며 김수영에게서 이혼장에 찍을 도장을 받아 오라고 했다. 김현경은 김수영이 주간 《태평양》을 편집했던 태평양신문사를 찾아간다.

드디어 수영과 마주 앉았다. 차마 그 큰 눈을 정면으로 바라보지는 못하고 망설이던 나는 이혼도장이 필요해서 왔노라고 했다. 수영의 얼굴이 점점 굳어지더니 결국 도장을 넘겨줬다. 그때 수영이 도장을 넘겨주지 않기를 나는 속으로 얼마나 바랐던가. 한 번만 기회를 달라고 무릎이라도 꿇고 빌고 싶어 했던가. 차라리 그가 상스러운 욕설이라도 내뱉으며 저주라도 퍼부어 주었다면 좋았을 것을, 그러나 그는 처용처럼 말없이 등을 돌렸다.

(김현경, 『김수영의 연인』, 38~39면)

이 글에서는 "처용처럼 말없이 등을 돌렸다"고 썼지만 김현경은 다른 자료에서는 "김수영은 얼굴이 하얘지며 도장을 주었다"고 했다. 김수영은 얼마나 섭섭했을까. 얼마나 괴로웠을까. 너가 없어도 사는 삶은 "나쁘지도 않고 좋지도 않은 꽃들/그리고 별과도 등지고 앉아서/모래알 사이에 너의 얼굴을" 찾는 거의 실성한 상황이다. 미칠 지경인데, 분명 죽어야 할 상황인데도 "늬가 없어도 산단다"며 신기해한다.

김수영은 고통을 긍지나 축복으로 치환시키는 신기한 습관이 있다. 이 시에서도 "늬가 없이 사는 삶이 보람 있기 위하여 나는 돈을 벌지 않고"라며 고통을 오히려 증폭시킨다. 고통이 커야 새로운 창조가 가능하다고 생각하는 까닭이다. 마찬가지로 "늬가 주는 모욕의 억만 배의 모욕을 사기를 좋아"한다. '억만'이라는 무한한 고통을 오히려 감내하며 새로운 창작을 하고, 아니 아예 여자를 잊은 채 "억만 인의 여자를 보지 않고" 산다.

김수영을 지울 수 없었던 김현경은 마침내 가방 하나만 들고 이종구의 집을 나온다. 이종구는 난리를 피웠지만 김현경은 소설을 쓰겠다며 방을 하나 세 들어서 살다가 김수영에게 메모를 보낸다. 동생 김수명의 지혜로운 판단으로 술에서 깬 맑은 정신으로 있는 김수영에게 메모가 전달되고, 둘은 마침내 다시 살기로 한다.

김수영이 본가의 가족과 함께 살고 있던 1954년 봄날, 김현경이 찾아온다. 그때부터 두 연인은 성북동에서 진정한 신혼을 시작한다. 그들이 세 든 곳은 거부巨富 백낙승의 한옥 별장의 방 한 칸이었다. 다시 합친 첫날 김수영의 한마디가 "평화신문사에 취직해서 돈 벌어올게"였다. 그 다음 날에는 김수영에겐 본가이며 김현경의 시댁에서 책이 한 보따리 건네져왔다.

사랑이란 무엇이며 결혼이란 무엇일까. 상대방을 나의 울타리에 가두는 것일까. 상대를 나의 노예로 만드는 것일까. 진정한 사랑은 상대를 가두어놓지 않는다. 셰익스피어의 『오델로』는 주인공 오델로가 아내 데스데모나를 너무도 사랑하여 죽이는 이야기다. 베네치아의 무어인 흑인 장군 오델로가 악인 이아고에게 속아 아내인 데스데모나를 의심하고 질투하다가 결국 살해했다는 비극적인 이야기, 이것이 사랑일까.

진정한 사랑은 그저 "나의 애정의 원주圓周", 그 원둘레에 머물기를 바라는 마음일 수도 있다. 내 원둘레 안에 들어오는 것이 아니다, 사랑하는 상대를 원둘레'에' 두는 것이다. 바람대로 김현경은 돌아와서, 김수영의 원둘레가 위대하며 찬란해지기를 바란다. 사랑은 상대를 노예가 아니라 주인공으로 만드는 실천이다. 안타깝게도 상대를 자유롭게 대하는 순간 "다른 유성遊星을 향하여 달아날" 수도 있다. 김수영에게 그 허용도 사랑이었다.

"사랑은 숨바꼭질"이다. 숨바꼭질의 핵심은 '찾기'다. 김수영과 김현경의 부부생활은 숨바꼭질이었다. 사랑하는 초기에는 서로 '자기야'라고 부른다. '자기自己'라는 말은 '너는 나다'라는 대단히 철학적인 표현이다. 조금 지나면 '님'이 된다. 결혼하고 가끔 싸우다 보면 '놈'이 되고, 지나치면 '남'이 된다. 어떤 날은 '님',

'놈', '남'이 하루에 마구 숨바꼭질하듯 순환할 때가 있다. 김수영 시에도 외도와 성매매(「성」)의 흔적이 있으며, 김현경도 이미 다른 남자와 동거한 적이 있다. 거의 숨바꼭질 같던 이들의 삶, 그것은 자유의 표현이기도 했다. 우산으로 때리기도 하고(「죄와 벌」), 이혼을 생각하며 분노하다가도 다시 애무하는 이 부부 관계는 복잡했다.

이 시를 쓰고 김수영에게서 모욕감은 모두 사라졌을까.

처절한 모욕감은 상처로 굳어 김수영 마음에 박혀 있었다. 오랫동안 그의 무의식에 아픈 기억의 생채기로 남았다. 그 생채기로 인해 "나는 억만무려億萬無慮의 모욕"이었다. 무려無慮에는 '넉넉하게'라는 뜻이 있으나 '아무 염려念慮할 것이 없이'라는 뜻도 있다. 억만무려의 모욕은 걸핏하면 고개 들어 주체하지 못하는 행동을 하게 했다. 10년 후 가족과 함께 영화를 보고 나서 백주 대낮에 "우산대로/여편네를 때려눕혔"(「죄와 벌」, 1963. 10.)던 사건은 김수영 내면에 있었던 트라우마가 곪아 터진 사건이었다. 「죄와 벌」도 역설적인 의미에서 아내 김현경에게서 벗어날 수 없는 자신이 겪고 있는 트라우마를 죄와 벌로 표현했던 것이다.

복잡하고 때로 분노했어도 김수영의 운명은 "나는 점점 어린애/너를 더 사랑하고/오히려 너를 더 사랑(「여편네의 방에 와서」, 1961. 6. 3.)할 수밖에 없는 숙명이었다. "나는 또한 영원히 늬가 없어도 살 수 있는 날을 기다려야 하겠다"는 표현은 현재는 도저히 너 없이 살 수 없다는 역설적인 말이다. 너 없이 살 수 없지만 그래도 살아야 한다는 의지가 있다. 네가 없어도 견디며 살 수 있어야겠다고 다짐한다. 「너를 잃고」를 쓰며 수영은 모욕을 넘어 조금씩 그만의 감옥에서 벗어날 수 있었을까.

1954년 1월 1일

설운 마음의 한 모퉁이

시골 선물

종로 네거리도 행길에 가까운 일부러 떠들썩한 찻집을 택하여 나는 앉아 있다

이것이 도회 안에 사는 나로서는 어디보다도 조용한 곳이라고 생각하고 있기 때문이다

그러한 나의 반역성을 조소하는 듯이 스무 살도 넘을까 말까 한 노는 계집애와 머리가 고슴도치처럼 부수수하게 일어난 쓰메에리의 학생복을 입은 청년이 들어와서 커피니 오트밀이니 사과니 어수선하게 벌여놓고 계통 없이 처먹고 있다

학생복

신神이라든지 하느님이라든지가 어디 있느냐고 나를 고루하다고 비웃은 어제 저녁의 술친구의 천박한 머리를 생각한다

그다음에는 나는 중앙선 어느 협곡에 있는 역에서 백여 리나 떨어진 광산촌에 두고 온 잃어버린 겨울 모자를 생각한다

그것은 갈색 낙타 모자

그리고 유행에서도 훨씬 뒤떨어진 서울의 화려한 거리에서는 도저히 쓰고 다니기 부끄러운 모자이다

거기다가 나의 부처님을 모신 법당 뒷산에 묻혀 있는 검은 바위같이 큰 머리에는 둘레가 작아서 맞지 않아서 그 모자를 쓴 기분이란 쳇바퀴를 쓴 것처럼 딱딱하다

그러나 나는 그것을 시골이라고 무관하게 생각하고 쓰고 간 것인데 결국은

잃어버리고 말았다

　그것이 아까워서가 아니라

　서울에 돌아온 지 일주일도 못 되는 나에게는 도회의 소음騷音과 광증狂症과 속도速度와 허위虛僞가 새삼스럽게 밉고 서글프게 느껴지고

　그러할 때마다 잃어버려서 아깝지 않은 잃어버리고 온 모자 생각이 불현듯이 난다

　저기 나의 맞은편 의자에 앉아 먹고 떠들고 웃고 있는 여자와 젊은 학생을 내가 시골을 여행하기 전에 그들을 보았더라면 대하였을 감정과는 다른 각도의 높이에서 보게 되는 나는 내 자신의 감정이 보다 더 거만하여지고 순화되어진 탓이라고는 생각하지 않는다

　나는 구태여 생각하여본다

　그리고 비교하여본다

　나는 모자와 함께 나의 마음의 한 모퉁이를 모자 속에 놓고 온 것이라고

　설운 마음의 한 모퉁이를

(1954)

　산문시의 형태이지만 일단 행갈이를 했으니 행에 따라 살펴보자. 17행으로 이루어진 산문시다. 1~4행까지는 화자가 종로 네거리에 떠들썩한 찻집에 앉아 있다. 재미있는 것은 1행 "행길에 가까운 일부러 떠들썩한 찻집을 택하여 나는 앉아 있다"와 2행 "이것이 도회 안에 사는 나로서는 어디보다도 조용한 곳이라고 생각"하고 있다는 묘한 발상이다. '떠들썩함/조용함'은 반대인데, 그는 "일부러" 떠들썩한 곳을 찾고 그곳이 "어디보다도" 조용하다고 생각한다. 떠들썩한 찻집을 조용하다고 여길 만치 화자는 자본주의 일상에 익숙하다.

　"노는 계집애와 머리가 고슴도치처럼 부수수하게 일어난 쓰메에리의 학생복을 입은 청년이 들어와서 커피니 오트밀이니 사과니 어수선하게 벌여놓고 계통 없이 처먹고 있다"는 구절에는 "부수수하게", "어수선하게", "계통 없이", "처먹고

있다"는 부정적인 단어들로 가득하다.

'쓰메에리つめえり(詰襟)'는 깃의 높이가 4센티미터쯤 되는 단단한 깃을 목 주위에 세운 양복이다. 쓰메에리형 옷은 근세 이후 서구에서 군인이나 관료의 제복이다. 쓰메에리는 결투할 때 목 부분을 보호해줄 수 있다는 이점도 있었다. 일본에서는 메이지 초기부터 군인, 관리, 경찰관, 철도원, 교원의 제복, 교복 등에 넓게 쓰였다. 교복으로는 1886년 제국대학(현 도쿄대학) 초대 총장이 취임식을 할 때 금 단추 달린 쓰메에리 육군 군복을 입었다.

패전 후 연합국군총사령부(GHQ)는 교육칙어教育勅語 등을 폐지시켰으나 군국주의의 산물인 쓰메에리식 교복을 없애지는 못했다. 한국에서는 일본 식민지 시절부터 이 옷을 입다가 1983년 시행된 교복 자율화 조치 이후부터 사라지기 시작했다.

이 시에서 쓰메에리 학생복은 군국주의 파시즘의 억압을 상징하는 옷으로 볼 수 있다. 겉으로는 단아한 모습이지만 이 학생들이 "계통 없이 처먹고 있"는 풍경은 당시 한국의 근대가 어울리지 않는 옷을 입고 있다는 비유일 수 있겠다.

"그다음에는"으로 시작하는 5행부터 8행까지는 깊은 광산촌에 두고 온 갈색 낙타 모자 이야기다. 화자는 멀디 먼 "광산촌에 두고 온 잃어버린 겨울 모자"를 떠올린다. 앞부분의 "떠들썩한 찻집"과 "어느 협곡에 있는 역에서 백여 리나 떨어진 광산촌"은 장소로 대비되고, "쓰메에리의 학생복을 입은 청년"과 "갈색 낙타 모자"도 대비된다.

낙타 모자는 지금도 몽골의 토산품으로 잘 알려져 있다. 몽골은 아시아인의 근원 같은 모성 이미지를 갖고 있다. 그 역사성의 의미를 상상하는 것은 독자들마다 다를 것이다. 이 낙타 모자를 "잃어버려서 아깝지 않은 잃어버리고 온 모자"라고 말한다. 정말 필요 없는 쓰레기는 '잃어버렸다'고 쓸 필요도 없다. 아깝지 않지만, "잃어버렸"다라고 쓴 것은 그 모자가 무용지용無用之用의 의미라도 갖고 있다는 말이다.

"거기다가 나의 부처님을 모신 법당 뒷산에 묻혀 있는 검은 바위같이 큰 머리에는 둘레가 작아서 맞지 않아서 그 모자를 쓴 기분이란 쳇바퀴를 쓴 것처럼 딱딱하다"는 말은 근원적 상상력을 자극시킨다. 동서양을 막론하고 성자나 부처의 머리에는 둥근 후광後光이 둘러싸여 있다. 예수의 머리에 가시면류관이 있는 것은 파격적이다. 성군은 화려한 왕관을 쓰고 있다. 그런데 화자가 보고 있는 부처는 비율이 맞지 않는다. 모자를 쓴 기분이 그러하다는 것은 화자 내면의 균형이 깨져 있다는 뜻일 것이다. 김수영의 이런 상태는 비애, 슬픔, 설움, 피로 등으로 표현되기도 한다.

"그러나"로 시작되는 9행부터 17행까지는, 시골에 다녀온 뒤 시끄러운 도시가 낯설게 느껴지고 어째 편하지가 않은 내면이 나타난다. 근대적 문명에서 잊혀진 것을 생각하는 내면적 성찰이 들어 있다. 자신과 맞지 않는 근대적 문명은 "도회의 소음과 광증과 속도와 허위"인 것이다. "새삼스럽게 미웁고"라는 것은 화자가 이러한 대상에 대하여 권태와 피로를 느낀다는 것이다. "나는 피로하였고/또 나는/영원히 피로할 것이기에"(「긍지의 날」, 1955), "피로를 알게 되는 것은 과연 슬픈 일이다"(「달밤」, 1959. 5. 22.). 그래서 분명 버려도 아깝지 않은 모자였건만 자신이 잃어버린 듯한 무언가를 그 모자에 이입시킨다.

행	장소	대상	의미
1-4	종로의 떠들썩한 찻집	쓰메에리 학생복 입은 청년	근대적 문명 "화려한 거리", "도회의 소음과 광증과 속도와 허위"
5-7	중앙선 협곡에서 떨어진 광산촌	갈색 낙타 모자	인간의 원초적 고향 "어울리지 않는 모자"
7-19	화자의 내면	"비교하여본다"	모자와 함께 두고 온 "설운 마음의 한 모퉁이를"를 그리워한다

자유와 사랑의 동의어로서 '혼란'의 향수가 문화의 세계에서 싹트고 있는 것은, 그것이 아무리 미미한 징조에 불과한 것이라 하더라도 지극히 중대한 일이다. 그리고 이러한 문화의 본질적 근원을 발효시키는 누룩의 역할을 하는 것이 진정한 시의 임무인 것이다.

(김수영, 「시여, 침을 뱉어라」)

'혼란'이란 나쁜 것이 아니라, '자유와 사랑의 동의어'다. 「시골 선물」이 산문시의 형태를 갖고 있다는 사실도 중요하다. 우리가 살아가는 자본주의적 일상을, '혼란'스러울지 모르나 다시 생각해봐야 하는 것이다. 그리고 시인은 "문화의 본질적 근원을 발효시키는 누룩의 역할"을 해야 하는 것이다. 무엇이 과연 본질적 근원일까. 그것은 시의 형태와도 통한다.

「시골 선물」은 김수영의 산문시에서 거의 초기에 해당되는 작품이라 할 수 있다. 아무 계산 없이 긴 문장과 짧은 문장을 섞어 쓴 듯싶다.

나는 소설을 쓰는 마음으로 시를 쓰고 있다. 그만큼 많은 산문을 도입하고 있고 내용의 면에서 완전한 자유를 누리고 있다.

(「시여, 침을 뱉어라」)

"완전한 자유"를 누리며 쓴 시 같지만, 실은 긴 문장 이후 갑자기 짧은 문장은 연과 연 사이의 빈 여백처럼 쉼을 주고 있다. 그런데 완전히 비어 있는 여백의 쉼이 아니라, 짧은 묵상을 자극하는 문구들이다. 재미있는 사실은 시의 몇몇 짧은 문장을 떼어 붙이면 화자가 그리워하는 원초적 대상으로 향하게 되어 있다는 점이다.

그것은 갈색 낙타 모자
그리고 유행에서도 훨씬 뒤떨어진

(중략)

그것이 아까워서가 아니라

(중략)

서글프게 느껴지고

(중략)

나는 구태여 생각하여본다

그리고 비교하여본다

(중략)

설운 마음의 한 모퉁이를

짧은 구절은 집중적으로 "설운 마음의 한 모퉁이"로 집약되고 있다. 이렇게 본다면 김수영이 그냥 흘러가는 식으로 산문시를 쓴 것이 아니라는 것을 확인할 수 있다. 그것은 내용과 형식의 문제이기도 하다.

'내용'은 언제나 밖에다 대고 '너무나 많은 자유가 없다'는 말을 해야 한다. 그래야지만 '너무나 많은 자유가 있다'는 '형식'을 정복할 수 있고, 그때에 비로소 하나의 작품이 간신히 성립된다.

(「시여, 침을 뱉어라」)

김수영은 형식의 자유가 내용의 자유를 이끈다는 점을 확실히 알고 있었다. 더 많은 자유를 말하고자 할 때 형식이라는 강제는 무너질 수밖에 없다. 결국 이 시가 산문시라는 것은 그가 "낙타 모자"로 상징되는 근원적 인간성을 통해 자유롭게 "쓰메에리"로 대표되는 권위를 돌파하겠다는 의지의 표현이기도 하겠다.

마지막으로 "나는 구태여 생각하여본다/비교하여본다"(16~17행)는 진술은 이 시의 구도를 그대로 누설한 구절로 보인다. 근대 문명에 비추어 화자는 자신의 미세한 감정 변화를 드러낸다. '원초성의 파괴=설움'으로 표현된다. 역설적으로 김수영은 "설운 마음의 한 모퉁이"라는 원초성을 되살려야 한다는 것을 귀엣말처럼 들려주는 것이 아닐까. 결국 이 시는 스스로를 근대 문명과 대비시켜 존재론적 성찰을 행한 시라고 볼 수 있겠다. 이 시는 삶에서 진정 필요한 것이 무엇인지 독자에게 묻는다.

1954년 9월 3일

죽음 위에 죽음 위에 죽음을 거듭하리

구라중화九羅重花
— 어느 소녀에게 물어보니 너의 이름은 구라지오라스라고

저것이야말로 꽃이 아닐 것이다
저것이야말로 물도 아닐 것이다

눈에 걸리는 마지막 물건이 무엇이냐고 물어보는 듯
영롱한 꽃송이는 나의 마지막 인내를 부숴버리려고 한다

나의 마음을 딛고 가는 거룩한 발자국 소리를 들으면서
지금 나는 마지막 붓을 든다

누가 무엇이라 하든 나의 붓은 이 시대를 진지하게 걸어가는 사람에게는 치욕

물소리 빗소리 바람 소리 하나 들리지 않는 곳에
나란히 옆으로 가로 세로 위로 아래로 놓여 있는 무수한 꽃송이와 그 그림자
그것을 그리려고 하는 나의 붓은 말할 수 없이 깊은 치욕

이것은 누구에게도 보이지 않을 글이기에
(아아 그러한 시대가 온다면 얼마나 좋은 일이냐)
나의 동요 없는 마음으로

너를 다시 한번 치어다보고 혹은 내려다보면서 무량無量의 환희에 젖는다

꽃 꽃 꽃
부끄러움을 모르는 꽃들
누구의 것도 아닌 꽃들
너는 늬가 먹고 사는 물의 것도 아니며
나의 것도 아니고 누구의 것도 아니기에
지금 마음 놓고 고즈넉이 날개를 펴라
마음대로 뛰놀 수 있는 마당은 아닐지나
(그것은 골고다의 언덕이 아닌
현대의 가시철망 옆에 피어 있는 꽃이기에)
물도 아니며 꽃도 아닌 꽃일지나
너의 숨어 있는 인내와 용기를 다하여 날개를 펴라

글라디올러스

물이 아닌 꽃
물같이 엷은 날개를 펴며
너의 무게를 안고 날아가려는 듯

늬가 끊을 수 있는 것은 오직 생사의 선조線條뿐
그러나 그 비애에 찬 선조도 하나가 아니기에
너는 다시 부끄러움과 주저를 품고 숨 가빠 하는가

결합된 색깔은 모두가 엷은 것이지만
설움이 힘찬 미소와 더불어 관용과 자비로 통하는 곳에서
네가 사는 엷은 세계는 자유로운 것이기에
생기生氣와 신중愼重을 한 몸에 지니고

사실은 벌써 멸하여 있을 너의 꽃잎 위에

이중二重의 봉오리를 맺고 날개를 펴고

죽음 우에 죽음 우에 죽음을 거듭하리

구라중화

(1954)

제목 '구라중화九羅重花'는 김수영이 만든 말이다. 아홉(九) 개의 비단 같은 꽃잎(羅, 벌릴 라)이 거듭나는(重) 꽃(花)이라는 근사한 의미를 가진 꽃이다. "어느 소녀에게 물어보니 너의 이름은 구라지오라스라고"라는 부제를 보면 알 수 있듯이, 영어 단어 '글라디올러스Gladiolus'를 한자로 바꾸어 김수영이 만든 조어造語다. 남아프리카가 원산인 글라디올러스는 우리나라에서는 작열하는 여름을 화려하게 장식하는 꽃이다. 김수영은 겹겹이 피어오르는 글라디올러스 꽃송이를 보며, 피어오르고 시드는 과정을 보며 존재의 의미를 성찰한다.

"저것이야말로 꽃이 아닐 것이다/저것이야말로 물도 아닐 것이다"의 부정 표현으로 시작해 7연 인용 부분에 도달한다. 부정어는 1연에 두 번 출현한 뒤 잠복해 있다가 7연에 연이어 변주되어 나온다. "아닌", "아니며", "아니고", "아니기에", "아닐지나", "아닌", "아니며", "아닌", "아닌", "아니기에" 등 7~9연에 걸쳐 10번이나 나온다. 단호한 부정을 통해 긍정적 세계관을 강조한다.

"저것이야말로 꽃이 아닐 것이다"라는 문장에서 글라디올러스 꽃을 화자와 전혀 다른 대상으로 놓는 것을 볼 수 있다. 다시 반복해 쓰고 뒤에 '즉물시, 사물이미지'에서 정리하겠으나, 김수영에게는 대상을 은유하기보다 대상을 자신과 떼어놓고 그것이 말하는 바를 잘 듣고 기록하는 시들이 적지 않다. 저 꽃은 화자인 나와 다른 입장에서 이제부터 화자에게 메시지를 준다는 신호다. 저 꽃은 자신을 보면 "눈에 걸리는 마지막 물건이 무엇이냐고 물어보는 듯"하다. 꽃이 이쁘다고 할지, 꽃이 신기한 모양이라고 할지, 꽃은 화자와 독자에게 묻는다. 나를 보면 눈에 걸리는 것이 뭐냐고, 어떤 생각이 나냐고. 영롱한 글라디올러스 꽃송이들은, "영롱한 꽃송이는 나의 마지막 인내를" 다시 한번 성찰하게 하고 "부숴 버리려고" 하며, 다시 나를 각성하게 한다.

나의 마음을 딛고 가는 거룩한 발자국 소리를 들으면서
지금 나는 마지막 붓을 든다

누가 무엇이라 하든 나의 붓은 이 시대를 진지하게 걸어가는 사람에게는 치욕

이때 화자의 마음을 딛고 가는 거룩한 발자국 소리가 들린다. 화자가 쓰는 글은 늘 "마지막 붓"과 같으니, 죽음을 앞에 두고 마지막 글을 쓸 때 "거룩한 발자국 소리를" 듣는 마음일 수밖에 없다.

내가 든 "마지막 붓"을 결연한 긍정적인 붓으로 해석해보자. "누가 무엇이라 하든 (결연한) 나의 붓"은 이 시대를 진지하게 걷는 듯하지만 실은 시대를 추종하는 사람에게는 치욕을 줄 수 있다는 의미로 해석할 수 있다. 반대로 거룩한 발자국 소리를 들으면서 내가 든 "마지막 붓"을 좌절해 있는 붓으로 해석해보자. 좌절해 있는 "나의 붓"은 "이 시대를 진지하게 걸어가는 사람에게" 치욕을 느끼게 하는 실망스러운 모습일 수도 있다.

두 가지 해석이 모두 가능하다. 화자가 자신을 철저하게 성찰하고 있다는 점에서는 두 해석 모두 같다. 첫 번째 결연한 "나의 붓"으로 해석하면 6연의 "나의 동요 없는 마음"과 이어진다. 한편 5연의 "나의 붓은 말할 수 없이 깊은 치욕"과 이어지려면 좌절하고 있는 나의 붓으로 해석해야 한다. 결국 나의 붓은 동요하지 않으면서도 깊은 치욕에 잠겨 있다. 이 시를 읽을 때마다 나에게 "거룩한 발소리"가 들리는지, "마지막 붓"으로 글을 쓰는지 돌아본다.

아직도 치욕을 겪고 있는 화자는 물소리 빗소리 바람 소리 들리지 않는 무수한 글라디올러스 꽃송이의 그 그림자를 그리려 한다. 아름다운 꽃을 보며 그 치욕을 잊으려 해도 말할 수 없이 깊은 치욕에서 벗어날 수 없다. 화자는 치욕 속

에서 사는데, "꽃 꽃 꽃"은 도대체 "부끄러움을 모르는 꽃들"이다. 저 꽃들은 자신들이 흡입하는 물을 소유한 자의 것도 아니며, 누구의 것도 아니기에, 마음 놓고 날개를 펼 수 있다.

(그것은 골고다의 언덕이 아닌
현대의 가시철망 옆에 피어 있는 꽃이기에)
물도 아니며 꽃도 아닌 꽃일지나
너의 숨어 있는 인내와 용기를 다하여 날개를 펴라

구라중화가 피는 곳은 2천 년 전 성경에 나오는 "골고다의 언덕"이 아니다. 시인이 본 글라디올러스는 "현대의 가시철망 옆에" 피어난 꽃이다. 골고다라는 과거가 아니라, 가시철망으로 상징할 수 있는 현대판 비극의 리얼리티에서 글라디올러스는 피어난다. 가시철망은 포로수용소의 가시철망 장벽일 수도 있겠다.

이 시를 썼던 1954년은 김수영이 포로수용소에서 치욕과 모욕, 설움의 극단을 체험하고 나온 지 불과 1년 남짓밖에 지나지 않았을 때였다. 2년 이상 겪었던 굴욕의 트라우마가 치료될 수 있는 기간은 아니다.

그는 글라디올러스를 보면서 죽음과도 같은 고통을 이겨내려 하지 않았을까. "너의 숨어 있는 인내와 용기를 다하여 날개를 펴라"에서 이 비극을 극복하고자 하는 상승 의지를 글라디올러스는 화자에게 힘주어 권한다.

물이 아닌 꽃
물같이 엷은 날개를 펴며
너의 무게를 안고 날아가려는 듯

물결처럼 하늘거리는 글라디올러스의 꽃잎을 '물같이 엷은 날개'로 꾸며본다. 그 꽃잎에 "결합된 색깔"은 "모두가 엷은" 날개다. "엷은 것"은 가볍고 투명하다.

글라디올러스가 살아가고 있는 공간도 가볍고 투명한 '엷은 세계'다. 한마디로 '엷음' 곧 가볍고 투명함은 글라디올러스의 본질이다.

엷은 것은 약하고 여린 이미지를 떠오르게 한다. 엷은 것이 꽃잎이라면 쉽게 찢기기도 하겠다. 엷은 "너" 곧 글라디올러스가 '설움'과 연결되는 까닭이다. 그 서러운 '엷음'이 이 시에서는 다른 속성을 띤다. 우선 "너"가 사는 '엷은 세계'는 가벼운 무게를 안고 날아가려는 듯하다. 마치 몽상의 세계로 향하는 듯하다.

니가 끊을 수 있는 것은 오직 생사의 선조線條뿐
그러나 그 비애에 찬 선조도 하나가 아니기에
너는 다시 부끄러움과 주저를 품고 숨 가빠 하는가

선조線條는 '요소들이 연결되어 이루는 줄'을 말한다. 글라디올러스가 지겨운 현실과 인연을 끊을 수 있는 방법은 오직 생사의 선조, 곧 줄기를 끊어버리는 것이다. 스스로 엮인 관계를 끊는 것이 현실을 피할 수 있는 방법이다. 그런데 그 인연도 하나가 아니기에 "그 비애에 찬 선조도 하나가 아니"다. 어떡해서든 현실을 이겨나가려는 글라디올러스는 부끄러워하고 머뭇거리며 숨 가쁘게 꽃을 피워 올린다. 마치 이 시를 쓴 김수영이 어떡하든 살아보려고 악착같이 애쓰는 모습이 연상된다.

"죽음 우에 죽음 우에 죽음을 거듭하리"라는 구절은 이 시의 주제를 응축한다. 꽃들을 피우기 위해 죽음 위에 죽음을 거듭하며 연달아 꽃을 피운다. 열대성 식물 글라디올러스는 화려하게 뜨거운 여름을 알리지만, 위로 자라면서 맨 아래 있는 꽃들은 시들어 떨어진다. 김수영은 꽃을 피워 올리기 위해 시들어 떨어지는 꽃들을 보았을 것이다. 수많은 꽃들의 희생으로 꽃피우는 모양에서 혁명적인 개화開花를 보았을 것이다.

꽃뿐이랴. 인간이란 순간순간 죽음에 죽음을 경험하며 각성해가는 존재 아닌

가. 이때 꽃은 관념이 아니라, 지상의 물을 빨아들여 올리며 설움과 치욕과 죽음을 극복하는 가장 현실적인 힘을 상징한다. 그래서 "저것이야말로 꽃이 아닐 것이다/저것이야말로 물도 아닐 것이다"라며 김수영은 꽃을 꽃으로 보지 않고 자유인, 단독자 혹은 혁명적 존재로 본다.

너, 곧 글라디올러스는 김수영 자신이기도 하다. 김수영은 쉽게 상처받고 쓰러지는 여린 사람이었다. 그러면서도 그는 결코 그 상처와 쓰러짐에 굴복하지 않는 강인한 내면을 갈구하던 사람이었다. 살아가면서 죽음을 각오하듯 살아가는 삶은 영롱한 꽃을 피워 올리는 삶이 아닐까. "이중의 봉오리를 맺고 날개를 펴고/죽음 우에 죽음 우에 죽음을 거듭하리"라면서 거듭 죽음을 불사하는 '구라중화'를 힘주어 다짐하듯 부르며 끝맺는 까닭도 여기에 있겠다.

이 시에서도 화자는 '치욕'을 말한다. "누가 무엇이라 하든 나의 붓은 이 시대를 진지하게 걸어가는 사람에게는 치욕"과 "나의 붓은 말할 수 없이 깊은 치욕" 등과 같은 구절이 그러하다. 더군다나 그 '붓'은 '마지막'이다. 붓을 들어 시를 쓰는 그 순간을 '마지막', 곧 죽음으로 여기는 것이다. 화자는 지금 그만큼 절박하고, 그 절박함만큼이나 치욕으로부터 벗어나려는 마음이 강렬하다.

결코 쉽지 않은 그 일, 곧 치욕으로부터 벗어나는 일은 어렵지만, 자유를 향한 것이기에 포기할 수 없다. 시인이 '너'에게, 곧 시인 자신에게 "날개를 펴"라고 반복해서 말하는 까닭도 바로 여기에 있겠다. 김수영은 그 누구에게도 얽매이지 않는 자유를 위해, "숨어 있는 인내와 용기를 다하여 날개를 펴라"고 스스로 명령한다. 그것을 죽음을 불사할 정도로 강렬하고 간절하다.

김수영은 설움이나 치욕을 선물에 비유했다. 그 까닭은, 설움이나 치욕이 수영 자신을 채찍질하면서 내면을 단련하는 데 분명 중요한 구실을 했기 때문이다. 여리디 여린, 쉽게 상처 입고 소멸하는 꽃잎 속에서도 자유를 꿈꾼 김수영의 태도를 조용히 목격한다. 글라디올러스의 죽음을 썼지만, 사실은 그 죽음을 통과하는 생명의 탄생을 쓴 작품이다. 여기서 이후 마포구 구수동에서 지내면서 폭발하듯 쓴 식물시의 생명성, 그 오프닝을 예감하는 듯하다. 글라디올러스를

다룬 시에서 우리는 외톨이 김수영을 만난다. 김수영은 죽음의 시인을 넘은 생명의 시인이다.

설움과 긍지로 함께 넘어서는 헤겔과의 변주곡

A와 B가 대비되어 C가 생산되는 과정은 김수영 시 전체에서 일어나는 현상이다. 그의 시 전체를 관통하는 중요한 특징이기에 이에 관하여 간단하게 써보려 한다.

"죽음 우에 죽음 우에 죽음을 거듭하리"(「구라중화」)에서, 첫 번째 죽음과 두 번째 죽음은 다르다. 마지막 죽음은 죽음이 아니라 죽음을 이겨낸 생명으로 느껴질 정도로 새롭고 화려하게 다가오지 않는가. "설움과 아름다움을 대신하여 있는 나의 긍지"(「긍지의 날」)에서도 설움과 아름다움이 대비되고 그 둘을 대신하여 긍지가 강조된다. 헨델의 음악을 들으면서 헨델의 "음은 음이 음을 잡아먹는 음이다"(「와선」, 1968. 1. 9.)라고 말하기도 하는데, 헨델의 〈메시아〉를 들으면 음이 음을 잡아먹어 듣고 나면 어떤 음도 떠오르지 않는다는 의미일까, 전혀 새로운 음, 새로운 이미지가 떠오른다는 의미일까.

"시작詩作은 '머리'로 하는 것이 아니고, '심장'으로 하는 것도 아니고, '몸'으로 하는 것이다"(「시여 침을 뱉어라」, 1968)라는 문장도 같은 맥락에서 주목할 수 있다. 머리도 부정하고, 심장도 부정하고, 두 가지를 부정하여 '온몸'이라는 전혀 다른 차원을 제시한다.

그의 마지막 시 「풀」에서도 '눕는다/일어난다', '운다/웃는다'는 용언이 '부정/긍정'으로 대립하는 듯 보인다. 뭔가 반대되는 것과 부딪치고 새로운 것을 만들어내는 운동성을 떠올리게 한다. 정正과 반反이 충돌하여 합合으로 나아가는 변증법辨證法이라는 단어가 당연히 생각난다. 철학 이론 이전에 철저한 부정과 반동으로 자유를 향하는 김수영의 의지 자체가 변증법적이다. 변증법의 핵심인 '부정의 부정'은 그가 자주 사용하는 어법이다. 파격과 일탈의 언어, 부정과 비판의 정신은 김수영 시의 원동력이었다.

『김수영 사전』(서정시학)을 보면, '않다'라는 단어는 그의 시 176편 중 98편에서 250번이나 나온다. '없다'는 77편에 172번, '아니다'는 56편에 88번 등장한다. 부조리한 현실을 부정하는 인식을 가진 그는 단순히 부정에 끝나지 않고, 부정의 부정을 극복하여 긍정으로 향하는 길을 찾았다. 그렇다고 과연 김수영의 논리를 변증법이라고 간단히 규정할 수 있을까. 변증법'적'인 면은 있어도 변증법의 틀에 가둘 수 없는, 단순하지 않은 변주곡이 그 시의 내부에 반복하며 울린다.

「모더니티의 문제」(1964. 4.)라는 산문에는 "이런 기술상의 변증법적 언어"라는 구절이 나오기도 한다. 김수영이 변증법이라는 용어를 많이 사용하지는 않는데, 나는 김수영의 내적 논리가 변증법보다는 변주곡變奏曲에 가깝다고 생각한다. 별로 내키지는 않지만 부분적으로 비교하자면, 헤겔보다는 니체 혹은 들뢰즈 이론이 김수영 시에 가깝지 않을까. 다만 「구라중화」를 떠올리게 하는 헤겔의 문장이 있어 그 부분만 소개하려 한다.

헤겔의 글은 엄청 어려울 거라는 선입관을 버리고 한번 헤겔의 글을 읽어보자. 먼저 헤겔은 사람들 중에 "참다운 것(眞)과 그릇된 것(僞)은 서로 대립한다는 생각"만을 갖고 있는 이들이 있다고 지적한다. 헤겔 하면 정반합의 변증법을 떠올리는데, 헤겔 자신이 도식적 변증법을 비판한다. 이런 이들은 결국 진리가 어떻게 발전하는지, 무조건 모순된 것이 부딪친다고 착각한다고 지적하면서 헤겔은 꽃이 자라는 과정을 설명한다.

봉오리는 꽃이 필 때 사라진다. 이를 두고 꽃봉오리가 꽃에 의해 반박된다고 말할 수도 있을 것이다. 마찬가지로 열매는 꽃이 식물의 거짓된 현존재라고 선언하면서 꽃을 밀어내고 그 자리를 식물의 진실로서 차지한다고 할 수 있을 것이다. 이 형태들은 서로 다를뿐더러 서로를 공존할 수 없는 것들로서 밀어낸다.

그러나 그것들의 유동적인 본성은 또한 그것들을 유기적 통일성의 계기로 만든다. 그 통일성 안에서 그것들은 싸우지 않을뿐더러 동등하게 필연적이다. 그리고 이 동등한 필연성이 비로소 전체 삶을 이룬다.

(G. W. F. 헤겔, 「서문」, 『정신현상학 강독 1』, 전대호 옮김, 글항아리, 2019, 16면)

싹이 떨어져 봉오리가 생기면 싹은 사라지는 것일까. 꽃은 싹과 봉오리가 대립하여 생성하는 결과일까. 꽃이 핀다고 싹이나 봉오리가 사라지는 것이 아니라 오히려 유기적인 통일을 갖고 전체의 생명을 이룬다고 설명한다. 싹과 꽃이 대립하여 열매를 맺으면 싹과 꽃이 사라지는 것이 아니라는 뜻이다. 변증법이라 하면 부정과 부정을 통해 전혀 새로운 단계로 넘어가면서, 앞서 있던 요소들이 사라지는 것으로 아는데 그렇지 않다는 뜻이다. "그 통일성 안에서 그것들은 싸우지 않을뿐더러 동등하게 필연적"이라는 뜻이다. 대립물이면서도 통일되어 있다. 통일성 안에서 싹은 봉오리로, 봉오리는 꽃으로 발전한다. "이 동등한 필연성이 비로소 전체 삶" 곧 꽃을 이룬다.

이 방식이 김수영 시를 이해하는 핵심이다. 다만 이런 방식을 꼭 헤겔의 변증법 틀에 맞춰 설명할 필요는 없겠다. 차라리 '꽈배기식' 변주곡이라 하는 것이 편하겠다.

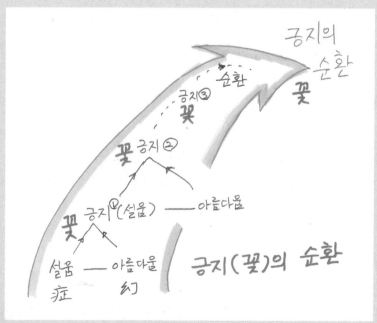

김수영 시에서 설움은 긍지로 향한다. 그렇다고 긍지로 나아가면 설움이 사라지는 것이 아니다. 긍지 안에 늘 설움을 기억해야 제대로 긍지를 갖고 살 수 있다. 그래서 "모든 설움이 합쳐지고 모든 것이 설움으로 돌아가는/긍지의 날인가보다"라고 할 수 있다. 긍지는 그의 최종점이지만, 그 최종점은 다시 다른 최종점으로 향한다. 성장을 멈추지 않는 꽃과 마찬가지다.

김수영 시는 죽음을 넘어 생명을 지향한다. 그렇다고 죽음이 사라지는 것이 아니다. 늘 죽음을 품고 생명도 생성된다. 그래서 "죽음 우에 죽음 우에 죽음을 거듭하리"라는 표현이 가능하다.

시를 쓸 때 머리로 쓰지 않고 몸으로 쓴다 하여 머리가 사라지는 것도 아니다. 몸이 사라지는 것도 아니다. 온몸으로 쓸 때 머리도 몸도 함께 작동하는 것이다. 그래서 "시작詩作은 '머리'로 하는 것이 아니고, '심장'으로 하는 것도 아니고, '몸'으로 하는 것이다"라고 할 수 있다.

김수영 시에서는 적을 극복하고 혁명으로 향하려 한다. 그렇다고 혁명으로 향하면 적이 사라지는 것이 아니다. 적은 혁명 안에도 있고 내 안에도 있다. 늘 내 안의 적을 성찰하고 경계해야 제대로 혁명을 이룰 수 있다.

시인은 영원한 배반자다. 촌초寸秒의 배반자다. 그 자신을 배반하고, 그 자신을 배반한 그 자신을 배반하고, 그 자신을 배반한 그 자신을 배반한 그 자신을 배반하고…… 이렇게 배반하는 배반자. 배반을 배반하는 배반자…… 이렇게 무한히 배반하는 배반자다.

(김수영, 「시인의 정신은 미지」, 1964)

그는 자기 자신을 부정해야 할 대상으로 놓았다. 자신의 생각을 부정하고 다시 묻는 성찰을 계속하는 자가 시인이다. 부조리한 시대를 외면하지 않고, 아니다라며 배반할 줄 아는 자가 시인이다. "무한히 배반하는 배반자"로서 고이지 않고 계속 부정해야 한다. 그는 부정하고 배반하며 끊임없이 성장하려 했다.

설움과 긍지, 죽음과 생명, 적과 혁명이 따로 있는 것이 아니라, 유기적 통일체
로 함께 있는 것이다. 이렇게 유기적 통일체로서의 변증법 혹은 변주곡으로 이
해하면 「풀」은 다르게 해석된다. 풀과 바람이 대립물이면서 "그 통일성 안에서
그것들은 싸우지 않을뿐더러 동등하게 필연적"이다. '눕는다/일어난다', '운다/웃
는다'는 용언도 서로 대립하는 듯하면서도 통일성 안에서의 다양성으로 해석할
수 있는 것이다.

1954년 10월 5일

내가 으스러지게 설움에

거미

내가 으스러지게 설움에 몸을 태우는 것은
내가 바라는 것이 있기 때문이다

그러나 나는 그 으스러진 설움의 풍경마저 싫어진다

나는 너무나 자주 설움과 입을 맞추었기 때문에
가을바람에 늙어가는 거미처럼 몸이 까맣게 타버렸다
(1954. 10. 5.)

이 시를 독특하게 체험하기 위한 한 방법은 시적 화자인 "나"라는 단어에 자기 이름을 넣어 낭송해보는 것이다. "오진경이 으스러지게 설움에 몸을 태우는 것은 오진경이 바라는 것이 있기 때문이다"라는 식으로 말이다.

"내가 바라는 것"은 무엇일까. 시인에게 바라는 것은 완벽하게 완성된 시 한 편일 것이다. 물론 바라는 것은 읽는 자마다 다를 것이다. 우리는 "내가 바라는 것"을 위해 각자가 "으스러지게 설움에 몸을 태우는 것"이다.

이 짧은 시에서 세 번씩이나 등장하는 설움이란 무엇일까. 이 의문에 도달하면 곧바로 시인의 삶을 엿보고 싶은 심리가 생긴다. 참을성 있는 독자라면 시 속에서 먼저 답을 찾으려 할 것이다. 시를 보면 "설움에 몸을 태우는 것"은 "바라는 것이 있기 때문"이란다. 설움은 소망과 정반대 편에 있는 정신적 상황이다.

소망이 김수영의 이상理想이라면, 설움은 김수영 시의 출발점이다.

여기까지만 해도 완벽한 시 구절인데 2연에서 느닷없이 "으스러진 설움의 풍경"이 싫다고 한다. 주목해야 할 점은 2연을 1연에 붙이지 않고 한 행을 사이에 두고 행갈이가 아니라 연갈이를 했다는 점이다. 당연히 독자들은 1연과 2연 사이에 텅 비어 있는 한 행을 자신의 상상력으로 채워야 한다. 빈 공간에서 긴장이 발생한다. 만약 "그러나"까지 뺐다면 더 큰 긴장감이 발생했을 터이다. 그렇게 보자면 1연과 2연의 관계는 과거와 현재 상황 혹은 현재 상황 자체에 대한 시인의 자기성찰로 볼 수 있겠다. 설움이란 시인이 치러야 할 고행길이건만, 그 설움의 좌절이 없다면 옹골찬 시 한 편 얻기 힘들다.

이쯤에서 '설움'이란 단어의 배경을 살펴보자.『김수영 전집』에서 창작년도가 '1954'로 적혀 있는 시는 「방 안에서 익어가는 설움」, 「거미」를 포함하여 아홉 편이다. 1954년에 발표된 시들의 공통점은 '설움'이라는 시어를 등장시킨다는 점이다. 거제리 수용소에서 나온 뒤 그는 견딜 수 없는 모멸감에 휩싸인다. 3연 5행의 짧은 시 「거미」는 설움의 극단을 보여준다.

희망의 극점에 이는 "설움의 풍경", 1954년 김수영 나이 34세 때의 풍경을 김현경 여사는『김수영의 연인』에서 이렇게 전하고 있다. 이 말은 지난 2014년 11월 12일 남산예술센터에서 김수영 시인의 삶을 다룬 연극 〈왜 나는 조그마한 일에만 분개하는가〉를 끝내고 나눈 관객과의 대화에서도 들었던 증언이다. 길지만 책에 나온 그 부분을 인용한다.

형편이 더 어려워지자 나는 재봉틀과 금가락지를 내다 팔아야 했다. 하루는 수영이 내게 외설적인 소설을 한 편 써보라고 했다. 원고료를 두둑하게 받을 수 있다며, 대신 이름을 필명으로 하자고 했다. 나는 헌책방을 뒤져 일본 책들을 참고한 뒤, 바느질하듯이 써 내려가 80매 분량의 소설을 뚝딱 완성했다. 한 번 쓰윽 읽어본 수영은 "김현경이 다시 봐야겠어" 하고는 원고를 들고 나갔다.

어찌 된 일인지 그날 밤 수영은 만취해서 돌아왔다. 당시 수영은 현찰이 아니면 원고를 절대 내주지 않았기에, 나는 메모지에다 집에 오는 길에 사올 몇 가지 식료품과 생필품을 적어주었다. 그런데 받은 원고료를 모두 술값에 쓴 모양이었다. 그런 수영을 보자 나는 "나 너하고 안 살아"라는 말과 함께 집을 나가겠다고 엄포를 놓았다. 그제야 수영은 그따위 소설을 쓰게 해서 미안하다고 사과를 해왔다. 생계를 위해 아내에게 그런 일까지 맡긴 수영의 마음이 오죽했겠는가. 외설적인 소설의 고료를 받아서라도 살림에 보태려 했던 자신이 후회스럽고 마음이 괴로워 술을 진탕 마시고 돈을 모두 쓰고 온 게 분명했다.

그 후로 수영은 결코 호구지책을 위해서 양심에 가책을 느끼는 일이나 부정한 일을 하는 법이 없었다. 수영의 표현을 빌리자면 그는 '진짜 속물'이 되려 했다. 가끔 스스로 매문賣文을 하고 있다고도 말했다. 이왕 도둑이 된 바에야 좀도둑이 아니라 직업적인 날도둑놈이 되려 했다. 진짜 속물이 되는 일은 속물이 되지 않으려고 발버둥 치는 일만큼 어렵다고 했다. 그만큼 고독하다고도 했다.

(김현경, 『김수영의 연인』, 69~70면)

「거미」라는 시가 쓰인 1954년의 "설움의 풍경"을 보여준다. 이화여대 영문과에서 시인 정지용에게 『시경』을 배웠던 아내에게 포르노 소설이나 쓰게 했던 추레한 한 시인의 "설움의 풍경"이 이러하다. 구질구질하게 가난했던 김수영에게 지독한 모멸감을 체험케 한 사건이었다.

3연에서는 "나는 너무나 자주 설움과 입을 맞추었"다고 고백한다. 김수영이 체험해온 것은 설움 자체였다는 자전적 구절일 것이다. 거제리 수용소와 이후 그가 만난 가난 속에서 그는 "설움의 풍경"이 지긋지긋했을 것이다.

"가을바람에 늙어가는"이라는 말에서, 가을바람은 설움과 어울리지만 다소 상투적이다. "자주 설움과 입을 맞추었기 때문에" 곧 고도의 인내를 거쳤기에 "거미처럼 몸이 까맣게 타버렸다"고 고백한다. 김수영은 단어 하나에도 몸이 까맣게 타버리도록 진력한 것이 아닐까. 김현경 여사의 증언에 따르면, 김수영은

2014년 11월 12일 남산예술센터에서 연극 〈왜 나는 조그마한 일에만 분개하는가〉 공연 후 관객과의
대화. 중앙은 김현경 여사, 오른쪽은 『김수영 전집』의 편자 이영준 교수, 왼쪽은 필자

번역을 할 때 단어 하나를 모르면 적당히 의역하지 않고 집에 있는 사전을 찾았
고, 찾아도 모르면 도서관을 찾아갔다고 한다. 시 한 편을 완성시키기 위해 아
내에게 필사시켰다. 다른 사람이 쓴 자기 시를 읽으며 독자의 입장에서 다시 시
를 검토한 것이 아닐까. 자기 시를 남의 시처럼 평가하곤 했다는 사실은 잘 알려
진 사실이다. 하나의 꿈을 성취한다는 것은 이토록 힘들다는 것을 가르쳐주는
작품, 이 시를 쓴 34세의 젊은 영혼은 너무 지쳐 보인다.

　함부로 흘리는 피가 싫어서
　이다지 낡아빠진 생활을 하는 것은 아니리라
　먼지 낀 잡초 위에
　잠자는 구름이여
　고생도 마음대로 할 수 없는 세상에서는

철 늦은 거미같이 존재 없이 살기도 어려운 일

방 두 칸과 마루 한 칸과 말쑥한 부엌과 애처로운 처를 거느리고
외양만이라도 남과 같이 살아간다는 것이 이다지도 쑥스러울 수가 있을까
「구름의 파수병」(1956) 부분

"철 늦은 거미같이 존재 없기 살기도 어려운 일"이라는 말은 존재의 의미를
몰각하고 살아가는 상징물로 거미를 쓰고 있다. 시인 자신의 모습일 수도 있
겠다.

폴리호 태풍이 일기 시작하는 여름밤에
아내가 마루에서 거미를 잡고 있는
꼴이 우습다
(중략)
야 고만 죽여라 고만 죽여
나는 오늘 아침에 서약한 게 있다니까
남편은 어제의 남편이 아니라니까
「거미잡이」(1960) 부분

이 구절에서는 능력 없는 남편의 무력한 탄식이 엿보인다. 아내는 화자인 시
인 김수영을 여전히 "어제의 남편"으로 여긴다. 무수한 거미가 되어 거미줄을
만드는 "어제의 남편"을 아내는 하나, 둘, 셋, 넷, 죽인다. 김수영은 반성하듯 호
소한다. 어제의 남편이 아니라니까.
　우리는 거미이기도 하고 거미줄에 걸린 곤충이기도 하다. 발버둥 칠수록 더
욱더 거미줄에 옥죄이듯, 거미든 거미줄에 걸리든 인간의 숙명은 미궁에 빠
져 있다. 이러할 때 이 미궁에서 견디는 방법은 설움을 직시하며 태양 아래 새

까맣게 타들어가는 것이다. 김수영 시에는 '거미'가 자주 나온다. 「거미」(1954), 「구름의 파수병」(1956), 「거미잡이」(1960)에서 나오는 거미는 다양한 객관적 상관물로 이용되고 있다. 설움을 품고 설움과 전면전을 벌이는 실존, 그것이 34세 김수영의 내면 풍경이었다. 예언자적 포효를 담은 「폭포」를 쓰기까지 아직 김수영은 내면에 갇혀 있다.

1954년

나의 눈일랑 한층 더 맑게 하여 다오

도취의 피안

내가 사는 지붕 우를 흘러가는 날짐승들이
울고 가는 울음소리에도
나는 취하지 않으련다

사람이야 말할 수 없이 애처로운 것이지만
내가 부끄러운 것은 사람보다도
저 날짐승이라 할까
내가 있는 방 우에 와서 앉거나
또는 그의 그림자가 혹시나 떨어질까 보아 두려워하는 것도
나는 아무것도 취하여 살기를 싫어하기 때문이다

하루에 한번씩 찾아오는
수치와 고민의 순간을 너에게 보이거나
들키거나 하기가 싫어서가 아니라

나의 얇은 지붕 우에서 솔개미 같은
사나운 놈이 약한 날짐승들이 오기를 노리면서 기다리고
더운 날과 추운 날을 가리지 않고
늙은 버섯처럼 숨어 있기 때문에도 아니다

날짐승의 가는 발가락 사이에라도 잠겨 있을 운명—
그것이 사람의 발자욱 소리보다도
나에게 시간을 가르쳐주는 것이 나는 싫다

나야 늙어가는 몸 우에 하잘것없이 앉아 있으면 그만이고
너는 날아가면 그만이지만
잠시라도 나는 취하는 것이 싫다는 말이다

나의 초라한 검은 지붕에
너의 날개 소리를 남기지 말고
네가 던지는 조그마한 그림자가 무서워 벌벌 떨고 있는
나의 귀에다 너의 엷은 울음소리를 남기지 말아라

차라리 앉아 있는 기계와 같이
취하지 않고 늙어가는
나와 나의 겨울을 한층 더 무거운 것으로 만들기 위하여
나의 눈일랑 한층 더 맑게 하여 다오
짐승이여 짐승이여 날짐승이여
도취의 피안에서 날아온 무수한 날짐승들이여

(1954)

늘 그렇듯이 배경 정보 이전에 텍스트에 집중해보자. 제목이 "도취의 피안"이
다. 도취陶醉는 술에 거나하게 취한 상태 혹은 마음이 쏠려 취한 상태다. 피안彼
岸은 사바세계 저쪽에 있는 깨달음의 세계다. 혹은 현실에 존재하지 않는 현실
밖의 세계라고 사전에 나온다.

"나는 취하지 않으련다"라는 표현은 늘 취해 있는 사람이 하는 말이다. 무엇

엔가 취하지 않는 사람은 이런 말을 할 필요가 없다. 화자는 '취하지 않겠다'는 말을 반복한다. 당시 포로수용소에서 나와 절망한 상태에서 아내까지 잃은 김수영은 늘 대취해 있었다. 좀 더 읽어보자.

"지붕 우를 흘러가는 날짐승들"은 화자와 벗하고 있는 상태다. 여기서 날짐승은 부정적인 대상일까. 앞부분만 보고 부정적인 것으로 단정하는 것은 무리가 있다. 끝까지 읽어봐야 한다. 화자는 "하루에 한번씩 찾아오는/수치와 고민" 속에서 살고 있다. 날짐승은 그의 수치와 고민을 들여다본 이다. 날짐승이 무엇인지는 이 시를 썼던 1954년경의 일기를 보면 조금 공감할 수 있다.

일기에서 김수영은 "누가 무엇이라고 비웃든 나는 나의 길을 가야 한다. 애인이, 벗들이 무엇이라고 비웃고 백안시하든 그것이 문제일 까닭이 없다"(1954년 11월 24일 일기)고 썼다. 누가 비웃고 백안시하든 김수영은 자기 길을 가려 한다. 누가, 애인이, 벗들이 바로 날짐승의 실체가 아닐까. 날짐승에게 들켜도 괜찮다 하니, 날짐승은 적이 아니다. 살다 보면 날짐승보다 더 '사나운 놈'이 다가온다. "솔개미 같은/사나운 놈이 약한 날짐승들이 오기를 노리면서 기다리고" 있다. 솔개미는 솔개의 방언이다. "솔개미 떴다, 병아리 감춰라"라는 말이 있듯이, 솔개미는 날짐승들을 노리면서 기다린다. 날짐승보다 솔개미는 더욱 공격적이다. 화자의 운명을 공격하는 어처구니없는 불운을 상징하는 이미지다. 더운 날 추운 날 가리지 않고 불운한 운명은 쏜살같이 인간의 운명을 공격한다.

화자는 "날짐승의 가는 발가락 사이에라도 잠겨 있을 운명"이다. 얼마나 기막힌 표현인지. 사람의 발도 아니고, 화자는 그저 날짐승의 가는 발가락 사이에 있다. 날짐승이 날아가버리면, 금방 사라져버릴 보잘것없는 운명이다. 그 비루한 운명이 나에게 '시간'을 가르쳐준다는 표현이 중요하다. 그 '시간'은 얼마나 중요한가. 그 중요한 시간을 날짐승의 발가락 사이에라도 잠겨 있을 운명이 가르쳐준다. 그것은 죽음과 설움과 아픔을 포함한 현실의 순간일 것이다. 그것이 싫다. "나는 그 으스러진 설움의 풍경마저 싫어진다"(「거미」)는 의미와 같다. 싫지만 그것이 운명이다. 나는 날짐승의 가는 발가락 사이에서 시간을 배우고, 설움의 풍경에서 몸을 태우며 운명을 배운다.

"나야 늙어가는 몸 우에 하잘것없이 앉아 있으면 그만이고/너는 날아가면 그만이지만/잠시라도 나는 취하는 것이 싫다는 말이다"란 무슨 뜻일까. 이 시를 쓸때 김수영은 서른네 살이지만 이미 난민과 전쟁과 포로와 이별을 경험한 늙어가는 몸이다. 그야말로 "늙어가는 거미처럼 몸이 까맣게 타버"(「거미」)린 인생이다. 날짐승은 날아가면 그만이지만 나는 몸이란 껍데기 위에 하잘것없이 앉아 있다. 이런 가장 절망적인 상황에서 그는 "잠시라도 나는 취하는 것이 싫다는 말이다" 라고 한다. 차분한 어조 같기도 하고 절규 같기도 하다. 이제 조금씩 공감된다. 그가 취한다는 것은 단순히 술에 취한다는 의미가 아니다. 절망과 설움에 취해 살아서는 안 된다는 뜻이다. 이후에 김수영은 그 취함을 마비라고 표현했다.

아아, 나는 작가의—만약에 내가 작가라면—사명을 잊고 있는 것이 아닌가. 나는 타락해 있는 것이 아닌가. 나는 마비되어 있는 것이 아닌가. 이 극장에, 이 거리에, 저 자동차에, 저 텔레비전에, 이 내 아내에, 이 내 아들놈에, 이 안락에, 이 무사에, 이 타협에, 이 체념에 마비되어 있는 것이 아닌가. 마비되어 있지 않다는 자신에 마비되어 있는 것이 아닌가.

(「삼동 유감」, 1968)

「도취의 피안」을 쓰던 1954년에는 절망과 설움에 취한 채로 마비 상태를 썼는데, 14년 뒤 1968년에 김수영은 생활에 여유가 생기면서 자신이 극장과 자동차와 텔레비전과 내 아내와 아들이라는 가족과 안락과 무사와 타협과 체념에 마비되어 있지 않은지 한탄한다. 1954년에 김수영은 도취를 넘어서려 했고, 1968년에는 마비를 넘어서려 했다. 도취나 마비나 모두 헛것에 취한 상태다. "잠시라도 나는 취하는 것이 싫다는 말이다"라는 시에서의 성찰이나 위의 산문에서 "마비되어 있지 않다는 자신에 마비되어 있는 것이 아닌가"라는 성찰은 문맥적으로 동일한 것이다.

이제 독자는 "도취의 피안"이 초월하여 도피하려는 뜻이 아니라는 것을 느낀다. 잠시라도 취하는 도취의 순간은 무언가 마비되어 나의 정체성을 망각한 몰아沒我의 지경이다. 화자는 나를 잊은 마비 상태를 넘어선 저곳, 피안에서 자신을 회복하고 싶어 한다. 도피가 아니라, 현실을 직시하며 새롭게 살고 싶다는 다짐이며 긍지다.

'마비(paralysis)'라는 단어를 자기 문학의 핵심 키워드로 삼은 작가는 소설가 제임스 조이스James Joyce(1882~1941)다. 영국 식민지였던 아일랜드의 상황을 '마비'된 상태로 보았던 제임스 조이스를 김수영은 산문에서 수차례 언급했다. 조이스는 『더블린 사람들』(1914)에서 아일랜드 남자들이 술과 폭력에 마비되고, 종교인은 아동성애착증, 성직 판매 등에 마비되어 있는 상태를 썼다. 조이스나 김수영이나 모두 창녀촌을 드나들며 욕망의 바닥을 훑었다. 제임스 조이스가 마비된 아일랜드 사람들의 비루한 도덕사(moral history)를 썼다면, 김수영은 한국과 한국인들의 비루한 도덕사를 시와 산문으로 남겼다.

"나의 초라한 검은 지붕에/너의 날개 소리를 남기지 말고/네가 던지는 조그마한 그림자가 무서워/벌벌 떨고 있는/나의 귀에다 너의 엷은 울음소리를 남기지 말아라"는 또 무슨 뜻일까. "나의 초라한 검은 지붕"은 현실일 수도 있고, 몽상일 수도 있다. "너의 날개 소리"는 또 다른 도취일 수도 있다. 그 날개가 던지는 것은 "조그마한 그림자"다. 그 그림자가 무서워 시인은 벌벌 떤다. 김수영의 시와 삶에 또아리 틀고 있는 트라우마는 공포로 나타난다.

그렇다면 화자는 취함을 넘어서는 다른 세상으로 도피하고자 하는 것일까. "차라리 앉아 있는 기계와 같이/취하지 않고 늙어가는/나와 나의 겨울을 한층 더 무거운 것으로 만들기 위하여"라고 썼다. 나는 지금 도취한 상태이지만, 피하지 않고 "차라리 앉아 있는 기계와 같이" 취하지 않고 늙어가겠다고 한다. '기계'라는 단어를 보고 부정적으로만 봐서는 안 된다. 김수영은 이 시를 쓴 1954년, 번역하는 일을 "기계같이 돌아"가는 일로 표현했다.

몸과 머리가 죽은 사람 모양으로 기운이 없어지고 생각이 죽은 기계같이 돌아갈 때를 기다려서 시작해야 한다. 나는 이것을 세상에서 제일 욕된 시간이라고 단정하고 있다. 이렇게 마지못해 하는 일이라 하루에 서른 장(200자 원고지)을 옮기면 잘하는 폭이다.

(1954년 12월 30일의 일기)

번역 일을 할 때는 내 주관을 다 버리고, 번역하려는 글의 작가의 생각만을 살려줘야 한다. 나는, 생각이 죽은 기계가 되어 돌아가야 제대로 번역을 할 수 있다. 이때 기계란 내 주관이 사라진 부정적인 상징이면서도 김수영에게는 밥벌이를 할 수 있는 기회인 것이다. 김수영이 쓴 일련의 기계시 「네이팜 탄」, 「헬리콥터」, 「수난로」, 「금성라디오」를 보아도 기계를 부정적으로만 여기는 상상력은 사라진다. 그가 시에 쓴 기계들은 어쩔 수 없이 이 세상에서 기능하지만 나름의 의미를 갖고 살아간다. 기계와 같이 취하지 않고 늙어가겠다는 말은 절망이 아니라 오히려 의지를 담은 표현이다. 그 기계처럼 현실에서 추운 겨울처럼 살아가는 "나와 나의 겨울을 한층 더 무거운 것으로 만들기 위하여"라고 한다. 무거운 것의 이미지는 김수영의 생활에서는 오래 앉아 있는 태도로 나온다.

오늘의 자랑이라면 '프린스' 다방에서 오래 앉아 책을 읽었다는 것. 내일은 오늘보다 더 좀 오래 앉아 있을 만한 인내심이 생겨야 할 터인데. 이것은 강인한 정신이 필요하다. 오래 앉아 있자! 오래 앉아 있는 법을 배우자. 육체와 정신과 통일과 정신과 질서와 정신과 명석과 정신과 그리고 생활과 육체와 정신과 문학을 합치시키기 위하여 오래 앉아 있자!

(1954년 11월 25일의 일기)

「도취의 피안」을 쓰던 1954년 무렵의 김수영은 "오래 앉아 있자"고 다짐하고 이를 실천했다. 김수영이 표현한 기계들은 대부분 무겁다. 수난로가 우직하게

봄·여름·가을을 견디고 그 추운 겨울에 열을 내며 제 기능을 하기 위해, 수난
로는 그 길고 지겨운 세월을 무겁게 견뎌야 한다. 오래 앉아 있는다는 실천, 내
가 어떠한 현실에 처하건 우직한 기계처럼 제 몫의 역할을 하겠다는 태도가 보
인다. 우직하게 견디기 위해서 어떤 태도가 더 필요할까.

"나의 눈일랑 한층 더 맑게 하여 다오".

현실을 더 잘 인식하려면 '한층 더 맑은 눈'이 필요하다. 김수영 시에서 '눈(目)'
은 "이제 나는 바로 보마"(「공자의 생활난」)에서처럼, 현실을 제대로 판단하는 눈
이다. '초라한 검은 지붕'을 제대로 보고, 견디는 눈이다. 자신의 삶에서 일어나
는 비극과 절망을 냉소하거나 자학하지 않고, 직시直視하려는 눈이다.

"~다오"라고 부탁하는 대상은 누구일까. 그는 "짐승이여 짐승이여 날짐승이
여/도취의 피안에서 날아온 무수한 날짐승들이여"라고 날아온 날짐승들에게 부
탁한다. 화자는 날짐승들과 거리를 유지하면서 고민하고, 당부하기도 한다. 김수
영의 시에서 나와 적, 풀과 바람이 단순한 이항대립 관계가 아니고 서로 길항하
는 존재이듯이, 이 시에서도 날짐승은 화자와 길항하는 존재다. 인간의 나날에
어떤 상황이 오든 우리는 그 상황을 맑은 눈으로 보아야 한다. 이 시는 '도취'의
세계를 넘어 저곳('피안')을 맑은 눈으로 보겠다는 다짐을 담고 있다.

이제 도취를 넘어선 세계는 김수영이 바라는 세계일 것이다. 그것은 긍정의
세계, 자유의 세계이며, 4·19 이후에는 혁명의 세계로 구체화된다. 여기서 주목
할 만한 것은 김수영이 이 시를 '사회주의에 대한 노스탤지어'를 담은 시로 여겼
다는 김현경 여사의 증언이다. 좀 길지만 중요한 언급이기에 인용한다.

나는 김수영의 시 중에 「도취의 피안」을 제일로 꼽는다. 서정의 가락이 유창
하게 늘어서 있는 문장들이 특히 좋다. 명확한 시의 뜻이 언뜻 다가오지 않아
무엇을 생각하고 무엇을 고민하고 쓴 시냐고 물어봤다. 김 시인은 사회주의에
대한 자신의 노스탤지어라고 대답했다. 그 시대 우리 젊은이들, 특히 지식인들은
사회주의, 공산주의, 막스 레닌 사상을 곧 이상주의요 인도적인 최고의 정치 목

표라고 생각했었다.

우리 모두 1954년 겨울은 춥고 어둡고 마음도 추운 암흑의 시대였다. 김수영 시인은 포로 석방 후, 부산에서 어떤 호구지책도 안착도 안 된 채 서울로 올라왔다. 기거할 곳도 생활 대책도 서 있지 못했다. 다행히도 이모부가 운영하시던, 정부 유인물을 인쇄하던 신당동의 인쇄소 직원 숙소에 방 2칸을 차지할 수 있었다. 한 칸은 어머니와 동생들 5명이 살고 나머지 한 칸은 김 시인만을 위한 공간으로 했다. 아무리 셋방살이를 해도 그는 그만의 독립된 공간을 가져야 했다. 내가 좋아하는 그의 시 「도취의 피안」이 거기에서 탄생된 시이다.

1945년 해방과 동시에 그의 시작 생활은 맹렬했다. 한시도 책을 놓지 않고 읽고 쓰고 했다. 그러나 전쟁과 함께 시작된 그의 불운은 1950년부터 1953년까지 한 편의 시도 쓰지 못하게 했다. 의용군 대열에서 낙오되어 죽음을 몇 번이나 겪으면서 결국 자기 스스로 생이빨을 뽑아야 했을 정도로 암울하고 암담했던 포로 생활을 끝내고 환도 후 《태평양》 신문기자로 있었으나 나하고는 별거 중이었음으로 나에 대한 배신감과 수치와 가난에 시달렸던 그 시기에 「달나라의 장난」, 「너를 잃고」, 「아버지의 사진」 등 어둡고 비애에 찬 시들이 탄생한 시기다.

「낙타의 과음」이란 수필에 잘 나타나 있듯이 매일매일의 폭주로 몸과 마음이 황폐할 대로 지치고 황폐해진 시기였다. 심신의 방황을 하던 그 어렵던 시기에도 그는 문학과 시에서만 구원의 힘을 얻었다. 술에서 깨어나면 몽롱한 상태로도 문학에 탐닉했다. 하이데거를 읽고 그에게 다가갔다. 온몸으로 시를 쓰고 소설도 공부하려 애썼다. 거리에서도 시를 생각하고 다방이 그의 서재였다. 이때 쓴 일기에 모든 것이 자세히 적혀 있다. 이때 쓴 시가 「도취의 피안」이다.

이 시가 신문지상에 발표되었을 때 나는 이 시를 신문에서 읽었다. 그 당시 나는 김 시인과 별거 중이었지만 이 시에 너무 감동하여 김 시인에 대한 그리움이 더 열렬하였다. 이 시가 그와 나의 인연의 끈을 다시 이어준 것이라고 나는 가끔 생각한다.

(김현경, 「사회주의에 대한 노스탤지어」, 《한겨레》 2016. 7. 15.)

「도취의 피안」을 김수영 시인의 시 중 제일로 꼽는 김현경 여사의 이 증언은 이 시를 쓰던 배경, 이 시로 인해 다시 만나게 된다는 전기적 사실까지 잘 보여 준다. 다만 포로수용소에 다녀와 「조국으로 돌아오신 상병포로 동지들에게」에서 명확히 남한을 택한 김수영이 '사회주의 노스탤지어'를 이때까지도 가지고 있었다는 점은 선뜻 이해가 되지 않는다. 물론 북한식 혹은 스탈린식 사회주의와 김수영이 꿈꾸던 사회주의는 전혀 다르다. 김수영이 꿈꾸는 사회주의가 평등과 자유가 있고 자유로운 개인이 자유롭게 입헌에 참여하는 민주주의적 개념이라면 「도취의 피안」을 이해할 수 있으나, 시 자체에서 그런 사회구성체까지 연상하기는 어렵다.

인용문에 나오지 않는 1954년 김수영의 처지를 살펴보자. 사람들은 흔히 1954년경의 김수영을 절망한 채 술에 절어 사는 거의 반미치광이로 상상을 한다. 특히 TV 드라마 〈명동백작〉에 나온 1954년 영상은 술에 찌든 광인 이미지를 확실히 고정시켰다. 과연 그럴까. 1954년에 김수영이 쓴 일기를 보면, 그런 이미지가 많이 희석된다.

이상한 나 자신의 성장감을 의식하는 데서 오는 희열. ― 최고의 희열이다!
(1954년 11월 24일)

나의 머리 안의 많은 부분을 아직도 차지하고 있는 여자에의 관심을 나는 없애야 한다. 오직 문학을 위하여서만 내 몸은 응결凝結되어야 하고, 또 그렇게 되리라고 믿는다.
(1954년 11월 25일)

결론은 적극적인 정신이 필요한 것이다. 설움과 고뇌와 노여움과 증오를 넘어서 적극적인 정신을 가짐으로 (차라리 획득함으로) 봉사가 가능하고, 창조가 이루어질 수 있는 것이다. (중략) 비참과 오욕과 눈물을 밟고 가는 길이지만, 나는 오늘이야말로 똑바로 세상을 보고 걸어갈 수 있다는 자부심을 의식하게 되었다.
(1954년 11월 30일)

꾸준히 이 어려운 가운데에서 글공부를 하자. 문학은 이 안에 있는 것이다.
부족한 것은 나의 재주요, 나의 노력이다. (중략) 이름 팔려고 하지 않을 것이다.
그것은 값싼 광대의 근성이다. 깨끗한 선비로서의 높은 정신을 지키자.
(1954년 11월 31일~12월 3일 사이)

이 문장들이 도취되고 마취된 세상을 넘어가려는 선언문들이다. 그 어려운
처지에서 그는 자신의 성장감을 의식하면서 최고의 희열을 향하려 했다. 날짐승
으로 상징한 것이 여자에의 관심일 수도 있다. 그는 자신의 몸을 문학으로 응결
시키며 피안으로 향하려 했다. "설움과 고뇌와 노여움과 증오를 넘어서" 봉사와
창조의 세계로 가려 했다. '도취의 피안'으로 가려는 자세는 그의 평생에 지속됐
다. 뻔한 과거에 도취 혹은 마비되어 있지 않고 벗어나려는 김수영의 자세는 산
문 곳곳에서 보인다.

우리의 시의 과거는 성서와 불경과 그 이전에까지도 곧잘 소급되지만, 미래는
기껏 남북 통일에서 그치고 있다. 그 후에 무엇이 올 것이냐를 모른다. 그러니까
편협한 민족주의의 둘레바퀴 속에서 벗어나지를 못한다.
(「반시론」, 1968)

김수영은 "편협한 민족주의"에도 도취되지 않으려 했다. 군사 분계선을 넘어
통일의 세계를 꿈꾸면서도, 좁은 땅을 넘어 세계의 지성계를 맑은 눈으로 보는
일을 멈추지 않았다. 포로수용소에서 나왔지만, 곧 부인은 다른 남자에게 떠나
고, 사랑도 희망도 잃어버린 절정에서 자신을 찾고 새로운 긍지의 세계를 지향
하면서 나온 시가 「도취의 피안」이다.

이 시 제목을 볼 때마다 나는 니체의 일본어판 『선악의 저편(善惡の彼岸)』 제목이 떠오른다. 김수영은 시 제목을 지을 때 이미 다른 이가 사용한 제목을 이용한 적도 있다. 도스토옙스키의 고전 『죄와 벌』을 딴 「죄와 벌」, 대중 매체의 제목을 시 제목으로 삼은 「엔카운터지」, 「VOGUE야」, 「금성라디오」, 드라마 제목인 「원효대사」 등이 그러하다. 김수영은 니체를 알고 있었고 산문에 몇 번 니체를 언급하기도 했다. 김수영의 「도취의 피안」과 니체의 『선악의 저편』을 비교하는 일은 다음 책으로 넘긴다.

1954년 12월 17일

시간이 싫으면서 너를 타고 가야 한다

네이팜 탄

너를 딛고 일어서면
생각하는 것은 먼 나라의 일이 아니다
나의 가슴속에 흐트러진 파편들일 것이다

너의 표피의 원활과 각도에 이기지 못하고 미끄러지는 나의 발을 나는 미워
한다
　방향은 애정—

구름은 벌써 나의 머리를 스쳐가고
설움과 과거는
오천만분지 일의 부감도俯瞰圖보다도 더
조밀하고 망막하고 까마득하게 사라졌다
생각할 틈도 없이
애정은 절박하고
과거와 미래와 오류와 혈액들이 모두 바쁘다

너는 기류를 안고
나는 근지러운 나의 살을 안고

사성장군四星將軍이 즐비한 거대한 파아티 같은 풍성하고 너그러운 풍경을
바라보면서
　나에게는 잔이 없다
　투명하고 가벼웁고 쇠소리 나는 가벼운 잔이 없다
　그리고 또 하나 지휘편指揮鞭이 없을 뿐이다

　정치의 작전이 아닌
　애정의 부름을 따라서
　네가 떠나가기 전에
　나는 나의 조심을 다하여 너의 내부를 살펴볼까
　이브의 심장이 아닌 너의 내부에는
　'시간은 시간을 먹는 듯이 바쁘기만 하다'는
　기계가 아닌 자옥한 안개 같은
　준엄한 태산 같은
　시간의 퇴적뿐이 아닐 것이냐

　죽음이 싫으면서
　너를 딛고 일어서고
　시간이 싫으면서
　너를 타고 가야 한다

　창조創造를 위하여
　방향은 현대—
　(1955)

제목이 이례적으로 폭탄 이름이어서 관심을 안 가질 수가 없는 작품이다. 네

이팜 탄(Napalm bomb)에 대해 작품의 원주原註에는 당시의 잘못된 표기대로 "'레이판 탄'은 최근 미국에서 새로 발명된 유도탄이다"라는 설명이 붙어 있다. 나프타에 증점제를 첨가하여 젤리 모양으로 만든 것을 충전한 유지 소이탄이다. 2차 세계대전 때 미군이 개발한 것으로 도쿄 대공습 등에 쓰였는데, 1천 도가 넘는 고열로 광범위한 지역을 불태워 파괴한다.

제목이 폭탄 이름이고 시를 쓴 시기가 한국전쟁이 끝난 직후이니, 이 시는 죽음이나 반反전쟁시로 읽을 수 있다. 한국전쟁 중에 죽음과 수용소 체험을 했던 김수영을 생각하면 그렇게 해석하는 것도 무리는 아니다. 그렇지만 이 시는 전혀 다른 의미를 품고 있다. 헬리콥터를 무기가 아닌 인간 존재에 비교해 시를 썼듯이, 이 시는 네이팜 탄을 소재로 인간의 문명을 성찰하는 작품이다.

네이팜 탄 같은 유도탄은 레이더나 적외선 등의 유도에 의해 목표 지역에서 폭발하는데, 주의할 것은 화자가 네이팜 탄의 역할을 자신의 삶에 비유하고 있다는 사실이다.

"너를 딛고 일어서면/생각하는 것은 먼 나라의 일이 아니다/나의 가슴속에 흐트러진 파편들일 것이다"에서 이미 네이팜 탄을 묵상하는 시인의 자세가 드러나 있다. 네이팜 탄을 역사적인 파괴의 상징물이 아니라 "나의 가슴속에" 있는 어떤 정제되지 않은 파편과도 같은 생각으로 상정해 비교해보겠다는 것이다. "너를 딛고" 너를 극복하겠다는 의지는 첫 행부터 표현된다.

"방향은 애정—"이라는 표현은 별도의 주목을 요한다. 네이팜 탄을 부정적으로만 보지 않고 하나의 '애정'으로 표상한 것도 흥미롭다. 전혀 다른 이미지로 전환시킨 것이다. 김수영 시에서 애정은 사랑이다. 영어로 번역하면 모두 'LOVE'다. '애정'이야말로 '설움(혹은 죽음)'을 극복하여 '혁명'에 이를 수 있는, 김수영 시에서 핵심적인 단어 중의 하나다. 그래서 "애정은 절박하"다고 다시 한번 3연에서 강조한다.

"생각할 틈도 없이/애정은 절박하고/과거와 미래와 오류와 혈액들이 모두 바쁘다"라는 구절은 네이팜 탄의 속성이기는 하지만, 화자 자신의 고백이기도 하다.

그 '애정'은 과거와 미래와 오류와 혈액들을 돌린다. 김수영은 1968년 4월 부산에서 열린 펜클럽 주최 문학 세미나에서 발표한 원고 「시여, 침을 뱉어라」에서 "시작詩作은 '머리'로 하는 것이 아니고, '심장'으로 하는 것도 아니고, '몸'으로 하는 것이다. '온몸'으로 밀고 나가는 것이다. 정확하게 말하자면, 온몸으로 동시에 밀고 나가는 것이다"라는 온몸의 시학을 말했다. 이것이야말로 네이팜 탄처럼 작열灼熱하는 시정신이 아닐까.

"'시간은 시간을 먹는 듯이 바쁘기만 하다'는/기계가 아닌 자욱한 안개 같은/준엄한 태산 같은/시간의 퇴적"이 있다. 시간이 시간을 먹는 듯이 바쁘기만 한 상황은 바로 근대적 속도주의가 만든 소진消盡 사회의 특징이다. 시간의 퇴적물은 무엇일까. 김수영이 쓴 「거대한 뿌리」에 나타난 온갖 자질구레한 것들이 시간의 퇴적물이 아닐까. "전통은 아무리 더러운 전통이라도 좋다"며 "요강, 망건, 장죽, 종묘상種苗商, 장전, 구리개 약방, 신전,/피혁점, 곰보, 애꾸, 애 못 낳는 여자, 무식쟁이,/이 모든 무수한 반동反動이 좋다"고 했던 그 시간의 퇴적물 말이다.

"죽음이 싫으면서/너를 딛고 일어서고/시간이 싫으면서/너를 타고 가야 한다"는 말은 어쩔 수 없는 상황을 말한다. 김수영이 달력 한 귀퉁이에 써놓았다는 '상주사심常住死心' 곧 "늘 죽음을 생각하며 살아라"라는 말과 뜻이 통한다. 죽음이 싫은 만치 매일 죽는 마음으로 딛고 살아야 하듯이, 빨리 흘러가는 근대적 속도가 싫으면 그것을 외면하지 말고 그 속도를 타고 가야 한다는 생각이다. 어쩔 수 없이 "타고 가야 한다"는 상황이다.

"창조創造를 위하여/방향은 현대—"라는 구절이 화자가 향하고 있는, 아니 피할 수 없는 탄착점이다. '창조'를 한자로 써서 강조하고 있다. 낡은 것이 아니라, 늘 새로운 창조로 향했던 김수영의 시작법은 파괴 이후의 새로운 창조이기도 하다. 마지막 연은 네이팜 탄을 생각하는 김수영의 자세를 요약하고 있다. 곧 이 시는 문학의 현대성을 과학의 현대성과 등가적인 위치에 놓고 함께 비교해 성찰하는 작품이다. "방향은 애정", "방향은 현대"라는 문구가 그렇다. 네이팜 탄으로 발전하는 근대적 방향은 아방가르드 시인으로 애정을 갖고 함께 추구해야 할 피할 수 없는 방향이었다. 이 시야말로 진정한 현대성이 무엇일까 고민했던 작품이 아닐까.

한국전쟁 이후 많은 시인들은 전쟁의 비극을 시로 썼다. 김수영은 전혀 다른 시각에서 전쟁의 유물들을 묵상하고 있다. 김수영은 네이팜 탄의 무시무시한 폭발력을 몰랐던 것이 아닐까. 안타깝게 이 시에는 근대성에 대한 전면적인 수용은 있으나 파괴와 폭력에 쓰이는 상징에 대한 문제의식은 결여되어 있다. 시인은 헬리콥터며 네이팜 탄이며 전쟁에 쓰인 근대적 산물을 오히려 새로운 미래를 향한 자기성찰의 도구로 사용하고 있다.

1954년

낡아도 좋은 것은 사랑뿐이냐

나의 가족

고색이 창연한 우리 집에도
어느덧 물결과 바람이
신선한 기운을 가지고 쏟아져 들어왔다

이렇게 많은 식구들이
아침이면 눈을 부비고 나가서
저녁에 들어올 때마다
먼지처럼 인색하게 묻혀 가지고 들어온 것

얼마나 장구한 세월이 흘러갔던가
파도처럼 옆으로
혹은 세대를 가리키는 지층의 단면처럼 억세고도 아름다운 색깔—

누구 한 사람의 입김이 아니라
모든 가족의 입김이 합치어진 것
그것은 저 넓은 문창호의 수많은
틈 사이로 흘러들어 오는 겨울바람보다도 나의 눈을 밝게 한다

조용하고 늠름한 불빛 아래

가족들이 저마다 떠드는 소리도
귀에 거슬리지 않는 것은
내가 그들에게 전령全靈을 맡긴 탓인가
내가 지금 순한 고개를 숙이고
온 마음을 다하여 즐기고 있는 서책은
위대한 고대 조각의 사진

그렇지만
구차한 나의 머리에
성스러운 향수鄕愁와 우주宇宙의 위대감偉大感을
담아주는 삽시간의 자극을
나의 가족들의 기미 많은 얼굴에
비하여 보아서는 아니 될 것이다

제각각 자기 생각에 빠져 있으면서
그래도 조금이나 부자연한 곳이 없는
이 가족의 조화와 통일을
나는 무엇이라고 불러야 할 것이냐

차라리 위대한 것을 바라지 말았으면
유순한 가족들이 모여서
죄 없는 말을 주고받는
좁아도 좋고 넓어도 좋은 방 안에서
나의 위대의 소재所在를 생각하고 더듬어보고 짚어보지 않았으면

거칠기 짝이 없는 우리 집 안의

한없이 순하고 아득한 바람과 물결—
이것이 사랑이냐
낡아도 좋은 것은 사랑뿐이냐
(1954)

이 시를 읽을 때 독자들의 마음이 편안할 수 있는 이유는 포로 생활 등 극한 체험을 했던 시인이 이제 가족과 함께 안락한 시간을 보내는 모습이 보이기 때문일 것이다. 1~4연은 구세대에서 신세대로 전환되는 과정이 보이고 있다. "고색이 창연한 우리 집에도" 이제 "신선한 기운"이 쏟아져 들어온다. "식구들"이 밖에서 "묻혀 가지고 들어온", "억세고도 아름다운 색깔"이다. "장구한 세월"이 흘러갔지만 "세대를 가리키는 지층의 단면"이며 억세고도 아름답다. "누구 한 사람의 입김이 아니라/모든 가족의 입김이 합치어"진 것은 바로 구세대와 신세대의 합일일 것이다. 그러한 과정은 "나의 눈을 밝게" 한다. 집을 밝히는 불빛조차 "조용하고 늠름"하다는 표현은 따스하고 긍정적이다.

따스한 가족이지만 화자는 쉽게 합일되지 못하고 있다.

5연은 가족과 화자의 갈등이 잘 드러나고 있다. 가족들이 "저마다 떠드는 소

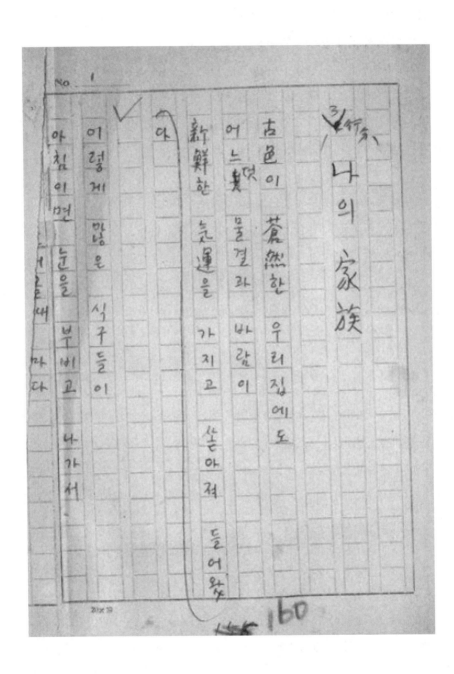

리"도 화자인 '나'에게는 "귀에 거슬리지 않는"다. 그것은 "온 마음을 다하여 즐기고 있는 서책"이 있기 때문이다.

9연에서는 삶의 지향성이 나타난다. '나'는 "위대한 것을 바라"고 "위대의 소재所在를 생각하고 더듬어보고" 살아왔다. 이 시에서만 "위대"라는 단어는 네 번 나온다. "위대한 고대 조각", "우주의 위대감", "위대한 것", "위대의 소재"를 화자는 늘 생각한다. 김수영 시에는 "위대"라는 단어가 적지 않게 나온다.

"나의 애정의 원주가 진정으로 위대하여지기 바라고"(「너를 잃고」)

"낭만적 위대성을 잊어버린 지 오랜 네가 인류를 위하여 산다는 것도 거짓말에 가까운 것이지만"(「기자의 정열」)

"김유정처럼 그 밖의 위대한 선배들처럼"(「이 한국문학사」)

"내가 묻혀 사는 사랑의 위대한 도시에 비하면"(「사랑의 변주곡」)

김수영이 '위대'라는 단어를 좋아하는 까닭은 여럿 있을 것이다. 어릴 적 한문을 배우며 동양 고전에서 위대한 성인들의 길을 추구하는 심리를 가졌을 수도 있다. 포로수용소에 있을 때 성경을 많이 읽었다는 점을 기억하면 종교적인 숭고한 심리와도 관계있을 것이다. 이 시에서는 "위대한 고대 조각"이라 했듯이 고대적인 가치에 대한 숭상, 혹은 "우주의 위대함"이라 했듯이 거대한 것을 숭앙하는 심리가 김수영 안에 있음을 볼 수 있다. 칸트의 『판단력 비판』에 나오는 숭고미와도 비교할 수 있겠다.

반면 가족들은 "죄 없는 말을 주고받"으며 위대하지 않은 일상을 산다.

	가족	화자
생활양상	불빛 아래 떠든다(5연)	나는 서책을 즐기고 있다(5연)
지향성	아침이면 눈을 부비며 나가(2연) 물질을 지향하는 가족	위대한 것을 바라는 화자(8연) 책을 지향하는 화자

7연에서 화자는 "제각각 자기 생각에 빠져 있으면서/그래도 조금이나 부자연한 곳이 없는/이 가족의 조화와 통일을/나는 무엇이라고 불러야 할 것이냐"라며 신기해한다. 먼저 화자는 가족과 달리 서책에 푹 빠져 있는 상황이다. 김수영은 산문에서도 '독서'와 '생활'은 서로 어울리지 않는 것으로 써놓았다.

귀가교훈
① 독서와 생활과를 혼동하여서는 아니 된다. 전자는 받아들이는 것이다. 그러나 후자는 뚫고 나가는 것이다.
② 확대경을 쓰고 생활을 보는 눈을 길러야 할 것이다.
(「일기초 1」, 『김수영 전집 2』, 699면)

자신은 위대하고 거대한 것을 추구하고 싶으나 시인은 가족들과 살아가야 한다. "모든 가족의 입김이 합치어진 것"은 "겨울바람보다도 나의 눈을 밝게 한다". 그래서 화자는 "이것이 사랑이냐/낡아도 좋은 것은 사랑뿐이냐"라며 가족과 하나가 된다. 가족 사이의 끊을 수 없는 사랑은 "낡아도 좋은 것"이다. 낡을수록 더욱 좋은 것이 사랑인 것이다. 그것이야말로 생명력의 근원이기도 하기 때문이다.

「나의 가족」이라는 제목으로 돌아가자. "이렇게 많은 식구들"이라 했으니, 이 시에서 가족은 김현경과 큰아들 김준만을 말하는 것이 아니다. "낡아도 좋은 것은 사랑뿐이냐"라고 했으니, 오랜 김수영 일가를 의미하는 시로 읽힌다. 김수영에게 과연 가족이란 무엇일까.

김수영의 출생에 대해 최하림은 "호적에는 태어난 곳이 서울 종로구 묘동廟洞 171번지로 돼 있지만 실제로 태어난 곳은 종로 2가 관철동 158번지"(『김수영 평전』, 실천문학사, 2001, 29면)라고 썼다. 묘동은 현재 낙원상가가 있는 곳이고, 태어난 곳은 지금의 청계천로 63-1 근방이다. 현재 김수영 생가터 표지석은 종로 2가 탑골공원 맞은편에 있다. 표지석에는 "이곳은 시인 김수영이 태어난 곳이다"

라는 안내문이 새겨져 있지만, 호적에 적혀 있는 묘동도 아니고, 태어난 관철동 본가도 아닌 엉뚱한 곳에 서 있다.

그가 태어난 이듬해 여름날 김수영 일가는 종로 6가로 이사했다. "종로 6가 집은 관철동의 집처럼 크지는 않았으나 대지 100여 평에 안채와 사랑채가 있었고, 한길에 면한 쪽에는 가게가 붙어 있었다. 김수영의 아버지는 그 가게에서 지전상(紙廛商)을 경영"(최하림, 32면)했고, 김수영은 보통학교 졸업 무렵까지 이 집에서 살았다. 종로에서만 세 번 이사하며 지냈기에 어디 한 곳 생가라고 정하기 힘들기에 아마 가장 넓은 종로대로 곁에 '생가터 표지석'을 세웠는지 모르지만, "태어난 곳"이라고 표기한 표지석이라면 옛 종로 2가 관철동 158번지 자리인 청계천으로 자리로 옮겨야 할 것이다.

할아버지 김희종金喜鍾에게 김수영은 가문의 대를 잇는 희망이었다. 김수영의 아버지인 김태욱의 형인 장남이 혼인하고서도 10여 년이 넘도록 아들이 없자, 할아버지는 차남에게 많은 기대를 했다. 그렇게 기다리던 차에 김태욱이 아들을 낳은 것이다. 차남에게서 출산되자마자 죽은 두 아이 이후에 태어난 김수영이 얼마나 귀했을지는 짐작하기 어렵지 않다. 김수영은 집안의 대를 이어갈 장손이었다. 종로통에서 태어난 '서울 본토박이' 어린 김수영을 할아버지와 아버지는 금지옥엽처럼 극진하게 아끼고 사랑했을 것이다.

1930년 할아버지가 70세의 나이로 갑자기 세상을 떠나면서 김수영 가계의 살림살이는 불안해진다. 재산 관리에 재능이 없던 김태욱은 집안의 장자인 형에게 재산을 맡겨버린다. 종로에서 지전상을 하던 김태욱이었지만, 이내 김수영 집안의 살림은 어려워진다. 넉넉한 형편은 아니었지만 1935년 선린상업 전수과 야간부에 입학한 김수영은 시를 쓰고 연극 대본을 외우며 지냈다. "유순柔順한 가족들이 모여서/죄罪 없는 말을 주고받"았다는 회고는 얼마나 따스한가. 행복하게 자란 김수영 가족에게 불행이 닥친 것은 한국전쟁 때 동생 둘이 납북된 사건이었다. 도표에서 보듯이 남동생 김수경과 김수강이 납북된다. 북으로 간 남동생을 그리는 시 「누이야 장하고나!」는 마음 저린 시다.

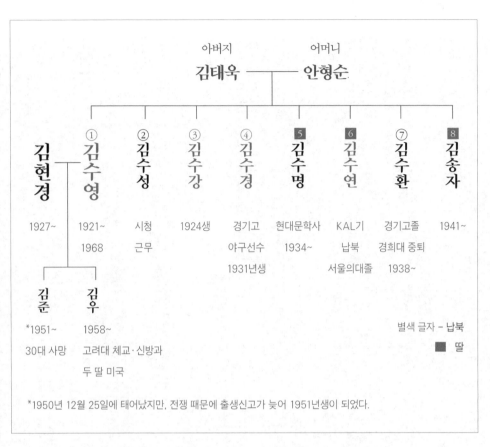

아버지　　　　어머니
김태욱 ──── 안형순

김현경	① 김수영	② 김수성	③ 김수강	④ 김수경	5 김수명	6 김수연	⑦ 김수환	8 김송자
1927~	1921~ 1968	시청 근무	1924생	경기고 야구선수 1931년생	현대문학사 1934~	KAL기 납북 서울의대졸	경기고졸 경희대 중퇴 1938~	1941~

김준　　　김우
*1951~　　1958~
30대 사망　고려대 체교·신방과
　　　　　두 딸 미국

별색 글자 – 납북
■ 딸

*1950년 12월 25일에 태어났지만, 전쟁 때문에 출생신고가 늦어 1951년생이 되었다.

이 도표는 2012년 김수영문학관에서 김수영 시인의 조카 김은 선생의 증언으로 만들었고, 이후 김수명 여사, 부인 김현경 여사의 증언으로 확인했다

　김수영 시 중에 가족을 소재로 한 시는 「나의 가족」, 「구름의 파수병」, 「누이야 장하고나!」, 「아픈 몸이」, 「장시 2」 등이 있다. 김수영에게 가족은 단순한 소재로 작용하는 것을 넘어선다. 그에게 가족은 자신의 삶과 내면을 반성해보는 사유의 대상이기도 하다. 비교컨대 김수영에게 가족은 시인 이상의 '거울'(「거울」)이나 윤동주의 '우물'(「자화상」)과도 유사하다.

3부

1956년
6월

마포구
구수동,
양계 와

식물 과

함께

기운을
주라,
더
기운을
주라

마포구 구수동 41-2

1천 평 벌판에 외로이 있는 엉성한 양기와집

1954년 부인 김현경과 다시 만난 김수영은 본가에서 나와 성북동 계곡 근처 셋방에서 살림을 차렸다. 솥밭울로 밥 지어 먹으며 오순도순 재미있게 지냈지만, 부부는 셋방이 있는 건물(백낙승의 한옥 별장)의 관리인이 틀어대는 시끄러운 라디오 소음이 싫었다고 한다. 참고 참다가 1955년 6월 지금 마포구 구수동 서강 대교 근처인 서강으로 이사를 간다.

겨울에 쓸 남은 연탄을 트럭에 싣고 구수동에 도착했을 때, 김수영 가족을 기다리는 것은 1천 평쯤 되는 벌판에 외로이 서 있는 엉성한 양기와집 한 채였다. 지금 영풍아파트가 세워져 있는 그 자리가 김수영의 양기와집 집터였다.

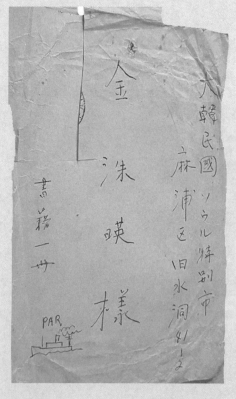

우편 봉투에
김수영이 쓴
'서울특별시 마포구 구수동 41-2'라는
주소가 적혀 있다

구수동에서 지낸 13년은 수영의 삶에서 따로 구별해서 특기해야 할 만큼 중요한 시기다.

첫째, 구수동에서 김수영은 채소를 가꾸고 닭을 길렀다. 도시 생활에 익숙한 김수영에게 양계와 농업은 고단한 일이었으나 마음을 오랜만에 안정시켜주었다. 양계나 밭일을 할 때 김수영은 아내의 '조수'에 불과했다. 처음 병아리 11마리로 시작한 양계는 나중에 750마리까지 늘어 모이값이 많이 들자 이웃에게 나눠 주기까지 했다고 한다. 중요한 것은 이 시기에 양계와 특히 땅, 식물을 만나면서 그의 시에 적잖은 변화가 일어났다는 것이다.

둘째, 김수영 시에 식물성 이미지가 이 시기에 집중해 나타난다. 김수영은 식물성을 몸으로 체득하면서, 모더니즘적 실험의 유산에 자신의 서정적 자질을 융합한 독특한 스타일을 발전시켰다. 「폭포」, 「여름 아침」, 「광야」, 「봄밤」, 「채소밭 가에서」, 「파밭 가에서」 같은 수작은 바로 이 농촌 체험을 통해 나온 수작들이다.

셋째, 번역에 집중하기 시작한다. 평화신문사 문화부 차장으로 6개월가량 근무했던 김수영은 구수동에 정착하여 신문사를 그만두고 글쓰기와 번역에 집중한다. 《엔터카운터》지가 도착한 지가 벌써 일주일도 넘었을 터인데 이놈의 잡지가 아직도 봉투 속에 담긴 채로 책상 위에서 뒹굴고 있다"(「밀물」, 1961)는 기록, "스탠드 앞에는 『신동아』, 『사상계』, 『파르티잔 리뷰』 등의 신간 잡지가 놓여 있고"(「금성라디오」, 1966. 11.)라는 기록은 김수영이 영미 잡지를 직접 구독해 읽었다는 것을 보여주고 있다. 앞에서도 기술했듯이 번역을 하는 일은 단순히 생계유지를 도모하기 위한 돈벌이만은 아니었다. 그것은 지적 호기심이 충만하고 지적 수학에 여전히 성실했던 김수영이 세계문학의 첨단과 사상의 조류, 지성사의 흐름을 파악하고자 하는 방편이기도 했다. 자신이 느낀 이 거대한 지성과 사상사의 흐름을 김수영은 「가까이할 수 없는 서적」에서 "이 엄연한 책이/지금 바람 속에 휘날리고 있다"(10~11행)라는 구절로 표현한 바 있다.

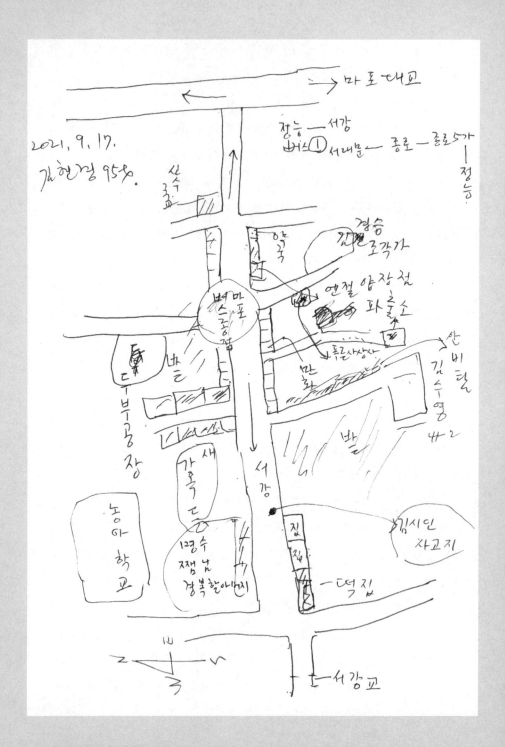

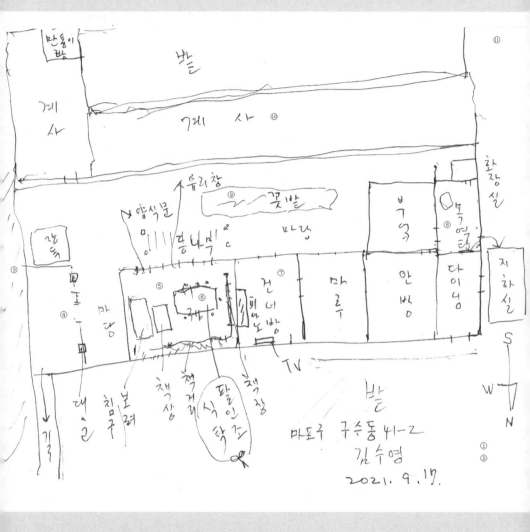

김수영 집 구조를 알면 그의 시와 산문을 더 잘 이해할 수 있다

이 그림은 김수영이 사망할 때까지 거의 13년간 살았던 마포구 구수동 집 구조다. 현재는 마포구 구수동 영풍아파트 102동 자리다. 김현경 여사가 2021년 9월 17일 그려주셨다.

① 현재 영풍아파트 정문 입구다.

② 집으로 들어오기 전 4~5미터 길목에서 김수영은 버스 사고로 사망했다.

③ 3~4미터 높이의 옹벽은 지금도 있다.

④ 집 대문 위치는 현재 영풍아파트 102동 현관 자리다.

⑤ 고은 시인, 김현 평론가, 염무웅 평론가가 들어가 앉아 김수영의 말을 들었다는 방이 이 서재다.

⑥ 「의자가 많아 걸린다」에 나오는 8인용 식탁은 현재 도봉구 김수영문학관에 있다. 의자가 6개 있기에 6인용 식탁으로 아는데, 실은 양쪽에 팔걸이 의자가 한 개씩 두 개가 있는 8인용 식탁이다. 이 식탁을 서재에 두고, 두 팔걸이 의자에 앉아, 김수영이 낭송하면, 김현경 여사가 받아쓰셨다고 한다. 팔걸이 의자는 현재 용인 김현경 여사 댁에 있다.

⑦ 「피아노」, 「금성라디오」의 배경이 되는 피아노, 라디오가 있던 거실 겸 방이다. 이 방에서 김수영은 텔레비전을 보고 「원효대사」를 썼다.

⑧ 원래 없던 욕실을 김현경 여사가 증축해서 지었다 한다.

⑨ 「채소밭 가에서」에 나오는 달리아 등 꽃이 피었던 꽃밭 자리다.

⑩ 산문 「양계 변명」의 배경이 되는 닭장이 있던 자리.

⑪ 남쪽으로 바라보면 한강이 가깝게 보였다.

1955년 8월 17일

예언자가 나지 않는 거리로 창이 난 이 도서관

국립도서관

모두들 공부하는 속에 와보면 나도 옛날에 공부하던 생각이 난다
그리고 그 당시의 시대가 지금보다 훨씬 좋았다고
누구나 어른들은 말하고 있으나
나는 그 우열을 따지고 싶지는 않다
그러나 '그때는 그때이고 지금은 지금이라'고
구태여 달관하고 있는 지금의 내 마음에
샘솟아 나오려는 이 설움은 무엇인가
모독당한 과거일까
약탈된 소유권일까
그대들 어린 학도들과 나 사이에 놓여 있는
연령의 넘지 못할 차이일까……

전쟁의 모든 파괴 속에서
불사조같이 살아난 너의 몸뚱아리—
우주의 파편같이
혹은 혜성같이 반짝이는
무수한 잔재 속에 담겨 있는 또 이 무수한 몸뚱아리—들은
지금 무엇을 예의銳意 연마하고 있는가

흥분할 줄 모르는 나의 생리와

방향을 가리지 않고 서 있는 서가 사이에서

도적질이나 하듯이 희끗희끗 내어다보는 저 흰 벽들은

무슨 조류鳥類의 시뇨屎尿와도 같다

오 죽어 있는 방대한 서책들

너를 보는 설움은 피폐한 고향의 설움일지도 모른다

예언자가 나지 않는 거리로 창이 난 이 도서관은

창설의 의도부터가 풍자적이었는지도 모른다

모두들 공부하는 속에 와보면 나도 옛날에 공부하던 생각이 난다

(1955. 8. 17.)

이 시에 나오는 옛 국립중앙도서관은 소공동에 있었다. 롯데에 매각된 도서관 건물이 있던 자리에 롯데호텔이 세워졌다. 한국전쟁 이후 김수영이 당시 다니던 덕수궁 앞 신문사 자리와 명동 지역 등 김수영이 자주 가던 곳이다. 김수영은 번역을 하다가 모르는 단어가 나오면 반드시 국립도서관까지 가서 여러 사전을 찾아 확인한 뒤 번역했다. 도서관에 온 김수영은 "모두들 공부하는 속에 와보면 나도 옛날에 공부하던 생각이 난다"며 과거를 떠올린다. 다만 국립도서관에 가면 "샘솟아 나오려는 이 설움은 무엇인가"라고 묻는다. 설움이 샘솟는 이유는 무엇일까. 왜 그는 국립도서관에서 설움을 느꼈을까. "모독당한 과거"나 "약탈된 소유권", "창설의 의도부터가 풍자적"이라고 쓴 이유는 그 건물이 본래 총독부 도서관이었기 때문일 것이다. "창설의 의도부터가 풍자적이었는지도 모른다"는 구절을 보면 김수영은 소공동 국립도서관이 총독부를 통해 어떻게 지어졌는지 아는 듯하다.

하지만 실상 조선총독부 도서관의 설립에 관해서는 이보다 앞서 하세가와(長谷川) 총독 시절부터 계획 수립이 검토된 흔적이 눈에 띈다. 더구나 1918년 11월에는 진남포鎭南浦의 실업가 나카무라 세이시치로(中村精七郎)가 경성에 도서관 건립 기금으로 거액을 기부할 의사를 밝혔고, 이때 조선총독부 영선과營繕課의 건축 설계와 더불어 도서관 건립 위치도 조선호텔 동편의 광선문光宣門 안쪽 옛 석고단石鼓壇, 지금의 소공동 6번지 롯데백화점 자리로 확정 단계에 이른 적이 있었다. 이 일은 결국 기부자의 기증 의사 번복으로 유야무야되고 말았지만, 바로 이 자리는 불과 몇 년 후 조선총독부 도서관의 신축 공사 때 실제 건립 위치와 그대로 일치한다.

조선총독부 도서관은 1922년 2월 조선교육령朝鮮敎育令이 새로이 개정 반포된 것을 기념하는 사업의 하나로 구체화하여 1923년 11월 29일에 공포된 '조선총독부 도서관 관제'를 통해 설립되었다. 설립 초기에는 별도의 도서관 건물이 없었기에 조선헌병대사령부 진단소診斷所 내에 임시 사무소만 설치하였다

롯데에 매각돼 철거를 앞두고 있는 구 국립중앙도서관. 1974. 7. 19.

가, 도서관 건물을 짓고 1924년 4월에 신축 건물로 옮겨 정식으로 사무소를 개설한다.

1925년 4월 3일 신무천황제일神武天皇祭日부터 일반인도 도서를 열람할 수 있었다. 출입자의 열람료는 1회에 4전씩 징구徵求(10회권은 35전에 판매)하였고, 신문 열람은 무료였다. 개관 당시 열람 시간은 계절별로 달라 오전 8시나 10시부터 오후 9시까지였다.

1937년경 장서 20만 권을 넘어선 총독부 도서관의 목표는 총독부를 홍보하고 조선인이 천황에게 충성하게 만드는 황국신민화皇國臣民化를 실행하며, 일본과 조선은 하나라는 내선일체內鮮一體를 알리는 기지 역할을 하는 것이었다. 겉으로 정보를 알린다 하면서 한편으로는 조선 문화를 말살하는 검열과 단속을 수행했던 곳이다. 총독부 도서관에는 검열과가 있었으니, 그야말로 조선 문화를 압살하려는 "창설의 의도부터가 풍자적이었"던 곳이다.

"오 죽어 있는 방대한 서책들"이라고 한 연으로 쓴 이유는 이 문장을 주목해 달라는 요구일 것이다. "예언자가 나지 않는 거리"라는 표현은 무척 비관적이다. 예언자가 탄생하기를 바라지만, 전쟁 이후 폐허 시대는 암울하다. 권력이 강요하는 지식을 그저 수동적으로 암기하는 모습을 보았을 때, 김수영에게는 비루한 설움이 덮쳐왔을 것이다. 김수영은 도서관을 넘어서는 예언적 지식인을 대망한 것이 아닐까. 죽어 있는 방대한 서책들은 예언자적 지성을 억누르는 것이 아닐까.

조선 문화를 검열하고 일본 문화를 세뇌시키는 방도를 연구하는 조선총독부 도서관 건물에서 한글로 글을 읽고 쓰는 김수영의 마음은 얼마나 착잡했을까. 해방 이후 일제가 장서를 가져가지 못하도록 조선인 사서들이 도서관을 지켰다고 하는 곳이다. 총독부 도서관이 대한민국 국립도서관으로 바뀐 자리, 보이지 않는 사상 투쟁이 있던 곳에서 그는 공부하는 학생들을 바라본다.

1955년

너는 설운 동물이다

헬리콥터

사람이란 사람이 모두 고민하고 있는
어두운 대지를 차고 이륙하는 것이
이다지도 힘이 들지 않는다는 것을 처음 깨달은 것은
우매한 나라의 어린 시인들이었다
헬리콥터가 풍선보다도 가볍게 상승하는 것을 보고
놀랄 수 있는 사람은 설움을 아는 사람이지만
또한 이것을 보고 놀라지 않는 것도 설움을 아는 사람일 것이다
그들은 너무나 오랫동안 자기의 말을 잊고
남의 말을 하여왔으며
그것도 간신히 떠듬는 목소리로밖에는 못해왔기 때문이다
설움이 설움을 먹었던 시절이 있었다
이러한 젊은 시절보다도 더 젊은 것이
헬리콥터의 영원한 생리이다

1950년 7월 이후에 헬리콥터는
이 나라의 비좁은 산맥 위에 자태를 보이었고
이것이 처음 탄생한 것은 물론 그 이전이지만
그래도 제트기나 카고보다는 늦게 나왔다
그렇지만 린드버그가 헬리콥터를 타고서

대서양을 횡단하지 않았기 때문에
우리는 지금 동양의 풍자를 그의 기체 안에 느끼고야 만다
비애의 수직선을 그리면서 날아가는 그의 설운 모양을
우리는 좁은 뜰 안에서뿐만 아니라
심지어는 항아리 속에서부터라도 내어다볼 수 있고
이러한 우리의 순수한 치정을
헬리콥터에서도 내려다볼 수 있을 것을 짐작하기 때문에
"헬리콥터여 너는 설운 동물이다"

―자유
―비애

더 넓은 전망이 필요 없는 이 무제한의 시간 위에서
산도 없고 바다도 없고 진흙도 없고 진창도 없고 미련도 없이
앙상한 육체의 투명한 골격과 세포와 신경과 안구까지
모조리 노출 낙하시켜가면서
안개처럼 가벼웁게 날아가는 과감한 너의 의사意思 속에는
남을 보기 전에 네 자신을 먼저 보이는
긍지와 선의가 있다
너의 조상들이 우리의 조상과 함께
손을 잡고 초동물세계超動物世界 속에서 영위하던
자유의 정신의 아름다운 원형을
너는 또한 우리가 발견하고 규정하기 전에 가지고 있었으며
오늘에 네가 전하는 자유의 마지막 파편에
스스로 겸손의 침묵을 지켜가며 울고 있는 것이다
(1955)

"어두운 대지를 차고 오르는" 헬리콥터의 모습은 "푸른 하늘을 제압하는 노고지리"(「푸른 하늘을」)와 닮아 있다. "어두운 대지를 박차고 이륙하는" 헬리콥터가 "이다지도 힘이 들지 않는다는 것을 처음 깨달은 것은/우매한 나라의 어린 시인들이었다"고 한다. 왜 어린 시인들이라고 썼을까. "그들은 너무나 오랫동안 자기의 말을 잊고/남의 말을 하여왔으며/그것도 간신히 떠듬는 목소리로밖에는 못해왔"다. "자기의 말"을 표현할 수 없는 존재는 갓난아이처럼 어린 존재들이다. 이 어린 존재들이 식민지 시절에는 일본 말, 해방 후에는 서툰 영어로 모더니즘이라는 "남의 말"을 배웠던 것이다. 이 구절은 김수영 자신의 고백이기도 하다.

① 나는 한국말이 서투른 탓도 있고 신경질이 심해서 원고 한 장을 쓰려면 한글 사전을 최소한 두서너 번은 들추어보는데, 그동안에 생각을 가다듬는 이득도 있지만 생각이 새어나가는 손실도 많다. 그러나 시인은 이득보다도 손실을 사랑한다. 이것은 역설이 아니라 발악이다.

(「시작 노트 4」, 1965)

② 일본 말보다도 더 빨리 영어를 읽을 수 있게 된,
  몇 차례의 언어의 이민을 한 내가

「거짓말의 여운 속에서」(1967. 3. 20.,《창작과비평》 1969년 여름) 부분

해방 후 20여 년이 지났는데도 두 인용문에서 김수영은 우리말이 서툴다고 고백한다. 스무 살에 가깝도록 일본어를 국어로 배웠던 김수영에게는 한국말 사용이 너무 서툴고 힘들었다는 것이다. ②에 따르면 영어는 그에게 새로운 해방구였다. 국어인 일본어에서 해방되어 새로운 정보를 영어를 통해 얻었다. 제트기, 카고, 린드버그, 헬리콥터 같은 영어 단어가 자연스럽기까지 하다. 우리말은 여전히 "간신히 떠듬는 목소리"들이다.

헬리콥터가 풍선보다도 가벼웁게 상승하는 것을 보고
놀랄 수 있는 사람은 설움을 아는 사람이지만
또한 이것을 보고 놀라지 않는 것도 설움을 아는 사람일 것이다
그들은 너무나 오랫동안 자기의 말을 잊고
남의 말을 하여왔으며
그것도 간신히 떠듬는 목소리로밖에는 못해왔기 때문이다
설움이 설움을 먹었던 시절이 있었다
이러한 젊은 시절보다도 더 젊은 것이
헬리콥터의 영원한 생리이다

이 짧은 인용문에 '설움'이 4회 나온다. 헬리콥터를 보고 놀랄 수 있는 사람은 설움을 아는 사람이고, 놀라지 않는 것도 설움을 아는 사람이다. "설움이 설움을 먹었던 시절" 곧 너무도 서럽기 때문에, 설움이 내면에 박히고 혹은 운명으로 굳어져 더 이상 서럽지 않을 정도가 되었기 때문에 놀라지 않는 것이다.

헬리콥터라는 거대한 물체는 "풍선보다도 가벼웁게 상승하"며, 정지하고 전후좌우로 자유롭게 비상한다. "젊은 시절보다도 더 젊은 것이/헬리콥터의 영원한 생리"라는 구절은 시인이 말하고 싶은 바를 일찍 드러낸 구절이다. "설움이 설움을 먹었던 시절"의 어린 시인들보다 더 젊다는 것은 더 어리다는 뜻이다. 설움이 가득한 시대에 "헬리콥터"에 숨겨진 영원한 힘은 젊음보다도 더 젊고 원초적인 어린 힘에서 나온다. 아이 때의 순수한 세계는 "자유의 정신의 아름다운 원형"이라는 표현으로 구체화된다. 자유 정신의 아름다운 원형은 가볍기 때문에 "풍선보다도 가벼웁게 상승"할 수 있는 것이다.

프랑스인 폴 코르뉴(1881~1944)가 물체를 띄워 2미터 높이에서 20초간 공중정지에 성공했던 때는 1907년이었다. "1950년 7월 이후에 헬리콥터는/이 나라의 비좁은 산맥 위에 자태를 보이었"다. 1950년 6월에 한국전쟁이 발발하고, 7월에 미군 헬리콥터가 처음 등장했던 것이다. 헬리콥터가 "처음 탄생誕生한 것

헬리콥터를 보기 위해 모여든 아이들과 어른들

은 물론 그 이전"으로, 1940년대 후반 영국령 말레이시아에서 대게릴라전 때 사용되었다고 한다.

> 비애의 수직선을 그리면서 날아가는 그의 설운 모양을
> 우리는 좁은 뜰 안에서뿐만 아니라
> 심지어는 항아리 속에서부터라도 내어다볼 수 있고
> 이러한 우리의 순수한 치정을
> 헬리콥터에서도 내려다볼 수 있을 것을 짐작하기 때문에
> "헬리콥터여 너는 설운 동물이다"

비애의 수직선을 그리며 날아가는 헬리콥터를 조선인은 본다. 항아리 속에서부터라도 볼 수 있는 우리의 순수한 치정이란 무엇일까. 치정癡情이란 남녀 간의 사랑으로 생기는 온갖 어지러운 정을 말한다. 조선인은 헬리콥터를 순수하게

보지만, 그것은 마치 남녀 간의 사랑으로 생긴 어지러운 정처럼 복잡하고 어지럽기만 하다. 그것마저도 마치 헬리콥터에게 들키는 듯하다. 여기서 화자는 헬리콥터를 "설운 동물"로 대상화시킨다.

"동양의 풍자"란 서양식의 풍자를 생각하면 안 된다. 가령 두보의 풍자는 비애悲哀가 아니었던가. 그래서 "동양의 풍자"라는 표현은 "비애의 수직선을 그리면서 날아가는" 서러운 모습과 이어진다. 공습을 피해 "항아리 속에서부터라도 내어다볼 수 있"는 헬리콥터를 시인은 "설운 동물"이라고 명명한다. 상승하지만 대지로 내려올 수밖에 없는 헬리콥터도 서러운 시대에 태어나 견디고 있는 서러운 존재들과 차이가 없다는 말이다. 헬리콥터는 "영원한 생리"이며 "설운 동물"이기도 하다.

3연은 헬리콥터의 존재적 성격을 간단히 2행으로 표기한다. 헬리콥터의 성격은 "자유" 곧 영원한 생리이며 동시에 비애 곧 설운 동물인 것이다. 인간 역시 비애를 가진 채 자유를 찾는다. 헬리콥터가 비애인 까닭은 대지를 차고 오르지만 다시 대지로 내려올 수밖에 없기 때문이다.

"어둠 속에 본 것은 청춘이었는지 대지의 진동이었는지/나는 자꾸 땅만 만지고 싶었는데"(「구슬픈 육체」)라는 표현처럼, 김수영에게 대지는 인간이 종속되어 있다. "우리들의 싸움은 하늘과 땅 사이에 가득 차 있다"(「하…… 그림자가 없다」)라는 표현처럼, 인간의 실존적 싸움은 하늘에 속한 관념이 아니라, 하늘과 땅 사이에 흩어져 있고 얽혀 있다. "내가 내 땅에/박는 거대한 뿌리에 비하면"(「거대한 뿌리」)이라는 표현처럼 김수영 자신이 살아가야 하는 현실이다. 자유를 겨냥하지만 인간은 비애에서 벗어날 수 없다.

인간은 땅에서 태어나 땅에서 자라고 땅에 묻힌다. 그 한계를 첫 줄에 "사람이란 사람이 모두 고민하고 있는/어두운 대지大地"라고 김수영은 쓰고 있다. 김수영의 시는 대지, 땅, 이 현실에서 벗어난 적이 없다.

4연은 헬리콥터에 대한 완전한 찬탄이 서술된다. "더 넓은 전망이 필요 없는 이 무제한의 시간 위에서/산도 없고 바다도 없고 진흙도 없고 진창도 없고 미련도 없이"라는 구절에서, 산과 바다와 진흙과 진창을 넘으며 가까스로 악착같이 살아야 했던 유한한 존재들은 자성한다.

헬리콥터는 골격만 갖춘 "앙상한 육체"를 갖고 있다. 또한 "투명한 골격과 세포와 신경과 안구까지/모조리 노출 낙하시켜가면서" 자신을 거침없이 드러낸다. 이 표현이야말로 욕설이며 성매매 이야기를 서슴없이 쓰기도 하는 김수영의 시 작법이며 삶이기도 하다. 투명한 김수영은 시에 욕망을 노출시키며 자유롭다. "안개처럼 가볍게 날아가는 과감한 너의 의사意思 속에는/남을 보기 전에 네 자신을 먼저 보이는/긍지와 선의가 있다"고 한다. 굴종을 강요하는 시대에 자신을 숨기지 않고, 자신의 바람과 정치적 지향을 노출시키는 것은 긍지이며 선의이며 용기이기도 하다.

부끄러움도 모르고
밝은 빛만으로 너는 살아왔고
또 너는 살 것인데
투명透明의 대명사 같은 너의 몸을
김수영, 「너는 언제부터 세상과 배를 대고 서기 시작했느냐」(1955) 부분

「헬리콥터」, 「수난로」와 거의 같은 시기에 쓴 이 시에서도 김수영은 "부끄러움도 모르고/밝은 빛만으로", "투명"하게 살아왔다고 썼다. "너의 조상들이 우리의 조상과 함께/손을 잡고 초동물세계超動物世界 속에서 영위하던"이라는 구절에서 "초동물세계"라는 구절이 눈에 든다. 그것은 인간이 갖고 있는 어린아이의 고유성, 동물의 세계를 넘어서는 초동물세계다.

"자유의 정신의 아름다운 원형을/너는 또한 우리가 발견하고 규정하기 전에 가지고 있었으며"라며 김수영은 헬리콥터에서 "자유의 정신의 아름다운 원형"을 본다. 헬리콥터는 "자유의 정신의 아름다운 원형" 그 자체다.

오늘에 네가 전하는 자유 마지막 파편에
스스로 겸손의 침묵을 지켜가며 울고 있는 것이다

이 구절에서 김수영이 전하고자 하는 메시지는 뚜렷이 보인다. 김수영의 「헬리콥터」를 1연부터 다시 읽으면 도입부는 독자에게 묻는 질문이 되어 부메랑처럼 돌아온다. 김수영은 자신과 독자에게 묻는다. "고민하고 있는/어두운 대지를 차고 이륙하는" 헬리콥터처럼, 진정 자유로운 삶을 살려고 박차고 일어서고 있는가.

1955년

당신의 책을 당신이 여시오

서책書冊

덮어놓은 책은 기도와 같은 것
이 책에는
신神밖에는 아무도 손을 대어서는 아니 된다

잠자는 책이여
누구를 향하여 앉아서도 아니 된다
누구를 향하여 열려서도 아니 된다

지구에 묻은 풀잎같이
나에게 묻은 서책의 숙련—
순결과 오점이 모두 그의 상징이 되려 할 때
신이여
당신의 책을 당신이 여시오

잠자는 책은 이미 잊어버린 책
이다음에 이 책을 여는 것은
내가 아닙니다
(1955)

"덮어놓은 책은 기도와 같은 것"이라는 표현 하나로 이 시가 시작되었을지도 모른다. 책을 덮어놓으면 손을 모아 기도하는 모양이 된다. 기도하는 모양으로 덮여 있는 책은 김수영에게 숭고한 사물이다. 당연히 "신밖에는 아무도 손을 대어서는 안 된다"는 생각에 도달한다. 이제부터 독자는 여기서 "신"이 누구인지 궁금해하며 시를 읽는 처지가 된다.

김수영은 잡지 하나도 "무슨 보물처럼 소중하게 안쪽 호주머니에 넣고" 다녔고, "책을 책상 위에 놓는 것도 불결한 일같이 생각이 되어서 일부러 선반 위에 외떨어진 곳에 격리시켜놓고 (글 쓸 - 인용자) 시간이 오기를 기다리"(『일기초 1』, 1954. 12. 30.)는 모습을 보여준다. 선반 위에 격리시켜놓아 "잠자는 책"은 스스로 "누구를 향하여 앉아서도 아니 된다/누구를 향하여 열려서도 아니"되니 오직 신성한 독자의 손을 기다려야 한다.

이 일기를 썼을 무렵 김수영은 이봉구의 주선으로 1954년 11월 말 덕수궁 앞 평화신문사에서 일했다. 문화부 차장의 직책으로 외국 잡지를 번역하는 일을 맡았었다. 오후에 번역거리를 살핀다는 명목으로 명동 뒷골목에서 파는 외국 원서를 검토할 겸 산책 다니는 것도 나쁘지는 않았다. 그런데 신문사 사정이 나빠져 번역료를 못 받자, 수영은 다른 잡지사를 기웃거리며 번역거리를 찾아 나선다. 조금 더 번역료를 받고 싶어 실랑이를 벌이기도 한다. "그냥 구걸을 하러 갔다 해도 이렇게 실랑이를 받지 않을 것"(『일기초 1』)이라고 할 정도로 아니꼬운 일을 겪는다. 그의 번역을 기다리는 책은 "잠자는 책"이며 "누구를 향하여 앉아서도 아니 된다/누구를 향하여 열려서도 아니 된다"고 "아니 된다"가 두 번 반복되는 쉽지 않은 책이다.

지구에 묻은 풀잎같이
나에게 묻은 서책의 숙련—
순결과 오점이 모두 그의 상징이 되려 할 때

'묻다'는 오물이나 더러운 것이 '묻었다'고 할 때 쓴다. "덮어놓"은 "잠자는" 책을 대하는 나는 "지구에 묻은 풀잎같이" 보잘것없다. "그의 상징"에서 '그'는 책으로 볼 수 있겠다. 순결과 오염이 책의 상징이 되는 이유는 무엇일까. "서책의 숙련"은 '서책을 대하는 숙련' 혹은 '서책을 번역하는 숙련'으로 생각해볼 수 있겠다. 내가 번역하는 순간 순수한 원저서는 오염된다. 또한 번역이라는 행위는 창조하고 싶은 "나"를 잃어버리고, 그저 서책에만 집중하여 기계적으로 원서를 한글로 번역하는 일이다.

일을 시작하는 시간은 제일 불순한 시간이어야 한다. 몸과 머리가 죽은 사람 모양으로 기운이 없어지고 생각이 죽은 기계같이 돌아갈 때를 기다려서 시작해야 한다. 나는 이것을 세상에서 제일 욕된 시간이라고 단정하고 있다. 이렇게 마지못해 하는 일이라 하루에 서른 장(200자 원고지)을 옮기면 잘하는 폭이다.
(「일기초 1」, 『김수영 전집 2』, 693면)

번역이란 일은 그에게 "제일 불순한 일"이며, "생각이 죽은 기계같이 돌아갈 때" 시작해야 한다. "제일 욕된 시간"인 까닭은 자신의 창발성을 죽이고 그냥 옮기기만 하는 까닭이다. 따라서 "서책의 숙련"이란 그에게 불순한 오염일 수 있는 것이다. 결국 책도 오염되고 그 책을 번역하는 나도 오염된다. 또한 "이 책에는/신神밖에는 아무도 손을 대어서는 아니 된다"(1연)고 했는데 내가 손을 댔으니 "오염"되었다고 할 수도 있겠다.

그렇다면 "신이여/당신의 책을 당신이 여시오"라고 했을 때, "신"은 누구일까. 시인이 시를 발표하면 그것은 이미 시인의 것이 아니라, 독자의 것이다. 시를 발표하는 순간 저자는 죽고 독자의 해석만 산다. 그래서 책은 저자가 "잠자는 책"이다. 나아가 저자가 "죽어 있는 방대한 서책들"(「국립도서관」)이다. 독자가 틀리게 해석한다 해도 이미 그 해석은 창조적 오독이다. 이렇게 본다면 독자야말로 시를 해석하는 신의 위치에 있는 것이다. 이 시에 등장하는 "당신"과 "신"을 독자로 상정한다면 김수영이 독자를 신의 권위를 지닌 존재로 보았다는 재미있는 해석이 생긴다. 거꾸로 말해 "잠자고 있는 책"을 제대로 열어 해석하는 독자라면 '신'의 권위에 이를 수 있다는 독서론이 아닐까.

「서책」을 특별한 책으로 볼 수 있는 다른 해석도 가능하다. 앞서 「가까이할 수 없는 서적」에서 "오늘 또 활자를 본다/한없이 긴 활자의 연속을 보고/와사의 정치가들을 응시한다"며 바라보는 입장이었으나, 「서책」에서는 응시할 수도 없는 거리감이 형성되어 있다.

중요한 것은 "이 책"에서 "이"라고 하는 특정한 책을 가리키는 지시대명사다. 이 책은 "덮어놓은 책"이며, "잠자는 책"이며 "신이여, 당신의 책"이다. 여기서 김수영이 수용소에 억류되어 있던 시절에 성경을 많이 읽었다는 사실을 참조할 수 있겠다. 김수영은 앞에서도 인용한 「시인이 겪은 포로 생활」이라는 글에서 "거제도에 가서도 나는 심심하면 돌벽에 기대어서 성경을 읽었다. (중략) 나는 진심을 다하여 성서를 읽었다. 성서의 말씀은 주 예수 그리스도의 말씀인 동시에 임 간호원의 말이었고 브라우닝 대위의 말이었고 거제리를 탈출하여 나올 때 구제하지 못한 채로 남겨 두고 온 젊은 동지의 말들이었다"라고 쓴 바 있다.

이 산문으로 인해 「서책」에 나오는 책이 성서라고 생각해볼 수도 있을까. 이 시에 나오는 기도라는 단어도 범상치 않다. 문제는 김수영이 사용하는 기도나 신앙이란 단어가 일반 기독교 신자들이 쓰는 의미와 차이가 있다는 데에 있다. 김수영에게 종교란 무엇일까. 그의 시나 삶에서 그가 말하는 신앙이 보수 기독교에서 말하는 그런 신앙이라는 증거를 찾기는 어렵다.

그에게는 사랑이 신앙이며 혁명이 신앙이며 시詩가 신앙이었을 것이다. 곧 '신앙=사랑=혁명=시=삶'이라는 인식이 김수영다운 것이다. 예술의 진정성이 사라진 시대에 그에게 시는 아직도 성스러운 진실이다. 신앙이 비밀스럽듯, 시 쓰는 행위도 비밀스럽다. "신이여/당신의 책을 당신이 여시오"라는 책을 성경으로 본다면, 그가 책에 대해서 쓴 시는 「가까이할 수 없는 서적」, 「국립도서관」 등과 달리, 너무도 단순하고 독특한 시가 된다.

서책이 어떤 책이든 마지막 행은 독특한 태도를 보여준다.

"이다음에 이 책을 여는 것은/내가 아닙니다"라는 말은 냉혹한 자기성찰을 표현하고 있다. "이다음에" 이 책을 여는 주체는 지금의 "내"가 아니다. 제3자의 독자가 아니라면 전혀 다른 "내"가 되어야 한다.

이 문장은 자크 데리다Jacques Derrida(1930~2004)의 해체주의를 생각하게 한다. 옛날에 양피지에 쓴 글은 오랜 시간이 지나면, 글자가 흐려지고 판독하기 어렵다. 세월이 지나면서 과거의 독자와 후대의 독자는 전혀 달라진다. 과거의 독자는 그냥 읽었겠지만, 후대의 독자는 더 많은 참고자료를 비교하며 풍성하게 읽는다. 텍스트도 변하고 독자도 변한다. 텍스트도 미끄러지고, 독자도 미끄러진다. 시간이 지나면 텍스트도 독자인 나도 미끄러지는 차연差延(différance)이 발생한다. 이제 책을 대하는 나는 이전의 내가 아닌 또 다른 나인 것이다. 당연히 "이다음에 이 책을 여는 것은" 과거의 내가 아니다. 잠자는 책은 이미 나에게서 잊혀진 책이다. 어떤 책을 대하든 나는 계속 성찰하며 변한다.

1955년

유일한 희망은 겨울을 기다리는 것이다

수난로水煖爐

견고한 것을 좋아하는 사람들이
팔을 고이고 앉아서 창을 내다보는
수난로는 문명의 폐물

삼월도 되기 전에
그의 내부에서는 더운 물이 없어지고
어둠이 들어앉는다

나는 이 어둠을 신神이라고 생각한다

이 어두운 신은 밤에도 외출을 못하고 자기의 영토를 지킨다
—유일한 희망은 겨울을 기다리는 것이다

그의 가치는
왼손으로 글을 쓰는 소녀만이 알고 있다
그것은 그의 둥근 호흡기가 언제나 왼쪽에 달려 있기 때문이다

그러나 어디를 가보나
그의 머리 위에 반드시 창이 달려 있는 것은

죄악이 아니겠느냐

공원이나 휴식이 필요한 사람들이
여름이면 그의 곁에 와서
곧잘 팔을 고이고 앉아 있으니까
그는 인간의 비극을 안다

그래서 그는 낮에도 밤에도
어둠을 지니고 있으면서
어둠과는 타협하는 법이 없다

(1955)

「헬리콥터」처럼 「수난로」도 새로운 기계 문명을 체험한 후 얻은 깨달음을 쓰고 있다. 수난로는 '스팀'이라고 부르기도 했던 라디에이터radiator를 말한다. 얇은 도관 속에 온수를 흐르게 하여 공간을 훈훈하게 하는 난방 기구여서 수난로水煖爐라고 했다. 한국에 처음 라디에이터가 보급된 정확한 때는 모르겠으나 1920년대 중반부터 신문에 수난로에 대한 기사가 나온다. 1926년 1월 28일자 《동아일보》 칼럼 「어데로 가라나」에서 등장한다. "벽 한나(하나)를 격隔하여서는 욱신한 수난로에 조각같이 흠을흠을 한 집채"라며 거대한 건물을 형용하는 구절이 나온다.

1954년, 김수영은 아내 김현경과 재결합하고 6개월 정도 평화신문사에 취직하여 일하다가, 1955년 6월 마포구 구수동으로 이사한다. 그 무렵 신문을 보면 수난로에 대한 언급이 있다.

일본인이 쓰던 '다다미' 방 혹은 새로 짓는 양옥에 난방 장치는 '증기난로' 혹은 수난로 등이 있겠으나 경비 때문에 그리 많지 못하고 '구공탄 난로'가 많이 고안되어 나오는데 여러 가지 불편한 점이 많다.

(「위생난로衛生煖爐의 창안創案」, 《경향신문》 1957. 11. 29.)

1957년의 기사를 볼 때 수난로는 이미 많이 알려진 신식 난방 기구였다. 이 시에 나오는 수난로는 김수영이 잠깐 근무했던 평화신문사 사무실 안에 있던 라디에이터일 수도 있겠다.

"견고한 것을 좋아하는 사람들"이란 첫 연은 김수영식의 묘한 냉소가 숨어 있다. 일반인들은 견고한 것을 좋아하지만 라디에이터가 만들어내는 힘은 견고한 것이 아니다. 겨울이 지나면 긴 시간을 쉬는 "문명의 폐물"처럼 보인다. 라디에이터는 "삼월도 되기 전에/그의 내부에서는 더운 물이 없어지고/어둠이 들어앉"(2연)는다. 여기서 전혀 새로운 인식이 등장한다.

"나는 이 어둠을 신神이라고 생각한다".

김수영은 포로수용소에서 성경을 탐독했고, 기독교적 상상력을 시에 많이 적용했다. 다만 그가 쓴 신은 흔히 기독교에서 쓰는 의미와 다르다.

김수영에게 신은, "고운 신이 이 자리에 있다면/나에게 무엇이라고 하겠나요"(「웃음」)라는 표현처럼 삶과 함께하는 어떤 존재이기도 하다. 또는 "이 책에는/신神밖에는 아무도 손을 대어서는 아니 된다"(「서책」)의 구절에서, 신은 종교적 신이 될 수도 있고, 독자 혹은 저자로 상상할 수도 있다. 그리고 "신이라든지 하느님이라든지가 어디 있느냐고 나를 고루하다고 비웃은 어제저녁의 술친구의 천박한 머리를 생각한다"(「시골 선물」)처럼, 그는 어떤 신적 존재를 인정하고는 있다. "그러나 심연보다도 더 무서운 자기 상실에 꽃을 피우는 것은 신神이고"(「꽃」)에서처럼 어떤 궁극적인 힘(ultimate power)으로 상징하기도 한다.

"이 어둠을 신"으로 생각하는 김수영에게 신이란 함께하는 어떤 존재로 궁극적인 힘이기도 하다. 그것은 인간의 어둠, 비극, 빈 곳을 아는 존재다. 그 어두운 신의 "유일한 희망은 겨울을 기다리는 것"이다. 마치 침묵기를 통해 자신을 현현顯現시키는 신성처럼, 라디에이터의 어둠은 에피파니의 시간을 기다린다. 김수영이 이 시를 썼던 1955년 그는 그야말로 구석에 박혀 있는 수난로 같은 신세 비슷했다. 설움과 어둠 속에서 시인으로서의 실존적 삶과 가장으로서의 엄정한 현실을 놓고 암중모색을 하며 지내던 시기였다. 이후에도 그는 옹졸한 소시민의 모습으로, 꿔다놓은 보릿자루 같은 수난로 신세로 이승만과 박정희 시대를 고스란히 견뎌야 했다. 그 고통 속에는 설움이 있었고, 어둠이 있었다. 그것 자체를 "신"이라고 호명하는 것이다.

김수영의 상상력이라면 수난로는 인간의 육체이고, 어둠은 육체 안에 담긴 고통이다.

―유일한 희망은 겨울을 기다리는 것이다

맨 앞에 있는 줄표는 장면 전환의 기호다. 마치 희랍 비극에서 코러스가 등장하여 상황을 설명하듯, "유일한 희망은 겨울을 기다리는 것" 곧 자기가 최선을 다해 역할을 할 겨울을 기다리는 것이라고 한다. 이때부터 연극적 상황이 강화된다. 소녀가 등장하고, 라디에이터 옆에 있는 무대 설정이 등장하고, 공원에서 쉬고 있는 사람들 그리고 인간의 비극이 등장한다. 4연에서 극적 전환(dramatic turn)이 일어나는 것이다.

그의 가치는
왼손으로 글을 쓰는 소녀만이 알고 있다
그것은 그의 둥근 호흡기가 언제나 왼쪽에 달려 있기 때문이다

5연은 읽는 이의 상상에 따라 다르게 해석할 수 있겠다. 겨울에 라디에이터를 쓰기 전에 도관 안에 꽉 차 있는 가스를 한 번 배출시켜야 한다. 그 밸브를 김수영은 "호흡기"라고 썼다. 밸브는 보통 왼쪽에 달려 있다. "왼손으로 글을 쓰는 소녀"는 연극적 설정을 위해 등장시킨 것일까. 왼손잡이는 왼쪽에 달려 있는 수난

로의 호흡기(밸브)를 알아본다. 밸브를 알아보고, 밸브가 터질 듯이 꽉 차 있던 답답한 가스까지 왼손잡이가 배출시켜준다면, 그것이야말로 라디에이터의 "가치"를 알아봐주는 것이 아닌가. 그래서 수난로의 가치는 왼손잡이 소녀가 알고 있다고 썼을 것 같다.

6연도 해석하기가 무척 애매하다. 창은 밝은 빛을 통과시키는 통로다. 라디에이터의 힘은 어둠에서 오는데, 그 어둠에서 추운 날 뜨거운 기운을 뿜어내야 한다. 그 어둠 바로 위에 밝은 창이 있다는 것은 빛과 타협하려는 시도가 아닐까. 이 시의 마지막 행에 "어둠과는 타협하는 법이 없다"는 다짐을 써놓았으나, 어둠이 있어야 할 수난로가 빛이 쏟아지는 곳 근처에 있는 것은 "죄악이 아니겠느냐"라고 화자는 자책한다.

역설적인 자책은 마지막 9연에 이어진다. 라디에이터가 "낮에도 밤에도/어둠을 지니고 있으면서/어둠과는 타협하는 법이 없다"는 평가가 그러하다. 8연의 외부적 어둠은 3연에 나오는 내면의 어둠(=신)과 다르다. 어둠과 타협하지 않겠다는 것은 외부의 어둠에 맞서겠다는 의미다. 그 어둠은 "인간의 비극"이기도 하다.

어둠에 타협하지 않고 맞서는 라디에이터의 자세는 지친 이들에게 "팔을 고이고 앉아 있"(7연 3행)게 하고, "밤에도 외출을 못하고 자기의 영토를 지"(4연 1행)킨다. 무엇인가 쉬지 않고 자신을 재촉하며 현실에 맞섰던 김수영의 모습을 보는 듯하다.

"낮에도 밤에도/어둠을 지니고 있으면서/어둠과 타협하는 법이 없다"며, 낮에도 밤에도 주야로 서럽고 우울하고 어둡지만, 어둠에 굴복하거나 어둠과 타협하지 않겠다고 다짐한다. 잠깐 신문 기자로 있던 시절, 김수영의 태도를 보여주는 작품이다.

모던modern이란 단어는 전통과의 단절 혹은 새로운 것의 등장을 핵심으로 한다. 1850년 프랑스 파리에서 만국박람회가 열렸을 때 새로운 기계와 문물에 보들레르가 충격을 받았듯이, 1950년대 당시로는 새로웠던 헬리콥터와 수난로를 보고 김수영은 모던에서 얻은 깨달음을 시로 썼다. '육체/정신'을 이분법으로 나누고 육체를 경멸하는 자는 기계도 경멸할 것이다. '육체=정신'을 모두 중요하게 생각하는 김수영은 육체도 기계도 중요하다. 기계를 보고 단순한 호기심이나 편리함에 대해 쓴 글이 아니다. 김수영은 헬리콥터를 "설운 동물", 수난로를 '어둠의 신'을 품은 육체로 성찰한다. 두 편의 시는 기계를 통해 설움의 정체와 어둠의 의미를 쓴 것이다.

1955년 1월, 군산에서 만난 문사들

이병기 신석정 김수영 고은

6·25 때 일가친척이 서로 죽이는 비극을 보고 고은태는 거의 실성한다. 미군 제21항만사령부 운수과 검수원, 군산 북중학교 국어 및 미술 선생으로 있던 고은태는 혜초 스님의 설법을 듣고 삭발하고 막 입산하여 사미계를 받아 승僧이 된다. 고은태가 혜초 선사에 관해 지역 신문에 발표한 글을 군산전매청 감시과 장이었던 송기원(소설가 송기원과 동명이인)이 눈여겨본다. 송기원은 고은태가 있는 군산 동국사로 몇 차례 찾아가 시 동인을 하자고 권한다. 시인이 되고자 고은태는 필명을 고은으로 짓고, 이들은 1953년 6월부터 매주 토요일에 만나는 '토요동인회'를 만든다. 37세의 송기원과 21세의 고은은 밤낮없이 인생과 문학을 논하고, 군산, 전주, 이리, 광주를 거치며 시화전을 열었다.

1955년 1월 26일 가람 이병기(1891~1968), 신석정(1907~1974), 서울의 김수영을 초청하여 군산 시내 중앙로 YMCA회관 2층 강당에서 이틀간 시문학 강연회를 가졌다. 여기에 가져온 사진이 그때의 모습을 담은 것이다. 이 모임에서 가람 이병기는 '고전 문학', 신석정은 '시를 어떻게 보고 쓰는가', 김수영은 '현대시의 의미'를 강연했다. 고은은 이 강연회를 정확히 기억한다.

그때 김수영 선생은 30대 청년 시인으로, 해방 시기의 사화집과 전후 작품 몇 편을 발표함으로써 촉망받는 시단의 기린아이기도 했습니다. 그 강연회가 끝나고 군산 지방 시 동인들의 작품을 김 선생에게 보여드렸는데, 거기에 제 시도 서너 개가 포함되어 있었습니다. 다음 날 그이는 다른 동인의 작품에는 친절한 소감을 격려하며 서투르거나 당치 않은 부분에 대해 지적하기도 했는데, 웬일인지 저에게는 가타부타 한마디도 없었습니다. 훨씬 뒤에 들은 바로는, 김 선생은 제 작품을 직접 서울로 가지고 가 어느 문예지에 발표하도록 주선하겠다 하자 송기원이 너무 일찍 문단에 내보내면 교만해질 수도 있으니 장래를 위해서는 좀 더 시 창작 단

앞줄 왼쪽부터 김수영, 이병기, 신석정, 뒷줄 맨 오른쪽이 고은이다

련 기간이 필요하다는 이의를 말해, 결국 김 선생이 그 뜻을 따른 것이었습니다.
(고은, 『낡아도 좋은 것은 사랑뿐이냐』 발문, 2013)

    저 오래 묵은 흑백사진 한 장은 기억해야 할 정도로 가치 있다. 시조 시인이
자 한글맞춤법 통일안의 제정위원으로 일제 때 수감되기도 했던 65세의 이병기
선생, 1931년에 등단하여 넓게 영향을 끼쳤던 49세의 신석정 시인, 그리고 십여
년 아래 35세의 김수영 시인, 아직 습작생인 23세의 고은으로 이어지는 한국
문학사의 한 세대가 모인 드문 순간이다. 김수영 시인의 영향력이 서서히 퍼지
는 현장도 보인다. 토요동인회는 동인들이 타 지역으로 떠나면서 1958년 말 소
멸되었지만, 저 강연회 이후에 흩어진 동인들은 곳곳에서 꾸준히 문학 활동을
펼쳤다.

1956년 1월

벽을 사랑하는 하루살이여

하루살이

나는 일손을 멈추고 잠시 무엇을 생각하게 된다
— 살아 있는 보람이란 이것뿐이라고 —
하루살이의 광무狂舞여

하루살이는 지금 나의 일을 방해한다
— 나는 확실히 하루살이에게 졌다고 생각한다 —
하루살이의 유희遊戱여

너의 모습과 너의 몸짓은
어쩌면 이렇게 자연스러우냐
소리 없이 기고 소리 없이 날으다가
되돌아오고 되돌아가는 무수한 하루살이
—그러나 나의 머리 위의 천장에서는 너의 소리가 들린다 —
하루살이의 반복이여

불 옆으로 모여드는 하루살이여
벽을 사랑하는 하루살이여
감정을 잊어버린 시인에게로

모여드는 모여드는 하루살이여

—나의 시각視覺을 쉬이게 하라—

하루살이의 황홀이여

(1956. 1., 『신태양』 1956. 10.)

「하루살이」는 1957년 당시 김수영의 삶을 잘 보여주고 있다. 하루살이를 바라보는 화자는 "일손을 멈추고 잠시 무엇을 생각"(1연 1행)한다. 하루살이를 보면서 "—살아 있는 보람이란 이것뿐—"(1연 2행)이라고 말한다. 줄표가 있는 부분은 연극적인 독백 나레이션 부분으로 보인다. 식민지 말기와 해방기 때 연극을 공부했고, 만주에서 연극배우로 출연했던 김수영 시에서 가끔 나타나는 연극 효과다.

"지금 나의 일을 방해"하는 하루살이는 나의 게으름을 깨우치며 자유롭게 날아다니는 '자유' 자체다. 어지럽게 날아다니는 "하루살이의 광무狂舞"는 자유롭고 열정적이다. 하루살이는 김수영 시에 자주 등장하는 귀찮은 존재다. 재미있는 사실은 김수영이 귀찮은 존재를 통해 자신을 변화시키려 한다는 점이다. 모리배를 통해 언어를 배우려 한다(「모리배」)는 경우도 비슷하다. 적대적인 대상들과 자신을 합치合致시키는 노력을 하는 것이다.

3연에서 화자는 "너의 모습과 너의 몸짓은/어쩌면 이렇게 자연스러우냐"며 하루살이를 부러워한다. 그 "무수한 하루살이"는 "소리 없이 기고 소리 없이 날으다가/되돌아오고 되돌아가"기를 반복한다. 김수영은 셀 수 없이 많은 하루살이의 존재를 생각하고 있는 것 같다. 당시 양계를 하고 있던 김수영은 반복되는 생활에 만족할 수 없었다. 이 시의 핵심은 "반복"에 있다.

잠깐 양계장 풍경을 상상해보자. 김수영은 먹고살려고 양계를 한다. 닭장 치는 와중에 하루살이 떼가 모여들어 일을 방해하고 춤을 춘다. 나는 일손을 멈추고 "잠시", "살아 있는 보람이란 이것뿐이라고" 외치는 듯한 "하루살이의 광무狂舞"를 본다. 그 광무를 보니 내가 "살아 있는 보람"은 무엇인가, 뜬금없는 생각이 든다.

화자는 시선을 바꾼다. "불 옆으로 모여드는 하루살이"는 자신의 몸을 태우면서 지상에서 누리는 시간에 충실하다. "벽을 사랑하는 하루살이"라는 표현도 강렬하다. 벽은 한계 상황이고 더 이상 넘어가지 못하도록 막는 장애물이다. 하루살이 같은 존재는 그러한 한계 상황에 도전하고 부딪친다.

자신을 "감정을 잊어버린 시인"으로 규정해놓은 이에게 하루살이는 반복하여 모여든다. 기계처럼 반복되는 일상과 개선될 기미가 보이지 않는 현실에 지쳐 있었던 김수영은 "감정을 잊어버"렸다고 고백한다. 하루살이를 보면서 화자가 외친다.

"나의 시각視覺을 쉬게 하라".

이 말은 늘 내적 성찰을 갖고 싶어 하는 김수영의 바람이 아닐까. 김수영에게 고독이란 모든 역동성의 원천이었다. 미치도록 춤추고, 즐겁게 지내고, 무한반복되고, 황홀한 하루살이는 김수영에게 성찰하고 반성할 기회를 준다. 김수영에게 "하루살이"는 하나의 "황홀"(4연 6행)이었다. "하루살이"는 감정을 잊어버린 김수영을 부드러우면서도 강렬하게 위로한다. 김수영은 하루살이의 열정에 감탄하고 있다.

1956년 2월

내 앞에 서서 주검을 막고 있는

병풍

병풍은 무엇에서부터라도 나를 끊어준다

등지고 있는 얼굴이여

주검에 취한 사람처럼 멋없이 서서

병풍은 무엇을 향向하여서도 무관심하다

주검의 전면全面 같은 너의 얼굴 위에

용龍이 있고 낙일落日이 있다

무엇보다도 먼저 끊어야 할 것이 설움이라고 하면서

병풍은 허위의 높이보다도 더 높은 곳에

비폭飛瀑을 놓고 유도幽島를 점지한다

가장 어려운 곳에 놓여 있는 병풍은

내 앞에 서서 주검을 가지고 주검을 막고 있다

나는 병풍을 바라보고

달은 나의 등 뒤에서 병풍의 주인 육칠옹해사六七翁海士의 인장印章을 비추

어주는 것이었다

(1956. 2.)

현재 김수영문학관 2층에 있는 8인용 식탁은 원래 김수영의 구수동 자택 서
재에 있었다고 한다. 책상 삼아 그 식탁에서 책을 읽고 시를 썼는데 식탁 뒤로
병풍이 있었다고 한다. 그 병풍을 보며 이 시를 생각했을 수도 있고, 아니면 어

느 상가에 가서 병풍을 보았을 수도 있겠다.

영안실을 누구나 사용할 수 없던 시절에는 사람이 사망하면 안방 안쪽에 시신을 모시고 병풍으로 막았다. 병풍 뒤는 시신이 누운 죽은 자의 공간이고, 병풍 앞은 산 자의 공간이다. 제사를 지낼 때 병풍을 벽 쪽에 두르고 병풍 앞에 제사상을 차린다. 제사상 앞은 세속적인 공간이고 병풍 뒤는 마치 영혼이 살아 있는 듯한 영계靈界의 공간이다. 제사하러 왔는지, 문상하러 왔는지 모르지만, 화자는 '병풍'을 바라본다.

"병풍은 무엇에서부터라도 나를 끊어준다"라는 1행에서 "끊어준다"는 무슨 뜻일까. '병풍 뒤=죽음의 공간' 대 '병풍 앞=산 자의 공간'으로 나누어준다는 말로 보인다. 병풍은 죽은 자와 산 자의 관계를 끊어준다. "등지고 있는 얼굴"이란 병풍이 죽은 자를 대신해서 산 자들을 향하고 있으니, 병풍은 죽은 자를 등지고 있는 상황이겠다. 죽음에 취한 병풍은 "무엇을 향하여서도 무관심"하다. 병풍 전면에는 용과 낙일이 그림인지 글씨인지 보인다.

죽은 자의 유언인 양 병풍은 화자에게 말없이 가르쳐준다. "점지한다"는 말은 신령이나 부처가 무엇인가 미리 가르쳐준다는 뜻이다. 병풍이 점지해주는 것은 첫째 "무엇보다도 먼저 끊어야 할 것이 설움"이라고 한다. 새로운 삶으로 도약하려면 설움을 끊어야 한다. 지금까지 1950년대 김수영 시에서 「긍지의 날」, 「거미」 등 얼마나 자주 설움이 나왔는지 생각해볼 만하다. 이제 그 설움에서 도약해야 한다. 설움을 끊고 이제 병풍처럼 허위의 높이보다 더 높은 곳을 앙망해야 한다. '용'은 하늘로 오르는 '상승'의 이미지이며, '낙일'은 해가 서산으로 지는 '하강'의 이미지이다. 낙일, 아래로 떨어진다, 몰락한다는 하강 이미지는 헤겔이나 니체의 '몰락沒落(untergang)'을 떠올리게 한다. 하이데거의 '기투企投(Entwurf)'를 생각하게 한다. 헤겔에게서 몰락은 근거를 향한다는 뜻이지만, 니체의 몰락이나 하이데거의 기투는 자신이 가야 할 목적지에 전 존재를 건다는 뜻이다. 별똥처럼 내 삶은 떨어져야 할 곳에 떨어져야 한다.

비폭飛瀑은 아주 높은 곳에서 세차게 떨어지는 폭포다. 비폭, 높은 폭포야말로 몰락과 기투를 상상하게 하는 이미지다. 김수영은 「폭포」에서 떨어져야 할 때, 몰락해야 할 때, 온몸을 던지는 삶을 재현했다. 유도幽島는 고요하고 깊디 깊은 섬을 뜻한다. 죽음을 넘어서는 삶을 위해서는 자신을 고독하게 유폐시킬 수 있는 유도로 향하라고 병풍은 점지해주는 것이다. 하이데거 말대로 '자기 속에 고요히 머무르는(Auf-sich-beruhen)' 완결된 고요함(Ruhe)에 이를 때 우리는 완결된 통일성을 찾을 수 있다(하이데거, 『예술작품의 근원』).

여기까지 어느 정도 이해는 되나. 마지막 행에서 시가 물음표로 끝난다. "육칠옹해사六七翁海士의 인장"이라는 단어가 무슨 뜻인지 꽉 막혀버린다. 지금까지 육칠옹해사가 무슨 뜻인가 여러 논의가 있었다. 67세 바닷가의 노 선비는 독일의 철학자인 마르틴 하이데거Martin Heidegger(1889~1976)를 가리키는 말이라는 해석도 있었다. 김수영이 「병풍」을 쓴 1956년은 하이데거가 만으로 67세 되던 해라는 것이다. 그럴듯하지만 '해사'가 무엇인지 꽉 막혀버린다. 해사는 누구의 호일까.

그는 구한말의 문신이자 서예가인 해사海士 김성근을 지칭한다. 그렇다면, 용과 낙일은 해사 김성근의 병풍에 씌어진 글자 자체를 뜻한다고 할 수 있다. 시인은 병풍처럼 냉담한 자세로 병풍을 바라보면서 그 평면에 씌어진 글자인 용과 낙일을 보고 있는 중이다.
(박수연, 「병풍」 해설, 김수영연구회, 『너도 나도 스스로 도는 힘을 위하여』, 민음사, 2018, 88면)

해사 김성근

여러 추측이 있어왔으나 '육칠옹해사'는 구한말 이조판서를 역임한 서예가 '해사海士' 김성근金聲槿(1835~1919)의

서명에 해당하는 것이라는 박수연 교수의 말이 맞다. 해사가 쓴 현판(사진)의 왼쪽 서명을 보면 알 수 있듯이 해사는 글씨를 다 쓰고 난 뒤, 글씨를 썼던 당시의 나이를 표기했다. 위 현판의 "칠십일옹七十一翁"이라는 말은 71세 때 썼다는 뜻이다. 그러니까 시 「병풍」의 마지막 행에서 육칠옹해사六七翁海士라고 쓴 것은 해사가 67세 때 쓴 글씨가 있는 병풍을 김수영이 갖고 있었다는 말이다. 김성근이 서예가이니 용과 낙일은 그림이 아니라 글씨일 가망성이 크다. 김현경 여사에 따르면, 김수영이 해사 글씨가 쓰여 있는 병풍을 갖고 있었는데 어머니가 땔거리가 없다며 불에 태웠다고 한다.

10행과 11행에서는 두 가지 의미의 주검이 나타난다. 하나는 예술의 주검인 병풍이요, 또 하나는 실제 주검인 시신이다. 따라서 "내 앞에 서서 주검을 가지고 주검을 막고 있다"는 구절에는 영원한 예술을 통해 인간의 유한성을 극복하고 싶어 하는 욕망이 담겨 있다.

"말없이 서서", "내 앞에 서서"에서 '서다(stehen)'라는 말의 의미는 중요하다. 죽음으로 향하는 실존은 나를 밖으로 세우는 존재이다. 실존주의에서 실존(existence, existenz)이란 라틴어 'existere'에서 유래되었다. 주체를 밖으로(ex) 세우는(sistere) 존재가 살아 있는 실존인 것이다. 하이데거의 「예술철학의 근본 개념」에서 중요하게 나타나는 개념이다. 하이데거는 실존이나 예술작품이 자기의 존재를 밖으로 내세운 경우를 박물관이나 전시회 같은 상업적인 경우와 그리스 비극에서처럼 성스럽게 세워져 있는 경우를 비교하여 설명한다.

다시 말해 스스로를 환히 밝힌다(sich lichen), 신의 입상을 바로 세워놓는다(Errichten) 함은, 본질적인 것이 수여해주는 그런 지침으로서의 척도, 즉 무릇 사람이라면 마땅히 그것을 따라가야만 하는 그런 척도로서의 역할을 하는 그런 '올바름을 열어놓는다(das Recht öffnen)'는 것을 뜻한다.
(하이데거, 『예술작품의 근원』)

본래 있어야 할 고유한 자기 세계와 참답게 머물러 있는 경우, 세워져 있다는 것은 존재론적 의미를 갖는다. 고유한 자기 세계와 연결되어 서 있을 때, 그 서 있음은 '올바름을 열어놓는다'고 하이데거는 설명한다. 인간이 자기를 밖으로 세우는 방식을 하이데거는 염려와 배려와 심려로 『존재와 시간』에 설명했다. 내일 죽는다면, 인간이라면 온갖 일을 염려한다. 사랑해야 할 가족을 떠올릴 것이다. 죽음을 아는 자는 염려·배려·심려 곧 사랑을 할 수밖에 없다. 김수영이 쓴 "죽음이 없으면 사랑이 없고 사랑이 없으면 죽음이 없다"(「나의 연애시」)라는 구절은 하이데거를 깨달은 자가 쓸 수 있는 표현이다.

때문에 삶과 죽음을 가르는 병풍은 "가장 어려운 곳에 놓여 있"는 사물이다. 12·13행에서 다시 병풍을 마주하는 화자의 상황을 보여준다. 앞에서는 병풍과 화자의 관계가 "끊어준다", "무관심하다"라는 단절의 상태였지만, 여기서는 "바라보다", "비추어주다"라며 단절을 극복하는 모양새다.

마지막 13행이 길다. 아마 보통 시인이라면 "달은 나의 등 뒤에서"에서 끊고 행갈이를 했을지도 모른다. 그러나 김수영은 그런 짧은 행을 단순하게 반복하기보다는 정형적인 규칙을 넘어 길게 써버렸다. 틀에 박힌 것에 파괴적이고, 상투적인 것을 싫어하는 김수영다운 판단이다.

현대시로서의 진정한 자질을 갖춘 처녀작이 무엇인가 하고 생각해볼 때 나는 얼른 생각이 안 난다. 요즘 나는 라이오넬 트릴링의 「쾌락의 운명」이란 논문을 번역하면서, 트릴링의 수준으로 본다면 나의 현대시의 출발은 어디에서 시작되었나 하고 생각해보기도 했다. 얼른 머리에 떠오르는 것이 십여 년 전에 쓴 「병풍」과 「폭포」다. 「병풍」은 죽음을 노래한 시이고, 「폭포」는 나태와 안정을 배격한 시다. 트릴링은 쾌락의 부르주아적 원칙을 배격하고 고통과 불쾌와 죽음을 현대성의 자각의 요인으로 들고 있으니까 그의 주장에 따른다면 나의 현대시의 출발은 「병풍」 정도에서 시작되었다고 볼 수 있고, 나의 진정한 시력詩歷은 불과 10년 정도밖에는 되지 않는다.

(『김수영 전집 2』, 426~427면)

죽음을 묵상하는 시 「병풍」을 김수영은 "나의 현대시의 출발"이라고 자평한다. 한국전쟁 중에 인민군에서 탈출하여 남한에 와서는 반대로 북에서 왔다는 수상한 인물이라는 혐의로 거제도 수용소에 끌려갔던 김수영이다. 총으로 위협을 당하며 체포도 당해봤고, 다리가 피곤죽이 되도록 매도 맞으며 죽음 가까이에 가는 경험을 몇 번이고 했던 김수영이다. 반대로 실제로 죽기까지 살아 있는 이 한 순간 한 순간이 얼마나 중요한지를 그는 처절하게 안다. "늘 죽음을 생각하며 살아라"라는 '상주사심常住死心'은 김수영의 좌우명이었다고 말해도 별로 어긋나지 않을 것이다.

이 시에 대해 김규동은 깊이 있는 평을 남겼다.

병풍을 대하고 앉아 시인이 가진 사념의 비약된 시적현상詩的現像의 의미세계다. 시인의 사물의 인식은 물상物象=병풍 또는 그것들의 관계에 있는 것이 아니고 사물성, 즉 사물의 본질성에로 향하고 있다. 그 무엇에도 흔들리는 일이 없는 모든 속성을 떨어버린 사물의 존재론적 본질에의 접근— 이것이 이 시로 하여금 리얼리티의 농도를 짙게 하고 있는 역학力學이 된다.

기성의 스타일, 기성의 미학에 전혀 의지하지 않고도 생명감의 정체를 파악해내는 기술과 방법— 그것은 시인의 끊임없는 인생체험의 깊은 수련에서만 얻어지는 것이리라.

(김규동, 「시의 진화」, 『현대시의 연구』, 한길사, 1972, 104면)

「병풍」에는 "사물의 본질성"으로 향하는 시선, "사물의 존재론적 본질에의 접근"이 있다고 김규동은 평한다. 인생을 어떻게 살아야 한다는 깊은 깨달음이 시속에 있다는 말이다. 그런 깨달음은 "인생체험의 깊은 수련에서만 얻어지는 것이"라고 김규동은 상찬한다. 1953년에 만나 함께 역사성 없는 모더니즘을 비판하고 오랫동안 친구로 지낸 김규동 시인은 「병풍」을 소개하면서, 사물의 존재론적 탐색이란 결국 일상에서 온다는 사실을 제시한다.

이 시에서 보듯 이제 김수영은 죽음과 설움에서 단절하여, 자기가 떨어져야 할 곳에 집중하고자 한다. 병풍 글씨를 보다가, 그 글씨가 점지해주는 에피파니를 깨달은 것이다. 이 시를 읽으면, 마포구 구수동으로 이사하여 양계와 번역에 집중하면서 조금씩 안정을 찾는 김수영의 모습이 상상된다.

1956년 5월

곧은 소리는 곧은 소리를 부른다

폭포

폭포는 곧은 절벽을 무서운 기색도 없이 떨어진다

규정할 수 없는 물결이
무엇을 향하여 떨어진다는 의미도 없이
계절과 주야를 가리지 않고
고매한 정신처럼 쉴 사이 없이 떨어진다

금잔화金盞花도 인가人家도 보이지 않는 밤이 되면
폭포는 곧은 소리를 내며 떨어진다

곧은 소리는 소리이다
곧은 소리는 곧은
소리를 부른다

번개와 같이 떨어지는 물방울은
취할 순간조차 마음에 주지 않고
나타懶惰와 안정安定을 뒤집어놓은 듯이
높이도 폭도 없이
떨어진다

(1956. 5.)

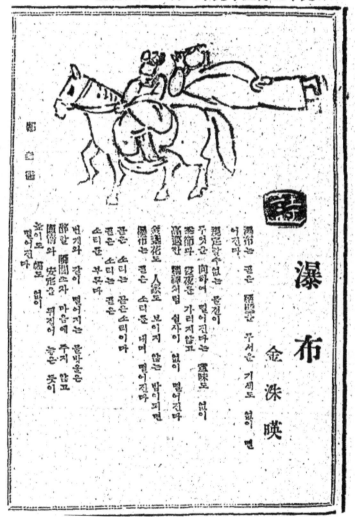

당시 높은 평판을 받았던 작품이다.

"폭포는 곧은 절벽을 무서운 기색도 없이 떨어진다"로 시작하는 5연의 짧은 시는 첫 구절부터 팽팽한 긴장을 전한다. 윤동주가 우물을 보며 성찰했듯이, 김수영은 폭포를 보며 성찰한다.

"규정할 수 없는 물결"이란 완벽한 자유를 의미한다. 마치 들뢰즈가 매끈한 면 위에 떨어지는 구슬 같은 존재를 노마드nomad라고 지칭했듯이, 폭포는 어떤 가치나 윤리로도 제한할 수 없는 물결이다. 화자는 계절과 주야를 가리지 않고 쉴 새 없이 떨어지는 폭포를 "고매한 정신"으로 비유한다.

"금잔화도 인가도 보이지 않는 밤"이다. 메리골드라고 하는 금잔화는 많은 사람에게 사랑받는 꽃이다. 야생 국화 꽃송이보다 큰 노란색으로, 눈에 잘 띈다. 어두워서 그 꽃조차 보이지 않는 밤이다. 화사한 아름다움이나 인간적인 따스함도 사라진 캄캄한 현실을 뜻한다. 아무 희망도 보이지 않는 어두운 시간에 폭포는 "곧은 소리"를 내며 떨어진다. 여기 잠깐 김수영이 썼던 노란색의 의미를 생각해보자. 김수영에게 노란색은 개나리꽃이 피었던 4월 혁명을 상징한다. 그렇다면 "금잔화도 인가도 보이지 않는 밤"이란 혁명의 기운이나 따스한 인간의 삶도 보이지 않는 시대라는 상상도 할 수 있지만, 그것은 독자가 판단하기 나름이다.

곧은 소리는 소리이다

밤이라는 시간은 시각視覺이 어두워지지만, 반대로 청각聽覺이 열리는 시간이다. 그래서 "곧은 소리를 내며 떨어"지는 폭포 소리가 더 또렷이 들린다.

곧은 소리는 소리이다
곧은 소리는 곧은
소리를 부른다

폭포瀑布는 곧은 소리이다. "곧은"이란 용언은 왜곡歪曲의 반대말이다. 곧은

소리는 또 곧은 소리를 부른다. 예언적 지성은 또 다른 예언적 지성을 불러일으
킨다.

잠깐, 예민한 독자라면 이상한 부분을 발견했을 것이다. 위의 1956년 5월 29
일 《조선일보》 발표본에는 분명 "곧은 소리는 곧은 소리이다/곧은 소리는 곧은/
소리를 부른다"라고 적혀 있는데, 현재 『김수영 전집』에는 필자가 인용한 대로
"곧은 소리는 소리이다"로 씌어 있다. 그렇다면 『김수영 전집』뿐만 아니라, 그것
을 따른 많은 교과서가 잘못 인용한 것일까. 과연 정본은 무엇인가.

현재 「폭포」의 김현경 여사 원고본은 두 가지가 있다. 첫 번째 원고본에는 "곧
은 소리는 곧은 소리이다"로 표기돼 있다. 같은 표기본으로는 1956년 《조선일보》
발표본과 김규동 편집의 『평화에의 증언』(삼중당, 1957)에 실린 발표본이 있다.

「폭포」를 받아쓴 김현경 정서본은 두 가
지가 있다. 첫째는 1958년 2월에 나올 뻔
한 시집 『달나라의 장난』 원고 정서본이 있
고, 두 번째는 이듬해 1959년 시집 『달나라
의 장난』을 내기 위해 받아쓴 정서본이 있
다. 두 번째 정서본에 "곧은 소리는 소리이
다"라고 쓰여 있다. 게다가 시집 『달나라의
장난』 원고본이 아니라, 출판사 교정쇄를 보
면 김수영이 확인한 흔적을 볼 수 있다. 김
수영이 원고지에 마침표를 붉은 펜으로 다
빼고, 나타(懶惰)의 한자를 바로잡아 달라고
일본어로 메모했다. 수정을 부탁한 일본어
글씨는 김수영 글씨가 확실하고, 김수영이
확인한 최종 교정쇄다. "곧은 소리는 소리이
다"가 정본에 맞는 표기라고 할 수 있겠으
나, 이후 다른 판본에서는 다시 "곧은 소리

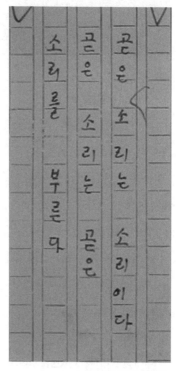

1959년 원고 정서본.
김현경 여사 제공

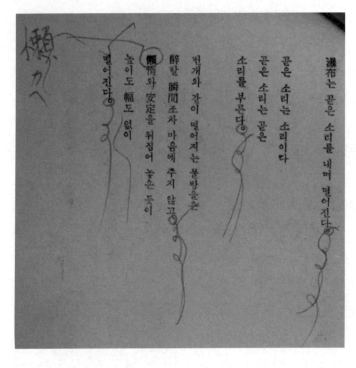

瀑布는 곧은 소리를 내며 떨어진다

곧은 소리는 소리이다
곧은 소리는 곧은
소리를 부른다

번개와 같이 떨어지는 물방울은
醉할 瞬間조차 마음에 주지 않고
懶惰와 安定을 뒤집어 놓은 듯이
높이도 幅도 없이
떨어진다

『달나라의 장난』
마지막 교정쇄다.
원고지에는
"곧은 소리는
곧은 소리이다"라고
썼는데,
김수영은 출판사에서
보내는 "곧은 소리는
소리이다"로
그대로 통과시켜,
현재 전집에는
이 구절을
그대로 따라 표기했다

는 곧은 소리이다"로 바뀐다.

이 부분이 재미있다. 아무것도 아닌 과정 같지만 "곧은"이라는 단어에 시인이 얼마나 집착하고 고민했는지 알 수 있는 생생한 사례이기 때문이다. 왜 어떤 판본에서는 "곧은"이란 단어를 뺐을까. "곧은"을 다섯 번이나 반복했는데, 왜 여섯 번 반복하지 않고, 절제했을까.

첫째, 김수영이 반복할 때의 습관을 보면 이해할 수 있다. 김수영은 무언가 반복할 때는 똑같이 반복하지 않는다. 이영준 교수는 '꽈배기 반복'이라고 하기까지 했는데, 꽤 어울리는 표현이다. 뛰어난 축구 선수가 같은 방식으로 드리블을 하지 않고 변칙하여 드리블하듯, 두 번째 반복할 때는 다른 방식으로 리듬을 타며 반복한다.

둘째는 의미가 확대되는 파장 효과를 보여준다. "곧은 소리는 곧은 소리이다"라고 쓰면 같은 말이 계속 반복되어 파장 효과가 없다. 비교해서 "곧은 소리는 소리이다"라고 쓰면, "곧은 소리"라고 해도 본래 "소리" 그 자체인데, 그것이 "곧은 소리를 부른다"라고 이중 점프를 하는 파장 효과를 보여준다. "곧은 소리는 소리이다"라는 말에서 곧은 소리는 물리적으로 소리일 뿐이다. 그 소리가 나아가 "곧은 소리는 곧은/소리를 부른다"로 확장된다고 볼 수도 있다.

셋째는 의식적인 해석을 거부하는 김수영의 시작법의 특질로 볼 수도 있다. 초현실주의를 시의 기법으로 받아들인 김수영을 생각하면 그저 무의식의 반복으로 생각해도 좋겠다. 곧은 소리를 두 가지로 반복시킨다. 곧은 소리는 소리이고, 곧은 소리로 다시 반복된다. 이 부분이 노래가 되는 부분이다. 독자가 리듬으로 몸을 타며 해석을 나름대로 만들어내야 하는 부분이다.

세세히 생각하면 "곧은 소리는 곧은 소리이다"보다, "곧은 소리는 소리이다"가 훨씬 김수영답고 파장 효과가 있다고 판단된다. 이 시에서 묘한 해방을 느끼는 근원이 바로 이런 반복의 파괴, 리듬의 자유, 언어의 자유, 그리고 "곧은"의 확장과 절제에 있다.

번개와 같이 떨어지는 물방울

"번개와 같이 떨어지는 물방울"(5연 1행)이란 구절을 주의 깊게 보자. 정희성 시인은 "깰수록 청청한 소리가 난다"(「얼은 강을 건너며」)라고 했듯이 물방울은 깨지면서도 청청한 소리를 낸다. 번개와 같이 떨어지는 물방울에는 한 명 한 명 각성한 개인이 보인다. 시인은 폭포를 그냥 뭉뚱그려 떨어지는 대중大衆(the mass)으로 보지 않고, 개인 한 명 한 명의 물방울인 다중多衆(the multitude)으로 본다. 각 개인이 물방울 하나하나로, 번개처럼 깨어 있는 선구자로 더불어 내리꽂히는 시대를 상징한다. 읽다가 잠시 놀라는 까닭은 흡사한 구절이 니체의 『차라투스트라는 이렇게 말했다』에도 나타나기 때문이다.

나는 사랑하노라. 사람들 위에 걸쳐 있는 먹구름에서 한 방울 한 방울 떨어지는 무거운 빗방울과 같은 자 모두를, 그런 자들은 번갯불이 곧 닥칠 것임을 알리며 그것을 예고하는 자로서 파멸해가고 있으니.

보라, 나는 번갯불이 내려칠 것임을 예고하는 자요, 구름에서 떨어지는 무거운 물방울이다. 번갯불, 이름하여 위버멘쉬렷다.

(니체, 『차라투스트라는 이렇게 말했다』, 책세상, 2010, 23면)

니체는 "번개"와 "빗방울"을 위버멘쉬와 등치시킨다. 그렇다면 물방울은 깨어 있는 '위버멘쉬'의 상징으로 해석할 수도 있다.

모두 이루었다며 안심할 때, "취醉할 순간瞬間"이나 게으른 "나타懶惰와 안정安定"을 꾸짖듯 폭포가 떨어진다. 김수영 시에는 게으름과 안정을 없애려는 격한 싸움이 엿보인다. 김수영 시에는 안팎으로 팽팽한 긴장이 흐른다.

시에 "떨어진다"가 5번 반복되어 울린다. 마지막 행도 "떨어진다"로 끝난다. 같은 단어이지만, 사이사이에 있는 의미로 인해 "떨어진다"의 강도는 더 강해진다. 떨어지는 존재는 바닥에 깨져야 한다. 죽을 듯이 떨어진다. 폭포의 떨어짐에는 죽음이 있다. 중요한 것은 김수영의 시에서 죽음이란 생물학적 끝이 아니라, 최고의 경지로서의 한 순간이라는 사실이다. 그에게 죽음의 순간이란, 영적인 죽음과 영적인 탄생이 동시에 이루어지는 순간이다. 폭포가 곧바로 떨어져, 몰락하여 깨져야, 바른 소리를 울린다. 몰락의 순간은 곧 재생再生의 순간이다. 니체가 말했던 '몰락에의 의지'가 떠오른다.

사람에게 위대한 것이 있다면 그것은 그가 목적이 아니라 하나의 교량이라는 것이다. 사람에게 사랑받을 만한 것이 있다면, 그것은 그가 하나의 과정이요 몰락이라는 것이다.

나는 사랑하노라. 몰락하는 자로서가 아니라면 달리 살 줄 모르는 사람들을. 그런 자들이야말로 저기 저편으로 건너가고 있는 자들이기 때문이다.

(위의 책, 20~21면)

니체의 『차라투스트라는 이렇게 말했다』에 나오는 '몰락에의 의지'는 위버멘쉬로 살아가는 이들의 기본 자세이다. 하이데거는 인간을 세계에 던져진 피투彼投(Geworfenheit)적 존재로 보았다. 제대로 된 인간은 자신이 선택한 길에 스스로를 던지는 기투企投(Entwurf)적 존재로 살아야 한다고 표현했다.

'시작 노트'를 보면 이 시는 김수영 시인의 개인적 성찰을 넘어서는 인식을 품고 있는 시라는 것을 알 수 있다. "시는 과연 얼마만 한 믿음과 힘을 돋구어줄 것인가"(「시작 노트」)라면서, 「폭포」는 인류학적인 양심과 평화를 지키기 위해 쓴 작품이라고 쓰여 있다.

부인 김현경 여사는 이종구와 헤어져 1954년 김수영과 서울 성북동 집에 정착하는데, 밤에 폭포 소리가 들리는 그 집에서 겪은 체험을 시로 썼다고 회고했다.

"우리가 세 든 집은 백남준 작가의 부친이자 우리나라 최초의 재벌로 불리던 백낙승 씨의 한옥 사랑舍廊 별장이었어요. 울창한 정원이 있고 바위와 폭포와 금잔화, 새벽녘이면 들리는 딱따구리 울음소리, 약수로 밥을 지어 먹을 수 있는 곳! 피난살이에 시달린 우리로서는 그야말로 선경仙境에라도 든 듯 쾌청한 날들이 이어졌지요. 김 시인이 폭포를 좋아해서 짬이 날 때마다 산책을 나가곤 했어요. 건기에는 말라 있다가도 비가 내리면 큰 물줄기를 곧게 떨어뜨리던 폭포였어요."

김현경 산문집 『낡아도 좋은 것은 사랑뿐이냐』에 상세히 쓰여 있는 이 시의 배경을 나는 여러 번 들었다. 「폭포」의 원고본을 김현경 여사가 두 번이나 정서했기에 그 기억은 확실할 것이다.

1956년 7월

흔들리는 생활 속에 찾는 구원

지구의地球儀

지구의의 양극을 관통하는 생활보다는
차라리 지구의의 남극에 생활을 박아라
고난이 풍선같이 바람에 불리거든
너의 힘을 알리는 신호인 줄 알아라

지구의의 남극에는 검은 쇠꼭지가 심겨 있는지라—
무르익은 사랑을 돌리어보듯이
북극이 망가진 지구의를 돌려라

쇠꼭지보다도 허망한 생활이 균형을 잃을 때
명정酩酊한 정신이 명정을 찾듯이
너는 비로소 너를 찾고 웃어라

(1956)

'지구의'는 지구의 모양을 본떠 만든 모형이다. 이 시는 보이지 않는 '나'가 '너'에게 명령하는 투로 쓰여 있다. "지구의의 양극을 관통하는 생활보다는/차라리 지구의의 남극에 생활을 박아라"라는 표현은 난해하다. "지구의의 양극을 관통하는 생활"은 흔들리지 않고 붙박이로 고정된 삶을 상징한다. 비교격 조사인 '~보다는'의 앞뒤가 서로 맞지 않는다. 앞의 "생활" 명사를 뒤의 "박아라"라는 동사와 비교하는 꼴이다. 확고하고 안정된 명사적 삶이 아니라, 흔들리고 술에 취한 동사의 삶을 인정하고 그 흐름을 인정하라는 것을 "박아라"고 표현한 것이 아닐까. 그렇다면 "지구의의 남극에 생활을 박아라"는 표현은 지구를 돌리는 좀 더 극단적인 곳, 삶의 근원에 생활을 박으라는 의미로 볼 수 있겠다.

이 시의 핵심은 "고난이 풍선같이 바람에 불리거든/너의 힘을 알리는 신호인 줄 알아라"는 구절이다. 고난을 오히려 삶의 동력으로 받아들이는 태도는 「긍지의 날」, 「구라중화」, 「수난로」 등에서 반복해 나왔다. 가장 힘들 때, 자신을 위로하는 표현이었을 것이다.

2연에는 "남극에 생활을 박아라"라고 했던 '박는 곳'에 대한 성찰이 나온다. 지구의를 돌릴 수 있는 힘은 위아래 양극에 "검은 쇠꼭지가 심겨 있"기 때문이다. 위의 북극 쪽이 망가져 있어도, 아래 남극 쪽 쇠꼭지가 건실하다면 "무르익은 사랑을 돌리어"볼 수 있겠다. 'A는지라, B하라'는 말은 A라는 원인이 있으니 B를 하라는 구조를 갖고 있다. 양극에 검은 쇠꼭지가 있으니(A), 한쪽이 망가져 있어도 사랑하라(B)는 명령으로 보인다. "무르익은 사랑"이란 양쪽이 모두 건실한 상태가 아니라, 한쪽이 망가져 있어도 한쪽이 버티며 견디는 사랑이란 뜻이 아닐까.

"돌려라"에서 동사 '돌리다'는 김수영에게 생활을 상징하는 동사이기도 하다. 팽이 돌리기를 지켜보며 "팽이가 까맣게 변하여 서서 있는 것"(「달나라의 장난」)이라고 표현할 때, 그것은 악착같이 자신을 돌리며 견디는 상태다. 기계의 비상을 극복한 인간의 모습으로 비유한 「헬리콥터」 등에서 '돌리다'는 이미지는 반복된다. 이런 삶이야말로 "나는 피로하였고/또 나는/영원히 피로할 것이기에"(「긍지의 날」)라는 반복적 삶일 것이다.

3연에서 쇠꼭지는 북극 쪽의 망가진 쇠꼭지를 받는다. "쇠꼭지보다도 허망한 생활"은 쇠꼭지가 망가져 균형을 잃어버린 지구의, 균형을 잃어버린 생활을 말한다. 닭을 키우며 살아가는 김수영의 삶은 하기 싫은 것을 억지로 해야 하는 "매춘부의 생활"(「바뀌어진 지평선」), "부자유한 생활"(「여름뜰」)이었다.

결국 버틸 수 없을 정도로 취해버려 균형을 잃어버릴 때도 있다. "명정酩酊"이란 한자는 술 취할 명, 술 취할 정이다. 그야말로 정신을 차리지 못할 정도로 술에 몹시 취해 있는, 곤드레만드레 취한 상태를 말한다. "술에 취하면 물건을 부술까 봐 숨길 때도 있었어요"라고 김현경 여사가 증언할 정도로 김수영은 가끔 대취하기도 했다.

취한 듯이 균형을 잃었을 때 오히려 균형의 의미를 깨닫고 "너는 너를 찾고 웃"을 수 있는 것이 아닐까. 취한 정신이 취한 상태를 이해하듯이, 균형을 상실한 생활만이 균형 있는 생활의 가치를 알 수 있다. 구원의 가능성은 완벽한 것에서 오는 것이 아니라, 부서지고 망가져 균형 없는 삶을 있는 그대로 밀고 나가는 악착같은 운동에서 온다. "웃어라"라는 마무리도 탁월하다. 김수영의 웃음은 연구 대상이다. 그는 가장 힘들 때, 웃는다.

한편 이 시를 전혀 다른 시각으로 해석할 수도 있다. 이 시에 나오는 '북극'을 북한으로, '남극'을 남한으로 생각하면 시의 의미는 전혀 달라진다. "북극이 망가진 지구의를 돌려라"고 할 때 '북극이 망가진'이라는 표현은 단순히 경제적인 평가가 아닐 것이다. 적어도 1960년대까지는 북한이 남한보다 더 잘살았었다. 이 경우 김수영이 북한을 망가졌다고 표현했던 것은 북한에 대한 자신의 기대가 모두 망가져버린 것을 표현했다고 생각할 수도 있겠다. 이 시를 분단조국을 상징하는 시각으로 읽으면 남과 북은 "무르익은 사랑을 돌리어보듯이" 함께 돌아가야 한다는 염원을 쓴 시로도 읽을 수 있겠으나, 지구의는 세계 전체를 말하기에 이런 해석은 조금 어색하다.

「지구의」를 쓸 무렵 그의 시는 짧아진다. 그리고 「지구의」, 「꽃 2」, 「자(針尺)」는 생활시 3부작이라 할 만치 그의 생활을 그대로 드러낸다. 이 시에 이어 김수영은 "폭포는 곧은 절벽을 무서운 기색도 없이 떨어진다"는 「폭포」(1957)를 발표한다. 1950년대 초반의 서럽고 우울하고, 자기포기적인 분위기는 「긍지의 날」(1955)을 기점으로 스스로 격려하는 풍으로 서서히 바뀐다.

1956년

너의 무게를 알 것이다

자(針尺)

가벼운 무게가 하늘을
생각하게 하는
자의 우아優雅는 무엇인가

무엇이든지
재어볼 수 있는 마음은
아무것도 재지 못할 마음

삶에 지친 자者여
자를 보라
너의 무게를 알 것이다

(1956)

김수영 생전에 사용했던 자.
김현경 여사 제공

인간이 인간을 평가한다는 것은 얼마나 어려운 일인가. 기계적인 규범으로 인
간을 평가하여, 빵을 훔친 소년 장발장을 19년 동안 가둔다. 만약 현명한 경찰이
장발장을 만났다면 일자리를 구해주고 오히려 빵을 사주며 살 길을 인도해줬을
것이다. 남을 재어본다는 것, 평가한다는 것이 얼마나 어려운 일인지 생각해본다.

　제목이 한글은 '자'인데 바로 뒤 괄호 안에 침척針尺이라고 쓰여 있다. 침척은
바느질할 때에 쓰는 자를 말한다. 바느질할 때 쓰는 자는 가볍다. "하늘"은 다의

적으로 읽힌다. 하늘 높이로 자신을 올려두는 교만한 태도를 떠올리게 한다. 하늘 높이에서 재려 하지 말고, 자신의 삶을 재보라는 권유와 이어진다. 반대로 하늘을 높고 텅 빈 공간으로 생각하면, 자가 행해야 할 행동은 높고 텅 빈 자세라고 읽을 수도 있다. 혹은 「푸른 하늘을」에 나오는 자유의 상징으로서 하늘을 생각해볼 수도 있겠다. 제대로 된 자라면 하늘을 훨훨 날아야 하지 않겠는가. 아름다운 천과 함께 있기 때문에 자는 우아할 것이다. 그런데 "자의 우아優雅는 무엇인가"라고 갑자기 묻는다. 그 답은 바로 아래 2연에 있다.

2연에서는 자를 교만한 물건으로 표현하고 있다. 인간은 자신을 재보려 하지 않고 타자를 재보려 한다. 자는 규범(norm)을 뜻하기도 한다. 생각이나 몸가짐의 규칙 혹은 기준을 정하고 강요하는 사회에 대한 반감도 느낄 수 있다. 모든 것을 재려는 규범 사회는 결국 아무것도 재지 못한다는 항의로도 읽힌다. 좌/우로 사회를 이분하여 나누고 적대 세력을 블랙리스트로 재는 행위는 결국 아무것도 재지 못할 마음이다. 무엇이든 잴 수 있다는 욕망은 결국 아무것도 재지 못한다. 무엇보다도 자기 자신을 잴 수 없다.

3연에 "삶에 지친 자여"라는 구절에서 "자"는 길이를 재는 순우리말 '자'이기도 의인화를 뜻하는 놈 자者이기도 하다. 삶에 지친 자는 우아한 척하는 자(尺)로도 읽힌다. "너의 무게"에서 무게는 다르게 읽힌다. 그 무게는 진정한 삶의 품위를 말하는 것이 아닐까. "너의 무게를 알 것이다"라는 표현은 「공자의 생활난」에서 "사물의 생리와 수량과 한도"를 따지며 "사물의 본질"을 "이제 바로 보마"라고 했던 태도와 통한다.

"너의 무게"는 근대적인 규범으로 잴 수 있는 것은 아니다. "너의 무게를 알 것"이라 했던 자아성찰의 태도는 "모래야 나는 얼마큼 적으냐/바람아 먼지야 풀아 나는 얼마큼 적으냐/정말 얼마큼 적으냐"고 했던 치열한 자기반성과도 통한다.

김수영의 시는 짧지 않은 시들이 많은데 이 시는 비교적 짧은 편에 속한다. 의외로 김수영은 짧은 시를 좋아했다. 1961년 6월 14일에 쓴 시작詩作 노트에 이런 대목을 남겼다.

장시長詩 같은 것은 써보려고 한 일도 없다. 시는 되도록 짧을수록 좋다는 것이 나의 지론이고, 장시를 써낼 만한 역량도 제재도 없다. 장시를 쓸 바에야 희곡을 쓰고 싶다.

(『김수영 전집 2』, 289면)

이 무렵에 쓴 시들이 「지구의」가 10행, 「꽃 2」는 13행, 「자」는 9행으로 짧은 편이다. 아포리즘을 떠올리게 하는 그의 짧은 시는 『논어』나 『맹자』의 영향도 엿보인다. 1966년에 쓴 산문의 한 구절을 보자.

벌써 오랜 옛날에, 나의 머릿속의 담배에 오랫동안 적어놓은 일이 있던 공자인가 맹자인가의 글의 한 구절이 또 생각이 난다. 이런 뜻의 유명한 처세훈이다. '슬퍼하되 상처를 입지 말고, 즐거워하되 음탕에 흐르지 말라.' 마음의 여유는 육신의 여유다. 욕심을 제거하려는 연습은 긍정의 연습이다.

(「생활의 극복 - 담뱃갑의 메모」, 1966)

이중섭은 담뱃갑 은박지에 그림을 그렸는데, 김수영은 담뱃갑에 메모를 남겼다. 되도록 "욕심을 제거하려는 연습"은 시에서 군더더기를 제거하며 응축시키는 형식으로 표현되지 않았을까.

시를 해석할 때 시인이 시를 썼던 환경을 기계적으로 대입시키는 우를 범할 경우 시가 갖고 있는 풍성한 암시를 제한하는 한계를 노출한다. 시를 시로 해석한 다음에, 당시 시인이 처한 상황을 생각해보지 않을 수 없다. 이 시기에 김현경 여사는 집에서 바느질과 양잠으로 돈을 벌고 있었다. 1960년대에는 '엔젤'이라는 양장점을 경영했다. 김수영이 입는 노타이셔츠도 김현경 여사가 직접 만들어 입히곤 했다. 현재 용인 집에는 그때 썼던 재봉틀과 옷을 재는 특이하고 이쁜 자들이 남아 있다. 이 글에 나오는 자는 바로 이 시기에 옷 만들 때 쓰던 자가 아닌가 싶다. 멋진 옷을 자가 만들었으니 '자의 우아'라는 표현은 자연스럽게 나온 것이 아닐까.

1956년

나는 지금 산정에 있다

구름의 파수병

만약에 나라는 사람을 유심히 들여다본다고 하자
그러면 나는 내가 시와는 반역된 생활을 하고 있다는 것을 알 것이다

먼 산정에 서 있는 마음으로
나의 자식과 나의 아내와
그 주위에 놓인 잡스러운 물건들을 본다

그리고
나는 이미 정하여진 물체만을 보기로 결심하고 있는데
만약에 또 어느 나의 친구가 와서 나의 꿈을 깨워주고
나의 그릇됨을 꾸짖어주어도 좋다

함부로 흘리는 피가 싫어서
이다지 낡아빠진 생활을 하는 것은 아니리라
먼지 낀 잡초 위에
잠자는 구름이여
고생도 마음대로 할 수 없는 세상에서는
철 늦은 거미같이 존재 없이 살기도 어려운 일

방 두 칸과 마루 한 칸과 말쑥한 부엌과 애처로운 처를 거느리고
외양만이라도 남들과 같이 살아간다는 것이 이다지도 쑥스러울 수가 있
을까

시를 배반하고 사는 마음이여
자기의 나체를 더듬어보고
살펴볼 수 없는 시인처럼
비참한 사람이 또 어디 있을까
거리에 나와서 집을 보고
집에 앉아서 거리를 그리던 어리석음도 이제는 모두 사라졌나 보다
날아간 제비와 같이

날아간 제비와 같이 자국도 꿈도 없이
어디로인지 알 수 없으나
어디로이든 가야 할 반역의 정신

나는 지금 산정에 있다—
시를 반역한 죄로
이 메마른 산정에서 오랫동안
꿈도 없이 바라보아야 할 구름
그리고 그 구름의 파수병인 나

(1956)

〈안개바다 위의 방랑자〉,
카스파 다비트 프리드리히
Caspar David Friedrich(1774~1840)

시인은 "먼 산정에 서 있는 마음"이고, "나는 지금 산정에 있다"고 토로한다. 실제로 두 부부가 이사 온 구수동 집은 비교적 높은 언덕에 있었다. 다른 집들은 언덕 아래 있었고, 멀찍이 한강이 내려다보여서 마치 매일 산정에서 사는 기분이 들었다.

아쉽게도 그는 시와는 다른 "반역된 생활", "낡아빠진 생활"을 하고 있다. 반역된 생활, 낡아빠진 생활이라 했으니 그가 어떻게 살고 있는지 살펴볼 수밖에 없다.

그는 "나의 자식과 나의 아내와/그 주위에 놓인 잡스러운 물건들을" 본다. 시인은 현재 잡스러운 물건들이 너절하게 놓여 있는 집에서, 산정에 있는 초연한 마음을 유지하려 한다. 그의 집은 5연에 정확히 묘사된다. "방 두 칸과 마루 한 칸과 말쑥한 부엌과 애처로운 처를" 거느리고 있는 집이다. 이후 집은 증축되면서 방 네 칸과 마루 한 칸으로 늘어난다.

그가 "반역된 생활"이라고 했던 당시 김수영의 생활을 보자. 서강 언덕으로 이사 온 젊은 부부는 돼지를 기르기로 한다. 돼지를 한 마리 사와서 열심히 키웠으나 남는 이익이 별로 없었다. 그들은 "낡아빠진 생활"을 경험했다. 돼지 키우기를 접은 김수영 부부는 닭을 치기로 한다. 1964년 5월에 발표한 「양계 변명」에서 김수영은 "이걸 시작한 게 한 8년 가까이 되나 봅니다"(『김수영 전집 2』, 116면)라고 썼다.

양계는 저주받은 사람의 직업입니다. 인간의 마지막 가는 직업으로서 양계는 원고료 벌이에 못지않은 고역입니다. (중략) 근 10년 경영에 한 해도 재미를 보지 못한 한국의 양계는 한국의 원고료 벌이에 못지않게 비참합니다.
(『김수영 전집 2』, 118, 120면)

이 산문 앞부분에서는 8년이라 썼다가 뒷부분에서는 양계를 한 지 "근 10년 경영"이라 했으니 서강으로 이사한 직후인 1955년부터 양계를 시작한 것으로 추측된다. 산문의 도움을 받자면 "반역된 생활"의 모습이 잘 드러나고 있다. 지긋지긋한 원고료 벌이를 하지 않아도 되는 기대감으로 닭을 키우고, 그는 원고료를 기다린다. 닭을 키우며 원고료만 기다리며 현실에 안주하여 "이미 정하여진 물체만을 보기로 결심"을 한다. 이미 정해진 대로 낡아빠진 생활을 하려는 그에게 "나의 꿈을 깨워주고 나의 그릇됨을 꾸짖어주"는 친구가 찾아오기를 기다리고 있다. 산정의 이상과 낡아빠진 생활 사이의 갈등은, 이후 생활이 넉넉해질수록 계속된다.

나는 타락해 있는 것이 아닌가. 나는 마비되어 있는 것이 아닌가. 이 극장에, 이 거리에, 저 자동차에, 저 텔레비전에, 이 내 아내에, 이 내 아들놈에, 이 안락에, 이 무사에, 이 타협에, 이 체념에 마비되어 있는 것이 아닌가. 마비되어 있지 않다는 자신에 마비되어 있는 것이 아닌가. 나는 극장을 나오면서 옆에서 따라오는 여편네와 애놈까지도 보기가 싫어졌다.

「삼동 유감」, 1968, 『김수영 전집 2』, 218면)

현실에 안주하는 삶이란 그에게 "이다지 낡아빠진 생활"일 뿐이다. "철 늦은 거미같이 존재 없이 살기도 어려운 일"이라며, 「거미」에 나오는 설움 가득한 거미가 또 출연한다. 철 늦은 거미는 때를 놓친, 말라 죽기 전의 존재다.

"시를 배반하고 사는 마음이여/자기의 나체를 더듬어보고/살펴볼 수 없는 시인처럼/비참한 사람이 또 어디 있을까"라며 자조한다. "자기의 나체를 더듬어보고 살펴"본다는 것은 벌거벗도록 고독하게 자기성찰을 하는 상황을 말한다. 자기성찰을 할 수 없는 시인처럼 비참한 사람도 없다고 할 만치, 자기성찰을 할 여유도 없는 그는 현재 지쳐 있다.

고독이나 절망도 마음대로 되는 것이 아니다. 고독이나 절망이 용납되지 않는 생활이라도 그것이 오늘의 내가 처하고 있는 현실이라면 조용히 받아들이는 것이 오히려 순수하고 남자다운 일이라고 생각한다.

(김수영, 「무제」, 1955. 10.)

　　김수영은 고독하게 절망하고 싶었다. 고독한 몰락의 지경에서 자신의 본 모습을 더듬어보고 싶었다. 집에서는 밖을 그리고, 밖에서는 집을 생각하는 일탈逸脫의 심리도 "모두 사라졌"고, 나는 생활 속에 주저앉아 있다. 고독한 자기성찰을 통해 그는 "어디로인지 알 수 없으나/어디로이든 가야 할 반역의 정신"을 따라 살고 싶었다. 그는 어디로 가야 할지 맴돌고 있다. 집을 떠나 제비가 되어 날아가 "나"는 시원하게 쏟아지는 폭포도 없는 메마른 산정으로 오른다. 들뢰즈투로 말하면 '자유로운 노마드 분열자'를 꿈꾸지만 이러지도 저러지도 못하는 단계다.

　　그는 "지금 산정에 있다". 산정에 있는 이유는 "시를 반역한 죄" 때문이다. "메마른 산정에서 오랫동안/꿈도 없이 바라보아야 할 구름/그리고 구름의 파수병인 나"라는 말로 시는 끝난다. 김수영 시에서 '구름'은 여러 번 나온다. 다만 이 시에서 구름은 무엇일까. 그저 덧없이 흘러가버리는 구름일까. 구름은 화자 자신일 수도 있다. 또 화자의 분신인 구름을 보는 "구름의 파수병"도 화자 자신이다.

　　여기서 파수병把守兵이라고 한 것도 주목된다. 파수병은 그냥 구경꾼이 아니라, 적극적으로 적으로부터 성을 지켜내는 병사다. 김수영이 지켜내야 할 것은 무엇일까. 그것은 "어디로이든 가야 할 반역의 정신"일 것이다. 자신을 고독하고 자유롭게 하는 것이다.

　　여기까지 읽으면 이미지 하나가 떠오른다. 카스파 다비트 프리드리히의 명작 〈안개바다 위의 방랑자〉가 그것이다. 중심인물이 있는 곳은 진한 반면, 멀리 갈수록 희미한 이른바 '공기원근법'을 잘 이용한 그림으로도 유명하다. 방랑자가 안개바다를 내려보고 있다는 제목과 달리, 그림을 보면 방랑자가 산 정상에서 구름을 내려다보는 것 같다. 아니, 우렁차게 쏟아져 흐르는 폭포를 내려다보는 듯하다.

니체가 이 그림을 봤을지는 확실하지 않으나, 니체가 강조한 단독자의 모습과 너무 유사하다. 외롭지만 엄청난 현실과 거리를 두고 비극적 현실에 맞서는 방랑자의 모습이다. 산정에 올라서 있는 파수꾼은 니체가 『차라투스트라는 이렇게 말했다』에서 그려낸 위버멘쉬의 모습이기도 하다. 김수영 시 「나의 가족」에서 화자가 "위대한 것", "성스러운 것"을 추구하는 것도, 니체가 산정, 성스러운 우연, 자유에의 의지, 위대성, 반역, 반복 등의 단어를 강조하는 것과 비교해볼 수 있겠다.

시인은 세상과 떨어진 산정을 스스로 유배지로 삼는다. 그곳에서 화자는 구름의 파수병이 되는데 산정 아래 가득한 구름과 구름을 통해 멀리서 바라보는 세상은 온통 뿌옇다.

「구름의 파수병」은 파수병인 "나"가 떠다니는 구름인 "나"를 들여다보는 탐구 과정을 드러내고 있다. 파수병인 "나"는 산정에 있고, 구름처럼 떠다니는 "나"는 생활 속에 갇혀 있다. 김수영의 참여시인으로서의 정체성이 형성되어가는 이행기의 시라고 할 수 있다. "내"가 "나"를 파수把守하는 치열한 자기성찰을 통해 그는 예리한 현실 인식을 갖춘다.

1957년

떨어진 눈은 살아 있다

눈

눈은 살아 있다
떨어진 눈은 살아 있다
마당 위에 떨어진 눈은 살아 있다

기침을 하자
젊은 시인이여 기침을 하자
눈 위에 대고 기침을 하자
눈더러 보라고 마음 놓고 마음 놓고
기침을 하자

눈은 살아 있다
죽음을 잊어버린 영혼과 육체를 위하여
눈은 새벽이 지나도록 살아 있다

기침을 하자
젊은 시인이여 기침을 하자
눈을 바라보며
밤새도록 고인 가슴의 가래라도

마음껏 뱉자

(『문학예술』 1957. 4.)

이 시는 아주 단순한 구조로 짜여 있다. "눈은 살아 있다"와 "기침을 하자"는 두 구절이 마치 균형을 잡는 두 기둥처럼 견고하게 하나의 집을 완성하고 있다. 구조와 내용은 간단하다. "눈은 살아 있다"는 구절은 5번 반복된다. "기침을 하자"는 6번 반복되어 있다. 그냥 반복이 조금씩 점층되면서 눈과 기침이 크고 선명하게 대비된다.

1연은 "눈은 살아 있다"는 정언으로 시작한다. 진짜 주어는 2행에 나온다. 떨어지는 눈이 아닌 "떨어진 눈"이 주어다. "마당 위에 떨어진" 눈이 살아 있다. 눈이 뭔지 별다른 설명이 없기에, 흔히 '순수'의 상징으로 여기는 사물을 생각할 수밖에 없다. 영원의 상징인 하늘에서 눈은 고결하게 내린다. 다만 시인은 눈이 '내린다'가 아니라 '떨어진다'라고 썼다. '내린다'는 말은 서정적이지만 '떨어진다'라는 표현은 몰락하는 모양새다. 이미 떨어졌고, 이미 몰락했는데, 이상하게도 마당 위에 떨어졌는데 "살아 있다". 분명히 망했는데도 아직 살아 있는 상황이다. 시인이 말하는 눈이 무엇을 뜻하는지는 다음 연을 읽으면서 조금씩 더 풀리기 시작한다.

2연에서는 느닷없이 "기침을 하자"고 한다. 눈에 대고 눈더러 보라고, 마음 놓고, 마음 놓고 기침을 하자고 젊은 시인에게 권한다. 늙은 시인이 아니라 "젊은 시인"인 것도 눈에 든다. 젊은 시인이라면 혹시 박인환이 아닐까. 1956년 3월 20일, 세탁소에 맡긴 코트를 찾을 돈이 없어 벌벌 떨며 이 다방 저 다방 돌아다니다가, 밤 아홉 시경에 집으로 가는 길에서 숨을 거둔 박인환을 생각하며, 안타까움을 반영한 표현일까.

여기서 눈은 기침과 비교된다. 기침은 '내가 여기 있다'는 것을 표현하는 인기척인 '헛기침'부터 폐병에 걸린 사람의 거친 기침까지 다양하다. 중요한 것은 '내가 있다'는 표시다. "눈 위에 대고 기침을 하자"는 말은 몰락한 것처럼 보이지만 아직도 살아 있는 눈 같은 존재에게 '나도 살아 있다'고 말하자는 것이다. 가장 기본적인 표현도 할 수 없는 상황이지만 "눈 위에 대고", "눈더러 보라고 마음 놓고 마음 놓고 기침을 하자"고 "마음 놓고"를 두 번이나 강조한다. 젊은 시인은 하고 싶은 기침을 제대로 할 수 없었다. 하고 싶어도 "마음 놓고" 할 수 없는 "기침"은 무엇일까.

3연은 1연을 변형해서 반복하고 있지만 확실한 대상이 나온다. 다만 "죽음을 잊어버린 영혼과 육체를 위하여"란 무슨 뜻일까. 어떤 교과서 해설서에는 "죽음을 잊어버린"을 '죽음을 각오한'으로 해석되어 있다. 앞뒤가 안 맞는 해석이다. 하이데거에 따르면 인간은 죽음으로 가는 존재들이다. 죽음을 의식할 때 인간은 염려하고 배려하며 심려한다. 그런데 그 죽음을 잊어버린 영혼이나 육체는 이미 스스로 존재의 중요성을 망각하고 있는 좀비 같은 상황이다. 살아 있지만 사실 죽음을 잊어버리고 사는 호모 사케르Homo Sacer 같은 존재와 달리 눈은 땅에 떨어져 몰락했지만 아직 "살아 있다"!

4연은 2연을 변형해서 반복한다. 급기야 '가래'라는 단어까지 나온다. 뱉고 싶어도 마음껏 뱉을 수 없는 것이 가래다. 가래는 기도에 달라붙은 끈적끈적한 담痰이다. 이 간지럽고 떼어내기 힘든 그 무엇을 마음껏 내뱉자고 한다. 마지막 연에서 "눈"과 "가래침"은 선명하게 대립된다. "가슴의 가래라도/마음껏 뱉자"는 말은 김수영 자신에게도 하는 권유일 것이다. 눈은 영원한 순결을 상징하고, 가래침은 현실에의 분노를 상징하는 것이 아닐까. 순수한 눈을 대하며, 현실에 대한 울분을 시원하게 토로하자는 노래로 읽을 수 있다.

전혀 다른 시각으로 해석할 수도 있다. 흔히 눈을 깨끗한 것으로만 생각하는데, 더럽고 추악한 것을 덮어버리는 부정적인 기능을 갖는 것으로 볼 수도 있다. 부정부패를 덮어버리는 언론이나 사법부를 생각할 수도 있겠다. "눈은 살아 있다"는 말은 세상의 추악을 몰래 덮는 것들은 살아 있다는 비판으로도 읽을 수 있다. 그렇다면 젊은 시인이 침을 뱉어야 한다는 말, 가래라도 마음껏 뱉자는 말은 더러우면서도 깨끗한 척하는 눈에 저항해야 한다는 시각으로 읽을 수도 있다.

'눈'이라는 제목의 시를 김수영은 세 편 썼는데, 이 시가 첫 번째 작품이다. 1957년에 비판 의식을 형상화한 눈 이후에 1961년에는 민중의 상징체로서의 눈, 1966년에는 폐허에 내리는 눈을 상징으로 해서 발표했다. 5년마다 한 편씩 발표한 셈이다. 날카로운 현실 비판을 보여주는 「눈」(1957)은 같은 해 「폭포」(1957)로 이어진다.

밤새도록 고인 가슴의 가래라도
마음껏 뱉자
「눈」

곧은 소리는 소리이다
곧은 소리는 곧은
소리를 부른다
「폭포」

"가래라도 마음껏 뱉자"던 김수영은 이제 "곧은 소리를 내"자고 권한다. 「눈」, 「폭포」, 「풀」은 자연을 소재로 한 작품이지만, 자연 자체의 아름다움만을 노래한 시는 아니다. 이상하게 그가 끌어 쓰는 자연은 숱한 객체가 모여 하나의 명사가 되는 자연이다. 눈송이들이 하염없이 내려 눈이 된다. "번개와 같이 떨어지는 물방울"(「폭포」)들이 모여 폭포가 된다. 쓰러지면서도 끝내는 웃는 수많은 풀을 집합명사 풀이라 한다. 김수영은 자유로운 단독자들이 하나의 "곧은 소리"(「폭포」)를 만들 수 있다고 생각한다. 고독한 단독자들이 혁명 사회를 이룰 수 있는 것이다. 그래서 "혁명은 왜 고독한 것인가"(「푸른 하늘을」)라는 구절이 탄생한다.

자연이 품고 있는 역동성을 김수영은 자기성찰을 위한 정신적 동력으로 끌어 쓰고 있다. 아직 직설적인 시대 비판은 없으나 자기성찰의 날카로운 지성이 돋보인다. 이러한 자기성찰로 끓고 있었기에 1960년 4월 19일에 이르러 김수영이라는 활화산은 폭발해버린다.

1957년

애타도록 마음에 서둘지 말라

봄밤

애타도록 마음에 서둘지 말라
강물 위에 떨어진 불빛처럼
혁혁赫赫한 업적을 바라지 말라
개가 울고 종이 들리고 달이 떠도
너는 조금도 당황하지 말라
술에서 깨어난 무거운 몸이여
오오 봄이여

한없이 풀어지는 피곤한 마음에도
너는 결코 서둘지 말라
너의 꿈이 달의 행로와 비슷한 회전을 하더라도
개가 울고 종이 들리고
기적 소리가 과연 슬프다 하더라도
너는 결코 서둘지 말라
서둘지 말라 나의 빛이여
오오 인생이여

재앙과 불행과 격투와 청춘과 천만인千萬人의 생활과
그러한 모든 것이 보이는 밤

눈을 뜨지 않은 땅속의 벌레같이

아둔하고 가난한 마음은 서둘지 말라

애타도록 마음에 서둘지 말라

절제節制여

나의 귀여운 아들이여

오오 나의 영감靈感이여

(1957)

1957년 37세에 이른 김수영이 이 시를 썼을 때는 마포구 구수동에서 닭을 키우며 번역 일로 생계를 꾸려가던 시기다. 1955년 6월부터 인가와 멀리 떨어진 허허벌판에 닭장을 짓고 닭을 키우기 시작하고 얼마 안 지났을 때였다. 시간이 지나 조금 넉넉하게 살아도 "양계는 저주받은 사람의 직업입니다. 인간의 마지막 가는 직업으로서 양계는 원고료 벌이에 못지않은 고역입니다"(「양계 변명」 1964. 5.)라고 쓸 만치 그의 노동은 즐겁지만은 않았다.

봄은 화사한데 밤은 어두운, 서로 어울릴 것 같지 않은 '봄/밤'이다. 우주의 욕망을 분출할 것 같은 밤에 시인은 어두운 내면을 성찰한다. 혼잣말로 고백하는 이 시의 정서는 자기성찰이지만, 그 성찰은 독자에게도 전달되어, 시대를 성찰하게 한다. 현대성이 강요하는 어떤 속도에도 덩달아 들뜨지 말라며 "서둘지 말라" 고 여섯 번이나 강조한다. 여섯 번 강조한 것은 좌절해 있는 자신에게 보내는 위로였겠다. 1연에서 세 번, 2연에서 세 번 "서둘지 말라"고 한다. 포기하라는 말이 아니라, 기필코 이루기 위해 "서둘지 말라"는 뜻이겠다.

과거를 생각할 때 "혁혁赫赫한 업적"만을 내세웠던 자신을 성찰한다. 그런 헛것이야말로 "강물 위에 떨어진 불빛"이었다. 혁혁赫赫이라는 한자 모양은 강물 위에 길게 조명된 불빛을 떠올리게 한다. 그런 헛것에 휩쓸리지 말고 "너는 결코 서둘지 말라"고 시인은 권한다. "술에서 깨어난 무거운 마음"이라는 구절은 김수영 자신의 상태를 가리키는 것이다. 다른 이들이 출세하고 있을 때 포로수용소 출신이라 제대로 취직도 못하고, 양계나 하는 일상에 지쳐 자주 술을 마시곤 했다고 김현경 여사는 회고한다.

닭을 키우는 김수영은 "한없이 풀어지는" 나날을 살면서도 어딘가 늘 "피곤한 마음"이다. "한없이 풀어지는 피곤한 마음"은 「폭포」에 나오는 "나타와 안정"의 다른 표현이겠다.

"너의 꿈이 달의 행로와 비슷한 회전을 하더라도"라며 너무도 뻔하게 살아가는 자신의 일상을 비유한다. "개가 울고 종이 들리고/기적 소리가 과연 슬프다"에서 느껴지는 정조는 시골에서 살아본 사람이라면 바로 이해할 수 있다. 매일매일이 너무도 똑같아 슬프고 지루하게 느껴질 때가 있다. 도심에서 떨어져 사는 김수영 자신의 모습을 그린 부분으로 읽을 수 있다. 개가 울고 종소리가 들리고 달이 뜨는 너무도 뻔한 일상을 반복하는 지루한 생활 속에서도 화자는 조금도 당황하지 말라고 스스로 위로한다.

기적 소리는 속도를 재촉한다. 무엇이든 빨리빨리 행하는 속도는 현대성의 특징이다. 자판기에 돈만 넣으면 원하는 것은 무엇이든 즉시 얻을 수 있는 것이 현대 아닌가. 꿈꾸는 욕망이 최대로 빨리 성취될 때 현대 문화는 성공이라고 판정한다. 그런 기적 소리가 시인에게는 슬프게 들려왔을 것이다.

"기적 소리가 과연 슬프다 하더라도" 결코 서둘지 말라고 두 번씩이나 권한다. "과연"이라는 말은 긍지의 신음 소리로 읽힌다. 슬프다 하더라도, "과연" 슬프군, 코웃음 치며 견뎌낸다. 가난하다 하더라도, "과연" 배고프군, 휘파람 불며 버텨낸다. "너는 결코 서둘지 말라"며 "결코"를 넣어 강조한다. 이 시에서 "~말라"는 "~말자"로 읽힌다. 시인은 자신을 텍스트에서 대상화하여 명령하고 또 명령받는 내면적 주체로 등장한다. 닭똥 냄새를 맡으며 번역할 원고지에 파묻혀 살아가는 그는 "나의 빛", "나의 영감"이라며 자신을 위로한다.

3연에서는 봄밤이 떠올린 지난 야만의 세월들이 보인다. 그 봄밤이야말로 "재앙과 불행과 격투와 청춘과 천만인千萬人의 생활"이 흑백영화처럼 스쳐 지나가는 시대였다. 그가 겪은 전쟁이며, 포로 생활이며, 부패한 정부 아래 겪어온 고통 따위의 흑백영화 필름처럼 말이다. 김수영이 이 시를 썼을 때는 부정선거로 이승만 독재정권이 권력을 연장하고 언론을 옥죄고 정적들에 대한 탄압을 자행해 지식인들은 숨 막혀 살 수밖에 없던 시대였다. 1954년에는 사사오입 개헌이 일어나고, 1956년 제3대 대통령 선거에 3선으로 당선된 이승만은 1956년부터 1960년까지 제3차 이승만 정부를 이어갔다. 자유당 독재에 경제는 무너져가는 야만 시대에 안팎으로 좌절할 수밖에 없었던 김수영은 당황하지 말자며 자위한다.

"눈을 뜨지 않는 땅속의 벌레"에는 부정성보다 긍정성이 엿보인다. 땅속의 벌레가 눈을 뜰 때, 벌레의 눈은 사람의 눈보다 더 빨리 사물을 판단할 수도 있고, 앞만 볼 수 있는 인간과 달리 더 넓은 각도로 우주를 펼쳐 볼 수 있기 때문이다.

"절제여"라는 단어는 봄날과, 인생과 우리의 영감 모두를 묶는 고정점이다. 절제는 "나의 귀여운 아들"만치 소중하다. 절제는 "나의 영혼"을 지탱하는 힘이다. 또한 "절제여"라는 표현은 시인의 탄식이기도 하다. 참을 수 없지만 버티라는 안간힘으로도 읽힌다. 얼마나 중요하면 "절제여"를 한 행으로 강조했을까.

이 봄밤이 지나며 바라던 물오른 여름이 다가온다. 절제를 통해 김수영은 버틸 수 있고 시를 쓸 수 있다고 깨닫는다. 그래야 환하게 웃으며 햇살을 받을 여름을 맞이할 수 있을 테니까. 오오 봄이여, 오오 인생이여, 오오 나의 영감이여.

1958년 11월 1일 김수영은 이 시 「봄밤」과 「폭포」, 「꽃」으로 제1회 한국시인협회상을 수상한다. 이듬해에는 춘조사春潮社에서 '오늘의 시인 선집' 제1권으로 자신의 첫 시집 『달나라의 장난』을 간행한다. 김수영은 인세를 대신해서 받은 책들을 보자기에 싸들고 친구들을 찾아다니면서 나누어준다.

1957년

기운을 주라 더 기운을 주라

채소밭 가에서

기운을 주라 더 기운을 주라
강바람은 소리도 고웁다
기운을 주라 더 기운을 주라
달리아가 움직이지 않게
기운을 주라 더 기운을 주라
무성하는 채소밭 가에서
기운을 주라 더 기운을 주라
돌아오는 채소밭 가에서
기운을 주라 더 기운을 주라
바람이 너를 마시기 전에

(1957)

채소밭 가에서

기운을 주라 더 기운을 주라
江바람은 소리도 고웁다
기운을 주라 더 기운을 주라
다리아가 움직이지 않게
기운을 주라 더 기운을 주라
무성하는 채소밭 가에서
기운을 주라 더 기운을 주라
돌아오는 채소밭 가에서
기운을 주라 더 기운을 주라
바람이 너를 마시기 전에

애쓰며 견뎌왔는데 더 이상 버티기 힘들 때가 있다. 여기까지가 다야, 이제 더 이상 헤쳐나갈 길이 없어. 아예 모든 것을 포기하고 떠나고 싶을 때가 많다. 가장 힘들 때 어디서 힘을 얻을 수 있을까.

1957년 당시 마포구 구수동은 지금과 달리 시골 농촌이었다. 1955년에 그곳에 정착한 김수영 부부는 양계를 해보기로 결심하고 처음 산란용 닭인 레그혼 Leghorn을 11마리 사서 키운다. 닭이 알을 낳으면서 생각지 않던 재미도 생겼다. 단무지를 만들 수 있는 긴 무청을 심어 키우면서 김수영 시에는 농촌 생활이야기가 늘었다.

"우리 집에도 어저께는 무씨를 뿌렸"고, 물을 뜨러 나온 아내의 얼굴은 어느 틈에 저렇게 검어졌는지, "시골 동리 사람들의 얼굴을 닮아"(「여름 아침」, 1956)간다. 농사짓고 닭을 키우며 "땅속의 벌레"(「봄밤」, 1957)를 벗 삼아 지내는 그 무렵 쓴 시가 「채소밭 가에서」이다.

도시에서 기자로 지내던 사람이 닭똥 냄새 거름 냄새 범벅으로 지낸다는 것은 쉬운 일이 아니다. 그는 농촌 생활이 지겹고 단순하다는 짜증도 썼다. 닭똥 냄새 맡으며 지칠 때, 땅을 뚫고 솟아오르는 온갖 배추며 무청이며 파의 잎새들이 응원하는 손짓으로 보였을까. "기운을 주라"는 소리를 바람결에 들었을까.

전쟁이 끝나고 부서진 건물의 잔해가 개똥과 함께 발에 걸리는 거리였다. 부모를 잃고 구걸하는 고아, 싸구려 분을 바르고 미군을 부르는 양색시, 한쪽 다리를 잃은 목발 짚은 상이용사가 넘쳐났던 시기였다. 질척이는 진창에는 절망이 뒹굴고 있었다.

얼마나 힘들었으면 채소밭에서 기운을 달라고 기원할까. 10행 중 5행에서 "기운을 주라 더 기운을 주라"며 반복하고 강조한다. 전쟁의 상처 앞에서 김수영은 "기운을 주라 더 기운을 주라"고 간구한다. 기운이란 만물이 나고 자라는 힘의 근원을 뜻한다. 김수영은 자신의 시가 힘을 주는 시가 되기를 원했다.

살아가기 어려운 세월들이 부닥쳐올 때마다 나는 피곤과 권태에 지쳐서 허술한 술집이나 기웃거렸다.

거기서 나눈 우정이며 현대의 정서며 그런 것들이 후일의 나의 노우트에 담겨져 시가 되었다고 한다면 나의 시는 너무나 불우한 메타포의 단편斷片들에 불과하다.

우리에게 있어서 정말 그리운 건 평화이고 온 세계의 하늘과 항구마다 평화의 나팔 소리가 빛날 날을 가슴 졸이며 기다리는 우리들의 오늘과 내일을 위하여 시는 과연 얼마만 한 믿음과 힘을 돋우어줄 것인가.

(김수영, 「시작 노트」, 1957)

너무 힘들어 때로 허술한 술집을 기웃거리기도 했지만 김수영은 그의 시가 "불우한 메타포의 단편"이 되지 않기를 바랐다. "평화의 나팔 소리가 빛나올 날을 가슴 졸이며", "우리들의 내일을 위하여" 김수영은 시가 "믿음과 힘을 돋구어 줄 것"을 기대했다. 이 문제는 설움과 죽음을 극복하려 했던 그에게 늘 숙제였다.

처음 "기운을 주라"는 문장을 읽으면 그냥 지나칠 수 있다. 두 번째 들으면 멈칫한다. 세 번째 "기운을 주라"는 말을 읽을 때는 무슨 뜻인지 궁금하다. 상상력 속에서 의미는 증폭된다. "기운을 주라"는 말은 누구에게 하는 말일까. 채소에게 기운을 달라고 하는 말일까. 사람에 따라 달리 읽힐 것이다. 독자의 귀에 힘을 내라는 같은 문장이 북소리처럼 점점 커진다. "떨어진다"는 단어가 5번 나오지만 점점 증폭된 기분으로 울리는 「폭포」도 마찬가지다.

반복도 그냥 반복이 아니라 병치竝置 반복이다. 김수영은 시에서 병치 반복을 자주 썼다. 「절망」에서도 "반성하지 않는 것처럼"을 병치 반복했다.

풍경風景이 풍경風景을 반성하지 않는 것처럼
곰팡이 곰팡을 반성하지 않는 것처럼
여름이 여름을 반성하지 않는 것처럼
속도速度가 속도速度를 반성하지 않는 것처럼

「채소밭 가에서」에서 "기운을 주라 더 기운을 주라"는 마치 주거니 받거니 하는 노동요를 닮은 꼴로 병치되어 있다. 왜 병치 반복을 했을까. 첫째, 이런 병치 반복은 대화하는 느낌을 준다. 한때 연극을 했던 김수영이 가끔 쓰는 기법이다. 둘째, "기운을 주라 더 기운을 주라"는 구절은 밭고랑처럼 보이지 않는가. 채소가 심겨 있는 줄 사이사이에 나란히 늘어선 밭고랑 말이다. 시각적으로도 채소밭을 느낄 수 있는 시 형태다. 그림을 좋아했고 극장 간판을 그리기도 했던 김수영은 한자나 시의 형태를 중시했다. 노동요로 보이고, 밭 모양을 연상시키는 이 소품으로 그는 설움과 절망에 빠져 살던 자기 자신에게 기원하지 않았을까.

언덕 위에 있던 구수동 집에서는 한강이 내려다보였다. "강바람은 소리도 고웁다"는 구절은 독자를 강바람이 스쳐 지나는 강가 채소밭으로 데리고 간다.

"이 시를 썼던 집에서 한강이 보였어요. 우리 집 아래쪽으로 경사가 졌는데 홍수가 나면 물이 차서 철렁철렁했어요."

김현경 여사의 증언이다. "무성하는 채소밭 가에서" 그는 농사만 짓지 않고, 채소밭이 보이는 서재에서 무성한 성찰도 했다.

두 뙈기의 차밭 옆에는 역시 두 뙈기의
채소밭이 있다 김장 무나 배추를 심었을
인습적인 분가루를 칠한 밭 위에
나는 걸핏하면 개똥을 갖다 파묻는다

김수영, 「반달」(1963. 9. 10.) 부분

"두 뙈기의 차밭"은 집 뒤 150여 평에 재배했던 잎이 예쁜 결명자 차밭을 말한다. "인습적인 분가루"는 화학비료다. 화학비료가 싫어서 밭에 "걸핏하면 개똥을 갖다 파묻는" 김수영이다. 그의 시정신인 "반역의 정신"(「구름의 파수병」)은 그의 일상이었다. 무성한 채소밭은 그에게 끊임없는 성찰을 주었다.

"돌아오는 채소밭 가에서"라는 문장을 몇 가지로 해석할 수 있다. 내가 돌아가는 것이 아니라, 채소밭이 나에게 돌아온다면 채소가 주체다. 아니면 내가 돌아오는 채소밭으로 읽을 수도 있겠다. 채소밭이 돌아오든, 그가 채소밭으로 돌아오든, 김수영은 식물이 주는 기운과 함께한다. 이어 발표한 「파밭 가에서」도 그는 농사지으며 성찰한 포에지를 담는다.

'달리아dahlia'는 성장할수록 꽃이 국화꽃 모양으로 둥글고 커서 무거운 꽃이다. 줄기가 꽃의 무게를 견디지 못할 때, 꽃대가 꺾이지 않도록 나뭇가지나

철사를 꽂아 묶어 쓰러지지 않게 하기도 한다. 요즘 결혼식장에서 하객들 식사하는 테이블 가운데 달리아 꽃을 장식하기도 한다. 김현경 여사는 김수영 시인 서재 앞에 달리아를 심었다고 한다.

"김수영 시인은 별로 신경 쓰지 않았지만 내가 집 주변에 꽃밭을 만들곤 했어요. 달리아 꽃도 그때 키웠고요. 잘 키우지 않으면 햇살 좋은 곳으로 옮겨 심어야 했어요. '움직이지 않게'는 그런 뜻이 아닐까요."

값비싼 달리아 꽃을 귀한 인간 존재로 비유한 것이 아닐까. 우리는 얼마나 귀한 존재일까. 함부로 움직이지 않게, 쓰러지지 않게, 기운을 달라고 시인은 주문 외우듯 간구한다.

"바람이 너를 마시기 전에"는 무슨 뜻일까. 강에서 불어오는 바람은 "소리도 고웁다"고 한다. 지친 신체를 달래주는 고운 소리이기도 하지만, 그 소리가 점점 커지면 폭풍으로 불어 작물을 휩쓸어버릴 수도 있다. 그의 대표작 「풀」(1968)에서도 "비를 몰아오는 동풍에 나부껴/풀은 눕고/드디어 울었다"고 한다. 김수영에게 바람은 단순한 적이 아니다. 바람은 적일 수도 있지만 '내'가 단독자로 세상을 견딜 수 있도록 훈련시키기도 하고 함께 놀기도 한다. 나 자신을 단독자로 단련시키면서도, 바람에 먹히면 안 된다. 그래야 "바람보다 먼저 일어"날 수 있다. "바람보다 먼저 웃"을 수 있다. '바람'은 달리아 꽃대를 꺾을 수 있는 어떤 폭압일 수도 있겠지만, 달리아 꽃을 단련시키는 대상일 수도 있다.

*유튜브에 '김수영 – 채소밭 가에서 1957 – 작곡 노래 김웅교'를 검색하면 노래가 있다.

절대 자연, 식물시, 식물성 혁명

자연과 대화하는 김수영

4·19 이후에 김수영이 "잿님이 할아버지가 상추씨, 아욱씨, 근대씨를 뿌린 다음에/호박씨, 배추씨, 무씨를 또 뿌리고/호박씨, 배추씨를 뿌린 다음에/시금 치씨, 파씨를 또 뿌리는"(「가다오 나가다오」, 1960. 8. 4.)이라고 쓴 구절은 당시 밭을 경작할 때 실제로 적용하는 순서였다. 김수영은 시에 씨앗 뿌리는 순서를 정확히 써놓았다.

밭농사 경험에 바탕을 두었을 이런 면모와 작품세계 전체에 나타나는 자연의 이미지들을 놓고 생각해보면 김수영을 모더니스트로만 한정하기는 어렵다. 김수영의 시에는 삼라만상의 흐름을 받아들이는 『주역』에서 보이는 자연주의가 분명히 흐른다. 교과서에 많이 실려 있는 「파밭 가에서」, 「풀」의 생명성은 그가 지향하는 생명성을 근본에 두고 있다. 그가 혁명을 얘기할 때 쓰는 눈, 물방울, 파, 풀 등은 모두 자연을 상징으로 한다.

사이비 모더니스트들의 "작란作亂(장난)"(「공자의 생활난」)을 싫어했던 그는 오히려 나무에게서 배우고자 했다. "나는 너무나 많은 첨단의 노래만을 불러왔다/나는 정지의 미에 너무나 등한하였다/나무여 영혼이여"(「서시」)라고 했다. 모더니즘의 세례를 받지 않은 시인 신동엽이나 신석정을 좋아했던 이유도 여기에 있지 않을까. 참혹한 전쟁의 절망에서 그는 병적 낭만주의로 떨어지지 않았다. 빛나는 소망을 담담히 노래한 그는 단어만을 조합하는 사이비 모더니스트의 한계를 뛰어넘는다.

10여 년간 양계를 하고 채소를 키우던 김수영의 경제 사정은 그리 좋지 않았다. 처음에 11마리였던 레그혼 닭은 이듬해 100마리로 늘고, 또 이듬해 300마리, 다음 해에 500마리식으로 올라 700여 마리까지 늘었다. 4·19 이후 어느 날 사료값이 폭등하면서, 비싼 사료값을 견디지 못해 1천여 마리의 닭에서 몇백 마리를 육계로 팔아버려야 했다. 700여 마리 선을 유지하고 그것들을 먹이려고 밤새워 번역한 원고료를 사료값으로 넣기까지 했다.

양계와 농사가 얼마나 힘든 일인 줄 뼈저리게 체험한 김수영은 아내에게 "우리가 닭이나 채소가 아니라, 사람을 저렇게 키웠다면 더 의미 있지 않았을까" 하고 묻는다. 그 와중에서도 그는 자연을 그냥 묘사하는 데 그치지 않고, 또는 자연을 점령해야 할 대상으로 삼지 않았다. 자연에 "기운을 주라"며 대화하는 그 자신 또한 누리의 한 부분으로 살았다.

가다오 가다오
명수 할버이
잿님이 할아버지
경복이 할아버지
두붓집 할아버지는
너희들이 피지 도島를 침략했을 당시에는
그의 아버지들은 아직 젖도 떨어지기 전이었다니까
명수 할버이가 불쌍하지 않으냐
잿님이 할아버지가 불쌍하지 않으냐
두붓집 할아버지가 불쌍하지 않으냐
「가다오 나가다오」 부분

이 시에 나오는 인물들은 모두 실제 인물들이다. 명수 할버이, 잿님이 할아버지, 경복이 할아버지는 모두 구수동 41-2 김수영 집을 나와 도로 맞은편 집에 사는 동네 할아버지들이다. 두붓집 할아버지는 집에서 나오자마자 길가 아랫집에 사는 할아버지다. 김수영 시에서 변혁을 바라는 주체들은 실제 인물 이름으로 등장하는 경우가 많다.

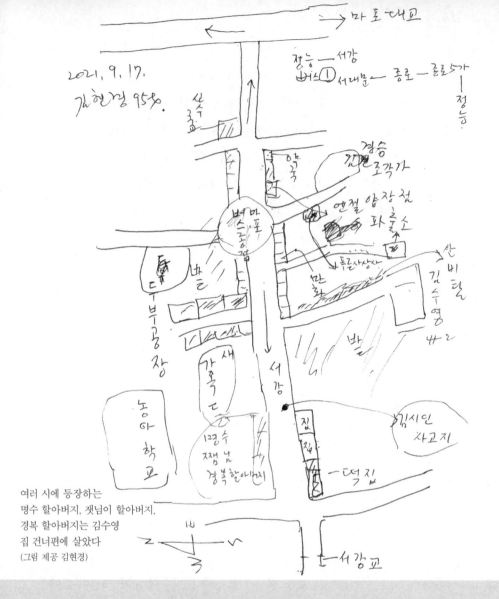

여러 시에 등장하는
명수 할아버지, 잿님이 할아버지,
경복 할아버지는 김수영
집 건너편에 살았다
(그림 제공 김현경)

비록 4월 혁명은 실패로 돌아갔지만 나는 아직도 쿠바를 부러워할 필요가 없소. 왜냐하면 쿠바에는 '카스트로'가 한 사람 있지만 이남에는 2,000명에 가까운 더 강력한 '카스트로'가 있기 때문이오. 그들은 어느 시기에 가서는 이북이 열 시간의 노동을 할 때 반드시 열네 시간의 노동을 하자고 주장하고 나설 것이오. 그들이 바로 '작열'하고 있는 사람들이오.

(김수영, 「저 하늘 열릴 때 ― 김병욱 형에게」, 1961. 5. 9.)

물론 여기서 말하는 2,000명은 남북 학생회담을 하자고 나선 남한 학생 대표들을 상징하는 숫자이겠으나. 김수영은 몇 명의 지도자보다는 깨인 다중이 역사적 변이를 이룰 수 있다고 생각했던 것이 분명하다.

그런데 그 다중적 혁명을 김수영은 식물에 비유하곤 했다. '식물성 혁명'이라고 해야 할 만치, 그는 꽃, 풀, 채소밭, 파밭 등이 무성하게 다중으로 일어나는 혁명을 꿈꾸었다. 그것은 단순한 관념이 아니라, 실제로 채소밭을 일구었던 체험에서 얻은 상상력이었다. 그는 굴하지 않는 식물의 힘을 혁명을 이루는 궁극적 힘으로 시에 담곤 했다. 무엇보다도 그는 자연을 보며 절대 자유를 꿈꾸었다. 그의 시는 절대 자유, 절대 사랑, 그리고 절대 자연에 서 있었다.

자연이 하라는 대로 나는 할 뿐이다
그리고 자연이 느끼라는 대로 느끼고
나는 실망하지 않을 것이다
김수영, 「사치」(1958) 부분

그는 자연에 귀를 대고 들으라고 한다. 자연이 하라는 대로 하겠다고 한다. 자연이 느끼라는 대로 느끼겠다고 한다. 가장 지쳤을 때, 더 이상 아무것도 할 수 없다고 포기했을 때, 그는 "서둘지 말라"(「봄밤」)고 위로한다. 여린 새싹인 우리에게 얼어붙은 땅을 뚫고 봄을 끌어오는 자연처럼 살라며 그는 우리에게 권한다.

김수영을 모더니스트라고 규정하면서 그의 시에서 자연과 생명에 관한 시를 조명하지 않는 태도는 잘못된 시각이라고 나는 생각한다. 김수영 시에서 자연과 생명의 시를 빼놓으면 그의 시는 힘을 잃는다.

그는 "죽음 우에 죽음 우에 죽음을 거듭하리"라며 글라디올러스에게 생명을 갈구했고, "기운을 주라 더 기운을 주라"며 채소밭 가에서 힘을 얻었다.

1958년

무된 밤에는 무된 사람을

밤

부정不正한 마음아

밤이 밤의 창을 때리는구나

너는 이런 밤을 무수한 거부 속에 헛되이 보냈구나

또 지금 헛되이 보내고 있구나

하늘 아래 비치는 별이 아깝구나

사랑이여

무된 밤에는 무된 사람을 축복하자

(《동아일보》 1958. 11. 26.)

김수영 시에는 '밤'이 많이 나온다. 밤이라는 단어를 그의 시에서 만나면 그가 쓴 다른 시에 나오는 밤이 떠오른다. "이 밤이 기다리는 고요한 사상"(「방 안에서 익어가는 설움」)처럼 그에게 밤이란 사상과 시창작을 위한 연금술의 시간이다. 혁명을 기다리는 봄밤(「봄밤」)이기도 하다. 때로는 그 자신이 어둠으로 살아가는(「수난로」), 그는 밤의 시인이다.

"밤이 밤의 창을 때리는구나"에서 첫 번째 밤은 시간적인 밤, 두 번째 밤은 '밤처럼 어두운 화자의 내면'으로 볼 수도 있겠다. 화자의 마음은 온통 밤이다. 밤이 나(=밤의 창)를 때리는 상황은 어떤 상황일까. 게으르게 뒹굴다가 느닷없이 등짝에 죽비竹篦를 맞듯 깨닫는 순간일 수도 있겠다. "불을 끄고 누웠다가/잊어지지 않는 것이 있어/다시 일어났다"(「구슬픈 육체」)라는 구절을 생각하면, 밤에 자려는 참에 문득 놓치고 싶지 않은 착상이 일어 다시 일어나 시를 써야 하는 상황일 수도 있겠다.

부패한 대상에 셀 수 없이 "무수한 거부"를 했지만 결국은 무기력하게 "헛되이 보내고 있"는 자신을 확인하는 상황이다. 몰락의 연속에서도 몰락을 통해 몰락을 딛고 일어서는 것은 그의 운명이자 사명이었다. 무기력하기 이를 데 없어 "하늘 아래 비치는 별이 아"까울 정도로 화자는 자괴감에 빠져 있다.

여기까지 탄식이나 깨달음이나 확신을 뜻하는 "~구나"라는 종결형 어미가 네 번 반복된다. "~구나"는 자칫 교술적인 거부감을 줄 수 있는데, 여기서는 거부감을 일으키지 않는다. 그 이유는 "~구나"의 대상이 자기 자신이며 자조적이기 때문일 것이다.

이어 "사랑이여"라는 한 행에서 반전이 일어난다.

마지막 행은 이 시가 품고 있는 수수께끼다. "무된 밤에는 무된 사람을 축복하자"는 말은 무슨 말일까. "곧은 소리는 소리이다"처럼 'A는 A다'라는 문장은 김수영 시에서 많이 나오는 반복법이다. 이 문장을 어떻게 해석하느냐에 따라 시 전체 해설이 달라진다. '무된'을 이영준 교수는 '무디다' 혹은 '무無 되다'로 해석했다.

첫째 '무디다'는 '느끼고 깨닫는 힘이나 표현하는 힘이 부족하고 둔하다' 혹은 '세련된 맛이 없고 투박하다'라는 뜻이다. 경주 사투리로 행동을 분별없이 마구 하는 경향을 말한다. 이렇게 보면 "무된 밤에는 무된 사람을 축복하자"는 말은 둔하고 투박한 밤에는 둔하고 투박한 사람을 축복하자는 말이 된다. '분별없는 밤에 분별없는 사람을 축복하자'로 해석할 수도 있겠다. 이때 축복은 격려의 의미일 것이다.

둘째 '무無 되다'는 헛되게 되었다는 말이다. 3, 4연에 헛되이 보내고 있다는 표현을 생각할 때 '무 되다'는 헛되게 되어 '무無 되다'로 해석하는 것이 더 가까울 성싶다. 밤새 "무수한 거부"를 하며 허공에 비판해대는 것이 얼마나 허무할까. 시를 밤새 쓴다는 것은 얼마나 헛되고 힘 빠지는 일일까.

어찌하든 "무된 사람"은 이상에 이를 수 없는 인간의 모자란 한계 상황을 표현한다. 무된 사람은 김수영 자신일 것이다. 무된 그는 "불은 켜지고/나는 쉴 사이 없이 가야 하는 몸이기에/구슬픈 육체여"(「구슬픈 육체」)라며 헛된 일일 수 있는 한계 상황을 반복한다.

"축복한다"는 말은 "영원히 나 자신을 고쳐가야 할 운명과 사명에 놓여 있는 이 밤"(「달나라의 장난」)을 시인이 인식하고 있기에 나올 수 있었을 것이다. 한계 상황에 놓인 그를 일으키는 것은 곧 사랑이며, 밤이며 무된 그 자신이다. 1958~1960년 사이에는 견딤의 미학이 계속 반복해서 나온다. 이승만 말기 시대는 그에게 참을 수 없이 답답한 무된 밤의 시대였을 것이다.

1958년

모리배여, 나의 화신이여

모리배謀利輩

언어는 나의 가슴에 있다
나는 모리배들한테서
언어의 단련을 받는다
그들은 나의 팔을 지배하고 나의
밥을 지배하고 나의 욕심을 지배한다

그래서 나는 우둔한 그들을 사랑한다
나는 그들을 생각하면서 하이덱거를
읽고 또 그들을 사랑한다
생활과 언어가 이렇게까지 나에게
밀접해진 일은 없다

언어는 원래가 유치한 것이다
나도 그렇게 유치하게 되었다
그러니까 내가 그들을 사랑하지 않을 수가 없다
아아 모리배여 모리배여
나의 화신化身이여

(『달나라의 장난』, 춘조사, 1959. 11. 30.)

지면을 통해 세상에 발표된 시는 시인의 소유물이 아니라, 이미 독자들의 것이다. 이 말에 의지하며 독자는 어떤 시라도 시인이 준 선물로 받아 맘껏 해석할 수 있다. 비록 그 해석이 시인의 의도와 다르더라도 그 해석은 의미가 있다. 다만 작가가 그 시를 해석한 자료가 있을 때에는 당연히 그 배경을 살펴봐야 할 것이다.

김수영은 시뿐만 아니라 산문도 명문이다. 시 「모리배」만 읽었을 때와 그 창작 배경이 밝혀져 있는 산문을 참조할 때의 해석은 전혀 다를 수 있다.

제목 '모리배'란 어떤 뜻일까. 모리배는 세인世人보다 더욱 적극적인 기회주의자를 말하는, 해방 공간에 생긴 유행어였다.

미군정 3년간 이 땅에 새로 유행된 말이 '사바사바'니 '모리배' 또는 '귀속재산불하' 같은 따위였는데, 이것은 미군정 3년간에 걸친 무원칙한 인사정책과 부정과 흑막에 싸인 귀속재산불하 과정에서 비롯된 유행어였다. 《조선일보》를 포함해 당시의 신문들이 3년간의 업적을 부정적으로 본 것도 결코 무리라고만 할 수 없을 것이다.
(송건호, 『송건호 전집』, 한길사, 2002, 226면)

해방과 함께 등장한 수많은 유행어는 해방 직후의 사회상을 잘 보여주고 있다. 가장 대표적인 것이 '모리배'이다. 모리배는 해방 직후 부당한 경제 행위로 불법이익을 취해서 돈을 번 협잡꾼을 말한다. 이들 모리배는 각종 이권에 개입하여 사회문제가 되기도 했다.
(서중석, 『사진과 그림으로 보는 한국 현대사』, 웅진지식하우스, 2005, 63면)

광복과 더불어 국어의 사용이 자유로워지자 유행어의 사용도 크게 늘었다. 8·15 직후의 감격시절에 가장 널리 쓰인 어휘는 '친일파', '민족 반역자', '좌익', '우익', '빨갱이', '반동분자' 등이었고, 38선이 생겨 남북으로 분단되자 '이북以

北', '이남以南', '로스케', '코쟁이', '다와이', '삼팔三八따라지'가 생겼으며, 경제적인 용어로 '모리배謀利輩'가 쓰였다. 1950년부터 길게는 1970년대까지 '모리배' 혹은 '사바사바'라는 단어는 온갖 부정부패를 저지르는 자를 비판하는 유행어였다. 가령 '사바사바'는 뇌물로 뒷거래를 한다는 뜻이다. 사바サバ는 일본어로 고등어를 뜻한다. 관청에 갈 때 몇 마리 고등어를 들고 청탁한다고 해서 '사바사바'라는 말을 썼다.

자기 삶의 정체성에 대한 고민 없이 타인에 대한 심려도 없이 오직 자기만 먹고살려고 애썼던 '모리배'들은 친일파, 독재 추종 세력, 어용 학자, 어용 언론, 어용 종교인 등을 떠올릴 수 있겠다. 과연 김수영이 그렇게 생각했을까.

김수영은 "언어는 나의 가슴에 있다"고 고백하면서도 "나는 모리배들한테서/언어의 단련을 받는다"고 썼다. 그 모리배들이 "나의 팔을 지배하고 나의/밥을 지배하고/나의 욕심을 지배"하고 있다고 고백한다. 화자는 모리배들에게서 벗어날 수 없는 것이다. 화자 속에 모리배가 가득하고, 온통 모리배의 심보로 점령된 상태다.

김수영이 직접 밝힌 창작 동기를 확인해보니, 내 엉뚱한 상상과는 전혀 달랐다. 산문 「시작에 있어서의 한자 문제」에 김수영은 「모리배」를 쓴 동기를 세세하게 써놓았다. 중요하기에 좀 길지만 인용한다.

내가 『신태양』에 기고한 시의 제목은 '모리배'라는 것인데, 이 시를 쓰게 된 동기는 단순하다. 어느 날 내가 계속하고 있는 번역 일(이것은 나의 생업이다)이 다 완수도 되기 전에 출판사의 사환 아이가 절반가량 해서 미리 보낸 원고를 도로 가지고 와서 "사장님이 한자가 많다고 한 번 더 읽으시고 우리말로 쉽게 풀어 써달라고 그러세요" 하고 얼굴을 찌푸리면서 투덜거린다. 이 말을 듣고 나는 대뜸 화가 치받쳐서 "무엇이 한자가 많다고 그러느냐? 도대체 이번 일을 시작할 때 사장의 말이 순 한글로 써달라고 해서 애초부터 그것을 염두에 두고 한 것인데, 이 이상 더 줄여달라니 어떻게 하라는 말인지 모르겠다. 좌우간 일단 끝까지 다 하고 고치든지 어떻게 하든지 사장하고 의논해 할 터이니 그렇게 말을 전하고

이 원고는 도로 가지고 가서 회사에 두어라" 하고 소리를 지르면서 사환이 가지고 온 원고를 다시 보내버렸다.

시 「모리배」를 쓴 것은 그날 밤이었다. 여기서 졸시 「모리배」의 본문을 다 적어놓았으면 좋겠는데 번거로워서 그만두기로 한다. 정 보고 싶은 독자는 게재지를 보면 되겠지만 시 「모리배」에서 '시작에 있어서의 한자 문제'의 구체적 해결책을 기대하는 독자라면 반드시 환멸을 느낄 것이니, 그런 내의가 있는 독자들은 특히 봐주지 않았으면 좋겠다.

(「시작에 있어서의 한자 문제」, 1959. 4. 10.)

「모리배」의 탈고일이 1958년이고, 위 산문은 1959년 4월 10일에 발표한 것이다. 『신태양』에는 시가 1959년 5월에 발표되었으니 잡지사에 원고를 보낸 거의 같은 시기에 이 산문을 쓴 것으로 추측된다.

이야기는 이러하다. 번역 원고를 보냈더니, 출판사 사장이 일하는 사환을 시켜 한자를 많이 빼고 쉽게 써서 다시 달라고 전한 것이다. 문장을 고쳐달라는 것도 번거로운 일인데, 게다가 사장 자신이 아니라 "사환 아이"를 시켜 이러쿵저러쿵하는 것이 김수영의 마음을 불편하게 했을 것이다.

김수영은 이 정도면 한자도 없고, 쉽게 써달라 해서 쉽게 번역한 글이라며 "소리를 지르면서" 원고를 다시 보내버렸다. 사장의 청을 들어주지 않고 "소리를 지르면서", "다시 보내버렸다"는 표현은 상당히 불쾌한 감정을 드러낸다. 그날 밤 쓴 시가 바로 「모리배」라고 한다.

산문을 참고하면서 시를 다시 읽어보면, 필자가 앞서 떠올린 짐작은 전혀 맞지 않는다. 산문에 따르면 '모리배'란 바로 김수영에게 더 쉽게 쓰라고 강요한 출판사 사장이다. 김수영은 대중적인 문체만 고집하는 출판사 대표 같은 "모리배들한테서/언어의 단련을" 받는다. 한자를 빼달라, 더 쉽게 써달라고 닦달하는 출판사 사장이야말로 책을 대중적으로 만들려고만 하는 '모리배'라고 김수영은 보는 것이다. 김수영에게 번역료를 주는 그 사장은 김수영의 "팔을 지배하고", "밥을 지배하고", 김수영의 "욕심을 지배한다".

그렇다면 2연에서는 왜 하이데거를 인용했을까.

그래서 나는 우둔한 그들을 사랑한다
나는 그들을 생각하면서 하이덱거를
읽고 또 그들을 사랑한다
생활과 언어가 이렇게까지 나에게
밀접해진 일은 없다

"그래서"라는 접속사는 순접이지만 묘하게 역접의 효과를 보인다. 사랑하지 말아야 하는데 그는 "우둔한 그들을 사랑한다"고 쓴다. 과연 하이데거에게 '모리배'는 어떠한 존재일까.

하이데거는 모리배와 반대되는 현존재, 인간에 대해 세 가지 태도를 기술한 바 있다. 첫째, 인간은 자기 자신의 존재에 대해 불안해하며 '염려念慮(Sorge)'한다. 삶의 의욕이나 소망이나 충동은 모두 염려가 있기에 가능하다. 염려란 현존재 자신의 '존재'와 관계 맺는 존재 양식을 말한다. 자신에게 아직 주어져 있지 않은, 결핍된 어떤 것을 향해 나아가고 있는 상황이 염려다.

둘째, 꽃이나 애완견을 사랑하는 것을 '배려配慮(Besorge)'라고 한다. 마음 쏟음은 '세계(도구들 전체) 곁에 있음'에 상관된다. 곧 배려란, 현존재가 자신의 존재 가능 때문에 또는 그러한 존재 가능을 위해 세계내부적 존재자와 관계를 맺는 방식이다.

셋째, 이웃에 대한 마음을 '심려心慮(Fürsorge)'라고 한다. 이것은 '더불어 있음'과 관련된다. 심려란, 현존재적 존재자와의 관계 맺음의 방식을 말한다.

이렇게 자신에 대한 염려(마음 졸이기, Sorge, care), 사물에 대한 배려(마음 쏟음, Besorgen, taking care), 그리고 타자에 대한 심려(마음 씀, Fürsorge, concern)는 인간이 살아 있다는 증거다. 김수영이 "죽음이 없으면 사랑이 없고 사랑이 없으면 죽음이 없다"(「나의 연애시」)라고 쓴 이유도 바로 이런 태도와 통한다. 죽음을 의식하는 자는 염려하고 배려하고 심려한다.

세계-내-존재가 본질적으로 **염려**이기 때문에, 앞의 분석에서 손 안의 것 곁에 있음을 **배려**로, 세계내부적으로 만나게 되는 타인들의 공동현존재와 더불어 있음을 심려로 파악할 수 있었던 것이다.

(마르틴 하이데거, 『존재와 시간』, 이기상 옮김, 까치글방, 2010, 263면. 강조는 인용자)

어려운 말 같지만 '세계-내-존재'란 인간을 말한다. 인간은 본래 염려하는 실존이란 말이다. 문제는 죽음을 의식하지 않기에, 염려·배려·심려하는 마음을 갖지 않고 살아가는 이들이다. 자기 자신과 사물과 주변인에 관심을 안 갖는 '그들'의 삶은 이러하다.

모두가 타인이며 어느 누구도 그 자신이 아니다. 일상적인 현존재의 주체는 누구인가 하는 물음에 대한 대답인 그들은 아무도 아니며, 이 '아무도 아닌 사람'에게 모든 현존재가 서로 섞여 있음 속에서 그때마다 각기 이미 자기를 내맡겨버린 것이다.

(마르틴 하이데거, 위의 책, 178면)

그들을 하이데거는 세인世人(das Man)이라고 표현했다. 하이데거의 모든 용어들이 전기나 후기에 그 의미가 변하거나 텍스트에 따라 변하는 경우가 있어 번역하기가 쉽지 않다. 앞서 인용했듯이 하이데거가 쓴 'das Man'을 이기상은 '그들'로 번역했다. 그러나 이 번역은 '나(Ich)'가 포함되지 않은 타자만 지시하는 대명사이기에 적당한 번역인지 싶다. 소광희 교수는 『하이데거 존재와 시간 강의』(문예출판사, 2003)에서 '세인世人'으로 번역했다.

세인이란 곧 자기 주체성이 없이 세상의 흐름에 따라 살아가는 사람이다. '모리배'는 세인의 김수영식 표현이 아닐까. 김수영이 표지가 해지도록 읽었다는 하이데거 책에서는 세인을 하급인간으로 표현한다. 모리배는 니체가 경멸했던 '말종인간(der letzte Mensch)'과 비교할 수 있겠다.

보라, 나 너희에게 인간말종을 보여주겠으니

'사랑이 무엇이지? 창조가 무엇이지? 동경이 무엇이지? 별은 무엇이고?' 인간말종은 이렇게 묻고는 눈을 깜박인다.

대지는 작아졌으며 그 위에서 모든 것을 작게 만드는 저 인간말종이 날뛰고 있다. 이 종족은 벼룩과도 같아서 근절되지 않는다. 인간말종이 누구보다도 오래 산다.

(프리드리히 니체, 「차라투스트라의 머리말·5」, 『차라투스트라는 이렇게 말했다』, 책세상, 2010, 24면)

영어로 'the last man'으로 번역된 이 용어를 나는 '최후의 인간'이나 '마지막 인간'이 아니라 '말종인간'으로 번역한다. 말종인간과 반대로, 그리스·로마 시대의 탁월한 인간들의 수준으로 인간을 강화하고 고양해야 한다고 니체는 주장했다. 자연이나 농촌을 동경했던 하이데거와 달리 니체는 폴리스polis, 도시에서 활동하던 그리스·로마 시대의 탁월한 인간들에 주목했다. 플라톤이 생각했던 이상 국가와 유사하게 니체는 이상적인 사회란 소수의 정신적으로 탁월한 인간들과 이러한 인간들에 복종하는 군인들이 다수의 평균인들을 지배하는 사회로 보고 있다.

하이데거를 좋아하고 '정신적 귀족주의'(김명인, 『김수영, 근대를 향한 모험』, 소명출판, 2003, 47면)를 고수하는 김수영은 인텔리와 모리배의 사이에 존재하고 있다.

자신의 원고를 이래라 저래라며 수정을 명령한 '모리배' 같은 출판사 사장도 김수영은 사랑하겠다고 썼다. "하이텍거를/읽고 또 그들을 사랑한다"라는 역설에서 김수영은 니체와 하이데거를 넘어서는 다른 경지를 보여준다.

　시는 자신의 한계를 고백하는 것으로 끝난다. "유치한" 생활의 언어로 쓰겠다고 했던 김수영은 그러다 보니 실제로 "유치한" 언어 같은 상태가 되었다.

　"언어는 원래가 유치한 것이다/나도 그렇게 유치하게 되었다".

　정말 그의 문학에는 거친 언어들이 툭툭 튀어나오곤 한다. 그가 등단작이기를 거부하는 「묘정의 노래」에서 보이는 작위적인 한문투와는 전혀 다른 생활어들이 시에 빈번히 등장한다. 가령, 욕설은 수영의 시에서 자신의 생각을 상식 밖으로 증폭해내는 역할을 하고 있다.

　비숍 여사와 연애를 하고 있는 동안에는 진보주의자와
　사회주의자는 네에미 씹이다 통일도 중립도 개좆이다
　(중략)
　아이스크림은 미국놈 좆대강이나 빨아라.
　「거대한 뿌리」 부분

　왜 나는 조그마한 일에만 분개하는가
　저 왕궁 대신에 왕궁의 음탕 대신에
　50원짜리 갈비가 기름덩어리만 나왔다고 분개하고
　옹졸하게 분개하고 설렁탕집 돼지 같은 주인년한테 욕을 하고
　옹졸하게 욕을 하고
　「어느 날 고궁을 나오면서」 부분

　한국 교과서에서 세 번째로 시가 많이 실린 시인이지만, 인용한 시편들은 욕이 많이 나와 교과서에 실리기 어렵다. 네에미 씹, 개좆, 좆대강, 그는 "유치한" 욕설을 시어詩語로 썼다. 거대한 사상보다 '피혁점', '곰보', '애꾸', '애 못 낳는 여자', '무식쟁이' 같은 자잘한 것이 이 나라의 "거대한 뿌리"라고 시인은 강조하고

싶었던 것이다. 김수영은 욕설을 써서 현대어의 금기를 파괴했고 시어의 영역을 확장시켰다. 욕설을 시어로 쓸 수 있는 김수영 문학의 최대 매력은 솔직하다는 점이다. 왜 솔직한가.

지그문트 프로이트Sigmund Freud(1856~1939)는 무의식이야말로 진실하다고 했다. 무의식이 필터링을 거치지 않고 그냥 의식으로 표현되는 경우를 프로이트는 말실수, 농담, 욕설이라고 했다. 맞는 말이다. 욕설이야말로 가장 솔직한 무의식 그 자체다. 습관처럼 쓰는 욕이 아니라, 참고 참고 억눌러도 터져나오는 저런 욕 말이다. 습관이 아니라, 펑, 튀어나오는 무의식은 치밀한 의장儀裝도 겁도 없다.

"아아 모리배여 모리배여/나의 화신이여"(3연 4·5행)라는 외침은 자신의 문체를 함부로 말하는 사장을 향한 분노일 수도 있으나, 자신의 한계를 자각한 절규가 아닐까. '모래야, 나는 왜 이렇게 작으냐'는 고백과 비슷하지 않을까.

"모리배/나의 화신이여"라는 한탄에는 어떤 연민도 느껴진다. 사소한 존재인 모리배까지도 포용할 수밖에 없다는 고백 말이다. 밀쳐내고 싶은 '내가 아닌 나', 곧 '비아非我'를 껴안고 살 수밖에 없는 상황 말이다. 적으로 봐야 할 '제임스 땅'의 얼굴과 내 얼굴이 겹치는 것으로 끝나는 「제임스 땅」과 유사한 상상력이다. 이 세상에서 살아가려면 밀쳐내고 싶은 모리배와도 함께 살아야 한다는 말이다. 김수영은 모리배라는 대상을 자기화시키고, 그 대상에 대한 연민을 고백한다. 끝 구절에서 이렇게 김수영의 반성과 사랑이 손에 잡히듯 느껴진다. 밖에 있는 적은 바로 내 안에도 있다. 이후에 그의 언어가 더욱 '생활'에 밀착해가고 있는 것을 우리는 확인할 수 있다.

김수영과 니체가 만나면

김수영에게 니체가 묻는다. 김 시인 시에 내 생각이 자주 나온다고 하는데? 김수영이 답한다. 나는 그저 내 생각을 쓸 뿐이죠. 제가 영향받은 시인이나 사상가는 없어요. 니체가 끄덕인다. 그러게 말야, 그저 비슷한 면이 조금 있겠지.

엉뚱한 상상을 하며 이 글을 쓴다. 해 아래 새로운 것이 없다고, 니체 안에는 예수, 불경, 스피노자, 쇼펜하우어, 도스토옙스키 등의 흔적이 나온다. 김수영 글에도 공자니 하이데거니, 살면서 공부한 정보들이 우리 호흡 속에 공간의 공기가 스며들듯 섞여 있다.

> 스승 없다. 국내의 선배 시인한테 사숙한 일도 없고 해외 시인 중에서 특별히 영향을 받은 시인도 없다.
> (김수영, 「시작 노트 1」)

김수영 자신은 누구에게도 영향받은 바가 없다고 쓴 바 있다. 세상의 정보들은 '김수영'이라는 필터를 거쳐, 전혀 다르게 생산됐다. 니체 이름은 김수영이 쓴 산문에 두 번 나온다.

김수영은 니체를 읽었을까

한국에서 니체는 《개벽》 창간호(1920. 6. 25.)에서 소개된 뒤, 서정주, 유치환, 이육사, 김동리, 조연현 문학에서 보인다. 1945년 해방 이후 크게 일었던 니체붐을 김수영이 모를 리 없겠다.

"모리스 블랑쇼의 『불꽃의 문학』을 일본 번역책으로 읽었는데, 너무 마음에 들어서 읽고 나자마자 즉시 팔아버렸다"(「시작 노트 4」)고 썼던 김수영이 읽은 일본어판 『불꽃의 문학(焔の文学)』(1958)에는 다소 긴 「니체론」이 한 편 있다.

김수영의 유품 중에 일본어로 번역된 하이데거 저서 『니체의 말, 신은 죽었다

(ニ_チの言葉·「神は死せり」)』가 있다. 이 책은 1882년 니체가 『즐거운 학문』에서 쓴 '신은 죽었다'는 말에서 시작한다. 앞부분에는 '신의 죽음' 이후 니힐리즘은 인간에게 가치 전환과 함께 '힘에의 의지(Wille zur Macht)'를 일으킨다는 니체의 핵심 사상이 설명되어 있다.

니체가 쇼펜하우어에 이어 소수자 위버멘쉬라는 굴종하지 않는 '강력한 염세주의(Pessimismus der Stärke)'를 제시했다고 하이데거는 평가한다. 이때 니힐리즘은 '가장 충만한 삶의 의지'가 된다. 니체에게 '힘에의 의지'는 "생성한다"는 뜻이다. 생성한다는 것은 종래의 가치와 비교하여 새로운 가치로 전환하는 것이다. 곧 '힘에의 의지'는 '가치 전도의 원리(價値の顚倒の原理)'이다.

'힘에의 의지'라는 표현에서 '힘'이라는 낱말은, 의지가 '명령하는' 것인 한에서 '이러한 의지가 자기 자신을 의욕하는 그런 방식'의 본질을 일컫는 것일 뿐이다. '명령하는' 것으로서 의지는 자기를 '자기 자신'과, 즉 '자기에 의해 의욕된 것'과 통합한다. 이러한 자기통합이 곧 '힘을 의욕하는 힘 자체의 본질'(das Machten der Macht)이다.

(ハイデッガ―, 위의 책, 36면)

김수영의 「시여, 침을 뱉어라 - 힘으로서의 시의 존재」에서 부제 '힘으로서의 시의 존재'를 니체식으로 풀면, '힘으로서의 시'란 과거의 가치에서 새로운 가치로 '가치 전도' 하는 시를 말한다. 물론 '힘에의 의지'가 니체만의 특허라고 할 수는 없다.

김수영과 니체는 닮았을까

니체를 뛰어넘은 김수영만의 독창성에 더 관심을 가져도, 니체와 김수영에게서 비슷한 면은 몇 가지 있다. 첫째, 김수영 시나 산문에서 '힘'이라는 단어는 돋보인다. "너희 힘을 알리는 신호"(「지구의」), "너는 모든 힘을 다해서 답쌔버릴 것이다"(「65년의 새해」) 등 여러 번 나온다. 특히 "너도 나도 스스로 도는 힘을 위하여"(「달나라의 장난」)라는 김수영의 표현은, 위버멘쉬는 "제 힘으로 돌아가는 바퀴(ein aus sich rollendes Rad)"라고 니체가 『차라투스트라는 이렇게 말했다』에서 쓴 표현과 유사하다. 니체에게 힘의 원천이 고통이라면, 김수영에게 그것은 설움이다.

둘째, 위버멘쉬를 떠오르게 하는 구절이 있다. "폭포는 곧은 절벽絶壁을 무서운 기색도 없이 떨어진다"(「폭포」)는 표현은 "나는 사랑하노라. 몰락하는 자로서가 아니라면 달리 살 줄 모르는 사람들을"이라 했던 니체를 떠올리게 한다. "번개와 같이 떨어지는 물방울"(「폭포」)은 니체의 한 구절을 그대로 떠올리게 한다.

보라, 나는 번갯불이 내려칠 것임을 예고하는 자요, 구름에서 떨어지는 무거운 물방울이다. 번갯불, 이름하여 위버멘쉬렷다.

(니체, 『차라투스트라는 이렇게 말했다』, 책세상, 2010, 23면)

위버멘쉬는 '대지에서' 구현되어야 할 이상적 인간 유형이다. 위버멘쉬는 대지의 뜻에 충실한 존재다. "땅에 충실하라(Biebt der Erde)"고 니체는 강조했다. 니체가 위버멘쉬라는 표현을 썼다면, 김수영은 "제정신을 갖고 사는 사람"(「제정신을 갖고 사는 사람은 없는가」)이라는 말을 썼다.

셋째, 김수영은 힘에의 의지를 '긍지'로 표현했고, 니체는 '긍정(Ja-sagen)'으로 표현했다. 김수영이 포로가 되어 매 맞아 허벅지에 상처가 나고 덧난 상처에서 구더기를 걷어냈던 체험은 단순한 개인의 체험이 아니다. 김수영과 당시 사람들이 겪은 신산한 설움이었다. 김수영의 설움은 과거에 머물지 않는다. 비틀비틀 흔들리면서도 바로 서는 팽이처럼, 그 설움 속에서 김수영은 자신을 이겨내려

한다. 니체는 고통을 이겨내고 영원한 순간, 그 운명을 사랑하라는 아모르 파티 Amor fati를 제시했다.

> 네 운명을 사랑하라Amor fati : 이것이 지금부터 나의 사랑이 될 것이다! 나는 추한 것과 전쟁을 벌이지 않으련다. (중략) 나는 언젠가는 긍정하는 자가 될 것이다!

(니체, 『즐거운 학문』, 276절)

니체의 사상을 관통하는 디오니소스적 명랑성은 김수영 시의 명랑한 긍지와 통한다. 김수영 시에서 '울다'보다 '웃다'라는 용언은 얼마나 중요하게 놓여 있는지.

넷째, 니체와 김수영은 영원성에도 주목했다. "헬리콥터의 영원한 생리"에 주목하는 김수영은 대지에 서서 영원을 보았다. "나는 결코 울어야 할 사람은 아니며/영원히 나 자신을 고쳐가야 할 운명과 사명"(「달나라의 장난」)을 지닌 그는 "자유가 살고 있는 영원한 길을 찾아"(「조국으로 돌아오신 상병포로 동지들에게」), "나는 영원히 피로할 것이기에"(「긍지의 날」)라고 썼다. "민중은 영원히 앞서 있소이다"(「눈」), "인간은 영원하고 사랑도 그렇다"(「거대한 뿌리」)고 썼다.

실스마리아에서 '영원회귀'를 깨닫는 니체는 『즐거운 학문』에서 "현존재의 영원한 모래시계는 항상 다시 되돌아온다"며 영원회귀 사상을 제시했다. 니체가 말하는 '동일한 것의 영원회귀'란 기독교의 부활이나 불교의 윤회 같은 개념이 아니다. 사실 니체는 영원회귀를 물리적으로 충분히 설명하지 못했다. 허무한 일상에서도 운명을 흔쾌히 긍정하며 절대 행복을 만끽하는 '실존적이고 의미론적인 영원회귀'라 할 수 있겠다.

여섯째, 글을 머리로만 쓰지 않고 온몸으로 쓰는 신체적 글쓰기(corporeal writing)를 한다는 점이 닮았다. 사망하기 두 달 전 김수영은 자기가 어떻게 글을 쓰는지 정리했다.

시작詩作은 '머리'로 하는 것이 아니고, '심장'으로 하는 것도 아니고, '몸'으로 하는 것이다. '온몸'으로 밀고 나가는 것이다. 정확하게 말하자면, 온몸으로 동시에 밀고 나가는 것이다.
(김수영, 「시여, 침을 뱉어라」)

나의 온몸에는 티끌만 한 허위도 없습니다. 그러니까 나의 몸은 전부가 바로 '주장'입니다. '자유'입니다…….
(김수영, 「저 하늘 열릴 때 – 김병욱 형에게」)

김수영은 관념보다는 '온몸', '내 몸', '나의 몸' 등 신체를 강조했다. 니체도 '몸'으로 쓴 글을 강조한다.

일체의 글 가운데서 나는 피로 쓴 것만을 사랑한다. 글을 쓰려면 피로 써라. (중략) 피의 잠언으로 글을 쓰는 사람은 그저 읽히기를 바라지 않고 암송되기를 바란다.
(니체, 「읽기와 쓰기에 대하여」, 『차라투스트라는 이렇게 말했다』)

니체는 "너의 신체 속에는 너의 최고의 지혜 속에서보다 더 많은 이성이 들어 있다"(「신체를 경멸하는 자들에 대하여」, 『차라투스트라는 이렇게 말했다』)고 썼다. 김수영이 쓴 "땅과 몸이 일체가 되기를 원하며 그것만을 힘 삼고 있었는데"(「구슬픈 육체」) 같은 표현은 니체의 대지와 몸의 사상을 보는 듯하다. 정동이론(affection theory)은 니체와 김수영의 육신적 글쓰기를 잘 설명한다.

글쓰기는 육신적(corporeal) 활동이다. 우리는 온몸을 훑어(through) 아이디어를 만들어낸다. 즉, 우리 몸을 훑어 쓰면서 우리 독자들의 몸에 닿기를 바란다.
(엘스페스 프로빈, 「수치의 쓰기」, 『정동이론』, 갈무리, 2015)

니체가 말하는 '몸'은 '힘에의 의지'를 생산하는 역동성의 근원지다. "시는 온몸으로 바로 온몸을 밀고 나가는 것"이라는 김수영의 '온몸'도 니체가 말하는 힘에의 의지를 생산하는 '몸'과 비교할 수 있을까.

김수영과 니체는 다르다

김수영의 고독은 철저하게 공동체와 연결돼 있다. 그에게 공동체와 관계없는 개인적인 자유란 없다. 자유와 정의는 공동체 밖에 있는 것이 아니라, 공동체 안에서만 작동할 수 있다. 김수영에게 보이는 다중多衆(multitude)적 혁명론은 니체에게 없다. 김수영의 민주주의는 니체보다는 스피노자의 『정치학』에 가깝다. 김수영은 공공성을 중요시하여 자신의 시가 "믿음과 힘을 돋우어줄 것"을 기대했다.

정말 그리운 건 평화이고, 온 세계의 하늘과 항구마다 나팔 소리가 빛날 날을 가슴 졸이며 기다리는 우리들의 오늘과 내일을 위하여 시는 과연 얼마만 한 믿음과 힘을 돋우어줄 것인가.

(김수영, 「시작 노트 1」, 1957)

한국전쟁의 상흔이 있고 1955년, 베트남전쟁이 발발한 시기에 쓴 짧은 글이다. 니체에게 약한 역사성이 김수영 시에서는 알짬이다. 김수영이 젊은 시인들을 소개할 때도 그 잣대는 역사성이었다. 그가 신동엽, 박두진, 김재원 시에 주목하는 이유는 역사라는 잣대였다. 니체와 김수영, 두 사람의 생각에는 닮음과 다름이 있다. 둘 사이의 닮음, 둘 사이의 다름은 여전히 미래를 열어가는 유효한 시각을 제시한다.

이 글은 《한겨레》(2021. 10. 25.)에 발표한 칼럼이다. 짧은 지면이기에 상세히 쓰지 못했다. 괄호 안의 글을 참조해주셨으면 한다(김응교, 「김수영 시와 니체의 철학 – 김수영 '긍지의 날'·'꽃잎·2'」, 《시학과 언어학》, 2015 / 김응교, 「김수영 글에서 니체가 보일 때 – '달나라의 장난'·'헬리콥터'」, 《외국문학연구》, 2021).

1960년 1월 31일

사랑을 배웠다. 부서진 너로 인해

사랑

어둠 속에서도 불빛 속에서도 변치 않는
사랑을 배웠다 너로 해서

그러나 너의 얼굴은
어둠에서 불빛으로 넘어가는
그 찰나에 꺼졌다 살아났다
너의 얼굴은 그만큼 불안하다

번개처럼
번개처럼
금이 간 너의 얼굴은

《동아일보》 1960. 1. 31.)

화관을 쓴 여인.
1962년에 제작한 리놀륨 판화

가끔 나는 노숙인, 성매매 체험 여성, 탈북 새터민과 함께하는 인문학 교실,
혹은 교도소에 가서 김수영 시를 강의할 때가 있다. 절망에 빠진 이들에게 김수
영 시가 긍지 같은 약효를 주기에 김수영 시를 전하곤 한다.

언젠가 성매매 체험 여성과 함께하는 인문학 교실에 가서, 김수영 시에서 '자
유', '고독', '여성', '사랑'이라는 네 가지 코드로 시 세 편을 해설 없이 두세 번 읽

었다. 가방끈이 짧다는 콤플렉스가 있는 분들에게 과연 김수영이 어떻게 읽힐지 궁금하면서도 조심스러웠다. 함께 읽었던 시는 「푸른 하늘을」, 「여자」, 「사랑」이었다. 서로 느낌을 나누었고, 대화했다. 그 다음에 내가 설명했다.

"여자는 집중된 동물이다"(「여자」)라는 구절을 나누며, 어떻게 집중해서 살아왔는지 대화 나눴다. 어떤 분은 토로하듯, 폭력으로 지낸 세월을 얘기했고, 강요된 성관계 대신에 폭식으로 스트레스를 풀다가 과체중에 시달리는 세월을 한탄했다. 김수영의 시가 이분들 마음을 서서히 열어놓았다. 김수영 시를 읽으며 몇 명은 조용히 눈시울을 훔치기도 했다. 거의 평생 몸을 팔아왔던 60대의 최○○ 씨는 휴지로 연신 눈물을 찍어냈다. 티켓 다방에서 일하다가 일을 끊고 거식증에 걸려 100킬로그램 넘는 거구로 살아가는 ○○란이도 고개 숙이고 손등으로 눈물을 훔쳤다. 7년 동안 구금 상태에서 성매매를 강요받고 술과 약을 주입받아 뇌세포가 파괴되었다는 ○○이도 눈시울이 붉어졌다. 김수영 시에는 서러움이 있구나, 설움의 힘이 있구나, 힘을 주는구나, 라는 것을 처음 확인하는 자리였다. 우리는 과연 무엇을 사랑하며 살아왔는지. 무엇에 집중하며 살아왔는지. 그날 우리에게 마지막으로 따스한 위로를 준 시는 「사랑」이었다.

김수영 시의 핵심을 뭐라고 생각하는가 누가 묻는다면, 자유, 생명, 혁명도 있지만 무엇보다도 사랑이라고 답할 것 같다. 사랑 때문에 분노하고, 사랑 때문에 전통을 사랑하고, 사랑 때문에 치열하게 풍자하고 싸우는 것이 김수영의 작품이다. 그는 "사랑을 배웠다"고 쓴다.

너로 인해 배운 사랑은 무엇인가.

진짜 사랑은 절망이 가득한 "어둠 속에서도" 반대로 성공이 가득한 "불빛 속에서도" 변하지 않는다. 소설 『위대한 개츠비』를 보면 주인공 개츠비가 가난한 집에서 성장했고 학벌도 없다는 사실을 안 데이지는 그 "어둠 속에서" 개츠비를 외면한다. 그것은 사랑이 아니다. 진정한 사랑은 어둠이건 빛이건 변치 않는 사랑이다. 슬플 때나 기쁠 때나 언제나 함께 있는 것 자체가 '변치 않는 사랑'이다.

진정한 사랑은 어떠한 악조건에서도 변치 않는다.

그런데 2연에서 그 사랑이 불안해 보인다. 나에게 그토록 변치 않는 영원의 사랑을 가르쳐준 "너"의 얼굴은 오히려 흔들리며 불안하다. 어떻게 된 일인가. "너"는 완전하지 못하고 뭔가의 고통, 시련에 부닥쳐 있다. 이 불안 속에서 화자는 관념적으로 "너"를 보는 것을 넘어 "너의 얼굴"을 본다, 너의 영혼, 너의 슬픔, 너의 그늘을 보는 것이다. 존재의 동반자로서 "너"의 불안과 동반하는 것이다.

3연에서 아픔을 겪고 있는 "너"의 얼굴을 번개처럼 금이 갔다고 표현한다. 어둠과 불빛으로 꺼졌다 사라지는 것은 번개 불빛의 속성이다. 번개 불빛이 번쩍이면 금세 더 어두워지는 속성이 있다. 순간 번쩍이고 칠흑 어둠을 만들어내는 '번개'는 인간의 삶을 무시하는 비정非情한 폭력이다. 동시에 귀한 것이 찰나에 잠깐 나타나는 에피파니, 곧 현현顯現의 순간으로 볼 수도 있겠다. 갑작스럽게 진리를 목도하는 사람은 불안하다.

"번개처럼"이라는 말이 두 번 반복되었다는 것은 비정한 폭력이 두 번 혹은 여러 번 반복되었다는 것을 암시한다. 아니면 감당할 수 없는 '일회적 순간'(발터 벤야민)을 체험하는 순간이라 할 수도 있겠다. 번개 불빛이 반짝이는 바로 그 순간에 화자는 "금이 간 너의 얼굴"을 본다. "금이 간 너의 얼굴"은 훼손된 얼굴이다. 여기서 "너"는 누구일까. 발표된 시는 독자의 것이기에 어떻게 생각해도 좋다.

"김 시인은 초고를 원고지에다 안 쓰고 백지에 썼어요. 이 양반은 원고지도 뒤집어서 백지에 썼지요. 초고가 완료되면 무조건 나를 불렀어요. 제일 왕성할 때는 마포 구수동에 살림을 차렸을 때였어. 구공탄에 밥을 짓는데, 그 밥이 부글부글 끓을 때 서재로 나를 부르는 거야. 그러면 나는 밥이 탈까 아예 솥을 내려놓고 들어갔지요."

그리워하며 김수영 시인을 증언하는 아내 김현경을 연모하는 연애시로 생각할 수도 있겠다.

"너"를 특정인이 아닌 사랑하는 사람으로 생각할 수 있겠다. 사랑하는 사람은 연인이 될 수도 있고, 아내가 될 수도 있으며, 자식이 될 수도 있겠다. 화자는 어떠한 상황 속에서도 변치 않는 사랑을 "너"에게서 배운다. 어둠에서 불빛으로 넘어가는 "찰나의 순간"에 너의 모습은 불안하다.

가장 중요한 것은 김수영의 사랑은 "죽음이 없으면 사랑이 없고 사랑이 없으면 죽음이 없다"(「나의 연애시」)는 고백처럼, 사랑이 곧 죽음이기도 하거니와 "그들의 생명을, 그들의 생명만을 사랑하고 싶다"(같은 글)는 고백처럼 사랑이 곧 생명이기도 하다는 점이다. 김수영에게 사랑은 곧 죽음이면서 동시에 사랑이다. 죽음의 극한에까지 이르는 절실한 생명 그 자체가 사랑인 것이다. 그 사랑은 윤동주가 "모든 죽어가는 것을 사랑해야지"(「서시」)라고 했던 사랑과도 가까운 거리에 있는 것 같다. 죽어가는 극한의 것을 사랑하는 사랑 말이다.

모든 죽어가는 것을 사랑하는 윤동주처럼, 김수영은 "금이 간 너의 얼굴"을 사랑하고자 한다. 그 얼굴은 이후 "요강, 망건, 장죽, 종묘상, 장전, 구리개 약방, 신전,/피혁점, 곰보, 애꾸, 애 못 낳는 여자, 무식쟁이"(「거대한 뿌리」)로 표현된다. 그는 금이 간 너의 과거, 깨져버린 너의 가족, 깨진 너의 상처를 사랑하고자 했다.

1960년

붉은 파밭의 푸른 새싹을 보아라

파밭 가에서

삶은 계란의 껍질이
벗겨지듯
묵은 사랑이
벗겨질 때
붉은 파밭의 푸른 새싹을 보아라
얻는다는 것은 곧 잃는 것이다

먼지 앉은 석경 너머로
너의 그림자가
움직이듯
묵은 사랑이
움직일 때
붉은 파밭의 푸른 새싹을 보아라
얻는다는 것은 곧 잃는 것이다

새벽에 준 조로의 물이
대낮이 지나도록 마르지 않고
젖어 있듯이
묵은 사랑이

뉘우치는 마음의 한복판에
젖어 있을 때
붉은 파밭의 푸른 새싹을 보아라
얻는다는 것은 곧 잃는 것이다

《자유문학》 1960. 5.)

도대체 희망이 안 보이는 시대도 시간이 지나면 익숙해지는 걸까. 실망이 축
적되면 피로를 거쳐 자포자기에 이르는 것일까. 이러할 때 희망 없는 시대를 살
았던 백석, 윤동주, 김수영, 신동엽의 시는 절망한 영혼에 잉걸불을 일으킨다. 쓰
러진 몸을 일으킨다. 희망이 없을 때마다 이 시를 읽는다.

1연의 마지막 두 행이 2연과 3연의 마지막 두 행에서도 반복되고 있는 부분
이 주목된다. 헐벗은 반복이 아니라 충만한 반복이다.
"붉은 파밭의 푸른 새싹을 보아라".
이 구절 하나로 이 시는 완성된다. 시골에서 살아본 사람, 추수가 끝난 뒤 새
농사를 위해 밭갈이를 한 파밭을 본 사람이라면 알 것이다. 모든 것이 지난 다
음에 붉은 흙으로 뒤덮어져 있는 겨울의 밭들. 김수영은 그 엎어져 있는 황토에
서, 아무것도 없는 황망한 황토에서 "푸른 새싹을 보아라"라고 세 번이나 반복
해서 강조한다. 얼마나 중요하면 세 번이나 강조했을까.
"얻는다는 것은 곧 잃는 것이다".
이 말이 이 시의 주제다. 얻는다는 것은 곧 잃는다는 것임을 살다 보면 너무
도 여러 번 경험한다.
니체는 기억력이 아니라 기억증記憶症을 강조했다. 쓸데없는 것을 기억하려
애쓰고 집착해서 얻었다고 생각하는 순간 거기에 묶인다. 이미 그것에 묶여 노
예가 된다. 기존의 낡은 가치를 얻었다 하면 새로운 상상력은 잊어버린다. 얻는
다는 것은 곧 잃는 것이다. '색즉시공色卽是空'은 「반야심경」에 나오는 구절이다.

얻는다는 것은 잃어버리는 것이다.

반대로 잃는다는 것은 얻는 것이다. 니체는 제발 잊으라고 했다. 망각력忘却力이 필요하다고 했다. 쓸데없는 것은 망각해야 다시 얻을 수 있다. 공즉시색空卽是色, 텅 빈 바가지처럼 되어야 무언가 담을 수 있고 얻을 수 있다. 비우면 비울수록 채울 공간이 넓어지는 바가지의 원리다.

이제 거꾸로 이 후렴구 앞에 있는 구절들을 생각해본다.

1연에서 "삶은 계란"은 껍질이 벗겨져야 먹을 수 있다. 껍질째 삶은 계란을 먹으려는 자세에 대한 시인의 경고로부터 이 시는 시작된다. 왜 달걀을 생각했을까. 파의 이삭 부분이 달걀 모양이라서 그랬을까. 그럴 수도 있겠다. 그보다도 달걀을 깨고 나오는 병아리를 생각했을 것이다.

어떤 껍질을 깨야 할까. 달걀 껍질 같은 "묵은 사랑이/벗겨질 때", 바로 낡은 사상이나 콤플렉스 같은 어떤 집착에서 벗어날 때, 달걀에서 벗어날 수 있다. 새로 태어나는 자신을 발견하는 것이다. "붉은 파밭의 푸른 새싹을 보아라", 즉 완전히 죽었을 때 다시 태어나는 삶을 경험하는 것이다.

2연에서 "먼지 앉은 석경 너머"에 있는 것을 시인은 주목한다. "먼지 앉은"이란 표현은 오래된 과거의 것을 말하고, 유리 거울 대신 "석경"이라고 한 것도 낡음에 대한 의식이 반영된 것일 터이다. 그 너머에는 "너의 그림자" 곧 진정한 실존이 아닌 헛것이 있다. 그 "묵은 사랑이/움직일 때", 묵은 사랑에서 탈출할 때, 화자는 다시 태어남을 깨닫는다.

이 구절은 마치 플라톤이 『국가』 7장에 썼던 '동굴 속의 우상 비유'를 생각하게 한다. 동굴 속에는 사이비 지도자들에게 속는 사람들이 앉아 있다. 진정한 해방은 동굴 밖에 있건만 동굴 속에 앉아 있는 사람들은 사이비 지도자들이 불빛을 밝혀 비춘 자신의 모습을 신으로 믿는다. 불빛에 비친 자기 모습이건만 신으로 모시고 동굴 밖으로 나갈 생각을 안 한다. 인간의 삶은 헛것(시뮬라크르)에 빠져 있을 때가 많다. 김수영은 내 모습을 비추는 석경을 밀쳐내고 진정한 세상을 보고자 한다.

3연에서 "새벽에 준 조로의 물"은 지나간 것에 대한 회상이나 미련으로 읽힌다. 조로朝露, 곧 아침 이슬이다. 아침 이슬이 좋은 것 같지만 아침에만 신선하지 지나고 나면 낡은 물기일 뿐이다. '조로'는 인생의 덧없음을 비유적으로 이르기도 한다. 아침 이슬이 아직도 "대낮이 지나도록 마르지 않고/젖어 있"다면, 이것도 헛된 집착일 수 있다.

혹은 '조로'를 물뿌리개를 말하는 일본어 '조로じょうろ(如雨露, 女郎)'로도 읽을 수 있다. 조로를 물뿌리개로 본다면, 새벽에 물뿌리개로 준 물이 대낮이 지나도록 마르지 않고 젖어 있다는 말이 된다. 이렇게 해석해도 대낮에도 마르지 않는 상황을 본다. 대낮에도 물기가 마르지 않는다면 물을 주지 않아도 될 아주 습한 상황일 것이다. 물을 주지 않아도 되는데 물을 주는 습관적 집착일 수 있다.

집착은 이렇게 쉽게 사라지지 않는다. 그래서 묵은 사랑을 버리기 어렵다. 낡은 집착인 "묵은 사랑이 뉘우치는 마음의 한복판에" 아직도 (또아리 틀고 집착하고) "젖어 있을 때" 묵은 사상, 곧 낡은 집착을 버리라는 것이다. 묵은 사상에 집착하여 얻으면 곧 "얻는다는 것은 곧 잃는 것이다"라는 깨달음이다.

지도자들은 내일에 대해 희망을 얘기한다. 그러나 "묵은 사랑"에 집착해서는 절대 "푸른 파밭"을 만들 수 없다고 시인은 강조한다. 새로운 사랑을 얻으려면 묵은 사랑을 잊어야 한다. 아니 나는 무엇을 버리고, 엎어버리고 다시 푸른 파밭을 일구어내야 할까. 자꾸 다시 생각해본다. 무엇을 버려야 할까. 어떤 집착, 나에게 어떤 낡은 사랑, 묵은 사랑을 버려야 할까.

김수영의 시는 지독히 개인적이라고 하는데 그가 쓰는 상징은 대단히 집단적이다. 폭포가 그렇고, 풀이 그렇고, 파밭이 그러하다. 김수영은 묵은 것에서 깨어난 외톨이 개인들의 집단적 각성과 혁명적 역동성을 꿈꿨던 것일까.

1960년 4월 3일

우리의 적은 보이지 않는다

하······ 그림자가 없다

우리들의 적은 늠름하지 않다
우리들의 적은 커크 더글러스나 리처드 위드마크 모양으로 사나웁지도 않다
그들은 조금도 사나운 악한이 아니다
그들은 선량하기까지도 하다
그들은 민주주의자를 가장하고
자기들이 양민이라고도 하고
자기들이 선량이라고도 하고
자기들이 회사원이라고도 하고
전차를 타고 자동차를 타고
요리집엘 들어가고
술을 마시고 웃고 잡담하고
동정하고 진지한 얼굴을 하고
바쁘다고 서두르면서 일도 하고
원고도 쓰고 치부도 하고
시골에도 있고 해변가에도 있고
서울에도 있고 산보도 하고
영화관에도 가고
애교도 있다
그들은 말하자면 우리들의 곁에 있다

우리들의 전선戰線은 눈에 보이지 않는다

그것이 우리들의 싸움을 이다지도 어려운 것으로 만든다

우리들의 전선은 된케르크도 노르망디도 연희고지도 아니다

우리들의 전선은 지도책 속에는 없다

그것은 우리들의 집안 안인 경우도 있고

우리들의 직장인 경우도 있고

우리들의 동리인 경우도 있지만……

보이지는 않는다

리처드 위드마크

우리들의 싸움의 모습은 초토작전이나

〈건 힐의 혈투〉 모양으로 활발하지도 않고 보기 좋은 것도 아니다

그러나 우리들은 언제나 싸우고 있다

아침에도 낮에도 밤에도 밥을 먹을 때에도

거리를 걸을 때도 환담을 할 때도

장사를 할 때도 토목공사를 할 때도

여행을 할 때도 울 때도 웃을 때도

풋나물을 먹을 때도

시장에 가서 비린 생선 냄새를 맡을 때도

배가 부를 때도 목이 마를 때도

연애를 할 때도 졸음이 올 때도 꿈속에서도

깨어나서도 또 깨어나서도 또 깨어나서도……

수업을 할 때도 퇴근시에도

사이렌 소리에 시계를 맞출 때도 구두를 닦을 때도……

우리들의 싸움은 쉬지 않는다

커크 더글러스

우리들의 싸움은 하늘과 땅 사이에 가득 차 있다

〈건 힐의 혈투〉 포스터

민주주의의 싸움이니까 싸우는 방법도 민주주의식으로 싸워야 한다
하늘에 그림자가 없듯이 민주주의의 싸움에도 그림자가 없다
하…… 그림자가 없다

하…… 그렇다……
하…… 그렇지……
아암 그렇구말구…… 그렇지 그래……
응응…… 응…… 뭐?
아 그래…… 그래 그래

(1960. 4. 3.)

1960년 4월 3일에 쓴 작품이다. 4·19혁명이 일어나기 불과 열엿새 전이다. 이 시를 보면 김수영은 4·19혁명을 분명히 직감하고 있었던 것처럼 보인다. "우리들의 전선은 눈에 보이지 않는다", "우리들의 싸움은 쉬지 않는다"며 그는 영구혁명의 자세를 강조한다.

이 시는 1959년 영화 〈건 힐의 혈투(Last Train From Gun Hill)〉를 알면 쉽게 풀린다. 1960년 1월 단성사와 중앙극장에서 상영되었고, 김수영은 4월에 이 영화 이름을 넣어 시를 썼다.

영화에서 맷 모건(커크 더글러스)과 크레이그 벨든(앤서니 퀸)은 친한 친구다. 김수영은 앤서니 퀸을 리처드 위드마크로 착각한 게 아닐까. 어느 날 크레이그의 아들이 인디언 여성을 강간하고 살해한다. 그 여성은 맷 모건의 아내였다. 범인들이 떨어뜨린 안장에 찍힌 CB라는 글자. 맷은 CB가 크레이그 벨든의 약자라는 사실을 안다. 크레이그를 찾아간 맷은 범인이 크레이그의 아들 릭이라는 사실을 알게 된다. 맷은 릭을 잡아 호텔 침대에 묶고 가둔다. 연방 법정으로 가는 기차가 오기까지 6시간 동안, 맷은 크레이그의 부하 20여 명과 총격전을 벌인다.

크레이그의 연인 린다는 릭이 맷의 아내를 강간하고 죽인 사건의 전모를 듣는다. 사실을 깨달은 린다는 맷에게 장총을 구해준다. 호텔에 불이 나서 맷과 릭이 기차로 향하는데, 릭과 공범인 친구가 기차 앞에서 총을 오발하여 릭이 죽는다. 죽은 아들 앞에서 맷에게 결투를 청한 크레이그는 맷의 총에 맞아 죽는다. 죽으면서 크레이그는 묻는다.

"맷, 아들 이름이 뭐라고 했지?"

"피티."

"피티, 그 아들 훌륭하게 잘 키우게."

마지막 말을 남기고 크레이그는 숨진다. 친구였다가 결투를 벌이는 적으로 바뀌지만, 마지막에는 다시 친구로서 죽는다. 이 영화와 김수영의 시는 통하는 면이 있어 보인다. 마을의 모든 업소와 보안관까지 매수한 크레이그는 한국 사회를 접수한 이승만 정권을 떠올리게 한다. 친구 크레이그가 적이 되고 다시 친구로 변하는 설정, 술집에서 호텔에서 이발소에서, 도대체 누가 적인지 구분할 수 없는 상황이 김수영 시의 주제와 닮아 있다.

김수영은 우리 안의 다양한 적을 예시한다. "전차를 타고 자동차를 타고/요리집엘 들어가고/술을 마시고 웃고 잡담하고/동정하고 진지한 얼굴을" 한 평범한 이웃들이 민주주의의 '적'이다. 도처에 널려 있는 적은 무섭고 속수무책이다.

그는 나와 이웃 안에 있는 적과 싸워야 한다고 한다. "깨어나서도 또 깨어나서도 또 깨어나서도" 싸우지 않으면 안 된다. 이런 적이라면 적과의 싸움 역시 항상 진행 중일 수밖에 없다. 이 대목에서 임화의 「적」이 생각난다.

패배의 이슬이 찬 우리들의 잔등 위에 너희 참혹한 육박이 없었더면,
적이여! 어찌 우리들의 가슴속에 사는 청춘의 정신이 불탔겠는가?

오오! 사랑스럽기 한이 없는 나의 필생의 동무
적이여! 정말 너는 우리들의 용기다.

너의 적을 사랑하라!

복음서는 나의 광영이다.

임화, 「적」 부분

"우리들의 싸움은 하늘과 땅 사이에 가득 차 있다"는 진술은 『주역』적인 사고가 반영된 결과일 수도 있다. 삼라만상이 매일 극복하여 마주쳐야 하는 대상이다. 나 자신도 변(易)해야 우주가 변한다.

전선戰線이 따로 있는 것이 아니다. 된케르크나 연희고지에만 적이 있는 것이 아니다. 적과 "나"는 결코 선명하게 나뉘지 않는다. 김수영 특유의 점층적 반복 기법이 쓰이고 있다. 적은 그림자일까. 아니 그림자도 없다. 실체가 없기에 그림자가 없는 것이다. "그림자가 없는" 헛것과 싸워야 하는 싸움이다. "정체 없는 놈"(「적」, 1962. 5. 5.)과 싸워야 한다. 결국 "하…… 그림자가 없다"는 어쩔 수 없는 탄성에 이른다.

그렇다고 김수영이 적의 본질을 잊은 것은 아니다. 임화가 일제 군국주의의 탄압을 뚜렷하게 기록하며 적을 통해 전진할 힘을 비축했듯이, 김수영은 "제2공화국! 너는 나의 적이다"(「일기」, 1960. 6. 30.)라고 명확히 지적했다.

'적'을 통해 임화나 김수영은 또 다른 사유의 단계로 들어갔다. 자기 밖의 적과 싸우는 것은 어찌 보면 쉬운 일이다. 더 어려운 것은 '내 안의 적'과 싸우는 일 아닌가. 삶에서 프로타고니스트와 안타고니스트가 외적인 갈등(outer conflict)을 갖는 경우가 대부분인데, 두 가지의 대립이 한 인물의 욕망 속에서 일어나는 내적 갈등(inner conflict)은 더욱 복잡하다. 사실 인간은 외적 갈등보다 내적 갈등으로 더욱 괴롭지 않은가. 밖에 있는 적이든 안에 있는 적이든 적은 '나'를 치열하게 만들며 긴장시키고 성장시킨다.

하이데거를 통해 니체를 읽었던 김수영 시에는 니체의 영향이 일정하게 나타난다(김응교, 「김수영 시와 니체의 철학 – 김수영 '긍지의 날'·'꽃잎·2'의 경우」, 『시학과 언어학』, 2015). 니체는 적을 친구로 만드는 강한 위버멘쉬를 강조했다. 니체가 생각하는 세계는 완전한 관계의 세계다. 어떤 것 하나 버릴 수 없고 무시할 수 없는 중심이다. 니체는 적의 성공을 나의 성공으로 만들라 했다.

　적을 갖되, 증오할 가치가 있는 적만을 가져야 한다. 경멸스러운 적은 갖지 말도록 하라. 너희들은 적을 자랑스럽게 생각해야만 한다: 그렇게 되면 적의 성공이 곧 너의 성공이 될 것이다.
（니체, 「싸움과 전사에 대하여」, 『차라투스트라는 이렇게 말했다』）

　적의 성공은 나의 성공이다(the successes of your enemies are also your successes). 적이 힘내는 것은 나의 상승의지를 강화시키기에, 진짜 적은 나를 강화시킨다. 나에게 대드는 것이 나의 상승의지를 북돋으니 나에게 도움을 준다. 당연히 진짜 적은 진짜 친구요, 이웃이다. 적을 설복시키고 감동시키기 위해, 적을 성공시키기 위해 자신과 전쟁을 벌인다. 그러니 "있는 것은 아무것도 버릴 것이 없으며, 없어도 좋은 것이란 없다"(니체, 『이 사람을 보라』)는 것이다.

　김수영은 적과 싸우며 내면에서 자신의 적을 본다. 자기 안에 있는 적을 발견하는 것이다. 적의 성공이 곧 나의 성공(dann sind die Erfolge eures Feindes auch eure Erfolge)이다. 김수영은 고독한 개인이 내면의 적과 싸워야 혁명의 과정에 들어간다고 반복해 쓴다. 그에게 혁명은 "고독"하다(「푸른 하늘을」). 김수영은 싸우면서도 함께 살 수밖에 없는 적에 대해 여러 시편에서 반복해 썼다.

　마침내 김수영은 "온갖 적들과 함께/적들의 적들과 함께/무한한 연습과 함께"(「아픈 몸이」)라고 토로한다. 왜냐하면 김수영은 "이제 적을 형제로 만드는 실증을/똑똑하게 천천히 보았으니까!"(「현대식 교량」)

　*유튜브 〈김웅교TV〉에 있는 '김수영 시 「하…… 그림자가 없다」, 〈건 힐의 혈투〉'를 참조하시길 바란다.

4부

1960년
4월
19일
~
1961년
5월
16일

혁명
의
좌절

우리의
적은
보이지
않는다

4월이 오다

4·19혁명 당일 김수영은 라디오 앞에 앉아 뜬눈으로 밤을 지새우고 이튿날 시내로 나갔다. 그로부터 1주일 후 이승만이 하야성명을 발표하기까지 김수영은 미친 듯이 거리와 골목, 다방과 술집을 쏘다녔다. 김수영은 4·19혁명일에 하늘과 땅이 하나로 통일되는 전율에 빠진다. 그 무렵 매일 술을 마시고 노래하고 시를 썼다. 그러면서 불과 몇 달 사이에 1년치 시를 지었다. 「기도」, 「육법전서와 혁명」, 「만시지탄은 있지만」, 「나는 아리조나 카보이야」 등이 이때 발표됐다. 그중 「가다오 나가다오」 같은 시는 당시 한국 사회가 수용하기 어려운 작품이었다.

1960년 4월 26일

민주주주의 첫 기둥을 세우고

우선 그놈의 사진을 떼어서 밑씻개로 하자

우선 그놈의 사진을 떼어서 밑씻개로 하자
그 지긋지긋한 놈의 사진을 떼어서
조용히 개굴창에 넣고
썩어진 어제와 결별하자
그놈의 동상이 선 곳에는
민주주의의 첫 기둥을 세우고
쓰러진 성스러운 학생들의 웅장한
기념탑을 세우자
아아 어서어서 썩어빠진 어제와 결별하자

이제야말로 아무 두려움 없이
그놈의 사진을 태워도 좋다
협잡과 아부와 무수한 악독의 상징인
지긋지긋한 그놈의 미소하는 사진을―
대한민국의 방방곡곡에 안 붙은 곳이 없는
그놈의 점잖은 얼굴의 사진을
동회洞會란 동회에서 시청이란 시청에서
회사란 회사에서

××단체에서 ○○협회에서
하물며는 술집에서 음식점에서 양화점洋靴店에서
무역상에서 가솔린 스탠드에서
책방에서 학교에서 전국의 국민학교란 국민학교에서 유치원에서
선량한 백성들이 하늘같이 모시고
아침저녁으로 우러러보던 그 사진은
사실은 억압과 폭정의 방패이었느니
썩은 놈의 사진이었느니
아아 살인자의 사진이었느니

너도 나도 누나도 언니도 어머니도
철수도 용식이도 미스터 강도 류 중사도
강 중령도 그놈의 속을 모르는 바는 아니었지만
무서워서 편리해서 살기 위해서
빨갱이라고 할까 보아 무서워서
돈을 벌기 위해서는 편리해서
가련한 목숨을 이어가기 위해서
신주처럼 모셔놓던 의젓한 얼굴의
그놈의 속을 창자 밑까지도 다 알고는 있었으나
타성같이 습관같이
그저그저 쉬쉬하면서
할 말도 다 못하고
기진맥진해서
그저그저 걸어만 두었던
흉악한 그놈의 사진을
오늘은 서슴지 않고 떼어놓아야 할 날이다

밑씻개로 하자
이번에는 우리가 의젓하게 그놈의 사진을 밑씻개로 하자
허허 웃으면서 밑씻개로 하자
껄껄 웃으면서 구공탄을 피우는 불쏘시개라도 하자
강아지장에 깐 짚이 젖었거든
그놈의 사진을 깔아주기로 하자……

민주주의는 인제는 상식으로 되었다
자유는 이제는 상식으로 되었다
아무도 나무랄 사람은 없다
아무도 붙들어갈 사람은 없다

군대란 군대에서 장학사의 집에서
관공리官公吏의 집에서 경찰의 집에서
민주주의를 찾은 나라의 군대의 위병실衛兵室에서 사단장실에서 정훈감실에서
민주주의를 찾은 나라의 교육가들의 사무실에서
4·19 후의 경찰서에서 파출소에서
민중의 벗인 파출소에서
협잡을 하지 않고 뇌물을 받지 않는
관공리의 집에서
역이란 역에서
아아 그놈의 사진을 떼어 없애야 한다

우선 가까운 곳에서부터
차례차례로
다소곳이

조용하게
미소를 띠우면서

영숙아 기환아 천석아 준이야 만용아
프레지던트 김 미스 리
정순이 박군 정식이
그놈의 사진일랑 소리 없이 떼어 치우고

우선 가까운 곳에서부터
차례차례로
다소곳이
조용하게
미소를 띠우면서
극악무도한 소름이 더덕더덕 끼치는
그놈의 사진일랑 소리 없이
떼어 치우고—

(1960. 4. 26. 조조早朝)

이승만 정권의 몰락을 목도하며 김수영은 「우선 그 놈의 사진을 떼어서 밑씻개로 하자」라는 매우 도발적인 제목의 시를 남겼다. 이 시를 쓴 4월 26일 아침은 이승만 대통령이 사의를 표명한 날이었다.

4월 혁명의 실제 도화선은, 3·15 부정선거 당일에 일어난 1차 마산 시위와, 이 시위에서 실종된 김주열의 시신이 마산 중앙부두 앞바다 위로 떠오른 4월 11일 이후의 2차 마산 시위였다. 27일간 마산 중앙부두 앞의 차가운 봄바다 속에 가라앉아 있던 김주열은 그때 겨우 열일곱 살의 앳된 학생이었다. 자유당 정권은 1차 마산 시위의 배후를 공산당이라고 선전했다. 눈에 최루탄이 박힌 김주열의 참혹한 모습은 그 어디를 봐도 공산당은 아니었다. 그는 부도덕한 권력을 향해 정신 차리라며 고함을 친 수많은 열혈 청년 중 한 명일 뿐이었다. 2차 마산 시위에서 평범한 어머니들은 "죽은 내 자식을 내놓아라"라고 외쳤다. 그 이름 모를 어머니들의 피 맺힌 절규에도 불구하고 '피의 화요일'(4월 19일)을 전후로 수많은 청년 학생들의 어린 피는 멈추지 않았다. 4월 혁명의 제단은 실업자와 구두닦이와 신문팔이들의 피까지 요구했다.

마침내 4월 26일 아침 9시 45분경, 파고다공원에 서 있던 이승만의 동상이 끌어내려졌다. 곧이어 10시경 송요찬 계엄사령관(당시 육군참모총장)이 학생과 시민 대표에게 "국민들이 원한다면 대통령직을 사임하겠다"는 내용으로 된 독재자 이승만의 사임서를 보여준 뒤, 이 소식이 10시 30분 라디오를 통해 발표되었다. 김수영은 위 시를 일필휘지로 써내렸을 것이다. 작품 말미에 적어 놓은 '조조早朝'(이른 아침)라는 단어가 김수영이 느꼈을 떨림과 감동을 생생하게 전해준다.

4·19혁명으로 이승만을 몰아내자 김수영은 너무도 기뻤다. 아내 김현경 여사와 여동생 김수명 여사 모두 김수영이 "그렇게 기뻐하는 것을 본 적이 없다"고 증언했다. 4·19혁명이 있고 1년이 지났을 즈음 월북한 시우詩友 김병욱에게 보낸 편지에서 "하늘과 땅 사이에서 '통일'을 느꼈"다고 혁명에 대한 벅찬 소회를 밝힌 바 있는 김수영은 4·19혁명이 일어나고 일주일이 지난 1960년 4월 26일 이른 아침에 격정에 사로잡혀 이 시를 쓴다. 이 시는 자유를 희구하는 절정의 순간을 8연으로 거칠게 담아내고 있다. 짧은 행으로 빠르게 읽게 만드는 가독성, 거칠게 난도질당한 의미들, 뜻밖의 우연한 표현들이 독자를 시원하게 한다.

3연에서 "허허 웃으면서 밑씻개로 하자/껄껄 웃으면서 구공탄을 피우는 불쏘시개라도 하자"는 웃음은 김수영이 웃은 웃음 중에 가장 큰 웃음이었을 것이다.

4연에서 "민주주의는 인제는 상식으로 되었다/자유는 이제는 상식으로 되었다/아무도 나무랄 사람은 없다/아무도 붙들어갈 사람은 없다"고 썼다. 김수영이란 존재는 오직 자유를 위해 발버둥 친 시인이었다. 그렇지만 이 시를 쓴 지 1년 뒤, 1961년 5월 16일, 이렇게 시를 쓰면 잡혀가서 고문을 받게 될 18년간의 긴

긴 어둠의 시대가 '반복'되며 다가오고 있었다.

그래서였을까. 이 시를 쓴 이후에 약 한 달 간격으로 봇물 터지듯 김수영은 소위 '13개월 혁명기' 시편, 「육법전서와 혁명」(1960. 5. 25.)이나 「푸른 하늘을」(1960. 6. 15.) 등 탁월한 작품을 쏟아낸다. 지금이 아니면 쓸 수 없다는 걸 알고 있는 사람처럼.

이 시에서 말하는 대로, '철수'와 '용식이'와 '류 중사', '강 중령'들로 대변되는 모든 사람이, '군대'와 '장학사', '관공리', '경찰'의 '집'과 '역'에서, 그러니까 모든 곳에서 민주주의를 뜨겁게 실천했더라면 어땠을까. "민주주의는 인제는 상식으로" 된 세상이었으니 더 이상 두려워하거나 주저할 것도 없는 때였으니 말이다.

김수영은 동네 사람을 시에 자주 등장시켰다. "영숙아 기환아 천석아 준이야 만용아/프레지던트 김 미스 리/정순이 박군 정식이"는 모두 당시 실제 인물들이다. 준이는 김수영 큰아들이고, 만용이는 김수영이 하는 농장 일을 돕다가 국민대에 들어간 인물이다.

김수영에게 혁명은 빈자나 부자, 무식자나 지식인이 모두 함께 마음 모으는 변혁의 자리였다. 프랑스혁명이나 베트남혁명이나 근간에 대한민국에서 있었던 촛불운동(아직 혁명이라 부르기 어렵기에)은 모두 빈자, 부자, 무식자, 지식인 구별 없이 모두가 함께했던 혁명이었다. 베트남의 호치민이야말로 모든 경계를 넘어선 인물이었다.

국민들 각자가 정신 차렸다면 "우선 가까운 곳에서부터/차례차례로/다소곳이/조용하게/미소를 띠우면서/극악무도한 소름이 더덕더덕 끼치는/그놈의 사진일랑 소리 없이/떼어 치"워 밑씻개로 했더라면, 혁명 이후 정권을 담당한 허정 과도정부와 장면 민주당 내각의 무능과 실정을 보지 않아도 되었을 것이다.

김수영은 "무서워서 편리해서 살기 위해서/빨갱이라고 할까 보아 무서워서/돈을 벌기 위해서는 편리해서/가련한 목숨을 이어가기 위해서", 그리고 "그놈의 속을 창자 밑까지도 다 알고는 있었으나/타성같이 습관같이/그저그저 쉬쉬하면서/할 말도 다 못하고/기진맥진해서", 그놈의 사진을 "신주처럼 모셔놓"았다고 썼다.

어찌 보면 너무나도 많은 "그놈"이 우리의 등과 어깨를 짓누르고 있기 때문인지도 모르겠다. 정녕 우리에게는 '그놈'이 너무나 많다. 수많은 '법'과 '질서', 그리고 이로써 유지되는 '가짜 평화와 안정'이라는 이름의 '그놈'이 있다. 우리의 목숨 줄을 쥐고 있는 '밥'과 그 크기를 재는 '실적'으로 불리는 또 다른 '그놈'이 있다. '시험 성적'과 '입시'와 '취직'이라는 이름으로 청년들을 옥죄는 무시무시한 '그놈'들은 또 어떤가. 이 너무나도 많은 '그놈'들, 그리하여 우리들 각자의 사정에 맞게 우리를 안성맞춤으로 괴롭히는 '그놈'들 때문에 혁명은 그 싹조차 틔우기 힘든 세상이 돼버린 듯하다.

이런 세상에서도 자신들 각자의 '그놈'을 뛰어넘으려는 사람들이 있다. 불편과 불이익, 주변의 편견 어린 시선을 기꺼이 이겨내려는 그들은, "술집에서 음식점에서 양화점에서/무역상에서 가솔린 스탠드에서/책방에서 학교에서" 그 "썩은 놈의 사진"을 떼어내 "조용히 개굴창에 넣고/썩어진 어제와 결별"하려 한다.

그런데 4월 혁명 이후에 펼쳐진 현실은 어떠했을까. 김수영이 이 시 이후에 쓴 「육법전서와 혁명」에 나오듯 "합법적으로 불법을 해도 될까 말까 한" 혁명은 지지부진하기만 했다. 일소되어야 할 반혁명분자들인 "그놈들"은 "털끝만큼도 다치지 않고 있"었다. 때문에 불쌍한 백성들은 "그놈들이 배불리 먹고 있을 때도/고생"만 하고 그 어떤 것도 누릴 수 없었다. "혁명이란/방법부터가 혁명적이어야" 한다. "혁명의 육법전서는 오로지 '혁명'밖에는 없"기 때문이다. 그렇지 않은 "혁명"은 가짜 혁명이다. 혁명을 빙자한 반동이겠다.

1960년 5월 18일

혁명을 간절히 기도하며

기도
—4·19 순국학도 위령제에 부치는 노래

시를 쓰는 마음으로
꽃을 꺾는 마음으로
자는 아이의 고운 숨소리를 듣는 마음으로
죽은 옛 연인을 찾는 마음으로
잊어버린 길을 다시 찾은 반가운 마음으로
우리가 찾은 혁명을 마지막까지 이룩하자

물이 흘러가는 달이 솟아나는
평범한 대자연의 법칙을 본받아
어리석을 만치 소박하게 성취한
우리들의 혁명을
배암에게 쐐기에게 쥐에게 살쾡이에게
진드기에게 악어에게 표범에게 승냥이에게
늑대에게 고슴도치에게 여우에게 수리에게 빈대에게
다치지 않고 깎이지 않고 물리지 않고 더럽히지 않게

그러나 정글보다도 더 험하고
소용돌이보다도 더 어지럽고 해저보다도 더 깊게

아직까지도 부패와 부정과 살인자와 강도가 남아 있는 사회
이 심연이나 사막이나 산악보다도
더 어려운 사회를 넘어서

이번에는 우리가 배암이 되고 쐐기가 되더라도
이번에는 우리가 쥐가 되고 살쾡이가 되고 진드기가 되더라도
이번에는 우리가 악어가 되고 표범이 되고 승냥이가 되고 늑대가 되더라도
이번에는 우리가 고슴도치가 되고 여우가 되고 수리가 되고 빈대가 되더라도
아아 슬프게도 슬프게도 이번에는
우리가 혁명이 성취되는 마지막 날에는
그런 사나운 추잡한 놈이 되고 말더라도

나의 죄 있는 몸의 억천만 개의 털구멍에
죄라는 죄가 가시같이 박히어도
그야 솜털만치도 아프지는 않으려니

시를 쓰는 마음으로
꽃을 꺾는 마음으로
자는 아이의 고운 숨소리를 듣는 마음으로
죽은 옛 연인을 찾는 마음으로
잊어버린 길을 다시 찾은 반가운 마음으로
우리는 우리가 찾은 혁명을 마지막까지 이룩하자

(1960. 5. 18.)

사회가 암담할 때마다 김수영을 찾는 까닭은, 그가 누구보다도 4·19 이후에
혁명의 성공을 간절히 원했고, 그 실패에 괴로워했기 때문일 것이다. 4·19혁명

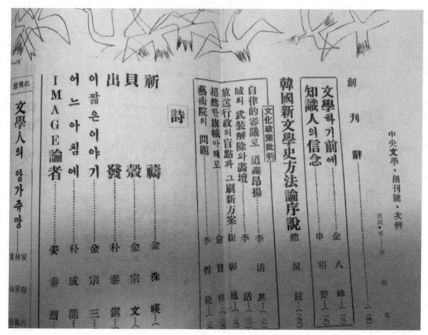

김수영의 「기도」가 실린 《중앙문학》 창간호(1960. 5. 18.)

이 일어나자 그는 종로에 나가 종일 시위 행렬에 가담했다. 이승만이 물러난다는 발표를 듣고 기쁜 마음에 도봉구에 사는 여동생 김수명에게 환한 얼굴로 찾아가기도 했다. 김수명 여사는 "그렇게 오빠가 밝게 웃고 기뻐하던 모습은 그때가 처음이자 마지막이었다"고 회고한다.

1960년 5월 19일 서울운동장에서 열린 '4·19 순국학도 합동위령제' 전날에 쓴 이 시에는 아직 혁명의 성공을 기대하는 김수영의 마음이 담겨 있다. 첫 연과 마지막 6연에서 "시를 쓰는 마음으로/꽃을 꺾는 마음으로/자는 아이의 고운 숨소리를 듣는 마음으로/죽은 옛 연인을 찾는 마음으로/잊어버린 길을 다시 찾은 반가운 마음으로/우리가 찾은 혁명을 마지막까지 이룩하자"며 시인은 간절히 혁명의 성공을 기원한다.

시의 앞뒤에 반복되는 이 다짐 아래에는 사랑이 숨어 있다. 이 시에 사랑이라는 단어는 없지만 혁명을 이루는 잉걸불은 사랑이라는 것을 김수영은 강조한다.

김수영은 4·19에서 "사랑을 만드는 기술"(「사랑의 변주곡」)을 배웠다. 혁명을 이루려면 "시를 쓰는 마음", "꽃을 꺾는 마음", "자는 아이의 고운 숨소리를 듣는 마음", "죽은 옛 연인을 찾는 마음"이 필요하다. 이 모든 마음과 그 실천은 사랑 없이는 불가능하다. 앞뒤로 반복되는 이 구절이 일러주는 것은 단순히 혁명 시기뿐만 아니라, 실존이 살아 있는 동안 잊지 말고 지녀야 할 인간으로서의 자긍심일 것이다.

　제목이 「기도」인데 '기도' 하면 떠오르는 '~주소서' 식의 간청하는 종결형 어미가 이 시에 안 나온다. 이 시에는 오히려 "이룩하자"고 다짐하는 종결형 어미가 두 번 나온다.

　앞서 이야기했거니와 김수영은 한국전쟁 중 거제리 포로수용소에서 성경을 열심히 읽었다. "나는 진심을 다하여 성서를 읽었다"(「시인이 겪은 포로 생활」, 1953. 6.)던 김수영 시에서 성서적 상상력은 중요하다. 그가 성경을 이해하는 방식은 그 나름대로 독특하다. "이룩하자"는 말처럼, 그가 기도하는 의미는 어떤 큰 존재에게 간청하기 전에 먼저 인간 자신이 그 길에 나서서 스스로 희망이 되어야 하는 것이다. 따라서 김수영에게 기도는 다짐의 의식이다.

"배암에게 쐐기에게 쥐에게 살쾡이에게/진드기에게 악어에게 표범에게 승냥이에게/늑대에게 고슴도치에게 여우에게 수리에게 빈대에게"에 열거된 동물들은 부패한 구체제의 적폐 세력을 가리킨다.

비극적이게도 혁명을 하는 과정에서 거꾸로 혁명 주체가 "이번에는 우리가 배암이 되고 쐐기가 되"고, 쥐가 되고 살쾡이가 되고 진드기가 되고, 악어가 되고 표범이 되고 승냥이가 되고 늑대가 되고, 고슴도치가 되고 여우가 되고 수리가 되고 빈대가 될 수도 있다. 민주주의를 위해 애쓴다는 자들이 정의의 이름으로 돈을 횡령하고, 폭력을 행사하는 경우가 종종 있다. 비극적이게도 "아아 슬프게도 슬프게도…… 그런 사나운 추잡한 놈이 되고 말더라도" 악착같이 혁명의 전사가 되자고 호소한다.

안타깝게도 그와 국민이 드리던 간절한 기도는 실현되지 않았다. 혁명이 실패로 가고 있다는 사실을 김수영은 곧 깨닫는다. 5월 25일에 쓴 「육법전서와 혁명」에서 "혁명이란/방법부터가 혁명적이어야"한다며 더욱 강하게 혁명해야 한다고 주장한다. 6월 16일에 쓴 「푸른 하늘을」은 국민 한 사람 한 사람이 민주주의를 깨닫지 못하는 한 민주주의는 이룰 수 없다며 안타까워한다. 이 시에서 가장 중요한 구절은 첫 연과 마지막 연의 마지막 2행이다.

잊어버린 길을 다시 찾은 반가운 마음으로
우리는 우리가 찾은 혁명을 마지막까지 이룩하자

루쉰은 "많은 사람들이 가면 그 길이 희망이 된다"고 단편소설 「고향」(1921)에 썼다. 김수영에게 길은 과거에 이미 구원으로 있었던 "잊어버린 길"이다. 가장 중요한 것은 "혁명을 마지막까지 이룩하자"는 다짐이다. 혁명은 한 번에 이룩되지 않는다. 끝이 없다. 혁명은 신앙처럼 입학식만 있고 졸업식이 없다. 이 시는 혁명의 성공을 위해 '우리' 한 명 한 명이 실천해야 한다는 간절한 다짐의 기도다.

1960년 5월 25일

혁명의 육법전서는 '혁명' 밖에는 없으니까

육법전서六法全書와 혁명

기성 육법전서를 기준으로 하고
혁명을 바라는 자는 바보다
혁명이란
방법부터가 혁명적이어야 할 터인데
이게 도대체 무슨 개수작이냐
불쌍한 백성들아
불쌍한 것은 그대들뿐이다
천국이 온다고 바라고 있는 그대들뿐이다
최소한도로
자유당이 감행한 정도의 불법을
혁명정부가 구육법전서舊六法全書를 떠나서
합법적으로 불법을 해도 될까 말까 한
혁명을—
불쌍한 것은 이래저래 그대들뿐이다
그놈들이 배불리 먹고 있을 때도
고생한 것은 그대들이고
그놈들이 망하고 난 후에도 진짜 곯고 있는 것은
그대들인데
불쌍한 그대들은 천국이 온다고 바라고 있다

그놈들은 털끝만치도 다치지 않고 있다
보라 항간에 금값이 오르고 있는 것을
그놈들은 털끝만치도 다치지 않으려고
버둥거리고 있다
보라 금값이 갑자기 8,900환이다
달걀값은 여전히 영하 28환인데

이래도
그대들은 유구한 공서양속公序良俗 정신으로
위정자가 다 잘해줄 줄 알고만 있다
순진한 학생들
점잖은 학자님들
체면을 세우는 문인들
너무나 투쟁적인 신문들의 보좌를 받고

아아 새까맣게 손때 묻은 육법전서가
표준이 되는 한
나의 손등에 장을 지져라
4·26 혁명은 혁명이 될 수 없다
차라리
혁명이란 말을 걷어치워라
허기야
혁명이란 단자는 학생들의 선언문하고
신문하고
열에 뜬 시인들이 속이 허해서
쓰는 말밖에는 아니 되지만

그보다도 창자가 더 메마른 저들은
더 이상 속이지 말아라
혁명의 육법전서는 '혁명'밖에는 없으니까

《자유문학》 46, 1961. 1.)

4·19가 일어나기 보름 전, 김수영은 선전포고 같은 시를 썼다. "민주주의의 싸움이니까 싸우는 방법도 민주주의식으로 싸워야 한다"며 절차의 민주주의를 강조했다. "하늘에 그림자가 없듯이 민주주의의 싸움에도 그림자가 없다"(「하······ 그림자가 없다」)고 썼다. 그림자가 없으니, 전혀 보이지 않는 민주주의의 적과 싸워야 하는 상황이다. "민주주의식으로 싸워야 한다"는 방식에서, 혁명 시기에는 어떤 방식이 민주주의 방식인지 이 다음 시에서 제시한다.

4·19가 일어나고 한 달이 지나고 보니 그의 마음에 변화가 생긴 걸까. 김수영은 이 시를 1960년 5월 25일에 쓰고, 61년 1월호에 발표했다. 탈고일에서 7개월이 지나 발표한 까닭은 무엇일까. 시 내용을 보면 알 수 있다. 4·19가 한 달 지나고 나서 제대로 '혁명'이 안 되는 꼬락서니를 김수영은 목도한다. 이미 낡은 법의 그릇에 새로운 시스템을 담으려고 하니 될 리가 없다. 참다 참다가 반년이 지나 월간 《자유문학》 1961년 1월호를 통해 발표한 신랄한 작품이 이 시다.

기성 육법전서를 기준으로 하고
혁명을 바라는 자는 바보다
혁명이란
방법부터가 혁명적이어야 할 터인데
이게 도대체 무슨 개수작이냐
불쌍한 백성들아 불쌍한 것은 그대들뿐이다

기존의 기득권을 위해 만들어진 육법전서 형식에 맞춰서 어떻게 혁명을 할수 있냐고 꾸짖고, 동시에 이용만 당하는 백성들을 안타까워한다. '혁명'은 그저 평범한 '변화'가 아니라는 말이다. "새까맣게 손때 묻은 육법전서가/표준이 되는 한" 혁명은 불가능하다. '혁명'에는 이미 새로운 헌법이 필요하고, 그것은 오직 '혁명'으로 가능하다는 말이다. 김수영은 혁명이란 낡은 헌법이 아니라, 새로운 혁명의 헌법으로 가능하다고 썼다. 중요한 것은 새로운 혁명법만 있으면 가능한가 하는 문제다. 김수영은 "털끝만치도 다치지 않고 있"는 그놈들 이야기를 쓴다.

김수영이 말하는 "그놈들"은 누구일까. 혁명 과정에서 여전히 이익을 차지하는 세력들이다. 양계를 했던 김수영은 달걀값을 들어 서민들의 고충을 토로한다. 여기서 "그놈들"은 이승만 구정권 사람들일까. 여기서 김수영의 혁명론을 생각해보자.

첫째, 김수영에게 혁명의 적은 늘 "내 안에"도 있다. 4·19가 지나고 정치가와 언론은 낡은 법에 따라서, 이게 법적인지 아닌지 따졌다. 김수영의 산문과 일기를 보면 제2공화국 정권에 대한 비판이 오히려 많다. 학생과 민중들이 목숨 내놓고 시대를 변화시키려 했지만, 아직도 낡은 시스템에 안주하려는 제2공화국 정권은 미적미적거리다가 9개월 만에 무너지고 만다. 2016년 소위 '촛불운동' 덕에 2017년 5월 10일에 출범한 제6공화국 문재인 정권 때도 아쉽게도 개혁세력이라 하는 여당에서도 "그놈들"이 나왔다. 김수영이 가리키는 적은 남 이전에 늘 '내 안의 적'을 겨냥한다.

둘째, 그의 혁명은 철저하게 시민 한 명 한 명 단독자에서 출발한다. 특정한 지도자에 의해 민주주의가 가능한 것이 아니다. 그래서 "4·26 혁명은 혁명이될 수 없다". 곧 이승만이 대통령 자리에서 물러난 4월 26일에 혁명이 완성되었다고 떠드는 것은 잘못이라는 것이다. 한 명의 지도자가 바뀐다고 혁명은 완성되지 않는다. 국민 한 명 한 명, 시민 한 명 한 명의 깨달은 다중(the multitude)에 의해 민주주의 혁명은 가능하다.

셋째, 다중이라는 혁명의 주체를 김수영은 식물성 이미지로 재현한다. 풀이나 물방울이나 채소밭처럼 자연이 품고 있는 생성의 힘으로 혁명을 묘사한다. 김수영이 스피노자의 『정치학』을 읽었다는 메모는 없지만, 그는 식물성에 신神적인 힘을 느끼고 꽃 한 송이, 풀 한 잎을 혁명적 다중으로 본다는 점에서 대단히 스피노자적이다. 김수영 자신이 함석헌을 읽으라 권했는데, 김수영의 혁명론과 함석헌이 말한 '씨알'의 의미는 비교할 만하다.

혁명은커녕 변한 것은 없었고 혁명도 이루어지지 않았다. 이 시를 쓰고 5개월 후인 1960년 10월에 「그 방을 생각하며」라는 시의 첫 문장에 김수영은 "혁명은 안 되고 나는 방만 바꾸어버렸다"고 쓴다. 나아가 "모든 사회의 대제도大制度는 지옥이다"라며 인간을 압도하는 '대제도 시스템'이 다가오는 공포를 예감한다. 아닌 게 아니라, 이듬해 박정희 쿠데타군이 한강을 넘었다.

4·19 이전에 김수영은 민주주의는 민주주의 방식대로 민주주의로 나가야 한다고 썼다. 4·19 이후에 김수영은 혁명은 낡은 육법전서에 없다며 혁명적 방식을 재촉했다. 국정에 대한 반대 여론이 적지 않은 오늘 이 나라는 혁명 시대가 아니다. 반대와 비판 세력이 변화를 바라는 세력만큼, 아니 어떤 경우엔 더 많이 존재한다. 혁명 시대가 아닌 이 시대에는 해야 할 일을 피곤하게도 비판 세력을 설득하며 추진해야 한다. 일방적인 혁명보다 더 힘든 것은 차이를 인정하며 설득하고, 때로는 혁명적 추진으로 일하는 방식이다. 혁명보다 더 힘든 것은 차이를 품는 개혁이다. 완성까지는 까마득하여 수많은 비판과 논쟁을 겪으리라. 내 안에서 썩은 부분도 있고 앞으로도 썩을 수 있기에 늘 긴장하고, 껍질에 생채기도 나고, 두툼한 나이테를 키워야 할 일이다.

1960년 6월 15일

혁명은 왜 고독해야 하는가

푸른 하늘을

푸른 하늘을 제압하는
노고지리가 자유로웠다고
부러워하던
어느 시인의 말은 수정되어야 한다

자유를 위해서
비상飛翔하여본 일이 있는
사람이면 알지
노고지리가
무엇을 보고
노래하는가를
어째서 자유에는
피의 냄새가 섞여 있는가를
혁명은
왜 고독한 것인가를

혁명은
왜 고독해야 하는 것인가를
(1960. 6. 15.)

'피' 없는 혁명은 가짜다

노고지리는 '종달새'를 말한다. 참새처럼 생겼는데 참새보다는 조금 커서 16~18센티미터쯤 되고, 아침이면 우리 땅 어디서나 쉽게 볼 수 있는 텃새다. 지금 우리 땅 어디서나 볼 수 있다고 썼는데, 그 말이 중요하다. 북위 30도 이북의 유럽과 아시아에 걸쳐 분포하는 노고지리는 우리나라 전국에서 번식하는 흔한 텃새다. 동네 어디서나 볼 수 있는. 이 글을 읽는 독자나 필자도 모두 종달새처럼 흔한 존재다. 노고지리를 나 혹은 우리로 읽을 수도 있다는 말이다.

이 노고지리가 쉽게 날 수 있을까. 날기는커녕 알에서 나오자마자 들짐승에게 잡아먹히는 종달새도 있을 것이다. 종달새 새끼를 씹고 피 묻은 부리로 입맛을 다시는 살쾡이도 있다. 날기 위해 얼마나 오래 파닥이며 연습해야 할까. 언덕에서 굴러떨어지기도 하고, 높은 나무에서 뛰어내린 종달새는 많이 죽었을 것이다. 날기 위해 오랜 시간 처절한 자신과의 싸움을 견뎌내야 한다.

한 마리 노고지리가 자유롭게 날기 위해서는 "어째서 자유에는/피의 냄새가 섞여 있는가를" 깨달아야 한다. 푸른 하늘을 날기 위해, 푸른색과 대비되는 붉은 피를 흘려야 한다. 혁명은 단 한 번의 날갯짓으로 성취되는 것이 아니다. 거머리처럼 달라붙어 떨어지지 않는 실패와 배반, 흐르는 피눈물을 삼키며 겨우 하늘에 오르는 것이다. 그렇다면 이 피(血)는 신체적인 혈액만을 말하는 것일까. 그것은 더욱 치열하고 고독한 투쟁이다. 비단 신체적인 혈액만을 의미하는 것을 넘어 더욱 근본적인 각성覺醒의 반복을 말하는 것이다.

박두진의 시 가운데 「푸른 하늘 아래」가 있다. 『청록집』(1947)에 발표된 작품이고, 김수영의 「푸른 하늘을」은 1960년 6월 15일에 발표된 작품이다. 거의 같은 시기에 활동했던 김수영이 박두진을 읽었을 가능성도 있다. 박두진에게 푸른 하늘은 해방 조국이며, 김수영에게 푸른 하늘은 혁명 조국이다. 시기는 다르지만 박두진과 김수영 시에서 '푸른 하늘'이라는 이미지는 모두 자유의 표상이다. "산이 거기 있기에 산에 오른다"라는 누군가의 말처럼 종달새는 그저 하늘을 날기 위해 필사적으로 날개를 퍼득인다. 혁명을 이루고 난 뒤의 사회도 마찬가지다. 국민들 한 명 한 명이 '고독'한 노고지리처럼 피의 결심을 하고 민주주의를 지켜내지 않는다면 결코 '푸른 하늘을' 날 수 없는 것이다.

"자유를 위해서/비상하여본 일이 있는/사람"(2연 1~3행)은 자유의 냄새에 그 '피'가 섞여 있는 것을 안다. 그리고 그 피는 '고독'과 이어진다. "혁명은 왜 고독한 것인"(2연 9, 10행)지, 아니 "왜 고독해야 하는 것인"(3연 2행)지, '피'와 '고독'이야말로 혁명을 이루기 위한 전제 조건인 것이다. 과연 혁명이란 무엇일까.

혁명이란

혁명을 뜻하는 영어 '레볼루션revolution'은 라틴어 'revolutio'가 어원으로, '회전하다', '바뀐다', '반전하다'라는 뜻이다. 잠깐 성공했던 1960년 4·19혁명, 1987년의 6월 민주항쟁 같은 정치적인 변화만 혁명이라고 하지는 않는다. 산업혁명, 디지털혁명처럼 새로운 체계가 시작할 때 '혁명'으로 표현하기도 한다.

혁명의 혁革이라는 한자는 죽은 짐승에게서 벗겨낸 가죽을 펼쳐놓은 모양이다. 짐승이 죽었을 때 그대로 두면 금방 썩어버린다. 가죽을 쓰려면 빨리 벗겨내 안쪽에 붙어 있는 살을 다 떼내고 물에 잘 씻고 한참 두들겨 부드럽게 '무두질' 한다. 버릴 껍질을 '무두질'을 하면 쓸 만한 가죽이 되듯이, '혁革'이란 한자에는 '고치다', '새롭게 하다'라는 뜻이 있다.

혁명이란 꼭 사회 변화만이 아니라, 내 자신의 삶이 변하는 것을 의미할 수도 있겠다. 매일매일 무두질(革)하듯 새롭게 살아가는 삶은 혁명적인 삶이다. 깨인 의식으로 내 삶을 혁명시켜야 한다. 내 삶과 의식과 제도를 혁명해야 한다. 서양 용어로만 알고 있는 혁명이라는 단어는 실은 고대 중국의 고전인『주역周易』,『서경』,『맹자』에도 나온다.『주역』의「혁괘편革掛篇」에는 이렇게 쓰여 있다.

天地革而四時成천지혁이사시성
천지가 바뀌어(革) 사시(四時: 춘하추동)를 이루며

湯武革命, 順乎天而應乎人탕무혁명 순호천이응호인
탕, 무가 혁명을 하여 하늘 뜻에 따르고 사람에 응했으니,

革之時大矣哉혁지시대의재
혁革의 때가 크도다.

인용문을 세 가지로 생각해볼 수 있겠다.

첫째, "천지가 바뀌어 춘하추동을 이룬다(天地革而四時成)"는 말은 천지가 바뀌어(革) 새로운 천지를 이룬다는 선언이다. 계절이 새롭게 바뀌듯 혁명의 시기는 새로워야 한다. 흔히 혁명이라 하면 무서운 시간을 생각하지만, 고대 중국에서는 계절이 바뀌듯 새롭게 바뀌는 것을 혁명이라 했다. 고대 중국 하夏나라에서 은殷나라, 은에서 다시 주周나라로 삼대三代의 정치 체제가 '변하는(革)' 혁명을 고대 중국인들은 계절 바뀌듯 자연스럽게 생각했던 것이다. 이러한 혁명 과정을 거쳐 이상적인 국가로 기록되는 주周(B.C. 1046~256)가 세워진다.

둘째, 탕湯임금과 무武 임금이 하늘(天)을 따라 정치적인 결단을 한다. 탕과 무의 혁명은 곧 역성혁명易姓革命이었다. 왕조의 성姓을 바꾸는(易) 혁명을 말한다. 왕조의 교체를 의미하는 '혁명革命'을 하려면 이렇게 하늘 뜻에 따라야 한다. 그런데 하늘의 명(天命)을 '안민安民'으로 삼고 있는 것이 중요하다. 『서경』에 보면 '혁명'을 할 수 있는 자는 '하늘의 명(天命)을 바르게 아는 자'라고 명확히 나온다.

天視自我民視천시자아민시
天聽自我民聽천청자아민청
하늘은 우리 백성들이 보는 것을 따라 보며
하늘은 우리 백성들이 듣는 것을 따라 듣는다

하늘(天)이 백성을 만들었으니(下民), 하늘의 뜻은 백성의 마음을 보면 알 수 있다. 여론조사나 지지율도 백성의 마음을 볼 수 있는 중요한 지표다.

셋째, 백성들이 마음으로 응했다. 혁명이 가능했던 것은 정치가들이 백성을 귀히 여겨 '안민安民'에 힘썼기 때문에 백성들이 혁명 과정에 응하고 참여했던 것이다. 백성이 응하느냐 아니냐는 그 사건이 백성을 위한 것이냐 아니냐에서 판가름이 난다.

'역성혁명易姓革命'이라는 단어는 『맹자』에 나온다. 맹자孟子(B.C. 372~289)는 임금이 된 자는 '백성들과 더불어 즐거움을 함께(與民偕樂)' 해야 하고, '백성들과 함께 즐기고, 백성들과 함께 근심(樂以天下 憂以天下)'해야 한다고 강조했다. 백성들에게서 신뢰를 잃은 군주는 '혁명'의 대상이 될 수밖에 없다. '군주에게 큰 잘못이 있으면 말하고, 이를 반복하여 듣지 않으면 군주를 바꿔야 한다(君有大過則諫 反覆之而不聽 則易位)'(『맹자』, 「萬章章句下」)고 분명히 씌어 있다. 맹자는 '민'을 위한 위민정치爲民政治를 반복해서 강조한다. '민'을 위하지 않는 군주를 향해 폭력을 가해도 좋다는 암시를 주기도 한다. 『맹자』에서는 역성혁명이 가능하려면 군주가 백성과 슬픔이든 즐거움을 나누는 '여민동락與民同樂'을 실천해야 함을 여러 번 강조한다.

'혁명'이란 반란이나 정변이 아니다. 사계절의 순환처럼 너무도 자연스러운 것이다. 혁명의 잣대는 백성이 바라는가 아닌가에 달려 있다.

'고독' 없는 혁명은 가짜다

다시 시로 돌아가자. "어째서 자유에는/피의 냄새가 섞여 있는가를"에서 '피'는 무엇일까. 눈에 보이는 육체적인 피(血)를 말하는 것일까. 김수영은 일기에 이렇게 썼다.

이 고독이 이제로부터의 나의 창조의 원동력이 되리라는 것을 나는 너무나 뚜렷하게 느낀다. 혁명도 이 위대한 고독이 없이는 되지 않는다. 두말할 나위도 없이 혁명이란 위대한 창조적 추진력의 복본複本(counterpart)이니까. 요즈음의 나의 심경은 외향적 명랑성과 내향적 침잠 혹은 섬세성을 완전히 일치시키는 데 성공하고 있다. 졸시 「푸른 하늘을」이 약간의 비관미를 띠고 있는 것은 역시 격려의 의미에서 오는 것이리라.

(1960년 6월 16일 일기, 『김수영 전집 2』, 713면)

인용된 일기를 보면 두 가지를 알 수 있다.

첫째, 김수영은 정치적 혁명과 시인 내면의 혁명을 따로 생각하고 있지 않다. 정치혁명이나 내면혁명이나 모두 '고독'이 필요하다는 것이다. "나의 심경은 외향적 명랑성과 내향적 침잠 혹은 섬세성을 완전히 일치시키는 데 성공하고 있다"는 구절에 주목해야 한다. 김수영은 외향적 명랑성(정치적 혁명)과 내향적 침잠 혹은 섬세성(내면적 고독)을 일치시키고 싶었던 것이다. 그러니까 김수영에게 '혁명'이라는 단어는 사회적인 껍데기만의 혁명을 의미하는 것이 아니다.

둘째, 그래서 진정한 혁명은 국민들의 진정한 고독에서 시작되어야 한다. "혁명도 이 위대한 고독이 없이는 되지 않는다"는 말이다. 자기혁명 없이 사회혁명은 없다는 말이다. 철저히 자기혁명의 고독을 받아들이지 못하고 타인, 타자의 힘을 받아들이는 순간, 그것은 혁명이 아니다. 철저히 나로부터 시작해야 한다. 사람들은 거대한 일은 하려 하면서 자기 곁의 일은 못한다. 역사혁명은 일으키려 하면서도 가족혁명은 일으키지 못한다. 아프리카 빈자를 도우려 하면서도 집안 노모의 대소변을 받아내지 못한다. 철저히 자기혁명을 이룬 고독한 단독자들의 연대, 그것이 없다면 내면의 혁명이나 외면의 혁명 모두 실패한다. 단독자들의 사유思惟혁명에서 비롯된 혁명이 아니라면 또 다른 동물농장에 불과하다는 말이다.

'피'를 흘린다는 것은 살아 있는 몸과의 결별을 의미한다. '고독'하다는 것은 사사로운 인간관계와의 결별을 의미한다. 곧 자기희생의 '피'와 적폐積弊에 썩어 있는 과거와 결별한 '절대 고독'에서 혁명은 가능한 것이다. 순종적인 신체와 결별하는 '피', 썩은 과거와 결별하는 '고독'의 씨앗으로부터 혁명은 시작될 수 있다.

4·19 이후에 발표된 김수영의 시 몇 편 중에 개인적으로 나는 이 작품 「푸른 하늘을」을 가장 절창으로 꼽고 있다. 일기에 쓴 "격려의 의미"는 나에게도 위로가 된다. 차분하며 격정의 상태에서 멈추고 있다. 마치 한 방 탄환이 발사되기 직전에 숨을 멈춘 듯하다. 이 시는 신동엽의 「껍데기는 가라」(1967)를 연상시킨다. 고은의 「화살」(1978)을 연상시키면서도, 깊은 성찰이 있다. 결론적으로 혁명이란 단순히 사람을 바꾸는 문제를 떠나, 치열하게 깨달은 단독자들의 역사적 표현인 것이다.

중요한 것은 이 땅에 사는 국민들 한 명 한 명이 고독하게 피 흘리는 심정으로 민주주의에 대해 깨닫고, 저 거짓을 구별할 수 있을 때에야 '혁명'은 다가오리라는 것이다. 지금은, 비상非常이고, 비상飛翔, 飛上해야 한다.

일상에서 매일 고독한 내면적 혁명이 일어나지 않는다면, 역사적 혁명은 절대 일어나지 않는다. 신체적 피를 넘어, 정신적 고투의 피를 흘리는 묵언정진默言精進, 기억해야 할 것을 절대 잊지 않는 고독한 이들의 연대에 의해 진정한 혁명은 가능하다. 다시 쓴다. 혁명은 지도자 한 명 바꾼다고 성공하지 않는다. 국민 한 명 한 명이 깨어 있는 고독한 단독자로서 모든 적폐를 몰아내야 한다. 그래서 혁명은 고독하다. 혁명은 고독해야만 한다.

혁명은 왜 고독한 것인가를/혁명은 왜 고독해야 하는 것인가를

1960년 7월 15일

싹 없애버려라

나는 아리조나 카보이야

야 손들어 나는 아리조나 카보이야
빵! 빵! 빵!
키크야! 너는 저놈을 쏘아라
빵! 빵! 빵! 빵!
쨔키야! 너는 빨리 말을 달려
저기 돈 보따리를 들고 달아나는 놈을 잡아라
쫀! 너는 저 산 위에 올라가 망을 보아라
메리야 너는 내 뒤를 따라와

이놈들이 다 이성망이 부하들이다
한데다 묶어놔라
야 이놈들아 고갤 숙여
너희놈 손에 돌아가신 우리 형님들
무덤 앞에 절을 구천육백삼십오만 번만 해
나는 아리조나 카보이야

두목! 나머지 놈들 다 잡아 왔습니다
아 홍찐구 놈도 섞여 있구나
너 이놈 정동 재판소에서 언제 달아나왔느냐 깟뗌!

오냐 그놈들을 물에다 거꾸로 박아놓아라

쨈보야 너는 이성망이 놈을 빨리 잡아 오너라

여기 떡갈나무 잎이 있는데 이것을 가지고 가서

하와이 영사한테 보여라

그리고 돌아올 때는 구름을 타고 오너라

내가 구름 운전수 제퍼슨 선생한테 말해놨으니까 시간은

2분밖에 안 걸릴 거다

이놈들이 다 이성망이 부하들이지

이놈들 여기 개미구멍으로 다 들어가

이 구멍으로 들어가면 아리조나에 있는

우리 고조할아버지 산소 망두석 밑으로 빠질 수 있으니까

쨈보야 태평양 밑의 개미 길에

미국 사람들이 세워놓은 자동차란 자동차는

싹 없애버려라

저놈들이 타고 가면 안 된다

야 빨리 들어가 하바! 하바!

나는 아리조나 카보이야

아리조나 카보이야

《현대문학》 1960. 9.)

　　김수영 시인이 '동시' 형태로 쓴 시는 1959년에 발표한 「자장가」와 1960년
에 발표한 「나는 아리조나 카보이야」 두 편이다. 동시 형태로 시를 쓴 배경에는
1958년에 둘째 아들 '우'가 태어나면서 "아가야 아가야/열 발가락이 다 나와 있
네/엄마가 만들어준 빨간 양말에서"처럼 아들과 행복하게 지내는 개인사적 요
소도 있다.

명국환의 노래
〈아리조나 카우보이〉는
1955년에 발표되었다.
사진은 1961년에
다시 발매된 음반

「아리조나 카보이야」는 전혀 다르다. 당시 1955년에 발표된 명국환의 노래 〈아리조나 카우보이〉는 큰 인기곡이었다. 1950년대는 카우보이 영화의 전성시대였다. 영화 〈하이눈〉(1952), 〈셰인〉(1953), 〈수색자〉(1956), 〈오케이 목장의 결투〉(1957) 등이 국내 개봉되어 사랑받았다.

1연에서 정의로운 아리조나 카우보이인 "나"는 대장이 되어 키크, 쨔키, 쫀, 메리, 쨈보 등을 이끌고 악인인 "이성망"의 부하들을 잡으러 간다. 말할 필요 없이 "이성망"은 이승만을 뜻한다. "홍찐구"도 잡아야 한다. '홍찐구'는 현재 『친일인명사전』에 등재된 홍진기(1917~1986)다. 1940년 경성제국대학 법문학부를 졸업 후 1942년 총독부 판사를 지내고, 해방 후 미군정청 법제관으로 있다가 1954년 이승만 정부에서 법무부 차관을 지내고 1955년 38세에 최연소 법무부 장관이 된다. 이후 이승만의 총애를 받아 내무장관으로 있다가 4·19 때 발포 지시를 하여 수도권에서만 200여 명이 사망했다.

김수영은 왜 두 사람의 이름을 모두 희화화했을까. 그들의 정치가 얼마나 공포스러웠는지 이승만이 하와이로 망명을 떠나고 나서도 쉽게 그 이름을 넣어 비판할 수 없는 분위기였기 때문이다.

"이성망"이 망명 간 하와이에 가서 미국 민주주의에 맞지 않는다는 것을 알리라고 한다.

여기 떡갈나무 잎이 있는데 이것을 가지고 가서
하와이 영사한테 보여라
그리고 돌아올 때는 구름을 타고 오너라
내가 구름 운전수 제퍼슨 선생한테 말해놨으니까 시간은
2분밖에 안 걸릴 거다

토머스 제퍼슨Thomas Jefferson(1743~1826)은 제3대 미국 대통령이고, 미국 독립 선언서의 초고를 쓴 정치인이다. 몇 가지 마찰이 있었지만, 제퍼슨은 미국 언론 자유의 확립을 위해 주력한 인물로 알려져 있다. 토마스 제퍼슨 이름을 넣은 이유는 이승만과 홍진기가 언론 자유를 억압한 장본인이기 때문일 것이다. 홍진기는 법무장관 시절, 자유당과 이승만 독재를 비판했던 《경향신문》을 폐간시킨 인물로 지목되고 있다. 신문사를 폐간시킨 이 사건은 제1공화국 최대의 언론 탄압 사건이었다. 이 시를 발표했던 1960년 9월 김수영의 일기를 보면 그가 얼마나 언론 자유를 희구했는지 알 수 있다.

언론 자유나 사상의 자유는 헌법 조항에 규정이 적혀 있다고 해서 그것이 보장되었다고 생각해서는 큰 잘못이다. 이 두 자유가 진정으로 보장되기 위해서는 우선 자유로운 환경이 필요하고 우리와 같이 그야말로 이북이 막혀 있어 사상이나 언론의 자유가 제물로 위축되기 쉬운 나라에서는 정부가 적극적으로 이 두 개의 자유의 창달을 위하여 어디까지나 그것을 격려하고 도와주어야 하지 방관주의를 취한다 해도 그것은 실질상으로 정부가 이 두 자유를 구속하게 된다는 결과를 초래하게 되는 것이다.
역설적으로 말하자면 정부가 지금 할 일은 사회주의의 대두의 촉진 바로 그것이다. 학자나 예술가는 두말할 것도 없이 국가를 초월한 존재이며 불가침의 존재이다. 일본은 문인들이 중공이나 소련 같은 곳으로 초빙을 받아 가서 여러 가지로 유익한 점을 배우기도 하고 비판도 자유로이 할 수 있게 되어 있다. 언론의 창달과 학문의 자유는 이러한 자유로운 비판의 기회가 국가적으로 보장된 나라에서만 있을 수 있는 것이다.

(1960. 9. 20.)

'사회주의의 대두의 촉진'이며 중공(中國)이나 소련을 자유롭게 오가며 의견을 나눌 수 있는 세상을 제안한다는 것, 그가 얼마나 그 시대에 실행하기 어려운 제안을 하고 있는지 볼 수 있다. 그는 어떤 제한도 없는 무한한 자유를 원하고 있었다.

4·19혁명이 있었고, 이승만은 하와이로 망명을 가고, 그 일당들은 떠났다고 하지만 아직도 언론 자유는 이루어지지 않았던 것이다. 그 까닭은 "이성망"의 부하들, "홍쩐구 놈"이 아직 어디엔가 숨어 있기 때문이다. 그놈들을 잡아 오라고 "나"는 호통한다. 악당들에게 분노를 멈추지 않는다. 정의로운 "나"는 "이성망" 일당들에게 "빵! 빵! 빵!" 총을 쏘고, "그놈들을 물에다 거꾸로 박아놓"으라고 명한다.

김수영은 이 시기에 언론 자유를 희구하는 작품을 집중해서 발표한다. 「허튼소리」(1960. 9. 25.), 일기에는 "아무렇지도 않게 썼"다고 한, 원래 제목이 「김일성 만세」인 「잠꼬대」(1960. 10. 6.)도 쓴다.

김수영은 이승만 잔재가 완전히 사라지기를 원했다. 그 일당들은 "개미구멍으로 다 들어가" 평생 벌 받기를 김수영은 원했다. "싹 없애버려라"라고 썼다. 그러나 김수영이 원하는 대로 세상은 변하지 않았다.

이 시를 탈고하고 한 달 뒤, 1960년 8월 19일 민주당의 장면이 제2공화국의 국무총리가 된다. 내각책임제의 총리로 장면이 선출되었으나, 장면이 언론 자유는 물론 민주주의를 제대로 진행시키지 못한다는 것을 김수영은 뻔히 알고 있었다.

한편 4·19 때 발포 명령자로 지목된 홍진기는 1심에서 사형을 구형받는다.

곧 무기징역으로 바뀌고, 이어서 징역 9개월로 감경되더니, 1961년 5·16쿠데타 이후 1963년 8월 박정희 정권에서 특사로 풀려난다. 이후 홍진기는 1986년 사망할 때까지 《중앙일보》 사장으로 있었다. 홍진기의 장녀는 삼성그룹 회장인 이건희와 결혼한다. 홍진기의 장남 홍석현은 《중앙일보》 회장이 된다.

웨스턴 카우보이 영화를 떠올리게 하는 재미있는 동시처럼 보였지만, 이 시는 읽으면 읽을수록 슬픈 시다. 그의 바람대로 혁명은 제대로 이루어지지 않았다. 의미를 알고 읽으면 이 시는 동시가 아니다. 실패한 투쟁선언문이다. 적폐를 없애지 않으면 실패할 것을 알았기에, 김수영은 "혁명의 육법전서는 '혁명'밖에는 없으니까"(「육법전서와 혁명」)라고 썼을 것이다.

1960년 8월 4일

다녀오는 사람처럼 아주 가다오

가다오 나가다오

이유는 없다—
나가다오 너희들 다 나가다오
너희들 미국인과 소련인은 하루바삐 나가다오
말갛게 행주질한 비어홀의 카운터에
돈을 거둬들인 카운터 위에
적막이 오듯이
혁명이 끝나고 또 시작되고
혁명이 끝나고 또 시작되는 것은
돈을 내면 또 거둬들이고
돈을 내면 또 거둬들이고 돈을 내면
또 거둬들이는
석양에 비쳐 눈부신 카운터 같기도 한 것이니

이유는 없다—
가다오 너희들의 고장으로 소박하게 가다오
너희들 미국인과 소련인은 하루바삐 가다오
미국인과 소련인은 '나가다오'와 '가다오'의 차이가 있을 뿐
말갛게 개인 글 모르는 백성들의 마음에는
'미국인'과 '소련인'도 똑같은 놈들

이유는 없다——

나가다오 너희들 다 나가다오

너희들 美國人과 蘇聯人은 하루바삐 나가다오

말갛게 행주질한 비아·홀의 카운타에

돈을 걷어들인 카운타 위에

寂寞이 오듯이

革命이 끝나고 또 시작되고

革命이 끝나고 또 시작되는 것은

돈을 내면 또 걷어들이고

돈을 내면 또 걷어들이고

또 걷어들이고 돈을 내면

夕陽에 비쳐 눈 부신 카운타 같기도 한 것이니

이유는 없다——

《현대문학》 1961년 1월호에 발표된 「가다오 나가다오」 앞부분(맹문재 제공)

가다오 가다오
'4월 혁명'이 끝나고 또 시작되고
끝나고 또 시작되고 끝나고 또 시작되는 것은
잿님이 할아버지가 상추씨, 아욱씨, 근대씨를 뿌린 다음에 호박씨, 배추씨,
무씨를 또 뿌리고
호박씨, 배추씨를 뿌린 다음에
시금치씨, 파씨를 또 뿌리는
석양에 비쳐 눈부신
일 년 열두 달 쉬는 법이 없는
걸쭉한 강변밭 같기도 할 것이니

지금 참외와 수박을
지나치게 풍년이 들어
오이, 호박의 손자며느리 값도 안 되게
헐값으로 넘겨버려 울화가 치받쳐서
고요해진 명수 할버이의
잿물거리는 눈이
비둘기 울음소리를 듣고 있을 동안에
나쁜 말은 안 하니
가다오 가다오

지금 명수 할버이가 멍석 위에 넘어져 자고 있는 동안에
가다오 가다오
명수 할버이
잿님이 할아버지
경복이 할아버지

두붓집 할아버지는

너희들이 피지 도島를 침략했을 당시에는

그의 아버지들은 아직 젖도 떨어지기 전이었다니까

명수 할버이가 불쌍하지 않으냐

잿님이 할아버지가 불쌍하지 않으냐

두붓집 할아버지가 불쌍하지 않으냐

가다오 가다오

선잠이 들어서

그가 모르는 동안에

조용히 가다오 나가다오

서 푼어치 값도 안 되는 미·소인은

초콜렛, 커피, 페치코오트, 군복, 수류탄

따발총……을 가지고

적막이 오듯이

적막이 오듯이

소리 없이 가다오 나가다오

다녀오는 사람처럼 아주 가다오!

(1960. 8. 4.)

1950년대 중반 무렵 김수영은 런던에서 발행되는 《엔카운터Encounter》(실제 발음보다 김수영의 표기에 따르기로 한다)지와 뉴욕에서 나오는 《파르티잔 리뷰 Partisan Review》지를 보기 시작한다. 당시 신문사에서 외신을 다루던 시인으로서 김수영이 안 볼 수 없는 잡지였을 것이다. 한국전쟁 이후 미·소 냉전기에 이 잡지는 마티스, 세잔, 쇠라, 샤갈, 칸딘스키 등 추상예술을 소개하고, 엘리엇의 「황무지」, 파스테르나크의 『닥터 지바고』, 체호프와 톨스토이 작품 등 매호 서구 고전을 소개했다.

1957년 12월 28일 김수영은 제1회 한국시인협회상을 수상했다. 아시아재단(The Asia Foundation) 한국지부 대표는 시인에게 두 잡지의 1958년도 1년치 정기구독권을 부상으로 제공하겠다는 편지를 보내며, "훌륭한 두 개의 미국 잡지"가 시인의 "사상과 영감의 자양"이 되기를 기원한다고 적었다. 서울지부에서 재단본부로 그리고 다시 《엔카운터》(런던), 《파르티잔 리뷰》(뉴욕)의 구독 담당 부서로 서류가 오간 후 두 잡지는 시인이 살던 서울 마포의 구수동 집으로 우송되었다. 아시아재단은 샌프란시스코에 본부를 둔 미국의 민간 기구였다(이 과정에 대한 상세한 논의는 정종현의 논문 「《엔카운터》 혹은 빌려드릴 수 없는 서적 – 아시아재단의 김수영 잡지 구독 지원 연구」를 참조 바란다).

현재 김수영문학관에 남아 있는, 김수영이 보낸 영문 편지에는 1년 동안 부상으로 받아보고, 이어서 더 보려고 정기구독을 신청하는 내용이 나온다. 김현경 여사는 이후 김수영의 부탁으로 구독료를 송금한 일도 기억하고 있다.

1967년 《엔카운터》는 돌연 폐간되었는데, 이 잡지를 중심으로 세계문화자유회의 창설을 주도한 마이크 조셀슨이 미국 중앙정보국(CIA) 요원이었고 《엔카운터》를 비롯한 20여 종의 잡지, 각종 프로젝트가 CIA 자금으로 운용된 사실이 드러났기 때문이다.

미국 CIA의 목적은 어디에 있었을까.

2차 세계대전 이후, 서구 사회에는 무상교육, 무상치료, 토지분배 등을 내세운 소련 공산 사회를 찬양하는 지식인들이 늘고 있었다. 가령 장 폴 사르트르는 소련을 기행하고 난 뒤 스탈린의 폭력까지도 인정하는 태도를 보여서 카뮈가 논쟁하며 비판한 적이 있다.

이때 미·소 냉전 구조에서 미 국무성은 어떡해서든 소련 공산 사회를 반대하는 정책을 펴야 했다. 전 세계에 조지 오웰의 『동물농장』을 번역 출판하는 기금을 지원하기도 하면서 『동물농장』에 나오는 돼지 나폴레옹이 스탈린이라고 알리려는 노력을 하기도 했다. 반스탈린주의를 세계 시민들에게 전파하려고 했던 것이다. 다시 말해《엔카운터》등 문화예술잡지를 통해 반스탈린주의 전선을 구축하려는 것이 CIA의 의도였다.

그렇다면 김수영은 CIA의 의도대로 맹목적 반스탈린주의에 참여했을까.

김수영은 두 잡지를 보면서 주체적으로 세계 문화를 수용했다. "외국인들의 아무리 훌륭한 논문을 읽어도 '뭐 그저 그렇군!' 하는 정도"(「밀물」)라며 자신의 생각과 견줘보기도 했다. 스탈린주의에 대해 거리를 두었지만 그렇다고 김수영이 숭미주의에 빠진 것은 아니다. 오히려 그는 이 시 4연에서 "너희들이 피지 도島를 침략했을 당시에는"이라며 미국이 19세기에 벌인 제국주의 침략 사례를 들고 있다. 미국은 미국 탐험대나 선원, 외교관 공격에 대한 보복으로 피지(1840년), 사모아(1841년), 포모사(1867년) 등을 침략한 바 있다. 「가다오 나가다오」를 보면 김수영은 미국이나 소련이나 모두 제3세계를 억압하는 제국으로 보고 있다. 다만, 김수영의 산문을 읽으면 소련에 대해서는 미국을 대하듯 차갑게 비난하지 않는 차이를 볼 수 있다. 이 시에서 소련을 미국과 함께 나가라고 한 것은, 미국만 나가라고 했을 때 닥쳐올 위험을 예방하려는 조치가 아닐까, 생각될 정도다.

Mr. William Eilers
The Asia Foundation Seoul Office,
Seoul, Korea

                                        16 January 1961

Dear Mr. Eilers,
  Since 1958 when your Foundation presented me with two fine
American magazines, Encounter and Partisan Review, as a part
of the 1957 annual prize of the Poets Association of Korea,
I subscribed to them by y our Foundation's assistance
continuously.

  Now I wish to reniew the subscription of Partisan Review
for the coming two years ag ain.

  So if you accept to take the trouble, I would pay you
Korean Hwan currency, Hw 7,500.00 for U.S.$7.50, for
the magazine charge.

  Believing you will accept my asking willingly, Iexpect
your hearty appreciation.

김수영이 소련을 대하는 태도에 대해서는 다음 시 「중용에 대하여」에서 다시 설명하려 한다.

5연으로 구성된 이 시는 1, 2연에서 "이유는 없다—"며 미국과 소련에게 나가달라고 부탁한다. 거듭하여 미국과 소련은 나가라고 종용하는 시다. "~다오"라는 청유형으로 은근한 부탁 같다. "가다오"가 14번 반복되고, "나가다오"가 4번 반복된다. 처음엔 낮은 목소리로 시작하지만 반복되면서 점점 강조되고, 마지막에는 "아주 가다오!"라는 강한 요구로 끝난다. 김현경 여사는 이 시를 김수영이 쓴 최고의 시 중의 하나라고 꼽으면서 "루스벨트, 처칠, 스탈린이 우리나라에 한 번이라도 와봤나요. 줄 딱 그은 후 나라를 동강 냈습니다"라는 말을 반드시 한다.

2~4연에는 김수영이 마포구 구수동 서강에서 종일 마주하는 일상이 그대로 나열된다. 김수영은 아침에 일어나면 채소밭을 가꾸고, 닭 모이를 주었다. 반복해 쓰지만 김수영의 혁명에는 식물성이 있다. 자연의 삼라만상이 그 흐름에 따라 흘러가듯이 역사도 자연스럽게 흘러가야 한다. 폭력을 떠오르게 하는 서구적 혁명론과 달리 마치 『주역』에 나오는 혁명론에 가깝다. 김수영을 모더니스트라고 하지만, 그가 부조리한 세상에 맞장 뜨는 원리는 식물성에서 출발한다.

지금 명수 할버이가 명석 위에 넘어져 자고 있는 동안에/가다오 가다오/명수 할버이/잿님이 할아버지/경복이 할아버지/두붓집 할아버지는/너희들이 피지 도島를 침략했을 당시에는/그의 아버지들은 아직 젖도 떨어지기 전이었다니까/명수 할버이가 불쌍하지 않으냐/잿님이 할아버지가 불쌍하지 않으냐/두붓집 할아버지가 불쌍하지 않으냐/가다오 가다오

눈여겨볼 것은 이 시가 정치적으로 매우 민감한 주장을 시인 주변 이웃들의 묵묵한 일상에 대한 묘사와 결합시키고 있다는 점이다. 그가 이웃을 인식한 것은 책을 통해서가 아니다. 서강에 살면서 닭을 키우고, 집 앞에 있는 떡집을 오

가고, 계란을 식당에 넘기면서 그는 이웃의 존재를 실감했을 것이다. 그러므로 그들을 실제 이름 그대로 시에 등장시키는 일도 자연스러웠을 것이다. 김현경 여사와 인터뷰할 때 여러 번 들었던 내용인데, 더 세세한 인터뷰가 있어 인용한다.

"이 시를 읽으면 김 시인의 마음이 참으로 착하다는 것을 느껴요. 그분들은 우리가 살던 마포구 구수동의 동네 사람들이에요. '명수 할버이'는 밭쟁이예요. 호박, 오이, 김장 배추 등 농사를 잘 지었어요. '잿님이 할아버지'도 농사꾼으로 파, 시금치 등을 지어 지게에 싣고 팔러 나갔어요. '경복이 할아버지'도 농사꾼이었어요. '두붓집 할아버지'는 두부와 콩비지를 파는 가게를 하는 분이었어요. 우리가 닭을 키우기 전에 돼지를 키운 적이 있는데, 돼지 사료로 콩비지를 그 집에서 사오기도 했어요. 내가 직접 물지게로 지고 왔어요. 「사치」라는 시에 그 두붓집 딸 얘기가 나오지요. 그 집 딸이 우리 집에 와서 도배하는 일을 도와준 적이 있는데, 그 얘기예요. 그 집 딸이 나를 좋아해 우리 집에 놀러 오기도 했고, 나도 그 집에서 비지를 기다릴 때 안방에 들어가 몸도 녹이고 했어요. 김 시인이 길에서 명수 할아버지 등을 만나면 공손히 인사를 잘해요. 그런 태도가 보기 좋았어요. 동네 할아버지들은 김 시인이 좋은 사람 같은데 몸이 약해 집에 있다고 생각했어요. 여편네는 살아보려고 닭도 기르고 발발거리는데 김 시인은 집에만 있으니 그렇게 생각했던가 봐요."
(김현경·맹문재 대담, 맹문재 기록, 2021년 2월 10일)

1960년 4·19가 지나고 4개월 정도 흐른 뒤 쓴 시인데, 김수영에게 4·19는 단순한 학생혁명이 아니었다. 부정부패가 개선되고 언론 자유를 조금 얻는다고 해서 4·19가 성공하는 것이 아니었다. 그에게 우리 사회 모순의 큰 원인은 분단이었다. 그는 분단을 극복하려 했다. 그러자면 미국과 소련이 떠난 자리에서 남북이 서로 대화하는 자리가 마련되어야 한다는 생각이었을 것이다.

선잠이 들어서/그가 모르는 동안에/조용히 가다오 나가다오/서 푼어치 값도 안 되는 미·소인은/초콜렛, 커피, 페치코오트, 군복, 수류탄/따발총……을 가지고/적막이 오듯이/적막이 오듯이/소리 없이 가다오 나가다오/다녀오는 사람처럼 아주 가다오!

김수영이 「가다오 나가다오」를 1960년 8월 4일에 발표하고, 신동엽은 「껍데기는 가라」를 1964년 12월 《시단詩壇》에 처음 발표한다. 신동엽의 시는 이후 3연과 4연이 바뀌고, "동학도 곰나라의, 그 아우성만 남고"에서 "동학년 곰나라의, 그 아우성만 살고"로 바뀌는 등 몇 번 수정 과정을 거쳐 오늘의 모습에 이르렀다.

김수영의 「가다오, 나가다오」와 신동엽의 「껍데기는 가라」는 그 역사 인식과 주제와 반복법이 유사하면서도 그것을 노래하는 근본 사상의 출발에 차이가 있다. 김수영이 사회역사적 문제 해결 방법의 기초를 식물성과 다중의 혁명에 두고 있다면, 신동엽은 원수성原數性 세계라는 그만의 세계관에 입각해 해결 방법을 제시한다.

「가다오 나가다오」는 미국과 소련이라는 외세를 비판하고, 그 극복방식으로 자연스러운 식물적 변화를 상상하고, 마침내 모든 이들의 행복을 찾는 것을 꿈꾸는 시다.

1960년 9월 9일

여기에는 중용이 없다

중용에 대하여

그러나 나는 오늘 아침의 때묻은 혁명을 위해서
어차피 한마디 할 말이 있다
이것을 나는 나의 일기첩日記帖에서
찾을 수밖에 없었다

중용中庸은 여기에는 없다
(나는 여기에서 다시 한번 숙고한다
계사鷄舍 건너 신축가옥에서 마치질하는
소리가 들린다)

소비에트에는 있다
(계사 안에서 우는 알겯는
닭 소리를 듣다가 나는 마른침을 삼키고
담배를 피워 물지 않으면 아니 된다)

여기에 있는 것은 중용이 아니라
답보踏步다 죽은 평화다 나타懶惰다 무위無爲다
(단 "중용이 아니라"의 다음에 "반동反動이다"라는
말은 지워져 있다

끝으로 "모두 적당히 가면을 쓰고 있다"라는

한 줄도 빼어놓기로 한다)

담배를 피워 물지 않으면 아니 된다고 하였지만

나는 사실은 담배를 피울 겨를이 없이

여기까지 내리썼고

일기日記의 원문原文은 일본어로 쓰여져 있다

글씨가 가다가다 몹시 떨린 한자漢字가 있는데

그것은 물론 현 정부가 그만큼 악독하고 반동적이고

가면을 쓰고 있기 때문이다

(1960. 9. 9.)

"그러나"라며 도발적인 부정으로 시는 시작한다. 이 시에는 "없다"가 2회, "아니다"가 2회, "없이"가 1회, "아니"가 1회로 어떤 대상을 강하게 부정하는 분노가 작용하고 있다. 그렇다면 시인은 무엇을 강하게 부정했을까.

4·19혁명에 너무 기뻐 어머니가 계신 도봉동 집에 환히 웃으며 김수영이 찾아갔다는 사실은 그의 아내와 여동생 모두 증언하는 내용이다. 그렇게도 좋았던 혁명을 이제는 "때묻은 혁명"이라고 표현하는 그의 마음은 얼마나 분통했을까. 그는 묵은 일기책에서 한 구절을 쓴다.

"중용은 여기에는 없다".

"중용"이라는 단어와 "여기"라는 단어가 눈에 든다. "중용"이란 적당한 절충이 아니다. 중中은 가운데가 아니라, 본질 혹은 과녁 혹은 '적절함'을 뜻한다. 용庸에는 일상적이라는 뜻이 있다. 중용의 논리는 진리를 평범한 일상과 동떨어진 곳에서 찾지 말라 한다. 위대한 진리일수록 일상의 크고 작은 일들 속에서 구현되어야 한다는 것이다. 『중용』 1장은 중용이 어떤 것인지 명확히 설명해준다.

君子는 戒愼乎其所不睹하며 恐懼乎其所不聞하고
군자　　계신호기소불도　　　공구호기소불문

군자는 그가 보여지지 않는 곳을 조심하며 그가 들리지 않는 바를 두려워하고

莫見乎隱이며 莫顯乎微니
막견호은　　　막현호미

숨기는 것보다 더 잘 드러나는 것이 없으며 미세한 것보다 더 잘 나타나는 것
이 없다.

故로 君子는 愼其獨也니라.
고　　군자　　신기독야

그러므로 군자는 그가 홀로 있을 때 삼가는 것이다.

喜怒哀樂之未發을 謂之中이요
희노애락지미발　　　위지중

희로애락이 나타나지 않은 것, 이것을 '중'이라 하고

發而皆中節을 謂之和니라.
발이개중절　　　위지화

나타나 모두 절도에 맞은 것, 이것을 '화'라고 한다.

中也者는 天下之大本也요 和也者는 天下之達道也니라.
중야자　　천하지대본야　　화야자　　천하지달도야

'중'이라는 것은 천하의 큰 근본이고 '화'라고 하는 것은 천하가 도에 달한 것
이다.

致中和면 天地位焉하며 萬物育焉이니라.
치중화　　천지위언　　　만물육언

'중'과 '화'에 이르면 천지가 여기에 자리 잡고 만물이 여기서 자라나는 것이다.

군자는 보이지 않는 그것일지라도 조심하며, 들리지 않는 그것일지라도 두려워하며 조심스럽게 살아야 한다고 한다. 숨겨져 있으되 보다 더 나타나 보임이 없고, 아주 미세하지만 보다 더 또렷함이 없으니, 때문에 군자는 그 홀로 있을 때 삼가며 조금 더 조심해야 한단다.

희로애락이 아직 드러나지 않았을 때는 이를 중中이라 이르는데, 희로애락을 드러낸다 해도 늘 상황(節)에 맞으면 이를 화和라 이른다. 중이란 천하의 큰 근본이요, 화란 천하에 통달한 길이다. 중화의 극치에 이르면 천지도 제자리를 차지하고 만물은 무럭무럭 자란다고 했다. 결국 중용이란 중간에서 타협하라는 뜻이 아니라, 가장 일상적으로 '가장 적절한 것을 택하는 삶'을 말한다.

中者, 不偏不倚, 無過不及之名. 庸, 平常也.
중자　불편불의　물과불급지명　용　평상야

(주자,『중용장구中庸章句』)

중中이란 치우치지(偏, 치우칠 편) 않고 기울지(倚, 기울 의) 않으며 지나치거나 미치지 못함이 없는 것을 이름한다. 용庸이란 평범하고 항상함을 의미한다. 가장 일상적이고 가장 역사적인 관점에서 최선을 선택해야 할 정부가 그 중용을 택하지 않는다는 분노의 표현이 이 시의 핵심이다.

김수영이 산문 「생활의 극복」에서 인용한 『논어』의 "슬퍼하되 상처를 입지 말고, 즐거워하되 음탕에 흐르지 말라"(哀而不傷 樂而不淫)는 가르침도 일상에서 중용을 행하며 살아가는 사람의 자세를 가리키는 말일 것이다. 『논어』에서 공자는 "중도를 가는 사람을 얻지 못한다면 기필코 광자와 견자를 택할 것이다(不得中行而與之, 必也狂狷乎)"라고 했다. 이때 광자狂者는 광적인 인간이고 견자狷者는 꽉 막힌 인물이다. "중도를 가는 사람"은 흥분하거나 꽉 막힌 사람이 아니라

가야 할 길을 가는 사람이다.

중용은 김수영의 「술과 어린 고양이」(1961)에도 나온다.

내가 내가 취하면/너도 너도 취하지/구름 구름 부풀듯이/기어오르는 파도가/제일 높은 사안沙岸에 닿으려고 싸우듯이/너도 나도 취하는 중용의 술잔

"너도 나도 취하는 중용의 술잔"에는 중용을 생활하고 살아가는 군자들이 덕스럽게 성스러워지는 공간이 엿보인다. 하늘을 닮아 성스러워지려고 부단히 노력하는 것이 중용의 길이라고 했다. "아픈 몸이/아프지 않을 때까지 가자/온갖 식구와 온갖 친구와/온갖 적들과 함께/적들의 적들과 함께/무한한 연습과 함께"(「아픈 몸이」)에서 "무한한 연습"도 중용을 향한 연습일 것이다.

"중용은 여기에는 없다"에서 "여기"는 4·19혁명 이후 제2공화국 시대를 말한다. "현 정부"는 1960년 4·19혁명의 결과 수립돼 5·16 군사정변으로 붕괴한 제2공화국 정부를 말한다. 혁명의 전초기지여야 할 정부가 가장 역사적인 실천을 하기는커녕, "반동"(4연)을 향해 가는 상황이었다.

그런데 "중용은 여기에는 없다"라는 문장은 왠지 어색하다. "여기에 중용은 없다"라고 써야 한글다울 것 같다. "中庸はこちらにはない"라는 일본어를 번역한 듯하다. 아닌 게 아니라 일본어 일기를 번역했다는 상황을 아래 설명한다.

그의 시에는 가끔 괄호 안에 코러스나 자막처럼 다른 상황이 들어간다. 대단히 연극적이다. 일본과 만주에서 연극에 관계한 김수영은 해방이 되면서 시로 전향했지만 그의 시에는 연극대사 같은 부분이 적지 않다. 괄호 안에 "계사 안에서 우는 알걷는 닭 소리"에서 '알걷다'는 '암탉이 알을 낳을 무렵에 골골 소리를 내다'라는 동사다. "담배를 피워 물지 않으면 아니 된다"는 말은 담배를 피울 수밖에 없는 상황을 뜻한다. "소비에트에는 있다"라고 쓰고 나니 긴장한 것이 아닐까.

1960년대 한국 상황에서 이런 문장은 웬만한 용기와 확신이 없다면 쓰기 어

려웠을 것이다. 한국뿐만 아니라, 세계의 진보적 지성계에서 소비에트 문제는 지뢰밭 같은 난제였다. 당시 흐루쇼프 개혁 노선과 함께 미국과의 관계를 개선한 소련은 세계에 평화 공세를 시작했다. 미국에게 "나가다오", 소련에게는 "가다오"라며 냉전 체제를 부정하면서도 김수영은 소련에서 희미한 '중용의 가능성'을 본다. "소련 같은 무서운 독재주의 국가에 있어서도 에렌베르크 같은 작가는 소위 작가동맹의 횡포와 야만을 막기 위해서 작가들의 단결을 호소했다"(「자유란 생명과 더불어」, 1960. 5.)며, 한국의 지식인들은 3·15 선거와 같은 정치적 현안에 "너 나 할 것 없이 무엇을 하고 있는지 모를 일이다"라며 비판했다.

> 소련에서는 중공이나 이북에 비해서 비판적인 작품을 용납할 수 있는 컴퍼스가 그전보다 좀 넓어진 것 같은 게 사실인 것 같소. 무엇보다도 에렌버어그가 레닌 상을 받았다는 사실로 미루어보더라도 그것은 사실인 것 같소.
> (산문 「저 하늘 열릴 때」, 1961. 5. 9.)

자유화 운동을 주도한 에렌베르크(에렌부르크, Iliia Erenburg, 1891~1967)가 레닌 상을 받았다는 소식에 김수영은 소비에트에는 중용이 있다고 쓰지 않았을까. 이후 "소련을 내심으로도 입밖으로도 두둔했었다"(「전향기」, 1962. 5.)고 썼다. 60년대부터 소련 문학을 소개하기 시작한 김수영은 소련의 노벨문학상 수상 작가 보리스 파스테르나크, 감옥에 갇혀 있던 안드레이 시냐프스키에 대한 작가론을 발표했다. 우리나라 펜클럽은 일본 총독부 문학과 미국 국무성 문학만 알 뿐 "예프투센코를 모르고, 보즈네센스키를 모르고, 카자코프를 모르고, 「해빙기」의 투쟁"(「히프레스 문학론」, 1964. 10.)을 모른다고 비평했다. 김수영은 소련의 억압 정책을 비판하면서, 그 저항운동을 조심스럽게 주목하고 있었다.

그 다음의 구문은 괄호 안에 삽입되어 있는 이례적 형식을 취하고 있어서 독자들이 쉽게 이해하기 어려운 측면이 있다.

(단 "중용이 아니라"의 다음에 "반동反動이다"라는
말은 지워져 있다
끝으로 "모두 적당히 가면을 쓰고 있다"라는
한 줄도 빼어놓기로 한다)

무슨 뜻일까. 그 단서는 아래 "일기의 원문은 일본어로 쓰여져 있다"는 구절과 관계있는 것이다. 1938년 3월 3일에 조선어가 선택과목이 되면서, 급격히 조선어 사용과 교육은 위축되었다. 식민지 시대에 김수영은 한국어보다는 일본어를 더 친숙하게 사용할 수밖에 없는 게 현실이었다. 시를 일본어로 먼저 쓰고 나중에 한국어로 번역하곤 했다는 사실을 그는 1965년에 고백한다. 그런 김수영에게는 일본어로 시를 쓸 때가 오히려 훨씬 자유로운 상황이 아니었을까. 한국어가 공식 언어인 시대에 오히려 일본어로 쓰면 검열을 피하면서 자유롭게 권력을 비판할 수도 있었을 것이다. 비판적 표현을 번역할 때, 수영은 그것을 다 번역하지는 않았다. 괄호 안에 있는 문장은, 일본어 일기문에는 "중용이 아니라 반동이다"라고 쓰여 있는데, "반동이다"라는 표현을 한국어로 번역하면 너무 직설적이기에 지웠다는 뜻일 것이다. ["모두 적당히 가면을 쓰고 있다"라는 한 줄도 빼어놓기로 한다]는 말도 한국어로 번역하지 않았다는 뜻일 것이다.

글씨가 가다가다 몹시 떨린 한자가 있는데
그것은 물론 현 정부가 그만큼 악독하고 반동적이고
가면을 쓰고 있기 때문이다

얼마나 분노했으면 손을 부들부들 떨며 글을 썼을까. 대통령 중심제에 반대하여 내각책임제를 택한 "제2공화국의 현 정부"는 1960년 8월 23일 출범한 장면張勉 내각으로, 이듬해 5월 18일 임시 국무회의에서 내각 총사퇴를 의결할 때까지 약 9개월간 존속했다. 그러나 이 정부는 4·19혁명의 운동성을 이끌어갈 힘이 없었다.

첫째, 민주당 내각에는 소극적으로나마 민족해방운동의 투사를 찾아보기가 어려웠다. 당시 아(시아)·아(프리카) 신생국의 지도층은 대개 반反제국주의적 독립운동에서 혁혁한 경력을 쌓은 사람이라는 사실에 비추어볼 때, 집권당으로서의 민주당이 대중의 마음으로부터 존경받을 만한 정신적 권위를 가지지 못했음은 당연했다. 둘째, 민주당은 보수 정당으로서 자체의 이상과 경륜을 가지지 못하고 정치는 현실이라는 구실을 내세우며 잔재주로 눈가림을 해 이권을 찾기에만 바빴다. 경륜도 식견도 이상주의도 없는 퇴폐한 집단으로부터 역사의 수레바퀴를 돌릴 에너지는 나올 수 없다. 셋째, 민주당은 훈련과 기율과 정신적 통합력을 가지고 있지 못했다.

(양호민, 「민주주의와 지도세력」, 《사상계》 1961년 11월호)

제2공화국 정부에 김수영은 큰 좌절을 느끼고 낭패감에 빠져든다. 일기에 "적이여, 그대에게는 내가 먹고 난 깨끗한 뼉다귀나 던져주지, 반짝반짝 비치는, 흡사 보석보다도 더 아름다운 뼉다귀를"이라며 격렬한 적대감까지 표시한다.

제2공화국!
너는 나의 적이다. 나의 완전한 휴식이다.
광영이여, 명성이여, 위선이여, 잘 있거라.
(1960년 6월 30일의 일기)

그의 눈에 비친 제2공화국 정부는 혁명을 밀고 나갈 의지라곤 없이, 아무것도 하지 않고("무위無爲") 제자리걸음("답보踏步")이나 하면서도 모른 척 가면을 쓰고 있는 게으르고("나태懶惰") 반동적인 집단일 뿐이었다. 「중용에 대하여」는 4·19혁명의 실패를 마주한 김수영의 좌절과 분노를 정직하게 담은 작품이다. 그러고 보면, 이 시의 제목은 검열을 통과하기 위한 일종의 카무플라주 camouflage(위장)가 아니었을까.

1960년 10월 30일

혁명은 안 되고

그 방을 생각하며

혁명은 안 되고 나는 방만 바꾸어버렸다
그 방의 벽에는 싸우라 싸우라 싸우라는 말이
헛소리처럼 아직도 어둠을 지키고 있을 것이다

나는 모든 노래를 그 방에 함께 남기고 왔을 게다
그렇듯 이제 나의 가슴은 이유 없이 메말랐다
그 방의 벽은 나의 가슴이고 나의 사지四肢일까
일하라 일하라 일하라는 말이
헛소리처럼 아직도 나의 가슴을 울리고 있지만
나는 그 노래도 그 전의 노래도 함께 다 잊어버리고 말았다

혁명은 안 되고 나는 방만 바꾸어버렸다
나는 인제 녹슬은 펜과 뼈와 광기—
실망의 가벼움을 재산으로 삼을 줄 안다
이 가벼움 혹시나 역사일지도 모르는
이 가벼움을 나는 나의 재산으로 삼았다

혁명은 안 되고 나는 방만 바꾸었지만
나의 입속에는 달콤한 의지의 잔재 대신에

다시 쓰디쓴 담뱃진 냄새만 되살아났지만

방을 잃고 낙서落書를 잃고 기대를 잃고
노래를 잃고 가벼움마저 잃어도

이제 나는 무엇인지 모르게 기쁘고
나의 가슴은 이유 없이 풍성하다

(1960. 10. 30.)

어둡던 세상에 볕 들 날을 기다려 왔다. 부패한 정권은 많은 국민을 고달프게 했고, 스스로 목숨을 끊은 국민들이 줄을 이었다. 혁명을 쉽게 이루지는 못했다. 아직도 혁명은 안 되고 방만 바꾸고 있다. 그 방에서는 "싸우라 싸우라 싸우라"라는 투쟁의 함성만 어둠을 밝혔다. 그 방이라는 공간은 김수영 시대의 4·19 때는 경무대 앞이었고, 지금 이 시대는 광화문이라는 공간이 될 수도 있다. 경무대 앞에서 하야를 외쳤고, 광화문에서는 탄핵을 외쳐서 최고권력자의 사임과 파면을 얻어냈다. 그 방에 나의 "모든 노래를" 남기고 여기까지 온 것이다.

투쟁의 방에서는 "싸우라"는 구호가 울려 퍼졌다. 이제 그 구호는 "헛소리처럼" 어둠에 떠돌고 있다. 이후에 "일하라 일하라"는 구호도 이어졌다. "싸우라", "일하라"라고 외쳤던 구호들을 옛날 노래처럼 잊어버렸다.

"혁명은 안 되고 나는 방만 바꾸어버렸다"라는 첫 구절을 3연에 다시 반복한다. 시인이 현재 소유하고 있는 것은 녹슨 펜, 앙상하게 남은 뼈, 표독한 광기, 그리고 가벼운 실망이다. 그 가벼운 실망을 시인은 "역사일지도 모"른다고 하면서, 그 가벼움을 재산으로 삼아 글을 쓴다고 고백한다.

시인은 1, 3연에서 반복했던 서술어 "바꾸어버렸다"를 4연에서 "바꾸었지만"으로 비튼다. "혁명은 안 되고 나는 방만 바꾸었지만" 시인의 입속에는 의지의 잔재 대신에 쓰디쓴 냄새만 되살아났다. "쓰디쓴 담뱃진 냄새"는 실패한 혁명 후에 몰려오는 좌절의 상징일 것이다.

4·19가 반년 정도 지난 1960년 10월 30일 김수영은 방도 낙서도 기대도 노래도 가벼움마저 잃었다. 당시는 4·19의 실패 이후 극도로 혼돈된 상태였다. 시인은 4·19혁명이 실패했다는 것을 분명히 인식하고 있었다. 그 혼돈의 시대에서 5연까지는 완벽한 패배, 비감한 좌절을 재현한다. 그러고는 갑자기 6연에서 김수영은 비약한다.

이제 나는 무엇인지 모르게 기쁘고
나의 가슴은 이유 없이 풍성하다

혁명의 실패로 옛 노래도 가벼움까지도 잃은 그가 어떻게 이런 말을 썼을까. "혁명이 안 되"어 실패한 혁명이지만, 이 실패가, 이 "실망의 가벼움"이 언젠가 혁명적인 미래의 토대가 되리라고 통찰하고 확신했기 때문이 아닐까. 몰락 속에서 혁명의 성취를 확신하는 혁명적 낭만주의일까. 이런 태도는 거의 '잔혹한 낙관주의(cruel optimism)'라고 해야 할 것이다. 전혀 눈에 보이지 않는 희망을 계속 기다리는 태도다. 앞서서 읽었던 「채소밭 가에서」에서도 보이는 낙관주의다.

'잔혹한 낙관주의'란 실현이 불가능하여 순전히 환상에 불과하거나, 혹은 너무나 가능하여 중독성이 있는 타협된/공동약속된 가능성의 조건에 대한 애착 관계를 이르는 말이다. (중략) 잔혹한 낙관주의는 문제적인 대상의 상실에 앞서 미리 그것에 대한 애착을 간직하는 상황을 말한다.
(멜리사 그레그, 『정동이론』, 갈무리, 2016, 162~163면)

사회, 경제, 환경이 절망스러울 정도로 나빠져도 사람들은 "언젠간 좋은 날이 올 거야"라는 판타지를 마음속에 그리며 버틴다. 잔혹한 사회에서도 더 나은 삶을, 당장 그런 기회가 오지 않더라도 기다리며 견디는 것이다. 더욱 절망적인 상황에서 희망을 꿈꾸는 시간은 얼마나 지루하고 끔찍할까. 희망이 전혀 없는 시대에서 꿈꾸는 낙관주의는 잔혹하다. 모든 낙관주의가 잔혹한 것은 아니지만, 현재 더 이상 희망이 없다는 상황에서 좋은 삶을 꿈꾸는 판타지, 잔혹한 낙관주의란 어쩌면 상처투성이의 현재를 견디며 기어가며 넘어서는 용기다. 혹시 시원한 비약에 어떤 사연이 있을까 찾아보다가 이런 구절을 만났다.

이상적인 사회에서는 문학하는 사람은 하등의 단체를 필요하지 않게 될 것입니다. 저는 우선 저만이라도 혼자 나가겠습니다. 한국문협뿐만 아니라 모든 단체에서 탈퇴할 결심입니다.
— 이종환에게 보낸 엽서의 끝꼬리에서

"과거의 문학단체를 무형의 사회적 압력에 대한 피신처로 이용한 것을 미안하게 생각하며, 현재 '한문협韓文協'만이라도 선선히 탈퇴할 수 있는 것은 그만큼 사회적 압력이 경감된 때문이며, 앞으로 그런 악질적인 것이 완전히 제거되었을 때는 나는 '시협詩協'마저 탈퇴할 수 있을 것이다"라는 말과 동일.
(1960년 10월 19일의 일기)

한국문인협회를 탈퇴하겠다는 결심을 밝히는 이 일기에서 "사회적 압력이 경감되었다"는 말은 혁명의 영향이 조금 있었다는 뜻이겠다. 그런데 좀 더 본질적인 태도는 이 글 위와 아래에 있는 문장을 봐야 한다. 이 글 바로 위에 "なぜなら彼(ジュネ)はすべての社会に抵抗しているからだ"라는 사르트르의 『순교와 반항』에 있는 한 구절을 일본어로 인용하고 있다. 이 문장은 "왜냐하면 그(쥬네)는 모든 사회에 저항하고 있기 때문이다"라는 뜻이다. 그는 한문협을 자기 편하라고 탈퇴한 것이 아니라, 오로지 새롭게 저항하기 위해서 자신의 안락을 위해 쳐 놓은 방패막이를 과감히 벗겨낸 것이다.

단체만 탈퇴하는 것이 아니다. 그는 언론 자유를 위한 새로운 도전을 한다. 현재 「김일성 만세」로 알려져 있는 「잠꼬대」라는 시를 제목도 고치지 않고 과감히 실으려 했던 것이다.

시 「잠꼬대」를 자유문학에서 달란다. 「잠꼬대」라고 제목을 고친 것만 해도 타협인데, 본문의 〈XXXXX(김일성 만세 - 인용자)〉를 〈XXXXXX〉로 하자고 한다.
(1960년 10월 18일 일기)

시 「잠꼬대」는 무수정으로(언문 교체 없이) 내밀자.
(1960년 10월 19일 일기)

「잠꼬대」는 발표할 길이 없다. 지금 같아서는 시집에 넣을 가망도 없다고 한다.
(1960년 10월 29일 일기)

김수영은 단체에서 탈퇴하고, 시를 통해 다다를 수 있는 완전한 자유를 실험하고자 했다. 가장 절망스러운 순간에 그는 자유를 최대한 실험하려 했다. 겁 많은 그로서는 대단히 위험한 용기였다. 그는 끊임없이 싸우고 변혁에 참여해야 한다고 주장했다.

어제까지 우리들이 싸워왔듯이 오늘도 우리는 싸워야 하고, 오직 내일의 승리는 우리의 것임을 나는 확신한다.
(산문 「자유란 생명과 더불어」, 1960. 5.)

그러나 아직도 안심하기는 빠르다. (중략) 여하튼 이만한 불평이라도 아직까지는 마음 놓고 할 수 있으니 다행이지만 일주일이나 열흘 후에는 또 어떻게 될는지 아직까지도 아직까지도 안심하기는 빠르다.
(「아직도 안심하긴 빠르다 - 4·19 1주년」, 1961)

김수영은 혁명의 실패를 인지하면서도 계속 싸워야 하며, 안심해서는 안 된다는 것을 반복해서 강조한다. "아직까지도 아직까지도" 두 번씩이나 강조하며 안심해서는 안 된다고 한다.

예감되는 혁명의 실패, 그 실패 속에서 그는 좌절하지 않는다. 그 실패가 언젠가 혁명의 밑거름이 되리라고 통찰한다. 실패와 몰락과 좌절 속에서 "노래를 잃고 가벼움마저 잃어도" 굴하지 않고 "이유 없이 풍성"하고자 했던 의지가 모일 때 혁명을 성취하는 것이 아닌가.

폭풍과도 같은 한국 현대사의 한복판에서 김수영은 무수한 혁명의 실패를 경험했다. 혁명은 도처에서 일어났고 도처에서 실패했다. 그 실패를 거울삼아 더이상 실패를 반복해서는 안 된다는 의지를 그는 "이유 없이 풍성하다"고 표현했다. "우리의 깃발을 내린 것이 아니"(박두진)기에 실패 속에서도 "나의 가슴은 이유 없이 풍성"할 수밖에 없었던 것이다.

1960년 12월 9일

어처구니없는 역사

永田絃次郎(나가타 겐지로)

모두 별안간에 가만히 있었다
씹었던 불고기를 문 채로 가만히 있었다
아니 그것은 불고기가 아니라 돌이었을지도
모른다
신은 곧잘 이런 장난을 잘한다

(그리 흥겨운 밤의 일도 아니었는데)
사실은 일본에 가는 친구의 잔치에서
이토추(伊藤忠) 상사商事의 신문광고 이야기가 나오고
곳쿄노 마찌 이야기가 나오다가
이북으로 갔다는 나가타 겐지로 이야기가 나왔다

아니 김영길이가
이북으로 갔다는 김영길이 이야기가
나왔다가 들어간 때이다

내가 나가토(長門)라는 여가수도 같이 갔느냐고
농으로 물어보려는데
누가 벌써 재빨리 말꼬리를 돌렸다……

신은 곧잘 이런 꾸지람을 잘한다

(1960. 12. 9.)

　시의 제목에 나오는 '나가타 겐지로'는 오페라 가수였던 재일 한국인 테너 김
영길金永吉을 가리킨다. 일본에서는 일본 군국주의를 찬양했던 음악인으로 아
직도 연구 대상이다.

　평안남도 강동군에서 태어난 그는 1928년 평양제2중학교 졸업 후 1933년부
터 1935년까지《동경일일신문》음악콩쿠르 성악 부문에서 3년 연속 입상했다.
1935년부터 1945년까지 일본의 킹레코드 전속가수로 활동하면서 많은 군국 가요,
애국 가요 음반을 녹음하였는데, 1935년에는 〈일본행진곡日本行進曲〉 등을 비롯
하여 〈아아 애국의 피는 끓는다(ああ愛國の血は燃える)〉, 〈소년 전차병의 노래(少年
戰車兵の歌)〉, 〈바다의 진군(海の進軍)〉, 〈우리는 병사로 부르심을 받았다(我等は

세계적인 소프라노
미우라 다마키와 공연한 김영길,
1936년 도쿄 긴자의 가부키좌에서
푸치니 오페라 〈나비부인〉을 공연한
이때 김영길은
갓 데뷔한 스물일곱 신인이었다

兵に召されたり〉, 〈천황의 백성인 우리들(みたみわれ)〉, 1945년에는 〈카미가제 노래 (神風節)〉 등을 불러 유명하다. 1941년 '그대'인 일본인과 '나'인 조선인이 손을 굳게 잡아 대동아공영권의 초석이 되어야 한다는 내용을 가지고 내선일체内鮮一體와 지원병 장려 등을 목적으로 만든 국책 영화 〈기미토보구(君と僕, 그대와 나)〉에도 주연을 맡아 출연했다. 유튜브에는 그가 부른 노래 〈출정병사를 보내는 노래 (出征兵士を送る歌)〉, 〈무적황군無敵皇軍〉 등이 남아 있다. 적극적으로 천황을 찬양하고 황군의 진격을 노래했던 그는 1960년 돌연 북한으로 갔다.

이 시는 나가타의 북송 소식을 듣고 쓴 작품이다. 1연을 보면 무슨 상황인지, 설명이 없다. 왜 "씹었던 불고기를 문 채 가만히 있"어야 했을까. 그 설명은 2, 3연에서 나온다. "신은 곧잘 이런 장난을 잘한다"는 구문은 식민지 시대가 끝나고 한반도가 이념 대립으로 인해 남북으로 분단되는 너무나도 어처구니없는 상황을 맞이한 조선인들의 운명을 비유적으로 표현한 것으로 보인다. 일본 군국주의에 충성을 했던 자가 북한의 인민 사회 건설을 위해 북송선을 타는 운명은 수영의 눈엔 너무도 어처구니없는 것이다. 이 말은 시 끝 행에 "신은 곧잘 이런 꾸지람을 잘한다"는 말로 마무리된다. 역사란 곧잘 웃지도 못할 상황을 만들어내는 것이다.

2연을 보면 나가타의 북송 소식을 시적 화자가 어떻게 알았는지를 설명한다. 화자는 일행들과 함께 일본에 가는 친구의 잔치에 모였다. "그리 흥겨운 밤의 일도 아니었"다는 진술로 보아 그닥 마음에 드는 자리는 아니었다.

친구가 일본에 간다고 모였다가 "이토추(伊藤忠) 상사商事의 신문광고"를 본다. 1858년, 삼베 장사로 사업을 시작했던 이토 추베이 가문은 1949년 주식회사 '이토추 상사'를 설립한다. 이 회사 신문에 실린 〈곳쿄노 마찌(國境の町, 국경의 거리)〉라는 노래 얘기를 하다가 그 노래를 취입한 나가타 겐지로 얘기가 나왔던 것이다. 그런데 바로 그 무렵 나가타가 북송되었던 것이다.

3연에서야 비로소 1연에서 모두 별안간 가만히 있었던 상황이 설명된다. 바로 북송된 나가타, 아니 김영길 얘기가 대화 중에 나왔기 때문이다.

4연에서 화자 김수영이 김영길이 〈애마진군가〉 등을 듀엣으로 부른 "나가토(長門)라는 여가수도 같이 갔느냐고/농으로 물어보"자, 친구들은 "재빨리 말꼬리를 돌"린다. 이는 남한에서 혁명이 일어나긴 했지만 아직은 여전히 이념적인 금기가 남아 있는 현실을 말하려 했던 것은 아닐까. 혁명이 일어났지만 아직 북한에 대해서는 입을 열어서는 안 되는 상황이다. "신은 곧잘 이런 꾸지람을 잘한다"는 마지막 행은 냉소적이고 역설적이다. 마치 "너희들은 자기네 형제인 북한 동포들 얘기도 못하니"라며 신이 꾸지람을 하는 모양이랄까. 이런 상황은 김수영이 이 시를 탈고한 1960년 12월 9일 이후에 쓴 일기만 보아도 잘 나타난다.

「나가타 겐지로」, XX신문에서 또 퇴짜를 맞다.
(12. 11.)

「나가타 겐지로」와 「○○○○○」를 함께 월간지에 발표할 작정이다.
(12. 25.)

「○○○○○」라고 표기한 시는 김수영이 「김일성 만세」라는 제목을 붙였던 시다.
결국 「나가타 겐지로」는 다음 해 2월 《민국일보》에 실렸지만 「김일성 만세」는 2018년판 『김수영 전집』에 수록될 때까지 발표되지 못했다.
「나가타 겐지로」와 「김일성 만세」를 같은 시기에 쓰고, 발표하려고 여기저기 수소문하는 김수영의 모습은 무엇을 말할까. 자신의 동생 두 명이 북한에 가야 했던 상황으로 김수영은 어려운 처지에 놓여 있었다. 무슨 일만 있으면 북한에 간 동생들 때문에 경찰서에 가야 했다. '북한'을 말하는 것조차 위험했던 시대에, 김수영은 4·19혁명이 분단 극복 곧 통일로 이어져야 한다고 생각했던 것이다. 이 시는 김수영이 생각하는 혁명에는 남북통일이 중요하게 자리 잡고 있다는 것을 역설적으로 보여준다.
1994년 8월 5일 「북송교포 32명 수용」(《경향신문》)이라는 기사를 보면, 정치범 수용소 수용자 명단에 김영길이 있는 것으로 나온다. 이후 수용소에서 죽었다는 소문과 달리, 다시 지위를 회복해 후진을 가르치다 폐결핵으로 1985년 75세에 사망했고, 일본인 아내 사이에서 자란 네 명의 아이들은 음악대학 부교수나 연주자로 활약한다는 증언도 있다. 1998년 김정일 총서기가 김영길의 업적을 칭찬한 기사가 북한 음악 잡지에 실린 것을 볼 때 명예가 회복된 듯하다. 이 모든 일이 인간이 예상할 수 없는, 역사의 '잠꼬대'라고밖에는 할 수 없다. 김수영의 말대로, 신은 곧잘 이런 장난을 잘한다.

北送교포 32명 수용

北승호마을 조총련 前간부가 확인

[니가타=規聯] 국제사면위원회가 발표한 북한 승호마을 수용소의 정치범 55명 가운데 32명이 북송교포라고 전직 朝總聯 간부가 4일 밝혔다.

조총련 니가타 지부 부부장으로 일했던 잠명수씨(60)는 이날 국제사면위원회의 명단 가운데서 32명

이 북송교포임을 파악했으며 이들 가운데 15명의 신상자료를 확인할 수 있었다고 말했다.

그는 특히 승호마을 수용소에 있는 것으로 전해진 북송교포 6명이 오사카와 니가타, 시마네縣에 온 조총련 조국방문단에서 나가타 겐지 로라는 일본이름으로 활동했던 테니구로로 지난 60년 니가타에서 북송선을 타고 입북했던 동京에

더해주었다. 잠시에 따르면 정치범명에 이들의 오페라단에서 후지와라는 보이는 김영호는 후지와라는

것이다.

5부

1961년
5월
16일
~
1968년
6월
16일

한일회담
과
거대한
뿌리

아프지
않을
때까지

1961년 5·16쿠데타부터 1965년 한일국교 정상화 체제

1961년 5월 16일 새벽, 박정희를 지도자로 하는 무장 병력이 한강을 건너 서울 시내로 진입하여 중앙청, 육군본부, 중앙방송국 등을 점령했다. 자칭 '혁명 세력'은 라디오 방송을 통해 자신들의 쿠데타가 '혁명'이라고 알렸다.

5·16 직후 김수영은 「복중伏中」이란 시에서 "미친놈처럼 라디오를 튼다", "그렇지 않고서는 내가 미치고 말 것 같아서"라고 썼다.

1964년에 발표된 「거대한 뿌리」는 파괴적인 산문체로 역사적 체험에까지 거침없이 육박한다.

후기작 「사랑의 변주곡」은 첫마디에서부터 욕망 속에서도 사랑을 발견하겠다는 거침없는 어조를 드러낸다.

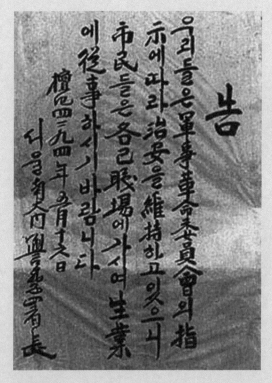

5·16 당일
서울 남대문경찰서 앞에
붙은 공고문

1965년 체제와 「히프레스 문학론」

1962년 중앙정보부장 김종필과 일본 외무장관 오히라 마사요시가 이른바 '김-오히라 메모'로 상징되는 협상을 하면서 한일기본조약이 협의된다. 1964년 1월부터 한일협상을 반대하는 주장이 나오고, '6·3사태'라고 불리는 대규모 반대운동이 일어난다. 박두진, 조지훈, 안수길, 박경리, 김수영, 신동엽 등이 반대 성명에 서명한다. 박수연 교수가 「65년 체제와 김수영 시의 세 층위」에 쓴 대로, 1965년 한일국교 정상화 체제로 가는 과정에서, 역사를 보는 김수영의 시각은 넓어진다.

김수영은 「히프레스 문학론」에서 한국의 작가를 35세를 경계로 나눈다. 첫 번째 부류는 일본의 '총독부 문학'에 갇혀 있는 35세가 넘은 작가들이다. 그는 "우리나라 소설의 최대의 적은 《군조》, 《분가카이》, 《쇼세쓰 신쵸》다"라며 한탄한다.

두 번째 부류인 35세 미만의 작가들은 미국 문학에 함몰되어 있다. 이들은 "미국 대사관의 문화과를 통해서 나오는 헨리 제임스나 헤밍웨이의 소설" 또는 "반공물이나 미국 대통령의 전기"나 보면서 소위 '국무성 문학'의 틀에 갇혀 있다고 비판했다.

일본 '총독부 문학'과 미국 '국무성 문학'에 갇혀 있는 한국 작가의 시각을 '히프레스hipless' 곧 수치를 모르고 엉덩이를 드러낸 꼴이라고 풍자한다.

'식민지'라는 단어는 그의 산문에는 여러 차례 나오는데, 시에는 「현대식 교량」(1964)에 한 번만 나온다. "현대식 교량을 건널 때마다 나는 갑자기 회고주의자가 된다"면서 "이것이 얼마나 죄가 많은 다리인 줄 모르고/식민지의 곤충들이 24시간을/자기의 다리처럼 건너다닌다"고 진술한다.

해방되었지만 수영의 눈에 한국인은 여전히 "식민지의 곤충"으로 살아야 하는 존재였다. "다리 밑에서 엇갈리는 기차"가 달리는, 젊은이들이 많이 다니던 이 "현대식 교량"은 1925년 경성역이 건립되면서 만들어진, '싸롱화(살롱화)'라고 하는 수제 구두 가게가 늘어선 염천교를 가리킨다.

젊은 역사와 늙은 역사가 엇갈리는 속력과 속력의 정돈 속에서 수영은 "다리는 사랑을 배운다"고 썼다. 그는 낡은 세대의 일본적인 것을 직시하고 젊은 세대의 새로운 가능성에서 희망을 발견하면서 현대의 절망을 극복하려 했다. 그 현장에서 사랑을 깨달으면서 만난 적敵은 일본적인 것으로부터 어쩔 수 없이 내면에 또아리를 튼 망령 같은 것이 아니었을까.

1961년 8월 5일

풍자가 아니면 해탈이다

누이야 장하고나!—신귀거래新歸去來 7

누이야
풍자諷刺가 아니면 해탈解脫이다
너는 이 말의 뜻을 아느냐
너의 방에 걸어놓은 오빠의 사진
나에게는 '동생의 사진'을 보고도
나는 몇 번이고 그의 진혼가鎭魂歌를 피해왔다
그전에 돌아간 아버지의 진혼가가 우스꽝스러웠던 것을 생각하고
그래서 나는 그 사진을 십 년 만에 곰곰이 정시正視하면서
이내 거북해서 너의 방을 뛰쳐나오고 말았다
십 년이란 한 사람이 준 상처를 다스리기에는 너무나 짧은 세월이다

누이야
풍자가 아니면 해탈이다
네가 그렇고
내가 그렇고
네가 아니면 내가 그렇다
우스운 것이 사람의 죽음이다
우스워하지 않고서 생각할 수 없는 것이 사람의 죽음이다

팔월의 하늘은 높다
높다는 것도 이렇게 웃음을 자아낸다

누이야
나는 분명히 그의 앞에 절을 했노라
그의 앞에 엎드렸노라
모르는 것 앞에는 엎드리는 것이
모르는 것 앞에는 무조건하고 숭배하는 것이
나의 습관이니까
동생뿐이 아니라
그의 죽음뿐이 아니라
혹은 그의 실종뿐이 아니라
그를 생각하는
그를 생각할 수 있는
너까지도 다 함께 숭배하고 마는 것이
숭배할 줄 아는 것이
나의 인내이니까

"누이야 장하고나!"
나는 쾌활한 마음으로 말할 수 있다
이 광대한 여름날의 착잡한 숲 속에
홀로 서서
나는 돌풍처럼 너한테 말할 수 있다
모든 산봉우리를 걸쳐 온 돌풍처럼
당돌하고 시원하게
도회에서 달아나온 나는 말할 수 있다

"누이야 장하고나!"

(1961. 8. 5., 『사상계』 1962. 1.)

9편으로 이어지는 연작시 「신귀거래」 는 5·16으로 실패한 4·19의 좌절, 그 열패감을 잘 보여주고 있는 작품들이다. 화자는 누이에게 묻는다. "누이야/풍자가 아니면 해탈이다/너는 이 말의 뜻을 아느냐"라고 묻는다. 5·16 이후 자유가 억압된 상황에서 시인은 삶의 보편적 존재 방식과 조건을 묻는다. 누이에게 묻는 형식이지만, 자신에게 묻는 물음이기도 하다. 풍자는 거대한 대상을 다른 대상을 들어 조소하고 비꼬며 야유하는 공격 방식이다. 해탈은 어떤 한계를 넘어 다른 세상에 들어서는 것을 말한다. 이 구절을 이후 시인 김지하는 "풍자가 아니면 자살이다"라고 변용을 시켜 인용한다. 김지하에게 현실은 풍자를 하지 않으면 자살할 수밖에 없는 엄혹한 시대 상황으로 다가왔을 것이다.

풍자(공격)/해탈(넘어섬)을 고민하는 폭압적 시대 상황이다. 이 어처구니없는 부조리한 시대를 풍자하며 견뎌야 할지, 아니면 해탈하며 넘어서야 할지 김수영은 두 방향 사이에 서 있다. 풍자는 「김일성 만세」 같은 시들이다. 해탈은 「꽃」, 「풀」 같은 시다. 김수영은 풍자적 시를 쓸 것인가 해탈적 시를 쓸 것인가를 두고 끊임없이 고민했다.

북으로 간 김수경은 김수영의 셋째 동생이고 여동생 김수명에게는 넷째 오빠였다. 고등학교 시절 야구선수이기도 했던 오빠 사진을 매일 보면서 견뎌온 누이가 김수영에게는 정말로 대견했다. 사실은 실종이거나 납북인데, 자진 월북으로 오인받고 있는 동생 김수경의 사진을 방에 걸어놓는 것은 당시로서는 위험한 일이었다. 정치적 문제 이전에 "거북해서" 화자는 동생 방에서 나온다. 여기서 시의 해석을 단순하게 유도하는 위험이 있는 줄 알면서도 김수명의 짧은 증언을 인용하기로 한다. 북한으로 간 가족이 있다는 이유로 "서빙고 방첩대에 식구들이 전부 불려 갔었다"라며 그는 한국전쟁 시 인민군이 서울을 점령하고 있던 상황을 증언했다.

"넷째 오빠 김수경은 육이오 때 경기고등학교 3학년이었는데, 수재였고 야구 선수고 잘생기고 성격이 활발했어요. (인민군이 서울에 있으니 - 인용자) 둘 다 하루씩 나갔다 하얘져 들어와서 다락에 숨고, 충무로 4가 집 장을 크게 막아서 밀어 넣고 속에 숨어 있었어요. 7월 초에 갑갑하니까 가회동에 사는 친구 집을 찾아갔다가 오겠다고 해서 나갔어요. 나갔다가 스카라극장 앞에서 인민군에게 붙잡혔어요. 의용군으로 끌려가서 오빠가 안 들어오는 거야. 당시 풋사랑 같은 여자 친구가 있었어. 경기여고 동기였는데 그 여자랑 나랑 찾아다녔는데, 오빠가 인민군에게 붙잡혀 재동국민학교에 있다는 거야. 교실에는 애들 걸상이 있는데 오빠가 오는데 수염이 많이 났어요. 오빠가 말했어요. 내가 왜 의용군을 나가려고 했냐면 S누나, 시니어 누나(좋아하는 누나), 경기 다녔는데 그분이 김수경 씨를 동생 삼자고 하는데, 우리 집은 그런 거 싫어해서 버티다가 호의로 받아서, 우리가 성현이라고 하는데 성현이 편지도 다 갖고 있다가, 못 보고 죽을 거 같아……. 치안국의 관리 외동딸인가 그래요. 여기서 의용군으로 잡히면 낙동강으로 보내 총알받이로 만들었다, 그걸 기대하고 의용군으로 가면, 낙동강으로 갔다가 건너가면 부산에 있는 성현이를 만날 수 있다고 생각했던 거 같다.

며칠 지나서 재동국민학교에 갔더니 오빠가 없었어요. 경기여고 자리가 인민군 여맹 그런 자리가 되었는데 거기에 문예반 학생이 연락이 왔어요. 당신 오빠가 경기여고에서 훈련받고 있다 하는 거야. 마주 앉아서 "성현이를 만나려고 낙동강으로 가기를 원한다"고 들었다는 거예요.

거기서 교육받는데 낙동강은커녕 북으로 끌려갔어요. 다락방에서 좀 견뎠다면 우리 집은 판도가 달라졌을 거야. 자진 월북이라면 전쟁 나자마자 나가면 되지 땀띠 나도록 다락방에 숨어 지낼 리가 없지요."

(2017년 3월 18일 김수명 여사 인터뷰)

여동생 김수명은 이런 배경을 말하고, 「누이야 장하고나!」에 나오는 "동생의 사진"은 넷째 오빠 김수경의 사진이 맞다고 증언했다. 김수영은 자랑스러운 오빠

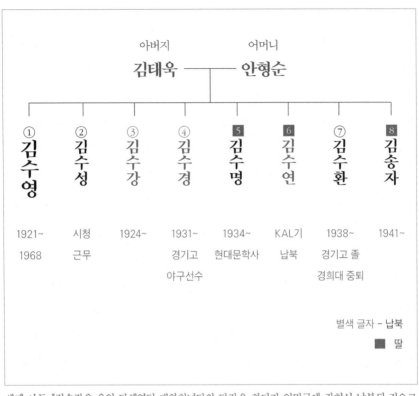

아버지　　　　　　어머니

김태욱 ——— 안형순

① 김수영	② 김수성	③ 김수강	④ 김수경	5 김수명	6 김수연	⑦ 김수환	8 김송자
1921~ 1968	시청 근무	1924~	1931~ 경기고 야구선수	1934~ 현대문학사	KAL기 납북	1938~ 경기고 졸 경희대 중퇴	1941~

별색 글자 - 납북

■ 딸

셋째 아들 "김수강은 우익 단체였던 대한청년단의 단장을 하다가 인민군에 잡혀서 납북된 것으로 알고 있다 (중략) 1969년 강릉에 살던 여동생(김수연)의 남편이 칼KAL기에 실려 납북되었다. 김 시인이 살아 있었다면 몹시 괴로워했을 것이다."(김현경, 『낡아도 좋은 것은 사랑뿐이냐』, 107면)

를 잃은 동생의 슬픔에 대해 "십 년이란 한 사람이 준 상처를 다스리기에는 너무나 짧은 세월"이라고 썼던 것이다. 자신은 참아내기 힘든 혈육의 사진을 10년 동안 간직한 누이가 장하게 느껴진 것이다.

2연에서 다시 풍자냐 해탈이냐를 묻는다. 북쪽에 동생이 있었기에 현실 그대로를 쓸 수 없는 비극적 상황이었다. 시인이 할 수 있는 것은 풍자/해탈이라는 두 가지 선택밖에 없었을까. 북으로 간 동생은 죽었을까. 말 그대로 우스운 것이 사람의 죽음이다. "우스워하지 않고서 생각할 수 없는 것이 사람의 죽음이다"라는 말 그대로, 두어 시간 차를 타고 휴전선을 넘으면 동생이 죽었는지 살았는지 간단히 확인할 수 있는 것을, 그걸 못하니 정말 우스운 상황이다.

그런데 3연에서 말하는 "그"는 누구일까. 시인의 '실종된 동생'일까. 이후에 이어지는 "그의 실종"이라는 표현을 보면, "그"는 동생을 말하는 것이 분명하다. 시인은 "죽음"뿐만이 아니라, 죽은 "그를 생각하는/그를 생각할 수 있는/너(누이)까지도 다 함께 숭배"의 대상으로 보고 있다. 이것은 견디는 방식이다. 추모하며 견디는 것이다. 그래서 "숭배할 줄 아는 것이/나의 인내"라고 한다.

마지막 연에서 "누이야 장하고나!"라고 왜 예찬하는 걸까. 풍자를 하거나 해탈할 수밖에 없는 그 시대에 자진 월북으로 오인받고 있는 오빠의 사진을 걸어둔 것이 보통 용기로는 안 되는 일이어서일까. 아니면 오빠와 아버지의 죽음을 담담하게 받아들이고 있는 누이의 자세가 장하기 때문일까. 어느 쪽이든 그 누이를 보며 화자는 "당돌하고 시원하게" 장하다고 상찬한다. 그는 쾌활한 마음으로 말할 수 있다. 도청할 수도 없고 듣는 이 없는 "이 광대한 여름날의 착잡한 숲속에/홀로 서서" 그는 돌풍처럼 너에게 말할 수 있다. 십 년이 지나도 그 상처가 아물지 않은 그는 착잡한 숲 속에 홀로 서서 "누이야 장하고나!"라고 다시 말한다.

* * *

그리 덥지 않고 낮은 구름이 도봉산에 걸려 있는 2021년 5월 21일 초여름, 꽃 한 다발을 들고 김수영문학관으로 향했다. 곧 6월부터 《한겨레》에 연재될 특집 '거대한 100년, 김수영' 준비를 위해 최재봉 기자와 함께 김수명 여사를 만나기로 했다. 문학관에서 인터뷰를 하다가 여사가 사시는 아파트에 가서 자료를 더 볼 기회가 생겼다.

품위 있는 유족은 어떡하든 돌아가신 작가의 작품만을 알리려 하고, 자신을 애써 숨긴다. 김수명 여사가 그런 분이다. 좀처럼 쉽게 대중 앞에 서려고 하지 않는다. 그저 오빠 얘기를 하다가 자주 눈물지으실 뿐이다. 목소리 낮추어 나도 눈시울 붉히며 시인의 삶을 고개 숙여 듣고 기록한다. 공개하고 싶지 않은 자료와 공개해도 되는 자료를 잘 구분하고 약속을 지켜야 한다. 공개하기를 꺼리는 자료는 마음에 새기고 함부로 쓰지 않는다.

아파트 거실에서 대화하다가 여사님 침실에 김수영 옛 사진이 있다 하여 들어갔다가 나는 멈칫했다. 그 사진, 「누이야 장하고나!」 그 사진이었다. 김수영이 누이 방에 들어갔다가 마주했던 그 사진. 이 사진이구나. 납북인지 실종인지 북에 간 동생 사진을 김수영은 10년 뒤에 보았는데, 이제 저 흑백사진은 70년이 지나 누렇게 색이 바랜 채 벽에 붙어 있었다.

야구복을 입고 있는 잘생긴 사내 사진, 갑자기 목이 뻣뻣해오고 온몸에 수분이 갑자기 빠져나갔다.

이분이셨구나. 아직도 보관하고 계셨구나. 세상에 공개되지 않은 사진, 공개되지 않기를 바라는 사진을. 이 사진을 보며 얼마나 자주 많이 우셨을까. 사진 찍지 않고 나는 모른 척 나왔다. 석 달이 지난 뒤 여사께 전화를 걸어 물었다.

"혹시 침실에 야구 하는 남자 사진, 「누이야 장하고나!」에 나오는 그 사진인지요."

"맞아요."

잠시 침묵이 흐르고, 조금 뒤 입을 여셨다.

"오빠가 넷이잖아요. 큰오빠 김수영 시인하고, 넷째 오빠는 좀 달라요. 현실적이었어요. 잘생겼지요. 나이가 연년생이면 잘 싸우는데 넷째 오빠랑 나는 싸우지 않았어요. 어머니가 그러셨어요. 너희들처럼 친한 오누이는 드물다."

오빠 얘기를 회상하면서 목소리가 조금 밝아졌다.

"처음엔 야구복까지 보관했는데, 그런 걸 갖고 있으면 사람 정말 죽은 듯 안돌아올 거 같은 생각이 들어서 없애구, 저 사진하고 경기고 배지badge하고 사진 몇 장, 오빠가 S누나와 주고받은 편지를 갖고 있어요. 언젠가 만나면 다 줄려구, 언젠가는 만나리라 생각했는데."

말끝을 흐리셨다.

딱딱하게 굳어 있던 시가 한꺼번에 풀렸다. 야구복 입은 잘생긴 사내 사진,

그것이 시 한 편을 해설해주었다. 그 사진을 보는 간절하고 애틋한 여동생의 마음을 가슴에 묻는다. 영원히 영원한 비밀이 되도록, 가족의 아픔이든, 분단의 아픔이든, 기나긴 설움을 내 속 깊이 품기로 한다.

1961년

다시 몸이 아프다

먼 곳에서부터

먼 곳에서부터
먼 곳으로
다시 몸이 아프다

조용한 봄에서부터
조용한 봄으로
다시 내 몸이 아프다

여자에게서부터
여자에게로

능금꽃으로부터
능금꽃으로……

나도 모르는 사이에
내 몸이 아프다

(1961. 9. 30.)

1961년 김수영은 전남 고흥 앞바다에 있는 소록도 한센병 환자촌과 병원을 다녀온 뒤 르포를 쓰기로 한다. 쓰기로 했지만, 원고를 쉽게 마무리하지 못한다.

이건 물론 나의 무력도 있지만 나는 소록도를 그렇게 간단히 취급하기가 싫었다. 10여 장의 르포나 책 몇 권의 기증으로 나의 책임을 벗어버렸다고 생각하는 것은 소록도에 대한 모욕일 것만 같았다. 한국이나 나 자신을 그렇게 취급할 수 없는 것처럼, 소록도의 원장이나 직원이나 환자들도 역시 그렇게 취급할 수가 없었다.
(「소록도 사죄기」, 1961)

소록도에서 마포구 구수동 집으로 돌아온 그는 "내가 없는 동안의/아내의 비밀을 탐지"한다. 그 비밀이 무엇인지 확실히 나오지 않는다. 이 일을 김수영은 「여수旅愁」라는 제목의 시로 남겼다. 사실 이 시에서 소록도는 공간적 배경으로만 나오는 게 아니다. 더 주목해야 하는 것은 돌아와서 확인했다는 '아내의 비밀'을 잊어야 할 정도로 인상적이었던 소록도가 그에게 안겨준 충격에 있다.

소록도는 대한민국 역사의 수치다. 일제 강점기 때부터 한센병 환자들과 그 가족들을 소록도에 격리시켰다고 하지만, 1960년대에도 그런 반인권적인 상황이 유지되는 것을 보고 김수영은 충격을 받는다. 이청준 소설『당신들의 천국』(1976)에 나오는 그 소록도이고, 이청준이 소설에 쓴 조 원장 이야기도 김수영의 이 산문에 나온다.

소록도에 다녀온 뒤 죄스런 마음으로 르포를 쉽게 쓰지 못한다. 그 이유를 "소록도에 대한 모욕"이라고 썼다. 현대 사회 밑바닥의 치부를 보았으니, 자신의 삶은 사치스러운 것이다. 아내를 가졌다는 사실조차도 사치스러운 것이다. 아내가 어떤 문제를 일으켰든 비록 아내의 비밀을 알아도 놀라지 않아야 하는 것이다. 아내의 비밀을 안다 해도, 소록도를 생각하면 "나는 무엇인가에/여전히 바쁘기만" 한 일상에 던져져야 한다.

「소록도 사죄기」와 연결시켜 읽어야 할 다른 시는 「여수」(1961. 11.)와 같은 시기에 발표한 「먼 곳에서부터」, 「아픈 몸이」(1961. 9.)일 것이다. 소록도에 다녀온 김수영은 먼 곳, 소록도에 있는 이들의 아픔을 공유한다. 거기 사람들의 아픔을 자신도 몸으로 체험한다. 그 먼 곳에서 아픔이 김수영에게 다가온다.

윤동주의 「병원」에서는 늙은 의사가 자신의 병을 모른다고 했는데, 김수영의 경우는 아픔이 어디서 오는지 알고 있다. 1연은 아픔이 오는 공간을 말한다. 김수영의 아픔은 먼 곳에서부터 와서, 먼 곳으로 가는 모양이다. 아픔은 자기 몸에서 오지 않고, "먼 곳에서부터" 와서, "먼 곳으로" 다시 몸이 아프다. 시인은 먼 곳에 있는 아픔을 자신의 몸으로 사유하고 있다. 아픈 몸으로 멀리 있는 타인의 아픔을 함께 아파한다. 멀리 미세한 우주의 움직임에 아파할 수 있는 깊은 접촉은 어떻게 가능할까.

진짜 사랑은 가까운 이웃이 아니라 먼 곳에 있는 타자를 사랑하는 태도일 것이다. 소록도에서 보았던 아픔과 더불어 김수영은 시대의 아픔을 겪어야 했다. 그가 겪은 아픔은 4·19 이후 5·16쿠데타를 겪으면서 자기 몸으로 체험했던 아픔이었다. 박정희가 군대를 끌고 서울을 접수했을 때 거제리 수용소 출신이었던 김수영은 불순분자로 잡힐까 봐 일주일 이상을 숨어 지냈다. 한 소설가의 집에 찾아가, 쥐가 들끓는 지하실에 숨어 일주일을 보냈다.

이 시를 쓴 1961년 9월에는 어떤 일이 있었을까.

1961년 2월 일간신문으로 창간된 《민족일보》는 5·16쿠데타 이후 반국가·반혁명적 신문이라는 이유로 5월 19일에 발행 정지를 당했다. 7월 3일 국가재건최고회의는 최고회의 의장에 부의장이었던 44세의 박정희 소장을 선출했다. 9월 23일에는 쿠데타를 지지하는 연예인들이 종로 거리에서 시가행진을 했고, 그 무렵 《민족일보》의 중요 관련자들에게는 사형이 선고되었다. 참으로 엄혹하고 끔찍한 시기였다. 신문사에서 일을 하기도 했던 김수영으로서는 고통을 느끼지 않을 수 없는 사건이었다. 이것이 바로 2006년에 무죄 판결을 받은 《민족일보》사건'이다. 신문을 폐간시키면서 언론을 탄압한 박정희는 9월 6일 혁명 완수에 국민이 적극 분발해야 한다고 촉구했다.

4·19혁명의 실패와 군부 쿠테타에 대한 환멸 속에서 김수영은 「신귀거래」 연작을 썼다. 영원한 청년 시인 김수영이 1961년에 쓴 「누이야 장하고나!―신귀거래 7」은 "누이야/풍자가 아니면 해탈이다"라는 유명한 구절로 시작한다. 희망이 절망으로 변해가고, 더욱 절망하며 아파할 수밖에 없는 현실 속에서 시인은 무엇을 해야 하는가. 아프면 아팠지 피하지는 않겠다는 결기가 선연하다. 그리고 이어지는 시가 「먼 곳에서부터」다.

2연은 아픔이 순환하는 시간을 몸의 통점으로 응시하고 있다.

"조용한 봄에서부터/조용한 봄으로/다시 내 몸이 아프다"라며 지루하고 고통스러운 난관難關을 뚫으며 살아온 시인이 조용히 아픔을 토로한다. 하필 왜 "조용한 봄"이라고 썼을까. 무엇인가 움트는 에너지는 조용한 봄처럼 소리 없이 혹은 느닷없이 다가오지 않는가.

"다시 몸이 아프다"라며 왜 '다시'를 반복하고 있을까. 아픔은 '반복'될 수밖에 없는 우주의 원리이다. 다만 그 반복은 차이를 동반하는 풍성한 반복이다. 1연에서 멀리 있는 것에 아파했던 시인은 이제부터 봄이 되기도 하고, 여자가 되기도 하고, 능금꽃으로 피어 '다시' 새로운 산통産痛을 반복한다.

3연은 아픔으로 탄생하는 관계를 말한다.

"여자에게서부터/여자에게로" 바로 아래 행에서 수영은 "다시 내 몸이 아프다"를 생략했을 성싶다. 여자는 모성과 탄생을 상징한다. 새로운 생명이 탄생하는 순간의 아픔을 화자가 함께 공유하고 있다.

4연은 아픔이 꽃피는 열매를 말한다.

"능금꽃으로부터/능금꽃으로" 뒤에 "다시 내 몸이 아프다"가 있었을 것이다. 조용한 봄과, 여자의 탄생을 거치면, 고난을 겪고 나면 이제는 능금꽃으로 피어난다. 조용한 봄을 거쳐, 여자의 몸을 통과한 후 이제는 능금꽃이 개화하는 봄의 기운이 탄생하고 있다.

5연에 이르면, 아픔은 힘이 된다.

"나도 모르는 사이에/몸이 아프다"고 고백한 김수영은 개인적인 아픔뿐만 아니라 역사적인 아픔을 토로하고 있다. "나도 모르는 사이에"라는 말은 5·16쿠데타를 전혀 예감하지 못했다는 표식이지 않을까. 박정희 군부 쿠데타 이후 겪어야 할 우리의 슬픔과 눈물을 함께 예측하고 있다.

3, 4, 5연 마지막 구절에도 내가 보기에는 "다시 몸이 아프다"가 생략되었을 것이다. "다시 몸이 아프다"를 넣어 읽으면 새롭게 읽힌다. 먼 곳에서부터 먼 곳으로 몸이 아프다고 한 말은 아픔을 확장해서 느낄 수 있는 능력이다. 또한 먼 곳의 아픔에 공감할 수 있는 능력이기도 하다. 나는 이런 능력을 '곁으로의 구심력'이라고 표현했다.

아픔이 있는 진앙지에 찾아가는 '곁으로의 구심력'이 있는 사회가 건전한 사회가 아닌가 생각했어요. '곁으로의 구심력'으로 서로가 서로를 위했던 순간이 파리코뮌이고, 3·1독립운동 때 평양 기생들이 치마를 찢어 태극기를 만들던 순간이고요, 광주 민주항쟁 때 몸을 팔던 여인들이 헌혈하고 시체를 치워주었던 순간이지요. 아픔의 진앙지로 찾아가는 순간들 말입니다. 저는 그것에 대해 '곁으로'라고 표현합니다. 원심력을 따라 진앙지에서 도망가는 사회가 되면 안 된다는 생각을 했어요. '곁으로의 구심력'이 강한 사회가 건전한 사회(Sane Society)가 아닌가 생각했습니다.

(김응교, 「곁으로의 구심력」, 『곁으로 - 문학의 공간』, 새물결플러스, 2015, 42면)

이 시에서 시인은 공간의 아픔과 세월의 아픔을 내면화하고 있다. 군부독재가 예감되는 나날을 지내며, 시인은 아프다. 윤동주 시인 역시 역사적 개인으로 "이름 모를 병"을 앓았다. 시 「병원」에 "나도 모를 아픔을 앓고 있는 젊은 시인은" 다른 아픔을 겪고 있는 "그가 누운 자리에 누워보겠다"고 썼다. 이 시가 단지 개인적인 아픔만을 쓴 것이 아니라는 사실은 바로 이어 쓴 「아픈 몸이」(1961)에 잘 나온다. 「먼 곳에서부터」는 「아픈 몸이」와 함께 읽어야 오케스트라 같은 합주를 들을 수 있다.

아픈 몸이
아프지 않을 때까지 가자
온갖 식구와 온갖 친구와
온갖 적敵들과 함께
적들의 적들과 함께
무한한 연습과 함께
김수영, 「아픈 몸이」 5연

아픈 몸을 치유하는 방식은 아프지 않을 때까지 가는 것이라는 적극성("가자")을 보여준다. 속도와 거짓을 강요하는 현실의 질서에 동화되기를 거부하고 차라리 아프게 몸부림치는 삶이 진실하다고 시인은 역설逆說하고 있다. 온갖 적과 적들의 적과 무한한 연습을 하며 살아가는 삶은 얼마나 고독한 아픔일까. 고독한 시간은 아프기도 하다. 그래서 "혁명은/왜 고독한 것인가를/혁명은/왜 고독해야 하는 것인가를"(「푸른 하늘을」) 김수영은 이야기했다. 진정 아파하는 고독한 시간이 축적되어야, 아픈 고독을 즐기는 단독자들이 실천해야 혁명은 완성된다는 말 아닐까.

이 정도면 아픔이든 고독한 상황이든 겁 없이 오만해진다. 고독이 숙성되면 홀로 있는 시간이나 아픔에 대해서도 오연傲然해진다. 아픔과 고독과 시간에 그대로 오만해질 수 있을 때 거짓의 역사에 진정한 혁명을 끌어올 수 있지 않을까. 멀리 있는 아픔에 함께 아파하며, 아프지 않을 때까지, 가자.

1961년

아프지 않을 때까지

아픈 몸이

아픈 몸이
아프지 않을 때까지 가자
골목을 돌아서
베레모는 썼지만
또 골목을 돌아서
신이 찢어지고
온몸에서 피는
빠르지도 더디지도 않게 흐르는데
또 골목을 돌아서
추위에 온몸이
돌같이 감각을 잃어도
또 골목을 돌아서

아픔이
아프지 않을 때는
그 무수한 골목이 없어질 때

　　　(이제부터는
　　　즐거운 골목

그 골목이

나를 돌리라

─아니 돌다 말리라)

아픈 몸이

아프지 않을 때까지 가자

나의 발은 절망의 소리

저 말(馬)도 절망의 소리

병원 냄새에 휴식을 얻는

소년의 흰 볼처럼

교회여

이제는 나의 이 늙지도 젊지도 않은 몸에

해묵은

1,961개의

곰팡내를 풍겨 넣어라

오 썩어가는 탑

나의 연령

혹은

4,294알의

구슬이라도 된다

아픈 몸이

아프지 않을 때까지 가자

온갖 식구와 온갖 친구와

온갖 적敵들과 함께

적들의 적들과 함께

무한한 연습과 함께
(1961)

예술가가 역사를 만나면 그 내면이 넓어지고 깊어진다. 스페인 내전을 겪었던 조지 오웰이 그랬고 피카소가 그랬다. 4·19와 5·16 이후, 김수영은 역사와 인간 내면을 보는 시각이 더욱 넓어지고 깊어진다. 역사를 보면서 자신의 욕망을 읽고, 타자를 보며 자신의 지향을 반추하면서 내면의 깊이가 더욱 깊어진 것이다.

5연으로 쓴 이 시에는 시인이 일상을 극복해가는 태도가 담겨 있다.

1연에서 시인은 절망 상태에 있다. 아픈 몸으로 쉬지 않고 아프지 않을 때까지 "골목을 돌아서/추위에 온몸이/돌같이 감각을 잃어도" 가자고 한다. 실제로 "베레모"를 쓰고 이 골목 저 골목 다니다가 병원도 보고 교회도 본 것이 아닐까. 이 시에 나오는 베레모나 교회, 병원은 걸어가면서 본 실제 풍경일 가능성도 있다. 다만 베레모를 '쓰고'가 아니라 "썼지만"이라고 쓴 것이 걸린다.

3연은 왜 괄호에 넣었을까. 걷고 걸어서 절망이 기쁨으로 변하는 세계를 표현한 구절이 "이제부터는/즐거운 골목"이 아닐까. 비좁은 골목에 들어가면 한쪽 방향으로 향할 수밖에 없다. 강요된 길이 골목이다. 그런데 어떤 골목은 끝이 막혀 있다. 골목은 인간을 한 형식에 몰아 넣는 틀이 아닌가. 그런데 절망이 기쁨으로 변한 세계에 이르면, 골목은 나를 압제하는 틀이 아니다. 나에게 한쪽으로만 가라고 강요했던 "그 골목이/나를 돌리라"고 한다. 마침내 "아니 돌다 말리라"라고 한다. 이 말은 부정적인 의미보다는 돌다가 그치리라는 말이다.

이 구절을 읽으면 프랑스 조각가 알베르토 자코메티Alberto Giacometti (1901~1966)가 떠오른다.

내 머리는 자코메티의 이 말을 다이어먼드와 같이 둘러싸고 있다.

(김수영, 「시작 노트 6」, 1966. 2. 20.)

김수영이 자코메티를 언급하기 시작한 것은 1966년부터이다. 이 '시작 노트'를 쓸 당시 김수영은 칼톤 레이크의 「자코메티의 지혜」(《세대》 1966년 4월호)라는 텍스트를 번역 중이었다. 정과리 교수는 "김수영의 시가 추상성을 버리고 새로운 구상성을 획득해가는 과정과 밀접한 관련을 지닌다"고 분석했다. 시의 형식뿐만 아니라, 비극을 견디며 나아가려는 자코메티의 태도는 김수영에게 큰 공감을 주었을 것이다.

자코메티는 1960년에 〈걷는 사람〉을 제작 발표한다. 운명을 쏘아보는 듯 눈알이 크고 둥글다. 183센티미터 키의 철사인간을 자코메티는 비정상적으로 늘어뜨리고 불필요한 것은 다 덜어냈다. '덜어냈다'는 표현이 대단히 중요하다. 죽음을 곁에 둔 인간이 덕지덕지 무엇을 품고 걸을 필요는 없었다.

모든 것을 잃었을 때, 그 모든 걸 포기하는 대신에 계속 걸어 나아가야 한다. 그렇다면 우리는 좀 더 멀리 나아갈 수 있는 가능성의 순간을 경험한다. 비록

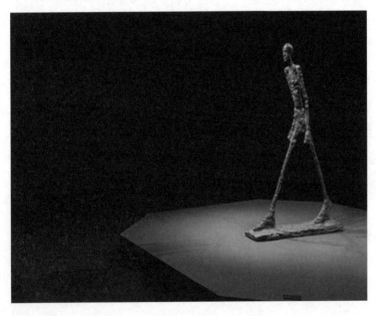

자코메티,
〈걷는 사람〉
(Walking Man)

이것이 하나의 환상 같은 감정일지라도 무언가 새로운 것이 또다시 시작될 것이다. 당신과 나, 그리고 우리는 그렇게 계속해서 걸어 나가야 한다.
(자코메티)

자코메티 이전의 화가들은 '본 것'을 만들려 했지만, 자코메티는 '생각'을 작품으로 표현하려 했다. 동양 철학에 깊이 영향을 받은 자코메티는 쓸데없는 것을 다 덜어낸 인간의 모습을 만들었다.

(김웅교, 「'고도를 기다리며' 베케트와 자코메티」, 《서울신문》 2018. 4. 8.)

4연에서 "저 말(馬)도 절망의 소리"에서 말은 당시 경찰이 타고 다니던 말이 아닐까. 교회는 무엇일까. 여기서 교회란 꼭 기독교의 성소가 아니라, 인간이 생각하는 어떤 초자아의 거룩한 정신적 공간을 의미할 것이다. "해묵은/1,961개의/곰팡내를 풍겨 넣어라"에서 1,961개의 곰팡이는 1961년 5·16쿠데타에 따른 4·19의 실패를 풍자하고 있다. 내 몸에 치욕의 역사 전체를 밀어 넣어도 감당하겠다는 말이다. "오 썩어가는 탑/나의 연령/혹은/4,294알의/구슬이라도 된다"는 구절에서 4294는 단기檀紀 4294년으로 1961년을 말한다. "구슬이라도" 내 몸에 넣어도 "된다"는 말은 '괜찮다'는 뜻으로, 그런 상황을 견디겠다는 뜻일 것이다. 탑, 알, 구슬은 불교의 탑과 가톨릭의 묵주를 떠올리게 한다. 1961년 쿠데타로 인한 시민혁명의 실패는 탑을 돌아야 할 만치, 4,294알의 염주 구슬을 돌리며 참아야 할 만치 견뎌야 한다는 의미일까. 1961년 쿠데타에 따른 4·19의 실패는 시인을 이다지도 아프게 한 원인이었다.

마지막 5연은 한 편의 시로 독립시켜도 될 만큼 탄탄하다. "온갖 식구와 온갖 친구와/온갖 적敵들과 함께/적들의 적들과 함께" 스스로 단련하고, 무한한 단련을 계속해야 한다고 했다. 여기서 시인은 '敵'을 한자로 써서 돋보이게 했다. 4·19 이전까지는 '반란성'이란 의미로 반대자를 비유하곤 했으나, 4·19 이후에는 명확히 '적'이 등장한다. 「우선 그놈의 사진을 떼어서 밑씻개로 하자」, 「만시지탄은 있지만」,「허튼소리」등에서 그는 적의 정체를 구체화한다. "아프지 않을 때까지 가자/온갖 식구와 온갖 친구와 온갖 적들과 함께"라는 나열에서 식구, 친구, 적은 크레센도가 되는 점층법일까. 의미의 확장일까. 아픈 '나'의 내면에서 시작하여, 식구와 친구 그리고 적으로 의미는 확장한다. 소시민의 일상적인 삶은 사회적인 적과도 통하는 것이다. "나같이 사는 것은 나밖에 없는 것 같다/나는 이렇게도 가련한 놈 어느 사이에/자꾸 자꾸 소심해져만 간다/동요도 없이 반성도 없이/자꾸자꾸 소인이 돼간다/속돼간다 속돼간다"(「강가에서」)는 나도 적과 이어져 있는 상황이다. 김수영은 적을 자신의 내면에서부터 찾아내서 사회적 혁명의 대상에게까지 넓힌다. 요즘 말하는 적폐를 자신의 내면에서부터 찾아내는 방식이다. 적은 내 안에 있고, 식구에게도 있고, 사회 도처에 있다. 무수한 적들과 나는 동거하며 살아간다. 김수영이 희망하는 혁명은 "적을 형제로 만드는 실증實證"(「현대식 교량」, 1964. 11.)이었다.

이 시「아픈 몸이」는 실존實存이란 무엇인가를 생각하게 한다. 무수한 우연성 속에 던져진 나는 실존하기 위해 무엇을 해야 하는지, 스스로 실천적 결단을 하도록 명령하는 작품이다. "무한한 연습과 함께"로 마무리되는 이 유명한 구절은 삶이 무한한 연습이라는 것을 보여준다. 일상에서 적을 발견하는 자는 늘 깨어 있는 실존으로 살아야 한다. 김수영의 산문에서 실존주의를 만난다는 것은 자연스러운 연결이다.

전위적인 문화가 불온하다고 할 때 우리 머리에 떠오르는 것은 재즈 음악, 비트족, 그리고 60년대의 무수한 안티 예술들이다. 우리들은 재즈 음악이 소련에 도입된 초기에 얼마나 불온시당했던가를 알고 있고 추상 미술에 대한 후르시초프의 유명한 발언을 알고 있다. 그리고 또한 암스트롱이나 베니 굿맨을 비롯한 전위적인 재즈맨들이 모던 재즈의 초창기에 자유 국가라는 미국에서 얼마나 이단자 취급을 받고 구박받았는가를 알고 있다.

그리고 이런 재즈의 전위적 불온성이 새로운 음악에 대한 꿈의 추구의 표현이었다는 것을 알고 있다. 이러한 예는 재즈에만 한한 것이 아닌 것은 물론이다. 베토벤이 그랬고, 소크라테스가 그랬고, 세잔이 그랬고, 고흐가 그랬고, 키에르케고르가 그랬고, 마르크스가 그랬고, 아이젠하워가 해석하는 사르트르가 그랬고, 에디슨이 그랬다.

(김수영, 「불온성에 대한 비과학적인 억측」, 《조선일보》 1968년 3월)

김수영은 실존주의의 단독자라는 개념을 만들어낸 키르케고르(당시 관행대로 '키에르케고르'라고 썼지만)와 「형벌을 받은 단독자」를 쓴 사르트르 이름을 언급한다. 특히 "인간은 걸을 수 있을 때까지 존재한다"고 말한 사르트르 이름이 언급된 것은 주목을 요한다. 사르트르는 개인의 순수한 서정 세계를 넘어 사회정치 문제에 작가가 참여해야 한다는 것을 주장하기도 했다. 「현대식 교량」을 보면 "이런 연습을 나는 무수히 해왔다"고 괄호 안에 적혀 있다. 여기서 무수한 연습을 그는 "사랑을 배운다"는 의미로 썼다. 김수영은 내면과 타자와 역사를 사랑하는 일을 무수하게 연습했던 시인이다. 그래서 "정말 희한한 일이다/나는 이제 적을 형제로 만드는 실증實證을/똑똑하게 천천히 보았으니까!"라고 증언하기에 이른다.

'김수영 박물관'을 짓는다면, 이 시는 거대한 전시물의 중간쯤 위치하는 과정의 작품이다. 식민지 시대, 한국전쟁, 4·19의 실패를 아프게 경험하고 5·16 후 연작 「신귀거래」의 요설을 거친 김수영은 '먼 곳에서부터 먼 곳으로 다시 아픈 몸'을 추스르며 타인의 아픔을 자신의 아픔으로 "나도 모르는 사이에" 아프게 경험한다. 그리고 "아픈 몸이 아프지 않을 때까지 가자"는 다짐을 수행하여 마침내 「거대한 뿌리」, 「어느 날 고궁을 나오면서」 그리고 「풀」에 도달하면, '김수영 박물관'의 출구에 이를 것이다. 그 출구에서 관람자는 "무한한 연습"을 실천해야 한다는 다짐을 하게 된다.

사족 하나 보탤까 한다. 김수영의 시 「아픈 몸이」를 읽으며 2016년 12월 나는 광화문 촛불집회를 마치고 행진하고 있었다. 국정농단을 반복한 대통령을 끌어내리기 위해 많은 국민이 찬 겨울에 거리로 나와 청와대까지 행진하던 시기였다. 정말 많은 시민들이 한파 속에서 얼어붙은 몸으로 효자동과 청운동 "골목을 돌아서/추위에 온몸이/돌같이 감각을 잃어도" 청와대를 항해 민주주의를 외치며 걷고 또 걸었다. 많은 민주 시민들이 "아픈 몸이/아프지 않을 때까지 가자/나의 발은 절망의 소리"를 되새기며 걸었던 것 같다. 정말 거짓말처럼 "적들의 적들과 함께" 뒤엉켜 걷는 "무한한 연습"을 반복하여 정권 교체에 이르렀지만 아직 "무한한 연습"이 필요한 때다.

썩은 자들이여, 함석헌 글을 읽으라

김수영 산문 「아직도 안심하긴 빠르다」(1961. 4·19 1주년)

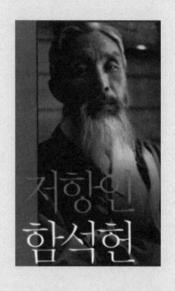

도봉구에는 꼭 가봐야 할 두 곳이 있다. 김수영문학관과 함석헌기념관이다.

도봉구 쌍문동, 주택가 골목길을 몇 번 꺾어 걸어가면 작은 양옥집이 있다. 일방통행로이니 차를 몰고 간다면 반드시 교통 표시를 따라 가야 한다. 구불구불하면서도 올곧은 일방통행로 길은 곡절 많으면서도 정도正道를 살아온 집주인의 이력을 상상하게 한다. 이 집은 함석헌 선생(1901~1989)이 1983년부터 1989년까지 마지막 여생을 보냈던 가옥을 리모델링한 기념관이다.

1985년경 나는 선생의 강의를 두 번 들었다. 85세의 선생님 발음은 알아듣기 힘들었다. 알아들어도 내 깜냥으로는 무슨 말인지 이해하기 어려웠다. 잊지 못하는 것은 선생이 학교에 들어올 때 추종자들이 선생을 에워싸고 "함석헌! 함석헌!"을 연호하며 강의장으로 들어오던 장면이다. 1984년에 김영삼 단식투쟁과 노동자 투쟁으로 조금 누그러졌지만 아직 서슬 퍼렇던 전두환 군사독재 시절에 구호를 외친다는 것은 위험한 일이었다. 함석헌이란 인간이 아니라, '혁명' 자체가 걸어다니는 것처럼 보였다. 예언자 세례 요한이 거동할 때 그 곁에서 지지자들이 저와 같은 풍경을 이루지 않았을까. 내게는 잊지 못할 순간으로 남았다.

거실 전시장에는 선생의 친필 원고와 보기 드문 사진들이 전시되어 있다. 이 집에서 1980년 계엄당국에 의해 폐간됐던 《씨알의 소리》를 복간했다고 한다. 무슨 까닭인지 모르지만 집에 불이 난 적이 있다. 선생이 쓰셨다는 서재 책꽂이에 불에 그슬린 흔적이 있는 책들이 몇 권 보인다. 도봉구에 함석헌과 김수영을 기리는 두 건물이 있는 것은 공간적 문화콘텐츠 문제를 넘어선다. 두 문사文士에게는 다분히 서로 통하는 요소가 있었다.

함석헌 선생과 김수영이 만난 기록은 없다. 두 사람이 함께 찍은 사진도 없다. 다만 김수영이 함석헌을 언급한 산문에 「아직도 안심하긴 빠르다」라는 텍스트가 있다. 1961년 4월 16일《민국일보》에 발표된 여섯 단락 분량의 짧은 글이다. 이 글에서 김수영은 위정자들이 함석헌의 글을 꼭 읽어야 한다고 권한다.

오늘이라도 늦지 않으니 썩은 자들이여, 함석헌 씨의 잡지의 글이라도 한번 읽어보고 얼굴이 뜨거워지지 않는가 시험해보아라. 그래도 가슴속에 뭉클해지는 것이 없거든 죽어버려라!

김수영이 말한 "함석헌 씨의 잡지의 글"은 우리에게 두 가지를 깨닫게 한다고 김수영은 썼다. 첫째 얼굴이 뜨거워지는 부끄러움을 준다. 둘째 가슴을 뭉클하게 만든다. 김수영은 왜 함석헌을 권했을까. 미리 말하면, 함석헌에게는 김수영이 추구하는 것들이 가득 차 있었기 때문이다. 1921년생 김수영이 자신보다 20년이나 빠른 1901년에 태어난 대선배 함석헌의 글을 권하고 있는 장면은 여러 모로 인상적이다.

민중과 씨올의 혁명

김수영의 산문 「아직도 안심하긴 빠르다」에 달려 있는 부제는 '4·19 1주년'이다. 4·19가 지나고 1년 후 김수영이 어떤 생각을 하고 있었는지 가늠할 수 있다.

4·19 당시나 지금이나 우두머리에 앉아 있는 놈들에 대한 증오심은 매일반이다. 다만 그 당시까지의 반역은 음성적이었던 것이 이제는 까놓고 하게 되었다는 차가 있을 뿐인데, 요나마의 변화(이것도 사실은 상당한 변화지만)도 장 정권이 갖다 준 것은 물론 아닌데 장면張勉들은 줄곧 저희들이 한 것처럼 생색을 내더니 요즈

음에 와서는 '반공법'이니 '보안법 보강'이니 하고 배짱을 부릴 만큼 건방져졌다.

첫 번째 단락에서 김수영은 "우두머리에 앉아 있는 놈들"에 대해 '증오심'을 표출한다. '반역'이라는 단어가 어느 쪽의 반역인지 명확하지 않다. 첫째는 독재 비호 세력이 책동한 민주주의에 대한 반역을 들 수 있겠다. 그런데 뒤 문장을 보면 그들이 아니다. 둘째 바로 그 적폐 세력에 저항해온 민주 세력들의 반역으로 읽을 수 있겠다. 민주 세력의 반역이 이제는 "까놓고 하게 되었다"는 것이다. 결국 김수영은 여야 모두를 비판한다. 반역을 "까놓고 하게" 된 상황을 장면 정권이 마치 자기들이 한 것처럼 "생색"내는 태도가 김수영은 마음에 들지 않는다. 그리고 이를 "건방져졌다"고 일갈한다.

그러나 하여간 세상은 바뀌었다. 무엇이 바뀌었느냐 하면, 나라와 역사를 움직여가는 힘이 정부에 있지 않고 민중에게 있다는 자각이 강해져가고 있고 이러한 감정이 의외로 급속도로 발전해가고 있다는 것이다. 그런데 4·19 당시의 생각으로서는 이러한 역사의 추진력의 선봉으로서 일반 지식인들이 상당한 역할을 할 줄 알고 있었는데 그것이 어그러진 것은 아무리 생각해도 납득할 수가 없다. 교육자, 문학·예술인, 저널리스트들 중에서 과거에 호강을 했던 치들은 고사하고라도, 그래도 양식이 있다고 지목하고 있던 사람들 가운데에 국가의 운명에 냉담한 친구들이 상당히 많은 것은 한심스러운 일이 아닐 수 없다.

두 번째 단락에서 김수영은 '민중'을 언급하고 설명한다. 4·19 이후 "나라와 역사를 움직여가는 힘이 정부에 있지 않고 민중에게 있다는 자각이 강해져가고 있"다고 평가한다. '민중'이라는 단어는 4·19 이전에 김수영의 시나 산문에서 쉽게 찾기 어려운 용어다. 4·19 이후에 김수영은 '민중'이라는 단어를 적극 쓴다. 다만 '민중'이라는 단어가 아직 김수영에게 완전히 체화體化되었다기보다는 어딘가 헛도는 느낌이 든다.

"역사의 추진력의 선봉으로서 일반 지식인들이 상당한 역할을 할 줄 알고 있었는데 그것이 어그러진 것" 같아 김수영은 납득하지 못한다. 게다가 "양식이 있다고 지목하고 있던 사람들"이 "국가의 운명"에 냉담한 태도를 볼 때 한심하다고 한다. 지식인들에게 실망했기에 김수영은 역사를 움직여가는 힘은 정부에 있지 않고 "민중"에게 있다고 썼을 것이다.

역사를 움직이는 주체는 민중이라는 자각은 함석헌의 역사변혁관에 이미 누누이 펼쳐져왔다. 함석헌은 평생 '생명', '평화', '진리'라는 세 가지 화두를 제시하고 실천했다. 그는 모든 개체는 하늘의 뜻을 받고 존재한다고 믿는다. 모든 생명체들은 자신의 생명을 불살라 생명의 역사를 돌리는 데 동참한다. 그 최소 단위를 함석헌은 '씨올'이라고 한다.

민중이 뭐냐? 씨올이 뭐냐? 곧 나다. 나대로 있는 사람이다. 모든 옷을 벗은 사람, 곧 알사람이다. 알은 실實, 참, real이다. 임금도, 대통령도, 장관도, 학자도, 목사도, 죄수도 다 알은 아니다. 실재實在는 아니다. (중략) 정말 있는 것은, 알은 한 알뿐이다. 그것이 알 혹은 얼이다. 그 한 알이 이 끝에서는 나로 알려져 있고, 저 끝에선 하나님, 하늘, 브라만으로 알려져 있다. (중략) 알사람, 곧 난 대로 있는 나는 한 사람만 있어도 전체다. 그것이 민民이다.

(함석헌, 『뜻으로 본 한국역사』)

'씨알'이라고 안 쓰고 왜 '씨올'이라고 했을까. '씨'는 가장 크고 높은 발음으로 근원적인 생명을 뜻한다. 'ㅇ'은 밖의 큰 하늘인 우주를 가리키고, 'ㆍ'는 훈민정음에서 낮고 깊은 모음의 발음으로 내면의 작은 하늘을 뜻한다. 외톨이 개인에게 하늘의 차원을 부여한 것이다. 'ㄹ'은 자유의지의 운동성을 뜻한다. 유영모가 쓰기 시작한 씨올이란 단어는 함석헌에 이르러 대중에게 널리 퍼진다. 백성이나 국민이나 민중이란 단어에 생명성과 영성과 운동성을 부여한 것이다.

'씨올' 이전에는 어떤 의미가 있었을까. 백성百姓이란 백 가지 성을 갖고 있다는 뜻으로 통치자들이 하대하는 단어다. 국민國民이란 국가에 소속된 단위로서의 의미다. 피지배층을 의미하는 민중民衆이라는 단어도 품격 있는 표현은 아니다. 반면 씨알이란, 『대학』 첫 장과 안창호와 이승훈 선생의 사상을 토대로 생명성과 운동성을 부여한 단어다. 함석헌은 1970년 『씨알의 소리』 창간호 뒷면(사진)에 '씨알'의 의미를 구체적으로 풀어 설명했다.

- 씨알의 소리는 순수하게 자신의 힘으로 하는 자기 교육의 기구입니다.
- 씨알은 하나의 세계를 믿고 그 실현을 위해 세계의 모든 씨알과 손을 잡기를 힘씁니다.
- 씨알의 소리는 어떤 종교, 종파에도 속해 있지 않습니다.
- 씨알의 소리는 어떤 정치 세력과도 관계가 없습니다.
- 씨알은 어떤 형태의 권력 숭배도 반대합니다.
- 씨알은 스스로가 역사의 주체인 것을 믿고, 그 자람과 활동을 방해하는 모든 악과 싸우는 것을 제 사명으로 압니다.
- 씨알의 소리는 같이 살기 운동을 펴 나가려고 힘씁니다.
- 씨알은 비폭력을 그 사상과 행동의 원리로 삼습니다.

'씨알'은 우주 역사의 전개에 참여하여 자신의 몫을 다하는 것이다. 씨알은 스스로 하늘의 뜻을 읽고 그 뜻에 따라야 한다. 함석헌의 독특한 '씨알사관'은 대지(die Erde)를 강조하는 니체의 대지의 철학에 비견할 만한 깊은 생명의 철학이 아닌가 한다. 씨알은 가난하고 권력도 없고 학문도 없기에 그들의 판단은 "전설"로 전해진다.

굴복한 것은 민중임에 틀림없지만, 굴복 아니하고 전설을 만들어내는 것은 역사적 씨알이다. 그것이 장차 역사의 주인이 된다.
(함석헌, 『뜻으로 본 한국역사』)

우리의 내새우는 것

☐ 씨올의 소리는 순수하게 씨올 자신의 힘으로 하는 자기 교육의 기구입니다.

☐ 씨올은 하나의 세계를 믿고 그 실현을 위해 세계의 모든 씨올과 손을 잡기를 힘씁니다.

☐ 씨올의 소리는 어떤 종교, 종파에도 속해 있지 않습니다.

☐ 씨올의 소리는 어떤 정치 세력과도 관계가 없습니다.

☐ 씨올은 어떤 형태의 권력 숭배도 반대합니다.

☐ 씨올은 스스로가 역사의 주체인 것을 믿고, 그 자람과 활동을 방해하는 모든 악과 싸우는 것을 제 사명으로 압니다.

☐ 씨올의 소리는 같이 살기 운동을 펴 나가려고 힘씁니다.

☐ 씨올은 비폭력을 그 사상과 행동의 원리로 삼습니다.

「씨올」이란 말은 民, people의 뜻인데, 우리 자신을 모든 역사적 제약에서 해방시키고 새로운 창조를 위한 자격을 스스로 닦아내기 위해 일부러 새로 만든 말입니다.

쓸 때는 반드시 씨올로 쓰시기 바랍니다. 「올」은 받음을 앞과 같이 하는 수 밖에 없으나, 그 표시하는 뜻은 깊습니다.

「ㅇ」은 極大 혹은 超越的인 하늘을 표시하는 것이고, 「ㆍ」은 極小 혹은 內在的인 하늘 곧 自我를 표시하는 것이며, 「ㄹ」은 활동하는 생명의 표시입니다.

우리 자신을 우선 이렇게 표시 해 봅니다. 더 분명하고 깊고 큰 생각이 나시면 알려 주시기 바랍니다.

씨올은 善을 혼자서 하려하지 않습니다.

씨올은 너 나가 있으면서도 너 나가 없습니다.

네 마음 따로 내 마음 따로가 아닌 것이 참 마음입니다.

우리는 전체 안에 있고 전체는 우리 하나하나 속에 다 있습니다.

月刊 **씨올의소리** 社

전화 ㉑ 6489 대체 525238

일상 속의 적폐들

김수영은 세 번째 단락에서 역사의 추진력을 배반하는 지식인들의 적폐를 적나라하게 나열한다.

아직까지도 아이들한테 자기가 쓴 시집을 반 강매하고 있는 고등학교 교사들, 파리에 갈 노잣돈을 버느라고 기관지마다 찾아다니면서 레알리슴 그림을 그리는 추상화가, 여당 덕분에 박사 학위를 따고 〈반공법〉 공청회 연사로는 초청을 받고도 꽁무니를 빼는 대학교수, 곗돈을 붓느라고 아이들한테 과외공부를 시키는 국민학교 교원들, '보안법 보강'을 감행한다는데 반대 데모도 한번 못하는 문인들, 이런 사람들은 혁신계 정치가나 교원노조나 대구의 데모를 아직도 빨갱이처럼 백안시하고 있다. 그러니 그 이상의 지도층에 있는 부유한 자들이나 그들의 심부름을 하는 순경 나부랭이들의 골통 속은 보지 않아도 뻔한 일이지.―

인용문에서 이야기하는 반공법은 반국가 행위 중에서 공산 계열의 활동과 관련된 내용을 규제할 목적으로 1961년에 제정된 대한민국의 법이다.

장내각張內閣이 내놓은 보안법 보강안과 「데모」 규제법은 국내외에 커다란 반향을 불러일으켰다. 2년 전 자유당 정부가 보안법 제정을 강행하였을 때 극한투쟁을 서슴지 않았던 민주당이 하는 일이라 여론이 비등하는 것은 너무나도 당연한 일일 것이다. 그러면 과연 보안법을 강화하지 않으면 안 되게끔 사태가 달라졌는가? 「데모」 규제법으로 민심의 폭발을 눌러야 민주당이 내세운 공약을 실천할 수 있는가?

의문은 꼬리에 꼬리를 물고 한두 가지가 아니다. 어쨌든 정치는 상식에서 출발하여야 한다. 상식을 벗어난 곳에 반드시 무리가 따르고 흔히 불순한 의도가 숨어 있기 마련이다. 설사 상식을 벗어난 고도의 정책이 실행되기 위하여 법을 마련할 경우에도 어느 시간이 지나면 그 내용이 일반화하여 상식이 되는 법이다. 상식을 거부하는 정치— 그것은 벌써 건전한 정치가 아니다.

(「보안법 보강안과 데모 규제법」,《민족일보》1961. 4. 5.)

보안법 보강안과 데모 규제법을 추진하는 장면 정부를 "벌써 건전한 정치가 아니"라고 《민족일보》는 진지하게 비판한다. 김수영은 혁명으로 들어선 정부가 혁명을 거스르는 상황에서 "지도층에 있는 부유한 자들이나 그들의 심부름을 하는 순경 나부랭이들의 골통 속은 보지 않아도 뻔한 일"이라며 안타까워한다.

함석헌 선생의 글이라도 읽어라

네 번째 단락에서는 위에서 제시된 "국가의 운명에 냉담한" 지식인들, "썩은 자들"을 비판한다. "오늘도 늦지 않으니"라며 아직 남은 가능성을 제시한다.

오늘이라도 늦지 않으니 썩은 자들이여, 함석헌 씨의 잡지의 글이라도 한번 읽어보고 얼굴이 뜨거워지지 않는가 시험해보아라. 그래도 가슴속에 뭉클해지는 것이 없거든 죽어버려라!

김수영이 생각하는 혁명의 시작점은 광장이 아니다. 철저하게 개인의 각성에서 출발한다. 1 대 1로 "함석헌 씨의 잡지의 글이라도" 한번 읽으며 고독 속에서 성찰할 때 혁명은 시작된다. 고독한 자기성찰을 시작하면, 고독한 자기혁명은 사회혁명으로 연결된다. 그 과정을 쓴 시가 「푸른 하늘을」이다.

혁명은
왜 고독한 것인가를

혁명은
왜 고독해야 하는 것인가를

혁명의 잉걸불은 민중 개개인의 고독에서 시작한다는 생각은 씨올의 자각에서 혁명이 시작한다는 함석헌의 사유와 동일하다. 수천 년 역사의 진보를 이룩한 것은 고독하게 앓으면서 '앓음'(알음)을 깨달은 씨올의 연대를 통해 가능한 것이다. 비교하면 함석헌의 혁명도 개인혁명부터 시작한다.

> 혁명이라면 사람 죽이고 불 놓고 정권을 빼앗아 쥐는 것으로만 알지만 그것은 아주 껍데기 끄트머리만 보는 소리고, 그 참뜻을 말하면 혁명이란 숨을 새로 쉬는 일, 즉 종교적 체험을 다시 하는 일이다. 공자의 말대로 하면 하늘이 명命한 것은 성性, 곧 바탈이다.
>
> (함석헌, 『인간혁명의 철학』, 80면)

인용문의 시각에서 보면, 자신의 진정한 바탈인 얼나를 깨닫고 하느님의 뜻대로 살았던 예수, 공자, 맹자, 석가는 모두 자신의 '바탈'(소명으로 주어진 본성)을 자각한 '하나님의 아들'이었다. 함석헌의 스승 유영모에게 성실한 삶이란 현실 속에서 자신의 '얼나(靈我)', 곧 영으로서의 나를 발견하고 매일매일 마지막처럼 사는 삶이다.

삶에서 시작하는 혁명

다섯 번째 단락에서는 양계를 하는 '나'를 이야기한다. 거대 담론을 펼치다가 갑자기 자잘한 일상을 언급하는 김수영 글쓰기의 특징을 볼 수 있다.

> 필자는 생업으로 양계를 하고 있는 지가 오래되는데 뉴캐슬 예방주사에 커미션을 내지 않고 맞혀보기는 이번 봄이 처음이다. 여편네는 너무나 기뻐서 눈물을 흘리더라. 백성들은 요만한 선정善政에도 이렇게 감사한다. 참으로 우리들은 너무나 선정에 굶주렸다. 그러나 아직도 안심하기는 빠르다. 모이값이 떨어지지 않고 있기 때문이다. 모이값은 나라꼴이 되어가는 형편을 재어보는 가장 정확한

나의 저울눈이 될 수 있는데, 이것이 지금 같아서는 형편없이 불안하니 걱정이다. 또 이 모이값이 떨어지려면 미국에서 도입 농산물자가 들어와야 한다는데, 언제까지 우리들은 미국놈들의 턱밑만 바라보고 있어야 하나?

"모이값이 떨어지지 않고 있"는 상황을 쓰는 김수영의 사유는 철저히 땅에 근거해 있다. 허황한 추상에 뿌리를 두지 않고, 일상 생활의 사례로 당시의 문제를 바라보는 습관은 김수영식의 사유방식이다. 생업인 양계를 이야기하다가 "언제까지 우리들은 미국놈들의 턱밑만 바라보고 있어야 하나?"라는 문장을 슬쩍 슬어놓는다.

마지막 여섯 번째 단락에서 글의 제목인 "아직까지도 아직까지도 안심하기는 빠르다"라는 문장을 반복한다.

여하튼 이만한 불평이라도 아직까지는 마음 놓고 할 수 있으니 다행이지만 일주일이나 열흘 후에는 또 어떻게 될는지 아직까지도 아직까지도 안심하기는 빠르다.

이 마지막 문장의 울림은 아직까지도 아직까지도 유효하다.

*유튜브 〈김응교TV〉에 있는 '함석헌의 씨올 사상, 김수영과 스피노자: 함석헌 기념관 강연'을 참조하시길 바란다.

1962년 10월 25일

어디 마음대로 화를 부려보려무나!

만용에게

수입에 대해서 생각하는 것은 너나 나나 매일반이다
모이 한 가마니에 430원이니
한 달에 12, 3만 원이 소리 없이 들어가고
알은 하루 60개밖에 안 나오니
묵은 닭까지 합한 닭모이값이
일주일에 6일을 먹고
사람은 하루를 먹는 편이다

모르는 사람은 봄에 알을 많이 받을 것이니
마찬가지라고 하지만
봄에는 알값이 떨어진다
여편네의 계산에 의하면 7할을 낳아도
만용이(닭 시중하는 놈) 학비를 빼면
아무것도 안 남는다고 한다

나는 점등點燈을 하고 새벽 모이를 주자고 주장하지만
여편네는 지금 주는 것으로 충분하다는 것이다
아니 430원짜리 한 가마니면 이틀은 먹을 터인데

어떻게 된 셈이냐고 오늘 아침에도 뇌까렸다

이렇게 주기적인 수입소동收入騷動이 날 때만은
네가 부리는 독살에도 나는 지지 않는다

무능한 내가 지지 않는 것은 이때만이다
너의 독기毒氣가 예에 없이 걸레쪽같이 보이고
너와 내가 반반—
"어디 마음대로 화를 부려보려무나!"

(1962. 10. 25.)

김수영은 《평화신문》에서 프리랜서로 번역 일을 하다가, 친구인 이봉구와의 불화로 그만둔다. 원고료 갖고는 도저히 생활할 수 없어, 거친 일을 해본 일이 없는 김수영과 아내 김현경은 1950년대 중반부터 닭을 치는 일을 시작한다.

병아리 참고서를 펴보면서 기르는데 생각한 것보다 훨씬 힘이 들더군요. 그래도 되잖은 원고벌이보다는 한결 마음이 편하지요. 나는 난생처음으로 직업을 가진 것 같은 자홀감自惚感을 느꼈습니다.

(「양계 변명」, 『김수영 전집 2』, 117면)

처음엔 몇 마리 안 됐지만 매일 60여 개의 알을 받을 정도로 제법 규모 있는 양계 일로 확장되었다. 지금처럼 인위적으로 닭을 키우는 시스템이 아니고 자연 환경에서 그대로 방목하던 방식이었는데, 이런 조건에서 매일 60여 개의 알을 얻는다는 것은 거의 천여 마리를 키우고 있다는 얘기였다.

바로 이 무렵 돈 세는 장면을 담은 독특한 시가 「만용에게」라는 작품이다. "수입에 대해서 생각하는 것은 너나 나나"라고 하는데, 여기서 "너"는 누구일까.

만용 씨가 졸업하는 국민대학교 졸업식장. 부인 김현경 여사 제공으로 처음 공개된 사진이다. 사진 김웅교

제목이 '만용에게'라고 되어 있으니 "너"는 만용이 같은데, 시를 읽다 보면 "너"는 작품 속에 등장하는 단어인 "여편네"로 보인다.

부부 둘이서만 양계를 할 수 없어 전라도 담양 출신인 만용이라는 아이를 데려다 일을 돕게 했다. 처음엔 머슴 같았지만 점점 가족의 일원이 되었다. 양계를 하면서 만용이를 교육시키기 위해 학비를 투자하는 것은 쉬운 일이 아니었다. 게다가 "주기적인 수입소동"(3연 5행)이 있을 때마다 상황은 더욱 어려웠다. 아내는 만용이 학비를 내고 나면 아무것도 남지 않는다고 한다. 양계에 대한 책을 아무리 읽어도 사료값이 한번 뛰어오르면 도저히 감당할 수 없었다.

고생은 병아리를 기르는 기술상의 문제에만 그치는 것이 아닙니다. 모이를 대는 일이 또 있습니다. 나날이 늘어가는 사료를 공급하는 일이 병보다도 더 무섭습니다. "인제 석 달만 더 고생합시다. 닭이 알을 낳게 되면 당신도 그 지긋지긋한 원고료 벌이 하지 않아도 살 수 있게 돼요. 조금만 더 고생하세요" 하는 여편네의 격려 말에 나는 용기백배해서 지지한 원고를 또 씁니다. 그러나 원고료가 제때에 그렇게 잘 들어옵니까. 사료가 끊어졌다, 돈이 없다, 원고료는 며칠 더 기다리란다, 닭은 꾹꾹거린다, 사람은 굶어도 닭은 굶길 수 없다, 이렇게 되면 여편네가 돈을 융통하러 나간다…… 이런 소란이 끊일 사이가 없습니다. 난리이지요. 우리네 사는 게 다 난리인 것처럼 난리이지요.

(「양계 변명」, 위의 책, 117~119면)

이 인용문에 「만용에게」의 배경이 다 들어 있다. 병아리를 키우는 과정에서 아내와 갈등을 겪었던 것이다. 당시 김수영은 힘들어하며 양계를 후회하곤 했다고 김현경 여사는 회상했다.

"우리가 십 년 동안 닭을 키워서 남는 게 뭐가 있었나? 차라리 사람에게 투자했다면 많은 것을 얻었을 텐데."

사람에게 투자한 결과가 만용이었다. 김수영은 만용을 야간 중고등학교에서 공부하게 하고, 야간 국민대학교까지 졸업시킨다. 이 시의 화자는 김수영이다. 청자는 누구일까. 제목만 놓고 보면 만용이에게 쓴 편지 같지만, 내용은 만용이에게 보내는 것이 아니다.

무능한 내가 지지 않는 것은 이때만이다
너의 독기毒氣가 예에 없이 걸레쪽같이 보이고
너와 내가 반반—
"어디 마음대로 화를 부려보려무나!"

이 구절은 만용에게 하는 말일까, 아내에게 하는 말일까. 말은 만용에게 하지만 속내는 "여편네"에게 하는 말 같다. 김수영 자신인 "무능한 내"가 지지 않는 것은 "이때" 곧 돈 문제가 갈등을 일으킬 때다. 여편네가 "부리는 독살에도 지지 않"(3연 6행)으면서 여편네의 "독기가 예에 없이 걸레쪽같이 보"인다는 극도로 긴장한 상태로 오른다. 「만용에게」를 쓰고 김수영은 시작 노트(1965년 11월 1일)에 기록을 남겼다.

몇 년 전의 「만용에게」라는 제목의 작품을 쓴 것이 있는데, 생명과 생명의 대치를 취급한 주제면에서나 호흡면에서나 이 「잔인의 초」는 그 작품의 계열에 속하는 것이라고 생각된다.

김수영이 말하는 생명과 생명의 대치란 무엇일까. 인간 안에 있는 잔인성을 수영은 주목하는 것이다. 그렇다면 「만용에게」는 살아가기 위해 치열하게 대결해야 하는 현장의 자잘한 리얼리티를 기록한 작품이라 볼 수 있겠다. 사실 이 무렵 김수영 집 살림살이는 전보다 나아졌다. 양계로 아주 망한 것도 아니고, 번역료도 쏠쏠히 들어왔다. 이 무렵 그의 시에는 돈에 관한 시가 많이 등장한다. 「파자마 바람으로」(1962), 「피아노」(1963. 3. 11.), 「후란넬 저고리」(1963. 4. 29.),

「돈」(1963. 7. 1.)이 그러하다. 이 외에도 「이혼 취소」, 「금성라디오」, 「도적」, 「네 얼굴은」, 「먼지」, 「의자가 많아서 걸린다」 같은 작품은 모두 조금 윤택해지면서 돈으로 모든 숭고한 의식까지 결정해야 하는 상황에 대한 저항 의지를 담고 있다.

살겠다는 의지를 갖고 있는 아내인 '너'와 그래도 지킬 것을 지키고 싶어 하는 '나'는 갈등한다. "너와 내가 반반"으로 갈등을 겪는 상황에서, 무능하지만 나는 "어디 마음대로 화를 부려보려무나!"라며 고집을 부린다. 이 고집은 단순히 아내와 싸우겠다는 생각을 넘는다. 이 시는 단순히 부부 싸움을 재현하는 것이 목적이 아니다. 이 시에서 '만용이'나 '여편네'는 지켜야 할 것을 지키지 못하게 하는 물질 문명과의 대립을 폭로하기 위한 시적 장치에 불과하다. 김수영의 고집은 돈으로 모든 것을 확정하는 세상과 타협하지 않겠다는 저항인 것이다. 김수영은 지켜야 할 것을 무너뜨리는 물질 문명에 갈喝하며 시를 맺는다. "어디 마음대로 화를 부려보려무나!"

세계문학과 김수영의 '히프레스 문학론'

흔히 '세계문학'이라 하면 유럽 문학과 미국 문학을 생각하곤 한다. 한국에서 '세계문학 전집'이라 하면 미국과 유럽 문학 중심으로 책을 내왔기 때문이다. 1980년대 이후 제3세계를 중요하게 거론하면서, 가끔 세계문학 전집에 남미 문학이나 아프리카 문학이 들어가곤 했다.

흔히 세계문학이라는 용어를 요한 볼프강 폰 괴테Johann Wolfgang von Goethe(1749~1832)가 처음 썼다고 하지만 사실과 다르다. 1773년에 슐뢰처August Ludwig Schlötzer(1735~1809)가 그의 저서 『아이슬란드의 문학과 역사(*Isländische Litteratur und Geschichte*)』의 출간에 관한 사전보고에서 '세계문학'이라는 표현을 사용했다. 이후 1801년 빌란트Christoph Martin Wieland(1733~1813)가 세계문학이라는 표현을 썼다(김연수, 「독일문단의 근대화와 괴테의 '세계문학'」, 『뷔히너와 현대문학』, 2016). 이 글에서는 몇 가지 세계문학의 개념을 정리하고, 김수영이 한국 문학계를 어떻게 진단했는지 살펴보려고 한다.

괴테의 세계문학론

요한 볼프강 폰 괴테는 '세계문학'이란 개념을 어떤 시각에서 제시했을까. 먼저 주목해야 할 점은 괴테가 세계문학에 대한 자신의 생각을 말하기 전에 독일 중심, 혹은 유럽 중심 문학을 넘어 아시아에 대해 관심을 기울이기 시작했다는 사실이다. 괴테는 칠순을 맞이하던 1819년 『서동시집西東詩集(*West-östlicher Divan*)』을 내고, 1827년에 시 몇 편을 추가한 개정판을 낸다. 이 시집에 실린 서시라 할 수 있는 첫 시 1, 2연을 읽어보자.

북과 서와 남이 갈라지고
권자들이 무너지고 제국들이 전율한다
그대여 달아나게나, 순수한 동방에서

가부장의 대기를 맛보게나
사랑하고 마시고 노래하는 가운데
키저의 샘이 그대를 젊게 해주리라.

그곳 순수하고 올바른 곳에서
나는 인류 기원의
심연 속으로 들어가리라.
괴테, 「혜지라」 부분, 『서동시집』, 민음사, 2007, 15면

1814년 6월에 괴테는 페르시아 시인 하피스(1326~1390) 번역 시집을 읽고 큰 충격을 받는다. "북과 서와 남이 갈라지고/권자들이 무너지고 제국들이 전율한다"는 것은 나폴레옹 시대 이후 유럽이 온통 무질서에 휩싸인 상황을 보여준다. 이때 괴테는 4백여 년 전의 동방 시인 하피스의 시가 태어난 순수한 동방으로 달아나길 권고하면서 "가부장의 대기를 맛보게나/사랑하고 마시고 노래하는 가운데" 생명의 샘을 지키는 인물인 키저의 샘에서 젊어지라고 권유한다. 괴테에게 동방은 "순수하고 올바른 곳"이다. 괴테는 "나는 인류 기원의/심연 속으로 들어가리라"고 토로한다.

너무도 가난한 집안에서 태어난 작가 지망생 요한 페터 에커만(1792~1854)은 1823년 31세 때 괴테가 있는 바이마르를 찾아간다. 괴테의 신뢰를 얻은 에커만은 괴테의 저택에서 지내면서 1823년에서 1832년까지 9년간 괴테를 인터뷰하여, 세세한 내용을 『괴테와의 대화』에 남긴다.

괴테는 에커만과 대화 나누다가 몇 번 세계문학이라는 용어를 쓴다. 식사할 때 에커만과 대화했는지 저 책에서 에커만의 서술은 자주 "괴테와 함께 식사를 했다"로 시작한다.

1827년 1월 31일에도 에커만과 대화 나누던 중 세계문학에 대해 말한다. 괴테가 1749년에 태어났으니 괴테 나이 78세 때, 그러니까 1832년 사망하기

요한 페터 에커만의
『괴테와의 대화』
1936년 초판본과
최근 독일어판

5년 전에 했던 인터뷰다. 괴테의 문학관을 모두 담고 있는 대목이라 해도 과언이 아니다. 괴테는 중국 소설을 얘기하면서 세계문학을 말한다. 앞서 『서동시집』을 냈을 때는 페르시아 시인에게 감동하더니, 이번에는 중국 소설을 읽고 감동해서 에커만에게 말한다. 중요한 부분이기에 길지만 인용해본다.

1827년 1월 31일 수요일
괴테와 함께 식사를 했다. 괴테가 말했다.
"요즘 자네와 만나지 못한 이후로 여러 가지 책을 많이 읽었네. 특히 중국 소설 한 권은 아직 다 읽지는 못했지만 매우 주목할 만한 작품으로 보이네."
"중국 소설이라고요?" 하고 내가 말했다. "아마 우리와는 매우 다르겠지요."
"생각보다는 그렇게 다르지 않더군" 하고 괴테가 말했다. "사고방식이나 행동이나 느낌이 우리와 거의 비슷하므로 금방 우리 자신이 그들과 같은 인간이라는 느낌이 들었어. 다만 다른 점은 그들에게서 모든 것이 보다 분명하고 순수하고 도덕적이라는 거지. 그들에게서는 모든 것이 이성적이고 시민적이어서, 격렬한 열정이라든지 시적 고양 같은 건 찾아볼 수가 없군. (중략) 무수한 설화들이 있는데 바로 이러한 엄격한 중용의 정신이 있음으로써 중국이라는 나라가 수천 년 이래로 유지되어 왔고 앞으로도 지속되겠지." (중략)

괴테가 계속 말했다. "요즈음 들어서 더욱더 잘 알게 되었지만 시라는 것은 인류의 공동재산이며, 어느 나라 어느 시대를 막론하고 수백의 인간들 속에서 생겨난 것이네. 어떤 작가가 다른 사람보다 조금 더 잘 쓰고, 조금 더 오랫동안 다른 사람보다 두각을 나타낸다는 그 정도가 전부일 뿐이야. (중략) 우리 독일인은 자신의 환경이라는 좁은 테두리를 벗어나지 못한다면 너무나 쉽게 현학적인 자만에 빠지고 말겠지. 그래서 나는 다른 나라의 책들을 기꺼이 섭렵하고 있고, 누구에게나 그렇게 하도록 권하고 있는 걸세. 민족문학이라는 것은 오늘날 별다른 의미가 없고, 이제 세계문학의 시대가 오고 있으므로, 모두들 이 시대를 촉진시키도록 노력해야 해." (중략)

나는 괴테가 그런 중요한 문제에 대하여 잇달아 이야기하는 것을 기쁜 마음으로 들었다.

(요한 페터 에커만, 『괴테와의 대화 1』, 민음사, 321~324면)

1827년 노년의 괴테가 이 대화에서 언급한 '세계문학(Weltliteratur)'이라는 단어는 이후에도 스무 번 이상 대화록에 나온다. 뿐만 아니라, 그의 다른 문학론에도 세계문학에 대한 관심은 여러 차례 나타난다. 독자적인 의미화 작업을 하며 이론적으로까지 체계화하지는 않았지만, 그 나름의 구상을 구체화해갔다.

괴테의 '세계문학' 개념이 어떤 특정한 지역 문학이나 특정한 문학 텍스트를 의미한다고 보기는 어렵다. 괴테가 말한 세계문학 개념은 네 가지로 요약할 수 있겠다.

첫째, "모두들 이 시대(세계문학의 시대 - 인용자)를 촉진시키도록 노력해야 해"라는 말을 볼 때, 괴테가 생각한 세계문학은 국제적인 문학 교류와 연대를 의미한다고 볼 수 있겠다. 괴테는 세계문학을 지역적 과제가 아닌 '교류'의 시각에서 제안했다. '세계문학'이라 하면 지역을 정하는 것부터 시작하는데, 괴테는 그것을 '교류' 또는 '소통'의 문제로 바라본 것이다.

둘째, 문학 교류를 위해서는 '번역'이 얼마나 중요한지 괴테는 강조한다.

외국의 재화도 이제 우리의 재산이 되지 않았는가 말이다! 순전한 우리 것과 더불어, 번역을 통해서건 깊은 애호를 통해서건 우리 것으로 소화된 외국의 것도 아울러 실어야 할 것이다. 그렇다. (중략) 때문에 우리는 다른 나라 국민들의 업적에 대해서도 명백하게 주의를 환기하지 않으면 안 될 것이다.
(괴테, 「한 민중본 시집의 출간 계획」, 『문학론』, 민음사, 2010, 111~112면)

많은 에세이를 통해서 괴테는 번역을 서둘러 세계문학 교류를 촉진시켜야 한다고 강조한다.

셋째 괴테는 유럽 문학을 세계문학의 중심에 두지 않았던 것이 확실하다. 그는 중국 문학과의 동등한 교류를 제시했고, 그 자신이 『서동시집』을 출판하여 중동 아시아 문학과의 교류에 앞장서기도 했다.

인도의 문학을 생각하지 않으려 한다면, 우리는 지극히 배은망덕한 사람들이 되고 말 것이다. 이 문학이 찬탄을 받을 만한 이유는 그것이 한편으로는 난삽하기 짝이 없는 철학과의 갈등, 다른 한편으로는 기괴하기 짝이 없는 종교와의 갈등을 겪으면서도 지극히 다행스러운 본성의 덕분으로 그 온갖 갈등을 간신히 극복해내기 때문이며, 내적인 깊이와 외적인 품격을 갖추기 위해 자신에게 꼭 필요한 최소한의 자양분만을 철학과 종교로부터 섭취하고 있기 때문이다.
(괴테, 「인도와 중국의 문학」, 위의 책, 135면.)

이 인용문은 인도 문학의 중요성을 강조한 글이다. 괴테에게 동양인 작가가 쓴 번역서가 충분히 주어지지 않았기 때문이지, 괴테의 시각에는 유럽 중심주의

밖에 없었다는 주장은 잘못된 판단이다.

넷째 괴테는 귀족 계급의 작품뿐만 아니라, 자신이 얻을 수 있는 작품 중에 농민을 비롯한 민중의 문학 작품도 소개하려 노력했다. 괴테는 민중문학을 무시하지 않았다. 소설에서도 귀족 계급의 한계는 있겠으나 민중을 무시하거나 하지 않았다. 괴테가 고대 그리스 문화와 문학을 인류 문화의 원점으로 보기는 했으나 그렇다고 다른 문화를 멸시하거나 하지는 않았다. 괴테의 『젊은 베르테르의 슬픔(Die Leiden des jungen Werthers)』(1774)에 나오는 여주인공 로테는 엄마가 죽고 동생과 아버지, 거의 아홉 식구를 먹여 살려야 하는 가난한 집안의 딸인데 주인공 베르테르가 하녀들과 대화하고, "질풍노도 건배!"하며 혁명 사상인 질풍노도운동疾風怒濤運動(Sturm und Drang)을 찬양하는 장면이 나온다. 『파우스트』 2부에서도 바닷물을 막아 대규모 간척사업을 하다가 철거 요구에 응하지 않는 오막살이 노파 부부를 살해하는 비극에 대한 괴테의 마음은 연민에 가득 차 있다.

괴테는 1808년 교양의 토대가 될 민중본 시집(Lyrisches Volksbuch)을 낼 준비를 했다. "문화 국민일 경우에는 그 일부, 민중의 하부 계층, 즉 아동들을 의미한다. 그러니까 우리의 책은 이러한 대중에게 알맞아야 할 것이다"(괴테, 「한 민중본 시집의 출간 계획」, 위의 책, 109면)라고 썼다.

계급적인 시각에서 봤을 때 마르크스·엥겔스가 쓴 『공산당 선언』의 1절 '부르주아지와 프롤레타리아트'에도 '세계문학'에 대한 언급이 있다.

부르주아지는 세계 시장을 개척함으로써 모든 나라의 생산과 소비에 범세계적인 특징을 부여했다. 반동배들로서는 대단히 유감스러운 일이겠지만, 부르주아지는 산업이 서 있는 민족적 토대를 발밑에서부터 무너트렸다. (중략) 국산품으로 충족되던 옛 욕구 대신에 이제 새로운 욕구가 생겨나니, 이를 충족시키려면 먼 나라와 토양의 생산물이 필요하다. 예전의 지역적이고 민족적인 고립과 자족 대신에 민족 상호 간의 전면적인 교류와 보편적인 의존이 등장한다. 물질적 생산에서뿐만 아니라 정신적 생산에서도 그러하다. 각 민족의 정신적 창조물은 공동 재산이 된다. 민족적 일면성과 편협성은 점점 더 불가능하게 되고, 수많은 민족문학과 지방문학이 하나로 합쳐져 세계문학을 이룬다.

(데이비드 보일, 『세계를 뒤흔든 공산당 선언』, 그린비, 2005, 51면에서 재인용)

"만국의 노동자여, 단결하라!"고 촉구한 선언문에 '세계문학'의 등장을 예견한 문장은 신선하게 다가온다. 부르주아지가 끊임없이 세계시장을 구축하고 확대해나가는 경제적 토대가 세계문학이 출현할 수 있는 전제 조건이라는 언급이다. 마르크스와 엥겔스는 '세계문학'의 태동을 부르주아지의 자본이 자유롭게 이동하는 과정에서 자연스럽게 이루어질 수밖에 없다고 본 것이다.

마르크스와 엥겔스 수준 정도로 계급적인 시각이 없었다고 괴테를 비판하는 것은 이후 사회주의 문학이 어떻게 전개되었는지에 대해 무지할 때나 할 수 있는 이야기다. 가령 루카치는 계급적 관점에 따라 카프카 소설과 모더니즘 작품들을 완전히 무시하기도 했다. 결국 소련 등 사회주의 문학은 무갈등無葛藤 이론에 함몰되어, 그저 수령을 찬양하고 갈등이 없는 도식적 유토피아 문학으로 변질되었던 것이다.

괴테가 높은 지위에 있었다고 그의 인식 속에 빈자에 대한 계급적 관심이 없었다고 보는 몇몇 논자의 연구는 그의 작품을 제대로 안 읽고 2차 문헌만 인용한 결과에서 오는 잘못된 판단으로 보인다.

『오리엔탈리즘』을 쓴 에드워드 사이드Edward Said가 괴테를 날카롭게 비판했다는 주장도 사실과 다르다. 9·11 사건 이후 『오리엔탈리즘』 후기를 새로 쓰면서, 사이드는 "전체를 놓치지 않으면서 개별성을 보존하고자 했던" 괴테의 '세계문학'의 정신을 옹호한다고 썼다. 사이드는 괴테를 비판한 것이 아니라, 18세기 괴테의 세계문학론에서 후퇴한 세계문학관을 비판한 것이다. 에드워드 사이드는 괴테가 『서동시집』에서 보여준 세계문학 정신을 잇겠다는 의도로, 유대 출신의 지휘자 다니엘 바렌보임과 함께 유대인과 아랍인 청소년 연주자들을 반반씩 선발하여 1998년에 '서동시집 오케스트라'를 조직한 바 있다. 동서 분쟁의 시대를 아름다운 음악으로 풀어보려 했던 것이다.

김수영의 '히프레스 문학론'

그렇다면 한국에서 수용하고 있는 '세계문학'이란 어떤 개념일까. 좀 인색한 평가인지는 모르지만 18세기에 괴테가 언급한 세계문학에도 못 미치는 미국과 유럽 중심주의 문학, 괴테가 언급한 수준에도 못 미치는 엘리트 중심주의 문학이 아닐까.

세계문학을 대하는 한국 문단의 시각을 날카롭게 비판한 글로는 김수영의 「히프레스 문학론」(1964)이 있다.

먼저 '히프레스'란 말은 어떤 뜻일까. 『김수영 전집 2』의 편집자 각주에는 "1960년대 후반 당시 유행어가 된 '토플리스Topless'라는 말을 비틀어서 히프레스hipless라는 말을 만들어 쓴 것으로 추정된다"(369면)고 쓰여 있다. 엉덩이(hip)가 없다(less)는 이 조어로 우리 문학의 "전통 부재"를 환기하려 했다고 해석한다. 조금 다른 해석도 가능할 것이다. 인터넷에서 'hipless'를 검색하면 엉덩이를 드러낸 사람들의 사진 이미지가 뜬다. 가령 엉덩이 부분만 도려낸 청바지를 입어 맨살이 나온 상태다. 이런 관점에서 보면 '히프레스 문학'이란 세계문학을 대하는 한국 문단의 수준이 엉덩이를 드러내고도 창피한 줄 모를 만큼 민망한 상태라는 풍자적 표현이 된다. 1964년 10월에 발표한 이 글은 당시 질 낮은 한국 문학계와 그 인식을 역사적, 혹은 세대론적으로 분석한다.

나는 우리나라 문학의 연령을 편의상 대체로 35세를 경계로 해서 이분해 본다. 35세라고 하는 것은 1945년에 15세, 즉 중학교 2, 3학년쯤의 나이이고 따라서 일본어를 쓸 줄 아는 사람이다. 따라서 35세 이상은 대체로 일본어를 통해서 문학의 자양을 흡수한 사람이고, 그 미만은 영어나 우리말을 통해서 그 것을 흡수한 사람이다. 그리고 35세 이상 중에서도 우리말을 일본어보다 더 잘 아는 사람들과, 일본어를 우리말보다 더 잘 아는 비교적 젊은 사람들이 있다.
(『김수영 전집 2』, 369면)

첫 면에 나오는 이 인용문이 이 평론의 결론을 드러낸다. 김수영은 "35세를 경계로" 한국 문학의 세대를 나눈다. 1945년에 15세면 중학교 2, 3학년 학생으로, 청소년이 되기까지 우리말보다 일본어에 익숙한 세대다. 1964년에 발표한 글이니 35세는 1930년생, 즉 해방 무렵에 15세로 일본어를 읽고 쓸 줄 아는 나이이다. 1964년에 35세가 된 이 세대는 일본어를 통해 문학의 자양을 흡수한 층이다. 곧 세계문학 전집을 일본어로 읽은 세대다. 가령 1930년생인 시인 신동엽은 세계문학을 모두 일본어 전집으로 읽었다. 신동엽 시인은 투르게네프, 도스토옙스키, 톨스토이, 고리키 장편소설과 예세닌 시집을 모두 일본어로 읽었다. 35세 이상 연령대는 일본어, 일본 문학작품, 일본어로 번역된 해외 문학작품, 그리고 월북 작가들을 더 그리워하는 독자층들이다. 이들 세대의 작가들은 일본 문학, 소위 '총독부 문학'에 갇혀 있다. 그래서 김수영은 이 세대 작가들은 아직도 일본 잡지에 함몰되어 있다며 "우리나라 소설의 최대의 적은 《군조》,《분가카이》,《쇼세쓰 신쵸》다"(370면)라고까지 한탄한다.

반면 35세 미만 세대는 영어나 한국어를 통해 문학의 자양을 흡수한 세대다. 해방 이후 학교에서 칠판에 일본어로 뭐라고 쓰면 친일파로 비판받는 시대에 자란 이들은 일본어를 배울 수 없었다. 이들은 한국어와 영어 독해로 세계문학을 읽었던 것이다. 35세 미만들은 윗세대에 비해 독서량이 현격히 부족하다.

이들의 문학 자양의 원천은 기성세대보다도 더 불안하다. 서울만 하더라도 양서洋書 신간점이 일서점日書店보다 수적으로는 훨씬 많지만 구매량은 지극히 미소하다. 이들은 기성세대들이 문학 공부를 할 때의 독서량에 비하면 현격하게 희미한 양의 밑천을 가지고 문단에 등장한다.
(위의 책, 371면)

작품과 평론과의 친밀한 유기적 관계의 부족, 동문서답 같은 비평, 기백 없이 눈치나 보는 비평, 문단에 만연한 세속주의(secularism) 등도 한국 문학의 위기를 구성한다고 김수영은 비판한다. 젊은 작가들이 역사를 망각하고 인기에만 영합하는 상황을 김수영은 경계한다.

게다가 35세 미만의 작가들은 미국 문학에 함몰되어 있다. 사실 미국 대사관 문화과에서 공급하는 소위 '국무성 문학'의 틀에 갇혀 있다는 것이 김수영의 시각이다.

미국 대사관의 문화과를 통해서 나오는 헨리 제임스나 헤밍웨이의 소설은, 반공물이나 미국 대통령의 전기나 민주주의 교본의 프리미엄으로 붙어 나오는 크리스마스 선물이다. 그들로부터 종이 배급을 받는 월간 잡지사들은 이따금씩《애틀랜틱》의 소설이나 번역해냈고, 이러한 소설들은 'O. 헨리' 상을 받은 작가의 것이 아니면, 우리나라의 소설처럼 따옴표가 붙은 대화 부분의 행이 또박또박 바뀌어져 있는 것이었다. 이러한 새로운 탁류 속에서 미국의 '국무성 문학'이 '서구 문학'의 대명사같이 되었고, 우리 작가들은 외국 문학을 보지 않는 것을 명예처럼 생각하게 되었고, 다시 피부에 맞는 간편한 일본 문학으로 고개를 돌이키게 되었다.

(374면)

35세 미만의 작가들은 장구한 유럽 문학의 역사를 몰각하고 미국 '국무성 문학'에 갇혀 있다. '국무성 문학'은 첫째 헨리 제임스나 헤밍웨이 소설, 둘째 '반공몰이' 문학, 셋째 미국 대통령 전기나 민주주의 교본을 집중해서 전한다. 정확한 진단이다. 앞서 『동물농장』의 예를 들었듯이 당시 미국 국무성은 전 세계에 번역 기금을 뿌리면서 냉전 시대 미국의 입맛에 맞는 책들을 펴내게 했다. 일본 '총독부 문학'에 갇혀 있던 작가들은, 이제 미국의 국방과 외무 분야 행정을 통합 관리하는 FOA(Foreign Operation Administration, 대외활동본부)의 '국무성 문학'

에 결박된 식민지인이 되었던 것이다. 그것이 엉덩이를 드러낸 민망한 한국 문학계의 초상肖像이라는 것이다.

심금의 교류를 할 수 있는 언어, 오늘날의 우리들이 처해 있는 인간의 형상을 전달하는 의무를 이행할 수 있는 언어, 인간의 장래의 목적을 위해서 선택이 이루어질 수 있는 자유로운 언어— 이러한 언어가 없는 사회는 단순한 전달과 노예의 언어밖에는 갖고 있지 않다. 그리고 그러한 인간 사회의 진정한 새로운 지식이 담겨 있는 언어를 발굴하는 임무를 문학하는 사람들이 이행하지 못하는 나라는 멸망하는 나라다.

(375면)

김수영은 우리 문학계의 앞날을 염려한다. 우리의 언어로, 우리의 잣대로 세계문학을 평가하고 섭렵하지 않는다면 "단순한 전달과 노예의 언어밖에는 갖고 있지 않"는 상황에 이르게 된다는 것이다. 결국은 "진정한 새로운 지식이 담겨 있는 언어를 발굴하는 임무를 문학하는 사람들이 이행하지 못하는 나라는 멸망하는 나라다"라고 단언한다.

나는 아직도 글을 쓸 때면 무슨 38선 같은 선이 눈앞을 알찐거린다. 이 선을 넘어서야만 순결을 이행할 것 같은 강박관념. (중략) 얼마 전까지만 해도 38선이 없어지면 그것은 해소되리라고 생각했지만, 지금은 38선이 없어져도 좀처럼 해소되지 않고 또 다른 선이 얼마든지 연달아 생길 것이라는 예측이 서 있다. (중략) 결국 자유가 없고 민주주의가 없다는 귀결이 온다. 민주주의가 없는 나라에서는 작가의 책무가 이행될 수 없다. (중략) 민주주의 사회는 말대답을 할 수 있는 절대적인 권리가 있는 사회다.

(375~376면)

알찐거린다는 말은 무슨 뜻일까. 분단 상황에 걸려, 온갖 읽고 쓴 내용을 스스로 자기검열한다는 뜻이다. 결국 주체적인 판단으로 세계문학을 평가할 수 없는 상황이다.

김수영이 말하고 싶었던 것은, '총독부 문학'에 전염된 35세 이상의 일제 식민지 세대 작가들이건, '국무성 문학'에 감염된 35세 미만의 작가들이건, 식민성을 넘어서야 한다는 것이었을 것이다. 세계사적 시각과 교양을 제대로 갖추고, "단순한 전달과 노예의 언어"가 아닌 언어로 동시대 세계인으로서 "심금의 교류" 곧 깊이 있는 문화 교류를 해야 야만의 사회를 극복할 수 있다는 예리하면서도 안타까운 지적이다.

이 글뿐만 아니라, 김수영은 산문 「현대성에의 도피」, 「난해의 장막」, 「지성이 필요할 때」 등에서도 계속 한국의 시민들이 세계인의 수준에서 자유를 누려야 하고 문학은 여기에 복무해야 한다는 점을 강조한다. 그렇지 못한 당시의 현실 앞에서 "우리 문학은 아직도 출발을 시작하지 못하고 있는 게 아닌가 하는 생각이 든다"(377면)면서 괴로워한다.

그렇다고 김수영이 일본 문학이나 미국 문학을 무조건 배타적으로 대한 것은 아니다. 다만 일본의 '총독부 문학'과 미국의 '국무성 문학'을 세계문학의 전부로 알고 있는 1960년대의 지성인에게 그것이 전부는 아니라는 사실을 강조한 것이다. 현재의 독자들에게도 김수영은 탈식민주의를 넘어선 창조적이고 주체적인 언어 창조를 권한다. 김수영 내면의 진실한 고백이기도 하고 아픔이 담겨 있는 중요한 글이 「히프레스 문학론」이다. 이 글에 담겨 있는 생각을 시로 옮긴 것이 같은 해에 쓴 「거대한 뿌리」가 아닐까. '총독부 문학'이니 '국무성 문학'이니 하는 것은 김수영이 생각하기엔 이 시에 나오는 '좀벌레의 솜털' 정도가 아니었을까.

1963년 3월 1일

돈이 울린다, 돈이 울린다

피아노

피아노 앞에는 슬픈 사람들이 많이 있다
동계 방학 동안 아르바이트를 하는 누이
잡지사에 다니는
영화를 좋아하는 누이
식모살이를 하는 조카
그리고 나

피아노는 밥을 먹을 때도 새벽에도
한밤중에도 울린다
피아노의 주인은 나를 보고
시를 쓰니 음악도 잘 알 게 아니냐고
한 곡 쳐보라고 한다
나의 새끼는 피아노 앞에서는 노예
둘째 새끼는 왕자다

삭막한 집의 삭막한 방에 놓인 피아노
그 방은 바로 어제 내가 혁명을 기념한 방
오늘은 기름진 피아노가

덩덩 덩덩덩 울리면서

나의 고갈枯渴한 비참을 달랜다

벙어리 벙어리 벙어리

식모도 벙어리 나도 벙어리

모든 게 중단이다 소리도 사념思念도 죽어라

중단이다 명령이다

부정기적不定期的인 중단

부정기적인 위협

—이러면 하루 종일

밤의 꿈속에서도

당당한 피아노가 울리게 마련이다

그녀가 새벽부터 부정기적으로

타온 순서대로

또 그 비참대로

값비싼 피아노가 값비싸게 울린다

돈이 울린다 돈이 울린다

(1963. 3. 1.)

"피아노 앞에는 슬픈 사람들이 많이 있다".

불편한 문장이다. 피아노 앞에서 누가 슬플까. 좋은 피아노를 완벽하게 칠 수 없는 피아니스트는 슬플 수 있지만, 당시 피아노는 웬만한 가족이 갖기 힘든 부의 상징이었다. 1956년 열 명 남짓의 종업원으로 시작한 신향피아노사는 영창피아노를 생산하기 시작했고, 1958년부터는 삼익악기가 피아노를 생산했고, 1960년대에는 피아니스트 정명훈 음악가족이 알려지면서, 피아노는 부유한 집의 거실에는 으레 있어야 하는 문화적 필수품으로 자리 잡았다. 갖고 싶은데 가질 수 없는 사람들은 피아노 앞에서 슬펐겠지만, 김수영은 왜 슬펐을까.

1연에서 피아노 앞에서 슬픈 표정으로 있는 사람들을 나열한다. 아르바이트를 해서 생계를 이어가는 누이, 잡지사에 다니면서 영화를 좋아하는 누이이다. 조카는 식모살이를 하기도 한다. 피아노를 소유하지 못한 이들은 슬프다.

2연에는 반대로 피아노를 소유한 사람의 자세가 보인다. "피아노의 주인"은 누구일까. 「마케팅」, 「의자가 많아서 걸린다」에서 보듯, 값비싼 물건을 집에 계속 들여놓아 심기를 불편하게 하는데 그의 부인일까. 아르바이트를 하는 누이, 식모살이를 하는 조카를 생각할 때 아내가 들여온 피아노는 김수영에게 여간 마음이 불편하지 않았나 보다. "피아노의 주인"은 시를 쓰는 내게 피아노를 쳐보라고 권한다.

김수영의 큰아들 '준'은 공부에 관심이 없고 억지로 피아노를 배우는 노예다. 반면 둘째 아들 '우'는 피아노를 잘 치는 왕자다. 이 구절에서 "나의 새끼"는 현실 속의 두 아들만 말할까. 아니면 그의 내면에 존재하는 무의식의 양면성을 상징하는 것으로 읽을 수도 있다. 김수영의 내면은 비싼 물건 앞에 큰아들처럼 노예처럼 불편한 면도 있고, 반대로 왕자처럼 만족하는 심리도 있었는지 모른다.

당시 중학교 입학시험이 있었다. 공부를 좋아하지 않는 큰아들 준이가 좋은 중학교에 입학할 수 있을지 김수영은 걱정했다. "피아노의 주인"은 다름 아닌 준이의 가정교사였다. 아내 김현경은 고등학교 졸업 후 쉬고 있는 여동생을 가정교사로 부른다.

애초에 처제가 우리 집에 오게 된 것은 큰 새끼의 공부를 가르쳐준다는 조건에서 온 것이고 그래서 나는 피아노를 가지고 와야 한다는 그녀의 조건에 무조건 찬동하고 말았다.
(김수영, 「물부리」, 1963. 4. 2.)

"피아노의 주인" 처제가 입주하면서 문제가 생긴다. 피아노는 지금 삭막한 집의 삭막한 방에 놓여 있다. "어제 내가 혁명을 기념한 방"(3연)이다. 4·19 이후 이승만이 하야하자 즐겁게 혁명의 성공을 기념했던 방이다. "기름진 피아노"란 기름 낀 부르주아지처럼 부정적인 표현이 아닐 수 없다. 그만치 의미 있는 '혁명의 방에서' 이제는 "기름진 피아노"가 "덩덩 덩덩덩" 울리고 있다. 당연히 그의 마음은 "비참"하고 "고갈"된 상황이다.

본래 김수영은 작은 소음에도 심각하게 반응하는 강박증세가 있는 터에, 불시에 피아노를 쳐대는 처제의 행동은 그에게 심각한 신경증을 유발시켰다. 피아노 소리는 "부정기적으로" 모든 일을 중단시키고, "부정기적으로" 위협을 가한다. 그 피아노 소리를 듣고 있는 존재들은 모두 벙어리가 된다. 소리도, 사념도 죽고 식모도 나도 모두 벙어리다. 피아노가 울릴수록 나는 슬픈 벙어리가 된다.

여기까지 썼을 때, 내가 글을 쓰고 있는 옆의 방에서 또 피아노 소리가 들린다. 처제가 치는 것이다. 처제라는 동물은 여편네보다도 더 다루기가 힘든다. 여편네는 사불여의事不如意(일이 뜻대로 되지 않음 - 인용자)하면 마구 치고 차고 할 수도 있지만 처제는 못 그런다. 나만 그런지 모르지만 나는 처제의 말에는 여편네의 말보다도 더 쩔쩔맨다. 아무리 중요한 원고를 쓸 때에도 처제의 피아노 소리는 울려오고 나는 그 피아노 소리가 끝나기까지 이를 악물고 참고 있어야 한다.

(위의 글)

처제가 치는 피아노 소리는 "밥을 먹을 때도 새벽에도/한밤중에도 울린다"(2연 1, 2행). 그야말로 "이를 악물고 참고 있어야" 하는 처지다. 203면에 있는 구수동 집 구조를 보면 피아노가 8인용 식탁이 있던 김수영의 서재 옆방 벽에 붙어 있는 것을 알 수 있다. 김수영이 책을 읽고 글을 쓸 때 피아노 소리가 얼마나 고통스러웠을까.

피아노 소리로 인한 고통은 당시 정치문화에 억압된 그의 정신적 상황과도 관계있는 것이다. 실패한 4·19혁명 이후의 세계는 모든 게 중단이며 소리도 사념도 죽어버린 세계다. 그의 일상은 자조적이며 내면 세계로 침잠한다. 결국 아무 말도 하지 못한 채 값비싼 피아노가 울리는 소리만을 듣고 있는 처지다. 다행히 아들은 일류라는 경기중학교에 입학했지만, 그것으로 김수영에게 고통은 끝나지 않았다.

큰 새끼가 전학을 해 들어간 시내의 일류 학교—아, 일류 학교란 얘기를 하지 마라! 학적보 이동—동회 서기와의 사바사바—학교장의 거만—담임선생의 영국지 양복—2,000원—2,000원—6학년 전학 성공—시험성적 30점—산수 52점—낙망—신경질—구타! 또 구타!
(같은 글)

김수영은 성공주의에 따라 "사바사바", 곧 뇌물 같은 걸 써서 뒷거래도 하고 2,000원이라는 돈을 봉투에 넣었지만, 결과로 오는 것은 낙망과 신경질과 구타뿐이었다. 「피아노」라는 시로 돌아가면, 시인은 마지막에 "돈이 울린다 돈이 울린다"라고 말한다. 피아노 소리는 결국 성공주의, 금전주의와 연결되는 것이다. 아이를 성공시키기 위해 돈을 아끼려고 처제를 가정교사로 입주 과외를 시켰으나 피아노로 인해 돈이 갖고 오는 곤경만 체험하는 것이다.

마루에 가도 마찬가지다 피아노 옆에 놓은
찬장이 울린다 유리문이 울리고 그 속에
넣어둔 노리다케 반상 세트와 글라스가
울린다 이따금씩 강 건너의 대포 소리가

날 때도 울리지만 싱겁게 걸어갈 때
울리고 돌아서 걸어갈 때 울리고

의자와 의자 사이로 비집고 갈 때
울리고 코 풀 수건을 찾으러 갈 때

38선을 돌아오듯 테이블을 돌아갈 때
걸리고 울리고 일어나도 걸리고
김수영, 「의자가 많아서 걸린다」(1968. 4. 23.) 부분

1960년대 김수영 시의 언어적 전략은 돈과 연관시켜 현실을 비판하는 방식이다. 비싼 "의자", "테이블", "미제 자기 스탠드", "피아노", "찬장", "노리다케 반상 세트", "글라스" 등은 김수영이 살아가는 데 발목에 걸리는 방해물이다. 돈이 있어야 살 수 있는 물품들을 그는 비판적으로 성찰한다. 비싼 물건들은 '나'를 지배하고 무력화시킨다는 것이다.

자신은 시를 쓰고, 또 혁명을 기념하고 살아가는 사람이지만 그것들조차 피아노 앞에서는 무기력하다. 피아노라는 물질주의의 표상 앞에서 굴복하는 자신은 노예, 속물시인일 뿐이다.

피아노는 물질적 가치에 판단력을 잃은 자의식을 반성하게 하는 상징이다. 자기만이 그런 것이 아니라, 많은 사람들이 물질 만능주의에 대한 비판 의식을 부지불식간에 잃어버리지 않는가. 김수영은 경종을 울리고 있다. 피아노를 생각하며, 우리 모두에게 무너지지 말자고 호소하고 있는 것이다.

1963년 6월 1일

거만한 바위에 항의하는 너

너…… 세찬 에네르기

물기둥을 몰고 와
거만한 바위에 항의하는 너
6월의 파도

몇천 년을 두고
영겁의 바닷가

하동河童들이 노닐고
게서 자란 전설의 이끼 씻어주는
세찬 바다

나는 일요일을 집에 잠재우고
너의 끝없는 에네르기를
오늘도
한적한 해안에서 배우고 있다.

지중해에서
부서지는 감정을 수리한
발레리의 테스트 씨처럼

(《한국일보》1963. 6. 1.)

한 번 읽고 두 번째 읽으면 수영이 해안가에서 파도를 보고 쓴 시라는 것을 알 수 있다. "거만한 바위에 항의하는 너"라는 표현에서 "너"라는 6월의 파도에는 당시 정치 체제를 도저히 용납할 수 없었던 김수영의 심상이 겹쳐 있다. 하동河童은 물속에서 산다는 상상의 동물이거나 여름철에 물놀이하는 아이를 뜻할 터이다. 파도는 거기에서("게서") 자란 전설의 이끼를 씻어주기도 한다. 마치 이 땅의 전설과 전통을 시에 담는 시인의 역할을 떠오르게 한다. 나는 일요일에 집을 떠나 파도의 끝없는 에너지를 한적한 해안에서 배운다.

여기까지는 대단히 평이하다. 사실 이 시는 1963년 6월 1일 《한국일보》에 사진과 함께 실린 계절시였다. 다른 네 명의 시인도 같은 주제로 시를 썼으니 일종의 계절맞이 기획에 의해 생산된 '행사시'라 할 수 있겠다. 김수영은 그런 행사시라 해도 그냥 써 보내지 않았다. 특정한 주제로 시를 청탁받거나 행사시를 청탁받아도 나름의 개성을 반드시 넣곤 하는데, 이 시에서 개성적인 부분은 5연이다.

시 밖에 있는 정보를 알아야 시 해석이 가능한 경우는 대단히 불친절한 경우다. "지중해에서/부서지는 감정을 수리한/발레리의 테스트 씨처럼"이라는 구절은 두 명의 외국인 이름을 알아야 풀 수 있다.

구문에 나와 있는 프랑스 시인 폴 발레리Ambroise-Paul-Toussaint-Jules Valéry(1871~1945)를 검토하지 않을 수 없다. 1871년 프랑스 남부 지중해의 해양 도시 세트에서 태어난 발레리는 지중해를 보며 얻은 영감으로 쓴 「해변의 묘지」로 유명하다. 테스트 씨는 발레리가 쓴 산문집 『테스트 씨(Monsieur Teste)』에 등장하는 가공의 인물이다.

이 책 본문은 "데카르트의 삶은 가장 단순하였으니"라는 문장으로 시작한다. 무엇보다도 강력한 의심과 성찰을 테스트, 곧 발레리가 가장 중요시했다는 것을 알 수 있다. 『테스트 씨』에서 발레리는 데카르트가 『성찰』 2부에서 반복해서 강조한 '나는 생각한다, 고로 나는 존재한다(Cogito, ergo sum)'라는 성찰을 반복한다.

30년전쟁에 사병으로 참전한 후 20년 가깝게 네덜란드에서 연구만 하며 은둔 생활을 한 데카르트처럼, 발레리 역시 스무 살 때부터 20년간을 은둔 생활로 보냈다. 스물세 살에 「테스트 씨와 함께한 저녁」(1897)을 쓴 후 오랫동안 절필하며 내면의 창조적인 활동에만 몰두했다. 그러고는 30년 후에 「서문」(1925), 「한 친구의 편지」(1924), 「에밀리 테스트 부인의 편지」(1924), 「테스트 씨 항해일지 발췌」(1925)를 함께 묶어 1926년 『테스트 씨』라는 제목으로 출판했다. 불어로 '테스트Test'는 껍데기 혹은 두뇌頭腦라는 뜻을 가지고 있다. 발레리가 평생 사색했던 내용을 엮고 벼려서 다듬은 역작이다. 그 자신 독특한 상상력의 작가인 보르헤스는 『테스트 씨』 연작의 첫 단편 「테스트 씨와 함께한 저녁」을 "20세기의 가장 독창적인 소설"이라고 상찬하기도 했다. 도대체 주인공 테스트 씨는 어떤 사람인가.

평범한 주식 중개인인 테스트 씨는 지적 훈련과 사색을 통해 강인하고 명석한 두뇌를 소유한 무명의 지성인이다. 부인이 본 테스트 씨는 까다롭고 괴벽이 있고 난폭할 때도 있지만 뜻밖에 다정스럽기도 하다. 이성과 광기가 뒤섞인, 광인이자 현자인 테스트 씨. 테스트 씨는 시인 발레리의 분신일 것이다. "발레리의 테스트 씨처럼"이라 했으니 김수영도 같은 심정이라는 뜻이다.

내가 지닌 미지가 나를 나로 만든다.

내게 있는 서투름이, 불확실함이, 바로 나 자신이다.

나의 나약함, 나의 연약함…

결함이 내 시작의 바탕이 된다. 불능이 내 기원이다.

나의 강함은 그대들에게서 기인한다. 나의 운동은 나의 약함에서 나의 강함으로 나아간다.

내가 처한 현실의 궁핍으로 말미암아 상상의 풍요로움이 태어난다. 그렇게 나는 대칭이다. 나는 나의 욕망을 파기하는 행위다.

(폴 발레리, 「테스트 씨 항해일지 발췌」, 『테스트 씨』, 인다, 2017, 62면)

내가 지닌 미지와 서투름과 나약함, 결함이 모두 나를 만든다는 고백이다. 이 글은 지중해를 항해하는 일지가 아니라, 테스트가 자신의 정신에 대해 성찰하는 과정을 일지처럼 쓴 산문이다. 자기가 자신을 이방인처럼 몰라서 스스로 묻고 스스로 답을 시키는 기록이다.

상상의 인물 테스트 씨는 폴 발레리가 자신의 내면을 분석하기 위해 창조한 분신이며 곧 폴 발레리이기도 하다. 테스트 씨의 기질은 발레리뿐만 아니라, 까다롭고 예민하면서도 느닷없이 다정스런 김수영과 유사하다는 것을 알 수 있다. "오 어둠이여, 제게 주소서, 그 궁극의 생각을 제게 주소서"라는 기도는 테스트뿐만 아니라, "나는 이 어둠을 신이라고 생각한다"(「수난로」)고 했던 김수영의 갈망이기도 하다.

폴 발레리는 "나는 정확함이라는 급성질환에 시달렸다"(위의 책, 4면)라고 했는데 김수영의 삶도 그 못지않게 정확성을 중요시했다. 이는 김현경 여사의 증언에서 확인할 수 있다.

늘 준비된 책상, 반듯하게 놓인 원고지, 그는 언제라도 시상이 떠오를 때 곧바로 앉아서 글을 쓸 수 있도록 책상이 정리된 것을 좋아했다. 잉크 빛도 정확히 그가 애용하는 빛깔이 있다.

일제 빠이롯트 짙은 곤색이 그가 애용하는 잉크 빛깔이다. 원고지도 붉은색이면 촌스럽다고 폐기해버린다. 김수영의 시에 대한 경의는 확고하고 투철해서, 내가 이런 고통을 달게 감내하면서까지 받들어 모셔야 할 정도로 정중하고 까다로웠다. 나는 그의 그런 문학에 대한 열정과 경건함이 좋았고 존경스러웠다.
(김현경, 「내가 가장 행복했던 순간들」, 『우리는 영원하고 사랑도 그렇다』, 푸른사상, 2017, 16면)

반듯, 곧바로, 정리, 정확히, 경의, 확고, 투철, 정중, 열정, 경건 등은 폴 발레리가 좋아했던 기질이었고, 테스트 씨의 기질이기도 했다. 폴 발레리를 좋아했던

폴 발레리의
『테스트 씨』
최근 표지

한국 시인은 몇몇 있었다. 윤동주도 그중 한 사람인데, 그는 폴 발레리 시전집, 문학론집, 산문집 세 권을 유품으로 남겼다. 발레리를 좋아했던 또 한 사람 전봉래는 한국전쟁 때 피난지 부산 스타다방에서 약을 먹고 자살했다. 비교컨대 김수영이 발레리에게서 본 것은 '정확성'이었다.

정리하면 1연에서 3연까지는 6월의 바다 이야기다. 거만한 바위에 항의하는 너는 6월의 파도이며, 김수영 자신일 수도 있겠다. 4, 5연에서는 "부서지는 감정을 수리"하고 싶은 김수영의 마음이 발레리의 테스트 씨에 비유되어 암시되고 있다. 9편의 「신귀거래」 연작시, 「아픈 몸이」, 「절망」, 「장시」 1·2, 「피아노」 등을 쓰고 잠시 지쳐 있는 김수영 모습이 엿보인다.

1963년 6월 2일

집중된 동물, 여성에게 감사한다

여자

여자란 집중된 동물이다
그 이마의 힘줄같이 나에게 설움을 가르쳐준다
전란도 서러웠지만
포로수용소 안은 더 서러웠고
그 안의 여자들은 더 서러웠다
고난이 나를 집중시켰고
이런 집중이 여자의 선천적인 집중도集中度와
기적적으로 마주치게 한 것이 전쟁이라고 생각했다
그런 의미에서 나는 전쟁에 축복을 드렸다

내가 지금 6학년 아이들의 과외공부집에서 만난
학부형회의 어떤 어머니에게 느낀 여자의 감각
그 이마의 힘줄
그 힘줄의 집중도
이것은 죄에서 우러나오는 것이다
여자의 본성은 에고이스트
뱀과 같은 에고이스트
그러니까 뱀은 선천적인 포로인지도 모른다
그런 의미에서 나는 속죄에 축복을 드렸다
(1963. 6. 2.)

2018년은 김수영 시인(1921~1968)의 50주기가 되는 해였다. 그를 기억하는 여러 행사가 기획되었지만, 그에 대해 반감을 갖는 이들도 있었다. 어떤 페미니스트들은 김수영 시인을 여성혐오주의자로 규정하고 그를 기리는 행사를 반대했다. 가령 지금부터 읽을 시 「여자」에서 여자를 "동물"로 표현한다든지, 아내를 "여편네"라고 표현한다든지 하는 표현의 이면에는 여성을 무시하는 태도가 숨어 있다는 지적이다. 「죄와 벌」이나 「성」을 읽을 때 불편한 것은 사실이다. 그 불편을 회피하지 말고 바로 볼 필요가 있겠다.

시 「여자」는 긍정적으로든 부정적으로든 김수영의 여성관을 읽을 수 있는 텍스트다. 일단은 여성을 생리학적으로 비하했다느니 혹은 에고이스트로만 보았다느니 등의 수사로 비판하기 좋은 시편이다.

"여자는 집중된 동물이다/이마의 힘줄같이 나에게 설움을 가르쳐"주는 "여자"란 결국 "동물"이며 "뱀과 같은 에고이스트"라는 표현만 읽고, 결국 김수영의 여성관은 남성우월주의일 뿐이라고 읽으면 작품을 너무 피상적으로 읽은 것이다. "동물"은 여자만이 아니라 남자도 동물이다. 김수영은 남자를 동물을 넘어 "괴기"(「절망」)로 표현하기도 했다.

본문을 읽으면 우선 조금은 생경한 집중集中이라는 한자어가 눈에 띈다. 이시에 집중이라는 한자어는 다섯 번 나오는데, 다섯 번 중 두 번은 집중도集中度라고 한자어로 변이되어 등장한다. '집중'이란, 한곳으로 모이게 한다는 뜻이다. '한곳'을 중심으로 하여 모이게 하는 것, 그런데 무엇에 집중했다는 말인가. 여자는 집중하는 동물이 아니라, "집중된" 동물이다. 어떤 상황에 의해 "집중되는" 동물이라는 뜻이다. 어떤 외부적 상황에 의해 "집중되는 존재"를 여자로 보는 것이 이 시의 첫 번째 시각이다.

사실 이 시는 여자를 말하는 것 같지만 실은 "나"의 욕망을 드러내고 있는 고백이다. 이 시에서 독자들이 주목해야 하는 키워드는 "여자"라는 단어와 함께 "집중"이라는 단어이고, 그 집중을 통해서 시의 화자가 깨닫는 것은 그 자신의 내면이다. 이 시에서 '나'(혹은 '내')는 다섯 번 등장한다. '여자'에 '집중'하여 결국 깨달은 실체는 '나', 나의 욕망인 것이다.

한국전쟁 때 포로수용소에 억류되어 있었던 김수영에게 내가 살기 위해 남을 죽여야 하는 전쟁은 서러웠지만, "포로수용소 안은 더 서러웠고/그 안의 여자들은 더 서러웠"(4~5행)다고 한다. 김수영이 의용군이었다는 것은 그가 앞으로 살아갈 남한 사회에서 결정적으로 불리한 천형과도 같은 것이었다. 게다가 북한으로 간 동생까지 있는 가족사를 가진 그에게 설움은 예감되어 있었다. "정말 내가 포로수용소를 탈출하여 나오려고/무수한 동물적 기도를 한 것"(「조국으로 돌아오신 상병포로 동지들에게」, 윗점은 인용자)이라며 김수영은 설움을 고백하고 있다. 거제 포로수용소는 자본주의와 사회주의가, 자유와 반자유가 대립하는 갈등의 공간이었다. 이 갈등의 공간 이후에도 그는 계속 설움 속에서 살아간다.

웃음은 자기 자신이 만드는 것이라면 그것은 얼마나 서러운 것일까
「웃음」(1948) 부분

생각하면 서러운 것인데/너도나도 스스로 도는 힘을 위하여/공통된 그 무엇을 위하여 울어서는 아니 된다는 듯이
「달나라 장난」(1953) 부분

무엇보다도 먼저 끊어야 할 것이 설움이라고 하면서
「병풍」(1956) 부분

인용된 서러움의 성격은 시에 따라 미세하게 다르다. 중요한 점은 김수영에게 서러움의 수사학이란 그의 시를 관통하는 중요한 미학이라는 사실이다. 그에게 설움이란 돌파해야 할 내면의 장애와 같은 것이었다. 설움을 이겨낼 근원을 김수영은 '여자'에게서 만난다. 거제도 포로수용소에 가보면 지금도 여자 포로들이 잡일을 하는 사진이나 인형들이 전시되어 있다. 포로수용소 안의 여자들에게서

김수영이 본 것은 무엇이었을까. 악착같이 살아남는 여자를 시인은 "이마의 힘줄"로 상징하고 있다. 힘줄이야말로 집중되어야 생기는 "집중된" 부분이다. "이마의 힘줄" 같은 여성, 그것이 타자에게만 있는 것이 아니라, 자기 내면에도 있다는 것을 김수영이 깨달은 것은 아닐까.

김수영의 서러움은 전쟁, 포로수용소, 여자를 통해 제조되었고, 그 서러움은 그의 삶을 움직이는 동기를 제공했다. 김민기의 노래 〈아침이슬〉의 "서러움 모두 버리고 나 이제 가노라"와 가까운 거리에 김수영의 설움이 자리하고 있다. 서러움이라는 '고난'은 화자를 삶에 집중시켰다. 삶을 집중해서 읽는 가운데, 국가가 만들어낸 근대적 폭력 속에서도 시인은 "이마의 힘줄"처럼 악착같은 여성성을 자기 내면에서 깨달았을 때 오히려 그 국가적 폭력이 감사하게 느껴졌을 것이다. 그래서 "집중이 여자의 선천적인 집중도와/기적적으로 마주치게 한 것이 전쟁이"었다며, 설움을 통해 삶을 깨달았고 그래서 전쟁에 감사하며 "전쟁에 축복을 드렸다"는 고백을 하기에 이른 것이다.

그 축복에 대한 더 깊은 묵상은 2연에 등장한다. 지금은 상상할 수도 없는 지옥 같은 중학교 시험이 있던 시대였다. 1969년 2월 중학교 입학시험이 폐지되고 무시험 제도가 실시되기 전까지, 국민학교(지금의 초등학교) 학생들은 어린 나이에 일류 중학교 입학을 위해 공부해야 했다. 경기중학교에 들어가면 경기고등학교에 이어서 일류 대학교에 들어갈 확률이 높아지는 것이다. 입학시험이 눈앞에 다가온 "6학년 아이들의 과외공부집에서 만난/학부형회의 어떤 어머니"들의 집중도, 이마의 힘줄은 대단했을 것이다. 그 집중도를 시인은 "에고이스트"이기 때문이라고 쓴다.

그 이마의 힘줄, 그 힘줄의 집중도가 "죄에서 우러나오는 것"이라는 말은 느닷없다. 그 죄는 "에고이스트"라는 죄이며, 그것은 "뱀"으로 상징된다. 원죄의 상징인 "뱀"은 죄를 타고난, 피할 수 없는 "죄"의 "선천적인 포로"다. 죄에서 벗어날수 없는 것이다. 그렇다면 이 죄는 부정적인 것일까.

육체가 곧 욕辱이고 죄罪라는, 아득하게 시대에 뒤떨어진 생각을 한다. (중략) 그런데 며칠 전에 아내와 그 일을 하던 것을 생각하다가 우연히 육체가 욕이고 죄라는 생각을 하면서 희열에 싸였다. (중략) 내가 느끼는 죄감은 성에 대한 죄의식도 아니고 육체 그 자체도 아니다. 어떤 육체의 구조 (중략) 즉 그녀의 운명, 그리고 모든 여자의 운명, 모든 사람의 운명. 그래서 나는 겨우 이런 메모를 해본다─ "원죄는 죄(=성교) 이전의 죄"라고. 하지만 나의 새로운 발견이 새로운 연유는, 인간의 타락설도 아니고 원죄론의 긍정도 아니고, 한 사람의 육체를 맑은 눈으로 보고 느꼈다는 사실이다.

(김수영, 「원죄」, 1968. 1.)

김수영에게 원죄란 부정적이거나 긍정적인 것이 아니라 운명 자체다. 그저 "육체를 맑은 눈으로 보고 느꼈다"는 것이다. 그에게 '육체'를 긍정하는 것은 운명을 긍정하는 것이지 죄의 문제가 아니다. 육체를 "맑은 눈으로 보고 느"낀다는 그 일을 통해 그는 "운명"을 말한다. 벗어날 수 없는 죄라는 운명을 인정하며 그는 전쟁의 고난과 설움을 이겨냈을 것이다. 에고이즘라는 속물적 죄가 있기에 오히려 이 궁핍한 시대를 악착같이 이겨낼 수 있었을 것이다. 당연히 여기서 또 한 번 시적 도약이 발생한다. 시인은 여자의 속물주의를 보면서 자기 속에 있는 에고이즘을 깨닫는다. 이 각성은 "속죄에 축복을 드"리는 진술로 이어진다.

전쟁의 설움, 포로수용소에서의 설움을 겪고, 그 속에서 김수영은 "집중된 동물"인 '여자'를 발견한다. 그리고 그 끈질김이 자신 속에도 있다는 것을 축복으로 받아들이면서, 동시에 여성의 에고이즘 또한 자신의 내면에 또아리 틀고 있다는 것을 발견하고 속죄하며 감사드린다.

"그런 의미에서"라는 말에는 기독교적 상상력이 숨어 있다. 거제 포로수용소 돌벽에 기대어 성경을 읽었다던 김수영 시에 성서적 상징이 나타나는 부분이 이런 구절이다. 「창세기」에 나오는 첫 여성 하와는 뱀과 같은 에고이스트로서, 뱀의 유혹을 받아 먹지 말라는 선악과(「창세기」 3장 1절)를 첫 남성인 아담에게 권한다. 그것이 인간의 첫 번째 원죄라고 한다. 그 원죄를 사해준 이는 예수였다. "아담 안에서 모든 사람이 죽은 것같이 그리스도 안에서 모든 사람이 삶을 얻으리라"(「고린도전서」 15:22)는 말은 인류가 갖고 있는 아담의 원죄가 예수 그리스도로 인해 새로운 삶, 곧 속죄贖罪를 얻었다는 뜻이다. 김수영이 "나는 속죄에 축복을 드렸다"고 쓴 구절은 여성을 원죄에서 구원해준 예수의 속죄에 감사한다는 의미로 읽을 수도 있다.

결국 이 시는 여성을 비하하는 시가 아니라, 여성을 자기 독립성을 가진 단독자로 보여주는 작품이다. 여성을 통해 인간의 실존성과 욕망을 깨달았다는 축복의 시편으로 보는 게 타당하다. 욕망을 인정하고 받아들이지 않으면 근원적인 고독의 의미를 모른다. 그래서 김수영은 "욕망이여 입을 열어라 그 속에서/사랑을 발견하겠다"(「사랑의 변주곡」)라고 썼다. 일상의 욕망 속에서 김수영은 안팎의 적들과 싸웠고, 안팎의 혁명을 꿈꾸었다.

어둠 속에서도 불빛 속에서도 변치 않는
사랑을 배웠다 너로 해서

그러나 너의 얼굴은
어둠에서 불빛으로 넘어가는
그 찰나에 꺼졌다 살아났다
너의 얼굴은 그만큼 불안하다

번개처럼
번개처럼
금이 간 너의 얼굴은
김수영, 「사랑」(1960) 전문

"바람아 먼지야 풀아 나는 얼마큼 작으냐"라는 겸허의 탄식 속에서도 김수영은 저 사랑스런 여성과 더불어 비루한 하루를 이겨냈을 것이다.

닭장 앞을 어슬렁거리며 모이를 주는 김수영 시인을 떠올려본다. 그에게 일상은 전쟁 같았고, 포로수용소 같았고, 과외공부집 같았을 것이다. 오히려 닭에게 모이 주는 시간이 그에게는 행복한 순간이었을지도 모르겠다. 더욱 행복했던 시간은 자신이 사랑하는 여성과 함께 살며, 그녀에게 감사하며 지겨운 하루 일상을 가까스로 견뎌냈을 순간이었을 것이다.

1960년대 여성 차별이 일상인 시대에 김수영은 섣불리 여성의 위대함을 과장하지 않았다. 다만 그는 집중성을 여성의 한 부분으로 강조하며 감사의 마음을 표현했다.

1963년 7월 1일

바로 봐야 할 돈

돈

나에게 30원이 여유가 생겼다는 것이 대견하다
나도 돈을 만질 수 있다는 것이 대견하다
무수한 돈을 만졌지만 결국은 헛만진 것
쓸 필요도 없이 한 3, 4일을 나하고 침식을 같이한 돈
─어린놈을 아귀라고 하지
그 아귀란 놈이 들어오고 나갈 때마다 집어갈 돈
풀 방구리를 드나드는 쥐의 돈
그러나 내 돈이 아닌 돈
하여간 바쁨과 한가閑暇와 실의失意와 초조焦燥를 나하고 같이한 돈
바쁜 돈─
아무도 정시正視하지 못한 돈─ 돈의 비밀이 여기 있다

(1963. 7. 1)

김수영의 시에서 '돈'이 나오는 작품은 「거리 2」, 「만용에게」, 「돈」, 「이혼 취소」, 「판문점의 감상」 등이 있다. 김수영의 시 178편 중 돈 관련 어휘가 등장하는 시는 36편이다. 이는 김수영 시의 약 20퍼센트에 해당한다. 돈과 관련된 어휘의 출현 빈도를 모두 합하면 126회다. 돈 관련 어휘들이 많이 등장하는 것은 김수영 시의 독특한 현상이다(박순원, 「김수영 시에 나타난 "돈"의 양상 연구」, 『어문논집』, 민족어문학회, 2010). 김수영은 많은 산문에서 돈에 쪼들리고 있는 이야기를 자

주 하곤 했다. "왜 나는 조그마한 일에만 분개하는가"라며, "붙잡혀간 소설가를 위해서/언론의 자유를 요구하고 월남 파병에 반대하는/자유를 이행하지 못하고/20원을 받으러 세 번씩 네 번씩/찾아오는 야경꾼들만 증오하고 있는가"(「어느 날 고궁을 나오면서」)라며, 그 20원을 자책하는 것이 내면의 적과 싸우는 김수영의 정직성이다.

이 시는 그의 시가 갖고 있는 특유의 리듬이나 반복이 없어, 내용에 주목해야 하는 소품이다. 돈이 없다면 사람은 얼마나 누추해지는가. 김수영 시인 눈앞에 30원이 보였다. 당시 30원이면 어느 정도 가치가 있을까. 1963년 9월 15일에 나온 우리나라 최초 라면 가격은 10원이었다. 30원이면 라면 3개 살 수 있는 가격이었다. 찾아보니 1963년 당시 짜장면 가격은 25원, 커피 한 잔은 35원, 김치찌개백반은 30원 정도로 나온다. 내 기억에 1968년경에 카스텔라 빵 하나가 10원이었다. 김수영이 가진 여윳돈 30원은 지금으로 보면 1만원 이하로 그리 큰 돈은 아니다. 여윳돈이 생기자 시인은 돈에 따른 자신의 심리 변화에 주목한다. "무수한 돈을 만졌지만 결국은 헛만진 것"이라 했듯이 돈을 갖고 있다 쓰고 나면 어디에 썼는지 후회할 때도 많다. "쓸 필요도 없이 한 3, 4일을 나하고 침식을 같이한 돈"이라니 갖고 자고 또 그 돈으로 뭔가 먹기도 했나 보다.

느닷없이 "어린놈을 아귀라고 하지"라는 표현은 무슨 말일까. 아귀는 염치없이 먹을 것을 탐하는 사람이나 매우 탐욕스러운 사람을 비유한다. 아귀는 누구일까. 만용이가 달걀을 몰래 팔아 돈을 슬쩍하곤 해서 문제가 많았다는 부인 김현경 여사의 증언도 있으나, 당시 "어린놈"이라고 한 것을 볼 때 두 명의 아들을 말하는 것 같다. 어린 자식들이 자주 들며 나며 들고 나가는 돈이 적지 않았을 것이다. 그래서 "풀 방구리에 생쥐 드나들듯 한다"는 속담을 문장에 이용한다. 풀을 담은 방구리에 풀을 먹으려고 쥐가 바삐 오가는 모양을 말한다. 곧 돈이 생기면 주변이 바빠진다는 모양을 표현하려 한 듯하다.

"하여간 바쁨과 한가閑暇와 실의失意와 초조焦燥를 나하고 같이한 돈"이라고 했듯이, 돈을 갖고 있으면 바쁘다. 통장에 잔고가 넉넉하면 '한가'하기도 하고,

돈이 떨어지면 '실의'에 빠져 어디서 돈이 오기를 바라며 '초조'하게 지내기도 한다. 바쁨과 한가와 실의와 초조는 돈으로 인해 일어나는 심리적 변화이고, 이를 김수영은 솔직담백하게 표현한다. 돈은 바쁘게 나의 욕망을 변화시키는 원인이다. 돈을 가졌다 하더라도 내 욕망을 완전히 해결주는 것은 아니기에, 그 기대와 실망과 미련이 반복되기에 "무수한 돈을 만졌지만 결국 헛만진 것"이다.

결국 인간을 바쁘게 하고, 한가하게 하고, 실의에 빠지게 하며, 초조하게 하는 돈으로 인해 불안한 욕망의 노예가 될 수 있는 것이다. 자본의 노예는 일상에서 나타난다. 안타깝게도 인간은 돈이 일으키는 난삽한 장난을 정시正視하지 못한다. 돈이 인간을 가지고 논다는 점, 여기에 '돈의 비밀'이 있다고 김수영은 본다. 거꾸로 이 시는 자본주의 사회에서 돈의 노예로 살지 않는 방법이 무엇인지에 관한 질문이기도 하다.

이 캄캄한 범행의 현장

죄와 벌

남에게 희생을 당할 만한
충분한 각오를 가진 사람만이
살인을 한다

그러나 우산대로
여편네를 때려눕혔을 때
우리들의 옆에서는
어린놈이 울었고
비 오는 거리에는
40명가량의 취객들이
모여들었고
집에 돌아와서
제일 마음에 꺼리는 것이
아는 사람이
이 캄캄한 범행의 현장을
보았는가 하는 일이었다
―아니 그보다도 먼저
아까운 것이
지우산을 현장에 버리고 온 일이었다

(1963. 10.)

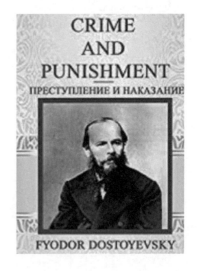

아내를 개 패듯 패는 끔찍한 이야기다. 그것도 어린 아들이 보는 데서, 그것도 40여 명이 보는 데서, 우산대로 "여편네"를 때려눕히는 엽기적 폭행이 벌어졌다. 1963년 10월에 쓴 시였기에 망정이지, 지금이라면 부인이 아니더라도 본 사람들이 폭행으로 고발할 수 있는 사건이다. 데이트 폭력과 여성 살해가 줄기는 커녕 늘어만 가는 이 시대에, 정말 읽기 불편한 시다. 이 시는 두 가지 시각으로 해석할 수 있겠다.

첫째는 있는 그대로 폭행 사건으로 보는 것이다. "우산대로/여편네를 때려눕"히는 이 표현 하나만으로도 김수영은 여혐女嫌 작가의 대표적 인물로 각인될 수 있다. 주인공은 너무도 소심하고 쪼잔한 남편이다. 아내를 때리고 나서 미안한 마음이 티끌만치도 없다. 다만 모여서 목격한 "40명가량의 취객들" 중 혹시 아는 사람이 있을까를 염려한다. 폭행당한 아내보다 두고 온 종이우산을 걱정하는 치졸한 남편이다. 부인 김현경 여사는 실제로 남편에게서 우산으로 맞은 일이 있다고 증언했다.

광화문 근처에서 과외 공부를 하는 큰아들 준을 기다리는 동안 당시 조선일보사 모퉁이에 있던 영화관에서 페데리코 펠리니Federico Fellini 감독의 〈길(La strada)〉을 보았다. 수영과 나는 좋은 영화가 개봉되면 항상 같이 극장을 찾았다. 그날은 다섯 살 된 둘째 아들 우도 함께 갔다. 영화를 잘 보고 나오는데 수영은 아무 말도 하지 않았다. 그러고는 갑자기 나를 사정없이 때렸다. 대로변에서, 그것도 어린 아들 앞에서 부인을 때리는 시인의 마음은 무엇이었을까? 그리고 시에다 우산을 두고 온 일이 아깝다고 말하는 시인의 감정에는 무엇이 섞여 있었을까?

그 일이 있고 한참 후에야 그날, 수영의 심리를 조금이나마 헤아려볼 수 있었다. 일단 장남의 과외 교사가 신통치 않아 수영의 마음이 불편했던 것. 아니 그보다는 배우 줄리에타 마시나와 앤서니 퀸이 남루한 모습을 한 채 방랑하는 야바위꾼으로 나왔던 그 영화. 상영 내내 펼쳐지던 황량하리만큼 넓은 영화의 공간. 영화 속 주인공들의 기형적인 사랑과 욕망. 그리고 수영과 나. 이 모든 것이 어우러져 수영은 나를 때리고 「죄와 벌」을 썼는지 모른다. 수영은 그날 일에 대해 변명 한마디 하지 않았다. 1958년 가을이었다.

(김현경, 『김수영의 연인』, 책읽는오두막, 2013, 104~105면)

영화 〈길〉에서 앤서니 퀸은 곡마단을 끈질기게 따라다니는 못생기고 작은 젤소미나를 때리고 또 때린다. 영화의 후반부에서 젤소미나가 죽자, 앤서니 퀸이 한없이 우는 것이 영화의 마지막 장면이다. 영화를 보고, 김수영도 영화 속의 주인공 앤서니 퀸처럼 자신의 여자를 때리고 싶은 마음이 들었을까. 사랑하는데도 자신이 거제리 수용소에서 갓 나와 암중모색 중일 때 선배 이종구와 함께 살았던 아내가 섭섭하여, 눌러 참아오다가 영화를 보고 나서 한번에 터져버린 우발적 사건일까. 아내와의 섹스를 노골적으로 묘사한 「사치」 등을 볼 때, 아니 김현경 여사의 증언이 있는 이상 이 시는 실화가 분명하다.

이 시를 해석하여, 김수영은 윤리에 문제가 있으니 그의 시가 우리 시단의 주류가 되는 것은 바람직하지 않다며 윤리적 비판을 하는 연구자도 있다. 당연히 비난받아야 마땅한 남편 모습이다. 다만 이 지점에서 다시 생각해보자.

두 번째 시각은 시의 제목과도 연관된다. 제목 '죄와 벌'을 듣는 순간 도스토옙스키(1821~1881) 장편소설 『죄와 벌』을 떠올리지 않을 수 없다.

도스토옙스키는 황제를 무시했다는 불경죄로 사형대 앞에 서는 일종의 '임사臨死체험'을 겪었다. 그 충격이 얼마나 컸던지 그 이후부터 간질 증상이 나타났다고 한다. 한국전쟁 때 김수영도 길에서 잡혀 인민군으로 끌려가다가 탈출할 때, 죽을 사람들과 큰 구덩이를 팠다가 어느 순간 구덩이 속에 떨어졌는데 그 위로 시체들이 겹쳐 쌓였고, 시체 아래서 죽은 시늉을 해서 살아 돌아올 수 있었다고 한다. 김수영도 죽음의 고비에서 탈출하는 임사체험을 했던 것이다.

도스토옙스키가 옴스크에 끌려가 감옥 생활을 했던 것처럼, 김수영도 포로수용소에 끌려가 감옥 생활을 했다. 1연을 읽으면, 마치 연극을 하듯이, 시인이 작품 속의 화자로서 도스토옙스키의 『죄와 벌』에 나오는 주인공 라스콜리니코프의 역할을 하겠다는 의도가 뚜렷하게 나타난다.

남에게 희생을 당할 만한
충분한 각오를 가진 사람만이
살인을 한다

소설 『죄와 벌』에서 라스콜리니코프는 자신을 초인超人으로 정당화한다. 살인을 할 수 있었던 라스콜리니코프는 "남에게 희생을 당할 만한" 위인으로 자신을 세뇌시켰다. 인류를 구원하려 했던 나폴레옹이나 스파르타쿠스처럼 어떤 희생이라도 책임질 "충분한 각오를 가진 사람"이어야 한다고 논문까지 쓴다. 오직 희생을 각오한 '위인만이' 살인할 수 있다고 한다.

소설에서 라스콜리니코프는 "충분한 각오"를 하고, 역사의 발전에 도움이 안 되는 벼룩 같은 인물은 죽여도 된다며 전당포의 인색한 노파와 여동생을 도끼로 살해한다. 타자를 해치는 비열한 살인자들의 정신상태는 어떠한가. 김수영은 "남에게 희생을 당할 만한/충분한 각오를 가진 사람"이라고 정의한다. '희생'이라는 단어를 이제 '벌'로 바꾸어보자. 남에게 벌 받을 충분한 각오를 가진 사람이 죄를 저지른다.

반면 시 「죄와 벌」의 주인공은 아내를 우산으로 때리는 '찌질'하기 이를 데 없는 인물이다. 증오의 대상은 연약한 "여편네"다. 데리고 간 어린놈이 놀라 울고 여기저기서 취객들이 모여들었다. 화자는 아내나 어린 자식을 걱정하기는커녕 사람들이 자기를 알아볼까 꺼려졌고 더구나 가장 아까운 것은 종이우산을 두고 온 일이라니, 이 고백은 얼마나 치졸한가.

이런 인물 유형은 도스토옙스키 소설 『지하로부터의 수기』(1846)에 나오는 주인공을 연상하게 한다. 여기서 지하는 지하 단칸방을 의미하는 것이 아니라, 의식 아래 있는 무의식을 말한다. 혼자 살아가는 마흔 살가량의 사내는 이십

년쯤 복무한 하급 관리다. 약간의 유산을 받아 온갖 망상과 피해 의식 속에 살아간다. 한 장교에게 무시당했다는 망상 속에서 오랫동안 복수를 계획하고, 고작 한 일이라곤 우연히 어깨를 부닥치고 이겼다고 생각하는 것일 뿐인 쫀쫀한 인간이다. 자기보다 약자인 매춘부 리자를 집에 오게 하고, 그녀를 괴롭히는 치졸한 인간이다. 루쉰의 『아Q정전』의 아큐에 비견할 만한 치졸한 인간이 러시아에서는 『지하로부터의 수기』의 주인공이라면, 한국에서는 김수영 시 「죄와 벌」에 나오는 남정네, 김수영 자신이 아닐까.

「죄와 벌」의 폭력인간은 자신의 알량한 자존심도 직시하고, 자기를 바라보는 구경꾼 40여 명을 직시하고, 두고 온 우산도 직시한다. "나는 사물을 바로 보겠다"(「공자의 생활난」)는 직시直視를 놓치지 않는다. 여기서 가장 직시하는 대상은 자기 자신, 김수영이다.

김수영은 도스토옙스키에 관한 두 편의 영어 평론을 우리말로 번역해서 《현대문학》에 발표했다. 첫 번째 평론은 라이오넬 트릴링Lionel Trilling이 쓴 「쾌락의 운명 – 워즈워드에서 도스토옙스키까지」(1965. 11.)이다. 이 글에서 트릴링은 도스토옙스키 소설 『지하로부터의 수기』에 등장하는 주인공은 쾌락, "직접적인 외양만의 행복"의 추구에 대항하는 불쾌를 추구한다고 평했다. 『죄와 벌』에 나오는 등장인물이야말로 불쾌를 추구하는 인물이라 볼 수 있다.

두 번째 평론, 조지프 프랭크Joseph Frank가 쓴 「도스토옙스키와 사회주의자들」(1966. 12.)에서도 『지하로부터의 수기』라는 책을 주목하고 있다. 프랭크는 이 소설의 주인공이 내면의 정신적 자유를 추구하는 현대인의 고투를 전형적으로 형상하고 있다고 했다. 프랭크는 이념적 도식에 얽매인 사회주의자들 문학보다 도스토옙스키의 작품이 훨씬 우수하다고 평가했다.

도스토옙스키 소설의 패러디로 시 「죄와 벌」을 읽는다면 주인공 라스콜리니코프를 패러디한 인물이 '나'라고 할 수 있겠다.

"내가 그 더럽고 백해무익한 이를, 아무에게도 도움이 되지 않는 돈놀이하는 할멈을 죽여버렸으니 마흔 가지나 되는 죄를 용서받을 수 있는 것이다. 가난뱅이의 피나 빨아먹는 그런 할멈을 죽인 것도 죄란 말이냐? 나는 죄라고는 생각지 않아, 그걸 속죄하려는 생각은 없다. 어째서 모두 사방에서 죄다, 죄다 하고 나를 윽박지르는 거냐. 이제야 나는 뚜렷이 알겠구나. 나의 약한 마음이 얼마나 어리석었는가를 이제야 겨우 알겠군."

(『죄와 벌』에서 라스콜리니코프의 말)

노파를 죽여놓고도 절대 반성하지 않고 온갖 쪼잔한 일로 절망하고 7시만 되면 간질 환자처럼 쓰러지고 마는 라스콜리니코프의 모습은 아내를 때린 뒤에 "지우산을 현장에 버리고 온 일"을 안타까워하는 '나'의 모습과 닮아 있다. 아니, 김수영의 자화상은 라스콜리니코프보다는 『지하로부터의 수기』에 나오는 쪼잔하기 이를 데 없는 '나'의 모습이라 할 수 있겠다. 이 소설에서 '나'는 누구보다 똑똑하다고 자부하지만, 철학도 이념도 모두 경멸하고 결국은 자기 자신을 가장 경멸하고 만다. 언제나 조롱과 경멸을 자초하고 증오로 어쩔 줄을 몰라 하다 결국에는 스스로 학대하고 저주하는 인물이다. 김수영의 시 「죄와 벌」에 나오는 '나'와 유사한 것이다.

라스콜리니코프나 「죄와 벌」의 '나'는 스스로를 대단한 초인으로 생각하지만, 결국은 살인범이나 지우산이나 생각하는 필부에 불과하다. 결국 「죄와 벌」은 라스콜리니코프보다도 치졸한 '나'를 자조自嘲하는 반성문으로 읽어야 할 것이다. '미투 시대'에 이보다 더 구체적으로 세세하게 드러낸 반성문이 있는지 따지기 전에, 페미니즘 시각에서 보면, 때렸다는 사실 자체를 용서하기 어렵고, 여성을 들어 자신의 순진을 드러내는 시도 자체가 더욱 불쾌할 수도 있겠다.

시 「죄와 벌」은 도스토옙스키의 『죄와 벌』의 제목을 패러디하여 증오에 대한 자신의 폭력 행위를 희화화하고 있다. 별 대단한 것도 아닌 문제에 아내를 폭행하는 권위주의적 남편에 대한 통렬한 야유가 싸늘하다.

루쉰이 아큐를 들어 당시 무지몽매한 중국인을 풍자했다면, 도스토옙스키는 지하인간을 들어 당시 몽상에 젖은 러시아인들을 풍자했다. 김수영은 우산으로 아내를 때리는 폭력인간을 들어, 당시 한국 사회와 자신을 벌하고 있다. 아내를 우산으로 때린 '죄'에 대한 '벌'이 바로 이 작품이다. 이에 대해선 노혜경 시인의 글이 명확하다.

"이 시는 여성혐오적이자 동시에 그 혐오의 원인(실패에서 기인한다는)을 보여준 시다."(노혜경, 「문학은 여혐해도 된다?」, 《시사저널》 2021. 8. 21.)

김수영은 자기 스스로 범한 '죄'를 드러내고, 그 죄를 드러낸 이 작품으로 '벌'을 받는다. '벌'을 받으려는 의도가 명확히 보이는 작품이다. 당연히 제목은 '죄와 벌'이다. 김수영은 이 사건이 벌어진 공간을 "이 캄캄한 범행의 현장"으로 규정한다. 스스로 범행을 저질렀다고 표기한다. 윤동주가 두 손 모으고 옷깃을 여민 자기성찰을 했다면, 김수영은 자기 면상을 주먹으로 치는 정말 잔인한 자기성찰을 한다. 루쉰의 아큐는 자기 얼굴을 세 번 치고 만족하지만, 김수영은 자기 얼굴을 치고, 스스로 지탄받아 마땅한 인간임을 자백하는 '벌'을 받는다. 요즘 사람들이 이 시를 들어 김수영은 페미니즘 시각에서 비판받아야 할 시인이라 한다면, 김수영은 당연한 '벌'로 받아들이지 않을까.

1963년 10월 11일

아이들을 가르치면서

우리들의 웃음

나는 아이들을 가르치면서
우리나라가 종교국宗教國이라는 것에 대한 자신을 갖는다
절망은 나의 목뼈는 못 자른다 겨우 손마디 뼈를
새벽이면 하프처럼 분질러놓고 간다
나의 아들이 머리가 나빠서가 아니다
머리가 나쁜 것은 선생, 어머니, IQ다
그저께 나는 빠스깔이 "머리가 나쁜 것은 나"라고 하는 말을 들었다

나는 아이들을 가르치면서
우리나라가 종교국이라는 것에 대한 자신을 갖는다
마당에 서리가 내린 것은 나에게 상상想像을 그치라는 신호다
그 대신 새벽의 꿈은 구체적이고 선명하다
꿈은 상상이 아니지만 꿈을 그리는 것은 상상이다
술이 상상이 아니지만 술에 취하는 것이 상상인 것처럼
오늘부터는 상상이 나를 상상한다

이제는 선생이 무섭지 않다
모두가 거꾸로다
선생과 나는 아이를 가르치는 것이 아니라 아이들을

가르치고 있기 때문이다

종교와 비종교, 시詩와 비시非詩의 차이가 아이들과 아이의 차이이다

그러니까 종교도 종교 이전에 있다 우리나라가

종교국인 것처럼

새의 울음소리가 그 이전의 정적靜寂이 없이는 들리지 않는 것처럼······

모두가 거꾸로다

─태연할 수밖에 없다 웃지 않을 수밖에 없다

조용히 우리들의 웃음을 웃지 않을 수 없다

(1963. 10. 11.)

첫 구절은 "나는 아이들을 가르치면서"로 시작한다. 김수영에게 가장 가까운 '아이들'은 당연히 두 아들이다. 큰아들은 준儁이고, 둘째 아들은 우瑀로 두 아들 모두 이름을 외자로 지었다. 1960년대에 김수영은 당시 최고의 학교 중 하나였던 덕수국민학교에 장남 김준을 전학시킨다. 김수영 부부가 애써 전학시켰건만 준이는 공부를 잘하는 편이 아니었다. 겨우 꼴찌를 면하는 처지였다. 처제에게 가정교사 역할을 해달라고 부탁했지만 준이는 도통 공부를 하려 들지 않았다.

답답했던 김수영이 준이에게 주먹을 날리기는 했지만, 준이는 공부 말고 잘하는 것이 있었다. 아내 김현경이 신수동에 미장원을 차린 뒤, 아빠와 아들은 함께 식사하는 때가 많았는데, 그때마다 준이가 졸인 고등어가 김수영 입맛에 딱 맞았다.

"준이야, 고등어 정말 잘 졸이는구나. 이 길로 가도 되겠다."

김수영은 큰아들 준이가 공부는 못했지만 요리를 잘해 좋아했다고 한다. 「우리들의 웃음」을 읽으면 김수영와 아들 사이의 일상이 떠오른다. 그가 두 아들을 얼마나 사랑했는지는 아내 김현경의 회상에 잘 드러난다.

그이가 술을 좋게 마시고 기분 좋게 들어오는 날 밤이면, 우리 집안은 무지개가 뜨는 듯 참으로 환하고 즐거운 집이 되었습니다. 그런 날이면 그는 두 아들을 숫제 광적으로 사랑합니다. 이 부실했던 아내까지도.

아이들과의 약속은 아무리 술에 곤드레만드레가 되어도 꼭 지켰습니다. 'XX수련장'이 필요하다면 여하한 곳이든 샅샅이 뒤져 구해가지고 오는 열성 아버지였습니다. 아이들의 학교에도 잘 갔습니다. 물론 담임선생이나 아이들에게 들키지 않게 몰래몰래 갔다 와서는, 아이들의 거동을 지켜본 얘기를 제게 다정하게 하곤 했습니다.

(김현경, 『김수영의 연인』, 177면)

아내 김현경의 표현에 따르자면 김수영은 분명 두 아들을 '종교'처럼 생각했다. 그래서 김수영은 "아이들을 가르치면서/우리나라가 종교국이라는 것에 대한 자신을 갖는다"(1연 1~2행)고 말한다. 이 시에서 종교라는 단어는 7번 나온다. 종교라는 단어는 김수영 시에서 대단히 중요하다. 그가 시대에서 "위대한 것"이라고 할 때는 종교적일 때이다. 예이츠를 인용하면서도 종교적 성향을 들어 위대한 시인이 되는 근거로 제시한다. 김수영 시의 근저에는 '숨은 신' 의식이 숨어 있다. 여러 번 언급했듯이 거제 포로수용소 시절 3년간 그가 성경에 의존하여 살았다는 기록도 참고할 만하다.

포로수용소에서 겪었던 설움 속에서 기댈 것이 없었던 김수영에게 성경은 적지 않은 힘을 주었나 보다. "의지할 곳이 없다는 느낌이 심하여질수록" 그는 "진심을 다하여 성서를 읽었"다. 성경에서 얻었던 초자아적 힘이 이후 아이들을 희망으로 보는 종교로 바뀌는 것이 아닐까. 그에게 진정한 종교는 혁명이자 시의 정점이었다.

닭을 키우며 절망 속에서 살아가는 김수영이지만 그 '절망'은 시인의 "목뼈는 못 자른다"(1연 3행). 그것은 다만 "겨우 손마디 뼈를/새벽이면 하프처럼 분질러 놓고"(1연 3~4행) 갈 따름이다. 절망적인 상황은 공부를 못하는 아들에게도 마찬가지다. 그렇지만 "아들이 머리가 나빠서가 아니다"(1연 5행)라고 김수영은 단언한다. 아들의 재능을 발견하지 못하는 "선생, 어머니, IQ"(1연 6행)가 나쁘기 때문이라고 김수영은 판단한다. 아들 혹은 아이들이 갖고 있는 가망성에 대한 신뢰를 시인은 포기하지 않는다.

2연에서는 '상상'이라는 단어가 7번 나온다. "마당에 서리가 내린 것"은 "나에게 상상을 그치라는 신호"라고 하니 '서리'는 부정적인 의미로 연상된다.

여기에는 두 가지 상상이 있다. 앞에 있는 상상은 일종의 잡념이다. 헤겔이 말한 즉자적 상상일 수도 있다. 뒤에 나오는 상상은 메타적 상상이다. 시를 쓸 수 있는 창조적 상상이다. 마당에 서리가 내린 것은 나에게 시를 쓰는 후자의 상상을 그치라고 압박하는 신호라고 본다. 꿈은 잡념의 상상이지만, 내가 꿈을 그릴 때 그것은 창조적 상상이 된다. 술은 잡념을 일으키지만, 술에 취하여 마음 열고 대화할 때 창조적 상상에 이를 수 있다. "오늘부터" 잡념적 상상이 나를 창조적으로 상상한다. 의미 있는 상상을 하려면 종교적 상상이 필요하다고 그는 생각한다. 그래서 "우리나라가 종교국이라는 것에 대한 자신을 갖는다"고 한다. 김수영은 창조적이고 종교적 상상에 이르는 교육을 언급하고 있다.

3연에서 중요한 것은 김수영이 "아이/아이들"을 구분하고 있다는 점이다. "선생과 나는 아이를 가르치는 것이 아니라 아이들을 가르치고 있기 때문이다"라는 문장은 많은 해석이 가능하다. 이 구절을 보면 "종교=시=아이들"은 하나로 묶이고, "비종교=비시=아이"가 하나로 묶인다. 김수영은 왜 이렇게 나누었을까. 왜 두 양태 사이에 "차이"가 있다고 했을까. 자기 아이만 생각하는 사회는 비시, 비종교적 사회다. 가족적 자아를 넘어설 때 새로운 지경에 이른다는 말이다.

가족이기주의로 사는 삶은 "모두가 거꾸로다"로 보인다. 왜냐하면 "선생과 나는 아이를 가르치는 것이 아니라 아이들을/가르치고 있기" 때문이다. 이때 아이들이라는 복수를 아이라는 단수로도 가르칠 줄 알아야 한다. 한 명 한 명 아이, 곧 하나의 가능성인 단독자(singularity)를 살려내는 교육을 해야 한다.

"아이들"은 복수의 단독자로 이루어진 공동체다. 단독자도 중요하고 공동체도 중요하다. 단독성이 없는 공동체가 아니라, 한 명 한 명 단독성을 가진 공동체가 필요하다.

새의 울음소리가 그 이전의 정적靜寂이 없이는 들리지 않는 것처럼……
모두가 거꾸로다

새의 울음소리도 자기만의 재능으로 들리는 것이 아니라, 정적이라는 "우리"가 있어야 한다. 자기 아이 한 명에게만 집중해서 키우는 교육은 웃지 않을 수밖에 없다. 그 세계를 뒤집으면 우리는 "조용히 우리들의 웃음을 웃지 않을 수 없"을 것이다. 새로운 세계로 해방된 우리는 조용히 웃을 수 있을 것이다.

김수영은 여성혐오 시인인가

시 「여자」·「죄와 벌」, 산문 「반시론」

"'여자란 집중된 동물이다'라는 문장으로 시작하는 「여자」라는 시 말이죠. 이상하지 않나요? 포로수용소에서 만난 여성과 아들 6학년 때 학부형회에서 만난 어머니를 모든 여성으로 일반화시키고 있어요. 여성이 얼마나 다양한데요. 여성성이니 남성성이니, 말 자체가 위험해요. 쓰지 말아야 할 표현이지요. '선천적인 집중도'니 '여자의 본성'이니 하는 말은 편견을 조장하는 표현이지요. 여성성을 긍정한다 해도, 남성 권력이 내리는 정의 아닐까요."

강연을 마치자 성실하게 메모하던 여대생이 또박또박 입을 열었다. 긴 이야기가 끝나자, 가만 듣고 있던, 여대생의 엄마 나이쯤으로 보이는 중년 여성은 낮게 말했다.

"'여자'로 일반화한 게 싫다고 했지만, 거기까지 문제 삼으면 언어 생활 자체가 어려워요. 현실은 불가능할 정도로 여성성과 남성성을 나누고 있잖아요 뭐랄까. 관념적으로 생각할 수는 있지만, 현실은 다르지요."

타이르는 듯한 말투가 피곤한지 차분하고 총명한 말투의 여대생 말씨가 조금 빨라졌다.

"「죄와 벌」이라는 시는 더 심각해요. 도스토옙스키를 패러디했다 뭐다 하더라도, 이건 여성혐오가 아니라, 죄송해요, 제가 심한 표현을 쓸 수도 있어요. 찌질이 인간말종이지요. 어찌 이런 사람을 한국의 일급 시인이라 할 수 있는지요?"

「죄와 벌」을 읽고 김수영에게서 떠나는 여성들이 많다. 말은 안 하지만 오랫동안 페미니즘 입장에 서 있다는 것이 느껴지는 중년 여성은 차분하게 말한다.

"자기가 저지른 일을 스스로 기록했는데, 그것도 자랑으로 쓴 것이 아닌데, 김수영만 여성혐오자라 불리는 건 좀 억울하지 않을까요. 그렇다고 그땐 다 그랬으니까 여성혐오라 부르지 말자는 게 아니고요. 분명 여성혐오 맞아요."

대립도 아니고, 의견이 서로 보충되는 것도 아니고, 조금 서먹서먹해서 내가 끼어들려는 참에, 중년 여성이 천천히 말했다.

"과거를 현재의 잣대로 윤리적으로 재단하면 대부분이 걸리죠. 1960년대 남성 의식을 지금의 잣대로 보면 거의 범죄자일 거예요. 다만 이제 성평등 사회에서 그런 짓을 한다면, 그건 분명히 범죄자가 될 수 있고요."

이 대화가 김수영을 강의할 때마다 떠오른다. 중년 여성의 말에 공감하지만, 나는 여학생의 말이 하나도 틀리지 않다고 생각한다. 중년 여성분의 생각도 나와 마찬가지일 것이다.

2000년대 들어 페미니즘 운동이 확산되고 '미투' 운동이 시작되면서, 시인 김수영은 여성혐오 시인으로 지목받았다. 여성성을 지목해서 말하는 것도 위험하고, 반대로 남성성을 지목해서 말하는 것도 위험할 수 있다. 이런 지적에 대해 여성 독자 사이에도 나이에 따라, 입장에 따라 이견이 있다.

그런데 내가 강연할 때 가급적 언급하지 않는 김수영의 문장이 있다. 「반시론 反詩論」(1968)에 나오는 부분이다. 먼저 이 글을 쓸 당시 김수영의 형편은 예전보다 많이 나아져 있었다는 것을 짚는 게 좋겠다. 다음의 문장이 증명하듯.

나이가 먹으면서 거지가 안 된다는 것은 생활이 안정되어가고 있다는 말이 된다. 불안을 느끼지 않는다. 그리고 불안을 느끼지 않는 눈으로 세상을 바라보고 남을 판단한다. 하다못해 술친구들까지도 자기하고 생활 정도가 비슷한 사이를 좋아하게 된다.

(『김수영 전집 2』, 504면)

김수영은 레이몽 크노의 다재다능한 삶을 곡예사에 비유하면서 "레이몽 크노의 재기발랄한 시"라고 표현했다. 이 글은 기존 시에서 새로움을 창조하지 못하는 기성 시단과 자신에 대한 일탈적 반성이 무의식을 풀어내듯 현실과 무의식이 마구 섞여 나열되고 있다. 막 쓴 글 같지만 「반시론」은 자본과 노동과 성이라는 키워드로 문학과 인간을 성찰하는 글이다.

「라디오 계」라는 발표할 수 없는 시 얘기도 하면서 "요즘에 와선 그런 자존심도 없어졌다"고 낮게 고백한다. 모 신문사에서 김수영의 칼럼을 다섯 군데나 고쳤는데도 "불명예스러운 협상을" 해버린다. 새로움을 창조해나가겠다는 자신의 고집을 잊어가는 것이다. 급기야 "모든 윤리기관을 포함한 획일주의가 멀쩡한 자식을 인위적으로 병신을 만들고 있다"며 한탄한다. 자존심도 없고, 불명예와 협상하고 "병신"이 되어버린 것은 수영 자신일 것이다. 이 글은 발표 지면을 모르고 원고만 남아 있는 글이다. 여기서 김수영은 1960년대 검열 국가가 된 것을 배경에 깔고 안타까워한다. 「김일성 만세」 등 그가 검열 체제에 저항한다는 것은 잘 알려진 사실이다.

그런데 요즘 작가들이 절대 쓰지 못할 일상이 날것으로 나온다. 검열 사회를 보면서 그는 "흥분하고 말았다", 곧 화가 났다. 부패한 검열 사회 속에서 살아가는 것, "이것이야말로 진짜 죽느니만 못"한 상황인 것이다. 다음 문장에서 김수영은 불편한 상황을 누설한다. 다음 부분은 그의 「죄와 벌」과 더불어 여성 독자들이 김수영을 외면하게 하는 근거로 제시되곤 한다. 김수영은 "술을 마시고 창녀를 산"다. 분노한 상황에서 창녀와 하룻밤을 지낸 것이다.

창녀와 자는 날은 그 이튿날 새벽에 사람 없는 고요한 거리를 걸어 나오는 맛이 희한하고, 계집보다도 새벽의 산책이 몇백 배나 더 좋다. 해방 후에 한 번도 외국이라곤 가본 일이 없는 20여 년의 답답한 세월은 훌륭한 일종의 감금 생활이다. (중략) 그래서 나는 한적한 새벽 거리에서 잠시나마 이방인의 자유의 감각을 맛본다.
(위의 책, 506면)

소설이라면 모르지만, 이건 실제 생활이 들어간 산문이다. 아내가 있는 남정네가 욕먹을 사실을 수영은 숨기지 않고 내놓는다. 이 불편한 부분을 피하지 말고 접근해보자. 흔히들 보통의 남자들이라면 평생 숨기는 행위 아닌가. 도대체 왜 이런 사실을 누설했을까. 다양한 의견이 있을 수 있다.

첫째, 예술가가 일본의 사소설私小說처럼 자신의 마초적 욕망을 그대로 드러낸 문학적 방법일까. 성매매를 가리켜 "일종의 감금 생활"을 하고 있어 달리 일탈할 방도가 없는 자의 자학적 탈출 행위처럼 표현한 문장에 여성들은 더 분노를 느낄 수 있다. "한 계집을 정복한 마음은 만 계집을 굴복시킨 마음이다"라는 구절은 남성의 마초 욕망 이외에 달리 해석하기가 쉽지 않다. 지금 관점에서는 도덕적으로 욕먹을 수밖에 없는 태도다. 거꾸로 생각해보자. 당시는 단골 창녀가 있을 정도로 성매매가 일반적이었던 시기였다. 『악의 꽃』을 쓴 샤를 피에르 보들레르Charles Pierre Baudelaire(1821~1867)는 대학 입학 이전에 이미 성병에 걸렸고, 만 21세 때 모계 3대가 매춘부인 가계의 매춘부와 함께했다. 이 시집 12장 「여자들과 창녀들」에 나오는 서술과도 비교할 수 있겠다. 보들레르는 자기가 자주 가던 매춘부들 이름과 주소까지 공개했다. 제임스 조이스James Joyce(1882~1941)의 장편소설 『젊은 예술가의 초상』 2장에서 주인공이 매춘부와 성매매를 하는 장면은 자전적 이야기다. 다자이 오사무(太宰治, 1909~1948)의 자전적 소설 『인간실격』에서 주인공 요조는 불안할 때 창녀를 찾으며 안심한다. 인간 취급을 받지 못하는 창녀와 동질감을 느낀다. 창녀와 동거하고, 마지막 연애를 보내고 자살을 시도한다. 이런 행위들을 창작을 위한 노력으로 받아들일 수 있을까.

다만 김수영이 성매매를 대놓고 발설한 것은 나이 40대의 일이며 아내와 아들이 있는데도 치부와도 같은 이런 얘기를 썼다. 악惡이 문학의 소재가 된다 해도, 김수영의 진술은 보들레르나 제임스 조이스나 다자이 오사무의 창녀 서술을 넘어서는 충격을 준다. 시인 이상 정도라고 할까. 도덕을 문학의 중요한 잣대로 보는 한국 문학에서는 아주 드문 표현이다.

두 번째로 드는 생각은 김수영이 당대 자본주의의 욕망을 그대로 드러낸 것이 아닐까 하는 것이다. 비교컨대 발터 벤야민의 『베를린의 유년시절』에서도 자본주의 사회에서 착취당하는 대상을 노동자, '찌라시' 돌리는 선전원, 마지막으로 창녀를 예로 든다. 당시는 남자는 몸으로 노동하는 자본주의 발전 단계였고, 동시에 여성은 몸을 팔아 성장자본주의와 함께하는 소위 자본주의적 신체가 드러난 사회였다. 김수영은 비슷한 언술을 한다.

"이것은 탕아만이 아는 기분이다. 한 계집을 정복한 마음은 만 계집을 굴복시킨 마음이다. 자본주의의 사회에서는 거리에서 여자를 빼놓으면 아무것도 볼 게 없다."

앞부분은 용서할 수 없는 문장으로 읽히는데, 뒷문장과 연결시켜 읽으면 자본주의 사회의 현실을 누설한 문장으로 읽힌다. 기생관광이라는 여행 코스가 있는 시대였다. 어찌하든 김수영의 성性 이해는 복잡하게 섞여 있는 것이 분명하다. 김수영의 드러냄은 어쩌면 시인이나 사람들이 외면하는 성매매 문제를 자학적인 태도로 드러내는 부분도 있겠다.

자본주의의 사회에서는 거리에서 여자를 빼놓으면 아무것도 볼 게 없다. 머리가 훨씬 단순해지고 성스러워지기까지도 한다. 커피를 마시고 싶은 것도, 해장을 하고 싶은 것도 연기하고 발 내키는 대로 한적한 골목을 찾아서 헤맨다. 이럴 때 등굣길에 나온 여학생 아이들을 만나면 부끄러울 것 같지만, 천만에! 오히려 이런 때가 그들을 가장 있는 그대로 순결하게 바라볼 수 있는 순간이다. 격의 없이 애정으로 바라볼 수 있는 순간. 때 묻지 않은 순간. 가식 없는 순간.

(위의 책, 507면)

여러 문제를 상상하게 하는 문장이다. 여성을 바라보는 시각에서 여학생을 완전히 '성녀'로 보는 시각이다. 여성을 성녀/창녀 이분법으로 구분짓는 관념, 여성을 어떤 성격으로 규정하는 것 자체를 잘못된 가부장적 태도로 비판할 수 있다. 다만 저 당시 남자들 사고방식의 기준에서 보자면 여학생을 순결하게 보는 것이 평범한 표현이었을 것이다. 지금과 달리 당시 여성들은 이런 문장에 대해 전혀 문제의식을 못 느꼈던 시대였다. 오히려 김수영이 당대의 사고방식을 드러냈다고 보아야 할 것이다. 오히려 문제는 창녀를 사는 것을 숨기고 군자인 양 하는 세상을 탓하는 것이 아닐까. 반면 자신이야말로 "가식 없는 순간"을 누리는 것이다. 그러나 그것이 자랑할 만한 이야기는 아니다. 그는 생활에 여유가 생기고 모든 것이 둔해졌다고 고백한다.

역시 뭐니 뭐니 해도 생활이 안정된 탓일 거라. 여유가 생기니까 이상하게도 여유가 없을 때보다도 덜 가지고 매력도 없어진다. 포옹의 매력도 그렇고 산책의 매력도 그렇다. 여유가 생기면 둔해진단 말이 맞는다. 그리고 둔해지는 것도 좋다는 생각이 들고 둔해지는 것이 좋다고 생각하는 것도 좋다는 생각이 들고, 자꾸 이런 식으로 무한대로 좋다는 생각이 드니 할 수 없다.

(같은 곳)

생활에 여유가 생기면서 김수영은 민감한 감각을 잊어간다. "둔해지는 것"을 느낀다. 내가 앞에서 이 글을 쓸 당시 김수영의 형편이 예전보다 나아지고 있음을 부러 언급한 것은 이 때문이다. 자신의 삶이 게으르고 둔해지는 것을 김수영은 어머니의 불교 신앙과 비교한다. 자신의 글쓰기를 "노모가 절에 다니는 거나 조금도 다를 게 없다"고 쓴 부분이 눈에 든다. 문학 행위란 그에게 종교 행위에 이르는 것이라는 고백일 수도 있겠다. "어머니는 절에도 다니지만 아직도 땀을 흘리고 일을 하는데"라는 구절을 볼 때 김수영 시인이 사망할 때 어머니가 살아 계셨던 모양이다. 글쓰기를 종교 행위에 비유하면서도 곧바로 김수영답게 "나는 땀도 안 흘리고 오히려 불공 돈의 몇 갑절의 술값만 낭비하고 있다"라며 반성한다.

어머니는 공들여 예불을 드렸건만 김수영 자신의 삶은 예민한 감촉을 잊고 둔해져간다. 이런 상황을 그는 "경화증에 걸린 채로" 시를 쓰고 지낸다고 표현했다. 경화증硬化症이란 간, 또는 신장 경화증처럼 몸이 한 부분이 딱딱하게 굳어가는 질병이다. 자기가 배부른 시를 쓴다는 것은 '반反시론'에 입각하여 정면돌파를 못한다는 말이다. 김수영이 보여주는 '여성혐오적=자기혐오적' 시나 산문은 자본주의 시대의 '아비 지우기'의 작업이 아닐까도 싶다.

세 번째 해석으로는 김수영이 성매매 행위를 누설한 것은 그 당시 검열 사회를 냉소한 것이라고 보는 시각도 있다.

김수영이 검열 사회를 넘어서려고 애쓴 것은 명백한 사실이다. 성매매보다 더 더러운 짓을 하면서도 고귀한 척하는 사람들이 일반 상식을 따른다면, 김수영은 반反상식으로 자신에게 침을 뱉으며 성매매 이야기를 써놓은 면도 있지 않을까. 당시가 가부장 시대이기는 했지만, 이런 글을 쓰면 사회적으로 매장될 수 있었기에 다른 문인들은 절대 이런 내용을 글에 담지 않았다. 역설적으로 이 정도까지 솔직하게 남성의 욕망을 쓴 글이 어떻게 가능했을까. 그것을 감안하면 김수영식 정직성의 극치를 보여주는 산문이라고 볼 수도 있겠다. 모든 사상과 자유를 검열하는 검열 국가에 대해 가장 저열한 성적 행위로 냉소하는 것으로 볼 수도 있다. 김수영이 쓴 「성교」라는 시는 《동아일보》에 발표될 때 「성」으로 제목이 수정되어 나왔다. 「반시론」에 창녀 에피소드를 넣은 것은 고귀함을 주장하는 정치적 표현에 대한 검열을 냉소하는 「김일성 만세」 같은 시도로 보일 수도 있다. 「반시론」은 정치표현 검열과 성표현 검열에 균열을 일으키는 글일 수 있다.

「반시론」에서 김수영은, 첫째, 여유를 찾자 예민한 감촉도 잃고, 민중의 삶도 잊은 태도를 반성한다. 둘째, 고답적인 관념에 갇혀 있는 성적 표현에서 자유로운 역설의 시를 꿈꾼다. 셋째, 민족통일에만 갇혀 있는 참여시를 넘어 미래의 과학까지 포괄시킬 시를 꿈꾼다. 기존의 고정관념을 깨뜨리는 김수영의 반시적 사유는 '온몸'과 '자유'라는 뿌리에 근거를 두고 있다. 그의 언어는 보수적 고정관념을 뒤엎는 위반의 언어 창조였다. 김수영의 반시적 상상력은 가장 예민한 성적 표현에서도 자유롭고, 고정된 참여시의 틀마저 벗어서 미래적 과학성까지도 겨냥한다.

마지막에 김수영은 러시아 시인 안드레이 보즈네센스키Andrey Voznesensky (1933~2010)를 언급한다. 스탈린 시대에 일어난 언어의 타락과 황폐에 반대하여 행동했던 보즈네센스키야말로 김수영이 1960년대 검열 사회에 대항할 수 있는 정신적 글벗이었을 것이다.

김수영의 이 산문을 읽으면 김수영을 성매매에 탐닉하는 술꾼으로 비난할 수 있다. 명확히 공감할 수 있는 것은 김수영은 충격적으로 정직하다는 것이다. 이영준 교수의 평가는 통합적이다.

"극단적인 철학과 가장 비루한 일상이 그대로 섞여 있는 글이에요. 남성 문화가 갖고 있는 허위를 이 글만치 잘 보여주는 글은 한국 문학에서 어디에 있을까. 한국 사회에서 사회적 매장을 각오하고 쓴 글이지요. 욕망, 종교, 돈, 시작법까지 과연 온몸으로 글 쓰는 행위가 무엇인지 보여주는 글입니다."

실로 다양한 생각을 하게 하는 글이다. 김수영의 일련의 글은 여성들에게 거부감을 준 것이 사실이다. 정직한 것을 드러내는 방법이 이 방법밖에 없었을까, 여전히 의문으로 남는다.

나아가 더 살펴봐야 할 과제는 포스트 프로이트주의와 김수영과의 관계다. 김수영은 1965년에 "조르주 바타유의 『문학의 악』과 모리스 블랑쇼의 『불꽃의 문학』을 일본 번역책으로 읽었는데, 너무 마음에 들어서 읽고 나자마자 즉시 팔아버렸다"(「시작 노트 4」)고 썼다. 조르주 바타유Georges Bataille(1897~1962)는 에로티즘을 통해 자본주의 모순과 도덕적 금제에 균열을 일으킨 사상가였다. 성의 자유와 혼돈과 악을 창조의 방식으로 이용한 바타유의 글쓰기는 기성 질서의 금기를 위반하는 전복이었다. 바타유는 도덕을 넘어서는 새로운 가치를 창조하고자 했다.

김수영은 38선이며, 군사독재며, 언론 검열, 자본주의의 비인간적인 구조 등 너무도 많은 억압에 시달렸다. 김수영의 「반시론」은 조르주 바타유의 영향과 그 방식으로 쓴 글로 보인다. 이 글에 쓴 김수영의 파격적 에로티즘은, 지금의 시각에서 여혐이라는 비난의 대상이 되지만, 역설적으로 불온한 방법으로 온갖 금기의 벽에 균열을 일으키려는 전략이기도 했다.

1964년 2월 3일

아무리 더러운 역사라도 좋다

거대한 뿌리

나는 아직도 앉는 법을 모른다
어쩌다 셋이서 술을 마신다 둘은 한 발을 무릎 위에 얹고
도사리지 않는다 나는 어느새 남쪽식으로
도사리고 앉았다 그럴 때는 이 둘은 반드시
이북 친구들이기 때문에 나는 나의 앉음새를 고친다
8·15 후에 김병욱이란 시인은 두 발을 뒤로 꼬고
언제나 일본 여자처럼 앉아서 변론을 일삼았지만
그는 일본 대학에 다니면서 4년 동안을 제철회사에서
노동을 한 강자다

나는 이사벨라 버드 비숍 여사와 연애하고 있다 그녀는
1893년에 조선을 처음 방문한 영국 왕립지학협회 회원이다
그녀는 인경전의 종소리가 울리면 장안의
남자들이 모조리 사라지고 갑자기 부녀자의 세계로
화하는 극적인 서울을 보았다 이 아름다운 시간에는
남자로서 거리를 무단통행할 수 있는 것은 교군꾼,
내사, 외국인의 종놈, 관리들뿐이었다 그리고
심야에는 여자는 사라지고 남자가 다시 오입을 하러

활보하고 나선다고 이런 기이한 관습을 가진 나라를
세계 다른 곳에서는 본 일이 없다고
천하를 호령하는 민비는 한 번도 장안 외출을 하지 못했다고……

전통은 아무리 더러운 전통이라도 좋다 나는 광화문
네거리에서 시구문의 진창을 연상하고 인환네
처갓집 옆의 지금은 매립한 개울에서 아낙네들이
양잿물 솥에 불을 지피며 빨래하던 시절을 생각하고
이 우울한 시대를 파라다이스처럼 생각한다
버드 비숍 여사를 안 뒤부터는 썩어빠진 대한민국이
괴롭지 않다 오히려 황송하다 역사는 아무리
더러운 역사라도 좋다
진창은 아무리 더러운 진창이라도 좋다
나에게 놋주발보다도 더 쨍쨍 울리는 추억이
있는 한 인간은 영원하고 사랑도 그렇다

비숍 여사와 연애를 하고 있는 동안에는 진보주의자와
사회주의자는 네에미 씹이다 통일도 중립도 개좆이다
은밀도 심오도 학구도 체면도 인습도 치안국
으로 가라 동양척식회사, 일본영사관, 대한민국 관리,
아이스크림은 미국놈 좆대강이나 빨아라 그러나
요강, 망건, 장죽, 종묘상, 장전, 구리개 약방, 신전,
피혁점, 곰보, 애꾸, 애 못 낳는 여자, 무식쟁이,
이 모든 무수한 반동反動이 좋다.
이 땅에 발을 붙이기 위해서는
─제3인도교의 물속에 박은 철근 기둥도 내가 내 땅에

박는 거대한 뿌리에 비하면 좀벌레의 솜털
내가 내 땅에 박는 거대한 뿌리에 비하면

괴기 영화의 맘모스를 연상시키는
까치도 까마귀도 응접을 못하는 시꺼먼 가지를 가진
나도 감히 상상을 못하는 거대한 거대한 뿌리에 비하면……

(1963. 2. 3.)

이 시는 1974년 『거대한 뿌리』(민음사)라는 제목으로 김수영 시선집이 나오면
서 새삼 주목받는다.

사람들의 앉는 방식의 다양성에 대한 이야기에서 출발한다. 이북식, 남쪽
식, 일본식 등 사람마다 제각기 다른 앉음새를 가지고 있는데 이는 그들의 지
방색이나 정치색, 그리고 생활 경험을 반영한다. 앉는 방식은 삶의 정황(Sitz im
Leben), 곧 삶의 자리라 할 수 있겠다. 도입부에서 시인은 자신의 정체성을 '앉
는 법'에 비유하면서, 어떤 자리에서 이 세상을 보아야 할지 묻는다. '앉는 방식'
하나만 봐도 그의 태도와 역사와 전통을 볼 수 있다는 도입부로 시를 시작한다.

비숍 여사와 연애를 하고

화자는 구한말 조선을 방문했던 영국 왕립지학협회 회원 비숍 여사가 기록한
『조선과 그 이웃 나라들(Korea and Her Neighbours)』(1897)을 마치 연애하듯
탐독하고 있다. 비숍은 1854년 스물세 살에 친척이 있는 미국으로 처음 여행 가
서 『로키 산맥 속의 숙녀 생활(A Lady's Life in the Rocky Mountains)』을 낸다.
1856년 이 책은 45쇄를 기록하며 영국 최고의 베스트셀러가 된다. 이후 출판사
에서 자금을 지원하여 일본, 중국, 베트남, 티베트, 싱가포르 등을 탐사, 여행기
를 쓰면서 50여 년을 최고의 여행작가로 지낸다. 환갑을 넘긴 63세의 비숍 여사
가 처음 조선을 방문한 때는 막 1월 11일에 동학농민혁명이 시작되고 나서 한

달 후인 1894년 2월이다. 이때부터 1897년 3월 사이에 그녀는 네 차례나 조선을 둘러본다. 그저 한양만 본 것이 아니라, 나룻배나 조랑말을 타고 조선 땅 방방곡곡을 탐사했다. 황실에서 '영리한' 40대의 명성황후와 인자한 고종을 만난다.

"인경전의 종소리가 울리면" 변하는 경성의 풍속은 비숍 여사에게는 영국에서 볼 수 없는 풍경이었다. 인경전이란 어디에 있는 종루일까.

저녁 8시경이면 남자들은 집으로 가야 하고 여자들은 외출하라는 신호로 큰종을 울린다. (중략) 자정에는 그 종이 다시 울려서, 여자들은 집으로 돌아가고, 남자들은 다시 외출하는 자유를 누린다.

About eight o'clock the great bell tolled a signal for men to retire into their houses, and for women to come out (……) At twelve the

1897년 보신각과 그 주변. 아처 헐버트 콜렉션(Archer Butler Hulbert Collection), 컬럼비아대학 공개 자료

bell again boomed, women retired, and men were at liberty to go abroad.

(I. B. Bishop, *Korea and Her Neighbours*, Fleming H. Revell Company. N. Y., 1897, 47~48면. 번역은 인용자).

영어 원문을 보면 '큰 종(great bell)'이라고만 쓰여 있지 '인경전'이란 말은 없다. 또한 조선의 종루 중에 인경전은 없다. 인경이란, 조선 시대에 통행금지를 알리거나 해제하기 위해 치던 종을 말한다. 인경 종소리를 연상하여 인경전이란 이름을 김수영이 생각해냈을까. 보신각을 본래 인경전人定殿으로 불렀다는 정보도 있다. 비숍 여사가 묘사한 큰 종은 보신각이다.

조선을 건국하고 4년 뒤 1395년 태조 이성계는 2층 종각을 지어 대종大鐘을 걸었다. 그 대종을 1458년 세조 4년에 지금의 종로 네거리에 옮겨 달았으나 임진왜란으로 파괴되었다. 1619년 광해군은 단층 종각으로 새로 지었다. 비숍 여사가 본 '큰 종'은 구한말 고종 대까지 이어진 이 단층 보신각 종각이다. 당시 비숍 여사와 같은 시기에 조선에 있으면서 1897년 1년 동안 영문판《독립신문》주필을 맡았던 아처 헐버트Archer Butler Hulbert가 보관한 사진이 바로 비숍 여사가 본 보신각 종각이다. 당시 종로에는 전봇대도 없었고, 1900년에야 전기가 들어왔다. 그 옆으로 전차가 개통된 때는 1901년이다. 보신각 옆에 전차가 달리는 풍경을 비숍 여사는 볼 수 없었다. 한국전쟁 때 다시 파괴되어 1979년에 화재에도 견딜 수 있도록 철근 콘크리트 2층 누각으로 복원된다.

저녁 8시에 보신각 대종大鐘이 울리면 모든 남자의 통행이 금지되던 거리, 조선의 밤풍경은 영국인의 눈으로 볼 때 이해할 수 없이 비합리적이고 기이했을 것이다. 비숍 여사는 자정까지 다듬이질 소리가 들리는 것을 기막혀했다. "천하를 호령한 민비는 한 번도 장안 출입을 하지 못했다"며 어처구니없다고 썼다. 당시의 관습이며 전통이다. 한국인에게는 그 역사와 전통이 부끄럽고 수치스럽다고 부정하려고 해서 그것이 사라지는 것이 아니다.

전통은 아무리 더러운 전통이라도 좋다 나는 광화문
네거리에서 시구문의 진창을 연상하고 인환네
처갓집 옆의 지금은 매립한 개울에서 아낙네들이
양잿물 솥에 불을 지피며 빨래하던 시절을 생각하고
이 우울한 시대를 파라다이스처럼 생각한다
버드 비숍 여사를 안 뒤부터는 썩어빠진 대한민국이
괴롭지 않다 오히려 황송하다 역사는 아무리
더러운 역사라도 좋다
진창은 아무리 더러운 진창이라도 좋다
나에게 놋주발보다도 더 쨍쨍 울리는 추억이
있는 한 인간은 영원하고 사랑도 그렇다

황실의 상류층부터 길거리 보부상, 아낙네 등 평범한 백성까지 두루 면담한
비숍 여사가 본 인구 25만의 수도 한양은 더러운 도시였다. "조선 사회의 위생
상태는 끔찍하리만큼 불결하다"고 비숍 여사는 평가했다. 종로에서 청계천으
로 가면 초라한 움막, 극빈한 빈민촌이 늘어서 있었다. 한양의 법원은 "부정을
행하며 뇌물을 받는 일 이외에는 하는 일이 거의 없다"고 할 정도로 행정체계

이사벨라 버드 비숍

도 더러웠다. "조선의 관리들은 살아 있는
민중의 피를 빼는 흡혈귀"였다. 그야말로
환경도 더럽고, 행정도 관리도 더러운 나
라였다.

1894년 2월 조선에 도착한 비숍 여사
는 동학농민전쟁에 이어 청일전쟁을 목도
했다. 조선에서 중국, 일본을 본 것이다.
'조선과 그 이웃 나라'라는 제목처럼 비숍
은 조선을 중심에 두고 아시아를 비교한

다. 그 죽음의 혼란기 속에서 조선 "사람들은 일본군을 아주 미워하고 있으면 서도, 그들에 의해 평화로운 질서가 유지되고 있다는 사실을 인정하고 있었다. 평양 사람들은 근대적으로 훈련받은 일본군이 떠나고 나면 시민들의 권리를 얕보고 시민들을 무수히 폭행하고 강탈하는 한국의 구식 군대가 그들을 괴롭 힐까 봐 매우 걱정했다"는 평가를 내놓는다.

비숍 여사가 서양인이 동양인을 비하하는 오리엔탈리즘에서 완전히 벗어났 다고 할 수는 없지만, 그녀는 시민의 입장에서 조선을 보려 했다. "조선인은 중 국인과도 일본인과도 닮지 않은 반면에 두 민족보다 훨씬 잘생겼다", "조선인 은 외국어에 재능이 있어서 중국인이나 일본인보다 훨씬 유창하게 말한다"고 썼다. 그녀는 조선인이 스스로 알지 못하는 가능성에 주목했다.

특이하게 비숍은 조선은 "푹 썩었지만 시민사회 가능성도 있다"고 본다. 그 녀가 본 "조선인들은 대단히 명민하고 똑똑한 민족"이다. "조선인들의 일상적 인 표현은 당혹스러울 정도로 활기차다"는 재밌는 문장도 있다. "어떤 행정적 계기가 주어지면 조선인은 무서운 자발성을 발휘할 백성이다"라고까지 높게 평가했다.

한국은 이런 전망 없는 상황 속에서, 교육으로써, 생산계급들을 보호함으로 써, 부정직한 관리들을 처벌함으로써, 그리고 모든 관직에 실무적인 테스트를 부과함으로써, 즉 실제로 일한 것에 대해서만 지불함으로써, 새로운 국가를 건 설해야만 한다.

그 개혁이 확고하고 능력 있는 책임자의 감독하에서 수행되어진다면 희망 이 없는 것은 아니다.

(이사벨라 버드 비숍, 『한국과 그 이웃나라들』, 살림, 1994, 512면)

비숍 여사는 일본이 틈틈이 엿보는 한국에 아직 가능성이 있다고 보았다. 말미에 조선의 "땅에, 바다에, 역경 속에서도 포기하지 않는 국민들 속에 희망이 있다"고 가능성을 적극 알렸다. 지금은 낙후된 나라지만 지도층의 부패가 사라지고, "확고하고 능력 있는 책임자"가 리더가 된다면, 조선의 민초들은 희망을 보여줄 것이라고 썼다. 이 책의 마지막 문단에 "내가 처음에 한국에 대해서 느꼈던 혐오감은 이젠 거의 애정이랄 수 있는 관심으로 바뀌었다"(위의 책, 522면)고까지 썼다.

김수영이 "그녀는 1893년에 조선을 처음 방문한 영국 왕립지학협회 회원이다"라고 쓴 것은 입국한 연도가 틀리지만 중요한 언급이다. 비숍 여사가 활동한 시대는 단행본 저자 이름을 여자로 쓸 수 없었던 시대였다. 비숍은 버지니아 울프Virginia Woolf(1882~1941)가 『자기만의 방』을 써서 성평등을 알린 시기보다 50여 년 전의 인물이다. 『조선과 그 이웃나라들』이 런던에서 베스트셀러가 되고 나서야 비숍 여사는 '여성 최초로' 유리천장을 깨고 영국 왕립지학협회 회원이 된다.

쌍욕: 더러운 전통, 더러운 역사, 더러운 진창

이 시에는 왜 쌍욕이 나열될까. 비숍 여사의 말을 빌려, 김수영은 더럽디 "더러운" 역사에서 거대한 뿌리에 주목해야 한다는 자신의 생각을 강화시킨다. 이제 "이 우울한 시대를" 오히려 "파라다이스처럼 생각한다"는 구절은 대단히 중요하다. 더럽고 우울한 이 조건이 오히려 긍지를 만들어낼 파라다이스라는 인식이다. 김수영은 더러운 전통, 더러운 역사, 더러운 진창에서 '거대한 뿌리'를 확인한다. 더럽다며 이 거대한 뿌리에 주목하지 않는 대상을 향하여, 김수영은 더러운 욕설로 대응한다.

비숍 여사와 연애를 하고 있는 동안에는 진보주의자와
사회주의자는 네에미 씹이다 통일도 중립도 개좆이다

욕설이 나오는 이 시는 교과서에 실릴 가능성이 없다. 김수영은 왜 이렇게 욕설을 썼을까. 김수영은 여편네, 새끼, 년, 개수작, 돼지다, 그놈의 사진을 밑씻 개로 하자, 씨부리다(씨불이다), 처먹고 있다 등 비속어를 곳곳에 썼다. 그에게 비속어 사용은 외국어를 즐겨 쓰는 사이비 모더니스트나 고귀한 언어만 써야 한다는 전통주의자들에게 향한 비아냥이다. 혹은 더럽디 더러운 부패한 권력 을 향한 공격의 탄알이다.

깨끗한 이들은 한국 문화를 더럽고 천박하고 싸구려로 본다. 김수영은 자기 가 귀하게 보는 것을 더럽다고 무시하는 대상들에게 같은 방법으로 응대한다. 그 더럽다는 욕설로 응대하는 것이다. 이 욕설은 무의식의 가장 솔직한 표현 일 수 있다. 프로이트는 무의식이 의식이라는 필터링을 거치지 않고 그대로 튕 겨 나온 말실수, 농담, 술주정, 욕설, 고함 등이 가장 솔직한 진실일 수 있다고 했다. 김수영의 욕설은 가면을 쓰지 않은 이성적 냉소 곧 키니시즘kynicism 폭탄을 투척하는 공격이다.

이제 진보주의자나 사회주의자를 새롭게 본다. '거대한 뿌리'를 정직하게 인 식하지 않고 외국의 진보적인 이념을 우리 사회에 그대로 이식하려는 태도는 자기기만에 불과하다. 놋주발보다 쨍쨍 울리는 추억이 있을 때 그 위에서 문 화가 싹트고 그것을 넘어서려는 사랑도 있는 것이다. 1960년대 썩어버린 한 국 현실을 극복하려면 이 현실을 "바로 보마"(「공자의 생활난」)라는 자세에서 출 발해야 한다. 우리 전통이나 역사적 현실과 어울리지 않는 이국인의 식견이나 정치제도를 이식한다고 가능한 것은 아니다. 외국 현실에 근거한 급진주의나 극단적인 보수주의는 우리의 현실을 더욱 혼란되게 할 뿐이다. 마찬가지로 역 사와 현실에 대한 정직한 인식과 애정이 없는 환상적인 통일 논의나 중립안은 헛된 구호에 불과할 뿐이다. 더구나 심오, 은밀, 학구, 체면 등 현실도피적이고 시대착오적인 가치들은 말할 것도 없다. 이제 김수영은 "더러운 전통"으로 우 리가 잊고 있는 구체적인 사물들을 나열한다.

요강, 망건, 장죽, 종묘상, 장전, 구리개 약방, 신전,

피혁점, 곰보, 애꾸, 애 못 낳는 여자, 무식쟁이,
이 모든 무수한 반동反動이 좋다.
이 땅에 발을 붙이기 위해서는
―제3인도교의 물속에 박은 철근 기둥도 내가 내 땅에
박는 거대한 뿌리에 비하면 좀벌레의 솜털
내가 내 땅에 박는 거대한 뿌리에 비하면

그가 생각하는 전통, 거대한 뿌리는 무엇일까. 민예民藝라고 할 수 있겠다. 민초들에게 뿌리박혀 있는 삶 자체다. 그래서 그는 요강, 망건, 장죽 등 무수한 반동에 대한 긍정과 호의를 보여준다.

인용한 부분에서 "제3인도교"는 사실 제2인도교를 잘못 쓴 것이라고 김수영은 후에 「가장 아름다운 우리말 열 개」(1966)에 썼다. 제2인도교면 1965년에 완공된 양화대교를 말한다. 양화대교의 "물속에 박은 철근 기둥도 내가 내 땅에/박는 거대한 뿌리에 비하면 좀벌레의 솜털"이라는 말은 최신식 공법으로 세워진 양화대교의 기둥이라 할지라도, 한국의 전통이라는 거대한 뿌리에 비하면 좀벌레의 솜털이라는 뜻이다. 김수영은 쌈지, 반닫이, 함, 소박데기, 언청이, 민며느리, 댕기, 시앗 같은 말이 사라져 가고 있다며, "억세고 아름다운 생어生語"(「가장 아름다운 우리말 열 개」)도 살려내야 한다고 썼다.

이러한 '더러운 전통'에 대한 긍정은 첫째 『조선왕조실록』 같은 중세적 왕조사王朝史의 관점과는 전혀 다른 것이다. 김수영은 왕조사가 아닌 민중적 계보학系譜學의 시각에서 전통을 보려 했다. 둘째, 원시 공산제 사회를 지나, 아시아적 생산양식을 지나, 자본주의가 공산주의로 간다느니 하는, 진보주의자가 말하는 기계적 역사관과 다르다.

그렇다고 그가 무조건 민중문화를 따르고자 했을까. 확실히 알기 위해서 1960년대로 돌아가봐야 한다. 당시 야나기 무네요시(柳宗悦, 1889~1961)의 『조선을 생각한다』, 『조선과 그 예술』 등은 한국 지식인에게 널리 읽혔다. 야나기 무네요시는 조선 시대에 저속한 그림을 뜻하는 속화俗畫를 민화民話라 부르며 조선의 문화를 높게 평가했다. 조선 민화는 해석이 불가능한 '불가사의한 아름다움'을 품고 있다고 강조했다. 시골 어디서나 볼 수 있는 막사발을 그는 자연미 그대로 최고의 예술 작품이라고 상찬했다. 야나기 무네요시는 한국의 미학과 관련해서 자연미, 곡선미, 여성미를 강조했고, 한국인의 정서를 유약하게 보는 면이 있었다. 그의 사상은 눈물과 한恨의 미학으로 전개되었고, 거의 1980년대까지 한국인의 대표적 정서는 한恨이라는 통념이 형성·유지되는 데에 영향을 주었다.

물론 김수영이 한국 문화 심층에 깊이 있는 애수哀愁를 부정하지는 않았다. 김수영은 "일제 시대에 유행한 수많은 우리말로 된 유행가들은 거의 전부가 애수에 찬 것이었다"(「예술작품에서의 한국인의 애수」, 1965)며 분명 애수의 문제를 알고 있었다. 그는 "애수의 흙탕물 속에서 예술의 흑진주를 건져내는 일"을 하고자 했다.

그가 한국 문화에서 주목한 것은 유약해 보이는 식물이 지닌, 바위도 뚫는 뿌리의 힘이었다. "제3인도교의 물속에 박은 철근 기둥도 내가 내 땅에 /박는 거대한 뿌리에 비하면 좀벌레의 솜털"로 보일 만큼 거대한 뿌리인 것이다. 그 깊은 '뿌리'에 근거를 둔 식물성 혁명만이 이 땅에 새로운 혁명을 완수할 수 있다는 혁명론이 이 시에 담겨 있다. 이 '뿌리의 혁명론'은 이후에 "날이 흐르고 풀뿌리가 눕는다"(「풀」)는 표현으로 다시 나타난다. 유연하면서도 강력한 뿌리의 힘은 오늘날 세계로 향하는 K-문화의 한 특성이 아닐까.

1964년

시=신앙=삶

시詩

신앙信仰이 동動하지 않는 건지 동動하지 않는 게
신앙인지 모르겠다

나비야 우리 방으로 가자
어제의 시를 다시 쓰러 가자
(1964)

몇 분과 함께 김수영문학관과 도봉산 김수영 시비에 갔다. 가을이 다가오는
2015년 9월, 오후의 산길은 부산하지 않아 행복했다. 시비 앞에 가서 돌아가면
서 자신이 좋아하는 시를 낭송하는 시간을 가졌다. 모두 좋은 시를 낭송하고
말씀해주셨는데 김양현 목사님이 선택하신 「시」라는 작품이 지금도 내 머릿속
에 잔향殘香으로 머물러 있다. 시를 읽고 김 목사님은 이렇게 말씀하셨다.

"이 시를 읽고 신앙이 무엇인지 생각해봤습니다. 신앙이 움직이는 것인지, 움직
이지 않는 게 신앙인지 모르겠다는 첫 구절 말입니다. 역설적으로 움직이지 않아
도 신앙이라는 말로 읽었습니다. 교회에 가지 않는 시간에도 신앙인으로 살아야
한다는 구절로 읽었습니다. 그래서 이 시를 '일상성의 예배'라는 의미로 읽었습니
다. 특별히 움직이지 않아도 삶 자체가 신앙이라는 뜻으로 읽었습니다. '어제의 시
를 다시 쓰러 가자'는 구절도 너무 좋았습니다. 주부가 주방에 돌아가서 일하듯,
일상으로 돌아가듯, 김수영 시인에게 시 쓰는 것은 신앙이 아니었을까요."

김수영에게 신앙이란 무엇일까. 그의 시나 산문이 말하는 신앙이 기독교에서 말하는 그런 신앙이라는 증거를 찾기는 어렵다. 사실 그에게는 사랑이 신앙이며 혁명이 신앙이며 시詩가 신앙이었을 것이다. 곧 '신앙=사랑=혁명=시=삶'이라는 인식이 김수영다운 것이다. 예술의 진정성이 사라진 시대에 그에게 시는 아직도 성스러운 진실이다. 신앙이 비밀스럽듯, 시 쓰는 행위도 비밀스럽다. 신앙이 충만한 은총이듯, 시 쓰는 행위도 경건한 은총이다.

"신앙이 동動하지 않는 건지 동하지 않는 게/신앙인지"라는 구절은 해석하기 쉽지 않다. 먼저 '신앙'이란 단어를 쓸 수 있는 것은 그가 성경을 통해 기독교적 코드를 알고 있다는 얘기도 되지만, 그 열정을 자신의 생활에 이식했다는 말도 된다. 그리고 신앙이 움직이는 것인지 아닌 것인지라는 말은, 움직이지 않는 주체의 삶 자체가 신앙이어야 한다는 말일 것이다. 그런데 "모르겠다"고 한다. 통찰하고 깨닫는 행위는 쉽지 않다. 모른다는 말은 아직 성찰하고 있다는 고백이기도 하다.

1연과 2연 사이에 깊은 골이 있다. 그것은 "모르겠다"는 상황에서 나비에게 "우리 방으로 가자"고 하는 단락으로, 시적으로 일거에 비약하는 미학적 쾌감이 있다. 1연과 2연 사이에 어떤 삶이 있을까. 김수영이 「시」라는 제목으로 쓴 시는 두 편이 있는데 또 다른 시는 인용한 시를 쓰기 3년 전에 쓴 것이다.

더러운 일기는 찢어버려도
짜장 재주를 부릴 줄 아는 나이와 시
배짱도 생겨가는 나이와 시
정말 무서운 나이와 시는
동그랗게 되어가는 나이와 시
사전을 보며 쓰는 나이와 시
사전이 시 같은 나이의 시

「시」(1961) 부분

1960년대 실패한 혁명 4·19와 5·16 군사쿠데타를 겪으면서 40대에 들어서는 수영의 삶을 행복한 삶이라고 볼 수는 없겠다. 절망 속에서 그는 어떤 깨달음을 얻었을까. 깨달음이란 신앙을 말한다. 신앙이라는 것은 어떤 계시(revelation)에 의해 깨닫는 도약이다. 원효가 해골 물을 마시고 유한하고 사멸하는 인생을 깨닫듯, 바울이 다마스커스에서 빛을 보고 목소리를 듣듯이 특별계시(special revelation)에 의해 눈 뜰 때가 있다. 그래서 신앙은 '그래서'가 아니라 '그럼에도 불구하고'라고 한다. 김수영의 경우는 지극히 일상적인 깨달음에 이른다. 빛과 어둠 속에 일반 계시(general revelation)가 널려 있듯이 그가 본 계시는 일상 자체에 흩어져 있다.

2연에 이르면 성찰에 대한 답이 간단히 나온다. "나비야 우리 방으로 가자"고 한다. 이때 나비는 진짜 나비인지, 고양이 이름인지 알 길이 없다. 시를 해석할 때 대상 시로 해석이 안 되면 같은 시인이 쓴 다른 시에서 그 구절을 찾아 비교해보는 방법이 있다. 일테면 시가 시를 해석하는 방식이다. 김수영의 다른 시에서도 '나비'가 나온다. 이 시의 나비는 실제 곤충 나비다.

나비야 나비야 더러운 나비야
네가 죽어서 지분을 남기듯이
내가 죽은 뒤에는
고독의 명맥을 남기지 않으려고
나는 이다지도 주야를 무릅쓰고 애를 쓰고 있단다
「나비의 무덤」 부분

실제 나비의 죽음을 보면서, "네(나비)가 죽어서 지분을 남기듯이"라며 나비에 자기를 유비시키고 있다. 이렇게 보자면 「시」에서 "나비야 우리 방으로 가자"고 했던 나비는 실제 나비든 고양이든, 자기 자신을 투영시킨 대상이 된다. '방'이라는 닫힌 공간은 밀폐되어 있지만 고요히 자기 자신과 만날 수 있는 수행修行과

기도의 공간이기도 하다. "우리 방에" 가서 하려는 것은 무엇일까.

"어제의 시를 다시 쓰러 가자"고 한다. 가장 모멸감을 느낄 때, 가장 절망했을 때, 그 어떠한 때라도 시인은 일상으로 돌아가자고 말한다. 일상日常, 그곳은 고독한 공간이고, 그곳이야말로 신앙으로 예배할 처소인 것이다. 엄마가 아침에 일어나 가족을 위해 양파를 다듬는 순간, 아빠가 피곤한 몸이지만 가족과 일터를 위해 최선을 다하는 그곳이 바로 예배의 처소인 것이다. 다만 시인 자신에게 일상의 예배 처소는 시 쓰는 그 순간이다. 그는 "어제의 시를 다시 쓰러 가자"고 한다.

"나비야, 우리 방으로 가자", 이제 나 스스로 이 말을 읊조리며 모두 자신의 고독한 방에서 자신의 일을 해야 할 것이다. 고독한 방에서 자신을 투시할 때 사랑과 혁명은 시작된다. 일상의 자리, 그곳이 신앙의 자리이며, 수행의 자리이며, 예배의 처소다. 이 모습은 세속 속의 성자(saint in world)의 것일 수 있다.

대제도에 편승한 신앙

기독교적인 표현은 그의 시나 산문에 자주 나온다. 과연 그는 기독교를 어떻게 보았을까.

짧은 산문 「교회 미관에 대하여」(1965. 1.)는 김수영이 기독교를 보는 몇 가지 시각을 보여준다. 집 근처의 교회를 예로 들며 "박장로교회, 그 옆의 원효로교회, 경서중고등학교 앞의 교회, 아현동교회, 새문안교회"라고 쓴 것은 구체적인 이름을 나열하곤 하는 그다운 글쓰기다.

이 글에서 그는 이상하게도 교회를 볼 때마다 왜 "공장이 연상되는가?" 의아하다고 한다. 왜 공장이 연상될까. 도시의 수많은 교회 십자가를 공장을 보는 듯하다고 말했는데, 공장에서 물건 찍어내듯 신자들을 양산하고 있다는 뜻일까. 이 글을 발표한 때는 1965년 1월이다.

1948년 5월 31일 제헌국회가 열리던 날, 초대 국회의장 이승만은 대한민국이 기독교 정신으로 세워진 민주주의 공화국이라 연설했다. 이승만은 기독교 정신과 함께 반공 내셔널리즘을 외치기 시작했다. 이미 제주 4·3 사건 때도 기독교인이 중심이 된 서북청년단의 힘을 빌려 정권을 군혔던 이승만 정부였다.

1958년 조용기 전도사가 교회를 시작하는데, 1960년대 초반에는 신복음주의(neo-evangelicalism)가 '삼박자 구원'이라는 상징적 방식으로, 헌금에 기초한 대량 신도 양산 시대에 들어갔다. 그 기초는 이승만이 강조했던 기독교적 반공 내셔널리즘이었다.

1965년의 '대제도大制度'에 대한 공포가 이 글의 핵심이다. 그러니까 김수영이 바라본 '매머드 교회'는 단지 종교 영역에만 국한되어 있는 것이 아니었다. 이미 이승만 때부터 정치와 교회는 서로 좋은 의미든 나쁜 의미든 상생相生하고 있었다. 김수영은 이미 3·15 부정선거 때 타락한 종교의 모습을 보았다.

1960년 4·19가 일어나기 전, '정부통령 선거추진 기독교도 중앙위원회'라는 조직이 교회의 이름을 걸고 3·15 부정선거를 돕는 꼴이 됐다. 감리교회는 장로

임기가 70세까지인데, 이 선거를 지원하기 위해 정동제일교회에서 1월에 81세의 이승만 장로에게 급히 명예장로직을 준다. 이상하게도 선거를 딱 한 달 앞두고 1960년 2월 15일 민주당 후보 조병옥(1894~1960)이 사망한다. 2월 18일 개신교 지도자들은 '이승만 대통령 당선 기도회'를 열었다. 이후 부정선거가 일어났고, 수많은 학생과 시민이 총에 맞아 죽었다. 5·16쿠데타 이후 박정희 정권이 들어서자 60년 4월 혁명의 '청신한 기운'은 온데간데없이 사라졌다.

이 글을 발표한 1965년 1월은 기하급수적으로 늘어난 개신교 신도의 통계가 발표됐던 해였다. 해방 당시의 기독교 신자가 약 35만 명으로 추산되고 이로부터 10년 후인 1955년에도 60만 명에 지나지 않았다. 그러나 1965년에는 약 120만 명으로 10년 만에 두 배 늘었다.

김수영은 이어서 단도직입적으로 이 글의 핵심을 찌르고 든다.

"누구를 위한 교회인가?"

첫째, 하늘을 찌르는 듯 높게 솟은 철탑과 십자가 본존의 훌륭함을 퇴색시키는 네온사인 같은 교회의 외관을 이야기하면서 공포를 심어주는 과시적 건물 양식을 질책하고 있다. 포로수용소에서 성경을 탐독했던 김수영이기에 더욱 절실하게 종교의 역할을 묻고 있는 것이다.

오늘날 우리들의 잠재의식은 대제도大制度에는 거저가 없다는 공포에 젖어 있다. 저 큰 집을 어떻게 거저 들어갈 수 있을까? 입장료가 없을까? 이렇게 구질구질한 옷을 입고 들어가도 타박을 맞지 않을까 하는 공포감이다.

그것은 입장료를 받지 않는 경우에는 반드시 우리들을 우리도 모르는 사이에 이용한다. 우리들에게 조금도 물질적인 해는 주지 않지만 사실은 깜짝 놀랄 만큼 무섭게 우리들을 이용하고 있다. 입장료도 무섭지만 입장료를 안 받는 것은 더 무섭다.

교회가 이러한 현대의 대제도의 오해를 받지 않으려면 근본적으로 대제도의 인상을 주지 말아야 한다. 공포를 주지 않아야 하고, 그러기 위해서는 매머드 건물을 과시하지 말아야 한다.

(『김수영 전집 2』, 129면)

여기서 '대제도'란 무슨 뜻일까. 이광수는 "역사적 대제도(大制度)인 창씨(創氏)에 대하여서 대분발할 것입니다. 새로운, 인본적인 씨명(氏名)으로 일본인이 될 것을 맹서하고 선언할 것입니다"(《三千里》1940년 7월호)라고 쓰기도 했다. 김수영은 다른 글에서 "모든 사회의 대제도는 지옥이다"(「이 거룩한 속물들」, 『김수영 전집 2』, 191면)라고 썼다.

김수영이 공포를 느낀 대제도는 박정희 정권 이후, 근대화가 진행되면서 나타나는 국가 주도 자본주의 시스템을 에둘러 표현한 말이다. 박정희식 '조국 근대화'가 '국가'와 '민족', '국민'들을 빈궁에서 구출하고 북한과의 체제 싸움에서 승리하기 위한 하나의 이데올로기로 작동하는 가운데, 김수영은 이를 긍정하는 것이 아니라 오히려 공포를 느끼고 있다고 토로하는 것이다.

김수영은 대제도에 공포를 느낀다. 대제도가 "우리들을 이용하고 있다"는 데서 비롯하는 공포감이다. 더 무서운 점은 대제도가 "우리들을 우리도 모르는 사이에 이용한다"는 것이다. 우리를 소외시키면서 동시에 부지불식간에 우리를 이용하여 스스로 몸집을 불리는 것이 대제도이며, 김수영은 그 같은 대제도의 구조를 대형화된 교회 건물에서 발견해내고 무서워한 것이다.

둘째, 주변 건축과 어울리지 않는 무분별한 외관을 좋게 여기지 않는다. 김수영은 미술을 좋아했다. 해방기에 한때 그가 극장 간판을 그렸다는 것을 상기할 수 있겠다. 또한 그의 산문에 나오는 자코메티 등 현대 미술가에 관한 관심도 볼 수 있다.

다음은 성인심리학. 교회의 건축 양식이 너무나 따분하다. 특히 조화를 무시한 지붕 빛이나, 균형이 맞지 않는 첨탑 같은 것이 눈에 거슬리고, 도시 미관을 전적으로 해치고 있다. 명동 천주교당의 앞뜰의 마리아상을 모신 기도대의 유치한 진열이라니! 또 그 훌륭한 본존의 십자가에는 무엇하러 밤에 네온사인을 켜는지?
(같은 곳)

거대한 몸집을 가지고 있는 것이 어디 교회뿐이겠는가? 찌를 듯 위협적인 자세를 취하는 것이 교회에만 국한되었겠는가? 그럼에도 이에 못마땅하여 그가 용도에 대한 질문을 던지는 것은, 본질을 상실하고 이윤만을 추구하는 공장의 본질에 가까운 태도를 취하는 교회의 모습을 봐서일 테다. 남을 위한 병원, 입학할 수 없는 학교, 거저 들어갈 수 없는 큰 극장이 주는 괴리감의 답을 교회에서 찾는 것이 당연하게 받아들여지는 이유다.

구질구질한 옷을 입고 들어갈 때 타박 맞지 않을까 하는 공포감을 느낀 그에게 높은 철탑은 매머드의 거대한 두 뿔처럼 위협적이었을 것이다. 그에 더해 간밤의 붉은 네온사인은 그 뿔에 찔려 흩날리는 붉은 선혈을 연상시켰을지 모른다.

재미있는 사실은 이 글에서 볼 때 김수영은 개신교와 가톨릭을 굳이 구별하지 않는다는 점이다. 앞에서는 개신교 교회를 예로 들고, 뒤에서는 명동성당 등 가톨릭 성당을 예로 든다. 4·19혁명의 덕으로 들어선 정부는 장면의 가톨릭 정권이었고, 1년간 제대로 일을 못하다가 사라진 정권이었다는 사실도 살짝 상기시키는 듯하다.

유명이 유명을 먹고, 더 유명한 것이 덜 유명한 것을 먹고 덜 유명한 것이 더 유명한 것을 잡아누르려고 기를 쓴다. 이쯤 되면 지옥이다. 그리하여 모든 사회의 대제도大制度는 지옥이다. 이 지옥 속의 레슬러들이 속물이다. 너 나 할 것 없이 모두 다 속물이다. 아무것도 안 붙인 가슴보다는 지옥의 훈장이라도 붙이고 있는 편이 덜 허전하다.
(김수영, 「이 거룩한 속물들」, 《동서문화》 1967. 5.)

후진국 한국에 들어선 '대제도'는 민주적 절차의 합리적 갱신과 굴종적 태도의 타기唾棄를 위한 민주주의 절차 단계가 아니라 소위 '속물'들만 키우는 지옥을 연출하고 있었다.

김수영은 외적인 과시에서 벗어나 내적인 사랑을 회복하기를 원했을까. 그래야 비로소 바른 삶 바른 길을 갈 수 있을 것이다. 교회를 보며 김수영이 느꼈던 것은 단순한 종교적 태도나 미적 양식을 넘어선다. 그는 종교까지 물들어버린 국가 이데올로기 장치(루이 알튀세르)로서 대제도에 관한 공포감을 느꼈던 것이다.

김수영이 염려했던 대로 한국 현대사에서 교회는 오랫동안 독재정권의 시녀가 된 부끄러운 흐름을 드러내었다. 유명이 유명을 먹고, 부동산이 부동산을 먹고, 세습이 세습을 먹는, 예수가 들어가기 불편한 대제도 교회가 득세한 것이다.

1964년 3월

죽은 사람을 살아나게 한다

거위 소리

거위의 울음소리는
밤에도 여자의 호마색縞瑪色 원피스를 바람에 나부끼게 하고
강물이 흐르게 하고
꽃이 피게 하고
웃는 얼굴을 더 웃게 하고
죽은 사람을 되살아나게 한다

(1964. 3.)

제목이 '거위 소리'다. 거위는 집에서 기르는 기러기를 말한다. 거위를 키워본
사람이라면 알 텐데 정말 시끄러운 가축이다. 모르는 사람이 오면 큰 소리로 울
기 때문에 어떤 집에서는 강아지 대신 거위를 키우는 집도 있었다. 소리에 민감
했던 김수영 시인에게 거위 소리는 마뜩잖은 소리였을 것이다.

1954년 다시 생활을 합친 김수영과 김현경은 성북동 집에서 행복하게 살았
다. 그러나 그 집의 별장지기 영감이 라디오를 종일 하도 크게 틀어서 견딜 수
없었다고 부인 김현경 여사는 증언한다. 결국 1955년 6월 여름날 탈출하듯 지
금 서강대교 근처로 이사한다. 김수영은 소리를 소재로 시를 쓰기도 했다. 성북
동에서 "곧은 절벽을 무서운 기색도 없이 떨어"(「폭포」)지는 폭포를 시로 썼듯이,
김수영은 거위 울음소리를 시의 소재로 삼는다.

1964년 3월에 쓴 작품이니 김수영이 아직 마포에서 지겨운 양계를 그만둘

생각을 하던 시기였다. 그는 우연히 거위를 보았을 것이다. 발터 벤야민이 사유 이미지(thinking-images)라고 했듯이, 김수영은 이미지를 보면 사유를 만들어 낸다. 거위를 보고, 거위 울음소리를 들으며 의미를 만들어낸다. 거위는 누가 든 든 말든 울 뿐이다. 여자의 호마색 원피스와 강물과 꽃과 얼굴은 원래 거위의 울음소리와는 아무런 관계도 없다. 문제는 시인이 부여하는 의미다.

우연히 거위 울음소리를 들으며, 우연히 호마색 원피스 등 몇 가지 풍경이 떠올랐을 것이다. 호마색縞瑪色은 일본식 한자어로 현재 호마노색縞瑪瑙色이 라고 쓰는데 오닉스Onyx라고도 한다. 이 색은 검은 진주처럼 광채를 띠고 있 는 검은색이다. 광채 나는 검은색 핸드폰을 연상할 수 있겠다. 광채 나는 검 은색 원피스가 바람에 나부끼는 모습은 세련되고 경쾌하며 생기 넘치는 장 면이다.

짧은 소품이지만 의미는 확대되고 있다. 우리말로 거위 소리라 하면, '꽥꽥'으 로 표현한다. 정말 시끄럽고 짜증나게 하는 소리다. 게다가 거위는 사실 지저분 하다. 그런 짐승의 울음소리가 호마색 원피스를 바람에 나부끼게 하고, 강물이 흐르게 하고, 꽃이 피게 한다. 마지막에는 "웃는 얼굴을 더 웃게 하고/죽은 사람 을 살아나게 한다"는 긍정적 명랑성까지 이루어내며 마무리한다. 울음이 웃음으 로 끝나고, 죽음의 이미지가 부활로 다시 살아나는 점층적인 반전反轉은 있으 나, 시적인 응축미보다는 선언성이 강하다. 1연에서 라디오 소리나 개 짖는 소리 보다 시끄러울 거위 울음소리는 마지막 행에서 "죽은 사람을 살아나게" 하는 생 명의 소리로 바뀐다.

복잡한 이미지가 정치精緻하게 짜여 있는 김수영 시를 생각할 때, 이 시는 착 상 수준이 아닐까. 이 작품을 《현대문학》에 발표한 것을 볼 때 김수영은 이 소 품을 완결된 작품으로 생각했던 것이 확실하다. 이 시처럼 짧게 쓴 「눈」을 비교 해볼 수 있겠다.

눈이 온 뒤에도 또 내린다

생각하고 난 뒤에도 또 내린다
웅아 하고 운 뒤에도 또 내린다
한꺼번에 생각하고 또 내린다
한 줄 건너 두 줄 건너 또 내릴까
폐허에 폐허에 눈이 내릴까
「눈」(1966. 1.) 전문

「거위 소리」의 경우와 마찬가지로 이 시에서도 화자는 어떤 사건에 대하여 보고한다. 이 시에서도 그는 응축보다는 선언을 하고 있다. 그러면서도 "또 내린다"를 네 번 반복하고, "내릴까"를 두 번 반복하면서 미묘한 리듬을 보여준다. 마지막 행에서 "폐허에 폐허에 눈이 내릴까"라는 의문은 의문이면서도 내리기를 바라는 선언이라 할 수 있다. 「눈」은 「거위 소리」와 비교할 때, 사건으로서의 시와 구조로서의 시가 훨씬 더 긴밀하게 결합된 작품이다.

이 무렵 김수영은 자신의 시를 비하하는 표현을 자주 썼다. 한 산문에서 그는 "내 시는 '인찌끼'다"(『김수영 전집 1』, 536면)라고 고백하기도 했다. 인찌끼いんちき란 속임수, 가짜라는 뜻이다. 우리말로 '인찌끼'라 하면 낚시할 때 물고기를 속이는 방법을 말한다. 여러 개의 낚싯바늘을 떡밥 경단 속에 숨겨 흩어놓아 떡밥을 고기가 삼키다가 바늘까지 함께 삼키게 하는 낚시 방법을 말한다.

나는 여기서는 오해를 살까 보아 그런 일을 못하겠다. 여기에는 알지 못하겠는 글이 너무 많고, 그 알지 못하겠는 글이 모두 인찌끼다.

알지 못하겠는 글이 모두 인찌끼인 사회에서는 싫어도 아는 글을 써야 한다. 아는 글만을 써야 한다. 진정한 시인은 죽은 후에 나온다? 그것도 그럴싸한 말이다. 그러나 나에게는 그만한 인내가 없다. 나는 시작詩作의 출발부터 시인을 포기했다. 나에게서 시인이 없어졌을 때 나는 시를 쓰기 시작했다. 그러니까 나는 출발부터가 매우 순수하지 않다. 내가 무슨 말을 하고 있는지 모르겠다—

나는 고백은 싫다.

(「시인의 정신은 미지未知」, 1964. 9.)

　마음속에 있는 생각이나 갈망을 그대로 표현했다가는 잡혀가는 시대였다. 그는 진실을 풍자하거나 가짜 속에 진실을 숨겨야 했다. 말장난, 농담, 말실수, 거짓말에 진정성이 있다는 프로이트 말을 빌리지 않더라도, 말장난이나 낙서에서 시인의 심층을 만나기도 한다. 실은 재미뿐만 아니라, 이 짧은 시 「거위 소리」에도 절망을 견디고 이겨내고자 하는 그의 시도가 보인다.

1964년 11월 22일

다리는 사랑을 배운다

현대식 교량

현대식 교량을 건널 때마다 나는 갑자기 회고주의자가 된다
이것이 얼마나 죄가 많은 다리인 줄 모르고
식민지의 곤충들이 24시간을
자기의 다리처럼 건너다닌다
나이 어린 사람들은 어째서 이 다리가 부자연스러운지를 모른다
그러니까 이 다리를 건너갈 때마다
나는 나의 심장을 기계처럼 중지시킨다
(이런 연습을 나는 무수히 해왔다)

그러나 문제는 이러한 반항에 있지 않다
저 젊은이들의 나에 대한 사랑에 있다
아니 신용이라고 해도 된다
"선생님 이야기는 20년 전 이야기이지요"
할 때마다 나는 그들의 나이를 찬찬히
소급해가면서 새로운 여유를 느낀다
새로운 역사라고 해도 좋다

이런 경이는 나를 늙게 하는 동시에 젊게 한다
아니 늙게 하지도 젊게 하지도 않는다

이 다리 밑에서 엇갈리는 기차처럼
늙음과 젊음의 분간이 서지 않는다
다리는 이러한 정지의 증인이다
젊음과 늙음이 엇갈리는 순간
그러한 속력과 속력의 정돈停頓 속에서
다리는 사랑을 배운다
정말 희한한 일이다
나는 이제 적을 형제로 만드는 실증實證을
똑똑하게 천천히 보았으니까!
(1964. 11. 22.,《현대문학》 1965. 7.)

'현대식 교량'이란 제목에서 특정한 다리를 생각하지 않더라도, 상상만으로도 이 시는 충분히 감상할 수 있다.

마치 판타지 세계로 들어가듯 어떤 다리를 갈 때마다 시인은 역사를 떠올린다. 그 현대식 다리를 건널 때마다 시인은 "회고주의자"(1연)가 된다. 이 다리를 짓는 세월에는 얼마나 슬픔이 있었는지 "죄"라고 표현한다. "식민지의 곤충"이란 일본의 구식민지를 경험한 구세대일 수도 있고, 해방기 미군정을 겪은 신식민지의 신세대일 수도 있다. 곤충 같은 존재들은 모욕의 기억을 망각하고 "자기의 다리"라고 하지만 실은 남의 다리 위를 걷고 있다. 답답하게도 "나이 어린 사람들은" 역사를 모른다. 당연히 "어째서 이 다리가 부자연스러운지"도 모른다. 견딜 수 없어 이 다리를 건널 때마다 시인은 "나의 심장을 기계처럼 중지"시킨다. 나 또한 "식민지의 곤충"이라는 사실을 피할 수 없기에, 괴로운 회상을 숨을 멈추며 곱씹는 "연습"을 하며 성찰한 것이다.

문제는 단지 심장을 중지시켜보는 "이러한 반항"(2연)에 있지 않다. 답답한 상황인데도 이 다리를 건널 때 젊은이에게 향한 사랑이며 신용을 느끼는 것이다. 젊은이들을 사랑하고 신뢰하는 자신을 느끼는 것이다. "저 젊은이들의 나에 대한 사랑"이란 말처럼 당시 화제의 인물이었던 김수영은 대학에서 강의하고, 젊은이들에게 둘러싸여 있곤 했다. 이 시를 쓴 1964년, 시인은 43세로 젊은이들에 비하면 이미 구세대였다. 1964년은 해방되던 1945년에 태어난 '해방둥이'들이 20세 성년이 되는 시기였다.

김수영이 젊은이들을 만나 열심히 말하면, 그들은 때로 "선생님 이야기는 20년 전 이야기이지요"라며 말을 끊었던 것 같다. 어쩌면 구닥다리 구세대를 무시하는 태도일 수도 있지만, 김수영은 오히려 "새로운 여유"(2연 6행)를 느끼며, 신세대의 말이 바로 "새로운 역사"(2연 7행)라고 한다. 식민지를 경험한 구세대이지만 식민지를 경험하지 못한 신세대를 보면서 시인은 섭섭하기보다는 새로운 여유와 새로운 역사의 가능성을 느낀다.

다리는 경이롭게도 구세대와 신세대를 연결시킨다. 새로운 역사를 느끼는 이런 경이는 그를 "늙게 하는 동시에 젊게 한"(3연)다. 옛일을 반추할 때는 늙은이지만, 미래를 향한 신세대와 대화하면서 젊어진다. 그들은 나를 "늙게 하지도 젊게 하지도 않는다". 역사는 과거와 현재가 겹치거나 포개어지는 중첩重疊의 대화다.

역사란 역사가와 사실의 상호작용 과정, 즉 '현재와 과거의 끊임없는 대화'라는 것이다.
(E. H. 카, 『역사란 무엇인가』, 1962, 1장)

역사란 현재의 해석도 아니요, 과거 사실 자체만도 아니다. 과거 '사실로서의 역사(history as past)'와 현재 '기록으로서의 역사(history as historiography)' 사이에서, 역사가는 역사의 기준을 과거 혹은 현재에만 두어서도 안 된다. 과거와 현재 사이에서 역사를 써야 한다. 역사란 역사가와 사실 사이에서 끊임없이 이루어지는 상호작용으로 "현재와 과거와의 끊임없는 대화"인 것이다.

역사란 현재 20대 신세대의 해석만도 아니요, 과거를 경험한 40대 구세대의 체험만이 아니다. 역사란 신세대와 구세대의 끊임없는 대화다. 그 사실을 김수영은 다리에서 체험한다.

"이 다리 밑에서 엇갈리는 기차처럼" 늙은 세대의 역사와 젊은 세대의 역사는 서로 얽혀 분간이 서지 않는다. 젊은 역사와 늙은 역사가 엇갈리는 속력과 속력의 정돈 속에서 "다리는 사랑을 배운다".

이 구절이 중요하다. 현대식 다리는 분명 "속력과 속력의 정돈"(3연 7행) 속에 인간을 소진시키는 도시에 있다. "정돈"이란 시인 자신이 늙어간다는 표현이 아닐까. 속력과 속력이 흐르는 도시 한복판에 다리는 정지해 있다. 나 또한 속력보다는 "정지의 증인"(3연 5행)으로 견디고 있는 다리의 모습으로 성찰하고자 한다. 과거와 현재의 시간이 겹치는 지점에 "정지의 증인"으로 다리가 서 있다.

이 순간 판타지 속에 또 한 번 판타지가 일어난다. 내가 다리로 변신한다. 다리가 시인으로 변하는 것이다. 다리가 시인 자신으로 인식되니 "정말 희한한 일"이 아닐 수 없다. 이때 느닷없이 시인은 "적을 형제로 만드는 실증實證"을 똑똑히, 그리고 천천히 본다. 4·19 이후 '적'이라는 단어는 그의 시에 많이 등장했다. 그의 시에서 적은 그림자도 없고(「하…… 그림자가 없다」), 내 안에 있으며(「모리배」), 적의 얼굴은 내 얼굴(「제임스 띵」)이기도 하다. 내 밖에 있는 적을 그는 '나'의 내면에서 발견한다. 치욕의 역사라도 사랑이 있어야 품을 수 있기 때문이다. 적을 이기려면 적을 사랑할 수밖에 없는 역설적 사랑을 희한하게 배운다. 김수영이 적을 영원히 적대관계로만 생각했다는 것은 잘못된 이해다. 적을 적으로 증오하는 것은 쉬운 일이다. 그는 자신을 적으로 몰아세운다. 적을 사랑으로 품으려는 시도는 얼마나 끔찍한가.

여기에 이르러서야 "전통은 아무리 더러운 전통이라도 좋다"(「거대한 뿌리」)라는 단언을 이해할 수 있다. 더럽고 치욕적인 역사, 비루한 적이라도 사랑으로 품겠다는 다짐이다. 사랑이란 과거와 현재를 이어준다. 사랑이란 구세대와 신세대를 이어준다. 사랑이란 적과 나를 이어준다. 치열한 깨달음에서 "다리는 사랑을 배운다"는 구절이 완성된다.

왼쪽은 1920~30년대 모단뽀이, 모단걸. 일명 싸롱화로 통한 수제 구두가 유행하였다.
오른쪽은 1960~70년대 서울 염천교 사진

이런 식으로 이 시를 읽는다 해도 생각나는 특정 다리를 지울 수 없다. "다리 밑에서 엇갈리는 기차"(3연)가 달리는 다리는 서울에 두 군데 있다. 전농동에 있는 떡전교와 서울역에 있는 염천교다. 어떤 다리일까.

첫째로 "식민지의 곤충들이 24시간"(1연)을 자기 다리처럼 건넌다. 통행량으로 보면 염천교가 맞다. "속력과 속력"이 빠르게 지나가는 다리라면 아무래도 떡전교보다는 염천교다. 1925년 경성역이 건립되면서 유동 인구와 상경 인구가 늘어난 염천교 주변엔 상권이 기하급수적으로 발전했다.

둘째, "나이 어린 사람들", "저 젊은이들"이 많이 다니는 다리는 염천교가 맞다. 떡전교라는 이름은 조선 시대부터 떡 파는 집이 근처에 많아서 지어졌다고 한다. 한편 염천교는 1925년 경성역 건립과 동시에 '싸롱화(살롱화)'라고 하는 수제 구두 가게가 늘어서 '염천교 수제화 거리'가 생겼다. 당시 '모단뽀이'와 '모단걸'은 염천교에서 '싸롱화' 사는 것을 즐겼다. 1940년대엔 다리 위에 돌로 만든 타일을 붙여 석조 타일 바닥으로 유명했다(『서울지명사전』, 서울특별시사편찬위원회, 2009). 해방 후 미군들이 내놓은 군화나 미제 구두를 수선한 물건을 사러 멋쟁이 젊은이들이 염천교에 모여들곤 했다.

셋째, "현대식 다리를 건널 때마다"라고 했으니 한 번 가서 쓴 곳이 아니라 김수영이 자주 가는 다리가 확실하다. 한국전쟁 이후, 이봉구의 『명동백작』에 보면 김수영은 탤런트 최불암의 모친이 경영하던 명동 은성다방에 자주 갔었다. 당시 문화의 중심지는 명동이었고, 김수영이 일했던 덕수궁 앞 신문사도 염천교와 가까웠다. 양계를 하던 마포 구수동에서 서울역을 거쳐 명동을 드나들었을 김수영의 움직임을 생각해보면 당연히 염천교일 것이다.

구체적인 장소를 생각하지 않고 시를 읽는 것도 좋지만, 실제 장소를 떠올리며 읽으면 새로운 맛이 난다.

우리의 시의 과거는 성서와 불경과 그 이전에까지도 곧잘 소급되지만, 미래는 기껏 남북통일에서 그치고 있다. 그 후에 무엇이 올 것이냐를 모른다. 그러니까 편협한 민족주의의 둘레바퀴 속에서 벗어나지를 못한다.

(김수영, 「반시론反詩論」)

김수영은 편협한 역사의식이나 적에 대한 고정관념을 넘어서는 시인이었다. 시를 쓰면서도 그는 고대와 현대, 나아가 미래까지 품으려 했다. 그는 자신을 적으로 몰아세우고 적을 사랑으로 품으려 했다. 「현대식 교량」은 과거의 역사와 현재의 역사의 대화를 떠올리고, 적마저 품어내는 '역설의 사랑'을 깨닫는 과정을 보여주는 특이한 절창이다. 역설의 사랑은 "어둠 속에서도 불빛 속에서도 변치 않는/사랑을 배웠다 너로 해서"(「사랑」, 1961)라는 절창에서도 나타난다.

염천교에 가면 김수영의 「현대식 교량」을 생각해볼 일이다.

사물이미지, 즉물시

김수영의 산문 「즉물시卽物詩의 시험」(1964. 5.)은 그의 시적 상상력을 볼 수 있는 글이다.

즉물卽物이란, 사물(物) 자체 그대로(卽)라는 뜻이다. '나'라는 주관을 되도록 줄이고, 실제 사물에 비추어 생각하고 행동하는 것이다. 곧 관념이나 추상적 상상을 하기 전에, 실제 사물의 속성을 깊게 성찰하여 표현하는 시를 말한다. 사물을 인식한 구조를 그대로 시에 적용한 것이 즉물시다. 김수영은 이렇게 설명했다.

즉물시라는 것은 대체로 벌써 1차 대전 후에 독일에 그 기원을 두고 있지만, 그리고 일본에서는 1930년대에 벌써 소화消化·결실結實했지만, 우리나라에서는 내가 알기에는 한 사람도 이런 경향에서 성공한 작품을 내지 못했다.
(『김수영 전집 2』, 581면)

김수영은 '즉물시'의 실험이 모더니즘 계열이 아닌 박목월에게서 시적 성취를 이루었다는 것은 "이유야 어찌 되었든 웃을 수 없는 현상"이라고 썼다. 이 표현은 한국의 모더니스트들이 얼마나 실험을 하지 않으면 청록파가 이를 대신 했겠는가, 기가 막힌다, 그런 뉘앙스로 읽힌다. 김수영은 박목월의 아래 시를 "'연륜'의 지혜가 현대의 '절정'의 모색과 융화"를 이루었다면서 예로 든다.

그러나 원숭이의 얼
굴이 두 개만 포개지면
사뭇 억만의 얼굴이 모
인 것처럼 슬픔의 강
물이 된다

박목월이 '동물시'라는 갈래로 쓴 짧은 시를 김수영은 "훌륭히 현대적인 이미지"라고 했다. 얼/굴이 쪼개져 있고, 강/물도 쪼개져 있다. 이미 금 간 얼굴, 갈라진 강물은 주체가 파괴된 현대 인간을 암시한다. 그 금 간 얼굴을 두 개만 봐도, 사뭇 억만의 인간 얼굴이 떠오른다는 것이다. 동물원 우리에 갇힌 원숭이를 운명 혹은 자본주의 감옥에 갇힌 인간과 비유한 격이다. 시 둘레에 네모 난 붉은색 테두리가 둘러져 있다고 상상하면 더 확실한 느낌이 든다. 원숭이가 동물원 우리에 갇혀 있는 꼴이다. 쪼개진 원숭이의 얼굴에 죽지 못해 살아가는 "억만의 얼굴"을 포개 넣으면 "슬픔의 강물"은 강조된다. 박목월의 이 시를 두고 "그의 변모는 어떤 사무적인 인상을 준다"고 김수영이 평한 것은 다소 자연스럽기보다는 작위적이라는 지적이겠다. 박목월 시 「청노루」, 「나그네」의 한 행 한 행을 보면 한 대상이 나타났다가 점차 사라지는 기법으로 점점 짧아진다. 박목월은 시의 한 행 길이와 형태를 신경 썼던 시인이다(김응교, 「박목월 시와 모성회귀 판타지」, 『국제어문학회』, 2015).

서구적 의미의 즉물시

[1] 시를 읽을 때 몇 가지 자세가 있다. 첫째는 독일 시에서 사물의 객관적인 특징을 기반으로 사물의 내밀한 영역을 드러낸다는 '사물시' 개념이 있다. 라이너 마리아 릴케Rainer Maria Rilke(1875~1926)는 조각가 로뎅의 자서전 쓰는 일을 하면서, 로뎅이 조각 작품을 만들 때 대상을 깊이 보고 표현하는 착상 방법을 시에도 썼다. 로뎅 곁에서 로뎅의 작업 방식을 보았던 릴케는 『로댕론』 후반에 실린 강연록에 이렇게 썼다.

이 위대한 예술가(로뎅 - 인용자)를 그처럼 위대하게 만든 것이 무엇인지 언젠가는 깨닫게 되겠지요. 그가 온전히 혼신의 힘을 다해 자기 연장의 미천하고 엄격한 본질 속에 몰입하는 것 외에는 어떤 것도 바라지 않았던 한 사람의 노동자였다는 사실을 말입니다. 바로 이 인내를 통해 그는 삶을 얻게 되었습니다.

로댕이 '생각하는 사람' 등 작품을 만들 때 최대한 대상 인물의 근육, 핏줄, 자세, 그 본질 속에 몰입하며 자기 자신을 지우고 제작했다는 뜻이다. 인내하며 대상에 '몰입'해야 한다는 말, 곧 주체의 견해를 철저하게 억제하고 사물이 말하는 바에 집중한다는 방식이다.

로댕이 돌을 다루듯이 릴케는 대상 내면의 속성에서부터 시를 쓰겠다고 다짐한다. 이른바 '사물시(Dinggedichte)'라고 한다. 릴케의 시창작론이었던 사물시는 주관적인 감정보다는 객관적으로 대상을 바라보며 사물을 차분하게 관조하여 무미건조한 어투로 사물을 재탄생시키는 방식이다.

1907년에 출판한 『신시집(Neue Gedichte)』에서 대상을 응시하는 새로운 사물시를 볼 수 있다. 릴케가 쓴 대표적 사물시 「표범(Panther)」을 읽어본다.

스치는 창살에 지쳐 그의 눈길은
이젠 아무것도 붙잡을 수 없다.
그 눈길엔 마치 수천의 창살만이 있고
그 뒤엔 아무런 세계도 없는 듯하다.

아주 조그만 원을 만들며 빙빙 도는,
사뿐한 듯 힘찬 발걸음의 부드러운 행보는
하나의 커다란 의지가 마비되어 있는
중심을 따라 도는 힘의 무도舞蹈와 같다.

가끔씩 눈동자의 장막이 소리 없이
걷히면 형상 하나 그리로 들어가,
사지의 긴장된 고요를 뚫고 들어가
심장에 이르면 존재하기를 그친다.
「표범— 파리 식물원에서」(김재혁 역) 전문

"그 눈길엔 마치 수천의 창살만이 있고"라는 표현은 표범의 눈동자 안에 반사된 창살을 보는 듯하다. 몇 개의 창살이 아니라 "수천의 창살"이라 하여 갇혀 있다는 답답한 심리를 과장하고 있다. "아주 조그만 원을 만들며 빙빙 도는" 표범의 모습은 "하나의 커다란 의지" 곧 표범이 갖고 있는 본래의 의지가 "마비되어 있는" 상태다. "존재하기를 그친다"는 말은 표범이라는 존재로 있지 못하는 상황을 말한다. 3연 안에 창살 안에 갇힌 표범의 동작이며 심리가 세세하게 묘사되어 있는 작품이다. 이 시에서 릴케는 자신의 감정을 이입할 대상을 찾은 것이 아니라, 표범이라는 사물을 몰입하여 관찰하고 그것을 자신의 내면 공간에 끌어들여 사물의 본질을 그대로 전하려 했다.

2 다음은 미국의 신비평가 존 크로우 랜섬John Crowe Ransom(1888~1974)이 제시한 '즉물시(physical poetry)'다. 이 시도도 객관적인 묘사로 사물을 있는 그대로 재현하는 방식이었다. 과학철학자로 불리는 가스통 바슐라르Gaston Bachelard(1884~1962)는 사물에 이미 역동성이나 의미가 충만히 내재해 있다고 밝혀냈다. 바슐라르는 사물에 이미 형태적 상상력, 물질적 상상력, 역동적 상상력 등이 있다고 했다. 형태적 상상력이란 사물의 외연을 감각으로 받아들이는 상상력이다. 물질적 혹은 역동적 상상력은 사물의 내면에 숨어 있는 본질을 포착하는 능력을 말한다. 바슐라르에 의하면, 인간과 사물의 관계는 어느 하나가 우위를 점하는 것이 아니라, 양자 사이에 상상력이 작용하는 동등한 차원의 관계다.

3 즉물적 인식방법론으로 발터 벤야민이 제시했던 '사유이미지'도 떠올릴 수 있겠다. 발터 벤야민의 책을 읽은 독자라면 비슷한 체험을 했을 것이다. 사유의 탐사를 따라가다 보면, 어느 순간 전람회에서 그림이나 사진이나 영상을 보는 기분이 든다. 그의 글쓰기는 철저히 사물을 성찰하고 쓰는 형식이다.

그가 쓴 『일방통행로』는 사유이미지로 쓴 글쓰기의 가장 좋은 예다. 일방통행으로 된 상상 속의 아케이드를 판타지처럼 제시한다. 중화요리점, 주유소, 책방, 유치원, 계단 등 상상의 공간을 만들어 그 공간마다 철학적 상상으로 쓴 아포리즘을 모은 저서가 『일방통행로』다. 꺼지지 않고 이어지는 케이블 방송처럼 인간의 사유는 끊어지고 조각난 채 계속 돌아가지만 이미지들은 사유이미지를 통해 그 의미를 갖는다.

사유이미지(thought-images, thinking-in-images)는 그리 간단한 용어가 아니다. 사물, 그림, 영상, 사진, 텍스트를 대하는 인간의 뇌 속에는 어떤 이미지 작용이 일어날까. 벤야민은 외젠느 앗제Eugène Atget의 사진이나 혁명기 러시아 프롤레타리아 영화 등에서 사유이미지를 작동시키는 인간의 인식론을 다양하게 설명한다. 『역사철학테제』에서는 파울 클레Paul Klee의 그림 〈새로운 천사〉를 인용하며 파국이 다가오는 미래를 예단하기도 했다.

즉물적 인식과 김수영의 시

박목월의 짧은 시 한 편에 김수영이 짧지 않은 감상을 쓴 이유는, 김수영 자신의 시쓰기에도 즉물적 인식이 중요했기 때문이라고 볼 필요가 있다. 김수영은 가급적 사물을 은유하지 않고 사물이 말하는 사유를 그대로 전하려 했다. 즉물의 방식으로 사물의 이야기를 썼다. 사물의 이미지에 주목했던 김수영은 어떤 사물을 보면, 그 사물을 깊이 관조하고 그 아우라에서 뿜어져 나오는 사유를 시로 썼다.

「헬리콥터」라는 시 이전에 김수영은 헬리콥터를 보았다. 노란색, 녹색이나 올리브색을 좋아했던 김수영 시인은 해방기에 극장 간판 그리는 일을 한 적이 있다. 김수영 시에 나오는 모든 색깔도 그의 사유를 전하는 중요한 이미지다. 원근법이나 색감 등 그림에 대한 본능적인 감각이 없다면 쉽게 할 수 없는 일이다. 「수난로」, 「헬리콥터」 등 이른바 그의 기계시들, 「이」, 「풍뎅이」, 「거미」 같은 곤충시 혹은 「구라중화」, 「폭포」, 「꽃」 연작, 「풀」 등은 사물시 혹은 즉물시로 평가해도 되지 않을까.

김수영은 사물을 보고, 재현하는 데에서 끝내지 않았다. 그 사물이미지들은 죽음이나 설움, 고통 같은 부정적인 것들을 생명이나 자유, 혁명이라는 대긍지의

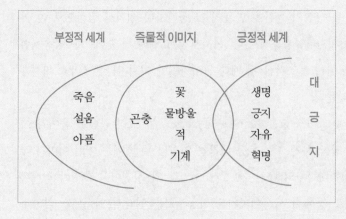

부정적 세계　즉물적 이미지　긍정적 세계

죽음
설움
아픔

곤충

꽃
물방울
적
기계

생명
긍지
자유
혁명

대
긍
지

김수영의
사유이미지,
즉물적 상상력

세계로 도약시키는 역할을 한다. 그렇다고 '부정성→사물이미지→대긍지'라는
단순한 직선 구조가 아니다. '부정성⊂사물이미지⊂대긍지'라는 포함의 관계로
발전한다. 그래서 김수영 시에는 생명을 말하는 시에 죽음이 사라지지 않고 함
께 있다. 혁명을 말하는 시에 억압과 고통이 함께 있다. 대긍지란 부정이 사라진
세계가 아니라, 부정을 포함하여 함께 넘어서는 세계다.

'본다'는 말은 대상으로서의 사물을 뇌 속으로 끌어들인다는 말이다. 사물로
서의 새 한 마리를 본다. 그때 이미지가 발생한다. 사물을 '보면' 그 사물과 따로
인간이 이미지를 형성한다.

'생각한다'는 말은 사물을 보고 이미지를 만들어내는 과정을 의미한다. 치솟
는 새를 보고 희망이나 성공을 얘기하거나, 김수영처럼 노고지리를 보고 혁명을
상상할 수도 있겠다. 그것을 나는 '사물이미지'라는 말로 생각해왔다. 그 사물이
미지를 인간은 그리고 쓰고 춤추면서 형상화한다. 사물이미지를 형상하는 과정
에서 가스통 바슐라르가 말한 물질적 상상력이나 역동적 상상력 등도 작용할
것이다. '쓴다'는 말은 사물이미지를 본 이후 사색을 거친 마지막 과정이다.

"이제 바로 보마"(「공자의 생활난」)라는 문장은 김수영 시의 방법론을 꿰고 있
다. 김수영의 시전집은 내게 김수영이 보았던 이미지를 시 언어라는 방식으로
전시해놓은, 계획된 '거대한 미술관'으로 보였다.

1965년 1월 14일

내 얼굴이 제임스 띵같이

제임스 띵

신문 배달 아이들이 사무를 인계하는 날
제임스 띵같이 생긴 책임자가 두 아이를
데리고 찾아온 풍경이
눈(雪)에 너무 비참하게 보였던지
나는 마구 짜증을 냈다

필요 이상으로 화를 내는 것도 좋다
그 사나이는, 제임스 띵은 어이가 없어서
조그만 눈을 민첩하게 움직이면서 미소를
띠우고 섰지만
나의 고삐를 잃은 백마白馬에 당할 리가 없다

그와 내가 대결하고 있는 깨진 유리창문 밖에서는
신구新舊의 두 놈이 마적馬賊의 동생처럼
떨고 있다 "아녜요" 하면서 오야붕을 응원
하려 들었지만 내가 그놈들에게
언권을 줄 리가 없다

제임스 딘

한 놈은 가죽 방한모에 빨간 마후라였지만
또 한 놈은 잘 안 보였고 매일 아침 들은
"신문요"의 목소리를 회상하며
어떤 놈이 신新인지 구舊인지를 가려낼 틈도
없다 눈이 왔고 추웠고 너무 화가 났다

제임스 띵의 위협감은, 이상한 지방색地方色 공포감은
자유당 때와 민주당 때와 지금의 악정惡政의 구별을 말살하고
정적靜寂을 빼앗긴, 마지막 정적을 빼앗긴
나를 몰아세운다 어서 돈을 내라고
그러니까 그들이 요구하는 것은 신문값이 아니다

또 내가 주어야 할 것도 신문값만이 아니다
수도세, 야경비, 땅세, 벌금, 전기세 이외에
내가 주어야 할 것은 신문값만이 아니다
마지막에 침묵까지 빼앗긴 내가 치러야 할
혈세血稅─화가 있다

눈이 내린 날에는 백양궁白羊宮의 비약이 없는 날에는
개도 짖지 않는 날에는 제임스 떵이 뛰어들어서는
아니 된다 나의 아들에게 불손한 말을 걸어서는
아니 된다 나의 상상에 노기怒氣를 띄우게 해서는
아니 된다

문명의 혈세를 강요해서는 아니 된다 신新과 구舊가
탈을 낸 돈이 없나 순시를 다니는 제임스 떵은
독자를 괴롭혀서는 아니 된다
나를 몰라보면 아니 된다 나의 노기怒氣는 타당하니까
눈은, 짓밟힌 눈은, 꺼멓게 짓밟히고 있는 눈은

타당하니까 신구의 교체식을 그 이튿날
꿈에까지 보이게 해서는 아니 된다
마지막 정적을 빼앗긴, 핏대가 난 나에게는
너희들의 의식儀式은 원시를 가리키고
노예 매매를 연상시킨다

이발소의 화롯가에 연분홍빛 화로
깨어진 유리에 종이를 바르고
그 언 유리에 비친 내 얼굴이 제임스 떵같이
되기까지 내가 겪은, 내가 겪을
고뇌는 무한이다

언청이야 언청이야 이발쟁이야 너의
보꾹에 바른 신문지의 활자가 즐거웁구나

교정校正을 보았구나 나의 독기毒氣야
가벼운 겨울의 꿈이로구나 나의 독기의
꿈이로구나

쓸데없는 것이었다 저것이었다
너의 보꾹에 비친 활자이었다 거기에
그어진 붉은 잉크였다 인사를 하지 않은
나의 친구야 거만한 꿈은 사위어간다
내 잘못이 인제는 다 보인다

불 피우는 소리처럼 다 들리고
재 섞인 연기처럼 다 말한다 정정訂正이 필요 없는
겨울의 꿈 깨어진 유리의 제임스 땅
이제는 죽어서 불을 쬐인다
빠개진 난로에 발을 굽는다 시꺼먼 양말을 자꾸 비빈다
(1965. 1. 14., 《문학춘추》 1965. 4.)

제임스 딘James Dean(1931~1955)은 24세 때 사망하여 전설로 남은 미국의
영화배우다. 영화 〈에덴의 동쪽〉(1955), 〈이유 없는 반항〉(1955), 〈자이언츠〉(1956)
등에서 열연한 배우로 영원한 반항아이자 청춘의 상징으로 남아 있다. 김수영은
그의 이름을 슬쩍 비틀어 시 속 인물에게 '제임스 땅'이라는 이름을 붙여주었다.
13연 65행의 장시인데 마구 쓴 요설饒舌 같지만 모든 연이 5행으로 엄격한
통제를 받으며 짜여 있다. 이 시는 하나의 사건과 이미지에서 시작한다. 제임스
딘처럼 잘생긴 신문 배달국의 총무가 두 아이를 데리고 찾아왔다. 한 아이는 앞
서 신문 배달을 했던 아이고, 다른 아이는 새로 신문 배달을 할 아이다. 추측건
대 구독료 문제 같다. 예전에 신문 돌리는 아이에게 구독료를 냈는데 이 아이는

받은 적이 없다 하여, 새로 신문 돌리는 아이가 김수영에게 구독료를 달라 해서 거부하자, 배달국 총무가 두 아이를 다 데리고 온 상황이다.

2연에서 "나"는 "필요 이상으로 화를" 낸다. 말이 자주 나오는 제임스 딘 영화처럼 김수영의 화는 분노한 말(馬)이 질주하듯 격렬해 총무가 "나의 고삐를 잃은 백마에 당할 리가 없다"고 한다.

3연에서 "내가 그놈들에게/언권을 줄 리가 없다"(3연 5행)고 하는데 이때부터 "없다"는 부정어가 자주 등장한다. 이 시에서 "없다"라는 부정어는 7번 등장한다.

4연에서 신문 배달국 책임자와 함께 온 두 아이가, 어느 애가 지금까지 왔던 애이고, 어떤 애가 새로 신문을 돌릴 애인지 김수영은 구별하지 못한다. 다만 "신구新舊의 두 놈이 마적의 동생처럼/떨고 있"고, 이들과 대화하는데 "눈이 왔고 추웠고 너무 화가 났다"고 한다.

여기까지 일상적인 상황이고, 5연부터 9연까지 시인은 신문 배달국 책임자의 모습을 정치적 압제자로 치환시켜 분노를 발산한다. 앞서 신문을 배달하던 놈이 자유당이라면, 이어 신문을 배달한 놈은 민주당이다. 화자는 고독하게 글을 쓰고 싶은 작가다. 그런데 저들에게 "정적靜寂을 빼앗긴, 마지막 정적을 빼앗긴" 처지라고 느낀다. 고독하게 글을 쓰고 싶은데 정치가 엉망이라서 고독하게 있을 수 없다는 말이다.

"자유당 때와 민주당 때와 지금의 악정惡政의 구별을 말살하고"란, 권력이 국민에게 무엇이 옳은지 그른지 생각하지 말도록 강요한다는 의미일 것이다. "어서 돈을 내라고/그러니까 그들이 요구하는 것은 신문값이 아니"(5연)라 세금인 것이다. 부패한 권력은 국민에게서 수도세, 야경비, 땅세, 벌금, 전기세 외에 침묵沈默까지 빼앗고, 나에게 가장 중요한 혈세를 빼앗아간다.

'백양궁白羊宮'은 양자리 별로 3월 21일부터 4월 20일 사이에 보이는 별자리다. 이 시기에 어처구니없게 "눈이 내린 날에는" 제임스 띵이 뛰어들어서는 안 된다. "백양궁의 비약이 없는 날", 그래도 별 문제 없는 날에 제임스 띵으로 상징되는 권력이 뛰어들어서는 안 된다. 특히 "개도 짖지 않는 날에는 제임스 띵이 뛰어들어서는/아니 된다"(7연 2행)는 표현이 눈에 든다. "개도 짖지 않는 날"
이란 도둑이 들지 않는 평화로운 날일 것이다. 이런 평화로운 날에 들어오는 도
둑이란, 당시 박정희의 군사쿠데타를 떠올릴 수 밖에 없다. "나의 아들에게 불손
한 말을 걸어서는 아니 된다"라는 구절을 볼 때 신문 배달국 총무가 "니 아버지
어딨어!"라며 불손하게 김수영 아들에게 말했나 보다. 시인은 8연 1, 3, 4행에서
"아니 된다"를 3번 반복하며 강조한다.

　새로 들어선 정부는 제임스 딘 닮은 신문 배달국 총무처럼 세금을 거둬들이
려 한다. "문명의 혈세를 강요해서는 아니 된다"고, "독자를 괴롭혀서는 아니 된
다"고 김수영은 말한다. "너희들의 의식儀式은 원시를 가리키고/노예 매매를 연
상시킨다"는 구절처럼, 새 정부가 벌이는 자화자찬의 행사는 거의 원시적 수준
이고 국민을 노예로 삼으려는 의도가 보인다고 지적한다.

　9연부터 제13연까지는 제임스 딩이 김수영 자신으로 치환된다. 김수영은 허
술한 이발소에 앉아 있다. 거기서 "깨어진 유리에 종이를 바르고/그 언 유리에
비친 내 얼굴이" 제임스 딩처럼 보이는 체험을 한다.

　"언청이야 언청이야 이발쟁이야"라는 경쾌한 구절을 볼 때, 이발사가 구순구개
열을 갖고 있었나 보다. '보꾹'은 지붕의 안쪽을 말한다. 지금은 천장을 발라 안
보이지만, 예전에는 기와집 지붕의 안쪽 천장이 보였다. 비싼 벽지를 바르지 못
하고 보꾹에 신문을 바르곤 했다. 중요한 사건이 나와 있는 신문이 아무 의미 없
이 도배지로 붙여진다. 이발소에서 김수영은 보꾹에 발라져 있는 신문을 보며
생각한다. 독기를 품고 썼던 자신의 시들도 한낱 저 보꾹에 붙어 있는 신문의 활
자에 지나지 않을 수 있다는 자괴감에 빠진다. "쓸데없는 것이었다 저것이었다"
며 자책한다.

　자신의 생각이나 행위도 하잘것없었다는 것을 깨닫는 순간, 제임스 딘 닮은 신
문 배달국 총무는 "인사를 하지 않"았지만 "나의 친구"가 된다. 이 세상에서 시
가 최고라는 "거만한 꿈은 사위어"가고, 마침내 "내 잘못이 인제는 다 보인다"고
한다. 배달국 총무와 싸우고 부패한 정부에게도 냉소했던 자신이지만, 되돌아보

면 김수영도 제임스 띵의 얼굴을 하고 있는 것이다. 김수영이 시를 발표하여 원고료를 받는 것이나, 배달국 총무가 신문 구독자를 닦달해 급료를 받는 것이나 별 다를 바 없다는 인식에 다다른 것이다.

이렇게 본다면 이 시는 크게 세 단락으로 나눌 수 있다. 첫 번째 단락은 신문 배달국 총무가 두 아이를 데리고 찾아온 일이다(1~4연). 두 번째 단락은 제임스 딘처럼 생긴 신문 배달국 총무의 위협을 당시 부패한 지배층에 전치轉置시키는 대목이다(5~9연). 세 번째 단락은 허름한 이발소 보꾹에 붙어 있는 신문지를 보면서 자신의 시를 생각하고, 또 깨진 유리창에 비친 자기 모습을 제임스 띵과 비슷하다고 생각하면서 자신의 내면을 성찰하는 장면이다.

1950년대부터 김수영은 영화배우, 대중가요, 라디오, 전화, 티브이 드라마 등 대중문화를 시에 많이 끌어들였다. 그 자신이 연극을 했으며 극장 간판을 그린 경험이 있기에 「영사판」(1955)에서는 영화관의 구조가 나온다. 「바뀌어진 지평선」(1956)에서는 로널드 콜먼, 클라크 게이블을 등장시킨다. '적'이 등장하는 「하…… 그림자가 없다」(1960)에서는 커크 더글러스, 리처드 위드마크 같은 영화배우, 됭케르크와 노르망디와 연희고지 같은 역사적 장소, 그리고 영화 제목 〈건힐의 혈투〉도 인용한다. 4·19의 상황을 풍자적 동시풍으로 쓴 「나는 아리조나 카보이야」에는 1950년대 중반 명국환이 부른 가요 〈아리조나 카우보이〉가 나온다. 이 외에 「금성라디오」(1966. 9. 15.), 「라디오 계」(1967. 12. 5.), TV드라마를 시에 인용한 「원효대사」 등 김수영은 대중문화를 다양한 각도에서 시에 인용하여 당대 사회의 여러 문제를 드러냈다.

1965년 6월 2일

미역국은 인생을 거꾸로 걷게 한다

미역국

미역국 위에 뜨는 기름이
우리의 역사를 가르쳐준다 우리의 환희를
풀 속에서는 노란 꽃이 지고 바람 소리가 그릇 깨지는
소리보다 더 서걱거린다─ 우리는 그것을 영원의
소리라고 부른다

해는 청교도가 대륙 동부에 상륙한 날보다 밝다
우리의 재炭, 우리의 서걱거리는 말이여
인생과 말의 간결─ 우리는 그것을 전투의
소리라고 부른다

미역국은 인생을 거꾸로 걷게 한다 그래도 우리는
삼십 대보다는 약간 젊어졌다 육십이 넘으면 좀 더
젊어질까 기관포機關砲나 뗏목처럼 인생도 인생의 부분도
통째 움직인다─ 우리는 그것을 빈궁의
소리라고 부른다

오오 환희여 미역국이여 미역국에 뜬 기름이여 구슬픈 조상祖上이여
가뭄의 백성이여 퇴계든 정다산이든 수염 난 영감이면

복덕방 사기꾼도 도적놈 지주地主라도 좋으니 제발 순조로워라

자칭 예술파 시인들이 아무리 우리의 능변을 욕해도— 이것이

환희인 걸 어떻게 하랴

인생도 인생의 부분도 통째 움직인다— 우리는 그것을

결혼의 소리라고 부른다

(1965. 6. 2.)

왜 미역국을 제목으로 삼았을까. 한국인은 고려 시대부터 산모가 아이를 낳으면 첫 식사로 미역국을 끓여 먹인 것으로 기록되어 있다. 미역은 가격이 싸고, 바닷가에 산다면 그냥 바다에서 걷어 끓여 먹으면 된다. 종류도 다양하여 가장 흔한 쇠고기 미역국부터, 매생이 미역국, 전복 미역국, 성게 미역국, 들깨 미역국, 황태 미역국, 옹심이 미역국 등이 있다. 국뿐만 아니라 미역 냉국, 미역 튀김, 미역줄기 볶음, 미역초무침, 미역죽, 미역 부각 등 다양한 방법으로 먹는다. 일본에서는 미소시루(된장국)에 미역을 약간 넣는 정도이지, 우리만치 미역만을 끓여서 국으로 먹지는 않는다. 미끈미끈한 미역은 서양인이 잘 먹지 않는 해조류다. 미역을 먹는다는 사실에 충격을 받기까지 한다. 2018년 기준 우리나라의 미역 수출량은 세계 1위이다. 이만치 미역국은 한국 역사를 상징하는 음식이다.

비교적 짧은 5연에 한반도의 역사를 들여놓은 작품이다. 이 작품에는 사소한 일상에서 역사를 묵상하는 김수영의 역사의식이 있다. "미역국에 뜨는 기름"이 우리의 역사를 가르쳐준다는 첫 구절부터 많은 것을 생각하게 한다. 고작 "미역국 위에 뜨는 기름"이 아무것도 아닌 것 같지만, 먼저 얇게 조각낸 쇠고기를 들기름에 볶아 쌀뜨물을 붓고 미역을 넣어 끓인 미역국에는 수천 년의 정성이 끓고 있다. 그 미역국이 역사를 가르쳐주고, 우리의 환희, 기쁨을 가르쳐준다. 아이를 낳은 산모가 기쁘게 미역국을 먹고, 태어난 아이들은 기쁜 생일날 미역국을 먹는다.

이만치 별스럽지 않은 미역국을 보며 김수영은 우리의 역사에서 이야기를 풀어낸다. "미역국에 뜨는 기름" 같은 하찮고 보잘것없는 것은 금방 영원한 바람 소리와 비교된다. 그런데, "풀 속에서는 노란 꽃이 지고"란 무슨 뜻일까.

노란 꽃을 주세요 금이 간 꽃을
노란 꽃을 주세요 하얘져가는 꽃을
노란 꽃을 주세요 넓어져가는 소란을
「꽃 2」 부분

화자는 노란 꽃을 달라고 한다. 누구에게 달라는 대상은 없지만 노란 꽃은 화자가 가장 바라는 것이다. 노란 꽃이 오면 소란스러움이 넓어져가는데, 이런 현상을 혁명으로 풀 수 있겠다. "풀 속에서는 노란 꽃이 지고"란 문장은 민초(풀)가 애썼지만 혁명(노란 꽃)이 실패했다는 뜻으로 볼 수 있겠다.

노란 꽃이 4·19 때 죽은 학생을 비유한다는 것은 김재원의 시 「입춘에 묶여 온 개나리」를 평가한 김수영의 산문 「제정신을 갖고 사는 사람은 없는가」에서 명확히 나온다. 김재원은 이 시에서 개나리를 4·19 때 죽어간 학생에 비유한다. 1965년 한일국교 정상화 이후 학생들의 6·3항쟁이 일어나고, 박정희의 억압 정치가 시작되던 시기에 발표된 시였다(이에 대한 더 자세한 이야기는 593면 이하를 참조해주기 바란다).

비록 혁명에 실패했지만 이 시기에 불었던 바람 소리는 "그릇 깨지는 소리보다" 더 서걱거린다. "서걱거린다"는 벼, 보리, 밀 따위가 서로 비벼서 나는 소리나, 잇따라 나는 베는 소리를 말한다. 무언가 살아 있다는 의미다. 제대로 모양새가 잡힌 그릇(역사)을 깨뜨렸던 5·16쿠데타보다, 비록 실패한 혁명이지만 4·19혁명의 바람이 서걱거리며 영원하다고 볼 수 있겠다. 그 바람 소리를 "영원의 소리"라고 할 때 곧바로 하찮은 우리의 역사도 영원의 소리가 된다.

김수영이 보고 있는 한국의 "해"는 청교도들이 아메리카에 상륙한 1492년 그날보다 밝다. 아메리카에 상륙한 청교도들은 그 순간 기뻤겠지만, 본토 인디언들에게는 재앙의 시작이었다. 한국인도 식민지의 재앙을 경험했다. 재灰란 완전히 태우고 나서 남은 찌꺼기를 말한다. 식민지 시대에 재처럼 사라질 운명을 경험했던 한국어는 서걱거리는 말이다. 비극을 경험했던 한국인의 말은 간결하다. 1938년 이후 금지어가 되어 비밀처럼 썼던 그 간결한 말을 지키기 위해 많은 이들이 감옥에 끌려갔다. 김수영은 한국의 말을 "전투의 소리"로 부른다.

생일날 미역국을 먹는 한국인은 태어난 날을 회상하고 부모님께 감사한다. 산후조리를 위해 미역을 먹었던 어머니는 아들딸의 생일날 미역국을 끓여주며 산통産痛을 떠올릴 것이다. 생일날 먹는 "미역국은 인생을 거꾸로 걷게" 한다. 역사에 참여하는 데에는 새로 태어나는 존재와 죽어가는 존재들 사이 구별이 없다. 30대든 60대든 구분이 없다. 편 가르기나 선별도 없다. "인생도 인생의 부분도/통째 움직"이듯이, 역사도 통째 움직인다. 쉬지 않고 탄환을 줄줄이 쏟아내는 기관포나 하나로 묶여 운반되는 뗏목처럼 나이나 직업 구분 없이 역사란 "통째 움직"인다. 쇠고기, 들기름, 쌀뜨물, 조선간장, 들깨 가루, 해안지대에서는 옥돔이나 광어를 넣은 미역국을 먹을 때, 우리는 구별할 수 없는 재료의 맛을 "통째" 느낀다.

역사도 세대와 세대가 섞여 "통째로 움직"이는 과정이다. 식민지 시대가 통째로 흘러가고, 해방기 시대가 통째로 흘러가고, 한국전쟁 시대가 통째로 흘러간다. 통째로 구분되는 세대와 세대의 대화를 사랑으로 보는 태도는 「현대식 교량」에서 잘 나타난다. 미역국을 먹을 때 과거를 생각하듯 "현대식 교량을 건널 때마다" 김수영은 "갑자기 회고주의자"가 된다.

이런 경이는 나를 늙게 하는 동시에 젊게 한다
아니 늙게 하지도 젊게 하지도 않는다

이 다리 밑에서 엇갈리는 기차처럼

늙음과 젊음의 분간이 서지 않는다

다리는 이러한 정지의 증인이다

젊음과 늙음이 엇갈리는 순간

그러한 속력과 속력의 정돈停頓 속에서

다리는 사랑을 배운다

「현대식 교량」 3연

　미역국을 먹으며, 현대식 교량을 건너며 시인은 구세대와 신세대가 엇갈리는 순간, 사랑을 배운다. 구세대·신세대, 빈자·부자 구별 없이 통째로 흘러가는 역사는 어쩌면 세련되지 않고 궁해 보이는 "빈궁의 역사"로 여겨질 수도 있다.

　당연히 미역국이며 그 위에 뜬 기름을 먹을 때 "환희"를 느끼지만, 거기에는 "구슬픈 조상"의 역사가 있다. 한국 역사는 찬란한 왕조사가 아니며 "가뭄의 백성", "퇴계든 정다산이든" "수염 난 영감"이든, 심지어는 역사가들이 거들떠보지 않을 "복덕방 사기꾼"이나 "도적놈 지주"도 역사의 흐름 속에 있다. 사소한 인물들의 참여로 역사는 순조롭게 흘러갈 것이다.

　"자칭 예술파 시인들", 서양 것을 추앙하는 자칭 모더니스트들은 별스러울 것 없는 이 미역국을 우습게 보아도, 사소한 것에서 김수영은 역사적 의미를 배운다. 만주에서 온 여자를 대하는 "나는 이 우중충한 막걸리 탁상 위에서/경험과 역사를 너한테 배운다/무식한 것이 그것들이니까"(「만주의 여자」)라고 한다. 그는 무식한 것들에게서 경험과 역사를 배운다. 무식한 것들은 말을 잘 못하기에 "우리의 능변"은 오히려 환희라고 깨닫는다.

　요강, 망건, 장죽, 종묘상, 장전, 구리개 약방, 신전,

　피혁점, 곰보, 애꾸, 애 못 낳는 여자, 무식쟁이,

이 모든 무수한 반동이 좋다

「거대한 뿌리」 부분

김수영이 생각하는 역사는 중앙집권적인 것이 아니라 해체적이고 발산적이다. 그야말로 "무수한 반동反動"이라는 원초적 힘이 역사를 만들어낸다. 사소한 것에서 역사의 주류를 보는 시인이니 기름 뜬 미역국을 먹으면서 "이것이 환희"라고 감탄할 수밖에 없다. 미역국을 먹을 때 "인생도 인생의 부분도 통째 움직"이는 신비를 체험한다.

결혼은 인간이 사랑하는 인간을 대하는 최고의 예禮다. 서로가 서로를 맞이하는 줄탁동시啐啄同時의 세계다. 서로서로 동시에 다가서는 세계가 결혼의 세계다. 인류 역사에서 성공한 혁명은 지식인과 민초가 '결혼'했을 때 성공했다. 한반도에서 지식인만 주도했던 갑신정변이나 민초들이 주도했던 동학농민전쟁은 결혼의 단계에 이르지 못하여 실패한 것이 아닐까. 구세대/신세대, 빈자/부자, 민중/지배층이라는 도식적인 이항대립이 그에게는 없다. 모든 대상들이 모두 좋아하는 미역국을 "결혼의 소리"라고 부르는 것은 당연하다.

이 글에서 "우리"라는 단어가 10번 나온다.

요즘은 집에 들어앉아 있는 시간이 많고, 자연히 신변잡사에서 취재한 것이 많이 나오게 된다. 그래서 그 반동으로 '우리'라는 말을 써보려고 했는데 하나도 성공한 것이 없는 것 같다. 이에 대한 자극을 준 것은 C. 데이 루이스의 시론이고, 《시문학》 9월호에 발표된 「미역국」 이후에 두어 편가량 시도해보았는데, 이것은 '나'지 진정한 '우리'가 아닌 것 같다.

(김수영, 「시작 노트 4」)

「미역국」은 한국 역사를 미역국이라는 일상 음식에서 풀어본 시다. "우리"를 10회나 반복해 쓴 데에서 역사공동체에 향한 그의 관심을 볼 수 있다. 그에게 혁명 혹은 종교란, 혹은 시란 "우리"가 함께 "통째로" 온몸으로 겪는 환희였다.

1965년 8월 28일

절망은 절망하지 않는다

절망絶望

풍경風景이 풍경을 반성하지 않는 것처럼
곰팡이 곰팡을 반성하지 않는 것처럼
여름이 여름을 반성하지 않는 것처럼
속도速度가 속도를 반성하지 않는 것처럼
졸렬拙劣과 수치가 그들 자신을 반성하지 않는 것처럼
바람은 딴 데에서 오고
구원救援은 예기치 않은 순간에 오고
절망은 끝까지 그 자신을 반성하지 않는다

(1965. 8. 28.)

'반성'이라는 단어가 이 시에서 6번 나온다. 김수영은 강조하고 싶은 용어를 반복해서 넣는 습관이 있다. 반성이란 무엇이기에 6번씩이나 강조했을까. 반성이라는 사유 행위는 인간을 인간이 되게 하는 장치다. '반성'이란 밖으로 무한정 제한 없이 나가려는 무의식의 욕망을 바른지 그른지 걸러내는 과정이다. "나는 생각한다, 고로 존재한다"는 너무도 진부한 용어, 데카르트가 『성찰』에 쓴 이 표현은 지겹지만 회의懷疑 혹은 반성하지 않는다면 인간이 아니라는 지적이기에 영원히 유효하다. 반성이 없다면 인간으로서 존재 자체가 부정된다. 반성하지 않으면 인간이 아니다.

1~5행은 모두 "A가 A를 반성하지 않는 것처럼"이라는 구절이 다섯 번 반복되

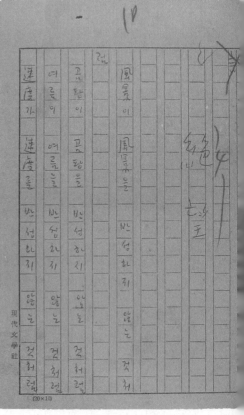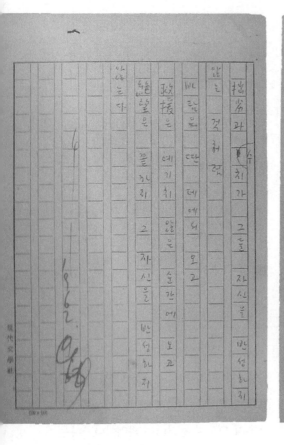

고 있다. 풍경, 곰팡, 여름, 속도란 무엇일까. 모두 인간에 대한 비유가 아닐까.

"풍경風景이 풍경을 반성하지 않는"다는 말은 우리가 보는 풍경은 사물의 참모습이 아닐 수 있다는 말이 아닐까. 또한 고정되어 있고 변하지 않는 모습을 지적하는 것이 아닐까. 나는 누군가 유명한 사람 옆에 풍경처럼 찍혀 자랑하고 싶은 욕망은 없는가. 그때 나는 풍경일 뿐이다.

곰팡이는 무엇일까. 곰팡이는 겉으로 화려하고 향기도 난다. 곰팡이는 온갖 동식물에 기생하며 산다. 단독자로 살 수 없는 기생물이다. 화려함이 아닌 더러움, 향기가 아닌 역겨움, 기생해서 사는 삶이 곰팡이의 본질이다. 그러나 곰팡이는 더럽고 역겹고 기생하고 있는 "곰팡을 반성하지 않는"다.

여름은 무엇일까. 1년 중 가장 화려한 때다. 한창 물이 오른 여름의 절정을 누리는 존재들이 있다. 등산할 때 가장 위험한 곳은 정상에 다 도착해가는 8부 능선이다. 비행기가 가장 위험할 때는 가장 높이 오르려는 그 순간이다. 가장 성공했을 때가 위험하다. 인생으로 치면 나이 50~70대 사이가 가장 위험한 이치와 같다. 한순간에 모든 성과를 버리는 시간이다. 여름의 존재들은 이전에 겪었던 고통스러운 겨울을 망각하고 있다.

속도란 무엇일까. 속도가 강조되는 이 성과주의 사회에서 우리는 빠르게 지나가며 차창 밖에 무엇이 있는지도 모른다. 옆집에 누가 사는지도 우리는 관심 없다. 빠르게 뛰며, 자기 자신을 들여다보는 올레길의 느림을 잊고 지낸다.

풍경과 곰팡과 여름과 속도는 인간 본래의 모습이 아니다. 이미 주체적인 존재가 아니라 그저 풍경인 배경으로 존재하고, 껍데기만 화려한 곰팡이로 존재하고, 여름 한 철이나 한낱 금방 지나쳐버릴 속도로만 존재하는 우리들, 이미 주체(subject)가 아니라 주체에 금이 가고 사물화事物化한 상황이다.

이미 인간이 아니라는 말이다. 사물은 반성하지 못한다. 반성할 수 없다. "졸렬拙劣"과 "수치"는 이 '말종인간'(니체)들이 가장 밑바닥에 간 상황이건만 그들은 반성하지 않는다. 무엇을 반성해야 할지 모르기 때문이다.

주체를 잃어버린 사물들은 졸렬하고 수치스럽다. 'A가 A를 반성하지 않는' 상황은 곧 인간이 인간을 반성하지 않는다는 것이다. 반성 않는 이유는 마치 뱀이 자기 꼬리를 물어 대가리가 어디인지 알아볼 수 없듯이 악의 유혹을 끊지 못하기 때문이다. 풍경과 곰팡이와 여름과 속도는 무엇이 먼저인지 알 수 없이 "졸렬"하게 "수치"스럽게 반복된다.

6~8행은 반성하지 않는 절망에 대해 반성을 촉구하고 있다.

"오다"라는 동사에 주목해야 한다. 바람이 오고, 구원이 온다. 바람은 불어와야 할 곳에서 오지 않고 "딴 데에서" 온다.

바람은 딴 데에서 오고
구원救援은 예기치 않은 순간에 오고

바람은 "딴 데" 즉, 외부에서 온다. 바람 같은 구원은 외부에서 오는 수밖에 없다. 거의 종교적 구원에 준하는 직관이 얼핏 보인다. 다만 "구원救援은 예기치 않은 순간에" 온다는 말은 예수나 니체나 발터 벤야민, 하이데거 등이 수차례 했던 말이다. 예수는 카이로스의 순간을, 니체는 벼락처럼 구원이 온다 했고, 발터 벤야민은 "희미한 메시아적 순간"(「역사철학테제」)을 말했고, 하이데거는 일별의 순간(Augenblick)를 말했다. 반성하면 구원과 회복이 있는데도 깨닫지 못한다. 주체를 잃어버린 사물들은 "절망"이 된다. 이 절망들은 "끝까지 그 자신을 반성하지 않는"데 그 이유는 자기가 아직 풍경이고, 곰팡이고, 여름이며, 속도라고 자부하는 까닭이다. 절망이 절망인 줄 모르기 때문이다. 저들은 자기가 하는 일을 모르나이다.

이 시는 1965년 8월 28일에 발표된 시다. 사진은 자필 원고인데, "1962년"이라고 적힌 붉은색 글씨가 전집에는 나오지 않는다. 1962년이 탈고일이라면 5·16쿠데타와 관계되는 일시일 수도 있다. 실패한 4·19혁명 이후 풍경과 곰팡이와 여름과 속도로 위장하고 있는 '거짓 자유민주주의'에 대한 '절망'을 김수영은 토로하고 있다.

김수영은 '절망' 그 자체에 직시하라고 가르치고 있다. '절망'에서 허튼 핑계로 빠져나갈 꼼수를 치지 말고, 철저하게 '절망하라'고 가르치는 것이다.

당신은 어디에 침을 뱉으려 하는가. 지금 나도 풍경이 되고, 곰팡이가 되고, 여름이 되고, 속도가 되어 있지 않은가. 남은 생을 풍경과 곰팡이와 여름과 속도와 야합하며 살아갈 것인가. 반성하지 않는 존재들, 습기 찬 여름날 곰팡이가 무서운 속도로 전염되는 저 풍경 속에 졸렬하고 수치를 모르는 대상을 향해 김수영은 "침을 뱉어라"고 일갈―喝한다.

내가 지금― 바로 지금 이 순간에 해야 할 일은 이 지루한 횡설수설을 그치고, 당신의, 당신의, 당신의 얼굴에 침을 뱉는 일이다. 당신이, 당신이, 당신이 내 얼굴에 침을 뱉기 전에―. 자아 보아라. 당신도, 당신도, 당신도, 나도 새로운 문학에의 용기가 없다.

(「시여, 침을 뱉어라」, 1968. 4.)

여기까지 읽으면 "절망은 끝까지 그 자신을 반성하지 않는다"에서 "않는다"가 "못한다"로 읽힌다.

1965년 11월 4일

모래야 나는 얼마큼 적으냐

어느 날 고궁을 나오면서

왜 나는 조그마한 일에만 분개하는가
저 왕궁 대신에 왕궁의 음탕 대신에
50원짜리 갈비가 기름 덩어리만 나왔다고 분개하고
옹졸하게 분개하고 설렁탕집 돼지 같은 주인년한테 욕을 하고
옹졸하게 욕을 하고

한번 정정당당하게
붙잡혀간 소설가를 위해서
언론의 자유를 요구하고 월남 파병에 반대하는
자유를 이행하지 못하고
20원을 받으러 세 번씩 네 번씩
찾아오는 야경꾼들만 증오하고 있는가

옹졸한 나의 전통은 유구하고 이제 내 앞에 정서情緒로
가로놓여 있다
이를테면 이런 일이 있었다.
부산에 포로수용소의 제14야전병원에 있을 때
정보원이 너어스들과 스펀지를 만들고 거즈를
개키고 있는 나를 보고 포로경찰이 되지 않는다고

남자가 뭐 이런 일을 하고 있느냐고 놀린 일이 있었다
너어스들 옆에서

지금도 내가 반항하고 있는 것은 이 스펀지 만들기와
거즈 접고 있는 일과 조금도 다름없다
개의 울음소리를 듣고 그 비명에 지고
머리에 피도 안 마른 애놈의 투정에 진다
떨어지는 은행나무잎도 내가 밟고 가는 가시밭

아무래도 나는 비켜서 있다 절정 위에는 서 있지
않고 암만해도 조금쯤 옆으로 비켜서 있다
그리고 조금쯤 옆에 서 있는 것이 조금쯤
비겁한 것이라고 알고 있다!

그러니까 이렇게 옹졸하게 반항한다.
이발쟁이에게
땅주인에게는 못하고 이발쟁이에게
구청 직원에게는 못하고 동회 직원에게도 못하고
야경꾼에게 20원 때문에 10원 때문에 1원 때문에
우습지 않으냐 1원 때문에

모래야 나는 얼마큼 적으냐
바람아 먼지야 풀아 나는 얼마큼 적으냐
정말 얼마큼 적으냐……
(1965. 11. 4.)

"왜 나는 조그마한 일에만 분개하는가"라는 구절은 2014년 연극 제목으로 공연되기도 했다. 이 시는 무엇에 분개해야 하는지 성찰을 자극하는 작품이다. "저왕궁"은 당시 군사정권일 것이다. "왕궁의 음탕"은 당시 정권의 욕망일 것이다. 설렁탕집에서 먹은 엉터리 설렁탕에 짜증이나 내는 자신의 모습에 시인은 괴로워한다.

2연에서 시인은 사회적, 현실적인 문제에 나서지 못하는 자신을 힐책한다. 언론의 자유에 대하여, 월남 파병에 대하여서도 시인은 아무것도 하지 못한다. 월남 파병은 베트남전쟁이 치열해진 1960년대 중반에 이루어졌다. 최초의 파병은 1964년 9월 제1이동외과병원 병력 130명과 태권도 교관 10명의 파견으로 시작되었다. 1965년 2월 비둘기부대 2천여 명, 10월 전투부대인 해병 청룡부대와 육군 맹호부대를 파병했다. 군수지원부대인 십자성부대, 군수물자 수송을 담당한 백구부대도 파병되었다. 1966년 미국의 추가파병 요청으로 4월 맹호부대 26연대가, 8월 백마부대가 베트남에 상륙했다. 월남 파병 국군은 가장 많을 때 4만 9천여 명이 넘어 한국은 미국 다음으로 많은 병력을 파병한 나라였다. 1968년 5월부터 휴전협정이 시작되었고, 1971년 12월 시작된 청룡부대와 지원부대 등 1만 명의 철수를 필두로 1973년 3월까지 철수를 끝마쳤다.

3연에서 "이런 일이 있었다"는 정황은 무엇일까. 부산 포로수용소에서 김수영은 간호원들과 스펀지를 만들고 거즈를 개키고 있었다. 그때 정보원이 김수영에게 "포로경찰이 되지 않는다고/남자가 뭐 이런 일을 하고 있냐고 놀린 일"이 있었다. 나를 얕보는 정보원에게 대들지 못하고 바보처럼 고개 숙였던 나는 비굴하기만 하다. 4연에서 "지금도 내가 반항하고 있는 것은 이 스펀지 만들기와/거즈 접고 있는 일과 조금도 다름없다"고 한다. 지금 생각해보면 포로수용소에서 정보원이 왜 포로경찰을 하지 않느냐고 했을 때, 대들지는 않았지만 모른 척하고 스펀지 만들고 거즈나 접던 일 그것이 반항일 수 있다는 말이다. 반항일 수도 있지만 "머리에 피도 안 마른 애놈의 투정에" 지고 만다. 결국은 "떨어지는 은행나무잎도 내가 밟고 가는 가시밭"으로 느껴질 정도로 일상이 조심스럽고 괴롭기만 하다.

"20원을 받으러 세 번씩 네 번씩/찾아오는 야경꾼들만 증오하"는 시인의 자세는 냉소주의에 불과하다. 슬라보예 지젝Slavoj Žižek(1949~)은 박사학위 논문 『이데올로기의 숭고한 대상』(1989. 한국어판 인간사랑, 2001)에서 시니시즘 cynicism과 키니시즘kynicism으로 나누어 냉소주의를 분석하고 있다.

시니컬한 주체는 이데올로기적인 가면과 사회 현실 사이의 거리를 잘 알고 있다. 하지만 그럼에도 불구하고 그는 가면을 고집한다. "그들은 자신들이 무슨 일을 하고 있는지 잘 알고 있지만 그럼에도 여전히 그것을 하고 있다." (중략) 우리는 그것이 거짓임을 잘 알고 있다. 그는 이데올로기적인 보편성 뒤에 숨겨져 있는 어떤 특정 이익에 대해 잘 알고 있다. 하지만 그렇다고 그것을 포기하지 않는다. (62면)

냉소주의자(cynic)들은 시대를 비관한다. 시니컬한 주체가 알고 있는 가면과 사회 현실 사이의 '거리'는 다치지 않을 만치 미리 둔다. '끌려가기까지'의 냉소는 절대 하지 않는다. 전매청이 얼마나 돈을 많이 벌어대는지 잘 알고 있다. 전매청의 폭리를 냉소하면서도 담배 피우기를 "포기하지 않는" 애연가의 태도야말로 냉소주의의 원형이랄 수 있겠다. 니체의 『차라투스트라는 이렇게 말했다』를 빌어 말하자면, 냉소주의자의 자세는 불평만 하며 으르렁대는 사자의 단계라 할 수 있겠다. 여기에는 해결방법이 없다. 불평만 있을 뿐이다. 지젝은 시니시즘은 오히려 공식적인 (자본주의) 이데올로기에 대한 '부정의 부정', 이중부정이니 오히려 '부패한' 자본주의 이데올로기를 강화하는 데 도움이 되는 긍정으로 작용한다고 비판한다. 파시스트들이 원하는 것은 바로 이러한 냉소주의자들을 양산하는 것이다. 정치에 대해 기대를 갖지 않고 불평만 하게 하는 것, 그것이 파시스트들이 원하는 것이다.

이에 대해 지젝은 『냉소적 이성 비판』이라는 명저를 낸 페터 슬로터다이크

Peter Sloterdijk(1947~)의 '키니시즘kynicism'을 내세운다. 키니시즘은 공식 문화를 아이러니와 풍자를 통해 통속적이고 대중적으로 거부하는 것이다. 고전적인 키니시즘은 공식적인 지배 이데올로기의 비장한 문장들을 일상적인 진부함과 맞닥뜨리게 함으로써 그것들을 웃음거리로 만드는 것이다. 그렇게 해서 종국엔 이데올로기적인 문장들의 숭고함 뒤에 가려진 사적인 이익과 폭력, 권력에 대한 무지막지한 요구 등을 폭로하는 것이다. 따라서 키니시즘은 논증적이라기보다는 실용적이다.

3연에서 "옹졸한 나의 전통은 유구하고 이제 내 앞에 정서情緖로/가로놓여 있다"고 할 만치 이미 나약한 지식인의 비애, 자조, 궁색함은 내면에 또아리 틀고 있는 상황이다. 니체의 『차라투스트라는 이렇게 말했다』에 나오는 인간의 3단계로 말하자면 가장 낮은 단계인 낙타형 인간의 모습을 보여준다. 그래서 "비명에 지고", "투정에 진다". 5연에 쓰여 있듯이 사건에서 "나는 비켜서 있다 절정 위에는 서 있지" 않으며 어중간하게 살아간다.

"조그마한 일에만 분개"하다가 결국 "모래야 나는 얼마큼 적으냐", "바람아 먼지야 풀아 나는 얼마큼 적으냐" 탄식으로 마무리할 수밖에 없는 상황이다.

왜 '작으냐'가 아니라 '적으냐'일까

"모래야 나는 얼마큼 적으냐/바람아 먼지야 풀아 나는 얼마큼 적으냐/정말 얼마큼 적으냐……"라는 문장은 이상하지 않은가. 나는 얼마큼 '작으냐'라고 써야 맞지 않을까. 크기가 '작다'와 숫자가 '적다'는 그 뜻이 전혀 다르다. 그는 왜 "적다"라고 썼을까.

먼저, 지금 남아 있는 원고지 판본을 보면 김수영이 직접 파랑 볼펜으로 '작으냐'을 모두 "적으냐"로 3번 고친 흔적을 볼 수 있다. 옆에 편집부에서 "잘못 고친 것"이라고 연필로 써놓았는데, 이것이야말로 시인의 의도를 잘못 파악한 예일 것이다. 두 가지 자필 원고지에 각각 세 번씩 "적으냐"로 수정한 것을 볼 때 이것은 잘못이 아니라 시인의 의도가 분명하다.

1981년판 시전집에는 이것을 살려서 "적으냐"로 했다. 그런데 2003년 제2수 정판에는 모두 "작으냐"로 쓰여 있다. 여기서 혼선이 왔다. 때문에 자습서나 신문에 인용된 시를 보면 "작으냐"와 "적으냐"가 혼동되어 쓰여 있다. 가장 중요한 것은 김수영의 의도일 것이다.

마지막으로 2018년판에는 다시 "적으냐"로 쓰여 있다. 다시 "적으냐"로 바르게 고친 것은 편집자 이영준 교수가 정확히 판단했다고 나는 생각한다. 작다가 아니라 "적으냐"라고 쓴 것에 몇 가지 물을 수 있다.

시인의 의도를 살리자면, 분노해야 할 "나" 같은 사람 숫자가 적다는 뜻이다. 모두 어용 뉴스에 속고, 진정한 분노로 현실을 개혁하려는 사람들 숫자가 적다는 의미로 해석할 수 있다. 2연에 나오는 "정정당당하게/붙잡혀간 소설가"는 소설가 남정현(1933~2020)이다. 1965년 3월호 『현대문학』에 남정현은 단편소설 「분지」를 발표한다. 미군에게 성폭행을 당하고 정신착란을 일으켜 사망한 어머니의 아들 홍만수가 여동생의 동거남인 미군의 아내를 겁탈한다는 이야기다. 이 소설로 남정현은 이해 5월 초 중앙정보부에 연행된다.

남정현의 「분지」는 김 시인이 내 안목을 높이 사 준 작품이었다. 그런데 그 작가가 구속되는 어처구니없는 일이 일어난 것이다. 그날 김 시인은 엉망으로 취해서 무던히도 나를 괴롭혔다. 그가 짜증을 낼 수 있는 대상은 오직 아내인 나밖에 없었다. 김 시인은 밤새도록 우리의 억압적 현실을 탄식하며 상처 난 짐승처럼 괴로워했다. 그때 나는 그런 김 시인을 충분히 안아주지 못했다.

(김현경, 『낡아도 좋은 것은 사랑뿐이냐』, 113면)

남정현은 7월 7일 구속되었으니 인용문이 말하는 것은 그날 저녁 일일 것이다. 김수영이 짜증을 낼 수 있는 대상, 심정을 토로할 수 있는 대상은 오직 아내밖에 없었다. 얼마나 외로웠을까. 자신처럼 이 현실을 분노하는 사람은 너무 적었다. 모래나 바람이나 풀은 그 숫자가 너무도 많은데, 함께 분노하며 잘못된 세상에 균열을 일으켜야 할 '분열자'(들뢰즈)는 너무도 적은 소수자(minority)일 뿐이다. 남정현과 김수영과 함께할 사람은 그 수가 적었다. 김수영은 "작으냐"라고 썼던 초고를 이 심정으로 "적으냐"로 고친 것이 아닐까.

김수영이 "적다"와 "작다"를 혼동하지 않았을까, 당시는 "적다"와 "작다"를 혼용해 쓰지 않았나, 별 문제 아니라고 생각할 수도 있다. 사실은 그렇지 않다. 김수영은 "큰 머리에는 둘레가 작아서 맞지 않다"(「시골 선물」), "떨어진 작은 꽃잎 같고"(「꽃잎 1」) 그리고 "올 겨울은 눈이 적어서 토끼가 은거할 곳이 없겠네"(「토끼」) 등 두 가지를 정확히 구분하고, 혼용해 쓰지 않았다. "적으냐"라고 수정한 것은 그에게는 명확한 의도가 있었기 때문일 것이다.

쉽지 않은 이 부분을 나는 그 의식의 흐름을 따라가며 이해하고 싶다. 처음에 그는 "작으냐"라고 쓴다. 힘 없고 작은 존재를 생각하며 "작으냐"라고 쓴다. 시간이 지나고 그는 "적으냐"로 고친다. 모래, 풀, 바람, 먼지가 나오면 작으냐가 자연스러운데도 그는 "적으냐"로 수정한다. 작고 초라한 존재들을 생각하다가, 그런 자들이 숫자마저 적다는 것으로 생각으로 변한다. 그 변하는 과정 자체가 이 시의 결말이 아닐까. 보잘것없는 존재들이 그들의 의지를 호소할 숫자마저 적은 상태인 것이다. 시인은 두 가지 의미를 모두 의도하지 않았을까.

또 다르게 읽을 수도 있다. 주의할 것은 "모래야 나는 얼마큼 적으냐"를 그냥 부정으로만 읽어야 하는가 하는 문제다. 오히려 강한 긍정으로도 읽을 수 있지 않을까. 치열한 자기반성은 자기비하가 아니다. 모래, 바람, 먼지, 풀은 김수영에게 민초의 상징으로 나타난다. 이렇게 숫자가 적은데도 "나"는 견디고 있다는 말이다. 하잘것없고 찌질하기만 한 내가 그래도 물러서지 않고 버티며 저항하는 상황은 어찌 보면 강한 긍정 아닌가.

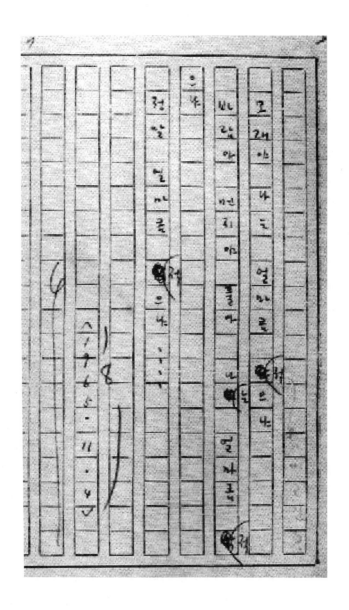

1965년

25세의 우울한 등단작

김수영 자신이 썼지만, 김수영에게는 잊고 싶어 했던 시다. 이 시가 등단작이라는 사실을 1965년 9월에 밝혔기에 여기에 놓는다. 1965년까지 김수영은 왜 이런 사실을 숨기고 싶어 했을까. 자신이 숨기고 싶었던 사실을 이제야 내놓는다는 것은 이제 극복했다는 뜻일 수도 있다. 거꾸로 이 시는 김수영이 극복하고 싶어 했던 증환을 담은 작품이기에 읽을 필요가 있다.

「묘정의 노래」와 「공자의 생활난」 중 어느 시를 그가 먼저 썼는지 알 길은 없다. 스무 편 가까운 시를 조연현에게 주었는데 「묘정의 노래」가 실렸다고 한다. 중요한 것은 이 시가 그의 초기시뿐만 아니라, 평생을 일관하는 어떤 종교성을 보여준 첫 시라는 점이다.

지하철 동묘역에서 동묘로 가는 길은 판타지의 입구다. 판타지가 성립되기 위해서는 머뭇거림(hesitation)이 있어야 한다. 동묘로 가는 길목에는 낮은 머뭇거림이 웅성거린다. 뭔가 찾는 듯한 노인들, 소주병과 뒹굴고 있는 노숙인, 싸구려 노점상이 즐비하다. 동묘 정문으로 가려면 큰길에서 꺾어 들어가야 한다. 온통 어수선한 벼룩시장이다. 길목을 지나면 '동묘공원'이라고 새긴 표지석이 보인다.

『삼국지』에 나오는 명장 관우關羽(?~219)를 모신 사당이 동묘東廟다. 서울 종로구 숭인동 123-1번지, 보물 142호. 동묘에 들어서면 낯선 분위기다. 정면 5간, 측면 4간의 정자형丁字形 건물이 있고 검은 벽돌로 두텁게 쌓아올린 건물이 있다. 전면을 제외하고는 온통 벽돌 벽으로 둘러싸인 중국풍이다. 잠깐 북경 어디쯤 온 환상에 빠진다.

도대체 어떤 인물이기에 관우를 신으로 모실까. 신장 9척, 수염 길이 2척의 관우는 긴 청룡언월도를 들고 적토마를 탄 영웅이다. 관우가 무신武神으로 받들어지기 시작한 것은 당나라 중기부터다. 명나라 영락제가 관우 영혼을 입어 타타르를 정벌할 수 있었다 하여 관우 신앙이 널리 퍼졌다. 청나라 강희제도 관우의 혼을 입어 타이완 폭동을 진압할 수 있었다 한다. 무속에서도 관운장은 못된 귀신을 몰아내는 신장神將으로 등장한다. 관우는 무운武運과 재운財運의 수호신이다. 중국은 물론 대만과 한국에도 관우 사당이 많다. 임진왜란이 일어나자 조선 조정은 명나라에 구원병을 요청했다. 울산성에서 가토 기요마사(加藤清正)와 싸울 때 포위망을 뚫어줬다는 신묘한 신격을 가진 관우를 모시는 사당을 김수영은 왜 시로 썼을까. 왜 관우를 자신에게 가장 중요할 수 있는 등단작에 담았을까. 이 등단작을 왜 지우고 싶어 했을까.

「묘정의 노래」는 내가 생각해도 얼굴이 뜨뜻해질 만큼 유창한 능변이다. 그후 나는 이 작품을 나의 마음의 작품 목록에서 지워버리고, 물론 보관해둔 스크랩도 없기 때문에 망신을 위한 참고로도 내보일 수가 없지만, 좋게 생각하면 '의미가 없는' 시를 썼다는 증거는 될 것 같다.

(「연극하다가 시로 전향」, 1965. 9.)

이제 읽을 시에는 한자가 많고 공감하기 어려운, 무슨 말인지 모를 구절도 많다. 끝까지 읽는 것만 해도 고리타분한 체험을 하는 셈이 될 것이다. 역설적으로 김수영이 탈출하고 싶어 했던 무의식을 확인해볼 수 있는 소품이다. 꼭 읽어야 하는 이유는 이 시가 '김수영'이라는 이름을 달고 나온 최초의 작품이고, 김수영 자신이 거부하고 있는 '김수영 아닌 김수영' 곧 '김수영이 아닌 비아非我의 김수영'이기 때문이다.

묘정廟廷의 노래

1

남묘南廟 문고리 굳은 쇠 문고리
기어코 바람이 열고
열사흘 달빛은
이미 과부寡婦의 청상靑裳이어라

날아가던 주작성朱雀星
깃들인 시전矢箭
붉은 주초柱礎에 꽂혀 있는
반半절이 과過하도다

주작

아 — 어인 일이냐
너 주작의 성화星火
서리 앉은 호궁胡弓에
피어 사위도 스럽구나

한아寒鴉가 와서
그날을 울더라
밤을 반이나 울더라
사람은 영영 잠귀를 잃었더라

2

백화白花의 의장意匠
만화萬華의 거동의

지금 고오히 잠드는 얼을 흔드며

관공關公의 색대色帶로 감도는

향로香爐의 여연餘烟이 신비한데

어드메에 담기려고

칠흑漆黑의 벽판壁板 위로

향연香煙을 찍어

백련白蓮을 무늬 놓는

이 밤 화공畵工의 소맷자락 무거이 적셔

오늘도 우는

아아 짐승이냐 사람이냐

(1946. 1.)

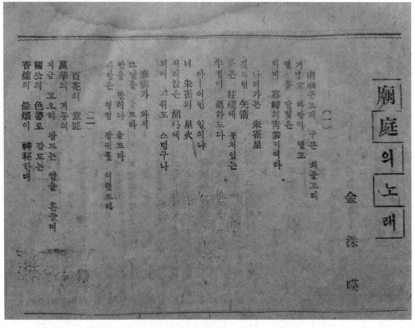

1945년에 써서 《예술부락》 제2집에 발표한 김수영 시 「묘정의 노래」. 맹문재 사진 제공

여기까지 읽었다면 대단한 인내력을 가진 분이다. 제목 「묘정의 노래」에서 묘정廟庭은 종묘와 명당을 아울러 이르는 말이다. 엄호 부수(广)가 왕조 조朝를 품고 있는 한자 묘廟는 조상의 신주를 모시는 사당祠堂을 뜻한다. 가령 종묘宗廟는 조선 시대 모든 임금과 왕비의 위패를 모신 사당이고, 가묘家廟는 한 집안의 사당祠堂을 말한다. 「묘정의 노래」는 '관우 사당의 노래'라고 할 수 있겠다.

종교적 외경

1연 "남묘 문고리 굳은 쇠 문고리/기어코 바람이 열고/열사흘 달빛은/이미 과부의 청상이어라"에서 남묘는 서울 남대문 밖에 있던 사당일까. 아니다. 김수영이 갔던 곳은 남묘가 아니라 동묘다. 남묘라고 쓴 것은 김수영의 실수다. 김수영자신이 이 시를 설명하면서 동묘에 다녀와 썼다고 설명했기 때문이다.

그때 나는 연현에게 한 20편 가까운 시편을 주었고, 그것이 대체로 소위 모던한 작품들이었는데, 하필이면 고색창연한 「묘정의 노래」가 뽑혀서 실렸다. 이 작품은 동묘東廟에서 이미지를 따온 것이다. <u>동대문 밖에 있는 동묘</u>는 내가 철이나기 전부터 어른들을 따라서 명절 때마다 참묘를 다닌 나의 어린 시절의 성지였다. 그 무시무시한 얼굴을 한 거대한 관공關公의 입상立像은 나의 어린 영혼에 이상한 외경과 공포를 주었다. <u>나는 어린 마음에도 그 공포가 퍽 좋아서 어른들을 따라서 두 손을 높이 치켜들고 무수히 절을 했던 것 같다.</u>

(「연극하다가 시로 전향」)

"동대문 밖에 있는 동묘"라 했으니 동묘가 확실하다. 더욱이 관공의 입상은 동묘에 있다. 남묘는 관우의 초상화가 걸려 있었다. 김수영이 갔던 곳은 임진왜란 때 관우의 영이 나타나 명군과 조선군 연합부대를 도와줘서 일본군을 이겼다는 곳이다. 동묘 공사가 완공된 것은 선조 34년(1601년)이었다. 이 외에 전국 곳곳에 관우 왕묘가 창건되었다. 고종 때에 한양에 북묘·서묘를 세웠지만, 모두 동묘에 합사되어 지금은 전해지지 않는다.

어릴 적, 동묘에 가서 관우상의 무시무시한 얼굴을 보고 외경과 공포를 느꼈다고 하는데, 독특한 것은 다음 문장이다. "나는 어린 마음에도 그 공포가 퍽 좋아서"라고 쓰여 있다. 어두컴컴한 공간 안에 있는 관우를 보는 것이 어떻게 좋았을까. 이 시에서 우리는 김수영 시에 간혹 혹은 전체에 보이는 근원적인 경외심, 종교성을 엿볼 수 있다. 거제 포로수용소에서 성경을 가장 많이 읽었다는 김수영은 산문 「와선」에 불교에 대한 묵상을 써놓기도 했다. 그리스 신전이 나오는 사진집을 좋아하고 교회 건물에 대한 비평을 산문에 쓰기도 했다. 그의 시에는 근원을 향한 경외심이 자주 보인다. 김수영은 관우를 기리는 사당에 와서, 쇠 문고리, 호궁, 향로 등 종교 제의에 관련한 단어들을 서술하며, 죽음이나 불멸에 대하여 썼다.

"남묘 문고리 굳은 쇠 문고리"에서 "문고리"를 한번 쓰고 "굳은 쇠 문고리"라고 쓴 것은 비틀어 반복하곤 하는 김수영의 습관이다. 김수영이 "남묘"라고 했던 이유가 있을까. 있다면 2연 1행의 주작朱雀과 관계가 있다. 주작은 남쪽 방위를 지키는 신령으로 여겨지는 붉은 봉황을 뜻한다. 시대적인 위기 상황에 출현하는 주작이 등장하는 판타지를 만들기 위해 1연의 도입부에 남쪽을 지키는 주작과 맞출 의도에서 "남묘"라고 썼을 추측도 가능하다.

"이미 과부의 청상靑裳이어라"에서 '청상'은 푸른 치마를 말한다. 과부의 푸른 치마라는 표현을 통해 이미 과거의 것으로 흘러가버린 역사를 암시하고 있다. "과부"라고 썼으니 가부장이 죽었다는 뜻이다. 시에 암시되는 죽은 가부장은 무엇일까. 한국 사회의 내면을 지배했던 고착된 전통이 아닐까. 가부장의 죽음은 구질서의 몰락 혹은 죽음을 의미한다. 이렇게 본다면 1연은 판타지로 들어가는 도입부다.

2연에 주작성朱雀星은 28수宿 가운데 남쪽을 지키는 일곱 별을 이르는 말이다. 시전矢箭은 화살과 화살대를 말한다. "날아가던 주작성"이 "깃들인 시전矢箭" 곧 날아가던 주작성 별빛이 깃들어 있는 화살이 "붉은 주초柱礎에 꽂혀 있는" 장면으로 보인다. 주초柱礎는 건물 기둥 아래에 받쳐어놓은 주춧돌이다. "반半절이 과過하도다"라는 구절은 무슨 뜻일까. 예의껏 반절을 했다고 하기엔 바로 위 "꽂혀 있는"과 맞지 않는다. "붉은 주초에 꽂혀 있는" 시간 혹은 세월이 '반나절이 지났다'라는 뜻으로 볼 수 있겠다.

이제까지 동묘의 외면적인 풍경을 묘사했는데 3연에서는 "아 — 어인 일이냐"며 내면적인 반응이 일어난다. 성화星火는 지구의 대기권 안으로 들어와 빛을 내며 떨어지는 유성을 말한다. "너 주작의 성화星火" 곧 주작의 별똥별이 "서리 앉은 호궁胡弓에/피"었다고 말한다. 호궁胡弓은 현악기의 한 종류인데, "서리 앉은 호궁"이라 했으니 소리를 낼 수 없는 상황이다. 모든 상황이 "사위도 스럽구나"라고 한다. '사위'는 어쩐지 불길하고 꺼림칙한 분위기다. 재앙이 올까 봐 언행을 꺼리는 상황이다. "사위스럽다"는 마음에 꺼림칙하다는 미신적인 태도를 말한다. 사위스러운 것은 김수영의 무의식에 투영되어 있는 불안한 시대의식일 것이다. 정체성의 위기에 부닥쳐 있는 개인과 공동체의 의식을 볼 수 있다.

까마귓과의 새인 "한아寒鴉가 와서/그날을 울더라"에서 '그날'은 특정 사건이 있었던 날일 것이다. 주작성 불빛이 깃들인 시전은 주춧돌에 박혀 더 이상 날아가지 못한다. 그래서 까마귀가 운다. "밤을 반이나 울더라"는 오래 밤새 울었다는 말이다. "사람은 영영 잠귀를 잃었더라"에서 '잠귀'는 잠결에 소리를 들을 수 있는 감각을 말한다. "잠귀가 엷다", "잠귀가 밝다"는 용례가 있다. 따라서 "잠귀를 잃었더라"는 말은 시대적 변화 등의 기미를 알아채지 못했다는 말이다. 여기까지가 동묘의 건물 외부를 묘사하고 있다.

이제 5연부터는 동묘 사당의 내부를 보여준다. "백화의 의장意匠/만화萬華의 거동의/지금 고오히 잠드는 얼을 흔드며"에서 흔드는 주체는 뒤에 나오는 여연, 떠돌아 남은 연기다. "만화의 거동의"에서 '~의'를 두 번이나 반복하는데, '~の(의)'를 몇 번이고 반복해서 쓰는 일본식 문체다. "관공의 색대色帶로 감도는"이라는 구절은 금으로 만들어진 관우 입상의 신비감을 표현한다. 동묘에 있는 관우상은 임진왜란 후 명나라 황제가 직접 금을 보내 1602년에 놓였다. 본전 내

부에는 약 2.5미터 크기의 금동 관우상이 있고, 유비와 장비의 목조상도 있다. 5연은 관우의 입상 주변에 감도는 "고오히 잠든 얼"을 떠올리게 한다.

6연 "칠흑漆黑의 벽판壁板"은 검은 벽돌로 집을 짓는 명나라풍이다. 벽판은 천장이나 벽을 바르는 데 쓰는 널빤지를 말한다. "향연香煙을 찍어/백련白蓮을 무늬 놓는/이 밤 화공畵工의 소맷자락 무거이 적셔"에서 백련은 흰 빛깔의 연꽃이다. 여기서 화공은 이 시에서 유일하게 등장하는 시적 화자다. 당시 김수영이 극장 간판을 그렸던 화공이었다는 점을 기억할 때, 화공은 김수영의 페르소나 persona라고도 볼 수 있겠다. "오늘도 우는/아아 짐승이냐 사람이냐"는 화자의 울음일 것이다. 이 시에서는 '울음'이 반복되고 있다. 4연에서는 까마귀가 울고, 6연에서는 사람이 운다. 그 울음은 "열사흘 달빛"이나 "과부寡婦의 청상靑裳"과 어울려 청승맞고 슬프기도 하다. 설움의 미학이 중요한 김수영은 첫 시에 울음을 표현했다.

이 시에서 몇 가지 생각해볼 문제가 있다. 첫째, 김수영이 왜 관우에 대해 시를 썼을까. 관우 사당은 중국의 정신문화가 압도하는 상징물이었다. 관우를 통해 대국의 위상은 조선에 사는 시인의 무의식을 짓눌렀다. 이러한 상황에 대해 시인은 "오늘도 우는/아아 짐승이냐 사람이냐"라며 불안한 무의식을 드러내고 있다.

둘째, 김수영이 이 시를 스스로 거부한 이유는 그의 '전통관'과 관련 있다. 일본에서 만주를 거쳐 경성으로 돌아온 20대 청년 김수영의 마음은 "과부의 청상"처럼 울고 싶은 짐승 같았을 것이다. 해방기 좌우익의 대립 속에서 김수영은 임화의 청량리 사무실에 찾아간다. 임화를 만날 무렵에 김수영은 '연극에서 시로' 전향한다. 이 작품은 연극에서 시로 전향하는 '우울한' 첫 번째 작품이다. 김수영의 울음과 우울은 후일에 발표한 「거대한 뿌리」에서 분노로 바뀐다. 사대주의적 전통에 대한 반동反動도 「묘정의 노래」에서 이미 보이고 있다.

요강, 망건, 장죽, 종묘상, 장전, 구리개 약방, 신전, 피혁점, 곰보, 애꾸, 애 못 낳

는 여자, 무식쟁이,/이 모든 무수한 반동이 좋다

(김수영, 「거대한 뿌리」)

「묘정의 노래」는 사대주의적인 고정관념을 거부하는 「거대한 뿌리」가 창작될
수밖에 없었던 상황을 보여준다.

셋째, 이 시에 대한 김수영의 자평은 시인 박인환과 연관되어 있다. 1945년
종로통에 서점 '마리서사'를 개업한 박인환(1926~1956)을 시인 김수영은 연극인
안영일의 소개로 만난다. 김수영은 이듬해인 1946년 3월 문학평론가 조연현을
주축으로 한 《예술부락》에 실린 「묘정의 노래」를 '마리서사'로 박인환을 찾아가
보여주었던 것 같다. 등단도 하지 않은 박인환은 별 관심 없어 했다. 《예술부락》
이라는 잡지 자체를 박인환은 낡은 시를 싣는 잡지라며 좋아하지 않았다. 게다
가 김수영의 등단작에 나오는 고리타분한 관우 사당 이야기나 지나친 한자어나
영탄법 사용 등이 박인환에게 마음에 들지 않았을 것이다.

그(김수영 - 인용자)는 연극을 그만둔 뒤로 집에 들어앉아 쓴 시 가운데 20편
을 조연현에게 보냈는데 어떻게 된 셈인지 가장 모던하지 않으며 저수준인 '묘정
의 노래'가 뽑혔다고 불평했다. 어쨌든 김수영은 「묘정의 노래」 때문에 박인환을
비롯한 '마리서사'의 모더니스트 시인들로부터 혹독한 비판과 수모를 당했다.

(최하림 『김수영 평전』, 2001)

박인환은 김수영의 등단작의 스타일이나 수준을 우습게 보았고, 그것은 김
수영에게 깊은 상처로 남는다. 등단 이후 발표 지면을 찾지 못하고 전전긍긍하
던 김수영에게 발표 기회를 제공한 것도 박인환이었고, 두 사람은 사화집 『새로
운 도시와 시민들의 합창』(1949)과 '후반기' 동인에도 같이 참여했으나 박인환에
대한 김수영의 감정의 골은 점점 깊어갔다. 「세월이 가면」, 「목마와 숙녀」 등으로
최고의 사랑을 받던 박인환은 1956년 3월 20일 심장마비로 사망한다. 박인환

이 살아 있을 때 김수영은 단 한 번도 박인환에 비교될 만한 위치에 서 있지 못했다. 게다가 김수영은 1950년 11월부터 52년 11월까지 포로수용소에 억류되어 있으면서 그 후유증으로 사회 활동까지 어려운 상황이었다. 박인환의 장례식에도 참석하지 않았던 김수영은 10년 뒤인 1966년 8월 박인환에 대한 경멸을 쏟아낸다.

나는 인환을 가장 경멸한 사람의 한 사람이었다. 그처럼 재주가 없고 그처럼 시인으로서의 소양이 없고 그처럼 경박하고 그처럼 값싼 유행의 숭배자가 없었기 때문이다. 그가 죽었을 때도 나는 장례식에를 일부러 가지 않았다. (중략) 어떤 사람들은 너의 「목마와 숙녀」를 너의 가장 근사한 작품이라고 생각하는 모양인데, 내 눈에는 '목마'도 '숙녀'도 낡은 말이다. 네가 이것을 쓰기 20년 전에 벌써 무수히 써먹은 낡은 말들이다. '원정園丁'이 다 뭐냐? '배코니아'가 다 뭣이며 '아뽀롱'이 다 뭐냐?

(「박인환」)

박인환에 대한 김수영의 증오는 사실 김수영 자신에게 향하는 치열한 내적 투쟁으로 보는 것이 맞을 것이다.

김수영이 거부했던 등단작 「묘정의 노래」는 '김수영이 아닌 비아非我의 김수영'을 보여준다. 역설적으로 김수영의 무의식을 드러내는 시라고 볼 수 있겠다. '~도다', '~구나'라는 감탄형 종결어미를 남발한 습작기의 작품, 이것이야말로 한자와 함께 감탄사를 즐겨 쓰던 낡은 전통의 표현이었다. 이 시는 낡은 전통과 새로움을 지향하고 싶은 정체성의 충돌이 일으킨 결과물일 것이다. 공포와 충돌과 울음이 동시에 담겨 있는 시, 25세의 김수영이 썼던 이 시는 김수영뿐만 아니라 그 시대 젊은 지식인들이 겪었던 혼돈의 얼굴을 보여준다. 청춘의 우울한 판타지가 담겨 있는 작품이다.

1966년 1월 29일

결혼이란, 함께 피를 흘리는 것

이혼 취소

당신이 내린 결단이 이렇게 좋군
나하고 별거를 하기로 작정한 이틀째 되는 날
당신은 나와의 이혼을 결정하고
내 친구의 미망인의 빚보를 선 것을
물어주기로 한 것이 이렇게 좋군
집문서를 넣고 6부 이자로 10만 원을
물어주기로 한 것이 이렇게 좋군

10만 원 중에서 5만 원만 줄까 3만 원만 줄까
하고 망설였지 당신보다도 내가 더 망설였지
5만 원을 무이자로 돌려보려고
피를 안 흘리려고 생전 처음으로 돈 가진 친구한테
정식으로 돈을 꾸러 가서 안 됐지
이것을 하고 저것을 하고 저것을 하고 이것을
하고 피를 안 흘리려고
피를 흘리되 조금 쉽게 흘리려고
저것을 하고 이짓을 하고 저짓을 하고
이것을 하고

그러다가 스코틀랜드의 에딘바라 대학에 다니는
나이 어린 친구한테서 편지를 받았지
그 편지 안에 적힌 블레이크의 시를 감동을 하고
읽었지 "Sooner murder an infant in its
cradle than nurse unacted desire" 이것이
무슨 뜻인지 알았지 그러나 완성하진 못했지

이것을 지금 완성했다 아내여 우리는 이겼다
우리는 블레이크의 시를 완성했다 우리는
이제 차디찬 사람들을 경멸할 수 있다
어제 국회의장 공관의 칵테일 파티에 참석한
천사 같은 여류작가의 냉철한 지성적인
눈동자는 거짓말이다
그 눈동자는 피를 흘리고 있지 않다
선이 아닌 모든 것은 악이다 신의 지대地帶에는
중립이 없다
아내여 화해하자 그대가 흘리는 피에
나도 참가하게 해다오 그러기 위해서만
이혼을 취소하자

주註: 영문으로 쓴 블레이크의 시를 나는 이렇게 서투르게 의역했다— "상대방이 원수
같이 보일 때 비로소 우리는 자신이 선善의 입구에 와 있는 줄 알아라"
주의 주: 상대방은 곧 미망인이다

(1966. 1. 29.)

부인 김현경 여사의 증언에 따르면, 김수영은 집에서 술을 한 방울도 마시지

않고 말수도 적은 편이었다고 한다. 다만 한번 술에 취하면 어떻게 할 수 없을 정도로 술을 많이 마셔서, 이혼하자며 열흘 정도 별거하기도 했다고 한다. 단지 술을 많이 마셔서 이혼하기로 했을까. 아니다. 그 배경에는 빚보증을 했다가 남의 빚을 갚아야 하는 지극히 현실적인 상황에서 벌어진 부부 싸움이 있었기 때문이다. "당신이 내린 결단이 이렇게 좋군/나하고 별거를 하기로 작정한 이틀째 되는 날"로 시작하는 「이혼 취소」는 이런 배경에서 씌었다.

"아내여 화해하자 그대가 흘리는 피에/나도 참가하게 해다오 그러기 위해서만/이혼을 취소하자"라는 결론부터 나는 이 시를 거꾸로 뒤부터 읽기 시작했다. 결혼 생활을 하는 데 무슨 피가 필요한가. 혹시 부부 싸움 하다가 서로 할퀴거나 때려서 생기는 것일까. 이것은 하나의 비유일 것이다. 결혼 생활에는 피가 흐를 정도의 갈등과 어려움이 있다는 것을 의미한다. "그러기 위해서만"이라는 단어는 더욱 절실하다. 피 흘릴 정도로 거친 세상에서 살기 '위해서만' 하기로 다짐하고, 이혼을 취소하자는 뜻이다.

"신의 지대에는 중립이 없다".

결혼 생활에도 중립지대가 없다. 그저 결혼이란 피를 흘리는 격전장에서 사는 일상이다.

피를 흘리며 사는 삶은 1, 2연에 구체적인 사례로 설명되어 있다.

김수영은 죽은 친구의 부인을 위해 빚보증을 잘못 섰던 모양이다. 게다가 김현경 여사의 증언처럼, 술을 많이 마시기도 했던 모양이다. 남편의 빚보증 문제를 풀어주려고 아내는 남편과 이혼하기로 하고, 집문서를 걸고 김수영이 잡혀 있던 빚을 갚아주었던 모양이다. 무능한 남편을 대신해서 아내가 돈 문제를 풀어주는 상황이다. 갚으면서도 10만 원 중에서 5만 원을 줄까 3만 원만 줄까, 망설이는 과정 자체가 일종의 피를 흘리는 과정이기도 하다. 삶 자체가 피 흘리는 갈등 속에서 살아가는 것이다.

그 과정에서 스코틀랜드 에딘버러 대학에 다니는 나이 어린 친구에게서 편지를 받는다. 시인 황동규로 추정되는 그가 보낸 편지에 윌리엄 블레이크의 영시 원문 구절이 쓰여 있다.

Sooner murder an infant in its cradle than nurse unacted desire.

그 시 구절을 시인이 의역한 주註와 또 그 주에 대한 주까지 첨부된다. 블레이 크의 잠언시 「지옥의 격언(Proverbs of Hell)」에 나오는 한 구절로서 "욕망의 싹을 기르느니 차라리 요람 속에 있을 때 아기를 죽이는 것이 낫다"는 뜻이다.

블레이크의 시를 김수영은 "상대방이 원수같이 보일 때 비로소 자신이 선善의 입구에 와 있는 줄 알아라"고 "서투르게 의역했다"고 주를 달았다. 이 말은 김수영이 빚보증을 서준 상대방이 원수처럼 보일 때, 오히려 김수영 자신은 진정한 선이 무엇인지 깨달았다는 것이다. 첫째는 자신이 빚보증 선 의도가 실은 외면적으로 착하게 보이려는 욕망에 따른 것이었고, 둘째는 빚진 사람과 자신의 문제를 아내가 거의 피 흘리다시피 하며 갚으려는 모습에서 인식의 변화가 생긴 것이다. 자신은 피 한 방울 흘리지 않고 친구의 아내를 돕는다 하였지만, 아내는 마치 피 흘리는 듯한 고통으로 빚을 갚으려 했음을 김수영은 이제 알고 있는 것이다.

바로 이 지점에서 국회의장 공관에서 벌어진 문화계 행사 이야기가 또 삽입된다. 바로 위의 피 흘리는 격전장이 아닌 꿈같은 삶을 사는 사람을 등장시킨다.

어제 국회의장 공관의 칵테일 파티에 참석한/천사 같은 여류작가의 냉철한 지성적인/눈동자는 거짓말이다/그 눈동자는 피를 흘리고 있지 않다

국회의장 공관의 칵테일 파티에 참석한 여류작가는 대단한 존재인 것 같지만, 그녀의 냉철한 지성적 눈동자에는 거짓말이 있다. 그 까닭은 피를 흘리고 있지 않기 때문이다. 그녀의 눈 속에서 김수영은 자신의 이기적인 모습을 보았을

까. 자신의 삶에도 피 흘리는 노력이 없다는 것을 깨달았을까. 이기적인 자신의 모습을 뉘우치고 이혼 취소를 결정한다. 김수영은 현실성이 없는 칵테일 파티의 삶보다는 '여편네'와 피 흘리는 환멸 속에서 살아가는 격전장을 택하기로 한다. 결국 내가 함께 살아갈 여인은 당신밖에 없으니 평생 함께 피를 흘리며 살자는 것이다.

위선과 허영으로 남을 돕는다 하며 빚보증을 섰던 김수영은 이제야 반성한다. "그대가 흘리는 피에/나도 참가하게 해다오"라며 피 흘리는 고통과 희생으로 가정을 이끄는 아내의 삶에 함께하기로 반성하면서 이혼 취소를 선언한다.

1966년 4월 5일

시간은 나의 목숨

엔카운터지誌

빌려드릴 수 없어. 작년하고도 또 틀려.
눈에 보여. 냉면집 간판 밑으로─육개장을 먹으러─
들어갔다가 나왔어─모밀국수 전문집으로 갔지─
매춘부 젊은 애들, 때 묻은 발을 꼬고 앉아서
유부우동을 먹고 있는 것을 보다가 생각한 것
아냐. 그때는 빌려드리려고 했어. 관용寬容의 미덕
그걸 할 수 있었어. 그것도 눈에 보였어. 엔카운터
속의 이오네스코까지도 희생할 수 있었어. 그게
무어란 말야. 나는 그 이전에 있었어. 내 몸. 빛나는
몸.

그렇게 매일 믿어왔어. 방을 이사를 했지. 내
방에는 아들놈이 가고 나는 식모아이가 쓰던 방으로
가고. 그런데 큰놈의 방에 같이 있는 가정교사가 내
기침 소리를 싫어해. 내가 붓을 놓는 것까지
자리에서 일어나는 것까지 문을 여는 것까지 알고
방어 작전을 써. 그래서 안방으로 다시 오고, 내가
있던 기침 소리가 가정교사에게 들리는 방은 도로
식모아이한테 주었지. 그때까지도 의심하지 않았어.

책을 빌려드리겠다고. 나의 모든 프라이드를
재산을 연장을 내드리겠다고.

그렇게 매일을 믿어왔는데, 갑자기 변했어.
왜 변했을까. 이게 문제야. 이게 내 고민야.
지금도 빌려줄 수는 있어. 그렇지만 안 빌려줄 수도
있어. 그러나 너무 재촉하지 마라. 이 문제가 해결
되기까지 기다려봐. 지금은 안 빌려주기로 하고
있는 시간야. 그래야 시간을 알겠어. 나는 지금 시간
과 싸우고 있는 거야. 시간이 있었어. 안 빌려주
게 됐다. 시간야. 시간을 느꼈기 때문야. 시간이
좋았기 때문야.

시간은 내 목숨야. 어제하고는 틀려졌어. 틀려
졌다는 것을 알았어. 틀려져야겠다는 것을 알
았어. 그것을 당신한테 알릴 필요가 있어. 그것
이 책보다 더 중요하다는 걸 모르지. 그것을
이제부터 당신한테 알리면서 살아야겠어― 그게
될까? 되면? 안 되면? 당신! 당신이 빛난다.
우리들은 빛나지 않는다. 어제도 빛나지 않고,
오늘도 빛나지 않는다. 그 연관만이 빛난다.
시간만이 빛난다. 시간의 인식만이 빛난다.
빌려주지 않겠다. 빌려주겠다고 했지만
빌려주지 않겠다. 야한 선언을
하지 않고 우물쭈물 내일을 지내고
모레를 지내는 것은 내가 약한 탓이다.

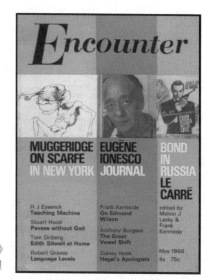

《엔카운터》
1966년 5월

야한 선언은 안 해도 된다. 거짓말을 해도
된다.

안 빌려주어도 넉넉하다. 나도 넉넉하고,
당신도 넉넉하다. 이게 세상이다.
(1966. 4. 5.)

해방 후 김수영은 프로이트, 레비스트로스, 『하이데거 전집』 등을 탐독하고,
제임스 볼드윈의 소설 등 중요한 책들을 번역했다. 식민지와 참혹한 전쟁을 겪고
전혀 다른 세상을 대할 수 있는 원서를 읽는다는 것은 놀라운 체험이었다. 외국
서적을 읽으면서 얻는 놀라움을 그는 「가까이할 수 없는 서적」(1947), 「아메리카
타임지」에도 썼다. 전쟁이 끝나고 포로수용소에서 나와 2년 후 양계를 하면서도
쉬지 않고 책을 읽는 김수영의 의지는 경이롭다.

김수영이 영국 잡지 《엔카운터Encounter》를 읽기 시작한 때는 1956년부터
라고 김현경 여사는 증언하고 있다.

문구가 넉넉지 못했던 그 시절, 초고는 무조건 평지平紙에 썼다. 원고지도 뒤집어 쓸 만치 아끼기도 했다. 1956년부터 영국의 진보적 문예지인 《엔카운터 Encounter》지와 《파르티잔 리뷰Partisan Review》를 구독했는데, 그 책들을 쌌던 포장지에 초고를 쓰고는 했다. 나는 그의 그런 검소함에 물들어 지금도 종이 한 장을 함부로 버리지 못하는 습관이 있다.

(김현경, 「내가 가장 행복했던 순간들」, 『우리는 영원하고 사랑도 그렇다』, 푸른사상, 2017)

김수영의 《엔카운터》지 구독에 관해 중요한 연구가 4부에서 소개한 정종현의 논문이다. 미국의 아시아재단이 1957년도 제1회 한국시인협회상을 수상한 김수영에게 부상으로 《엔카운터》와 《파르티잔 리뷰》의 1958년도 1년치 정기구독을 제공했음을 밝힌 것이다(정종현, 「엔카운터 혹은 빌려드릴 수 없는 서적 – 아시아재단의 김수영 잡지 구독 지원 연구」, 『한국학연구』 제56집, 2020. 2.). 이와 관련된 문서들이 미국 캘리포니아주 스탠포드대학의 후버연구소에 이관되어 최근에 공개되었다고 하여 필자가 홈페이지에 들어가 검색해보니, 김수영 이름이 명확히 나와 있다.

미국의 CIA 자금으로 만들어진 《엔카운터》의 구독권 혜택을 아시아에 미국 우월주의를 전하는 아시아재단을 통해 김수영이 받았다는 사실을 정종현 교수는 이렇게 평가했다.

문화적 냉전의 네트워크 안에 김수영이 존재한다고 해서 그것이 김수영 문학의 위대함을 훼손하진 않는다. 아니 오히려 그러한 냉전의 질곡을 넘어서서, 서방의 특수한 위치에 있던 "멋쟁이"들과 다르게 언론 자유가 부재한 척박한 땅 한국에서 피투성이 고투를 수행하며 진정 "인류를 위해서" 시와 문학을 남긴 빛나는 김수영을 확인할 수 있다.

(위의 논문, 25면)

정 교수의 평가에 필자는 동의한다. 김수영은 비록 몸은 세계의 변두리인 한반도에서 닭을 키우고 있는 처지지만 지적 수준만은 세계적 수준으로 자신을 유지시키려 했다. 악착같은 혹은 애처로운 애씀으로 보인다. 마치 자신을 세계적 지식인 레벨에 표기하듯, 김수영 시인은 항상 초고를 《엔카운터》 봉투에 썼던 것이다. 이후에도 그의 산문에는 《엔카운터》가 자주 등장한다.

T가 영국에서 돌아온 지가 거의 한 달 가까이 되는데 아직 안 만나고 있다. 그전의 습관 같아서야 세계의 끝까지 갔다 온 친구를 두고 이렇게까지 게으름을 피우지는 도저히 못하였을 것이다. 그뿐이랴. 《엔카운터》지가 도착한 지가 벌써 일주일도 넘었을 터인데 이놈의 잡지가 아직도 봉투 속에 담긴 채로 책상 위에서 딩굴고 있다.

(김수영, 「밀물」, 1961. 4. 3.)

시 「엔카운터지」는 1966년 4월에 썼는데, 5년 전인 1961년 4월에 '엔카운터'라는 단어가 김수영의 산문 「밀물」에 등장한다. 영국에서 온 친구도 안 만나고, 게을러서 "이놈의 잡지가 아직도 봉투 속에 담긴 채로 책상 위에서 뒹굴고 있다"고 썼으니, 이보다 훨씬 전에 그는 《엔카운터》를 열심히 읽었던 듯싶다. 지금 당장은 안 읽더라도 《엔카운터》는 그의 "책상 위"에 오르는 대접을 받는 그럴듯한 책이다. 죽기 직전 발표한 시편들 초고까지도 《엔카운터》 우송 봉투에 씌어 있는 것을 보면 김수영이 사망 직전까지 이 잡지를 읽었다고 볼 수 있겠다.

시는 "빌려드릴 수 없어"로 시작했는데, "그때는 빌려드리려고 했어"로, 그리고 다시 "안 빌려주기로 했다"로 의식의 변화를 보인다. 책을 빌려준다 안 빌려준다가 중요하지 않고, 이 시에서는 쓸데없는 일에는 신경 쓰지 않겠다는 김수영의 자세가 보인다. 문장을 단문으로 끊어내면서 쓴 이 시는 김수영의 새로운 시도로 보일 정도로 낯설다.

1연에 잠깐 등장한 매춘부는 화자 자신의 삶을 비추어 보는 대상이다. 김수

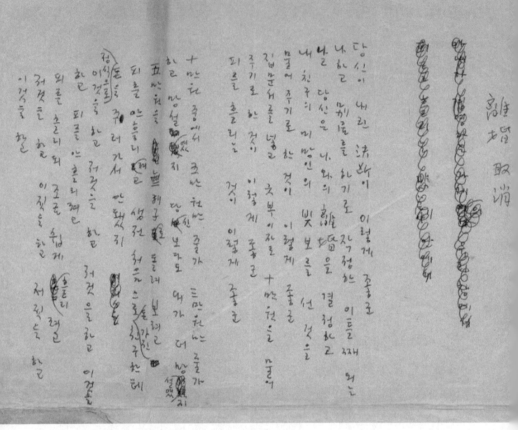

잡지 《엔카운터》를 우송한 봉투 안쪽에 쓰여 있는 김수영의 시 「이혼 취소」 초고

영은 늘 자신이 진정한 삶을 살지 못하고 있다고 괴로워했다. 공자처럼 살지 못하는 것, 예수처럼 살지 못하는 것을, 아니 매춘부처럼 살고 있는 건 아닌지를 반성한다.

이어 언급한 "이오네스코"는 김수영이 왜 「엔카운터지」를 이리도 낯설게 썼는지 이해하는 단초를 제공한다. 외젠 이오네스코Eugène Ionesco(1909~1994)의 연극을 보면 무슨 말을 하는지 이해하기가 쉽지 않다. 실존주의파에 속하는 프랑스의 시인·소설가·극작가인 이오네스코는 프랑스에서 어린 시절을, 루마니아에서 청년 시절을 보냈다. 1938년 이후 파리에서 활동했고, 1950년 〈대머리 여가수〉를 공연한 이후 사뮈엘 베케트와 함께 부조리극의 대표 극작가로 언급되어왔다. 사람들이 말하는 대화를 해체하면서 그는 말의 무의미성을 폭로했다. 그러면서도 라틴적인 경쾌한 리듬을 작품에서 구현했다. 실험적인 쉬르레알리슴 연극에 풍요한 넌센스 유머를 부여하여 역설적으로 연극을 대중화시켰다. 의식이 뚝뚝 끊기는 김수영의 「엔카운터지」는 이오네스코의 대본풍으로 쓴 것이 아닐까. 이 시는 거의 주정하는 듯한 요설을 넘어 횡설수설로 보인다.

나의 시 속에 요설이 있다고들 한다. 내가 소음을 들을 때 소음을 죽이려고 요설을 한다고 생각해주기 바란다. 시를 쓰는 도중에도 나는 소음을 듣는다. 한 1초나 2초가량 안 들리는 순간이 있을까. 있다고 하기도 없다고 하기도 말하기 어려운 문제다.

(『김수영 전집 2』, 561면)

그는 이 시를 "1초나 2초가량 안 들리는 순간"도 없이 요설과 횡설수설로 가득 채웠다. "엔카운터/속의 이오네스코까지도 희생할 수 있었어"라는 말은 무슨 뜻일까. 이오네스코 특집이 《엔카운터》에 나왔는데도 읽을 시간이 없었다는 뜻일까. 이오네스코 특집이 나왔지만 이오네스코 공부에 몰두하지 않고 "내 몸. 빛나는 몸", 나 자신에 집중하기 시작했다고 보아야겠다. 지금까지는 외국 문학 공부를 하면서 정작 중요한 내 몸을 등한시했다는 뜻일 것이다. 아니면 이오네스코의 서술방식을 희생시켜 내가 하고 싶은 말을 하겠다는 의도로도 보인다.

2연에서 김수영은 기침 소리에 대해 썼다. 김수영이 자꾸 기침을 하자, 아들을 가르치는 가정교사가 싫어했나 보다. 김수영은 이 방 저 방으로 옮긴다. 그의 자존심은 가정교사에게까지 무시된다. 그는 쓸데없는 소음 때문에 중요한 시간을 낭비하고 있다. '소음 3부작'으로 이름을 붙인 「풀의 영상」과 「엔카운터지」, 「전화 이야기」에는 소음이 가득 차 있다. 이들 시 자체가 소음이 육화된 것이다.

김수영에게 축복은 소음이 아니라, 오히려 침묵이었다.

가장 민감하고 세차고 진지하게 몸부림을 쳐야 하는 것이 지식인이다. 진지하게라는 말은 가볍게 쓸 수 없는 말이다. 나의 연상에서는 진지란 침묵으로 통한다. 가장 진지한 시는 가장 큰 침묵으로 승화하는 시다.
(「제정신을 갖고 사는 사람은 없는가」, 『김수영 전집 2』, 265면)

김수영은 이 시에서 어처구니없는 횡설수설을 쓰고 있지만, 그것은 오히려 '침묵'의 의미, '시간의 의미'를 깨닫게 하기 위한 역설적 시도이다.

그는 잡지 《엔카운터》를 자신의 프라이드라고 썼다. 그때까지도 그냥 "책을 빌려드리겠다고. 나의 모든 프라이드를/재산을 연장을 내드리겠다고" 했었다. 그냥 주변 사람이 원하는 것을 다 해주려고 했었다. 그런데 갑자기 변한다. 무엇을 깨달았기에 변했을까.

3연에서 왔다 갔다 하는 마음의 원인을 쓴다. "갑자기 변했어"라며 예전과 달라진 자신의 자세의 일단을 드러낸다. 안 빌려줄 수도 있는 이유는 무엇일까. 마음이 바뀌는 이유는 시간의 중요성을 자각했기 때문이다. 1연에서는 빌려드리려는 '관용의 미덕'을 가졌지만 3연에는 관용에서 비관용으로 바뀌면서 "안 빌려주게 됐다"고 한다. 남의 사정 봐주면서 살아왔지만, 이제는 그렇게 살지 않겠다는 뜻이다. 쓸데없는 친절은 안 베풀겠다는 자세다. 그 시간에 자신의 몸에 집중하겠다는 뜻이다. 갑자기 변한 이유는 "시간야. 시간을 느꼈기 때문야. 시간이/좋았기 때문야"라고 한다. 이 말이 무슨 뜻일까. 당시 김수영이 시간을 얼마나 중요시했는지 부인 김현경 여사 집에 있는 수첩을 보면 1960년 8월 7일 일기에 이런 메모가 있다.

금연
금주
금차
('합법적인 도적들'에게 자진해서 납공納貢을 하지 말아라)

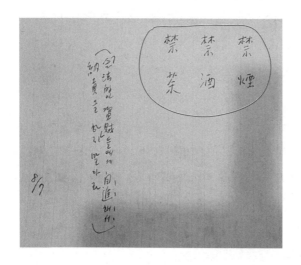

금연이나 금주는 알겠는데, 금차禁茶는 커피를 마시지 말자는 뜻일까. 궁금해서 김현경 여사에게 카톡으로 물어봤다. 카톡 문장이 재미있어 그대로 옮긴다.

"금차禁茶는 명동에 나가지 말 것. 금연도 몇 달씩 하고, 술도 끊고 오로지 일심전력으로 시와 번역에 집중. 두 달씩 두문불출 열중했지요. 어느 누구도 접근 불가침이라 고은도 쫓겨나고 가장 가까운 유정 시인도 허탕 치고. 재미있는 화제거리가 많지요. 몸으로 시를 쓰는 대단한 노력과 긴장을 놓지 않았어요."

일기 중 괄호 안의 글에서 '합법적인 도적들'에는 시 「엔카운터지」를 두고 보면, 아무 때나 책 빌려달라며 시간을 빼앗는 사람들도 포함될 것이다. "자진해서 납공을 하지 말아라"는 말은 쓸데없이 귀한 시간을 내서 그 많은 요구에 응하지 않겠다는 다짐으로도 보인다.

시간을 금같이 여겼던 그는 4연에서 시간은 목숨이라고 실토한다. "시간은 내 목숨야. 어제하고 틀려졌어"라며 시간이 지나면서 생각이 바뀌었다고 한다. 돈벌이로 번역을 하지만, 그에게 잡지《엔카운터》를 읽거나 번역하는 '시간'은 세계 사상의 흐름을 알 수 있는 목숨과도 같은 시간이었다. 양계를 하는 그의 "스탠드 앞에는 《신동아》, 《사상계》, 《파르티잔 리뷰》 등의 신간 잡지가 놓여 있"(「금성라디오」, 1966. 11.)다. 이 시간을 하이데거의 『존재와 시간』에 나오는 개념에 기대어 생각해 볼 수도 있겠다. '죽음으로 가는 존재(Sein zum Tode)'로서 인간의 시간은 단독자로서 인간이 자신을 기투企投하는 결단의 순간이다. 모든 순간순간은 결단이 포함되어 있는 본래적 순간이다. 시간의 흐름은 결단과 결단이 반복되는 순간을 보여준다. 이 시는 바로 결단의 시간이 변화되고 있는 과정을 보여준다.

김수영의 육성과도 같이 들리는 "시간은 내 목숨야"라는 말은 이 시의 핵심이다. 부조리한 세계 속에서 중요한 것은 시간이다. 그것(시간)은 잡지(《엔카운터》)보다 중요하다. 그래서 "시간만이 빛난다. 시간의 인식만이 빛난다"는 표현으로 내 삶에 집중하여 살겠다는 의지를 보여주고 있다. 작가로서 좋은 시를 쓰려면 기존의 게으른 삶이나 아무나 만나 잡담하는 삶과 단절하고 집중해야 한다. 그 끊음(切)을 강조하기 위해 이 시의 행은 불규칙하게 끊어져 있다. '시간의 인식'에 대해 그는 '시작 노트'를 남겼다.

「엔카운터지」 중의 소음은 '모밀국수'를 먹는 '매춘부 젊은 애들'이나 '식모'와 '가정교사'의 얘기뿐만이 아니다. 가장 귀에 거슬리는 소음은 '시간의 인식만이 빛난다'의 '시간의 인식' 같은 말이다. 우리 동네의 소음에 비한다면 그것은 땜질하는 소리가 아니라 급행버스 주차장에서 들려오는 배차계의 스피커 소리다. 아니면 다리 건너 언덕 위에 있는 농아학교의 스피커의 음악 소리다.

여기서 "가장 귀에 거슬리는 소음"은 부정적인 소음이 아니다. 가장 나를 일깨우며 사로잡는 소음이다. 발터 벤야민이 말한 메시아적 순간의 깨달음을 주는 소음일 것이다. 그때야말로 빛나는 시간의 인식을 체험하는 행복한 순간이다. 그는 우연히 들리는 배차계의 스피커 소리나 농아학교의 스피커 음악 소리에서 '시간의 인식'을 느끼는 것이다.

그가 이렇게도 중요하게 언급했던 《엔카운터》가 그가 마땅히 혐오했을 미국 중앙정보국(CIA)의 뒷돈으로 운영됐다는 사실(한승동, 「'문화냉전' 이끈 CIA는 왜 괴물이 됐나」, 《한겨레》 2016. 10. 27.)을 그가 알았을까. 알든 모르든 《엔카운터》는 그가 세계인과 소통하는 대화 통로였다.

이 시를 쓰고 나서 김수영은 새로운 차원의 경험을 얻는다. 이 시를 쓰고 두 달 후 쓴 산문 「제정신을 갖고 사는 사람은 없는가」(1966. 5.)에서 그는 웃음 짓게 하는 일화를 남겼다. 그는 김재원 시 「입춘에 묶여 온 개나리」를 읽고 질투까지 느껴 그달치 '시단 월평'에 손도 대지 못한다. 다행히 「엔카운터지」를 쓰고 나서야 힘을 얻는다. "「엔카운터지」 한 편만으로도 나는 이병철이나 서갑호보다 더 큰 부자다"(『김수영 전집 2』, 265면)라고 썼다. 삼성그룹의 창립자인 이병철이나 방림방적의 창업자인 서갑호(1915~1976)보다 자신이 부자라는 언급은 얼마나 재미있는가. 「엔카운터지」라는 시를 통해 그는 세계적 차원에서 호흡할 수 있다는 지적 자부심을 느낀 것이다. 그것을 어떤 재벌이 느낄 수 있을까.

「엔카운터지」를 쓰고 나서 작품을 "비평할 수 있는 차원"을 얻었다고 고백하고 있다. 작품을 비평할 수 있는 차원이란 무엇일까. 작품 비평에 집중할 수 있는 물리적 시간, 정신적 여유를 얻었다는 뜻으로 읽힌다. 김수영은 "제정신을 가진 비평의 객체나 주체가 되기 위해서는 넓은 의미의 창조 생활을 한다는 전제"가 필요하다고 썼다.

1966년 9월 15일

내 몸과 내 노래는 타락했다

금성金星라디오

금성라디오 A504를 맑게 개인 가을날
일수로 사들여온 것처럼
500원인가를 깎아서 일수로 사들여온 것처럼
그만큼 손쉽게
내 몸과 내 노래는 타락했다

헌 기계는 가게로 가게에 있던 기계는
옆에 새로 난 쌀가게로 타락해가고
어제는 카시미롱이 들은 새 이불이
어젯밤에는 새 책이
오늘 오후에는 새 라디오가 승격해 들어왔다

아내는 이런 어려운 일들을 어렵지 않게 해치운다
결단은 이제 여자의 것이다
나를 죽이는 여자의 유희다
아이놈은 라디오를 보더니
왜 새 수련장은 안 사왔느냐고 대들지만

(1966. 9. 15.)

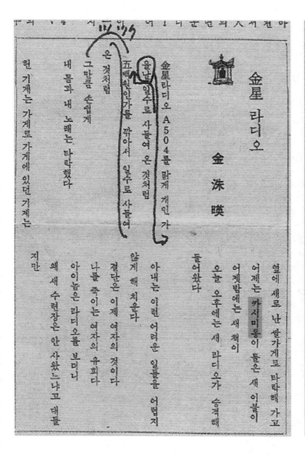

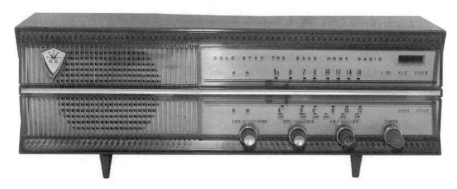

금성라디오 A504

"지금 나는 바로 옥색빛 나는 새로 산 금성표 라디오 앞에서 며칠 후에 이 라디오로 들을 수 있는 방송용 수필을 쓰고 있다."(김수영, 산문 「금성라디오」)

산문에 씌어 있듯, 이 시는 실제 일어났던 일을 배경으로 하고 있다. 이 시를 쓰고 2개월 후 김수영은 같은 제목의 산문을 방송용으로 썼다.

맑게 개인 날 김수영의 아내 김현경은 당시 가장 최신식인 금성라디오 A504를 사온다. "일수로 사들여온 것처럼"이란 말을 두 번이나 반복하고 있다. 비싼 물건을 구매자에게 전하고 일수로 돈을 받는다는 것은 그만치 구매자를 신뢰한다는 뜻이다. 신용카드가 없던 시대에 며칠짜리 일수일지 모르지만 매일 나누어 내니 구매자는 그만큼 편했을 것이다. 활달하며 이재에 밝은 부인 김현경은 이불, 책, 라디오 등을 모두 새것으로 갈아치운다. 현대 문명의 한 상징인 라디오를 사오면 기분이 좋아야 당연한데 시인은 다르다. 오히려 이런 새 물건을 좋아하면 할수록 "그만큼 내 몸과 내 노래는 타락했다"고 한다. 이 구절을 깨닫는 과정이 이 시의 내면이다.

흐린 날이 아니라 청명한 날이다. 물질 문명이 최고로 발달한 자본주의는 청명한 하늘을 보여준다. 자본주의 광고는 늘 유토피아적인 환상을 보여준다. 무거운 솜이불보다 신기할 만큼 가벼운 카시미롱カシミロン 이불은 당시 환상적인 이불이었다. 합성섬유 캐시밀론Cashmilon이 아닌 일본어 발음으로 쓴 것도 눈에 든다. 1966년 9월 15일에 썼던 원고지에도, 같은 해 11월호 《신동아》 지면에도 분명히 "카시미롱"이라고 쓰여 있다. 아직도 일본어 영향이 짙게 남아 있는 당시 사회의 문화혼종 현상을 보여준다. 다만 민음사에서 나온 『김수영 전집』(2018년 판)은 "캐시밀론"이라고 표기하고 있는 게 아쉽다.

이 시에는 '헌것/새것'이 대립되어 있다. 비싼 새것을 사면서 헌것이 구석으로 밀리는 것을 은근히 즐기는 자신의 내면을 시인은 "타락해"간다고 자조한다. 소비 시대에 휩쓸리는 자신의 모습을 시인은 타락이라고 규정한다. 「피아노」나 「의자가 많아서 걸린다」도 타락하기 싫은 그의 자세에서 나온 시편들이다. 극단적인 이분법으로 거의 '선택적 가난'을 시인은 지향한다.

타락한 마음은 "새 카시미롱 이불"(2연 3행)과 "새 책"(2연 4행), "새 라디오"(2연 5행) 등 새것을 향한 욕망으로 끊임없이 확장하고 유희한다.

탐닉을 향한 욕망은 너무도 "손쉽"(1연)다. 새것을 사는 것은 과거에는 "어려운 일들"이었지만 이제는 "어렵지 않게 해치"(3연 1행)울 수 있는 쉬운 일이 돼버렸다.

1960년대 남한이나 북한이나 모두 프로파간다를 위해 라디오를 이용하는 라디오 공화국이었다. 당시 라디오 대본을 썼던 신동엽은 역설적으로 라디오를 이용하여 한용운, 이상화, 괴테, 타고르 등 진정한 문학을 알리려고 했다(김응교, 「신동엽의 라디오 대본과 괴테의 〈젊은 베르터의 고뇌〉」, 2021). 다만 김수영은 라디오 대본에서도 너무도 쉽게 물질 문명에 빠져든 작가들의 모습을 기록했다. 산문 「금성라디오」에는 소설 쓰는 P 여사의 질문이 등장한다. "라디오 드라마를 써야 좋으냐, 어떻게 해야 좋으냐." P 여사는 "작고한 친구"인 소설가 김이석(김수영, 산문 「김이석의 죽음을 슬퍼하며」)의 부인 박순녀로 알려져 있다. 작가가 라디오 드라마를 쓰는 것은 외도이니 차라리 고리대금업을 하는 편이 좋지 싶지만, 고리대금업도 마음이 편치 않은 상황이다.

고리대금을 하는 소설가가 라디오 드라마를 써야 좋으냐는 질문을 한다. 순수한 문학의 길을 지키기 위해서 라디오 드라마를 쓰지 않으려고 고리대금을 하는 소설가가 새삼스럽게 라디오 드라마를 그래도 써야 하느냐는 질문을 한다. 그 질문을 고리대금을 하는 시인에게 한다. 그 질문에 대해서 고리대금을 하는 시인이 대답을 하려고 한다. 이미 대답이 나와 있는 대답을 하려고 한다. 이보다 더 큰 난센스도 드물 거라고 생각되는 이런 난센스를 우리들은 예사로 하고 있다.

(김수영, 산문 「금성라디오」)

산문인데 재미있는 시처럼 읽힌다. 작가가 장사를 할 수도 있다. 글만 쓰는 것이 좋을 수 있지만 생활과 격리된 글을 쓸 수도 있다. 작가가 오히려 직업을 갖거나 여러 일을 하면서 현실을 체험하며 쓰는 글이 더 좋을 수도 있다. 문제는 고리대금高利貸金(usury)을 했다는 것이다. 고리대금업이란 돈을 빌려주면서 지나친 이율을 부과하는 행위를 말한다. 법정이율 초과이자라고도 한다.

셰익스피어 희곡 『베니스의 상인』에 등장하는 샤일록은 고리대금업자였다. 도스토옙스키 장편소설 『죄와 벌』에서 도끼에 맞아 죽는 전당포 노파도 고리대금업자였다. 전리錢利꾼이라고 했던 이들은 대부분 가난한 농민들을 상대로 고리대를 받아 사회 문제가 되어왔다. 일본의 동화 작가 미야자와 겐지(1896~1933)는 아버지가 농민을 대상으로 고리대금업을 한다는 이유로 가출을 하기도 했다. 가난한 농민들을 착취하는 돈 많은 부모를 떠나 초가집에서 살며 농사를 짓고 농업학교 교사로 일했다. "하루에 현미 네 홉과/된장과 나물을 먹으며"라는 시구에는 채식주의자였던 미야자와 겐지의 식습관이 보인다.

문제는 김수영 자신도 아내와 함께 고리대금업을 하고 있는 상황이었다. 고리대금업을 하는 작가들의 대화를 예로 들면서 "이런 난센스를 우리들은 예사로 하고 있다"며 김수영은 안타까워한다.

여기까지 읽고, 독자들은 김수영에게 반박을 할 수 있다. 현실의 자연스러운 변화를 외면하고 너무도 극단적인 정신주의를 선택하는 것이 아닌가라고. 수영은 글을 쓰기 위해 《엔카운터》를 구독해 보는 등 글에 집중하려 했다. 양계도 글을 쓰기 위해 어쩔 수 없이 선택해야 했던 일이었다. 새것을 탐닉하거나 고리대금업을 하는 일은 김수영의 노래를 "타락"(1연)시켰고, "나를 죽이는"(3연) 것이었다.

마지막에 "아이놈"이 "왜 새 수련장은 안 사왔느냐"고 대드는 상황을 "나를 죽이는 여자의 유희"라고 해석하기는 좀 어색하다. 이 부분을 심각하게 해석하기보다는 김수영식 유머로 보는 것이 맞을 것이다. 마지막 두 구절이 없다면 너무 진지한 시편이 됐을 뻔했다.

김수영은 이 시에서 금성라디오를 통해 인간이 돈과 물질에 굴종하지 않아야 한다는 생각을 남겨놓았다. 김수영 시는 대단한 이념이나 교훈에서 출발하지 않는다. 그의 시는 시인들이 별로 주목하지 않는 자잘한 일상에서 출발한다. 『김수영 전집』 중 산문집의 첫 문장은 "세계의 그 어떤 사람보다도 비참한 사람이 되리라는 나의 욕망과 철학이 나에게 있었다면 그것을 만족시켜준 것이 이 포로 생활이었다고 생각한다"(「시인이 겪은 포로 생활」)이다. 첫 단어가 "세계의"로 시작하는 것은 계시적인 기표다.

1967년 2월

시인의 자리 위에 또 하나

VOGUE야

VOGUE야 넌 잡지가 아냐
섹스도 아냐 유물론도 아냐 선망조차도
아냐— 선망이란 어지간히 따라갈 가망성이 있는
상대자에 대한 시기심이 아니냐, 그러니까 너는
선망도 아냐

마룻바닥에 깐 비닐 장판에 구공탄을 떨어뜨려
탄 자국, 내 구두에 묻은 흙, 변두리의 진흙,
그런 가슴의 죽음의 표식만을 지켜온,
밑바닥만을 보아온, 빈곤에 마비된 눈에
하늘을 가리켜주는 잡지
VOGUE야

신성을 지키는 시인의 자리 위에 또 하나
넓은 자리가 있었던 것을 자식한테
가르쳐주지 않은 죄— 그 죄에 그렇게
오랜 시간을 시달리면서도 그것을 몰랐다
VOGUE야 너의 세계에 스크린을 친 죄,

아이들의 눈을 막은 죄— 그 죄의 앙갚음
VOGUE야

그리고 아들아 나는 아직도 너에게 할 말이
왜 없겠는가 그러나 안 한다
안 하기로 했다 안 해도 된다고
생각했다 안 해야 한다고 생각했다
너에게도 엄마에게도 모든
아버지보다 돈 많은 사람들에게도
아버지 자신에게도

(1967. 2.)

《보그VOGUE》는 미국에서 발간되는 패션 잡지다. 1892년 아서 볼드윈 터너 Arthur Baldwin Turnure가 주간지로 창간하여, 1909년 그의 사후 콘데 나스트 가 인수하면서 출판을 확장한다. 한때 120만부를 발행하면서 미국은 물론 영 국, 프랑스, 이탈리아, 스페인 등 각국 판을 발간한 세계적인 대중잡지이다.

구수동에 살면서 부인 김현경은 집 근처에 '엔젤'이라는 의상실을 열었다. 진 명여고 2학년 가정 시간에 배운 바느질과 재봉 기술로 옷을 만들었다. 지인들이 옷을 만들어달라는 부탁이 점점 늘었고, 주문이 늘어 영국산 옷감을 마카오에 서 들여와 쓰기까지 했다. 이때 패션지 《VOGUE》를 참고삼아 보기도 했다.

수영의 시 「VOGUE야」에 등장하듯 《VOGUE》지 뒤편에 실린 해외 디자이너 들의 패턴을 연구하기도 했다. 그럴 때면 으레 수영이 영문 번역을 도와주었다. 1968년에는 신문로로 의상실을 옮겼다.

(김현경, 『김수영의 연인』, 44면)

김수영은 왜 아내가 보던 잡지를 시의 대상으로 삼았을까.

김수영은 "VOGUE야, 넌 잡지가 아냐"라고 말한다. 표지부터 끝까지 《보그》는 온몸으로 사치스러운 유혹의 손길을 보낸다. 남성에게는 섹스의 표상으로, 여성에게는 선망의 대상으로 《보그》는 건재하다.

잡지 《보그》는 "신성을 지키는 시인의 자리"보다 더 높은 곳에서 "하늘을 가리켜주는 잡지"다. 전 세계인은 《보그》에 주목하지 변두리 후진국 시인의 시에는 관심도 없다. 시인은 신성을 지킨다 하지만, "시인의 자리 위에 또 하나 넓은 자리"를 《보그》가 차지하고 있는 것이다. 가공할 만한 소비물신주의消費物神主義의 우상이 '보그'다.

화려한 미국 문화를 바라보는 시인은 "구공탄을 떨어뜨려 탄 자국"이 난 "비닐 장판"을 깔고 살고 있다. 중심으로부터 머나먼 거리에 떨어져 있는 후진국, "밑바닥만을 보아온, 빈곤에 마비된 눈"으로 막강한 세계 자본주의의 해일에 김수영은 휩쓸리고 있었다.

이 시를 쓴 1967년에 한국은 '경제개발 5개년 계획'으로 초기 산업자본주의에 들어서고 있었다. 김수영은 어떡해야 할지 자신의 위치를 고민한다. 일단 이 해일을 김수영은 무조건 무시하지 않고 인정한다. 오히려 아이들 혹은 아들에게 가르치지 않은 까닭을 고백한다. 도저히 막을 수 없는 보그로 상징되는 서구 자본주의와 '비닐 장판'이라는 후진국 사이에 놓인 낙차를 어떻게 극복할 것인가, 그 과제를 김수영은 고민하고 있다. 어떻게 극복할 수 있단 말인가.

1967년 2월 15일

사랑에 미쳐 날뛸 날이 올 거다!

사랑의 변주곡

욕망이여 입을 열어라 그 속에서
사랑을 발견하겠다 도시의 끝에
사그러져가는 라디오의 재잘거리는 소리가
사랑처럼 들리고 그 소리가 지워지는
강이 흐르고 그 강 건너에 사랑하는
암흑이 있고 삼월을 바라보는 마른 나무들이
사랑의 봉오리를 준비하고 그 봉오리의
속삭임이 안개처럼 이는 저쪽에 쪽빛
산이

사랑의 기차가 지나갈 때마다 우리들의
슬픔처럼 자라나고 도야지 우리의 밥찌끼
같은 서울의 등불을 무시한다
이제 가시밭, 덩쿨장미의 기나긴 가시 가지
까지도 사랑이다

왜 이렇게 벅차게 사랑의 숲은 밀려닥치느냐
사랑의 음식이 사랑이라는 것을 알 때까지

난로 위에 끓어오르는 주전자의 물이 아슬
아슬하게 넘지 않는 것처럼 사랑의 절도節度는
열렬하다
간단間斷도 사랑
이 방에서 저 방으로 할머니가 계신 방애서
심부름하는 놈이 있는 방까지 죽음 같은
암흑 속을 고양이의 반짝거리는 푸른 눈망울처럼
사랑이 이어져가는 밤을 안다
그리고 이 사랑을 만드는 기술을 안다
눈을 떴다 감는 기술― 불란서혁명의 기술
최근 우리들이 4·19에서 배운 기술
그러나 이제 우리들은 소리 내어 외치지 않는다

복사씨와 살구씨와 곶감씨의 아름다운 단단함이여
고요함과 사랑이 이루어놓은 폭풍의 간악한
신념이여
봄베이도 뉴욕도 서울도 마찬가지다
신념보다도 더 큰
내가 묻혀 사는 사랑의 위대한 도시에 비하면
너는 개미이냐

아들아 너에게 광신을 가르치기 위한 것이 아니다
사랑을 알 때까지 자라라
인류의 종언의 날에
너의 술을 다 마시고 난 날에
미 대륙에서 석유가 고갈되는 날에

그렇게 먼 날까지 가기 전에 너의 가슴에

새겨둘 말을 너는 도시의 피로에서

배울 거다

이 단단한 고요함을 배울 거다

복사씨가 사랑으로 만들어진 것이 아닌가 하고

의심할 거다!

복사씨와 살구씨가

한번은 이렇게

사랑에 미쳐 날뛸 날이 올 거다!

그리고 그것은 아버지 같은 잘못된 시간의

그릇된 명상이 아닐 거다

(1967. 2. 15., 《현대문학》 1968년 8월호)

김수영의 생각 한편에 죽음과 설움과 아픔이 있다면, 그 반대편에는 자유와 혁명과 사랑이 있다. 그 사이에 있는 이미지가 곤충, 기계, 꽃이라고 생각하면 도식적이지만 이해하기 쉽다. 부정에서 시작하여 대긍지大矜持로 치솟는 힘이 그의 시에 있다. 그것은 관념이 아니라, 풀이나 채소밭처럼 자연스럽고 당연한 힘이다.

변주곡變奏曲(variation)이란 어떤 주제를 리듬이나 화성을 변형시켜가면서 펼치는 연주를 말한다. 이 시는 그야말로 '사랑'이란 무엇인지 다양한 방법으로 변주하여 소개한다. 변주곡이란 단어처럼 사랑이란 고정되어 있지 않다. 분열되고 해체되고 굴절하며 변주하며 늘어난다. 이 시에서 진정한 사랑을 발견할 수 있다면 좋겠다.

첫 행에서 "욕망이여 입을 열어라/그 속에서 사랑을 발견하겠다"는 도발은 김수영답다. 이 시구는 2007년 《시인세계》에서 100여 명의 시인에게 물어본 '나를 전율시킨 최고의 시구'에서 1위로 선정된 문구다. 이 시를 쓰기 7년 전에 수영은 "어둠 속에서도 불빛 속에서도 변치 않는/사랑을 배웠다"(「사랑」, 1960. 1. 31.)고 썼는데, 이제는 욕망 속에서 사랑을 발견하겠다고 한다.

욕망이란 부정적이고 더러운 것일까. 그는 더러운 전통도 좋다는 시인이다. 인간이 만든 도덕이라는 잣대를 넘는 성매매 사실이며, 욕설도 시에 그대로 넣는 사람이다. 지나칠 정도로 스스로에게 솔직하려고 했던 정직성이 김수영 자체였다. 자본주의에서 사랑은 얼마나 오염되어 있는가. 성스러운 대웅전이나 성당이나 예배당에서 선포되는 사랑은 얼마나 고결한가. 욕망들에 대하여, 또 그 욕망에 반하여 정직하려는 의식의 반항 속에서 역설적으로 인간은 진실한 혹은 숭고한 사랑이 무엇인지 깨닫기도 한다.

이 시는 구수동 집 구조와 주변 공간을 연상하면서 읽으면 더욱 다정하게 다가온다. 김수영이 사는 구수동은 "도시의 끝"이다. 집 마당에 양계하는 닭이 있고, 꽃밭이 있고, 방을 하나씩 증축하여 길어진 방과 방 사이에서 "라디오의 재잘거리는 소리가/사랑처럼 들"린다. 주택은 밭으로 둘러싸여 있다. 언덕에 있는 집에서 나와 남쪽으로 보면 "그 소리가 지워지는" 한강이 흐른다. 한강이 "흐르고 그 강 건너에 사랑하는 암흑"이 있다. 이 시를 쓰는 2월 15일, 앞으로 3월 봄날이 다가온다. "사방에는 삼월을 바라보는 마른 나무들이/사랑의 봉오리를 준비하고" 있다. 그저 시의 배경을 노래하는 듯하지만, 실은 이후에 아들 세대에게 말하는 내용을 볼 때, 시 앞부분에서 시간의 흐름을 복선 깔듯 이야기했다는 것을 볼 수 있다.

"사랑의 기차가 지나갈 때마다 우리들의 슬픔처럼 자라나고" 빈부차가 많은 도시에는 아직도 가난한 사람들이 살아간다. 그 도시 끝에서 김수영은 "가시밭, 넝쿨장미의 기나긴 가시 가지/까지도 사랑"하는 자연 사랑의 극치를 체험한다. 무한 자연 속에서 「채소밭 가에서」, 「풀」 같은 식물성 시들이 흘러나왔다. 그러다가 다시 집으로 들어와 주전자에 물 끓는 장면이 나온다.

난로 위에 끓어오르는 주전자의 물이 아슬

아슬하게 넘지 않는 것처럼 사랑의 절도節度는

열렬하다

간단間斷도 사랑

끓어오르는 물이 아슬아슬 넘지 않는 주전자 이미지를 제시한다. 이건 도대체 무슨 뜻일까. 끓어오르면서도 넘지 않는 상황을 사랑의 절도節度라고 한다. 그것은 또한 열렬하게 끓는다. 이건 또 무슨 뜻일까. 그는 간단한 사랑을 넘어 이제 조금 다른 사랑을 변주한다. "그리고 이 사랑을 만드는 기술을 안다/눈을 떴다 감는 기술— 불란서혁명의 기술/최근 우리들이 4·19에서 배운 기술"로 전개된다. 이제 사랑을 만드는 기술은 4·19혁명에서 배운 기술로 변주한다. 혁명은 눈을 떴다 감는 기술이다. 눈을 깜빡이듯 자연스럽게 혁명은 이루어진다. 소리치지 않고, "자는 아이의 고운 숨소리를 듣는 마음"(「기도」)처럼 저절로 혁명은 우러나온다. 올 것 같지 않은 혁명도 눈을 깜빡이듯 어느새 이루어진다. 그의 사랑은 아코디언처럼 주름이 늘어난다. 옆방 라디오를 들으면서, 흐르는 한강을 보며 봄밤을 사랑하던 사랑은 이제 혁명으로 변주되며 늘어난다. 그 당시는 크게 노래를 부르고 구호를 외쳤지만, 박정희 독재 시대에는 "그러나 이제 우리들은 소리 내어 외치지 않는다". 그리고 외치지 못한다. 여기까지 읽으면 김수영이 또 다른 글에서 물 끓는 주전자 이야기를 넣은 것이 떠오른다.

역시 마루의 난로 위에 놓인 주전자의 조용한 물 끓는 소리다. 조용히 끓고 있다. 갓난아기의 숨소리보다도 약한 이 노랫소리가 〈대통령 각하〉와 〈25시〉의 거수巨獸 같은 현재의 제악諸惡을 거꾸러뜨릴 수 있다고 장담하기도 힘들지만, 못 거꾸러뜨린다고 장담하기도 힘든다. 나는 그것을 〈25시〉를 보는 관중들의 조용한 반응에서 감득할 수 있었다.

(「삼동 유감」, 1968)

〈25시〉는 2차 세계대전 때 독일 나치와 거대 국가들 사이에서 한 인간이 겪는 비극적 유랑을 담은 영화다. 이 영화를 보고 김수영은 조용히 끓고 있는, 갓난아기의 숨소리 같은 이 노랫소리가 "거수巨獸 같은 현재의 제악諸惡을 거꾸러뜨릴 수 있"을지 묻는다. 거대한 괴물 같은 현재의 여러 악을 거꾸러뜨리기 어렵지만, "못 거꾸러뜨린다고 장담하기도 힘들다"며 이중부정을 통해 어렵지만 거꾸러뜨릴 수 있다고 썼다. 물 끓는 주전자의 비유는 곧 혁명 전야前夜를 암시하는 이미지다. 김수영은 「사랑의 변주곡」에 물 끓는 주전자 이미지를 삽입하고, 프랑스혁명과 4·19혁명을 이어서 설명한다. 혁명이란, 끓는 주전자의 물처럼 열렬한 사랑의 절도이며, 또 눈을 떴다 감는 기술처럼 언제 그랬냐 싶게 간단하고 자연스러운 것이다.

다음 문장에서 작은 논쟁이 있었다.

복사씨와 살구씨와 곶감씨의 아름다운 단단함이여
고요함과 사랑이 이루어놓은 폭풍의 간악한
신념이여

이 문장에서 "간악"이라는 단어가 한자로 두 가지 있는데 어느 쪽으로 해석해야 하는가 하는 문제였다. 간사하고 악독하다는 '간악奸惡'이 있고, 성격이 곧아 거리낌 없이 바른말을 한다는 '간악侃諤'이 있다. 산문적인 상상력으로 후자의 한자를 넣어 풀어야 한다는 이들이 있다. 곧은 폭포 소리처럼, 폭풍의 곧고 거리낌 없는 신념이라는 뜻으로 해석해야 한다는 것이다. 물론 두 가지 모두 인용해도 해석은 통한다. 김수영의 원문들을 볼 때 두 번째 의미라면 필시 한자를 넣었을 것이다. 그런데 원문을 보면 한자가 쓰여 있지 않고 한글이다. 김수영이 쓰지 않았는데 굳이 한자를 넣어 간악侃謁으로 써넣는 순간 해석자의 의도가 강요된다. 오히려 '폭풍의 간악奸惡한 신념'이라는 표현이 더욱 김수영답고 시적이며 리얼리티가 있다. 역사를 휘모는 선한 의지에도 예상치 못하는 숱한 '간악한 신념'이 개입된다. 예상할 수 없는 간악한 신념 탓에 우리는 더욱 사랑에 미쳐 날뛸 수밖에 없을 것이다.

"아들아"라고 호명하면서 시는 한 단계 도약한다.

김수영은 아들 세대와 끊임없이 대화하고 싶어 했다. 그가 명동에 가면 젊은 사람들이 모였고, 대학에서 강의하기를 즐겼다. "그리고 아들아 나는 아직도 너에게 할 말이/왜 없겠는가 그러나 안 한다"(「VOGUE야」, 1967. 2.)라면서 할 말이 있어도 '꼰대'가 되고 싶지 않아 말을 줄이기도 한다.

이제 이 시는 자식 세대에게 전하는 편지로, 교설로 변주된다. "아들아 너에게 광신을 가르치기 위한 것이 아니다/사랑을 알 때까지 자라라"고 말한다. 광신이란 헛된 망상일 것이다. 왜냐하면 이 시 마지막에 쓰여 있듯이 아버지 세대들은 "잘못된 시간의/그릇된 명상" 속에서 산 적이 있기 때문이다. 김수영은 두 아들로 상징되는 후세들이 헛것에 빠지지 않기를 바란다. 진정한 사랑을 만나기를 바란다.

젊음과 늙음이 엇갈리는 순간을 보며 세대로 이어지는 역사(「현대식 교량」)를 보았듯이, 그의 사랑은 세대로 펼쳐진다. 그런데 과연 아들의 세대까지만일까. 아니다. 그가 바라는 세대는 더 멀리 묵시록적이다. "인류의 종언의 날에" 이르기까지 사랑은 변주되면서 이어져야 한다. "미 대륙에서 석유가 고갈되는 날에/그렇게 먼 날까지"면 언제일까. 인류의 생태계가 붕괴되어, 온난화로 빙하가 녹고 바다 수면이 높아지고, 코로나 바이러스 등 온갖 전염병이 창궐하는 이즈음에 김수영의 바람은 관념이 아니라 실제로 느껴진다. 그야말로 석유든 바다든 인류가 있는 한 인간과 역사와 자연을 향한 대긍지의 사랑을 "너는 도시의 피로에서/배울 거다"라고 당부한다.

다시 마지막에 아들에게 말한다. "아들아/(…) 복사씨와 살구씨가/한번은 이렇게/사랑에 미쳐 날뛸 날이 올 거다!"를 보자. 이 부분에 대해 많은 해석이 있다. 김수영은 이 복사씨와 살구씨를 어떻게 상상했을까.

김상환 교수는 "복사씨와 살구씨는 주자가 유가적인 의미의 사랑(仁)을 설명하기 위해 끌어들였던 사례다. 인을 우주론적 원리로 확대했던 주자는 복사와 살구가 씨앗에서 나온 열매이듯, 세상 만물이 인이라는 씨앗에서 나온 열매라 했다. 그런 케케묵은 이야기에서 복사씨와 살구씨를 가져와 김수영은 현대적인 상상력을 발아시켰다"(김상환, 「모더니즘 이전에, 이미 핏줄에 흐르고 있던 선비정신」, 《한겨레》 2021. 5. 31.)고 해석했다.

'살구씨'는 사일구(4·19혁명)의 발음을 단어놀이처럼 이용했다는 권혁웅 시인의 생각도 의미가 있다고 본다. 혹은, 김수영 시인이 번역한 미국 시인·소설가 델모어 슈워츠Delmore Schwartz(1913~1966) 시구절 중에 나오는 "복숭아에는 씨가 있고요, 씨에는 복숭아가 있어요"라는 문장에서 영향받았을 가능성을 논한 조강석 교수의 설명도 의미가 있다. 김수영이 "함석헌 씨의 잡지의 글이라도 한번 읽어보고 얼굴이 뜨거워지지 않는가 시험해보아라. 그래도 가슴속에 뭉클해지는 것이 없거든 죽어버려라!(김수영, 「아직도 안심하긴 빠르다」, 《민국일보》 1961. 4. 16.)"라고 썼던 만큼, 함석헌의 씨알 사상에서 영향받았을 가능성도 있을 것이다.

정말 많은 주장이 있으나, 기본은 그가 그냥 채소밭을 일구면서 씨앗의 힘을 역동적 이미지로 굳혀갔을 것이 분명하다. 김수영은 "모든 사물은 외부에서 보지 말고 내부로부터 볼 때, 모든 사태는 행동이 되고, 내가 되고, 기쁨이 된다. 모든 사물과 현상을 씨(동기)로부터 본다"(「생활의 극복」)라고 썼다. 씨앗은 행동이 되고, 기쁨이 되는 원동력이다. 김수영의 씨앗은 관념적인 것이 아니라, 그가 일상에서 뿌리고 뿌리고 또 뿌렸던 실제 씨앗에서 태동한 것만은 분명하다.

신형철은 복사씨와 살구씨에서 씨에 주목하여 '가능성'으로 쉽게 설명했다. 복사씨와 살구씨를 나는 김수영 시에 보이는 생명의 힘으로 생각하고 읽는다.

아들 세대가 살아갈 세계는 지금과 다르길 간절히 바라는 한 아비의 사랑이 있고, 그 가능성("복사씨와 살구씨")을 필사적으로 믿고 지켜내려 했던 한 지식인의 신념이 있다.

1968년에 작고한 그는 끝내 복사씨와 살구씨의 혁명을 보지 못했지만, 5·18과 6월항쟁을 겪은 우리는 그의 예언이 실현됐음을 알고 있다. 아니, 2008년 오늘, 시청 앞의 저 촛불들을 보면서 우리는 이것이야말로 진정한 '사랑의 변주'가 아닌가 하고 다시 한번 놀란다.

(신형철, 「촛불로 변주된 김수영의 사랑」, 《한겨레》 2008. 6. 13.)

물론 그 사랑의 변주는 신형철이 이 글을 썼던 2008년에 끝나는 것이 아니다. 김수영은 일회적인 씨앗이 아니라, 계속 뿌리고 퍼져나가는 씨앗을 늘 상상했다. "겨자씨같이 조그맣게 살면 돼"(「장시 1」)라며 언젠간 되리라는 낙관성을 가졌다. 크고 거창한 것이 아니라, 보이지 않을 정도로 작은 것에서 사랑의 변주곡은 움튼다.

'4월 혁명'이 끝나고 또 시작되고
끝나고 또 시작되고 끝나고 또 시작되는 것은
잿님이 할아버지가 상추씨, 아욱씨, 근대씨를 뿌린 다음에 호박씨, 배추씨,
무씨를 또 뿌리고
호박씨, 배추씨를 뿌린 다음에
시금치씨, 파씨를 또 뿌리는
석양에 비쳐 눈부신
일 년 열두 달 쉬는 법이 없는
걸쭉한 강변밭 같기도 할 것이니
김수영, 「가다오 나가다오」 부분

4월 혁명이 끝나면 다 끝나는 것이 아니다. "끝나고 또 시작되고/끝나고 또 시작되고 끝나고 또 시작되는" 혁명은 영원히 진보하는 영구혁명이다. 씨앗을 한 번 뿌리면 되는 것이 아니라, 상추씨, 아욱씨, 근대씨, 호박씨, 배추씨, 무씨 등을 뿌리며 "일 년 열 두달 쉬는 법이 없"어야 걸쭉한 강변밭 모양이 되는 것이다.

김수영이 이 시를 쓴 시기는 3개월 뒤 치러질 1967년 5월 3일 제6대 대통령 선거가 있기 전이고 박정희가 선거 유세를 시작할 무렵이었다. 한일기본조약을 졸속 처리하고 베트남 파병 등을 단행한 박정희 정권에 대하여 야당, 재야, 학생운동권은 윤보선으로 집결했다. 깨인 자들은 저항했지만, 일반인들은 "배가 불러야 산다"며 경제개발을 내건 박정희가 다시 재선되리라고 대부분 생각했다. 4·19혁명은 전설처럼 잊혀지고, 모두 절망에 마비되어 있었다. 그래도 절망해서는 안 된다고, 김수영은 절실하다. 선거와 상관없이 계속 씨를 뿌려야 한다. 그 절실이 지나쳐서 지나친 낭만으로 보일지라도 절실하다. 사랑의 변주곡, 이제 혁명의 변주곡은 끊임없이 변주하며 역사에서 연주되어야 하니까. 복사씨와 살

구씨가 사랑에 미쳐 날뛰는 날, 우리들이 4·19에서 배운 기술을 다시 한번 발휘하는 민주주의 혁명의 그날은 "아버지 같은 잘못된 시간의/그릇된 명상이 아닐 거"라고 단언한다.

여기서 "잘못된 시간의/그릇된 명상"이라는 어구가 니체의 『반시대적 고찰』을 읽고 착상을 얻지 않았을까 하는 주장도 있다(정한아, 「'온몸', 김수영 시의 현대성」, 2003). 『반시대적 고찰』의 영문 제목은 'Untimely Meditations'인데, 우리말로 직역하면 '잘못된 시간의 명상'으로 볼 수 있다는 가설이다. 아쉽게도 논문에서 각주로 단 케임브리지 영문 번역본은 초판이 1997년에 나온 책이어서 김수영이 읽었을 리 없다. 김수영 시대에 출판된 영문본이나 일본어판을 김수영이 읽었다는 증거가 없는데 확실하다고 심증을 굳힐 수는 없다. 그래도 김수영 시와 산문에 니체가 쓴 것과 유사한 표현이나 개념, 그리고 상상력이 많기에 참고할 만한 가설이다. 중요한 것은 '잘못된 시대의 명상'을 했던 아버지 세대와 다른 아들 세대, 나아가 다른 미래 세대가 "사랑에 미쳐 날뛸 날이 올 거"라는 신뢰다. 예언하듯 혹은 유서처럼 비장하게 당부하며, 시는 끝난다.

김수영 시에서 '사랑'이라는 단어가 제목에 들어간 시는 「사랑」, 「사랑의 변주곡」 두 편뿐이다. 사실 그의 삶과 시에서 사랑을 빼놓으면 무엇이 있을까. 김수영은 시 16편에서 48번 사랑이라는 단어를 썼다. 그가 평생 놓지 않았던 한 여인에 대한 사랑이며, 자연에 대한 사랑도 있고, 역사와 문화에 대한 사랑도 있다. 그야말로 대긍지의 세계다. 나는 1953년에 쓴 「긍지의 날」과 14년 후에 쓴 「사랑의 변주곡」에서 인생과, 여인과, 자연과, 역사를 껴안는 대긍지의 품을 본다. 채소를 가꾸고 양계를 하던 서울 마포구 구수동의 채소밭에서 끝나지 않고, 프랑스, 봄베이, 뉴욕으로 공간을 확장하고, 시간적으로는 아들 세대와 그 이후로 확장하는 변주를 보여준다. 겉핥기로 읽으면 그저 아름다운 낭만시로 읽히지만, 세세히 읽으면 아름다운 혁명시로도 읽힌다. 김수영이 보여준 사랑은, 설움과 죽음을 아파하며 포월하여 어둠과 고요 속에서 만들어낸 단단하고 영롱한 진주알이다.

그가 사망하기 1년 4개월 전에 잡지 《엔카운터》를 우송해온 봉투를 뒤집어 쓴 이 시의 초고를 보면서, 세계사의 흐름에 견주어 자신을 채찍질하는 김수영의 사랑을 그려본다. 그가 품으려는 대궁지에 비해, 누런 소포 봉투는 얼마나 초라했을까. 냉전 시대에 그는 포장지 위에 이 시를 쓰면서 거대한 사랑으로 궁핍한 시대를 눈물도 흘리지 않고 단단하게 넘어서려 하지 않았겠는가. '잘못된 시간'을 살았던 김수영은 아들 세대에게 씨앗이 움트기를 고대한다. 겨울 암흑 독재 시대에 김수영은 아들 세대에게 말한다. 절망하지 말고, 사랑을 알 때까지 무궁하게 자라라고. 그렇구나. 혁명이란 관념적 이데아가 아니라, 사랑의 씨앗에서 움트는 끝없는 결실이구나.

1967년 초봄, 김수영 서재에 찾아간 후배들

고은 백낙청 염무웅 김현

지금까지 김수영 시를 한 편 한 편 연대기별로 풀어보면서 그의 삶을 그려보았다. 김수영과 직접 만난 이들의 1차 증언은 매우 중요하다. 가장 가까이에서 본 부인 김현경, 여동생 김수명 여사의 증언은 말할 필요도 없고, 그 외에 수영과 교류하거나 접촉했던 문인들의 증언 또한 중요하다. 백낙청 교수와 염무웅 교수가 나눈 대담 「추억 속의 김수영, 다시 읽는 김수영」(『시는 나의 닻이다』, 창비, 2018)은 김수영 시를 이해하는 데 많은 도움을 주는, 수영의 감추어진 삶을 드러내는 중요한 자료다. 먼저 시인 고은의 짧은 회상을 보자.

한번은 제가 낮술 김에 60년대 젊은이들 염무웅, 김현 등을 데리고 마포 구수동 김 선생 댁을 쳐들어갔다가 갑작스러운 고음의 호통에 술이 확 깨어버리기도 했습니다.

(고은, 「발문」, 김현경, 『낡아도 좋은 것은 사랑뿐이냐』, 푸른사상, 2020)

김수영의 작은 서재에 후배들과 함께 쳐들어갔던 일을 고은은 기록에 남겼다. 낮술을 마시고 김수영 집에 갔다가 야단맞았다는 이야기인데, 무슨 일이 있었던 것일까. 이 일을 염무웅 교수는 아주 생생하게 증언한다. 고은은 김수영이 주목하던 시인 중에 한 명이었다. 고은도 그 사실을 알기에 거리낌 없이 앞장서서 문우들을 "데리고" 김수영 집으로 "쳐들어갔"던 것이다. 때는 시인 고은이 제주도 생활을 마감하고 상경한 직후, 1967년 초봄이라 한다.

고은 선생이 오후 서너 시쯤 신동문 선생을 찾아왔다가 신 선생이 안 계시니까 저와 제게 놀러온 김현을 불러내어 사무실 근처에서 소주를 한잔했어요. 금방 돈이 떨어지자 고은 선생이 염려 말고 따라오라고 하면서 버스를 타고 어딘가로 갔지요. 그게 알고 보니 구수동 김수영 선생 댁이었어요. 김수영 선생 댁은 나중에 선생께서 교통사고를 당하신 길, 꼭 시골의 소읍에 있는 것 같은 좁다란 길 쪽으로 사립문이 나 있고 집채는 등을 돌리고 있어서 빙 돌아가야 되었는데, 고 선생이 저하고 김현을 잠깐 문밖에서 기다리라고 하더니 안으로 들어갔어요. 그런데 한참 기다려도 소식이 없어요. 김수영 선생 안 계시면 사모님한테 떼쓰지 말고 그냥 갑시다, 그러려고 주춤주춤 안으로 들어갔더니, 고 선생은 벌 받는 소년처럼 댓돌 위에 엉거주춤 서 있고 전등을 안 켠 어둑한 방 안으로부터 거침없이 고 선생을 꾸짖는 소리가 흘러나오더군요.

(염무웅, 백낙청과의 대담 「추억 속의 김수영, 다시 읽는 김수영」, 『시는 나의 닻이다』, 2018)

이 무렵 1966년 1월 계간지 《창작과비평》을 창간한 신예 평론가 백낙청은 구수동 집에 자주 가서 환대를 받았는데, 그 초대가 "얼마나 큰 특전이었는지", 부인 김현경 여사에게 "도대체 누구를 집 들여놓는 사람이 아니라"는 말을 들었다고 백낙청은 말한다. 사람을 자기 집에 들일 때 큰 특전을 베푸는 거라고 생각한 선배 작가에게 젊은 문인들이 너무 쉽게 찾아간 것이다. 염무웅은 이 일이 있기 2년 전 1965년쯤부터 신구문화사에 번역 일거리를 얻으러 오는 듯한 김수영 시인을 보았고, 후배로서 기대와 사랑을 받은 젊은 평론가였기에 기대하며 반갑게 찾아갔는데, 그만 야단을 맞은 것이다.

우리가 마당에서 기적을 내자 그제야 김수영 선생이 우리를 방으로 불러들였어요. 하지만 여전히 불을 안 켠 채 우리는 쳐다보지도 않고 고 선생을 향해 방바닥을 쳐가면서 계속 야단을 쳤어요. 아무리 사전 허락이 없었더라도 집으로 찾아온 문단 후배에게 그렇게 야박하게 소리칠 수 있나 싶었지요. 후에 알았지만 두 분은 이미 1955년 군산에서 만나 친교를 맺은 사이였더군요. 김 선생은 고은 시인의 재능을 높이 사서 기회 있을 때마다 격려를 보내셨고요. 공부 열심히 해라, 재주를 절대로 낭비하지 말고 좋은 시를 써라, 하고요.

(위의 대담)

고은에 대한 김수영의 사랑과 염려는 1965년 12월 24일 김수영이 고은에게 보낸 편지에 상세히 쓰여 있다. 짧은 글귀지만 고은의 삶을 꿰뚫어보는 듯한 예지가 번뜩인다.

그중에서도 고은을 제일 사랑한다. 부디 공부 좀 해라. 공부를 지독하게 하고 나서 지금의 그 발랄한 생리와 반짝거리는 이미지와 축복받은 독기가 죽지 않을 때, 고은은 한국의 장 주네가 될 수 있다. 철학을 통해서 현대 공부를 철저히 하고 대성하라. 부탁한다.

이 정도로 고은에 대해 기대했는데, 낮술 마시고 불쑥 다가온 모습이 김수영에게 썩 마음에 들지 않았던 모양이다. 김수영은 화를 거두고 후배들을 방으로 앉히고 대화하기 시작한다. 처음엔 고은에게만 열변을 토하더니, 묵묵히 앉아 있던 염무웅과 김현에게도 이런저런 이야기를 했다.

차츰차츰 김수영 선생 말씀에 감복이 되기 시작했지요. 속으로 그렇지, 옳은 말씀이야, 하고 점점 도취되어 이런저런 생각이 다 없어지고 말씀에만 완전히 빠져들었어요. 구체적인 내용은 물론 다 잊었지만, 대체로 후일 그의 산문에서 읽었던 것, 그러니까 우리 문단의 낙후성과 병폐에 대한 아주 통렬한 비판이었던 것으로 기억합니다. 그렇게 한바탕 야단을 치더니 부인께 저녁상을 차려오라고 해서 간단하게 저녁을 먹고 나왔어요.
(위의 대담)

시뿐만 아니라 일상 생활에서도 김수영은 허위의식을 사정없이 격파하는 말을 아끼지 않았다. 1967년 초봄에 있었던 해프닝인데 여기에 모인 사람들 한 명한 명이 이후에 한국 문단에서 어떠한 역할을 하는지 생각해보면, 이 자리가 그저 낮술 마시고 주정하는 이들의 모임이 아니었던 것이 확실하다. 김수영과 나눈 대화, 우리 문단의 낙후성과 병폐에 대한 아주 통렬한 비판은 고은, 염무웅, 김현에게 깊이 새겨지지 않았을까. 염무웅은 김수영의 말을 들을 때마다 "껍질이 한 꺼풀씩 벗겨지는 것 같은 상승감과 희열이 느껴졌"다고 한다.

앞서 썼듯이, 백낙청 또한 구수동 집에 자주 드나들었다. 김수영이 사망하고 나서 백낙청은 김수영의 일기를 "구수동 댁에 가서 며칠 동안 베껴가지고" 잡지에 싣는다. 백낙청이 봤을 때 김수영은 "아무튼 정직하고 거리낌이 없는 모습이 제일 감동적인 분이었"다.

김수영의 서재는 1960년대 한국 문단의 양산박이었을지도 모른다. 그 집에 찾아갔던 이들은 이후 죄다 한국 문학판에서 고수高手의 필력을 발휘했다. 1933년생 시인 고은, 1938년생 백낙청, 1941년생 염무웅, 1942년생 김현, 말년의 김수영 서재로 찾아갔던 이들은 《창작과비평》, 《문학과지성》이라는 거대한 두 기둥을 빈약한 한국 문단에 세웠던 것이다.

김수영 산문 전집 맨 뒤에 장남 준에게 보내는 편지가 있다. 일기는 자기 내면에 보내는 편지이고, 편지는 받는 이와 보내는 이 두 사람만의 일기라고 할 수 있다. 주목받지 않는 이 편지 속에 숨겨 있는 김수영의 성격을 우리는 몰래 엿본다.

준에게

지금 현대문학사에 와서 큰고모를 만나고 나서 한두 가지 느낀 점이 있어서 적어 보낸다.

1. 고모의 말과 대조해 보니, 그동안에—시험 준비하는 동안에—이틀 동안이나 밤을 새웠다고 하는데, 사실에 어긋나는 것 같으니 차후에는 그런 사소한 거짓말도 하지 않게 했으면 좋겠다.

잘 보았든 잘못 보았든 참말을 듣는 것이 좋지, 거짓말로 아무리 잘 보았다는 말을 들어도 아버지는 반갑지 않다. 오히려 화만 더 난다. 좌우간 평상시 때 공부 좀 더 자율적으로 열심히 하고, 누구에게나 거짓말은 (혹은 흐리터분한 말은) 일절 하지 않도록 수양을 쌓아라.

2. 저고리에 단 배지에 대한 일, 아무리 생각해도 푸른빛—책받침을 오려 댄—밑받침을 댄 것은 좋지 않다. 학교에서도 보면 좋아하지 않으리라. 정 나사가 맞지 않거든 하얀빛 책받침을 구해서 오려 달거나 그렇지 않으면 하얀 헝겊을 밑에 받치도록 해라. 색깔이 있는 것은 피해라. 순경의 견장 같기도 하고 인상이 좋지 않다. 조그마한 일이니까 어떠랴 하지만, 그게 그런 게 아니다. 복장은 어디까지나 학교의 규칙대로 단정히 해라. 모자를 부디 꼬매 써라. 농구화도 앞이 떨어지거든 꼬매 신어라.

3. 하모니카 연습을 한다고 그러던데, 고모 얘기를 들어보니 한 번도 부는 것을 들어본 일이 없고, 하모니카가 있는지조차도 모르는 모양인데 어찌 된 얘기냐? 이것도 실없는 말이었으면 반성해서 고쳐라.

4. 버스 부디 조심하고 숲속을 다닐 때면 뱀 조심해라. (하략)

이 글을 읽는 사람마다 감상이 다를 것이다. 수많은 독자를 대상으로 쓴 글이 아니라, 장남에게만 보낸 글이라는 것을 생각해야 한다. 아주 작은 과장에도 김수영은 견디지 못한다. "오히려 화만 더 난다"는 표현에서 김수영의 깐깐한 성격이 그대로 보인다. 편지를 받은 장남은 숨이 막힐 정도로 압박감을 느끼지 않았을까. 자식들이 너무도 자유로운 지금 시각이 아니라, 저 시대로 돌아가면 늘 높은 권좌에 있는 아비의 애정이 표현된 오래 묵은 문투가 아닐까. 장남도 아버지 성격을 뻔히 아니까 충격을 받지 않고 감내하지 않았을까. 여러 상념을 하게 하는 편지다.

분명한 것은 김수영이 자녀를 '정직'하게 키우려 했다는 점이다. 백낙청은 김수영을 아주 미세한 문제에 대해서까지도 "정직하고 거리낌이 없는" 인물로 보았다. 생활에서의 정직한 태도는 시에서 '솔직한' 발언으로 나타난다. 정치적이거나 성적이거나 위악적僞惡的으로 보이기까지 하는 그의 솔직한 태도는 위선적인 우리의 허위의식을 박살 낸다. 고은, 백낙청, 염무웅도 김수영의 솔직한 태도에 놀란다. 염무웅은 "비열한 욕망이나 이웃과의 사소한 다툼 같은 걸 뭐 하나도 감추거나 비틀지 않고 그대로 드러내요"라고 증언한다. "누구에게나 거짓말은 일절 하지 않도록 수양을 쌓아라"는 말은 생활과 그의 시가 얼마나 가까운지 보여주는 문장이다.

무심히 지은 글귀에 적은 일이 이상하게도 시인에게 똑같이 일어난다는 시참詩讖은 대단히 부담스러운 단어다. 아들에게 보낸 편지 4번 항목에서 "버스 부디 조심하고"라는 당부가 마음 아프다. 아들에게 이렇게 당부했던 김수영이 밤길을 걸을 때 막차 버스가 덮치는 불길한 시간이 아무도 모르게 다가오고 있었다.

노란 꽃을 받으세요

1967년 6월 8일에 치러진 총선에서 박정희는 부정선거를 한다. 당시 중앙정보부장 김형욱이 나서서 중복·대리·강제·공개 투표, 올빼미표는 물론 투개표 조작까지 저질렀다. 부정선거 덮으려고 간첩단 사건을 터뜨리고, 윤이상, 이응로 등 세계적인 예술가와 학자들이 동베를린을 거점으로 북한과 손잡고 적화통일을 꾀했다며 '동백림 사건'을 조작한다.

김수영 시인은 1967년 6월 15일 《동아일보》 설문에 박정희 부정선거에 대해 명확히 "수습해야 할 사람은 대통령뿐"이라고 썼다. 당시 최고의 권력자였던 김종필의 말을 "부정선거를 저지를 수밖에 없는 사고방식"이라고 무시한다. 쉽지 않은 지적이었다. 당시로 보면 엄청난 용기가 필요한 글이었다.

시 「꽃잎 2」는 김수영의 묵시적 다짐을 배경으로 하고 있다. 이 시의 바탕에 있는 것은 니체의 영원회귀 사상을 떠올리게 하는 사유와 표현의 방식이다. 이 시는 난해시로 알려져 있지만, 니체의 시각으로 읽으면 너무도 쉽게 공감된다. 이 시는 시 행에 변화가 있기에 원전과 대조해서 확인해봐야 한다. 그래서 『김수영 육필시고 전집』(민음사)에 있는 원고 그대로 올려본다.

꽃잎 2

꽃을 주세요 우리의 고뇌를 위해서
꽃을 주세요 뜻밖의 일을 위해서
꽃을 주세요 아까와는 다른 시간을 위해서

노란 꽃을 주세요 금이 간 꽃을
노란 꽃을 주세요 하얘져가는 꽃을
노란 꽃을 주세요 넓어져가는 소란을

노란 꽃을 받으세요 원수를 지우기 위해서
노란 꽃을 받으세요 우리가 아닌 것을 위해서
노란 꽃을 받으세요 거룩한 우연을 위해서

꽃을 찾기 전의 것을 잊어버리세요
　　꽃의 글자가 비뚤어지지 않게
꽃을 찾기 전의 것을 잊어버리세요
　　꽃의 소음이 바로 들어오게
꽃을 찾기 전의 것을 잊어버리세요
　　꽃의 글자가 다시 비뚤어지게

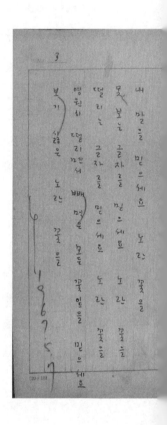

내 말을 믿으세요 노란 꽃을
못 보는 글자를 믿으세요 노란 꽃을
떨리는 글자를 믿으세요 노란 꽃을
영원히 떨리면서 빼먹은 모든 꽃잎을 믿으세요
보기싫은 노란 꽃을

꽃잎

1.4
꽃잎
2.12

李箱詩集

꽃잎

꽃을 주세요
우리의 꿈을 위해서

꽃을 주세요
뜻밖의 일을 위해서

꽃을 주세요
아까 그 다른 暗閤을 위해서

노란 꽃을 주세요
그이는 꽃을
위해서

노란 꽃을 주세요
하얘게
가는

노란 꽃을 주세요
너랑 어제 가는
노란

노란 꽃을 받으세요
원수를 지우기 위해서

노란 꽃을 받으세요
우리가 아닌 것을 위해서

노란 꽃을 받으세요
거룩한 偶然을 위해서

노란 꽃을 전의 것을 잊어 버리세요

나의 꽃을 찾기 전의 것을 잊어 버리세요

꽃의 글자가 비뚤어지지 않게

꽃을 찾기 전의 것을 잊어 버리세요

(1967. 5. 7., 《현대문학》 1967년 7월호)

이 시에도 니체의 사상과 비교해볼 만한 사유의 흐름이 드러나 있다. "꽃을 주세요/우리의 고뇌를 위하여"라는 구절은 인생의 고통을 축복으로 여겼던 니체를 연상시키는 면이 있다. "꽃을 주세요 뜻밖의 일을 위하여"라는 구절도 기존의 가치관이 아니라 뜻밖에, 번개처럼 다가온 사상들이 우리의 삶을 생성시킨다고 본 니체의 사상을 떠올리게 한다. "꽃을 주세요 아까와는 다른 시간을 위해서"라는 구절도 마찬가지이다. 여기서 "아까와는 다른 시간"이라는 표현이 중요하다. 과거·현재·미래가 직선으로 연결되어 있지 않고 우리가 오직 현재라는 시간을 무한히 반복하며 산다 하더라도 능동적인 긍정을 통해 이 고통스러운 시간을 똑같은 반복이 아니라 '풍성한 반복', "아까와는 다른 시간"으로 만들 수 있다는 것이 영원회귀에 관한 니체의 생각이었다.

2연에 등장하는 '노란 꽃'은 무엇일까. 이 이미지는 「미역국」에도 나오지만 나는 노란색을 혁명의 상징으로 해석한다. 문장을 보면 '노란 꽃=금이 간 꽃', '노란 꽃=하얘져가는 꽃', '노란 꽃=넓어져가는 소란'으로 볼 수 있다.

김명인은 "그 꽃은 시를 가리킨다. 꽃(시)은 고뇌와 뜻밖의 일과 '아까와는 다른 시간'을 불러일으킨다. 삶을 반성하고 새롭게 하며 진전시키는 것이다"(김명인, 『김수영, 근대를 향한 모험』, 소명출판, 268면)라고 한다. 4연에 "꽃의 글자가 비뚤어지지 않게", "꽃의 글자가 다시 비뚤어지게", 5연에 "못 보는 글자를 믿으세요 노란 꽃을/떨리는 글자를 믿으세요 노란 꽃을"이라고 쓰여 있기에 꽃을 시로 볼 수도 있다.

그런데 김수영에게 시는 곧 사랑이며 죽음이며 삶 자체이기도 했다. 그 꽃은 완성체가 아니고, "금이 간 꽃", "하얘져가는 꽃", "넓어져가는 소란"처럼 불완전한 상황이다. 이렇게 꽃은 죽음을 향해 가는 하이데거식의 현존재이거나, 아니면 호모 사케르(조르조 아감벤) 같은 존재로도 읽힐 수 있다.

3연에 등장하는 '노란 꽃'은 온몸을 던지는 느낌을 준다. 그런데 3연에서 큰

극적 변화가 일어난다. 1, 2연의 "주세요"라는 용언이 3연에서 "받으세요"로 바뀌는 것이다. 말하자면 1, 2연의 화자는 꽃을 받으려는 '받는 사람'이라면, 3연의 화자는 '주는 사람'이다. 화자가 달라지면서 이 부분은 연극적인 효과를 느끼게 한다. 그런데 '주는 사람'은 꽃을 주면서 명확한 목적이 있다. 그는 "원수를 지우기 위해서", "우리가 아닌 것을 위해서", "거룩한 우연을 위해서" 죽음을 불사하여 희생하는 존재로 보인다. 니체는 『이 사람을 보라』에서 자신의 철학은 이 세상에서 마주치는 '우연'을 소화시켜서 '필연'으로 만드는 과정이라고 했다.

"나 모든 사물 위에 우연이라는 하늘, 순진무구라는 하늘, 뜻밖이라는 하늘, 자유분방이라는 하늘이 펼쳐져 있다"고 가르친다면 그것은 축복일망정 모독은 아니다. (중략)

내게 있어서 너 신성한 우연이란 것을 위한 무도장이며 신성한 주사위와 주사위 놀이를 즐기는 자를 위한 신의 탁자라는 것이다!

(프리드리히 니체, 「해뜨기 전에」, 『차라투스트라는 이렇게 말했다』, 책세상, 275~276면)

그래서 니체는 인생을 주사위 던지기에 비유했다. 주사위 던지기는 생성을 긍정하고 생성의 존재를 긍정한다. "조합의 수가 주사위 던지기의 반복을 낳는다. 사람들이 한 번 던지는 주사위들은 우연의 긍정이고, 그것들이 떨어지면서 형성하는 조합은 필연의 긍정"(질 들뢰즈, 『니체와 철학』, 민음사, 2012, 61~66면)이다. 우연을 긍정할 줄 아는 인간이 놀이를 할 줄 아는 인간인 것이다. 그런데 니체는 "신성한 우연"이라고 썼고, 김수영은 "거룩한 우연"이라고 썼다. 거의 같은 표현이 아닌가.

4연에서는 "꽃을 찾기 전의 것을 잊어버리세요"라는 구절이 세 번 반복해 나온다. 니체는 독일 철학자들이 과거의 것만을 기억하는 증세에 걸려 있다고 비판했다. 그래서 칸트나 헤겔만 기억하고, 창의적인 생각을 하지 못한다고 비판했다. 오히려 망각할 수 있는 힘, 망각력이야말로 새로운 사상을 생산할 수 있다고 제시했다. "잊어버리세요"라는 권유는 절망이나 포기가 아니라, 새로운 것을 열어 펼치기 위한 망각력의 권유이다.

　모든 행위에는 망각이 내재한다. 모든 유기체의 생명에는 빛뿐만 아니라 어두움도 속하듯이, 철저하게 역사적으로 느끼려는 사람은 잠을 자지 못하도록 강요당하는 사람이나 되새김질로만, 반복되는 되새김질로만 살아가는 동물과 비슷할 것이다. 다시 말해 동물이 보여주듯이 기억 없이 살아가는 것, 행복하게 살아가는 것은 가능하다. 그러나 망각 없이 사는 것은 전적으로 불가능하다. 또는좀 더 단순하게 내 주제를 설명한다면, 불면과 되새김질, 역사적 의미에도 어떤한도가 있는데, 이 한도에 이르면 인간이든 민족이든 문화든 살아 있는 것은 모두 해를 입고 마침내 파멸한다.
(니체, 『반시대적 고찰』, 책세상, 2009, 293면)

　니체에게 망각은 과거의 것과 낯선 것을 변형시켜, 상처를 치유하고 부서진 형식을 스스로 복제할 수 있는 힘이다. 니체는 망각이야말로 일종의 조형 능력이라는 사실을 보여주고 있다. 앞서 『차라투스트라는 이렇게 말했다』에서 위버멘쉬로 등장하는 "어린아이는 순진무구요 망각(Unschuld ist das Kind und Vergessen)"이라고 한다. 망각忘却(Vergessen)이야말로 새로운 창조적 놀이를 만들어낼 수 있는 기본 능력인 것이다.

　망각은 무엇보다도 아픔에 자양을 공급하지 않을 능력을 지시한다. 이는 또한 아픔을 우리의 행동과 선택의 결정적 지반으로 만들지 않을 능력을 뜻한다. 아픔(육체적 아픔보다는, 우리의 삶에 붙어 다닐 수 있는 '정신적 아픔')이란 정확히 무엇인가? 그것은 주체가 어떤 외상적 경험을 자신의 쓰라린 보물로 내부화하고 전유하는 방식이다. 다른 말로 외상적 사건과 관련하여, 아픔은 정확히 이 시간의 일부인 것이 아니라, 이미 그것의 기억('몸의 기억'이다)이다. 그리고 니체적 망

각(oblivion)은 외상적 조우의 삭제라기보다 그것의 외부적 특성의, 그것의 외래
성의, 그것의 타자성의 보존이다.

(알렌카 주판치치, 『정오의 그림자』, 조창호 옮김, 도서출판b, 2005, 89면.)

이 시에서 중요한 것은 반복법이다. "꽃을 주세요"는 세 번 반복되고, "노란 꽃
을 주세요"가 또 세 번 반복되고 있다. 또한 "노란 꽃을 받으세요"가 세 번 반복
되고 있다. 그런데 뒤에 상황을 설명하는 문장들이 똑같지 않기에 반복도 새롭
게 느껴진다.

니체의 사상이 그러하다. 인생은 뻔한 일상들의 반복이다. 그 반복을 새롭게
자기 것으로 삼을 때 자신의 삶에 대한 '힘에의 의지'가 생긴다. (필자는 '권력의
지'라는 번역보다 '힘에의 긍지' 혹은 '힘에의 의지'라는 번역이 맞다고 생각한다. 니체가
말했던 원뜻은 타자를 향해 권력을 행사하는 것이 아니라, 자기 자신에 대한 능동적인 의
지를 갖는다는 의미였기 때문이다.)

"~세요"라고 말하는 여성적 화자를 쓴 것도 이채롭다. "~세요"가 반복되면서
주술적 효과를 빚고 있다. 신이 없는 허무주의 세상에서는 고통은 반복된다. '반
복'을 거치면서 유한성과 사멸성을 긍정하는 순간 영원회귀를 깨닫고 자기긍정
으로 변신한다고 니체는 보고 있다. 하이데거는 니체의 영원회귀를 "니체의 형
이상학적 근본 입장은 동일한 것의 영원회귀라고 규정"하면서 이렇게 설명했다.

동일한 것의 영원회귀에 관한 니체의 설은 존재자에 대한 다른 설들과 나란
히 존재하는 하나의 설에 불과한 것이 아니라 플라톤적 -그리스도교적 사유방
식과 근대에서의 그것들의 여파와 변질과의 가장 혹독한 대결에서 자라난 것이
다. 플라톤적 -그리스도교적 사유방식은 니체에 의해서 서양 사상 일반과 그것
의 역사의 근본 특성으로 간주되고 있다.

(마르틴 하이데거, 「동일한 것의 영원회귀」, 『니체 1』, 길, 2010, 253면)

4연에서 3번 등장하는 "잊어버리세요"라는 권유와 관련해 니체가 기억력이 아니라 기억증記憶症을 강조한 점도 상기할 수 있다. 쓸데없는 것을 기억하려 애쓰고, 집착해서 얻었다 싶으면 거기에 묶이게 된다. 자칫하면 노예가 된다. 기존의 낡은 가치를 얻었다 하면 새로운 상상력은 잊어버린다. 그래서 "얻는다는 것은 곧 잃는 것"(「파밭 가에서」)이다. 색즉시공色卽是空, 「반야심경」에 나오는 구절이다. 얻는다는 것은 잃어버리는 것이다. 이것이 진실이고 진리다.

반대로 잃는다는 것은 얻는 것이다. 니체는 제발 잊으라고 했다. 쓸데없는 것은 망각해야 다시 얻을 수 있다. 공즉시색空卽是色, 텅 빈 바가지처럼 되어야 실은 얻을 수 있다.

마지막 5연에서 4번 반복되는 "믿으세요 노란 꽃을"이라는 부분은 시인의 자존심이 걸린 당당함이 느껴진다. 전체적으로 이 시는 대화체로 되어 있고, 그것은 니체가 말했던 영원회귀와 같은 구조를 갖고 있다.

한 편의 짧은 시로 이루어져 있지만, 니체의 눈으로 읽는다면 마치 『차라투스트라는 이렇게 말했다』를 한 편의 시로 응축시켜놓은 듯한 구조를 갖고 있다. 주체가 깨지고 유한한 인간이지만 자율성과 우연성을 긍정하며, 쓸데없는 것을 망각하고 새로운 존재를 긍정하며 나아가는 충실성에 관해 성찰하도록 우리를 자극한다.

왜 '노란 꽃'일까

김재원 시 「입춘에 묶여 온 개나리」

노란 꽃을 주세요 금이 간 꽃을
노란 꽃을 주세요 하얘져가는 꽃을
노란 꽃을 주세요 넓어져가는 소란을

노란 꽃을 받으세요 원수를 지우기 위해서
노란 꽃을 받으세요 우리가 아닌 것을 위해서
노란 꽃을 받으세요 거룩한 우연偶然을 위해서
김수영, 「꽃잎 2」(1967. 5. 7.) 부분

김수영 시에서 '꽃'이라는 이미지는 초기부터 후기까지 전체에 걸쳐 나타난다. 한국전쟁 이후 쓴 초기시 「구라중화」에 나타난 극복의 인식은 「꽃잎 2」에 이르면 혁명의 인식으로 확대된다. 바로 앞 글에 썼듯이 시 자체에서 노란 꽃 이미지는 혁명을 뜻한다는 것을 느낄 수 있지만 그 착상은 어디에서 왔을까.

'노랗다'는 말은 사전에 두 가지 뜻이 나온다. 병아리나 개나리꽃과 같이 밝고 선명하게 노르다, 또 영양부족이나 병으로 얼굴에 핏기가 없고 노르께하다는 뜻이 있다. 김수영 시에 두 번째 의미를 보이는 시가 있다. 한국전쟁 이후 폐허를 극복하려는 거리에서 욕망이 퍼지는 풍경을 김수영은 "꺼먼 얼굴이며 노란 얼굴이며 찌그러진 얼굴이며 모두 환상과 현실의 중간에 서서 있"(「거리 2」, 1955)다는 묘사 속에 담아냈다. 여기서 노란색은 영양부족 등으로 핏기가 없는 얼굴을 떠올리게 한다. 궁금하게도 상식적인 의미에서 노란색으로는 해석이 안 되는 경우가 시에 나온다.

미역국 위에 뜨는 기름이

우리의 역사를 가르쳐준다 우리의 환희를

풀 속에서는 <u>노란 꽃이 지고</u> 바람 소리가 그릇 깨지는

김수영, 「미역국」(1965)

여기서 "노란 꽃"이라는 이미지에 대한 궁금증을 풀 실마리를 제공하는 김수영의 산문은 「빠른 성장의 젊은 시들」(1966. 4.)이다. 이 산문은 당시 젊은 시인 마종기의 「연가 2」, 조태일의 「나의 처녀막은 3」, 이탄의 「소등」, 성춘복의 「파국」과 「잊어버린 꽃」 등을 평가하면서 유독 김재원의 한 작품을 극찬한다. 이 산문은 김재원의 「입춘에 묶여 온 개나리」 마지막 부분을 인용한다.

금방이라도 눈이 밟힐 것같이 눈이 와야 어울릴, 손금만 가지고 악수하는 남의 동네를, 우선 옷 벗을 철을 기다리는 시대 여성들의 목례를 받으며 우리 아버지가 때 없이 한데 묶어 세상에 업어다놓은 나와 내 형제 같은 얼굴로 행렬을 이루어 끌려가는 것이다. <u>온도에 속은 죄뿐, 입술 노란 개나리 떼.</u>

언뜻 인용한 부분이 무엇을 말하는지 잘 전달되지 않는다. "한데 묶어 세상에 업어다놓은 나와 내 형제 같은 얼굴로 행렬을 이루어 끌려가는 것"이라는 구절에서 개나리 떼가 의인화되었다는 것을 알 뿐이다. 김수영은 이 시를 "이 달의 가장 우리들을 즐겁게 해준 작품일 뿐만 아니라 현대시의 풍자의 정착에 있어서 분명히 새로운 수준을 보여주는 기념할 만한 작품이 될 것이다"라고 매우 높이 평가한다. 시인 신동엽과 함께 "우리 시단의 지성의 갈증을 충족시켜줄 수 있는 건강한 젊은 세대의 대표자"로서 앞으로의 활동이 주목되는 시인으로 꼽는다. 무엇이 김수영을 그리도 감탄하게 했을까.

김수영은 이 산문을 쓴 1966년 봄에 4·19를 제대로 살린 시를 기다리고 있었다. '4월의 시'로 박두진의 「4월만발」과 신동엽의 「4월은 갈아엎는 달」이 "4월'

이 죽지 않은 중후하고 발랄한 증거를 보여주고 있다"면서 "우리에게 아직도 시인다운 시인이 살아 있"음을 느긴다고 평가했다. 이 산문 마지막에 김수영이 당시 작품을 평가하는 명확한 기준이 보인다.

'4월'이 죽지 않은 중후하고 발랄한 증거를 보여 주고 있다. 이런 시를 읽으면 우리들은 역시 눈시울이 뜨거워지고 우리에게 아직도 시인다운 시인이 살아 있고 이런 시인들이 건재하는 한 우리의 앞날은 결코 절망이 아니라는 즐거움을 느끼게 된다.

이 산문에서 김수영이 기대를 갖고 있다고 평가한 작품은 4·19를 제대로 형상화한 작품이었던 것이다. 1966년 4월 《서울신문》에 김재원의 「입춘에 묶여 온 개나리」를 뒷부분만 인용하여 평가했던 김수영은 이 시를 더 알리고 싶었던 모양이다. 급기야 다음 달에 《청맥》 5월호에 발표한 산문 「제정신을 갖고 사는 사람은 없는가」에 김재원의 위의 시 전문을 인용한다.

개화開花는 강 건너 춘분春分의 겨드랑이에 구근球根으로 꽂혀 있는데 바퀴와 발자국으로 영일寧日 없는 종로 바닥에 난데없는 개나리의 행렬.
한겨울 온실에서, 공약公約하는 햇볕에 마음도 없는 몸을 내맡겼다가, 태양이 주소를 잊어버린 마을의 울타리에 늘어져 있다가,
부업副業에 궁한 어느 중년 사내, 다음 계절을 예감할 줄 아는 어느 중년 사내의 등에 업힌 채 종로거리를 묶여 가는 것이다.
뿌리에 바싹 베개를 베고 신부新婦처럼 눈을 감고 우리의 동면冬眠은 아직도 아랫목에서 밤이 긴 날씨. 새벽도 오기 전에 목청을 터뜨린 닭 때문에 마음을 풀었다가…….
닭은 무슨 못 견딜 짓눌림에 그 깊은 시간의 테러리즘 밑에서 목청을 질렀을까.

엉킨 미망인의 수繡실처럼 길을 잃은 세상에, 잠을 깬 개구리와 지렁이의 입김이 기화氣化하는 아지랑이가 되어, 암내에 참지 못해 청혼할 제 나이를 두고도 손으로 찍어낸 화병花瓶의 집권執權의 앞손이 되기 위해, 알몸으로 도심지에 뛰어나온 스님처럼, 업혀서 망신길 눈 뜨고 갈까.

금방이라도 눈이 밟힐 것같이 눈이 와야 어울릴, 손금만 가지고 악수하는 남의 동네를, 우선 옷 벗을 철을 기다리는 시대 여성들의 목례를 받으며 우리 아버지가 때 없이 한데 묶어 세상에 업어다놓은 나와 내 형제 같은 얼굴로 행렬을 이루어 끌려가는 것이다. <u>온도에 속은 죄뿐, 입술 노란 개나리 떼.</u>

"이것은 제정신을 갖고 쓴 시다"라고 김수영은 평한다. "영일寧日 없는 종로 바닥에 난데없는 개나리의 행렬"에서 영일寧日은 평화스러운 날을 말한다. 겉으로는 평화스러운 월요일이었는데 1960년 4월 18일 고려대생들이 3월 15일의 대통령 및 부통령 부정선거를 비판하며 거리로 나왔다. '4·18 고대생 의거'라고 하는 이날 월요일 12시 50분, 학교 본관 앞에 모인 고대생 3,000여 명은 선언문을 읽고 거리로 나와 경찰의 저지선을 뚫고 신설동, 동대문, 종로로 나아갔다. 다음 날인 4월 19일은 화요일이었다. 이날 "종로 바닥에 난데없는 개나리의 행렬"로 학생들이 데모하는 장면이 은유되고 있다. 당연히 4·19를 노래한 시에는 개나리가 많이 나온다.

"그때 그 젊음으로 다 피우지 못한 아쉬운 꽃/<u>노오란 개나리</u>, 하얀 목련, 붉고 붉은 진달래" – 이청화(승려시인, 1944~), 「4·19 탑 앞에서」

"진달래도 피고 <u>개나리도 피고</u>/꺾이고 밟히고 다시 피는 4월" – 신경림, 「4·19, 시골에 와서」
《주간시민》, 1977)

"모두들 어디 가고/빈 교정에/개나리만 만발했나" – 황명걸, 「빈 교정」

《월간중앙》, 1975)

"온갖 거리에 개나리 같은 진나리/진달래 같은 개달래 우글우글 피고 있을 뿐" – 신대철, 「4월이여, 우리는 무엇인가」

《연세춘추》, 1983)

"연탄재며 밥 찌꺼기/혹은 목 떨어진 개나리꽃/……/4월에 던진 돌아/개나리 활활 일어설 때를 기다려" – 강은교, 「4월에 던진 돌」

《연세춘추》, 1981)

인용한 시들은 모두 개나리꽃을 4·19 학생혁명에 참여한 학생들에 비유한다. 노란 개나리꽃을 혁명의 상징으로 보는 것은 당시에는 기후로 보나, 문학적 관습으로 보나, 자연스러운 상상이었다.

"한겨울 온실에서, 공약公約하는 햇볕에 마음도 없는 몸을 내맡겼다가"라고 한다. 이승만과 자유당의 여러 공약에 국민들은 마음도 없는 몸을 맡겼다. 개나리꽃은 끌려가는 학생들을 은유한 것이다. "부업副業에 궁한 어느 중년 사내"는 자기가 해야 할 일을 하지 않고, 국민을 때려잡는 일이나 하는 어용 경찰, 어용 군인을 상상할 수 있겠다. 본업인 나라를 제대로 지켜야 하는 일을 제쳐놓고 부업이라 할 만한 권력을 잡으려고 나온 훗날의 5·18 쿠데타 세력을 상상할 수도 있겠다.

"다음 계절을 예감할 줄 아는 어느 중년 사내의 등에 업힌 채 종로거리를 묶여가는", 낫으로 베어져 지게에 쌓여 꽃이 핀 채 실려가는 개나리 단을 떠올리게 한다. 혁명 과정에서 희생된 이들의 주검을 떠올릴 수도 있는 표현이다. "닭은 무슨 못 견딜 짓눌림에 그 깊은 시간의 테러리즘 밑에서 목청을 질렀을까"는 그대로 직설적인 표현이다. "그 깊은 시간의 테러리즘"은 짧게는 이승만 정권의 폭력을 상징하고 길게는 한국전쟁을 넘어 일제 파시즘의 테러리즘까지 연상할 수 있겠다.

"알몸으로 도심지에 뛰어나온 스님처럼, 업혀서 망신길 눈 뜨고 갈까"라는 비유도 상당한 긴장을 준다. 민주주의의 미망인이나 엿보는 5·16 쿠데타 세력을 부끄러운 줄 모르고 "알몸 도심지에 뛰어나온 스님처럼"으로 연상할 수도 있다. 민주화를 외치던 학생과 시민들은 "세상에 업어다놓은 나와 내 형제 같은 얼굴로 행렬을 이루어 끌려가는" 상황이다. 앞에서는 "묶여 가는 것이다"라고 썼다가 이어서 "끌려가는 것이다"라고 반복해서 상황을 보여준다.

"온도에 속은 죄뿐, 입술 노란 개나리 떼"는 이미지가 명확하다.

한국에서 봄꽃이 개화하는 순서를 보면 1월에 동백, 2월에 산수유, 3월에 매화, 목련, 개나리, 진달래, 4월에 벚꽃이 핀다. 지금은 개나리와 진달래가 3월에 피는 꽃이지만, 1960년대에는 4월 초중순에 피었다. 갑자기 따스해지면 개나리는 봄이 왔다고 착각한다. "온도에 속은 죄"는, 이제는 민주주의가 왔다고 생각했지만 그렇지 않았다는 뜻으로 읽힌다. "입술 노란 개나리 떼"에서 노란색은 영양부족이나 병으로 얼굴에 핏기가 없고 노르께하다는 뜻이다. 끌려가서 고문받거나 매 맞아 입술에 핏기가 사라진 병든 학생이나 시민, 죽은 학생이나 시민의 모습을 상상할 수 있겠다.

"온도에 속은 죄"로 인해, 학생들은 이제 민주화의 봄이 왔다고 착각했다. 사실은 착각 정도가 아니라, 혁명이 성공했다고 속았던 것이다. 이승만 정권과 다를 것 같았으나 4·19 이후의 장면 정부는 다를 바 없었다. 급기야 이듬해 1961년 5·16 군사쿠데타가 일어난다.

국제 관계에서는, 1963년부터 서서히 일어나는 한일국교 정상화 움직임이 있었다. 1964년 6월 3일 학생들의 한일회담 반대운동이 절정에 이르자 정부가 계엄령을 선포하여 이를 무력으로 진압한 이른바 '6·3사태'도 있었다. 1964년 6월 3일 정오를 전후하여 일제히 교정을 뛰쳐나온 서울 시내 1만 2,000여 명의 대학생들은 곳곳에서 경찰과 유혈 충돌을 하면서 도심으로 진출하기 시작하였다. 7월 29일 계엄이 해제되기까지 55일 동안 학생 168명, 민간인 173명, 언론인 7명이 구속되었다. 김지하가 가사를 붙인 〈최루탄가〉가 이때 불렸다.

박정희 정권에 반대하면 구속되는 시기에 김재원은 "입술 노란 개나리 떼"라는 비유로 두 번이나 솎아 쓰러진 민주주의의 희생자들을 추모하는 시편을 쓴 것이다. 김수영은 이 시를 보고 "무서워지기까지 하고 질투조차도 느꼈다"고 썼다. 이런 시를 김수영은 "제정신을 갖고 쓴 시"라고 상찬했다. "'4월'이 죽지 않은 중후하고 발랄한 증거를 보여주고 있"는 작품을 검열관들은 단순히 개나리꽃이 흐드러지게 핀 풍경시로 읽었을 것이다.

김수영이 두 번이나 상찬했던 김재원(1939~)은 1959년 《조선일보》 신춘문예에 「문^門」을 발표하며 등단한다. 고려대 영문과를 졸업한 그는 1960년대 박정희 정권을 향해 수준 높은 저항시를 발표한다. 1965년에도 「한일조약 파기하라」는 문인 성명서에 김재원의 이름이 나온다. 김재원은 1970년대 이후 KBS-TV의 〈8시에 만납시다〉의 MC와 문학 잡지 《소설문학》, 여성 잡지 《여원》 등 8개 잡지의 발행인으로 일했다.

김재원 시인

그의 첫 시집 『깨달음으로 뜨는 별 하나』(문화발전소, 2014)는 데뷔한 지 55년 만인 75세 때 나온다. 이 시집은 3부로 나뉘어 있는데, 3부에 1960년대에 그가 쓴 저항시편이 모여 있다. 김수영이 최고의 작품이라고 상찬했던 「입춘에 묶여 온 개나리」는 3부 131면에 실려 있다.

김재원은 김수영이 사망한 직후 부인 김현경이 쓴 추모글을 《여원》에 싣는다. 상주사심常住死心이라는 단어가 바로 이 산문에 처음 나온다. 김재원 시인은 자신을 격려했던 김수영 시인의 추모글을 자신이 만드는 잡지에 싣는 것으로 감사하는 마음을 표현하려고 했을 것이다.

김재원의 시는 1966년 4월 《세대》에 발표됐고. 김수영의 시는 1967년 7월

《현대문학》에 발표됐다. 그렇다고 김수영이 김재원 시에 영향을 받았다고 보기는 어렵다. 노란 개나리는 앞서 썼듯이 4·19혁명을 상징하는 시대적 이미지였기 때문이다.

1967년 8월 15일

꽉 막히는구료

미농인찰지美濃印札紙

우리 동네엔 미대사관美大使館에서 쓰는 타이프 용지가 없다우
편지를 쓰려고 그걸 사오라니까 밀용인찰지를 사왔드라우
(밀용인찰지인지 밀양인찰지인지 미룡인찰지인지
사전을 찾아보아도 없드라우)
편지지뿐만 아니라 봉투도 마찬가지 밀용지 넉 장에
봉투 두 장을 4원에 사가지고 왔으니 알지 않겠소
이것이 편지를 쓰다 만 내력이오— 꽉 막히는구료

꽉 막히는 이것이 나의 생활의 자연의 시초요

바다와 별장別莊과 용솟음치는 파도와 죠니 워커와

죠오크와 미인美人과 패티 킴과 애교와 호담과

남자와 포부의 미련에 대한

편지는 못 쓰겠소 매부 돌아오는 길에

차창에서 내다본 중앙선의 복선공사에 동원된

갈대보다도 더 약한 소년들과 부녀자들의

노동의 참경慘景에 대한 편지도 못 쓰겠소 매부

이 인찰지와 이 봉투지로는 편지는 못 쓰겠소

더위도 가시고 오늘은 하루 종일 일도

안 하고 있지만 밀용인찰지의 나의 생활을

당신한테 보일 수는 없소 이제는

편지를 안 해도 한 거나 다름없고 나는

조금도 미안하지 않소 매부의 태산 같은

친절과 친절의 압력에 대해서 <u>미안하지 않소</u>

당신이 사준 북어와 오징어와 이등차표二等車票와

경포대의 선물과 도리스 위스키와 라스프베리 쨈에 대해서

미안하지 않소 당신의 모든 행복과 우리들의 바닷가의

행복의 모든 추억에 대해서 <u>미안하지 않소</u>

살아 있던 시간에 대해서 미안하지 않소

나와 나의 아내와 우리 집의 온 가옥의 무게를 다 합해서

밀양에서 온 식모의 소박과 원한까지를 다 합해서

<u>미안하지 않소</u>—만 다만 식모를 부르는 소리가

좀 단호해졌을 뿐이오 미안할 정도로 좀—

(1967. 8. 15.)

미농지는 닥나무 껍질로 만든 고급스러운 질긴 종이다. 인찰지는 공문서를 작성하는 데 쓰이는 괘선지를 말한다. '미농인찰지'는 그냥 편지지가 아니라 결혼 축의금 같은 것을 전할 때 쓰는 고급 편지지와 봉투를 말한다.

화자는 식모에게 타이프 용지를 사오라고 시켰는데 식모는 미농인찰지라는 고급 편지지를 사왔다. 문제는 이 종이 "봉투 두 장을 4원에 사가지고 왔으니 알지 않겠소"라는 부분이다. 비싼 가격으로 종이를 사오자 그는 "꽉 막히는구료"라며 답답해한다. 1967년 당시 엽서 한 장에 4원으로 그리 비싼 것도 아닌데 김수영은 예민하게 반응한다.

괄호 안의 말놀이는 이게 뭔데 왜 이리 비싸냐는 비틀린 심사를 보여준다. 아마 비싼 편지지를 사온 식모 고향이 밀양이라서 "밀양"인찰지라고 했을 것이다.

시인은 동해안 경포대 인근에서 매부네에게 극진한 대접을 받은 듯하다. 시인은 "바다와 별장別莊과 용솟음치는 파도"를 보며 비싼 양주인 "죠니 워커"를 마시고 "죠오크"(ジョーク, joke) 곧 농담도 하며, "미인과 패티 김"에 대해서도 "호담"(豪談), 곧 사내다운 척하며 호탕하게 너스레를 떨었던 모양이다. 4연을 보면 "당신이 사준 북어와 오징어와 이등차표二等車票와/경포대의 선물과 도리스 위스키와 라스프베리 쨤"이라며 환대에 감사하고 있다.

도리스 위스키(Whisky Torys)는 일본에서 처음 만든 위스키다. "라스프베리 쨤"은 라즈베리 잼raspberry jam의 일본식 발음으로 산딸기 잼을 말한다.

도리스 위스키

돌아와서 시인은 매부에게 감사하다며 편지를 쓰려 했다. 답례의 편지를 보내려고 식모에게 타이프 용지를 사오라 했는데, 식모는 사치스런 미농인찰지를 사온 것이다. 사실 쓰던 편지가 꽉 막혀버린 이유는 미농인찰지 이전에 어떤 장면을 봤기 때문이다. 호화롭고 사치스런 여행을 하고 오는 중에 시인은 마음 찔리는 장면을 본 것이다.

"돌아오는 길에/차창에서 내다본 중앙선의 복선공사에 동원된/갈대보다도 더 약한 소년들과 부녀자들의/노동의 참경慘景」를 보고 그는 멈칫한다. 당시로는 비싼 양주 "죠니 워커"를 마시는 데까지는 좋았을지 모르지만, 복선공사에 동원된 소년과 부녀자가 일하는 노동 현장을 보고, 게다가 터무니없이 비싼 4원짜리 편지지로 편지 보내는 것을 스스로 용납할 수 없었다. 결국 "이 인찰지와 이 봉투지로는 편지는 못 쓰겠소"란다.

답례로 편지 보내지 못하는 것이 "조금도 미안하지 않소"라며 네 번이나 강조한다. 돈 때문에 누구는 행복하고 누구는 그 돈 때문에 참혹한 시간을 지내는 상황 탓에 그는 비싼 미농인찰지에 편지 써서 보낼 수 없었다. 답례를 못 하는 자신은 떳떳하다고 뻗대는 상황이다. "조금도 미안하지 않소"라며 자신이 위선적인 인간임을 숨기지 않는다. 이 말은 시인이 돈이 최고인 사회에서 조금도 기죽지 않으려고 하는 말 같기도 하고, 체면을 꺾이지 않으려는 태도처럼 들리기도 한다. 다만 식모를 대하는 그의 태도는 다르다. 식모 이름은 순자였다고 한다.

순자는 「미농인찰지」에도 나오는 아이다. 밀양에서 올라와 수영이 떠난 이듬해까지 집안일을 거들었는데 어린 나이 같지 않게 살림꾼이었다. 계모의 구박을 피해서 가출을 한 순자에게 수영은 각별한 연민을 느꼈던 것 같다. 아무것도 갖지 못한 순자의 눈을 바라보면 자신이 자꾸만 부끄러워진다는 말을 한 것도 같다. 나는 그런 수영의 마음을 헤아려 순자 앞으로 적금을 하나 들어주었다. 집을 떠날 때 혼수 비용이라도 마련해주고 싶었던 것이다. 그런데 2년쯤 지난 뒤 순자의 아버지가 찾아왔다. 순자가 떠나지 않으려고 발버둥을 쳤으나 내가 어찌할 수 없는 노릇이었다. 이 땅 어디엔가 살아 있다면 순자도 벌써 환갑이 지났겠다. 뭔가 약간 겁에 질린 듯한, 그 맑고 깨끗한 눈을 생각하면 수영의 모습도 함께 내 눈앞에 아른거린다.

(김현경, 『김수영의 연인』, 124~125면)

계모의 구박을 피해서 가출한 순자를 김수영이 각별한 연민으로 보았다고 한다. "미안하지 않소―만"에서 줄표가 들어간 것은 생각이 바뀌는 짧은 순간을 표현하는 기호다. 다른 사람에게는 미안하지 않지만, 어쩐지 실수한 식모를 단호하게 부를 때 조금 "미안할 정도"라며 자책한다. "뭔가 약간 겁에 질린 듯한" 순자의 맑은 눈 앞에서 본의 아니게 주인으로서 엄하게 말하고 있는 자신의 모습이 김수영은 부끄러웠다.

1968년 3월 1일

기계의 영광, 긴 것을 사랑할 줄이야

소음을 싫어하는 김수영에게 피할 수 없는 소리가 있었다. 옆방에서 온 동네 사람들이 빠져든 텔레비전 드라마였다. 1960년대는 동네에 텔레비전이 한 대 있을까 말까 했다. 텔레비전이 있는 집은 그 동네의 유지로, 김일이 레슬링을 하는 날이면 온 동네 사람이 그 집 텔레비전 앞에 모여 환호성을 질렀다. "〈원효대사〉가 나오는 날이면"(2연)이라는 구절을 보듯 김수영 집에 텔레비전이 있었고, 식모도 있었다.

원효대사 ── 텔레비전을 보면서

성속聖俗이 같다는 원효대사가
텔레비전에 텔레비전에 들어오고 말았다
배우 이름은 모르지만 대사는
대사보다도 배우에 가까웠다

그 배우는 식모까지도 싫어하고
신이 나서 보는 것은 나 하나뿐이고
원효대사가 나오는 날이면
익살맞은 어린놈은 활극이 되나 하고

조바심을 하고 식모 아가씨나 가게

아가씨는 연애가 되나 하고
애타하고 원효의 염불 소리까지도
잊고― 죄를 짓고 싶다

돌부리를 차듯 서투른 원효로
분장한 놈이 돌부리를 차고 풀을
뽑듯 죄를 짓고 싶어 죄를
짓고 얼굴을 붉히고

죄를 짓고 얼굴을 붉히고―
성속이 같다는 원효대사가
텔레비전에 나온 것을 뉘우치지 않고
춘원春園 대신의 원작자가 된다

우주 시대의 마이크로웨이브에 탄
원효대사의 민활성 바늘 끝에
묻은 죄와 먼지 그리고 모방
술에 취해서 쓰는 시여

텔레비전 속의 텔레비전에 취한
아아 원효여 이제 그대는 낡지
않았다 타동적으로 자동적으로
낡지 않았고

원효 대신 원효 대신 마이크로가
간다 〈제니의 꿈〉의 허깨비가

간다 연기가 가고 연기가 나타나고
마술의 원효가 이리 번쩍

저리 번쩍 제니와 대사大師가
왔다 갔다 앞뒤로 좌우로
왔다 갔다 웃고 울고 왔다 갔다
파우스트처럼 모든 상징이

상징이 된다 성속이 같다는 원효
대사가 이런 기계의 영광을 누릴
줄이야 제니의 덕택을 입을
줄이야 제니를 제니를 사랑할 줄이야

긴 것을 긴 것을 사랑할 줄이야
긴 것 중에 숨어 있는 것을 사랑할 줄이야
저절로 이루어지는 것이 긴 것 가운데
있을 줄이야

그것을 찾아보지 않을 줄이야 찾아보지
않아도 있을 줄이야 긴 것 중에는
있을 줄이야 어련히 어련히 있을
줄이야 나도 모르게 있을 줄이야
(1968. 3. 1.)

이 시를 그는 1968년 3월 1일에 썼다. 이 시는 그해 김수영이 6월 16일에
사망한 뒤, 8월에 나온 계간《창작과비평》여름호에 유작시로 실렸다.《중앙일

보》에는 1967년 11월 7일에 동양TV에서 11월 8일 수요일 저녁 8시 30분부터 새 연속극 〈원효대사〉를 방송한다는 공지가 보도된다. 주간 연속 드라마 〈원효대사〉는 이후 1968년 3월 27일까지 매주 수요일 저녁에 방송된다.

김승구의 논문 「1960년대 후반 김수영 시의 미디어 수용 양상」(2012)에는 1968년 2월 28일 TBC TV 방송 편성표가 나온다(아래에 사진 재인용). 저녁 8시 30분에 드라마 〈원효대사〉를 했던 것을 확인할 수 있다. 주목해야 할 점은, 방송 편성표를 보면 연속극 〈원효대사〉가 끝나고 이어서 9시 15분부터 〈사랑스런 지니〉를 한다는 정보다. 김수영은 〈원효대사〉를 보고, 이어서 〈사랑스런 지니〉를 보고 「원효대사」를 쓴 것이다.

「원효대사」는 마구 쓴 시처럼 보이지만, 제대로 읽으면 1연을 4행씩 나누어

1968년 2월 28일
TBC 방송편성표.
《동아일보》
1968년 2월 28일자

〈원효대사〉의
한 장면.
오른쪽
원효대사 역에
박병호 분

모두 11연으로 엮은, 제법 형식적 구성에 신경 쓴 듯한 작품이다. 11연에는 두 가지 이야기가 있는데 1연부터 7연까지는 드라마 〈원효대사〉 이야기다.

성스러우면서도 세속적인 원효대사元曉大師(617~686)라는 소재가 결국은 텔레비전에 "들어오고 말았다"(1연)고 김수영은 썼다. 상업적인 방송에 원효대사가 등장한 것이 놀라웠는지 "텔레비전에 텔레비전에"라며 두 번이나 강조했다. 이 강조를 '거룩한 소재를 상업주의에 이용한 것'이라는 비판이나 절망으로 해석하는 것은 속단이다. 「VOGUE야」에서 보듯이 김수영은 자본주의의 확대를 쉽게 비난하지 않고, 하나의 시대 변화로 마주한다. 게다가 김수영은 분명 이 드라마를 "신이 나서 보는 것은 나 하나뿐"이라고 썼다.

"배우 이름은 모르지만" 원효대사의 깊은 사상을 표현하기는커녕 "(원효)대사보다도 배우에 가까웠다"고 김수영은 평가한다. 사실 이 역을 맡은 배우 박병호朴炳浩 씨는 1962년 영화 〈원효대사〉에서 스님으로 나온 뒤, 거의 스님 전문배우로 평생 출연했던 명배우였다. 그런데 김수영이 보기에는 아쉽게도 원효의 깊은 화쟁 사상을 표현하지 못했다는 말이다.

어린놈은 삼국 시대다운 칼싸움 활극이 펼쳐지기를 기대한다. 요석공주와 연애를 해야 하는데 그 배우가 그런 분위기가 아니니 "식모까지도 싫어"(2연)했나 보다. 싫어하면서도 원효대사와 요석공주가 사랑하여 설총薛聰을 낳기까지 애절한 러브 스토리가 펼쳐지기를 식모와 가게 아가씨는 매회 기대한다. "원효의 염불 소리까지도/잊고— 죄를 짓고 싶다"(3연)는 말은 원효처럼 세속적 윤리의 경계를 넘어 자유롭게 살고 싶다는 표현일 터이다. 죄를 짓고 싶은 마음은 금기를 넘어서고 싶다는 욕망이다. 자유롭고 싶은 마음은 식모나 가게 아가씨나 김수영이나 모두 마찬가지다.

4연은 텔레비전에 나오는 원효의 모습이다. "돌부리를 차듯 서투른 원효로/분장한 놈"이 나온다. 드라마에서 원효는 "돌부리를 차고 풀을/뽑듯 죄를 짓고 싶어 죄를/짓고 얼굴을 붉"힌다.

원효대사가 "텔레비전에 나온 것을 뉘우치지 않고/춘원春園 대신의 원작자가 된다"(5연)는 표현은 무슨 뜻일까. 이 말은 드라마에 나오는 원효의 모습이 춘원 이광수가 쓴 원작 장편소설 『원효대사』와 다르다는 뜻이다. 춘원이 아닌 드라마 작가가 원효를 재현시키고 있다는 말이다.

춘원의 『원효대사』는 1942년 3월 1일부터 10월 31일까지 226회에 걸쳐 《매일신보》에 연재되었고, 1948년 경진사耕眞社에서 출판된 장편소설이다. 수양동우회 사건, 안창호의 죽음, 친일 등의 고난을 겪으며 이광수는 원효의 득도 과정과 지극히 높은 불교 사상의 경지를 이 소설에 담으려 했다. 도둑 패거리와 거지 떼 속에 들어가 살면서 그들을 감동시키고, 모두 신라군에 입대하여 황산벌 싸움에 나가서 큰 공을 세우는 이야기다. 여기서 요석공주와 원효에게 청혼을 하는 열일곱 살 아가씨 아사가와의 삼각관계는 부차적인 이야기일 뿐 주된 이야기는 아니다. 안타깝게도 텔레비전 드라마는 원작을 개악改惡했다고 김수영은 생각한다. 대중 매체에 남자와 여자가 등장하면 연애 서사가 강조되듯, 원효의 사상보다는 원효와 요석과 아사가의 삼각 러브 스토리가 강조된다. 평생 불교 사상의 융합과 실천을 강조하며 정토교淨土教에 거대한 발자취를 남긴 원효의 모습을 텔레비전이 왜곡하고 있다는 지적이다.

원효의 사상에는 소외된 주체, 도둑 패거리나 거지 같은 민초들에게 존재의 가치를 눈뜨게 하는 힘이 있었다. 그 매력은 관념적 사상이나 여인과의 사랑에 앞서 "노동과 실천을 통해 이에 적응하거나 맞서면서 자기를 실현하고 수행과 성찰을 통해 새로운 나로 거듭나는 적극적 자유"에 있다. 원효의 화쟁 사상은 한 여인을 사랑하는 이야기로만 축소할 수 없는 거대한 인류애의 '눈부처-주체' 사상이었다. 그것은 김수영이 꿈꾸었던 폭포의 물방울, 파, 풀로 상징되는 역사의 밑거름과도 연결되는 것이었다.

아쉽게도 왜곡된 드라마지만 "우주 시대의 마이크로웨이브" 기술 문명에서 되살려낸 원효대사의 모습에서도 김수영은 의미를 깨닫는다. 〈원효대사〉라는 드라마가 보여주는 재빠르고 활발한 민활성敏活性, 그 민감한 바늘 끝에 묻은 죄를 성찰하고, 먼지처럼 사라질 인생을 성찰하며, 시를 쓰는 자신을 들여다본다.

"텔레비전 속의 텔레비전에 취한/아아 원효여"(6연)라고 할 때 원효는 이제 텔레비전 속의 원효와 그것을 보고 있는 김수영 자신이 일체화된 상황을 보여준다. 시대의 흐름에 타동적이거나 자동적이거나 "낡지 않았"다는 것을 보여준다.

8연에 이르면 드라마 〈원효대사〉가 아닌 외화 〈사랑스런 지니〉로 이야기가 바뀐다. 김수영은 〈제니의 꿈〉이라고 썼는데 이는 외화의 원작 이름의 일부를 약간 바꾸어서 표기한 것이다. 위의 편성표에서 보듯, 드라마 〈원효대사〉가 끝나면 9시 15분부터 〈사랑스런 지니〉를 방송했다. 이 드라마는 1965년에서 1970년까지 미국에서 TV 시리즈로 방영된 〈나는 지니를 꿈꾼다(I Dream of Jeannie)〉이다. 남태평양 무인도에 떨어진 우주비행사 '넬슨'은 우연히 호리병을 발견한다. 그 호리병을 문지르면 "연기가 가고 연기가 나타나"며 아름다운 페르시아 복장을 한 요술사 '지니'가 나타난다. 한순간도 넬슨과 떨어져 있지 않으려는 지니로 인해 재미있는 이야기가 펼쳐지는 명랑한 로맨스 코미디물이다.

"저리 번쩍 제니와 (원효)대사가 왔다 갔다"(9연)라는 문장은 연이어 방송되는 이야기이기에 두 이야기 사이에 시청자가 왔다 갔다 함을 가리킨다. 기억 속에서 혼동되며 마술을 부리는 제니와 원효가 합쳐진 "마술의 원효가 이리 번쩍" 나타나는 착시까지 발생한다. 단순한 착시 같지만, 이 구절에는 동서양이 넘나들고, 과거와 현재가 넘나들고, 대중문화와 시가 넘나드는 해체의 양상이 보인다. 해체 후 재구성(reconstruction)된 "마술의 원효"가 보이는 것이다.

"웃고 울고 왔다 갔다"란 슬픈 드라마 〈원효대사〉를 볼 때는 울고, 명랑한 외화 〈사랑스런 지니〉를 볼 때는 웃는 상황을 말한다. 마이크로웨이브 시대에 대중문화는 분명 허깨비에 불과하다. 허깨비라고 무시했지만, "원효/대사가 이런 기계의 영광을 누릴/줄이야" 몰랐다고 김수영은 털어놓는다.

"기계의 영광"이란 표현에 주목해야 한다. 김수영은 일찍이 「헬리콥터」, 「네이팜 탄」, 「수난로」, 「금성라디오」 등에서 기계 문명을 외면하기보다는 그 의미에 다가가려는 자세를 보였다. 김수영에게 이 기계들은 인간에게 비극만을 주는 것이 아니라, 새로운 미래를 열어줄 가치로도 보였다. 특이하게도 김수영 시에 나오는 기계들은 하나의 은유가 아니다. 김수영은 기계의 속성이 갖고 있는 본질적 의미를 시에 담아 전하려 했다.

급기야 허깨비인 "제니를 제니를 사랑할 줄이야" 몰랐다고 고백한다. 김수영은 두 드라마가 계속되기를 바랐다. "긴 것을 긴 것을 사랑할 줄이야"라는 말은 드라마와 외화가 계속 방송되기를 바라는 마음으로 해석된다. 〈원효대사〉는 1968년 3월 27일 종영을 예고했고, 김수영이 이 시를 쓴 때는 3월 1일이다. 곧 종영될 드라마를 보며 조금 더 길게 방송했으면 하는 안타까움일까. 드라마와 외화에 고착 혹은 중독되어 있는 상황을 스스로 한탄하는 것이 아닐까. 바로 앞 연에서 "~줄이야"를 3번 반복하여 긴 '줄 이미지'는 강조된다. 그중에서도 "숨어 있는 것", 그중에서도 "저절로 이루어지는 것"을 사랑한다고 고백한다. "숨어 있는 것"은 원효나 "제니"의 삶이 보여주는 사랑이나 죄가 아닐까. "저절로 이루어지는 것"은 서둘지 않아도 이루어지는 삶이 아닐까. 드라마와 외화에 빠졌다는 김수영 특유의 꾀병 같은 명랑성도 느껴진다.

김수영은 대중문화를 무시하지 않았다. 오히려 대중문화의 장점을 생각해보려 했다. 김수영 시에는 대중문화와 적극 접속한 예가 많다. 한국전쟁 이후 그는 대중문화에서 많은 착상을 얻었다. 영화관 간판을 그렸던 체험이 녹아 있는 「영사판」(1955)에서는 극장 스크린을 자신의 내면에 비유하고 있다. 매스미디어에 대한 시도 이어진다. 최고급 라디오에 얽힌 물질적 욕망을 다룬 「금성라디오」(1966. 9. 15.)가 있고 라디오 방송을 분단문제와 연결시킨 「라디오 계」(1967. 12. 5.)도 있다. 아내가 보던 패션 잡지 《VOGUE》를 보며 자본주의를 성찰하는

「VOGUE야」(1967. 2.)를 발표하기도 했다.

대중문화를 생각하면서도 외톨이 개인들이 자신의 정체성을 잊지 않는 깨달은 다중多衆의 단독자가 되기를 성찰했다. 대중문화와 기계 문명에 대한 그의 마지막 성찰이 이 시 「원효대사」였다.

1968년 4월 23일

기꺼이 기꺼이 변해가고 있다

의자가 많아서 걸린다

의자가 많아서 걸린다 테이블도 많으면
걸린다 테이블 밑에 가로질러놓은
엮음대가 걸리고 테이블 위에 놓은
미제 자기磁器 스탠드가 울린다

마루에 가도 마찬가지다 피아노 옆에 놓은
찬장이 울린다 유리문이 울리고 그 속에
넣어둔 노리다케 반상 세트와 글라스가
울린다 이따금씩 강 건너의 대포 소리가

날 때도 울리지만 싱겁게 걸어갈 때
울리고 돌아서 걸어갈 때 울리고
의자와 의자 사이로 비집고 갈 때
울리고 코 풀 수건을 찾으러 갈 때

삼팔선을 돌아오듯 테이블을 돌아갈 때
걸리고 울리고 일어나도 걸리고
앉아도 걸리고 항상 일어서야 하고 항상
앉아야 한다 피로하지 않으면

울린다 시를 쓰다 말고 코를 풀다 말고
테이블 밑에 신경이 가고 탱크가 지나가는
연도沿道의 음악을 들어야 한다 피로하지
않으면 울린다 가만히 있어도 울린다

미제 도자기 스탠드가 울린다
방정맞게 울리고 돌아오라 울리고
돌아가라 울리고 닿는다고 울리고
안 닿는다고 울리고

먼지를 꺼내는데도 책을 꺼내는 게 아니라
먼지를 꺼내는데도 유리문을 열고
육중한 유리문이 열릴 때마다 울리고
울려지고 돌고 돌려지고

닿고 닿아지고 걸리고 걸려지고
모서리뿐인 형식뿐인 격식뿐인
관청을 우리 집은 닮아가고 있다
철조망을 우리 집은 닮아가고 있다

바닥이 없는 집이 되고 있다 소리만
남은 집이 되고 있다 모서리만 남은
돌음길만 남은 난삽한 집으로
기꺼이 기꺼이 변해가고 있다
(1968. 4. 23.)

사정이 나아지면서 부인 김현경 여사는 새로운 물건이 나오면 집에 들여놓았다. 그녀가 집에 들여놓는 물건이 김수영에게는 불편했다. 이번에는 커다란 8인용 식탁을 들여놓았다. 1968년 당시 8인용 식탁을 갖고 있는 집은 몇이나 되었을까. 게다가 미제 자기 스탠드에, 노리다케 반상 세트에, 피아노에, 신형 금성라디오 등 부족하지 않은 살림이었다.

　　이 책 203면에 있는 구수동 집 구조를 보면, 서재 한가운데 놓여 있는 8인용 식탁을 볼 수 있다.

　　만족해야 하는데 그는 불편했다. 이미 여러 번 이야기했듯이, 집 안에 들어오는 새로운 물건은 그를 옥죄었다. 이 시점에 김수영은 이 식탁과 의자를 소재로 시 한 편을 완성시켰다. 자유롭게 쓴 시 같지만 이 시는 한 연이 4행씩 엄격하고 균일하게 채워져 있다. 4행은 꽉 짜인 사각형 모서리를 연상시킨다. 마치 자유로운 듯하지만 어떤 품위와 가치와 형식을 강요하는 식탁을 상징하는 듯싶다.

시의 소재가 된 식탁은 현재 김수영문학관 2층에 전시물로 있다. 사진에는 의자가 6개 보이지만 양쪽에 팔걸이 의자 2개가 더 있는 8인용 식탁이다. 팔걸이 의자 2개는 김현경 여사가 보관하고 있다이 시에서 가장 많이 등장하는 동사는 제목에 나오는 "걸린다" 같지만 "걸린다"는 8번 나온다. "걸린다"는 식탁 다리에 사람 다리가 걸린다는 물리적 접촉을 넘어 헤아릴 수 없이 그의 상상력을 방해하는 대상을 상징한다. 그야말로 "우리들의 전선은 눈에 보이지 않는다"(「하…… 그림자가 없다」)는 그런 상황이다. 셀 수 없이 보이지 않는 곳에서 걸리는 처지다.

더 많이 나오는 동사 "울린다"는 여러 형태로 20번 나온다. "테이블 밑에 신경이 가고 탱크가 지나가는/연도沿道의 음악"은 의자 끄는 소리를 비유한 표현일 것이다. 자연의 소음이나 그를 깨우치게 하는 소음은 좋아했으나, 김수영에게 문명의 소음은 견딜 수 없는 고문이었다. 그를 괴롭게 하는 소음은 모두 문명의 소음이다. 미제 자기 스탠드의 소음, 피아노 옆 찬장의 소음, 노리다케 반상 세트의 소음 등이다.

중요한 것은 이항대립이다. 미제 자기 스탠드와 일제인 노리다케 반상 세트는 그가 생각하는 전통이 아니다. 이것들은 미끌미끌하지만 김수영이 전통과 긍지로 생각했던 것들은 미끌하기는커녕 투박하다.

> 요강, 망건, 장죽, 종묘상, 장전, 구리개 약방, 신전,
> 피혁점, 곰보, 애꾸, 애 못 낳는 여자, 무식쟁이,
> 이 모든 무수한 반동이 좋다
> 「거대한 뿌리」 (1963. 2. 3.)

이 전통적인 사물 속으로 사치스런 외제 물건이 들어오면서 "삼팔선을 돌아오듯" 걸리고, 울리고, 일어나도 걸리는 상황이다. 미국을 상징하는 미제 자기 스탠드, 일본 자본주의를 상징하는 노리다케 반상 세트가 식탁에 떡하니 자리 잡고 있는 모습은 영락없이 당시 한반도의 국제정치 풍경이다. 결국은 분단의 "철조망을 우리 집은 닮아가고 있"다는 것이다. 그는 「가다오 나가다오」(1960)라는 당부를 다시 반복하고 있는 격이다.

부인 김현경 여사가 보관하고 있는 노리다케 반상 세트. 접시 밑에 'NORITAKE'와 'JAPAN'이라는 표기가 선명하다. 김 여사 댁에 가서 노리다케 커피 잔에 차를 마시면 반백 년 전 김수영과 마주하는 듯하다

그는 온갖 가구들이 들어차는 집을 보며 "모서리뿐인 형식뿐인 격식뿐인/관청을 우리 집은 닮아가고 있다"고 썼다. 그는 집 안에서 관청과 철조망을 체험한다.

돌음길은 모서리를 꼭 한 번씩만 빠짐없이 지나는 길을 말한다. 모서리만 남은 "돌음길만 남은 난삽한 집"에서 '난삽難澁'은 글이나 말이 매끄럽지 못하면서 어렵고 까다롭다는 뜻이다. 결국 집은 번거롭게 변해 자유롭게 상상을 하지 못할 정도로 답답해졌다. 미제와 일제가 가득한 집에서 그는 더 이상 자유로운 상상을 펼치기 어려웠다. 마지막 행에서 "기꺼이 기꺼이 변해가고" 있는 것은 바로 스스로 구속되어가는 시인 자신의 모습이기도 하다.

이 시에 대해 김현경 여사는 김수영의 내면을 드러내는 듯한 짧은 회고를 남겼다.

1960년 중반을 넘어서면서 내가 운영하던 '엔젤' 양장점이 소위 고위층의 입소문을 타게 되었다. 자연스레 우리 생활에도 여유가 생기기 시작했다. 당시 장관 집에서나 구경할 수 있다는 노리다케 그릇 세트같이 돈만으로는 살 수 없는 물건들도 집에 들여놓았다. 하루는 수영의 방에 번역과 창작을 함께 할 수 있을 만한 넓은 원목 책상을 들여놓았다. 수영은 그 책상 의자에 앉아 있기를 좋아했다. 간혹 수영의 글 속에서 나는 계를 붓는 고리대금업자이자 집을 세놓는 지주 같은 자본주의 사회의 대타자로 인식되곤 하는데, 그것은 그가 삶의 여유를 반기면서도 끊임없이 경계하려 했던 의식의 산물이었다고 짐작된다. 어떤 의미에서 나는 수영이 세상을 보는 창이었다.

창작의 고뇌가 치열할수록 속물의 굴레에 숨 막혀 하던 그였다. 가끔씩 그는 만취가 되어 야밤에 집에 돌아와서는 거지가 되고 싶다고 외쳤다. 제발 자기를 나의 속된 사슬에서 벗어나게 해달라고 애원을 하다가 울부짖기까지 했다. 자유롭게 시만 쓰고 시만 생각하고 미소 짓고 죽게 해달라고 조르는 것이다. 자신이 누릴 수 있는 유일한 자유는 거지가 될 수 있는 것이라며. 그러고는 외친다. "이 땅에서는 거지도 마음대로 될 수가 없지. 자유, 자유, 자유 없이는 예술도 없어! 평화도 없어!" 그러면 옆에서 자던 작은놈이 부스스 일어나서는 "아버지, 나는 거지가 싫다"고 우는 것이다.

(김현경, 『김수영의 연인』, 131~132면)

이 증언에서 중요한 부분은 두 번째 단락이다. "창작의 고뇌가 치열할수록 속물의 굴레에 숨 막혀 하던 그"라는 부분이다. 김수영은 자본주의의 편리함을 인정하면서도 돈의 노예가 되지 않으려 노력했다. 김수영은 부인의 손아귀에서 벗어나려 "네 사슬에서 나 좀 벗어나야겠다"고 투정을 부리곤 했고 그때마다 부인은 "그럼 그래라!"고 답했다. 편리한 문명을 따르는 아내의 생활방식은 시대의 억압 못지않게 수영을 옥죄었다. 심지어 무거운 옷도 싫어했다고 한다. 거부하고 싶었지만 "신성을 지키는 시인의 자리 위에 또 하나 넓은 자리"(「VOGUE야」)는 최고급 미국 패션 잡지가 보여주는 세계라는 것을 인정하지 않을 수 없었다. 인정하면서도 그는 그 흐름에 생각 없이 노예로 끌려가기를 거부했다. 차라리 "유일한 자유는 거지가 될 수 있는 것"이라는 증언은 "안 한다/안 하기로 했다 안 해도 된다"(「VOGUE야」)는 다짐과도 통한다.

「의자가 많이 걸린다」는 김재민 영화감독이 그린 그림이다 ⓒ김재민

「의자가 많아서 걸린다」를 쓰기 전 김수영은 1968년 4월 13일, 백철, 이헌구, 안수길, 모윤숙 등과 함께 부산 펜클럽 주최의 문학 세미나에 참석했다. 김수영은 40여 분 동안 유언처럼 중요한 시론을 남겼다.

시작詩作은 '머리'로 하는 것이 아니고, '심장'으로 하는 것도 아니고, '몸'으로 하는 것이다. '온몸'으로 밀고 나가는 것이다. 정확하게 말하자면 온몸으로 동시에 밀고 나가는 것이다.

'온몸으로 동시에 밀고 나가는 것'은 바로 온몸으로 온몸을 밀고 나가는 것이고, 시의 세계에서 볼 때 온몸에 의한 온몸의 이행은 사랑이고, 그것이 바로 시의 형식이라고 김수영은 주장했다. 김수영에게 자유는 아무런 원군도 없는, 원군을 필요로 하지 않는 고독하고 장엄한 것이었다. 그런 선언을 하고 나서 「의자가 많아서 걸린다」를 썼다.

작가에게 '참여'란 무엇인가

김수영/이어령, 신동엽/선우휘

　작가도 사람이다. 당연히 일상에 참여하며 살아간다. 그런데 그 일상에 참여하는 작가의 태도가 예민한 문제를 일으킬 때가 있다. 작가는 현실에 어떤 태도로 참여(engagement)해야 할까. 유교적 윤리주의가 문학의 잣대였던 조선 시대부터 지금에 이르기까지 한국 문학의 평가 기준은 윤리였다. 이데올로기나 성 문제 혹은 정체성이라는 잣대가 생기면, 옳음/그름으로 이항대립시키는 비평이 일관되게 일정한 흐름으로 나타났다. 김수영/이어령 논쟁, 신동엽/선우휘 논쟁도 그 흐름 중 하나다.

　특히 1968년 김수영/이어령 논쟁은 문학을 하는 사람들이 두세 명 모이면 김수영이 옳다느니, 역시 이어령이라느니, 불온성이 무슨 말이냐는 등 또 다른 토론을 숱하게 벌이게 하면서 물너울처럼 퍼졌다.

불온시 논쟁 - 김수영/이어령 논쟁

　1956년 5월에 《한국일보》에 쓴 「우상의 파괴」로 주목받았던 이어령은 1959년 『저항의 문학』을 펴내며 '저항'이라는 키워드로 비평계를 호령한다. 김수영은 1967년이 끝날 즈음, 이어령의 글 「'에비'가 지배하는 문화」를 분석한다. 이어령은 그 글의 첫머리에 이렇게 썼다.

　'에비'란 말은 유아언어幼兒言語에 속한다. 애들이 울 때 어른들은 "에비가 온다"고 말한다. 그러나 그 말을 사용하는 어른도, 그 말을 듣고 울음을 멈추는 애들도, '에비'가 과연 어떻게 생겼는지는 모르고 있다. 즉 '에비'란 말은 어떤 구체적인 대상을 가리키는 명사가 아니다. 그것이 지시하고 있는 의미는 막연한 두려움이며 꼬집어 말할 수 없는 그리고 가상적인 어떤 금제의 힘을 총칭한다. 어렸을 때와 마찬가지로 인간들은 복면을 쓴 공포, 분위기로만 전달되는 그 위협

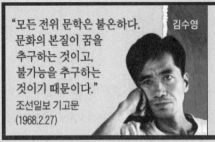

"모든 전위 문학은 불온하다. 문화의 본질이 꿈을 추구하는 것이고, 불가능을 추구하는 것이기 때문이다."
조선일보 기고문
(1968.2.27)
김수영

"백합화의 순결한 꽃잎과 향기는 선물이 아니라 싸워서 얻은 창조품이다. 시대와 사회를 불평하지 말라."
조선일보 문예시론
(1968.2.20)
이어령

ⓒ조선일보

의 금제적 감정에 지배되는 경우가 많다.

(이어령, 「'에비'가 지배하는 문화」, 1967. 12. 28.)

겁먹은 아이들처럼 '에비'에 지레 겁을 먹고, 스스로 창조의 자유를 제한하고 있다고 이어령은 한국 작가들의 태도를 비판했다. 막연한 두려움이며 '가상적인 금제의 힘'인 '에비'에 한국 작가들이 막연히 억눌려 있다는 말이다. 이어령의 이 글은 한국 작가들의 타성을 따끔하게 꼬집어주는 면이 있다. 그러나 창조의 자유를 억압하는 근원을 지나치게 문화인에게만 돌리는 것이 아닌가라는 비판도 있을 수 있다. 김수영은 이 점을 지적한다. 당시 문화의 침묵은 박정희 정권의 탄압에서 비롯되었다는 것이 김수영이 행한 비판의 요지였다. 이어령의 '에비'론에 김수영이 문제를 지적하면서 '김수영/이어령 논쟁'은 시작된다. 두 사람이 나눈 글의 제목만 보아도 어떤 논쟁이 진행됐는지 알 수 있다.

이어령, 「'에비'가 지배하는 문화 – 한국 문화의 반문화성」, 《조선일보》 1967. 12. 28.

김수영, 「지식인의 사회참여」, 《사상계》 1968. 1.

이어령, 「누가 그 조종을 울리는가? – 오늘의 한국 문학을 위협하는 것」, 《조선일보》 1968. 2. 20.

이어령, 「서랍 속에 든 '불온시'를 분석한다 – '지식인의 사회참여'를 읽고」,

《사상계》 1968. 3.

김수영, 「실험적인 문학과 정치적 자유 - '오늘의 한국 문학을 위협하는 것'을 읽고」, 《조선일보》 1968. 2. 27.

이어령, 「문학은 권력이나 정치이념의 시녀가 아니다 - '오늘의 한국 문학을 위협하는 것'의 해명」, 《조선일보》 1968. 3. 10.

김수영, 「'불온성'에 대한 비과학적인 억측」, 《조선일보》 1968. 3. 26.

이어령, 「논리의 현장검증 똑똑히 해보자」, 《조선일보》 1968. 3. 26.

김수영 산문 「지식인의 사회참여」(1968. 1.)는 신문 논설의 성향을 통해 정치권력과 언론 자유의 관계를 조명한다. 김수영은 1968년 당시 한국의 논설이나 회화에 "주장'만 있고 '설득'이 없는 것이 탈"이라고 비판한다. '주장'이 부각되는 배경은 문화의 기반이 약하고 "노상 독재 정치의 위협에 떨고 있는 사회"와 연결된다. 독재가 어떻게 '명령'하는가, 그 예로 김수영은 6·8 총선거를 든다.

이 총선거는 4년 임기의 제7대 국회의원을 뽑는 선거로 1967년 6월 8일에 치러졌다. 선거 기간 동안 숱한 부정 행위가 저질러져 '6·8 부정선거'로 불린다. 전국에서 공화당 후보와 공무원들이 부정선거를 하고 선거 후 폭력배가 선거 결과에 불복해 폭력을 행사하는 일도 있었다. 김수영은 대화가 불가능한 폭력 사회에서 작가가 자유롭게 창작하기는 어렵다고 보았다.

민주의 광장에는 말뚝이 박혀 있고 쇠사슬이 둘려 있고, 연설과 데모를 막기 위해 고급 승용차의 주차장으로 사용되고 있는 것이다.

(「지식인의 사회참여」)

지식인은 참다운 말을 하지 못하고, 언론은 검열받고, 가수는 정권을 찬양하는 노래만 부른다. 폭력 사회에서는 '설득'이 미덕이 아니라 범죄로 화한다. 몇 가지 신문 사설과 좌담을 거론하면서, 당신네 신문이 지난 1년 동안 언론 자유의 긴급한 과제를 얼마나 주장하고 실천했느냐, 묻는다. "언론의 자유는 언제나 정치의 기상지수氣象指數와 상대적인 관계에 놓여 있다"고 주장한다. 1967년 7월 8일 중앙정보부가 조작한 동백림 간첩단 사건에는 상당수 문화인이 연루되었다. 당시 박정희 정권은 부정선거 시비를 잠재우려고 작곡가 윤이상과 화가 이응로는 물론 어린아이의 마음을 가진 시인 천상병을 고문하여 간첩으로 조작하려 했다. 예술가를 폭력으로 억압하는 상황에도, 문화인에게 창조력이 부족하다느니 운운하는 이어령의 태도에 김수영은 일갈한다.

문화와 예술의 자유의 원칙을 인정한다면 학문이나 작품의 독립성은 여하한 권력의 심판에도 굴할 수도 없고 굴해서는 안 되는 것이다. 따라서 '그 학문이나 작품이 문제'되어야 한다는 지적부터가 자가당착에 빠진 너무나 어수룩한 모독적인 발언이다. (중략) 문화의 간섭과 위협과 탄압이 바로 독재적인 국가의 본질과 존재 그 자체로 되어 있는 것이다.

(위의 글)

김수영은 언론의 자유는 국가 정치의 유무와 직통한다고 썼다. 정치와 언론과 문화는 유기적인 관계를 가진다는 말이다. 결국 김수영은 이어령이 쓴 '에비'는 작가들 내부에 있기 전에, 독재정권이 강요하는 '명확한 금제의 힘'이라고 정리한다. 다른 말로 하면 이어령은 문화인들에게만 문제가 있다고 지적하지, "독재적인 국가의 본질과 존재 그 자체"는 외면하고 있다고 김수영은 비판한다.

꼬리에 꼬리를 무는 논쟁은 이어진다. 이어령은 「누가 그 조종을 울리는가」(1968. 2. 20.)에서 사회적 외압에 의해 작품의 질이 결정되는 것이 아니라, 오히려 외압이 있을 때 작품이 더 좋다며, 문학을 사회적 이데올로기와 결부시키는 사회참여론자들이야말로 한국 문화에 조종을 울리는 자들이라고 비판한다.

이에 김수영은 「실험적인 문학과 정치적 자유」(1968. 2. 27.)에 "모든 전위 문학은 불온하다. 그리고 모든 살아 있는 문화는 본질적으로 불온한 것이다. 그것은 두말할 것도 없이 문화의 본질이 꿈을 추구하는 것이고 불가능을 추구하는 것이기 때문이다"라며 반박한다. 모든 전위적인 문학은 기존의 통념을 흔들기 때문에 불온하다는 뜻이다. 이제 이들의 논쟁은 사회의 통념을 흔들 수 있는 개념인, 기성 사회의 관점에서 보면 온당치 않게 보이는 '불온不穩 문학' 논쟁으로 돌입했다.

이에 이어령은 「문학은 권력이나 정치이념의 시녀가 아니다」(1968. 3. 10.)에서 김수영을 정치의 도마 위에서 문학을 칼질하는 사람이라고 표현하면서, 문학을 문학으로 보지 못하는 태도가 검열자와 닮았다고 썼다.

다시 김수영은 「불온성에 대한 비과학적인 억측」(1968. 3. 26.) 서두에서 이어령이 자신의 '불온성'을 왜곡했다고 지적하고 시작한다.

명확하게 문화의 본질로서의 불온성을 밝혀 두었는데도 불구하고, 이어령 씨는 이 불온성을 정치적인 불온성으로만 고의적으로 좁혀 규정하면서, 본인의 지론을 이데올로기에 봉사하는 전체주의의 동조자 정도의 것으로 몰아버리고 있다.

김수영은 더 쉽게 설명하려고, 소련 공산주의 사회에서 '재즈'가 불온하다며 비판받았다는 예를 들면서 자신이 말하는 문학의 불온성을 재즈의 전위적 불온성에 비유했다. 김수영은 답답해서인지, 역사를 변화시킨 불온한 인물로 베토벤, 소크라테스, 세잔, 고흐, 키르케고르, 마르크스, 사르트르, 에디슨을 예로 들기까지 한다. 자신이 말하는 불온성은 정치적인 측면이 아니라 전위성이 갖고 있는 본질이라고 밝혔다.

앞서 김수영은 자신이 묻어둔 수많은 '불온한' 시를 생각한다. '불온한' 작품들이 거리낌 없이 발표될 수 있는 사회가 되어야만 비로소 현대 사회라 할 수 있다고 말한다. 발표하지 못하는 '불온한' 작품들 속에 대문호와 대시인의 씨앗이 숨어 있을 수 있다면서, 이런 생각에 주목할 때 위기는 미래의 70년대가 아니라 지금 당장 이 순간이라고 한다.

이어령은 「불온성 여부로 문학을 평가할 수 없다」(1968. 3. 26.)에서 김수영의 원고 문맥으로 봤을 때, 불온성은 정치적인 좁은 맥락에서밖에 해석될 수 없다고 주장했다. 김수영이 그렇지 않다면서 부인하는데 이어령은 끝내, 김수영과 그 참여문학은 사회주의를 향한 은밀한 구애를 숨기고 있지 않느냐고 의심하는 시각을 견지했다.

두 사람의 논쟁은 문단 전반에 퍼져, 특집 「문학의 사회참여」(《경향신문》 1968. 3. 20.)에는 최인훈, 고은, 백낙청, 정현종, 김우종 등이 의견을 내기도 했다. 결국 창작의 자유를 지향하는 뜻은 같으나, 작가를 억압하는 원인을 보는 시각은 두 사람 사이에 차이가 컸다. 이어령은 이후 이 논쟁을 '순수/참여 논쟁'이라 부르지만 자신은 순수문학을 대변한 적이 없고, 참여문학이란 무엇인가, 그 실체를 논의했던 것이라고 평가한다.

"나는 1950년대에 이승만 정권의 비호를 받는 순수문학이란 문화 권력과 맞섰어요. 1967년 서슬이 퍼렇던 군부독재 때 남정현 작가의 반공법 위반('분지 사건') 공판에 법정 증인으로 나서서 변호했던 게 나였어요. 내가 말한 것은, 리얼리즘이 최소한의 현실성에 바탕을 두어야지, 현실성을 구현한다고 문학이 신문 기사처럼 될 수는 없다는 겁니다"(「파워 인터뷰, 이어령」, 《문화일보》 2020. 2. 5.)

이어령은 여러 지면과 인터뷰를 통해 자신이 순수문학의 옹호자로 평가받는 것이 억울하다고 표현했다. 이념에 갇힌 당시 리얼리즘 방법론의 상상력 부족을 비판했다고 이어령은 주장한다. 초기에 '저항'이라는 실존주의적 키워드를 내세웠던 이어령은 이후 뉴크리티시즘과 기호학으로 자리를 옮긴다.

후세의 비평가는 이어령이 지금도 그러하듯 당시의 김수영 문학을 정치 이데올로기의 시각 안으로 가두어 보려고만 했으며, 결국은 현실 문제를 도외시하는 순수문학에 기여하는 논리를 만들었다고 비판했다. 이어령은, 김수영의 시를 좋아하며 그와 함께 참다운 참여문학을 고민했다고 당시를 회상한다. 한편 김윤식은 이 논쟁을 '불온시' 논쟁이라고 평가하면서, 문학사적 결과물을 만들지 못한 말꼬리 잡기식 논쟁에 불과했다고 아쉬움을 표했다(김윤식, 「불온시 논쟁에서 얻은 것과 잃은 것: 김수영과 이어령의 경우」, 『문학사의 라이벌 의식』, 2013)

애도와 이념 논쟁 - 신동엽/선우휘 논쟁

신동엽은 본래 시 이전에 평론으로 등단하고 싶어 했던 시인이다. 그는 평론 「시인정신론」(《자유문학》 1961년 2월)에서 원수성原數性·차수성次數性·귀수성歸數性이라는 독특한 시각으로 나름의 문화사 개관을 제시한 바 있다. 이어 「60년대의 시단 분포도」(《조선일보》 1961년 3월)에서는 한국의 현대시를 복고적인 향토시, 현대적인 감각파, 언어 세공파細工派로 나누면서 새로운 '신저항시 운동'을 제창했다. 신동엽의 논의가 다소 도식적으로 보이는 면은 있고, 차이는 있으나 크게는 김수영과 같은 방향으로 나아가고 있는 것이 분명했다.

김수영은 자신보다 여덟 살 아래 후배인 신동엽에게 많은 기대를 걸고 있었다. 김수영은 신동엽의 시를 "세계적 발언을 할 줄 아는 지성이 숨쉬고 있고 죽음의 음악이 울리고 있다"고 평가했다. 신동엽 시에 나오는 동학, 후고구려, 삼한 같은 고대에의 귀의에 대해서는 "예이츠의 '비잔티움'을 연상"시킨다고 상찬했다.

두 사람의 생각을 소설가 선우휘는 못마땅한 시각으로 보았다. 논쟁은 1968년 6월 16일 김수영이 사망하고 시작된다.

"문학은 써먹는 것이 아니다. 문학을 써먹으려 드는 이들을 설득하라. 그것이 자유의 폭을 넓히는 길이다."
조선일보 문학시평
(1967.10.19)

선우휘

ⓒ조선일보

한반도 위에 그 긴 두 다리를 버티고 우뚝 서서 외로이 주문呪文을 외고 있던 천재 시인 김수영. 그의 육성이 왕성하게 울려 퍼지던 1950년대부터 1968년 6월까지의 근 20년간, 아시아의 한반도는 오직 그의 목소리에 의해 쓸쓸함을 면할 수 있었다. 그는 말장난을 미워했다. 말장난은 부패한 소비성 문화 위에 기생하는 기생벌레라고 생각했다. 그는 기존 질서에 아첨하는 문화를 꾸짖었다. 창조만이 본질이라고 굳게 믿었다. 그래서 육성으로, 아랫배에서부터 울려나오는 그 거칠고 육중한 육성으로, 피와 살을 내갈겼다. 그의 육성이 묻어 떨어지는 곳에 사상의 꽃이 피었다. 예지叡智의 칼날이 번득였다. 그리고 태백太白의 지맥地脈 속에서 솟는 싱싱한 분수가 무지개를 그었다.

(신동엽, 「지맥 속의 분수」, 1968. 6. 20.)

김수영 사망 나흘 후 발표한 추모글 「지맥 속의 분수」에서 신동엽은 김수영을 "태백太白의 지맥地脈 속에서 솟는 싱싱한 분수가" 긋는 "무지개"로 비유했다. 선우휘가 이 글을 비판하면서 논쟁이 시작된다. 이후에 오고 간 글은 다음과 같다.

신동엽, 김수영 추모사 「지맥 속의 분수」, 《한국일보》 1968. 6. 20.
선우휘, 「현실과 지식인」, 《아세아》 1969. 2. 1.
신동엽, 「선우휘 씨의 홍두깨」, 《월간문학》 1969. 4. 1.

신동엽 시인은 등단작부터 「향아」, 「아니오」, 「진달래 산천」 등에 대해 '빨갱이 시인'이라는 공격을 받고 있는 상황이었다. 이런 배경에서 김수영을 추모하는 신동엽의 글 몇 문장을 떼어내 공격하는 칼럼 「현실과 지식인」(1969)을 선우휘가 발표한 것이다. 선우휘는 위 인용문의 바로 다음 문장을 인용하여 비판한다.

그의 죽음에 대한 히스테리컬한 반응이 나타났다. 그 대표적인 것을 여기 추려본다.

"…… 정말로 순수한 것, 정말로 민족적인 것, 정말로 인간적인 소리를 싫어하는 구미적歐美的 코카콜라 상품주의의 촉수들이 그이를 미워하고 공격했다. 그날 밤 그 좌석버스의 눈이 먼 톱니바퀴처럼 역시 눈이 먼 관료적인 보수주의의 톱니바퀴가 그를 길바닥에 쓰러뜨렸다…… 한반도는 오직 한 사람밖에 없는, 어두운 시대의 위대한 증인을 잃었다. 그의 죽음은 민족의 손실, 이 손실은 서양의 어느 일개 대통령 입후보자의 죽음보다 앞서 5천만 배는 더 가슴 아픈 손실로 기록되어야 할 것이다. 그러나 시인 김수영은 죽지 않았다. 위대한 민족시인의 영광이 그의 무릎(신동엽은 '무덤'이라고 썼는데, 선우휘는 '무릎'이라고 썼다 – 인용자) 위에 빛날 날이 멀지 않았음을 민족의 알맹이들은 다 알고 있다."

이것은 누가 보아도 정의가 깊던 시우詩友의 죽음을 슬퍼하는 감정을 벗어나 있음이 분명하다. 도대체 무슨 말을 하려는 것인가?

구미적的 '코카콜라' 상품주의의 촉수 – 관료적인 보수주의의 톱니바퀴는 누구를 가리키는 것인가

위대한 민족시인의 영광이 그의 무릎 위에 빛날 날이 멀지 않았음을 민족의 알맹이들은 다 알고 있다니 그 멀지 않은 날이란 언제며 그때 이 나라는 어떻게 될 것이란 말인가?

민족의 알맹이들이란 그 집필자 외의 또 어떠한 사람들이란 것인가? 아무리 문학적인 수식이라 하더라도, 아니 문학적 수식이라면 더욱 그런 어휘의 나열은 생각하기 힘들다.

나는 이 조사弔詞야말로 김수영 씨의 죽음을 빈 비열한 인신공격으로서 그의 죽음을 욕되게 하는 것이라고 단정한다.

(선우휘, 「현실과 지식인」, 1969. 2. 1.)

선우휘는 큰따옴표 안에 신동엽의 추도문 일부분을 인용하면서 신동엽 이름도 인용하지 않았다. 이름을 쓰지 않고 인용했다는 것은 무시하는 태도일 수도

있다. 선우휘의 소설이나 숨겨진 얘기 중 좋은 면도 있으나 하필 추모문의 한 부분을 따서 비판하는 것은 좋은 모습으로 보이지 않는다.

선우휘가 보기에 신동엽은 멀지 않은 '혁명'의 날을 "민족의 알맹이들"과 더불어 바라는 위험한 시인이다. 선우휘의 머릿속에 혁명이란 공산주의 혁명, 마르크스 혁명 외에는 없어 보인다. 사실 신동엽의 추도문 안에는 사회주의 같은 '주의主義'를 거부하는 문장이 있는데도 선우휘는 이를 모른 척 건너뛴다. 신동엽이 김수영을 기억하며 쓴 아래 문장을 선우휘는 건너뛴다.

그가 어느 날 대포집에서 한 말을 나는 잊지 못한다.
"신형, 사실 말이지 문학 하는 우리들이 궁극적으로 무슨무슨 주의의 노예가 될 순 없는 게 아니겠소?"

김수영이 신동엽에게 시인은 어떤 주의자가 될 수 없다고 한 말을 신동엽이 잊지 못한다고 썼는데, 선우휘는 이 문장은 빼버리고 두 시인을 마치 어떤 이념주의자처럼 썼다. 극우적 삶을 살아온 선우휘의 이력을 생각하게 한다.

1921년 평안북도 정주에서 태어난 선우휘는 1946년 월남한다. 이후《조선일보》사회부 기자와 인천중학교 교사를 역임한다. 정훈장교로 입대하여 1955년 단편 「귀신」(《신세계》)을 발표하면서 등단한다. 1957년 군인 신분으로 발표한 중편 「불꽃」으로 동인문학상을 받는다. 일제강점기부터 6·25 직후 북한까지 30년을 다룬 이 소설은 주인공 현이 공산주의적인 가치관과 정면 승부하는 이야기다. 1958년 대령으로 예편한 그는 이후 부조리한 현실에 저항하는 인물이 등장하는 소설, 월남한 사람들의 설움과 고향을 향한 그리움을 주제로 삼은 소설을 쓴다. 1959년《한국일보》논설위원으로 다시 신문사에 돌아온다.

「현실의 지식인」에서 선우휘는 신동엽의 글을 "혁명을 선동하는 사회주의자의 태도"라고 평가한다. 극우 반공주의자였던 선우휘는 도쿄대 연수를 하고 난 뒤 1966년부터 '친미 친독재'로 급격히 다가갔다고 리영희 교수는 회고했다.

선우휘의 공격적인 비판이 어처구니없던 신동엽은 「선우휘 씨의 홍두깨」
(1969년 4월)에서 베트남전쟁에서 죽은 여자 베트콩 시신 앞에서 눈물 흘리는
석가와 시인 이야기로 글을 시작한다. 죽은 여자 베트콩 시신 앞에서 잠시 애
도하고 있는 석가를 국민학생이 '빨갱이'라고 신고했다고 한다. 반대로 죽은 미
군 병사 앞에서 애도하면 "저기 미국 병사의 주검을 보고 서럽게 우는 놈이 있
어요. 틀림없이 백색인 것 같아요"라며 신고한다고 한다. 선우휘 같은 이들의 눈
이 바로 이 국민학생처럼 두 가지 색밖에 못 본다는 것이다. 신동엽은 선우휘 글
「현실과 지식인」이 "그 보기 흉한 꼴을 적나라하게 세상에 노정시키고 말았다"
고 비판하면서 일침을 놓는다.

첫째번의 경우, 즉 몰라서라면 공부를 해야 한다.
세상은, 특히 관리들이나 장사꾼들의 세상이 아닌 창조자들의 세상은 단차원
이나 2차원의 세계가 아니라는 사실을 알아야 한다. 선우 씨의 눈으로 보면 세
계는 백색이거나 적색이거나 2색으로만 보이는 모양인데, 무지개의 빛깔만 보아
도 일곱 가지 이상의 색깔이 있다는 것을 알아야 한다. 자유주의 사회 속에서
사는 작가가 자기 현실에 불만을 느낀다는 것이, 어째서 그것이 바로 전체주의
를 긍정하기 위한 수단이라고 해석되어져야 한단 말인가.
(신동엽, 「선우휘 씨의 홍두깨」, 1969. 4. 1.)

신동엽은 현실을 보는 눈은 붉은색/백색만 있는 것이 아니라, 일곱 가지 무지
갯빛 이상의 다양한 색깔이 있다며 안타까워한다. "작가·시인들의 내면 세계는,
초등학교 2학년식의 사고방법, 적이냐 백이냐 식의 2차원적 사고 방법을 저 발
밑에 깔아뭉개고 벗어나서, 4차원, 5차원, 아니 무한 차원의 세계 속을 높이 주
유하고" 있다고 썼다. 시인은 사회주의자와 자본주의자 둘 중 하나만 택해야 하
는 존재가 아니다. 시인은 "영원한 자유주의자"이고 "영원한 불만자요 영원한 부
정주의자"라고 항변한다. 얼마나 안타까운지 마지막으로 신동엽은 일갈했다.

안이하게, 세계를 두 가지 색깔의 정체正體 싸움으로밖에 인식하지 못하는 군사학적·맹목기능학적 고장 난 기계하곤 전혀 인연이 먼 연민과 애정의 세계인 것이다.

(위의 글)

이제 이 글 서두에서 죽은 베트콩과 죽은 미군 병사를 "연민과 애정"으로 애도하는 석가와 시인의 모습이 연결된다. 곧 문학인은 애도하며 추모하는 사람들인 것이다. 말이 통하지 않으면 몸이 아플 정도로 고통스러울 때가 있는데 그 때문이었을까. 신동엽의 병은 깊어져 「선우휘 씨의 홍두깨」를 발표한 엿새 후 1969년 4월 7일 아까운 생을 마친다. 그러면서 논쟁은 끝난다.

무의식과 땀 냄새의 참여문학

과연 김수영이 생각하는 참여시란 무엇일까. 이어령과의 논쟁을 정리하고, 김수영은 「참여시의 정리 – 1960년대의 시인을 중심으로」(1967)를 발표한다. 이 글을 읽으면 김수영이 생각하는 참여시가 요즘 사람들이 생각하는 참여시와 많이 다르다는 것을 확인할 수 있다.

흔히 김수영을 해방 후 참여시의 시초라고 하는 이들이 있다. 급진적 진보주의 입장에서는 김수영 참여시론을 소시민의 시론이라고 폄하한다. 그 반대로 극우 집단에서는 김수영 시를 빨갱이 시라고 폄하한다. 김수영이 생각하는 참여시란 손을 번쩍 들고 구호를 외치는 투쟁운동으로서의 시였을까. 그야말로 기계적이고 도식적인 사회주의 시였을까. 김수영의 글을 읽어보면, 그의 참여시는 1980년대 참여시에서 말하는 시각보다 그 지평이 훨씬 넓고 다양하다. 꼭 참여라는 단어를 쓰지 않더라도 그가 생각하는 좋은 문학이란 무엇일까.

첫째, 참여시는 역사와 일상의 문제를 담아야 하며, 당시 가장 중요한 사건이었던 4·19를 담아내야 한다고 김수영은 보았다. 그가 말하는 역사는 일상에서 출발한다. 김수영이 일상을 바라보는 눈은 모더니스트 박태원의 『소설가 구보씨의 일일』에 나오는 고현학考現學(modernology) 자세보다 치밀하다. 김수영은 온갖 일상의 사물들, 미역국, 금성라디오, 피아노, 팽이, 꽃, 돈, 양계, 풀 등 흔히 볼 수 있는 모든 사물에서 의미를 찾아 시로 썼다.

둘째, 시인은 역사적 문제를 외면하지 말아야 한다고 김수영은 일관되게 주장했다. 더러운 역사라도 좋고, 더러운 전통이라도 좋다며, 더럽고 소외된 것들을 시에 담은 「거대한 뿌리」를 발표하기도 했다. 무엇보다도 당시 가장 중요한 사건이었던 4·19 정신을 참여시는 담아내야 한다고 김수영은 생각했다. 박두진의 「4월만발」과 신동엽의 「4월은 갈아엎는 달」을 두고 김수영은 이렇게 쓴다.

'4월'이 죽지 않은 중후하고 발랄한 증거를 보여주고 있다. 이런 시를 읽으면 우리들은 역시 눈시울이 뜨거워지고 우리에게 아직도 시인다운 시인이 살아 있고 이런 시인들이 건재하는 한 우리의 앞날은 결코 절망이 아니라는 즐거움을 느끼게 된다.

(김수영, 「빠른 성장의 젊은 시들」, 1966. 4)

김수영은 당시 젊은 시인인 신동엽, 김재원 등의 시를 인용하면서, 이들이 4·19 정신을 제대로 살려냈다고 기대했다.

셋째, 김수영은 일상의 문제를 '무의식으로 드러낸 시'도 참여시로 평가했다. 「참여시의 정리 – 1960년대의 시인을 중심으로」에 김수영은 이렇게 썼다.

이성을 부인하는 프로이트의 정신분석의 혁명이 우리나라의 시의 경우에 어느 만큼 실감 있게 받아들여졌는가를 검토해보는 것은 우리의 시사詩史의 커다란 하나의 숙제다.

프로이트, 초현실주의, 실존주의를 거론하며 김수영은 참여시를 새롭게 설명한다. 초현실주의에서의 의식과 무의식의 관계, 실존주의 시대 실존과 이성의 관계, 이것을 다시 이념과 참여 의식의 관계로 대입하여 설명한다. 김수영이 주장한 온몸의 시학에서 온몸은 무의식을 포함한 온몸이다. 김수영에 의하면 참여의식과 이념을 동시에 밀고 나가는 시가 참여시다. "진정한 참여시에서는 초현실주의 시에서 의식이 무의식의 증인이 될 수 없듯이 참여 의식이 정치 이념의 증인이 될 수 없는 것이 원칙"이라고 수영은 날카롭게 묘파한다.

넷째, 김수영은 죽음의 문제에 주목하는 참여시를 생각한다. "요즘 젊은 시인들의 특히 참여시 같은 것을 볼 때 죽음을 어떤 형식으로 극복하고 있는지에 자꾸 판단의 초점이 가게 된다"고 그는 말한다. 김수영은 참여시의 표본으로 신동엽의 「아니오」를 제시하며 "신동엽의 이 시에는 우리가 오늘날 참여시에서 바라는 최소한의 모든 것이 들어 있다. 강인한 참여 의식이 깔려 있고, 시적 경제를 할 줄 아는 기술이 숨어 있고, 세계적 발언을 할 줄 아는 지성이 숨쉬고 있고, 죽음의 음악이 울리고 있다"고 썼다.

신동엽의 「껍데기는 가라」를 인용하며 동학 곰나루, 다시 아사달 아사녀로 이어지는 그의 비전을 예이츠의 비잔티움에 비견할 "민족의 정신적 박명薄明"이라고 말한다. 아사달 아사녀의 중립의 초례청에 이르면 "참여시에서 사상事象이 죽음을 통해서 생명을 획득하는 기술"이 어떤 것인가를 보여준다고도 말한다.

다섯째, 김수영은 '자기만의 땀 냄새'가 나는 문학을 참여시라고 했다.

'땀 냄새'라는 말은 매일 땀 흘려 양계를 하고 채소를 키웠던 김수영의 일상에서 얻은 표현이다. 그는 "자기의 땀내, 곧 작가 자신만의 체취體臭가 나는 문학"을 기대했다.

간단히 말하면 땀내가 배어나는 작품이라고 해도 무방할 것이다. 그리고 그 땀내는 자기의 땀내라야 한다. 자기의 땀내. 나는 땀내보다도 '자기의'에 언더라인을 한다.

(김수영, 「체취의 신뢰감」, 1966. 7.)

김수영은 조태일의 시야말로 "자기의 체취이며 신뢰할 수 있는 체취"(위의 글) 를 보인다며 그 깊은 성숙도를 상찬했다. 반대로 황동규, 박이도, 정현종 등의 계간 시동인지 《사계》를 비평하면서, 언어의 조탁은 있으나 "이들에게는 한결같이 앞에서 말하는 체취를 찾아볼 수 없다"고 혹평했다.

아울러 김수영은 과학의 문제와 미래를 담은 참여시, 분단을 극복하는 통일을 향한 시 등 참여시의 넓은 범주와 가망성을 이 글에서 설명한다. 김수영이 생각하는 '참여'는 그 대상이나 표현방식이 지금 많은 사람들이 전형적으로 생각하고 있는 참여시보다도 훨씬 넓다.

1968년 5월 29일

적이면서 친구인 바람

풀

풀이 눕는다
비를 몰아오는 동풍에 나부껴
풀은 눕고
드디어 울었다

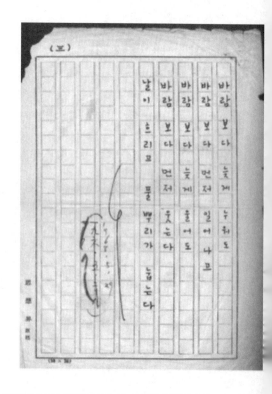

날이 흐려서 더 울다가
다시 누웠다

풀이 눕는다
바람보다도 더 빨리 눕는다
바람보다도 더 빨리 울고
바람보다 먼저 일어난다

날이 흐리고 풀이 눕는다
발목까지
발밑까지 눕는다

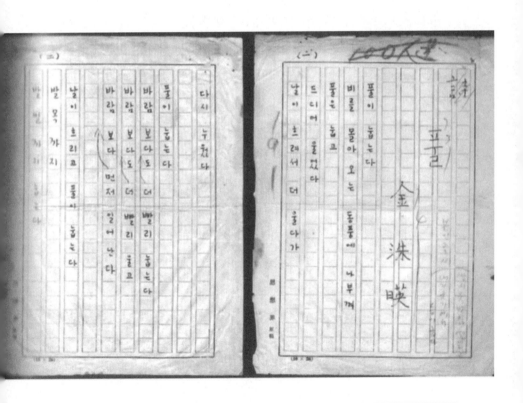

바람보다 늦게 누워도
바람보다 먼저 일어나고
바람보다 늦게 울어도
바람보다 먼저 웃는다
날이 흐리고 풀뿌리가 눕는다

이 시는 간결하게 3연으로 구성되어 있다. 1연 2행에 나오는 비를 몰고 오는 "동풍"(east wind)이라는 시어는 복잡한 얼개를 푸는 실마리다. 2, 3연의 각 행에서 첫 단어로 8번이나 주술처럼 반복되는 "바람", 그 대표격으로 지시된 '동풍'이라는 단어는 이 시에서 무시할 수 없는 어휘다. '동풍'은 무엇일까.

첫째, '동풍'을 민중을 압제하는 외세나 독재정권으로 보는데 과연 맞을까.

시대 배경이 1960년대이니 박정희 정권에 대항하는 민중을 '풀'로 보는 태도다. 김현승이 1972년 『한국현대시해설』(관동출판사)에서 「풀」을 민중주의적으로 해석한 뒤, 교과서 해설서는 대부분 이 시를 시대적 배경에 일치시켜 해석해왔다(이영준, 「김수영 시의 시간」, 2021). 이 시에서 동사의 시제를 보면 1연의 "울었다", "누웠다"라는 과거형을 제외하고는 모두 현재시제로 되어 있기에 현재성이 두드러진다. 그래서 김수영 시가 갖고 있는 현재성이 강조되면서 당연히 부패한 정권에 대항하는 민중의 의지를 표현하는 시로 읽혀왔다.

이때 "풀"은 여리지만 질긴 생명력을 지닌 민초, 민중으로 해석되었다. "눕다"↔"일어나다", "울다"↔"웃다"라는 역동성을 보여주는 시의 주체가 민중이라는 해석이다. "눕는다/일어난다", "운다/웃는다"라는 '부정/긍정'이 살아 있는 내면적인 주체가 풀이며 민중이라는 해석이다.

4·19 이후 사회 현실과 시대적 상황에 대한 치열한 저항 의식을 보여주었던 김수영이기에 이렇게 이해할 여지는 충분히 있어 보인다. 혁명 직후 격정에 찬 어조로 "어서 어서 썩어빠진 어제와 결별하자"고 쓴 시 「우선 그놈의 사진을 떼

어서 밑씻개로 하자」에 비하면,「풀」은 대단히 차분한 작품이다.

다만 이러한 해석이 전부인 양 교육되고 있는 현 상황에 대해 나는 우려하는 입장이다. 시대적 배경 이전에 문학적 관습이 있고, 문학적 관습 이전에 작가가 존재한다고 하면, 작가 이전에 텍스트가 있다. 사회적 배경을 그대로 텍스트에 대입해서 해석하면 시가 주는 상징의 의미를 좁히고 만다. 가령, 일제 식민지 시절이라는 이유로 김소월의 모든 시를 슬프고 수동적인 여성 화자의 발언으로 해석하거나, 한용운의『님의 침묵』에 나오는 "님"을 무조건 조국으로 해석하는 경우들도 위험하다. 작품을 시대적 의미에 못 박아 교육하는 것은 학생들의 창조적 상상력을 옥죄는 행위일 수 있다.

또한 "풀/바람"은 서로 적일까. 김수영 시 전체를 보면 적을 적으로 보면서도 친구로도 보고, 자기 안에서도 적을 본다. 김수영 시 전체를 본다면 '풀'과 '바람'은 적이면서도 어쩌면 이 역경의 시대에 함께 노는 듯한 경지도 보인다. 적과 함께 노는, 전혀 차원이 다른 경지다. 김수영이 탐독했던 동양 고전을 참조하면 그 관계는 보완적 관계에 가깝다.

"풀이 눕는다/바람보다도 더 빨리 눕는다/바람보다도 더 빨리 울고/바람보다 먼저 일어난다"는 구절의 "풀"도『논어』의「안연편」에 나오는 "풀에 바람이 가해지면 풀은 반드시 눕는다"는 구절과 비교된다.

季康子問政於孔子曰:如殺無道, 以就有道, 何如?
계강자 문정 어 공자 왈: 여살무도, 이취유도, 하여?

계강자가 공 선생께 정치를 물었다. 만약 무도한 자를 죽여 도로 나아간다면 어떤가요?

孔子對曰: 子爲政, 焉用殺? 子欲善, 而民善矣!
공자 대 왈: 자 위정, 언용살? 자 욕선, 이민선의!

공 선생 대답했다. 그대가 정치를 하는데 왜 하필 살인을 사용하나요? 그대가 선을 바라면 백성이 선해지죠.

> 君子之德風 ; 小人之德草 ; 草上之風，必偃.
> 군자 지 덕 풍, 소 인 지 덕 초. 초 상 지 풍， 필 언.
>
> 군자의 덕은 바람입니다. 소인의 덕은 풀입니다. 풀 위에 그 바람이 있으면 풀은 반드시 눕죠.
>
> (주자, 『논어집주』, 성백효 역주, 전통문화연구회, 2013, 352쪽)

앞서 '바람'이 '풀'의 친구일 수도 있다고 해석했는데, 『논어』에 따르면 바람은 군자의 덕일 수도 있다. 군자의 덕인 바람과 소인의 덕인 풀이 만나는 공생의 관계다. 마지막에 풀은 "必偃"(누울 언偃), 곧 "풀은 반드시 눕는다"고 쓴 것은 김수영의 「풀」과 동일하다.

적이 아니라 서로 보완적이라는 해석도 있다.

다시 강조컨대 이 시에서도 바람과 풀은 단순 대립이 아니다. 바람이 때려서 아파 우는 것이 아니라 바람 덕에 풀이 울 수 있었고, 울 수 있어서 웃을 수도 있던 것이다. 바람이 밟아서 풀이 눕는 것이 아니라 바람 덕에 누울 수도 있고 누울 수 있어서 일어나기도 하는 터이니 바람은 온전한 의미의 덕이다. 이 시에서 굳이 폭력적인 것을 찾자면 바람이 아니라 발목이다. 그런데 발로 밟는 것이 때로는 풀의 착근을 돕기도 한다는 점에서 이 또한 대립으로만 보기도 어려울 것이다. 더구나 시인은 지금 꼼짝없이 서 있다. 바람과 풀이 환대를 교환하는 그 지극한 공생의 순간을 숨죽이고 지켜보는데, 그 찬란한 권력과 민중이 최고의 운명 속에 해후하는 '동양적' 유토피아의 지극한 드러남일 터이다.
(최원식, 「김수영을 생각함: 병풍, 누이, 그리고 풀」, 2018)

적대 관계로서 "바람/풀"이 아니라, 공생 관계로서 "바람∽풀"이라는 적극적 해석이다. 나아가 최원식은 「풀」에서 '울다'는 울 곡哭이 아니라, 공명하는 울릴 명鳴에 가깝다는 해석도 내놓았다.

둘째, "동풍"을 긍정적인 시련으로 보는 해석이다.

이 시의 주어는 '풀'이다. 울든 웃든 눕든, 풀은 능동적으로 자신이 판단해 움직이고 있다. 1연의 "나부껴"를 고통이 아니라 새로운 모험으로 읽는 이가 있다면 시는 전혀 다른 의미가 된다. 빗물도 재앙이 아니라 풀을 자라게 하는 자양분이 된다. 그렇다면 '운다'는 의미는 성장통으로 해석될 수 있겠고, 풀을 흔들고 있는 동풍은 풀의 뿌리를 단단케 하는 긍정적 시련으로 볼 수 있다. "동풍"은 정치적인 의미와 거리가 먼 시련의 의미로 읽을 수 있다. 우리나라 말 중에 '동풍'은 시련을 뜻할 때가 많다. "동풍에 곡식이 병난다"는 말은 낟알이 익어갈 무렵 때 아닌 동풍이 불면 못쓰게 된다는 뜻이다.

2연에서 풀은 바람이라는 물리적 구속에서 벗어난다. 오히려 "바람"을 이용하는 모습이다. 바람에 흔들려서, 바람을 이용해서 뿌리를 깊게 박는 것이다. 바람이야 어찌하든 결국 풀은 자기 뜻대로 한다. 이제 "풀"은 "바람"과 대립 관계가 아니라 호응 관계가 된다. 새로운 희망으로 "일어난다"에서 극복과 적응의 의지를 볼 수 있다. 게다가 "더 빨리"라는 수식어가 붙어 있는 것도 볼 수 있다.

3연에서 "발목까지 발밑까지"라는 뜻은 치명적으로 다가오는 시련으로 볼 수 있다. 그러면 차라리 "눕는다"는 의미는 넉넉한 결단으로도 해석할 수 있다. 이렇게 본다면 「풀」이라는 시는 주체가 깨닫지 못하는 잠재력의 가능성을 일깨우는 시가 될 수도 있다.

이런 식으로 보면, "풀"은 패배자의 초상이 아니라 오히려 어떤 시련의 늪을 희열을 느끼며 기어가는 존재, 곧 주이상스Jouissance로 극복해내는 주체로도 볼 수 있다. 가령 "풀"을 실연당한 여성적 화자로 보거나, 쉴 새 없이 모의시험을 쳐야 하는 고3 학생, 직장에서 은퇴하여 새로운 "바람"을 맞이해야 하는 은퇴자, 혹은 직장을 잃고 길거리를 헤매는 노숙인으로 본다면 어떨지. 고독한 개인이 운명에 맞서는 비장함이 용기하지 않겠는지.

　김수영 시의 핵심 중의 하나는 '자유 의지'다. 그는 100퍼센트 독립된 창작 환경과 언론의 자유를 희구했다. 자유 정신을 획득하기 위해 개인과 사회에 냉엄한 자기 수련修鍊이 있어야 한다고 했다. 그 주장을 생각해볼 때, 모든 행동을 스스로 판단하는 "풀"은 단독자(singularity)의 초상이다. 이렇게 본다면 동풍은 대단히 '긍정적인 시련'을 뜻한다고 상상할 수도 있겠다. 동풍이 불어와도 "바람보다 늦게 울어도/바람보다 먼저 웃는다/날이 흐리고 풀뿌리가 눕는다"라는 대목에서 김수영 특유의 넉넉한 명랑성도 느껴진다.

　한때 나는 서울 도봉구청 건물 글자판 선정위원을 맡았는데, 2015년 여름 글자판으로 선정한 시가 바로 「풀」이었다. 이 시에서 선정한 부분은 "바람보다 늦게 누워도/바람보다 먼저 일어나고/바람보다 늦게 울어도/바람보다 먼저 웃는다"는 부분이다. 이 시에서 가장 쉬운 부분일 것이다. "웃는다"가 딱 한 번 나오는데 이 시의 알짬이기에 이 부분을 선정했다. 사실 다른 부분은 격렬하다.

　김수영 시 전체의 언어를 분석해보면 '웃다'라는 동사가 17편에서 33번 사용(최동호 편, 『김수영 사전』)된 것을 볼 수 있다. 김수영이 명랑성을 얼마나 중시했는지 확인할 수 있는 대목이다. '부정의 시인'으로 불리지만 그의 부정에 '웃는다'라는 명랑성의 과정이 개입되어 긍정에 이르게 된다.

　셋째, "동풍"을 하이데거의 시각에서 풀 수도 있다.

　당연한 말이지만 김수영 시에는 그의 생활이 깊이 배어 있다. 그의 시에는 삶 자체가 굴절되지 않고 그대로 보이는 경우가 많다. 그가 즐겨 본 TV드라마 〈원효대사〉, 미국 영화, 역사책 등이 시에 그대로 나타나기도 한다. 그는 '온몸으로' 자신의 생각과 무의식과 생활을 그대로 썼다. 김수영 시인이 특히 하이데거 철학을 좋아했다는 사실은 잘 알려져 있다. 닭을 팔아서 번 돈으로 신간 『하이데거 전집』을 사들고 기뻐하며 귀가하기도 했다. 김수영 시 속에 녹아 있는 하이데거라는 코드는 결코 무시할 수 없는 것이다.

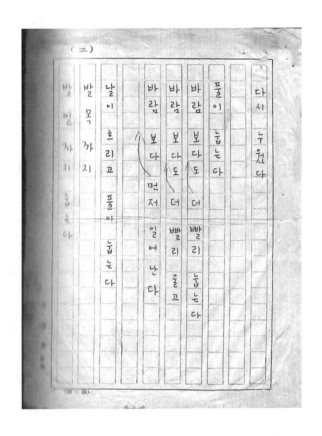

김유중 교수는 『김수영과 하이데거』(민음사, 2007)에서 "바람"(동풍)을 하이데거식으로 '거부할 수 없는 운명'으로 해석했다. 하이데거는 일상적인 삶의 세계가 죽음과 관련이 없다는 일반적인 인식을 반박하고 인간 현존재를 '죽음을 향한 존재'로 규정했다. 죽음이 언제 닥칠지 모르므로 항상 죽음을 인식하는 인간은 뭔가 다르다고 했다. 이런 인간은 현재 스스로의 삶을 끊임없이 반성하며 삶의 매 순간을 소홀히 보낼 수 없게 된다. 하이데거식으로 본다면 "위험이 커질수록 구원의 가능성 또한 그에 비례하여 커진다. 이미 밝혔듯이 '최고의 위험'은 곧 '최고의 구원 가능성'이기도 한 까닭"(김유중, 위의 책, 258면)이다.

풀이 바람(동풍)이라는 운명에 '초연한 내맡김(Gelassenheit)'을 하여, 그 위험을 역설적으로 초극하는 자세를 보여준다는 것이다. 현존재 인간을 하이데거가 식물로 인용한 문장이 있다.

　"우리는 식물이라네— 우리가 기꺼이 인정하고 싶든 아니든 간에, 우리는 지상에 꽃을 피우고 결실을 맺기 위해 흙에 뿌리를 내려 그 흙에서 자라야 하는 식물이라네."
(마르틴 하이데거, 「초연한 내맡김」, 『동일성의 차이』, 신상희 옮김, 민음사, 2000, 187면)

　헤벨J. P. Hebel이 쓴 구절을 하이데거는 이렇게 인용하여 설명한다. 하이데거에 따르면 현존재 인간은 모두 땅에 뿌리내리고 있는 식물이며 '풀'이다. 풀뿌리처럼 흙 속에 뿌리내리고 있는 능동적 수동 상태가 인간 존재의 모습이라는 것이다. 하이데거가 주장했던 '겔라센하이트Gelassenheit' 곧 그대로 놓아둠 혹은 내맡김은 운명에 맞짱 뜨는 '풀'의 역설적인 속성일 수 있다. 겔라센하이트의 원뜻은 '태연하고 침착하다'인데 하이데거는 이 단어를 '내맡김'이라는 의미로 썼다. 운명에 자신을 던지고도 태연하게 견디는 모습이 인간 혹은 풀의 모습일까. 김수영이 거대한 '뿌리', '씨', '꽃', '풀'로 인간을 상징했다는 것과 연결되는 부분이다.

　이 외에 김수영 시에 종교적 상상력이 무의식적으로 작용했을 수도 있다. 이 책에서 거듭 이야기하는 것이거니와 포로수용소 시절 2년간 김수영이 성경에 의존하면서 그 시절을 견뎠다는 것은 중요한 의미를 갖는 사실이다. 포로수용소에서 겪었던 설움 속에서 기댈 것이 없었던 김수영에게 성경은 적지 않은 힘을 주었던 것이 확실하다. "아무것도 의지할 곳이 없다는 느낌이 심하여질수록" 그는 "진심을 다하여 성서를 읽었"던 것이다. 성서의 구절과도 비슷한 대목이 적지 않다. "풀은 아침에 꽃이 피어 자라다가 저녁에는 시들어 마르나이다"(「시편」 90편 3~7절) 같은 구절이 그러하다. 김수영 시에 나타난 종교적 성찰에 관해서는 이후 연구 과제로 남긴다. 김수영의 여러 시편에서 성서적 상징과 겹치는 구절이 보인다. 김수영 시의 근저에 있는 '숨은 신' 의식, 종교적 상상력은 현재 연구 과제로 남아 있다.

다양하게 작품에 드러난 '숨은 신'의 이미지를 인간의 무의식적 욕망 혹은 초자아와 연관시켜 생각해보며 작품을 읽는다면 새로운 시각을 얻을 수도 있겠다.

날이 흐리고 풀뿌리가 눕는다

마지막 한 행을 읽는다. "날이 흐리고 풀뿌리가 눕는다"는 윤동주의 "오늘밤에도 바람이 스치운다"라는 실존론적 의미로도 읽을 수 있다. 삶이 어떻든 시련은 계속 닥쳐오는 것이다. 이렇게 본다면 '풀'은 자존자립自尊自立의 생명력을 뜻하는 상징이 된다. 중요한 것은 동풍을 없앨 수는 없다는 사실이다. 인간에게 다가오는 시련 자체를 완전히 소멸시키는 것은 불가능하다.

에필로그

서울 1호선 지하철 도봉산역에서 30분 정도 걸어 올라가면 김수영 시비가 있다.

도봉산 국립공원 쪽으로 10분 정도 완만한 길을 걸어오르면 마지막 주차장과 '만남의 광장'이라는 간판이 있다.

오른쪽으로 맑은 산물이 흐르는 산길을 따라 오른다. '도봉동문道峰洞門'이라는 우암 송시열(1607~1689) 선생의 친필이 새겨진 큰 바위가 이정표처럼 놓여 있다. 10분쯤 걸어 올라가면 소설가 이병주 선생의 시비가 도봉산 입구 서원 터 밑 소공원에 세워져 있다. 문득 소설가 이병주와 김수영 시인의 마지막 날이 떠오른다. 김수영 시인의 마지막 날, 그날 이병주 선생은 함께 있었다.

1968년 6월 15일 밤 시인 신동문, 소설가 이병주, 신문 기자 정달영과 술을 마시면서 김수영 시인은 자기가 술을 사겠다면서 도서출판 신구문화사 주간 신동문으로부터 원고료를 가불했다. 이날 외제차 폭스바겐을 몰던 이병주에게 "돈 많이 벌어 잘난 척하는 ××"라며 목울대 높이던 김수영은 "너 같은 부르조아와는 술 안 마셔"라며 뿌리치고 구수동으로 향했다. 이후에 버스 사고가 나고 김수영이 마흔여덟 살에 요절한 것은 이 책 프롤로그에 상세히 썼다.

김수영은 1968년 6월 16일 흙으로 돌아갔다.

그가 죽기 전날 무슨 일이 있었고, 어찌어찌했다는 일을 다시 쓰고 싶지는 않다. 그의 정신을 그 일에 머물게 하고 싶지 않기 때문이기도 하다. 그의 죽음은 후세에 거름이 되었다. 그의 이야기는 프롤로그만 있고, 에필로그는 없다.

김수영 시비詩碑

김수영이 날카롭게 어깃장을 놓았던 이병주의 시비「북한산 찬가」가 보이고, 바로 위로 갑자기 시비가 눈앞에 보였다.

계곡을 따라 걷다 꺾이는 산길 오른쪽 공간에 말끔하게 서 있는 돌덩어리였다.

도봉서원 터 아래 너른 잔디 위에 놓여 있었다. 받침대 없이 흙 위에 놓여 있는 시비를 풀들이 포근히 감싸 안고 있는 형국이다. 사람들이 많이 다니는 등산길 바로 옆에 자리하여 한번씩 눈길 주고 지나가는 등산객도 있다.

고아하게 신선처럼 있는 존재가 아니라, 저자 거리에서 던지는 일상어를 시어로 쓰곤 했던 김수영 시인에게 적절한 위치인 것 같았다. 누가 만들었을까. 필시 민초와 함께 머물고 있었던 시인의 시세계를 잘 이해하고 있는 인물이 시비를 만들었을 것이다.

시 묘비에는 죽기 보름 전 1968년 5월 29일에 썼던 유작시「풀」2연만 새겨져 있다. 이곳에 오면 나는 우툴두툴한 시비를 한참 쓰다듬어본다. 그가 살아온

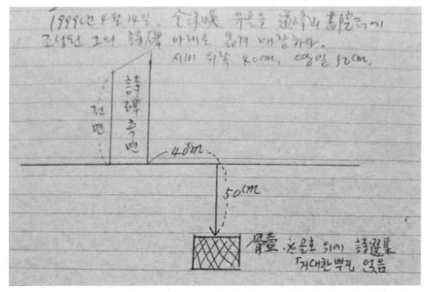

여동생 김수명 여사의 파일에 있는 시 묘비 설계 그림이다

길은 매끈한 대리석 길이 아니라, 우툴두툴 돌짝밭 길이었다. 시집을 들고 와서 시비에 기대어 그의 시를 읽는다. 그의 시를 읽으면 마음속에 또아리 튼 설움이나 온갖 억울한 일도 긍지로 변한다.

풀처럼 시비 앞에 누워보기도 한다. 시비 뒤쪽으로 가서 땅에 귀를 대보기도 한다. 시비 뒤쪽에 김수영 시인의 뼈가 묻혀 있기 때문이다.

1999년 4월 14일, 김수영 시인의 유골을 도봉산 서원 터에 조성하고 시비를 세울 때 시비 뒤로 40센티미터 떨어진 곳에, 화장을 한 뒤 뼈를 추려 담는 골호 骨壺를 50센티미터 깊이의 땅속에 묻었다. 골호 위에는 그의 시선집 『거대한 뿌리』를 얹어놓았다고 한다.

김수영문학관 2층에 가면 김수영이 책도 읽고, 번역도 하고, 시도 썼던 8인용 식탁 뒤에 표구가 걸려 있다. 그가 마지막에 중요하게 생각했던 상주사심常住死 心이라는 사자성어를 붓으로 쓴 것이다. 죽음을 늘 염두에 두고 살았던 그가 죽는 해에 서재에 이 글귀를 적어두었을 만큼 마음에 두었던 성어다. 마치 자신의 죽음을 예견하기라도 한 것처럼. 김현경 여사는 이렇게 증언한다.

"서재를 신성시해서 아무나 서재에 들어오지 못하게 하시잖아요. 아이들도 서재에 출입을 못 하게 하셨어요. 서재에 들어갈 수 있는 이는 김 시인이 읽은 시를 받아쓰는 나밖에 없었어요. 돌아가시던 해였어요. 그러니까 1968년 어느 날 청소하러 들어갔는데, 인상파 그림이 있는 달력이 있었는데, 그 달력에다가 김 시인이 상주사심이라고 싸인펜으로 써놨더라구요. 글자를 봤을 때, 죽음 사死자가 들어가 있으니까 뜨끔하더라구요. 돌아가시고 나서 상주사심을 잊으면 안되겠다고 생각해서, 서예가 선생님께 부탁했어요. 김 시인 좌우명이니까 잊어버리면 안 되겠다고 생각했지요. 그래서 그해 겨울에 서예가 선생님께 써달라고 부탁해서 표구를 만들었지요."(2021년 10월 14일 인터뷰)

그의 온 생애가 죽음을 각오하고, 죽음을 향하여, 죽음에 맞짱 뜨며 시를 썼던 나날이었다.

김수영과 카뮈

김수영을 생각할 때 내게 자주 떠오르는 사람은 소설가 알베르 카뮈Albert Camus(1913~1960)다. 두 사람의 예술, 사유, 생애에 닮은 점이 적지 않기 때문일 것이다.

첫째, 김수영과 카뮈는 죽음을 언제나 상념하며 글을 썼다. 카뮈의 『이방인』(1942)에는 어머니의 자연사, 뫼르소의 살인, 뫼르소의 사형이라는 세 가지 죽음이 나온다. 『시지프 신화』(1942)는 자살 문제에서 논의를 시작한다. 『페스트』(1947)에서는 그야말로 염병으로 인한 떼죽음이 나오고 이에 맞서는 리유 등의 이야기가 펼쳐진다. 카뮈나 김수영이나 늘 죽음을 의식하며 불가사의한 운명에 맞서는 글을 썼다.

김수영은 카뮈의 산문 「각서」(《한국문학》, 현암사, 1966)를 번역했다. 이 글은 카뮈가 1942년 1월부터 1951년 3월까지 쓴 일종의 짧은 아포리즘인데, 《엔카운터》지에 발표된 이 글의 영어 번역본을 김수영은 한글로 번역했다. 짧지 않은 그 번역문 중에 돋보이는 몇몇 문장을 소개한다.

현대의 지성은 전적으로 혼란 상태에 있다. 지식은 세계와 인간이 모든 지점을 상실할 정도에까지 부풀어 있다. 우리들이 니힐리즘으로 번민하고 있는 것은 사실이다.

(카뮈, 「각서」, 박수연 엮음, 『시인의 거점 – 김수영 번역평론집』, 도서출판b, 2020, 548면)

알제리아에서는, 밤에 개 짖는 소리가 구라파의 밤보다도 10배나 더 공간으로
부터 반향이 크게 들린다. 이처럼 그것은 이 비좁은 나라에서는 알 수 없는 향수
로 장식되어 있다. 그것은 오늘날 내가 나의 추억 속에서 홀로 듣고 있는 언어다.

하늘은 푸르고, 그 때문에 강가에서 얼어붙은 물 위에 하얀 가지를 내려뜨리
고 뻗혀 있는 눈에 덮인 나무들은 꽃이 핀 편도나무 냄새를 풍기고 있다. 자세
히 살펴보면 이 시골에서는 봄과 겨울이 끊임없이 뒤섞여 있다.

(위의 책, 556면)

혁명의 시기에는 죽는 사람이 가장 훌륭한 사람이다.

(위의 책, 559면)

2차 대전의 혼돈 상태에서 "니힐리즘으로 번민하고 있는 것은" 한국전쟁을 경
험한 김수영도 마찬가지였다. 두 번째 글은 구수동이라는 변두리의 밤과 유사한
풍경을 상상하게 한다. 번역하면서 김수영은 잠깐 자기 글을 쓰는 착각에 빠지
지 않았을까. "혁명의 시기에는 죽는 사람이 가장 훌륭한 사람이다"는 말은 부
조리한 세상에 내 목숨을 걸고 맞짱 뜨다가 죽는 사람이 행복하다는 뜻으로 다
가온다. 카뮈나 김수영이나 과거나 미래를 보기 이전에 '오늘 이 땅'을 직시하는
작가다. '지금 여기'에서 우리가 마주치는 현실이 부조리한 세계다.

둘째, 카뮈와 김수영은 모두 전쟁을 경험했다. 카뮈는 제1, 2차 세계대전, 알제
리전쟁이라는 세 가지 전쟁을 경험했다. 김수영은 태평양전쟁, 한국전쟁, 베트남
전쟁이라는 세 가지 전쟁 시대를 체험했다. 2차 세계대전 때 카뮈는 지하 레지
스탕스 신문인 《콩바》(전투, Combat)의 편집장을 맡아 나치에 맞서 싸웠다. 한국
전쟁 때 김수영은 의용군으로 갔다가 포로수용소에서 고초를 겪는 등, 두 작가

5行

矜持의 날

너무나 잘 아는

循環의 原理를 위하여

나는 疲勞하였고

또 나는

永遠히 疲勞할 것이기에

구태여 옛날을 돌아보지 않아도

설음과 아름다움을

10×20

는 모두 전쟁의 비극을 깊이 체험했다.

카뮈의 소설 『이방인』에서 뫼르소는 사형 선고를 받는다. 마지막 장면에서, 하늘나라를 말하며 위로를 권하는 신부를 뫼르소가 싫어했던 까닭은 신부가 '지금 여기'를 말하지 않고, '내일의 하늘나라'를 말하기 때문이었다.

『페스트』에서 집단적인 죽음, 공포라는 한계를 돌파하는 집단적인 인간애, 연대하는 반항이 형상화된다. 『페스트』에 등장하는 네 명의 인물은 모두 페스트(운명)에 맞선다. 카뮈가 『페스트』에 그려낸 의사, 신부, 신문기자, 공무원은 모두 무기력하다. 무기력하기에 더욱 악착같이 페스트(운명)에 맞선다. 그들은 '고통의 구심점 곁으로' 가는 인간들이었다.

페스트는 단지 질병만을 상징하는 것이 아니다. 파시즘 전쟁, 나치즘, 자본주의적 부조리, 종교적 폭력 등 카뮈가 페스트로 여기는 부조리한 권력은 너무도 많다. 이런 부조리에 대항하여, 카뮈는 『반항인』에 나오는 '반항인'처럼 '아니오(non)'라며 실천해야 한다고 정의한다.

셋째, 카뮈와 김수영은 '내죽세맞'의 정신으로 부조리에 맞섰다.

카뮈의 철학으로 알려진 "나는 반항한다. 그러므로 우리는 존재한다(Je me révolte, donc nous sommes)"라는 정신이 가장 잘 드러난 작품이 『페스트』다. 카뮈의 세계관은 '고독한(solitaire) 나(je)'가 '연대하는(solidaire) 우리(nous)'로 변해야 한다는 사상이다. 여기서 우리라는 단어는 깨달은 다중多衆(the multitude)을 뜻한다. 방금 쓴 카뮈의 사상은 그 이름을 김수영으로 바꾸어 써도 될 만치 두 작가는 유사한 면이 있다.

나는 실존주의를 '예죽세맞'과 '내죽세맞'이라고 두 가지로 표현한다. '예죽세맞'은 예수처럼 죽고 부조리한 세상에 맞짱 뜬다는 문장을 첫 글자만 따서 줄인 말이다. 키르케고르, 도스토옙스키, 톨스토이, 본회퍼, 윤동주 같은 기독교적 실존주의를 말한다. '내죽세맞'은 내 죽음을 걸고 죽기까지 부조리한 세상에 맞짱 뜬다는 문장을 줄인 표현이다. 니체, 하이데거, 카프카, 사르트르, 카뮈 그리고 김수영 같은 무신론적 실존주의자가 떠오른다. 물론 카뮈는 실존주의라는 말을 거부했고, 김수영도 자신을 어떤 주의에 가두기를 싫어할 것이다. 실존주의든 아니든, 카뮈와 김수영은 목숨을 걸고 죽는 순간까지 부조리한 세상에 솔직하고 정직하게 맞섰다.

넷째, 두 작가는 공교롭게도 모두 교통사고로 사망했다. 카뮈는 상스 빌르블레방에서 자동차 사고로 사망했다. 카뮈와 김수영은 우연하게도 모두 48세에 교통사고로 죽는다. 두 사람 모두 교통사고만 아니라면, 더욱 놀라운 작품들을 남겼을 것이다.

시인의 작은 별빛

언제부터였을까. 삶이 버거울 때 김수영 시를 읽곤 한다.

아무래도 계곡물 흐르는 산길 따라 오르며 저편에서 기다리고 있는 저 아방가르드의 시혼詩魂과 마주하면 정신이 더 맑아질 거야. 풀과 몸을 섞은 채 단아하게 놓여 있는 저 시 묘비는 난삽하지 않고 격조 있다. 나지막하여 권위를 내세우지는 않았으나 정직하고 정답다. 산길 바로 옆에 있으니 그를 모르는 등산객도 그의 묘비석을 보고 갸우뚱하며 지나간다. 그는 풀과 벗하고 지나가는 객들과 벗한다.

가끔 지칠 때 이곳에 와야지. 풀이랑 누워봐야지.

하산하면서 김수영의 목소리가 자꾸 마음에 울린다.

모든 전위 문학은 불온하다. 그리고 모든 살아 있는 문화는 본질적으로 불온한 것이다. 그것은 두말할 것도 없이 문화의 본질이 꿈을 추구하는 것이고 불가능을 추구하는 것이기 때문이다.
(김수영, 「실험적인 문학과 정치적 자유」)

시인은 전위 문학, 아방가르드의 전사다. 부조리한 사회에 맞짱 뜨다 보면, 부조리한 사회의 시각에서는 불온하게 보일 수밖에 없다. 부조리한 사회에 대항하는 불온한 사람이 부조리한 사회에서는 정상인 사람이다. 눈치 보지 말고 가장 앞서 나가야 한다고 김수영은 말했다.

나는 지금 어떤 눈치를 보고 살고 있는가.

하산하며 생각해보니, 우리는 마음속에 가장 무거웠던 돌멩이를 김수영 시비에 하나씩 풀어놓고 온 듯싶다.

김수영은 정직했던 시인이었다. 너무 정직하여 치부마저 기록했다. 겁이 많았다고 하지만 김수영은 불의를 참지 못했다. 김수영처럼 비루한 시대에 대놓고 일갈하는 인물이 많았으면 좋겠다.

칠흑 어둠 속에서도 별이 있다면 갈 길을 가늠할 수 있다. 시인은 나침판 같은 존재들이다. 김수영과 함께했던 이 땅의 시인들을 떠올려본다. 김소월, 한용운, 임화, 정지용, 백석, 박두진, 박목월, 윤동주, 신동엽 등 모두가 김수영과 함께 작은 별빛으로 이 작은 나라를 비추고 있다. 이 묘비석 곁에 와서 울기도 하고, 웃기도 하며, 설움에서 긍지를 얻었던 김수영을 생각한다.

다행이다. 우리에게는 김수영과 함께했던 그리운 시인들이 있으니까. 김수영만치 소중한 시인들이 많으니까.

세계의 그 어느 사람보다도 비참한 사람이 되리라

어떤 매혹이 있기에 그의 시들은 세월을 견뎌낼까.

김수영 시와 산문은 반백 년이 지난 지금 읽어도 어제 쓴 듯 새롭다. 그가 번역한 문장은 지금 조금만 손봐서 내도 손색이 없을 정도다. 그의 글은 한국인으로서 글쟁이가 되려면 한번쯤 빠졌다 나와야 하는 용광로다. 그가 떠나고 시전집 개정판이 3번 개정돼 나왔지만 계속 읽힌다.

겸손한 척하는 것이 아니라, 정말 나라는 존재는 이 책을 쓸 수 없는 모자란 서생이다. 당연히 너무도 많은 분들의 생각을 배우며 이 책을 꾸몄다. 그 존함을 아예 안 쓰는 것이 예의이겠으나, 이 좁은 지면에 쓸 수 없는 한계를 알면서도 최대한 감사를 표현하려 한다.

이 책은 첫째, 쉽게 풀어서 정리한 책이다.

김수영에 관한 학술논문을 10여 편 발표했고, 평론과 에세이 20여 편을 발표했고, 몇 권의 공저에 그에 관한 산문을 냈다. 발표한 그대로 모아서 내도 단행본이 되지만, 더 많은 독자와 김수영 문학을 나누고 싶어, 처음부터 새롭게 풀어서 다시 정리했다. 원래 형태의 논문은 RISS에 들어가 검색해서 얼마든지 읽을 수 있다.

사실 2019년 말에 1,500매 정도를 썼지만, 출판하지 않고 원고를 묵혔다. 김수영 문학으로 여러 번 수업을 하고 시민 강연을 했지만, 2019년 1년간은 일부러 김수영을 잊으려 애썼다. 한 대상을 지독히 사랑하면 우상숭배자 혹은 불량 독자가 된다는 것을 알기 때문이다. 잊는 기간 동안 필요 없는 군더더기는 사라지고, 알짬만 남기를 소망했다. 1년쯤 지나 2021년 여름에 가벼운 마음으로 집중해서 마지막 갈무리를 했다.

둘째, 김수영의 대표시 72편을 선정하여 그의 생각과 삶을 구성했다.

김수영 시는 120여 편이다. 120여 편이라 하는 까닭은, 어떤 시는 김수영 노트에는 적혀 있지만 발표했는지 안 했는지 확인하기 어려운 경우도 있기 때문이다. 발표시라 하더라도 김수영이 자신의 전집을 만든다면 그 시를 넣었을지, 후학이 판단하기는 쉽지 않다. 이 책을 구성하면서 그의 생각과 삶을 잘 설명하는 72편을 골랐다. 이 책은 그의 삶을 풀어 평전을 구성하지 않았다. 그의 시를 분석하면서 거꾸로 그의 삶을 살펴보는 식으로 구성했다.

셋째, 시인의 삶도 시를 해석하는 것만치 중요하다.

최하림 선생의 『김수영 평전』(1981)은 중요로운 자료다. 아쉽게도 집필 당시 군사정권 시대였기에 4·19 이후 김수영에 관해 상세히 소개되어 있지 않다. 그 밖에 몇 가지 아쉬움을 이번 책에서 극복해보려 했다.

부인 김현경 여사를 필자는 용인 댁에 여러 번 찾아가 인터뷰했고, 여사님은 전화든 카톡이든 셀 수 없이 답해주셨다. 2017년 12월 공릉청소년문화센터에서 개최한 '김수영의 시를 생각한다' 시간에 필자는 김현경 여사와 대담을 했다. 이어 한국작가회의에서 열린 '세계문학아카데미'에서 또 한 번 인터뷰했다. 이 영상들은 아트앤스터디에 공개되었고 유튜브에도 있다.

여동생 김수명 여사에게 중요한 증언과 자료를 받았다. 2016년 김수영문학관에서 김수영연구회 회원들과 김수명 여사님과 대담하는 기회를 가졌다. 녹화한 영상을 보고 또 보면서 인용했다. 《한겨레》 특집 시리즈 '거대한 100년, 김수영'을 기획하면서, 최재봉 기자와 김수명 여사를 찾아뵈었을 때, 댁에서 파일과 미공개 사진 등을 아낌없이 보여주셨다. 매주 《한겨레》에 연재되는 글의 내용을 확인하려고 김현경 여사와 김수명 여사에게 연락드리면, 두 분은 언제든 사실을 확인해주셨다.

김수영 시인의 남동생 따님인 김은 선생(김수영문학관)의 도움에 감사드린다. 김은 선생님은 김수영문학관에 숙명여대 학생이나 내 강연을 들은 수강생들과 찾아가면 언제든 편의를 베풀어주셨고 수장고에 있는, 김수영 시인이 읽은 일본어 책을 확인할 기회를 주셨다.

김수영 시인을 직접 뵌 적이 없는 나는 그를 여러 번 만났던 고은 시인, 백낙청 교수님, 염무웅, 최원식 교수님의 글을 밑줄 치며 읽었다. 그분들의 글은 나를 60여 년 전으로 자주 이끌고 갔다.

넷째, 김수영의 산문을 시 해석과 평전을 구성하며 넣었다.

김수영연구회 선생님들과 함께하며 갚을 수 없는 배움을 얻었다. 2014년 8월부터 현재까지 14명의 연구자들과 7년간 매달 한 번씩 모여 김수영 시와 산문을 읽고 분석했다. 2016년 시 해설서 『너도 나도 스스로 도는 힘을 위하여 – 김수영 50주기 시해설집』(민음사)을 내고, 2017년부터 현재까지 매달 김수영 산문 강독회를 했다. 평론가 김명인·이영준(이상 초대 공동대표), 시인 임동확·노혜경 선배님에게 먼저 감사드린다. 영준 형님에게 나는 시도 때도 없이 온갖 질문을 했다. 현재 임동확 시인과 함께 공동대표를 하는 박수연 교수, 그리고 고봉준, 김진희, 권현형, 남기택, 문종필, 오영진, 이경수, 이민호, 이성혁, 전상기, 조은영(가나다순), 이분들과 매달 만나고 만날 때마다 얼마나 많은 것을 깨달았는지 모른다.

2018년 김수영 시인 50주기 때 필자는 최원식, 유중하, 김명인, 박수연 교수와 함께 기획위원으로 일하면서 더 귀한 자료를 보강할 수 있었다. 일본에서 귀국해서 잘 적응하지 못하고 어정쩡하게 지내던 서생에게 박 교수는 많은 자극을 주었다. 일본 도쿄와 만주 길림성 답사, '김수영 서울 문학기행'을 함께 다니면서 김수영이 살았던 곳, 일했던 곳, 자주 갔던 곳을 답사하며 내용을 보강했던 시간들은 박수연 교수 덕이다.

마지막으로 2021년 6월부터 25회간 《한겨레》에서 매주 월요일, 특집 '거대한 100년, 김수영'을 진행하면서, 여러 차례 회의를 통해 이 원고를 함께 다듬었다. 최재봉 문학 전문기자를 중심으로 맹문재 교수, 김수이 교수와 반년간 의견을 나누고, 매주 월요일 연재 글이 나가기 전에 자료 구성을 상의하면서, 세 분께 많은 것을 배웠다.

　　김수영에 앞서 이 서생은 신동엽 시인을 연구하고 그에 관한 책을 써왔다. 신동엽학회 회장으로 있으면서 김수영 시인을 끊임없이 비교했다. 나는 신동엽 시인의 마음으로 이 책을 썼을지도 모른다. 김수영과 신동엽, 두 시인이 있었기에 이 나라의 1960년대는 그런대로 넉넉하다. 신동엽 문학기행을 하며 영화배우 김중기 선생과 단막극을 할 때, 필자는 김수영 역할을 맡기도 했다. 어떤 때는 박인환 역을 맡기도 했다. 짧은 연극에서 역할을 맡으면서 김수영의 입장, 박인환의 입장을 상상하고, 산문을 수십 번 입으로 읽으며 가끔 예민하게 화를 냈다던 그의 말투를 상상하고 연습했다.

　　신동엽학회를 이끌어주신 유족대표 신좌섭 교수님, 그리고 구중서, 강형철, 이은봉 교수님, 전 회장 정우영 시인과 학회 분들에게 졸저를 드린다. 매달 한 번씩 열리는 김수영연구회와 신동엽학회 정기 월례회에 필자는 거의 매달 뭔가 준비해서 발표했다. 이 책에는 그 발표문이 많이 들어 있다. 두 모임을 마치고 지쳐 자는 그날 밤, 가끔 두 인물이 나지막이 뭔가 대화하는 실루엣을 어렴풋 꿈꾸곤 했다. 무슨 말들 하는지 들으려고 가까이 가다가 꿈에서 깨곤 했다.

　　의미 있는 책과 존경하는 저자들의 책을 내온 삼인에서 한 권은 내고 싶었는데 이 책의 출간을 삼인에서 맡아 해주시니 변두리 서생에게는 고마운 일이다. 글벗인 평론가 손경목 선생이 모자란 원고를 검토해준 데 각별한 고마움을 여기에 꼭 남겨둔다. 그의 도움으로 틀린 사실을 여럿 수정할 수 있었다. 이 책을 만들 때 소설가이며 시인인 김도언 선생님이 원고를 살펴주셨다. 이 책 제목은 김 선생님의 작품이다. 감사하는 마음을 어떻게 억눌렀는지 김 선생님은 잘 모르실 거다.

김수영 산문집의 첫 문장은 "세계의 그 어느 사람보다도 비참한 사람이 되리라"이다.

한국 문학사에서 빼놓을 수 없는 한 시인의 거대한 이야기를 이렇게 마음에 품는다.

김수영이 태어난 지 100주년이 되는 2021년 11월 27일

김응교 손 모아

김응교
시인, 문학평론가

숲을 좋아해서 수락산 기슭에서 시 쓰며 살고 있다.

시집『부러진 나무에 귀를 대면』,『씨앗/통조림』과 세 권의 윤동주 이야기『처럼 - 시로 만나는 윤동주』,『나무가 있다 - 윤동주 산문의 숲에서』,『서른세 번의 만남 - 백석과 동주』를 냈다.

평론집『좋은 언어로 - 신동엽 평전』,『그늘 - 문학과 숨은 신』,『곁으로 - 문학의 공간』,『시네마 에피파니』,『일본적 마음』,『韓國現代詩の魅惑』(東京: 新幹社, 2007) 등을 냈다. 번역서는 다니카와 슌타로 시선집『이십억 광년의 고독』, 양석일 장편소설『어둠의 아이들』,『다시 오는 봄』, 오스기 사카에의『오스기 사카에 자서전』, 일본어로 번역한 고은 시선집『いま、君に詩が來たのか: 高銀詩選集』(사가와 아키 공역, 東京: 藤原書店, 2007) 등이 있다.

2017년《동아일보》에 '동주의 길', 2018년《서울신문》에 '작가의 탄생'을 연재했다. CBS TV〈크리스천 NOW〉MC, 국민TV에서〈김응교의 일시적 순간〉을 진행했고, MBC TV〈무한도전〉등에서 강연을 했으며, KBS〈TV, 책을 보다〉자문위원으로 있었다. 유튜브〈김응교TV〉에 강연 영상을 가끔 올린다. 현재 숙명여대 교수이며, 김수영이 기대했던 신동엽 시인을 기리는 신동엽학회 학회장으로 있다.

필자가 발표한 김수영 관계 글

학술 논문

1. 「문학 속의 숨은 신 – 조지 오웰, 윤동주, 김수영의 경우」, 동국대학교 한국문학연구소, 《한국문학연구》, 2015.

2. 「김수영 시와 니체의 철학 – 김수영 '긍지의 날', '꽃잎 2'의 경우」, 시학과 언어학회, 《시학과 언어학》, 2015.

3. 「김수영, 고독한 단독자들의 혁명」, 한국비평문학회, 《批評文學》, 2017.

4. 「일본을 대하는 김수영의 시선」, 민족문학사학회, 《민족문학사연구》, 2018.

5. 「임화와 김수영의 연극 영화체험 – 김수영 연구 6」, 영주어문학회, 《영주어문》, 2019.

6. 「마리서사·유명옥·국립도서관 – 김수영 시의 장소에 대한 연구」, 한국외국어대학교 외국문학연구소, 《외국문학연구》, 2019.

7. 「김수영 글에서 니체가 보일 때 – '달나라의 장난'·'헬리콥터'」, 한국외국어대학교 외국문학연구소, 《외국문학연구》 2021. 11.

단행본(공저)

1. 김수영연구회, 『너도 나도 스스로 도는 힘을 위하여 – 김수영 50주기 시해설집』, 민음사, 2017.

2. 최원식, 유중하, 박수연, 김응교, 이영준, 유성호, 노혜경, 임동확, 김진희, 조강석, 『50년 후의 시인 – 김수영과 21세기』, 도서출판b, 2019.

3. 박수연, 오창은, 김응교, 김태선, 서영인, 서효인, 손미, 정용준, 『세계의 가장 비참한 사람이 되리라 – 자유와 혁명과 풀과 詩, 김수영 생애 다시 쓰기』, 서해문집, 2019.

4. 고봉준, 김명인, 김상환, 김수이, 김응교, 김진해, 김행숙, 나희덕, 남기택, 노혜경, 맹문재, 박수연, 신형철, 심보선, 엄경희, 오연경, 오영진, 유성호, 이경수, 이미순, 이영준, 임동확, 정종현, 진은영, 『이 모든 무수한 반동이 좋다』, 한겨레출판, 2022. 5.

5. 김수영연구회(염무웅, 박성광, 임동확, 남기택, 이경수, 이성혁, 김응교, 신동옥, 이영준, 오길영, 고봉준, 오영진, 김상환, 박지영, 김명인), 『김수영에서 김수영으로』, 솔, 2022. 6.

계간 《푸른사상》 연재

1. 「김응교의 다시 만나는 김수영」 (2018년 봄호)
2. 「1950년대, 김수영이 쓴 두 편의 시」 (2018년 여름호)
3. 「산문과 같이 읽어야 할 김수영 시」 (2018년 가을호)
4. 「김수영은 왜 등단작을 숨기려 했을까」 (2018년 겨울호)
5. 「김수영·무라노 시로·나가타 겐지로」 (2019년 봄호)

6. 「임화를 좋아했던 김수영의 연극 체험」(2019년 여름호)
7. 「김수영의 '긍지의 날'과 니체 사상」(2019년 가을호)
8. 「아픈 몸으로, 간절히 혁명을 기도한다」(2019년 겨울호)
9. 「김수영 산문이 보여주는 세계와 종교」(2020년 봄호)
10. 「엔카운터」(2020년 여름호 32호)

김수영에 관한 신문 글
「어수선한 골목길 지나 서울 속 낯선 풍경, 시인의 우울을 만나다」, 《문화일보》 2016. 3. 11.
「고독하지 않은 혁명은 없다」, 《서울신문》 2018. 1. 22.
「기운 내라고, 자연처럼 살라고」, 《서울신문》 2018. 2. 18.
「친일파라 욕해도 맘껏 부려 썼다, 망령 씐 '식민지의 국어'」, 《한겨레》 2021. 6. 7.
「그의 산문에 두 번 등장한 니체, 닮음과 다름」, 《한겨레》 2021. 10. 25.

김수영 영상 자료
〈한국현대시의 두 흐름 – 백석·김수영과 함께〉, '아트앤스터디' 6회 영상 강연, 2016.
〈김수영 시인의 아내 김현경 여사와 김응교 시인의 대화〉, 유튜브 영상, 공릉청소년센터, 2016. 12. 16.
〈김수영 시인의 아내 김현경 여사와 김응교 교수의 대담〉, 유튜브 영상, 한국작가회의, 2016. 12. 19.

가

나

아

자